Vuurtorenwachter

Van Camilla Läckberg verscheen eveneens bij uitgeverij Anthos

IJsprinses
Predikant
Steenhouwer
Zusje
Oorlogskind
Sneeuwstorm en amandelgeur
Zeemeermin
Engeleneiland

Camilla Läckberg

Vuurtorenwachter

Vertaald uit het Zweeds door
Elina van der Heijden en
Wiveca Jongeneel

Anthos|Amsterdam

Deze uitgave kwam mede tot stand dankzij een subsidie
van het Swedish Arts Council.

Eerste druk 2011
Negende druk 2012

isbn 978 90 414 2113 5
© 2009 Camilla Läckberg
First published by Bokförlaget Forum, Sweden.
Published by arrangement with Nordin Agency, Sweden.
© 2011 Nederlandse vertaling Ambo|Anthos *uitgevers*, Amsterdam,
Elina van der Heijden en Wiveca Jongeneel via het
Scandinavisch Vertaal- en Informatiebureau Nederland
Oorspronkelijke titel *Fyrvaktaren*
Oorspronkelijke uitgever Forum
Omslagontwerp Roald Triebels, Amsterdam
Omslagillustratie © Vanessa Paxton / Echo Images

Verspreiding voor België:
Veen Bosch & Keuning uitgevers n.v., Antwerpen

Voor Charlie

Pas toen ze haar handen op het stuur legde, zag ze dat ze onder het bloed zaten. Haar handpalmen voelden plakkerig op het leer. Het kon haar niet schelen. Ze zette de auto in zijn achteruit en reed iets te fel de oprit bij de garage af. Ze kon het grind onder de banden horen wegspatten.

Ze hadden een lange rit voor de boeg. Ze wierp een blik op de achterbank. Sam lag onder het dekbed te slapen. Eigenlijk zou hij een gordel om moeten hebben, maar ze had het hart niet om hem wakker te maken. Ze moest maar voorzichtig rijden. In een reflex nam ze gas terug.

De zomernacht begon al lichter te worden. De donkere uren waren voorbij voordat ze goed en wel waren begonnen. Toch leek deze nacht eindeloos. Alles was in één klap anders geworden. Fredriks bruine ogen hadden star naar het plafond gestaard en ze had beseft dat ze niets meer kon doen. Ze was genoodzaakt zichzelf en Sam in veiligheid te brengen. Ze moest niet aan het bloed denken, en ook niet aan Fredrik.

Er was maar één plek waar ze naartoe kon vluchten.

Zes uur later waren ze er. Fjällbacka werd net wakker. Ze parkeerde de auto bij de Reddingsbrigade en vroeg zich af hoe ze alles mee moest krijgen. Sam was nog altijd diep in slaap. Ze pakte wat papieren zakdoekjes uit het dashboardkastje en veegde zo goed en zo kwaad als het ging haar handen af. Het was lastig het bloed eraf te krijgen. Toen tilde ze de koffers uit de achterbak en bracht ze zo snel ze kon naar Badholmen, waar de boot lag. Ze was bang dat Sam ondertussen wakker werd, maar ze had de auto afgesloten, zodat hij niet naar buiten kon klauteren en in het water kon vallen. Moeizaam zette ze de koffers in de boot en maakte de ketting los die moest voorkomen dat de boot werd gestolen. Daarna liep ze op een holletje terug naar de auto. Tot haar opluchting lag Sam nog altijd rustig te slapen. Ze tilde hem op en droeg hem met dekbed en al naar de boot. Ze probeerde naar haar voeten te kijken toen ze aan boord stapte en gleed gelukkig niet uit. Voorzichtig legde ze Sam op de bodem en draaide de startsleutel om. Al bij de eerste poging kwam de motor rochelend op gang. Het was lang geleden dat ze met de boot had gevaren, maar ze ging ervan uit dat het haar wel zou lukken. Ze voer achteruit van de ligplaats weg en stuurde naar de havenmond.

De zon scheen, maar gaf nog geen warmte. Ze voelde dat de spanning langzaam wegebde, dat de verschrikkingen van de nacht hun grip op haar verloren. Ze keek naar Sam. Wat als het gebeurde hem voor de rest van zijn leven had beschadigd? Een kind van vijf was kwetsbaar, Joost mocht weten wat er vanbinnen stuk was gegaan. Ze zou er alles aan doen om te zorgen dat het weer heelde. Ze zou het kwaad wegkussen, net als wanneer hij met zijn fiets was gevallen en zijn knieën had geschaafd.

De route was vertrouwd. Ze kende elk eiland, elke scheer. Ze stuurde naar Väderöbod en kwam steeds dichter bij open zee. De golven werden hoger en de voorsteven kwam na elke top met een klap op het water terecht. Ze genoot van het zoute water dat in haar gezicht spatte en sloot heel even haar ogen. Toen ze ze weer opende, zag ze in de verte Gråskär liggen. Haar hart maakte een sprongetje. Dat deed het altijd als het eiland in zicht kwam, bij de aanblik van het kleine huis en de vuurtoren die zich wit en trots naar de blauwe lucht verhief. Ze was nog te ver weg om de kleur van het huis te kunnen zien, maar ze herinnerde zich de lichtgrijze tint en de witte hoeken. Ze herinnerde zich ook de roze stokrozen die in de luwte van een van de muren groeiden. Dit was haar toevluchtsoord, haar paradijs. Haar Gråskär.

De kerk van Fjällbacka was tot op de laatste rij gevuld en het koor stond vol bloemen. Kransen, boeketten en fraaie satijnen linten met een laatste groet.

Patrik kon het nauwelijks opbrengen om naar de witte kist te kijken die midden in de bloemenzee stond. Het was akelig stil in de grote stenen kerk. Bij de begrafenis van oude mensen was altijd een zeker geroezemoes te horen. De aanwezigen wisselden zinnen uit als 'Ze had zoveel pijn, dus het is waarschijnlijk een zegen', terwijl ze zich verheugden op de koffie na de plechtigheid. Vandaag werd er niet gepraat. Iedereen zweeg en zat met een zwaar hart en een gevoel van onrechtvaardigheid op zijn bank. Zo hoorde het niet te zijn.

Patrik schraapte zijn keel en keek naar het plafond om zijn tranen weg te knipperen. Hij kneep in Erica's hand. Zijn pak jeukte en prikte, en hij trok aan de boord van zijn overhemd om wat meer lucht te krijgen. Hij had het gevoel dat hij stikte.

De klokken boven in de toren begonnen te luiden en het geluid weergalmde tussen de muren. Veel mensen schrokken op en keken naar de kist. Lena kwam uit de sacristie en liep naar het altaar. Lena had in deze kerk ook hun huwelijk voltrokken. Dat leek een andere tijd, een andere werkelijkheid. Toen was de sfeer luchtig, uitgelaten en licht geweest. Nu was Lena ernstig. Patrik probeerde de uitdrukking op haar gezicht te duiden. Vond zij ook dat dit verkeerd was? Of was ze ervan overtuigd dat alles met een reden gebeurde?

Weer kwamen er tranen en hij veegde ze met de rug van zijn hand weg. Onopvallend reikte Erica hem een zakdoek aan. Nadat de laatste tonen van het orgel hadden weerklonken, was het een paar tellen stil voordat Lena het woord nam. Haar stem trilde aanvankelijk licht, maar werd toen vaster.

'Het leven kan in één enkel moment veranderen. Maar God is met ons, ook vandaag.'

Patrik zag dat haar mond bewoog, maar luisterde niet langer. Hij wilde het niet horen. Uiteindelijk was het beetje kindergeloof dat hem zijn hele leven had vergezeld verdwenen. Het gebeurde had geen enkele zin. Opnieuw kneep hij in Erica's hand.

'Ik kan jullie met gepaste trots melden dat we precies op schema liggen. Over twee weken wordt het badhotel in Fjällbacka statig ingewijd.'

Erling W. Larson rekte zich uit en liet zijn blik over de leden van het gemeentebestuur glijden alsof hij een applaus verwachtte. Hij moest genoegen nemen met een aantal goedkeurende knikjes.

'Dit is een triomf voor onze regio,' lichtte hij toe. 'Een volledige renovatie van een gebouw dat we welhaast een parel kunnen noemen. Bovendien hebben we nu een modern, concurrerend kuurcentrum te bieden. Of een spa, zoals het zo mooi heet.' Hij maakte aanhalingstekens in de lucht. 'Nu moeten alleen nog de laatste puntjes op de i worden gezet. We willen het centrum door een paar gezelschappen laten testen en natuurlijk moet alles voor het grandioze openingsfeest piekfijn in orde zijn.'

'Dat klinkt geweldig. Ik heb alleen een paar vragen.' Mats Sverin, die sinds een paar maanden hoofd Financiën bij de gemeente was, wuifde met zijn pen om Erlings aandacht te trekken.

Maar Erling deed alsof hij niets merkte. Hij verafschuwde alles wat met administratie en financiële verantwoording te maken had en verklaarde de vergadering snel voor gesloten, waarna hij zich terugtrok in zijn ruime werkkamer.

Na het mislukken van de realitysoap *Fucking Tanum* had niemand verwacht dat hij overeind zou krabbelen, maar hij was terug, nu met een nog omvangrijker project. Zelf had hij nooit getwijfeld, zelfs niet toen de kritiek op zijn hevigst was. Hij was een geboren winnaar.

Natuurlijk was het gebeurde hem niet in de koude kleren gaan zitten, en daarom was hij naar het kuurcentrum Ljuset in de provincie Dalarna gegaan om uit te rusten. Dat bleek een schot in de roos te zijn geweest, want als hij dat niet had gedaan, had hij Vivianne nooit leren kennen. Zijn ontmoeting met haar had een keerpunt betekend, zowel beroepsmatig als privé. Geen enkele vrouw had hem ooit zo weten te boeien, en wat hij nu verwezenlijkte, was haar visie.

Hij kon de verleiding om de hoorn op te pakken en haar te bellen niet weerstaan. Het was al de vierde keer vandaag, maar bij het horen van haar stem voelde hij het in zijn hele lichaam tintelen. Hij hield zijn adem in terwijl de telefoon overging.

'Hoi lieveling,' zei hij toen ze had opgenomen. 'Ik wil alleen maar even weten hoe het met je gaat.'

'Erling,' zei ze op haar speciale toon, waardoor hij zich net een verliefde tiener voelde. 'Met mij gaat het nog even goed als toen je een uur geleden belde.'

'Fijn,' zei hij en hij grijnsde schaapachtig. 'Ik wilde het alleen even zeker weten.'

'Dat weet ik, en dat vind ik ook heel lief van je. Maar er moet voor de opening nog een heleboel gebeuren en je wilt toch niet dat ik 's avonds doorwerk?'

'Absoluut niet, schat.'

Hij besloot haar niet meer te storen. De avonden waren heilig.

'Ga maar gauw verder, dan doe ik dat ook.' Hij kuste een paar keer in de hoorn voordat hij ophing. Vervolgens leunde hij achterover, legde zijn handen achter zijn hoofd en droomde over de geneugten die de avond zou brengen.

Het rook bedompt in het huis. Annie zette alle deuren en ramen open en liet de frisse wind door de kamers waaien. Door de tocht dreigde er een vaas om te vallen, maar die kon ze nog net op tijd pakken.

Sam lag in het kamertje naast de keuken. Hoewel het haar kamer was geweest, hadden ze het door de jaren heen nooit anders genoemd dan de logeerkamer. Haar ouders hadden boven geslapen. Ze keek naar Sam, sloeg een sjaal om haar schouders en pakte de grote, roestige sleutel die altijd aan een spijker bij de buitendeur hing. Vervolgens liep ze de klippen op. De wind woei dwars door haar kleren heen en met haar rug naar het huis keek ze naar de horizon. De vuurtoren was het enige andere gebouw op het eiland. Het boothuis bij de steiger was zo klein dat het niet echt meetelde.

Ze liep naar de vuurtoren. Gunnar had het slot kennelijk gesmeerd, want de sleutel draaide verbazingwekkend makkelijk rond. De deur piepte toen ze hem opende. Daarachter begonnen vrijwel meteen de treden en ze hield zich vast aan de leuning terwijl ze via de smalle, steile trap naar boven klom.

Het uitzicht was eindeloos mooi, dat had ze altijd gevonden. Aan de ene kant zag je alleen zee en horizon, aan de andere kant spreidde de scherenkust zich uit met haar grote en kleine eilanden, klippen en scheren. De vuurtoren werd al jaren niet meer gebruikt. Tegenwoordig stond hij op het eiland als een monument voor vervlogen tijden. De lamp was gedoofd en onder invloed van het zoute water en de wind waren de platen en de bouten langzaam gaan roesten. Als kind had ze het heerlijk gevonden hierboven te spelen. Het was er heel klein, als een speelhuisje hoog boven de grond. Er was alleen ruimte voor een bed, waarop de vuurtorenwachters tijdens hun lange diensten hadden kunnen uitrusten, en een stoel, waarop ze hadden kunnen zitten als ze over het vaarwater uitkeken.

Ze ging op het bed liggen. De sprei rook muf, maar de geluiden om haar heen waren nog net als vroeger. Het gekrijs van meeuwen, de golven die tegen de klippen sloegen, het piepen en kreunen van de vuurtoren zelf. Toen was alles zo simpel geweest. Haar ouders waren bang geweest dat ze zich als enig kind op het eiland zou vervelen. Ze hadden zich onnodig zorgen gemaakt. Ze had het hier heerlijk gevonden. En ze was niet alleen geweest. Maar dat had ze hun niet kunnen uitleggen.

Mats Sverin zuchtte en verplaatste de papieren op zijn bureau. Vandaag was zo'n dag dat hij aldoor aan haar moest denken. Allerlei vragen tolden door zijn hoofd. Op dit soort dagen kwam er niet veel uit zijn handen, maar ze deden zich steeds minder vaak voor. Hij begon haar los te laten. Dat wilde hij in elk geval geloven. De waarheid was waarschijnlijk dat hij daar nooit helemaal in zou slagen. Hij zag haar gezicht nog altijd heel duidelijk voor zich en in zekere zin was hij daar dankbaar voor. Tegelijk wilde hij dat het beeld zou vervagen, wazig zou worden.

Hij probeerde zich weer op zijn werk te concentreren. Op goede dagen kon hij er echt van genieten. Het was een uitdaging om je in de financiën van een gemeente te verdiepen, waar voortdurend afwegingen moesten worden gemaakt tussen wat politiek gewenst en economisch verantwoord was. Sinds hij hier werkte, had hij natuurlijk veel tijd in Project Badis gestoken. Hij was blij dat het oude badhotel eindelijk was gerestaureerd. Elke keer dat hij langs het ooit zo fraaie gebouw was gekomen, had hij het, net als het merendeel van de inwoners van Fjällbacka – zowel de mensen die er nog woonden als degenen die waren vertrokken –, betreurd dat het zo in verval was geraakt. Nu was het pand in oude glorie hersteld.

Hopelijk had Erling gelijk met zijn bombastische toezeggingen en werd het een enorm succes. Maar Mats had zo zijn bedenkingen. De verbouwing had al ontzettend veel geld gekost en het ingediende bedrijfsplan was gebaseerd op veel te positieve berekeningen. Hij had diverse keren geprobeerd zijn mening naar voren te brengen, maar nooit enige respons gekregen. Hoewel hij de financiële gegevens herhaaldelijk had doorgenomen en alleen had kunnen constateren dat de kosten enorm waren opgelopen, had hij nog steeds het ongemakkelijke gevoel dat er iets niet klopte.

Hij keek op zijn horloge en zag dat het lunchtijd was. Het was lang geleden dat hij echt trek had gehad, maar hij wist dat hij iets moest eten. Vandaag was het donderdag en dat betekende pannenkoeken en erwtensoep in restaurant Källaren. Een kleine maaltijd zou er toch in moeten gaan.

Alleen de naaste familie zou aanwezig zijn bij de teraardebestelling. De rest ging stilletjes de andere kant op, naar het centrum van het dorp. Erica greep Patriks hand stevig vast. Ze liepen vlak achter de kist en ze had het gevoel dat elke stap haar recht in haar hart stak. Ze had geprobeerd Anna ervan te overtuigen dat ze zich hier niet aan moest blootstellen, maar haar zus had erop gestaan dat het een echte begrafenis werd. Door die wens was ze tijdelijk uit haar apathie ontwaakt, dus Erica had haar pogingen om Anna op andere gedachten te brengen gestaakt en haar met de noodzakelijke voorbereidingen geholpen, zodat Anna en Dan hun zoon konden begraven.

Op één punt had Erica haar zus echter niet haar zin gegeven. Anna had gewild dat alle kinderen erbij zouden zijn, maar Erica had besloten dat de jongste thuis moesten blijven. Alleen de twee oudsten, Dans dochters Belinda en Malin, waren aanwezig. Patriks moeder, Kristina, paste op Lisen, Adrian, Emma en Maja. En natuurlijk op de tweeling. Erica was bang geweest dat het te druk zou zijn voor Kristina, maar haar schoonmoeder had haar rustig verzekerd dat ze de kinderen de twee uur dat de begrafenis duurde wel in leven kon houden.

Erica's hart bloedde toen ze naar Anna's vrijwel kale hoofd keek. De artsen hadden al haar haar weggeschoren, zodat ze een gat in haar schedel konden boren om de druk te verminderen die zich had opgebouwd en tot permanent letsel dreigde te leiden als er niets aan werd gedaan. Nu groeide er weer wat donzig haar, maar het was donkerder dan vroeger.

In tegenstelling tot Anna, en de vrouw in de andere auto, die bij de botsing op slag dood was geweest, was Erica er wonderlijk goed van afgekomen. Ze had een flinke hersenschudding en een paar gebroken ribben gehad. Haar twee kinderen waren weliswaar nog klein geweest toen ze via een acute keizersnee ter wereld werden gebracht, maar ze waren sterk en gezond, en hadden na twee maanden het ziekenhuis mogen verlaten.

Erica barstte bijna in tranen uit toen ze van het donzige hoofd van haar zus naar de kleine witte kist keek. Behalve dat Anna ernstig schedelletsel had opgelopen, had ze ook haar bekkenbeen gebroken. Zij had eveneens een acute keizersnee gehad, maar het letsel van het kind was zo ernstig geweest dat de artsen hun weinig hoop hadden kunnen geven. En toen het kleine jongetje een week oud was, was hij opgehouden met ademhalen.

De begrafenis had op zich laten wachten, omdat Anna in het ziekenhuis had moeten blijven. Maar gisteren had ze naar huis gemogen. En vandaag werd haar zoon begraven, een zoon die een leven vol liefde zou hebben gekregen. Erica zag dat Dan zijn hand op Anna's schouder legde toen hij haar rolstoel voorzichtig naast het graf zette. Anna schudde zijn hand weg. Zo ging het steeds sinds het ongeluk. Het was alsof haar pijn zo groot was dat ze die met niemand kon delen. Dan had er wel behoefte aan om zijn verdriet te uiten, maar hij wilde dat niet bij iedereen doen. Patrik en Erica hadden geprobeerd met hem te praten en iedereen in zijn omgeving had gedaan wat hij kon. Dan wilde zijn pijn echter alleen met Anna delen. En zij kon dat niet.

Erica begreep Anna's reactie wel. Ze kende haar zus goed en wist wat ze allemaal had meegemaakt. Het leven was hard geweest voor Anna, en dit dreigde haar ten slotte helemaal te gronde te richten. Maar hoewel Erica haar zus begreep, had ze het toch liever anders gezien. Anna had Dan nu meer dan ooit nodig, en Dan haar ook. Nu stonden ze als twee vreemden naast elkaar terwijl de kleine kist langzaam in de aarde zakte.

Erica boog zich naar voren en legde haar hand op Anna's schouder. Die mocht blijven liggen.

Met rusteloze energie begon Annie schoon te maken en te wassen. Het was goed dat ze had gelucht, maar de bedompte geur was toch in de gordijnen en het beddengoed blijven zitten. Ze gooide alles in een grote wasmand, die ze meenam naar de steiger. Uitgerust met een beetje wasmiddel en het oude wasbord dat ze al zo lang ze zich kon herinneren hadden, stroopte ze haar mouwen op en begon aan de zware klus om alles met de hand te wassen. Tussendoor wierp ze af en toe een blik op het huis om zich ervan te vergewissen dat Sam niet wakker was geworden en naar buiten was gehold. Maar hij sliep ongebruikelijk lang. Misschien was het een soort shockreactie en dan was het ongetwijfeld goed dat hij veel sliep. Nog een uurtje, besloot ze, daarna zou ze hem wakker maken en hem wat te eten geven.

Opeens besefte Annie dat er waarschijnlijk niet veel eetbaars in huis was. Ze hing alle was buiten te drogen en liep vervolgens naar binnen om in de kasten te kijken. Ze vond alleen een blik tomatensoep van Campbell en een blik knakworstjes van Bullens. Naar de houdbaarheidsdatum durfde ze niet te kijken. Maar dit soort dingen moest eeuwig goed blijven en Sam en zij zouden zich er vandaag wel mee redden.

Ze had geen zin om naar het dorp te gaan. Hier was ze veilig. Ze wilde geen mensen ontmoeten, ze wilde met rust worden gelaten. Met het blik soep in haar hand dacht Annie een tijdje na. Er was maar één oplossing. Ze moest Gunnar bellen. Hij had na de dood van haar ouders voor het huis gezorgd en ze zou hem waarschijnlijk wel om hulp kunnen vragen. De vaste telefoon deed het niet langer, maar met haar mobiel had ze goed bereik en ze toetste het nummer in.

'Sverin.'

De naam riep zoveel herinneringen op dat Annie opveerde. Het duurde een paar tellen voordat ze zich voldoende had vermand om te kunnen praten.

'Hallo? Is daar iemand?'
'Hallo. Met Annie.'
'Annie!' riep Signe Sverin uit.

Annie glimlachte. Ze was altijd dol geweest op Signe en Gunnar, en die liefde was wederzijds.

'Meisje, hoe gaat het met je? Bel je vanuit Stockholm?'

'Nee, ik ben op het eiland.' Tot haar verbazing merkte ze dat de woorden haar in de keel bleven steken. Ze had maar een paar uur geslapen en kennelijk was ze zo moe dat ze overdreven emotioneel was. Ze kuchte even. 'Ik ben gisteren gekomen.'

'Maar lieverd, dat had je ons even moeten laten weten, dan hadden we schoongemaakt. Het is er vast een verschrikkelijke bende en…'

'Het schoonmaken viel wel mee.' Voorzichtig onderbrak Annie Signes woordenvloed. 'Jullie hebben het hier goed bijgehouden. En ik vind het niet erg als ik een beetje moet poetsen en boenen.'

Signe snoof.

'Ik vind dat je best om hulp had kunnen vragen. Wij hebben tegenwoordig toch niets zinnigs te doen, Gunnar en ik. Zelfs geen kleinkinderen om voor te zorgen. Maar Matte is weer teruggekomen uit Göteborg. Hij werkt nu voor de gemeente in Tanum.'

'Wat fijn voor jullie. Hoe is hij daar zo toe gekomen?' Annie zag Matte voor zich: blond, gebruind en altijd opgewekt.

'Dat weet ik niet goed. Het ging allemaal heel snel. Maar hij heeft een ongeluk gehad en sinds die tijd heb ik het gevoel… Ach, laat maar. Luister maar niet naar een oude vrouw die veel te veel kletst. Wat heb je op je hart, Annie? Kunnen we je ergens mee helpen? Heb je de kleine man meegenomen? Het zou leuk zijn hem te zien.'

'Ja, Sam is hier ook, maar hij is een beetje ziek.'

Annie viel stil. Ze wilde dolgraag dat Signe haar zoon ontmoette. Maar dat kon pas als ze op het eiland tot rust waren gekomen, als ze had gezien welke invloed het gebeurde op hem had gehad.

'Daarom wilde ik vragen of jullie me ergens mee willen helpen. We hebben bijna geen eten in huis en ik wil Sam niet uit bed halen om met hem naar het dorp te gaan…' Ze had haar zin nog niet afgemaakt of Signe begon al te praten.

'Natuurlijk helpen we je graag, dat weet je! Gunnar gaat vanmiddag toch met de boot weg en ik kan boodschappen voor je doen. Zeg maar wat jullie nodig hebben.'

'Ik heb contant geld, dat kan ik Gunnar geven, als jullie het me zolang kunnen voorschieten.'

'Natuurlijk, liefje. Zeg maar, wat moet ik op het boodschappenlijstje schrijven?'

In gedachten zag Annie voor zich hoe Signe haar leesbril pakte en die op het puntje van haar neus zette terwijl ze naar een pen en papier reikte. Dankbaar somde Annie alles op wat ze dacht nodig te hebben. Inclusief een zak snoep voor Sam, want anders zou dat zaterdag problemen geven. Hij hield goed in de gaten welke dag van de week het was en begon al op zondag de dagen af te tellen tot het weer zaterdag was en hij zijn wekelijkse zak snoep kreeg.

Toen ze het gesprek hadden beëindigd, overwoog ze om Sam voorzichtig wakker te maken. Maar iets zei haar dat ze hem nog een tijdje moest laten slapen.

Het werk op het politiebureau lag stil. Bertil Mellberg had Patrik met ongebruikelijke tact gevraagd of hij wilde dat ze naar de begrafenis kwamen. Maar Patrik had zijn hoofd geschud. Hij was net weer een paar dagen aan het werk en in zijn aanwezigheid liep iedereen op eieren. Zelfs Mellberg.

Paula en Mellberg waren na het ongeluk als eersten ter plaatse geweest. Toen ze de beide auto's hadden gezien, onherkenbaar verkreukeld, hadden ze niet gedacht dat iemand het had overleefd. Ze hadden door het raam van de ene auto naar binnen gekeken en Erica meteen herkend. Nog maar een halfuur daarvoor was Patrik door een ambulance van het politiebureau opgehaald en nu was zijn vrouw dood, of in elk geval zwaargewond. Het ambulancepersoneel had geen duidelijkheid kunnen geven over de omvang van het letsel en het had ondraaglijk lang geduurd voordat de brandweer de auto had opengesneden.

Martin en Gösta waren op pad geweest en hadden pas uren later over het ongeluk en Patriks instorting gehoord. Ze waren naar het ziekenhuis in Uddevalla gegaan, waar ze de hele avond door de gangen hadden gebanjerd. Patrik lag op de intensive care, terwijl Erica en haar zus, die naast haar had gezeten, met spoed werden geopereerd.

Maar nu was Patrik terug. Gelukkig had hij geen hartinfarct gehad, zoals ze eerst hadden gevreesd, maar een aanval van vaatkramp. Na drie maanden in de ziektewet hadden de artsen hem toestemming gegeven weer aan het werk te gaan, met de strenge instructie alle stress te vermijden. Hoe Patrik dat ook maar moest doen, dacht Gösta, met een pasgeboren tweeling thuis en dan nog alles wat Erica's zus was overkomen. Daarvan zou iedereen gestrest raken.

'Hadden we niet toch moeten gaan?' vroeg Martin. Hij roerde met zijn lepeltje in zijn koffiekopje. 'Misschien zei Patrik nee, terwijl hij eigenlijk wilde dat we er wel bij zouden zijn.'

'Nee, ik denk dat Patrik meende wat hij zei.' Gösta krabde Ernst, de bureauhond, achter zijn oor. 'Er komen toch wel genoeg mensen. We kunnen ons hier nuttiger maken.'

'Hoe bedoel je? Er heeft vandaag nog geen kip gebeld.'

'Dat is de stilte voor de storm. Tegen juli verlang je naar een dag zonder dronkaards, inbraken en ruzies.'

'Daar heb je gelijk in,' zei Martin. Hij was altijd de jongste op het politiebureau geweest, maar hij voelde zich niet zo'n groentje meer. Hij had nu een paar jaar ervaring en hij had meegewerkt aan een aantal op z'n zachtst gezegd zware onderzoeken. Bovendien was hij vader geworden, en op het moment dat Pia hun dochter ter wereld bracht, had hij zich een paar decimeter voelen groeien.

'Heb je de uitnodiging gezien die we hebben gekregen?' Gösta reikte naar een Ballerina-koekje en haalde zoals gebruikelijk zorgvuldig de lichte ring van de donkere onderkant af.

'Welke uitnodiging?'

'Kennelijk is ons de eer ten deel gevallen proefkonijn te mogen zijn in die nieuwe tent die ze in Fjällbacka aan het bouwen zijn.'

'Je bedoelt Badis?' Martin werd wat wakkerder.

'Ja ja, het nieuwe project van Erling. Laten we hopen dat dit beter afloopt dan die *Fucking Tanum*-idiotie.'

'Ik vind het wel goed klinken. Veel mannen lachen bij de gedachte aan een gezichtsbehandeling, maar ik heb er in Göteborg een keer een gehad en het was verdomd lekker. Mijn huid was nog wekenlang zo zacht als de billetjes van een baby.'

Gösta keek zijn jonge collega met een vies gezicht aan. Een gezichtsbehandeling? Over zijn lijk. Hij liet zich geen smurrie op zijn gezicht smeren. 'We moeten maar zien wat ze te bieden hebben. Ik hoop in elk geval dat er wat lekkers te bikken valt. Misschien is er wel een toetjesbuffet.'

'Ik denk het niet,' zei Martin lachend. 'Bij dat soort oorden is het meestal de bedoeling dat je in vorm blijft, niet dat je jezelf vetmest.'

Gösta keek hem beledigd aan. Hij woog nog precies evenveel als toen hij eindexamen deed. Snuivend nam hij nog een koekje.

Toen ze binnenkwamen, was het één grote chaos in huis. Maja en Lisen sprongen op de bank, Emma en Adrian vochten om een dvd en de tweeling huilde uit volle borst. Patriks moeder zag eruit alsof ze elk moment in een ravijn kon springen.

'Godzijdank, daar zijn jullie weer,' ontglipte haar en ze gaf Patrik en Erica ieder een blèrende baby. 'Ik begrijp niet wat er met de kinderen is. Ze zijn door het dolle heen. En ik heb geprobeerd deze twee te eten te geven, maar als ik de een voed, krijst de ander en dan raakt nummer één afgeleid en kan niet eten en begint weer te huilen en...' Ze stopte om adem te halen.

'Ga maar even zitten, mama,' zei Patrik. Hij liep weg om een flesje te halen voor Anton, die in zijn armen was beland. Het gezicht van het jongetje was vuurrood en hij brulde zo hard hij kon.

'Neem je ook een flesje mee voor Noel?' Erica probeerde haar huilende zoon te troosten.

Anton en Noel waren nog altijd heel klein. Wat dat betreft leken ze niet op Maja, die als baby al groot en stevig was geweest. Toch waren de jongens enorm vergeleken met toen ze pas waren geboren. Als kleine vogeljongen hadden ze ieder in een couveuse gelegen, met slangetjes aan hun broze armpjes. Het waren vechters, hadden ze in het ziekenhuis gezegd. De jongens waren snel hersteld en gaan groeien. Meestal hadden ze ook een gezonde eetlust. Maar Erica's bezorgdheid verdween nooit helemaal.

'Dank je.' Erica pakte het flesje aan dat Patrik haar aanreikte en ging met Noel in haar armen in de ene fauteuil zitten. Hij begon meteen gulzig te eten. Patrik nam met Anton in de andere fauteuil plaats en het kereltje verstomde net zo snel als zijn broer. Het had duidelijk voordelen dat het niet was gelukt met de borstvoeding, dacht Erica. Nu konden ze de verantwoordelijkheid voor de baby's delen, en dat was heel anders dan toen Maja klein was en ze het gevoel had gehad dat haar dochter vierentwintig uur per dag aan haar borst zat vastgeplakt.

'Hoe was het?' vroeg Kristina. Ze tilde Maja en Lisen van de bank en zei dat ze in Maja's kamer moesten gaan spelen. Emma en Adrian waren al naar boven gegaan, dus dat hoefde ze geen twee keer te zeggen.

'Tja, wat zal ik zeggen,' zei Erica. 'Ik maak me zorgen om Anna.'

'Ik ook.' Patrik ging voorzichtig verzitten om een comfortabeler houding te vinden. 'Het lijkt alsof ze Dan buitensluit. Ze duwt hem weg.'

'Ik weet het. Ik heb geprobeerd met haar te praten. Maar na alles wat ze heeft meegemaakt…' Erica schudde haar hoofd. Het was zo verschrikkelijk onrechtvaardig. Anna had jarenlang geleefd in iets wat nog het best als een hel kon worden beschreven, maar de laatste tijd leek ze eindelijk rust te hebben gevonden. En ze was zo blij geweest met het kind dat Dan en zij verwachtten. Nee, het was onbegrijpelijk wreed wat er was gebeurd.

'Emma en Adrian lijken er relatief goed mee om te gaan.' Kristina keek even naar boven, waar het vrolijke gelach van de kinderen te horen was.

'Ja, misschien wel,' zei Erica. 'Op dit moment zijn ze vooral blij dat hun moeder weer thuis is. Maar ik weet niet of hun reactie op alles wat er is gebeurd al is gekomen.'

'Daar heb je waarschijnlijk gelijk in,' zei Kristina en ze keek naar haar zoon. 'En jij dan? Zou jij niet nog een tijdje thuis moeten blijven om echt goed uit te rusten? Niemand heeft er wat aan als je je op dat politiebureau uit de naad werkt. Wat je is overkomen, was een waarschuwing.'

'Op dit moment is het daar waarschijnlijk rustiger dan hier,' zei Erica met een knikje naar de tweeling. 'Maar je hebt gelijk, ik heb precies hetzelfde gezegd.'

'Het is alleen maar goed voor me om weer aan het werk te gaan, maar ik zou langer thuisblijven als jij dat wilt, dat weet je.' Patrik zette het lege flesje op de salontafel en legde Anton geroutineerd tegen zijn schouder om hem te laten boeren.

'We redden het nu prima.'

Erica meende wat ze zei. Na de geboorte van Maja had ze het gevoel gehad dat ze voortdurend in een dichte nevel liep, maar deze keer was alles anders. Misschien kwam het door de omstandigheden waaronder de tweeling was geboren; misschien boden die geen ruimte voor een depressie. Het hielp ook dat ze in het ziekenhuis al vaste routines hadden ontwikkeld. Nu sliepen en aten de kinderen gehoorzaam op vaste tijden, en bovendien gelijktijdig. Nee, ze maakte zich er absoluut niet ongerust over of ze wel voor haar kinderen kon zorgen. Ze was blij met elk moment dat ze met hen samen was. Het had maar weinig gescheeld of ze was hen kwijt geweest.

Ze sloot haar ogen, boog zich naar voren en liet haar neus op Noels schedel rusten. Even deed zijn donzige haar haar aan Anna denken en ze kneep haar ogen nog steviger dicht. Wist ze maar hoe ze haar zus kon helpen, want op dit moment voelde ze zich verschrikkelijk machteloos. Ze haalde diep adem om zich door Noels geur te laten troosten.

'Liefje van me,' mompelde ze tegen zijn hoofd. 'Liefje van me.'

'Hoe gaat het op je werk?' Signe probeerde een luchtige toon aan te slaan terwijl ze gehaktbrood, erwten, aardappelpuree en roomsaus opschepte. Een flinke portie.

Sinds Matte weer in Fjällbacka woonde, zat hij meestal met zijn vork in zijn eten te prikken, hoewel ze hem telkens als hij bij hen was zijn lievelingsgerechten voorschotelde. Het was maar de vraag of hij überhaupt iets at als hij alleen thuis was. Hij was in elk geval mager als een lat. Gelukkig zag hij er gezonder uit nu de sporen van de mishandeling waren verdwenen. Toen ze hem in het Sahlgrenska-ziekenhuis in Göteborg hadden bezocht, had ze een kreet van afschuw niet kunnen onderdrukken. Hij was heel erg gehavend geweest en had zo'n opgezwollen gezicht gehad dat je amper had kunnen zien dat hij het was.

'Goed.'

Signe veerde op bij het geluid van zijn stem. Het antwoord op haar vraag had zo lang op zich laten wachten dat ze was vergeten dat ze hem had gesteld. Matte stak zijn vork in de aardappelpuree en schoof er wat gehaktbrood bij op. Signe merkte dat ze haar adem inhield terwijl ze met haar blik de vork naar zijn mond volgde.

'Staar niet zo naar de jongen als hij eet,' mopperde Gunnar. Hij was al bezig een tweede portie op te scheppen.

'Sorry,' zei ze en ze schudde haar hoofd. 'Ik… Ik ben gewoon heel blij dat je eet.'

'Ik kom heus niet om van de honger, mama. Kijk maar. Ik eet.' Als om dat te bewijzen laadde hij zijn vork flink vol en stak die snel in zijn mond voordat het eten er weer af viel.

'Je werkt toch niet te hard voor de gemeente?'

Signe kreeg opnieuw een geïrriteerde blik van Gunnar. Ze wist dat hij vond dat ze overbezorgd was, dat ze haar zoon een beetje met rust moest laten. Maar ze kon er niets aan doen. Matte was haar enige kind en al sinds de decemberdag waarop hij was geboren, bijna veertig jaar geleden, werd ze 's nachts met een zekere regelmaat badend in het zweet wakker, met haar hoofd vol nachtmerries over verschrikkingen en akeligheden die hem waren overkomen. Niets in haar leven was zo belangrijk als dat het goed met hem ging. Zo had ze het altijd gezien. En ze wist dat voor Gunnar precies hetzelfde gold, dat hij zijn zoon net zo aanbad als zij. Hij was alleen beter in staat om de duistere gedachten buiten te sluiten die de liefde voor een kind met zich meebracht.

Zelf was ze zich er voortdurend van bewust dat ze alles in een fractie van een seconde kon verliezen. Toen Matte een baby was, droomde ze over verborgen hartafwijkingen en dwong ze de artsen hem grondig te onderzoeken, waarna bleek dat haar zoon zo gezond was als een vis. Het eerste jaar sliep ze niet langer dan een uur achter elkaar, omdat ze telkens moest opstaan om te controleren of hij ademde. Toen hij wat groter werd, sneed ze zijn eten in kleine stukjes die niet in zijn keel konden blijven steken en zijn luchttoevoer konden afsnijden, en dat bleef ze doen tot hij op school zat. Ze droomde over auto's die frontaal tegen zijn zachte lichaampje aan reden.

Toen hij een tiener was, werden haar dromen nog enger. Comazuipen, rijden onder invloed, vechtpartijen. Soms lag ze zo hevig te woelen dat Gunnar er wakker van werd. De koortsige nachtmerries wisselden elkaar af, en uiteindelijk stond ze op en bleef zitten wachten tot Matte thuiskwam, terwijl haar blik van het raam naar de telefoon dwaalde en weer terug. Elke keer dat er buiten iemand naderde, maakte haar hart een sprongetje.

De nachten waren iets rustiger geworden nadat hij uit huis was gegaan. Eigenlijk was het vreemd, want haar angst had juist groter moeten worden op het moment dat ze hem niet langer in de gaten kon houden. Maar ze wist dat hij geen onnodige risico's nam. Hij was voorzichtig, dat had ze hem wel weten bij te brengen. Daarnaast was hij zorgzaam en zou hij geen vlieg kwaad doen. Volgens haar logica betekende dat ook dat niemand hem iets aan zou willen doen.

Ze glimlachte bij de herinnering aan alle dieren die hij in de loop van de jaren mee naar huis had genomen. Gewonde, in de steek gelaten of verwaarloosde beesten. Drie katten, drie aangereden egels en een mus met een lamme vleugel. En dan nog die slang die ze toevallig ontdekte toen ze schone onderbroeken in zijn la wilde opbergen. Na dat incident had hij moeten beloven reptielen aan hun lot over te laten, hoe gewond of verwaarloosd ze er ook uitzagen. Hij had het met tegenzin gedaan.

Het had haar verbaasd dat hij geen dierenarts of arts was geworden. Maar hij leek het naar zijn zin te hebben gehad op de Hogeschool voor Economie, en ze had begrepen dat hij goed in cijfers was. Hij scheen zijn werk bij de gemeente ook leuk te vinden. Toch klopte er iets niet. Ze kon niet precies zeggen wat het was, maar de dromen waren terug. Elke nacht werd ze bezweet wakker met fragmenten van beelden in haar hoofd. Er was iets mis, maar als ze er tactvol naar vroeg bleef het stil. Daarom richtte ze zich op zijn eten. Als hij maar een paar kilo zwaarder werd, kwam het vast allemaal goed.

'Wil je niet nog een beetje?' zei ze smekend toen Matte zijn vork neerlegde terwijl de helft van de enorme portie nog op zijn bord lag.

'Hou nou op, Signe,' zei Gunnar. 'Laat de jongen met rust.'

'Het geeft niet,' zei Matte en hij glimlachte bleekjes.

Moeders jongen. Hij wilde niet dat ze om hem op haar kop kreeg, al wist ze na veertig jaar huwelijk wel dat haar echtgenoot harder blafte dan dat hij beet. Een lievere man moest je met een lantaarntje zoeken. Haar slechte geweten speelde op, zoals zo vaak. Ze wist dat het aan haar lag, dat ze zich te veel zorgen maakte.

'Sorry, Matte. Natuurlijk hoef je niet meer te eten.'

Ze gebruikte de koosnaam die hij al had sinds hij had leren praten en zijn eigen naam nog niet goed kon zeggen. Hij had zichzelf Matte genoemd en vervolgens had iedereen dat overgenomen.

'Weet je wie hier weer is?' ging ze monter verder, terwijl ze de borden begon te verzamelen om af te ruimen.

'Nee, geen idee.'

'Annie.'

Matte schrok even en keek haar aan.

'Annie – mijn Annie?'

Gunnar grinnikte. 'Ik had al wel zo'n vermoeden dat dat nieuwtje je wakker zou schudden. Je hebt nog steeds een zwak voor haar.'

'Ach, toe.'

Plotseling zag Signe de tiener voor zich, met een pony tot over zijn ogen, die hakkelend vertelde dat hij verkering had.

'Ik heb haar vandaag boodschappen gebracht,' zei Gunnar. 'Ze zit op Schimmenscheer.'

'Hè bah, noem dat eiland niet zo.' Signe huiverde. 'Het heet Gråskär.'

'Wanneer is ze gekomen?' vroeg Matte.

'Gisteren, geloof ik. Ze heeft de jongen bij zich.'

'Hoe lang blijft ze?'

'Dat wist ze nog niet, zei ze.' Gunnar stopte wat snustabak onder zijn bovenlip en leunde tevreden achterover.

'Was ze... Was ze net als vroeger?'

Gunnar knikte. 'Ja, ze is geen spat veranderd, de kleine Annie. Nog altijd even mooi. Haar ogen staan een beetje verdrietig, vind ik, maar dat is misschien alleen verbeelding. Mogelijk heeft ze problemen thuis. Wat weet ik ervan?'

'Naar dat soort dingen moet je niet gissen,' zei Signe vermanend. 'Heb je de jongen gezien?'

'Nee, Annie stond me bij de steiger op te wachten en ik kon niet lang blijven. Maar ga zelf eens bij haar langs.' Gunnar wendde zich tot Matte. 'Ze vindt het vast leuk om bezoek te krijgen op Schimmenscheer – sorry, Gråskär,' verbeterde hij zichzelf, terwijl hij zijn vrouw plagend aankeek.

'Dat is allemaal kletspraat en oud bijgeloof. Ik vind niet dat je dat moet stimuleren,' zei Signe met een diepe frons tussen haar wenkbrauwen.

'Annie gelooft erin,' zei Matte stilletjes. 'Ze zei altijd dat ze wist dat ze er waren.'

'Wie?' Eigenlijk wilde Signe het gesprek op een ander onderwerp brengen, maar ze was nieuwsgierig naar Mattes antwoord.

'De doden. Annie zei dat ze ze soms kon zien en horen, maar dat ze geen kwaad in de zin hadden. Dat ze gewoon waren gebleven.'

'Bah. Nu is het tijd voor het toetje. Ik heb rabarbermoes gemaakt.' Signe stond met een ruk op. 'Maar in één ding heeft papa gelijk, al kraamt hij ook een hoop onzin uit: ze vindt het vast leuk om bezoek te krijgen.'

Matte antwoordde niet. Hij leek in gedachten verzonken.

Fjällbacka 1870

Emelie was doodsbenauwd. Ze had de zee nog nooit gezien. Laat staan dat ze erop had gevaren in iets wat een zeer wankele boot leek. Stevig greep ze de reling beet. Ze had het gevoel dat ze door de golven heen en weer werd geslingerd, zonder dat ze zich kon verzetten of haar lichaam in bedwang kon houden. Ze zocht Karls blik, maar hij staarde verbeten naar wat hun in de verte wachtte.

De woorden weerklonken nog altijd in haar oren. Waarschijnlijk was het alleen geklets van een oude vrouw, maar het was toch blijven hangen. Toen ze in de haven van Fjällbacka hun spullen aan boord van de kleine zeilboot brachten, had de vrouw hun gevraagd waar ze naartoe gingen.

'Gråskär,' had ze vrolijk geantwoord. 'Mijn man Karl is de nieuwe vuurtorenwachter.'

De vrouw was niet onder de indruk geweest. Ze had gesnoven en met een vreemd lachje gezegd: 'Gråskär? Ja, ja. Hier noemt niemand dat eiland zo.'

'O.' Emelie had het gevoel gehad dat ze niet verder moest vragen, maar haar nieuwsgierigheid had de overhand gekregen. 'Hoe noemen jullie het dan?'

In eerste instantie had de vrouw geen antwoord gegeven. Toen had ze haar stem laten dalen. 'Hier noemen we het Schimmenscheer.'

'Schimmenscheer?' Emelies nerveuze lach had in de vroege ochtend over het water gegalmd. 'Wat vreemd. Waarom noemen jullie het zo?'

De ogen van de vrouw hadden geglommen toen ze antwoordde. 'Omdat wordt gezegd dat de mensen die er sterven het eiland nooit verlaten.' Daarna had ze zich subiet omgedraaid en Emelie was met een vreemde klomp in haar maag tussen de valiezen en koffers achtergebleven. Weg waren de vreugde en opwinding die ze even tevoren nog had gevoeld.

Nu had ze het idee dat ze elk moment de dood in de ogen kon kijken. De zee was zo groot en zo ongetemd. Het was alsof ze ernaartoe werd gezogen. Ze kon niet zwemmen en zou de diepte in worden getrokken als de boot omsloeg door de golven, die heel groot leken, maar die Karl als een beetje deining had afgedaan. Ze hield zich nog steviger vast aan de reling, terwijl ze strak naar de vloer keek – of de bodem, zoals Karl beweerde dat het heette.

'Daar ligt Gråskär.'

Karls stem dwong haar haar blik omhoog te richten. Ze haalde diep adem en keek in de richting waarin de voorplecht wees. Het eerste wat haar opviel was hoe mooi het eiland was. Het was klein, maar het huis leek in het zonlicht te glanzen en de grijze klippen fonkelden. Ze zag stokrozen langs een van de gevels staan en het verbaasde haar dat die in de barre omgeving zo welig konden groeien. Aan de westzijde liep het eiland steil in zee, alsof de klip doormidden was gehouwen. Maar aan de andere kanten liepen de rotsen glooiend af naar het water.

Plotseling leken de golven om haar heen niet meer zo wild. Ze verlangde er nog steeds naar vaste grond onder haar voeten te voelen, maar Gråskär had haar al betoverd. En de woorden van de oude vrouw over Schimmenscheer drong ze weg. Iets wat zo mooi was, kon geen kwaad herbergen.

❄

Vannacht had ze hen gehoord. Hetzelfde gefluister, dezelfde stemmen als toen ze klein was. Het was drie uur geweest toen ze wakker werd. In eerste instantie had ze niet geweten wat haar had gewekt. Vervolgens had ze hen gehoord. Ze waren beneden aan het praten. Een stoel schraapte over de vloer. Waar hadden de doden het met elkaar over? Over dingen die waren gebeurd voordat ze stierven, of over dingen die nu gebeurden, jaren later?

Annie was zich al zo lang ze zich kon herinneren van hun aanwezigheid op het eiland bewust. Haar moeder had verteld dat ze als baby soms opeens ging lachen en met haar armen begon te zwaaien, alsof ze iets waarnam wat niemand anders zag. Naarmate ze ouder werd, merkte ze steeds vaker dat ze er waren. Een stem, iets wat als een schaduw voorbijkwam, het gevoel dat er iemand anders in de kamer was. Maar ze wilden haar geen kwaad doen. Ze had dat toen geweten en ze wist het nu nog. Ze lag een hele tijd te luisteren, tot de stemmen haar uiteindelijk in slaap wiegden.

Toen de ochtend kwam, herinnerde ze zich het geluid alleen als een verre droom. Ze maakte ontbijt voor Sam en haar, maar hij wilde zelfs zijn favoriete cornflakes niet opeten.

'Lieverd, toe. Eén lepel maar. Een kleintje?' Ze paaide hem, zonder ook maar een hap bij hem naar binnen te krijgen. Met een zucht legde ze de lepel neer. 'Je moet eten, dat begrijp je toch wel?' Ze streek over zijn wang.

Hij had sinds het gebeurde boe noch bah gezegd. Maar Annie duwde haar bezorgdheid ver weg. Ze moest hem de tijd geven en hem niet onder druk zetten; ze hoefde er alleen maar voor hem te zijn terwijl de herinneringen werden ingekapseld en door andere werden vervangen. En niets was zo goed als een verblijf op Gråskär, ver van alles vandaan, dicht bij de klippen, de zon en de zoute zee.

'Weet je wat, we laten het eten voor wat het is en we gaan zwemmen.' Toen ze geen antwoord kreeg, tilde ze hem gewoon op en ging met hem naar buiten. Teder en voorzichtig trok ze zijn kleren uit en droeg hem naar het water, alsof hij één was en niet een grote jongen van vijf. Het was niet echt warm, maar hij protesteerde niet toen ze samen met hem de zee in liep. Beschermend drukte ze zijn hoofd tegen haar borst. Dit was het beste medicijn. Ze zouden hier blijven tot de storm was geluwd. Tot alles weer bij het oude was.

'Ik dacht dat je maandag pas weer zou komen.' Annika schoof haar computerbril iets naar voren en keek Patrik aan. Hij stond in de deuropening van haar kamer, die tevens de receptie van het politiebureau was.

'Erica heeft me weggestuurd. Ze zei dat ze mijn lelijke kop zat was.' Hij probeerde te glimlachen, maar hij was het gevoel van de dag tevoren nog niet kwijt, dus de glimlach bereikte zijn ogen niet.

'Ik kan me helemaal in de visie van je geliefde echtgenote verplaatsen,' zei Annika, maar haar blik was net zo weemoedig als die van Patrik. De dood van een kind liet niemand onberoerd, en sinds Annika en haar man Lennart hadden gehoord dat ze binnenkort hun langverwachte adoptiedochter uit China konden ophalen, was ze nog gevoeliger dan vroeger als het kinderen betrof met wie het niet goed ging of die iets was overkomen.

'Gebeurt hier iets?'

'Nee, niet echt. Alleen de gebruikelijke dingen. Mevrouw Strömberg heeft deze week al drie keer gebeld om te zeggen dat haar schoonzoon haar wil vermoorden. En er zijn een paar jongeren betrapt op diefstal bij Hedemyrs.'

'Een drukke bedoening dus.'

'Ja, het belangrijkste onderwerp van gesprek is de uitnodiging die we hebben gekregen om alle heerlijkheden uit te proberen die het nieuwe Badis ons belooft.'

'Dat klinkt niet verkeerd. Ik wil me wel opofferen en erheen gaan.'

'Het is hoe dan ook prettig dat Badis zo mooi is geworden,' zei Annika. 'Het gebouw leek elk moment te kunnen instorten.'

'Ja, dat is waar. Maar ik betwijfel of het financieel haalbaar is. Het moet een vermogen hebben gekost om alles te restaureren, en je kunt je afvragen of de mensen wel naar een spa in Fjällbacka willen.'

'Als het niks wordt, heeft Erling een probleem. Een vriendin van me werkt bij de gemeente, en volgens haar hebben ze een groot deel van hun budget in dit project gestoken.'

'Dat geloof ik graag. Iedereen in Fjällbacka heeft het over het openingsfeest. Dat kost vast ook aardig wat.'

'Het hele politiebureau is uitgenodigd, voor het geval je dat nog niet wist. Dus je moet je nette pak aan.'

'Is iedereen weg?' vroeg Patrik om het gesprek op een ander onderwerp te brengen. Zijn hoofd stond op dit moment niet naar een chic feest waarvoor hij zich moest opdoffen.

'Ja, behalve Mellberg. Hij zit waarschijnlijk zoals altijd in zijn kamer. Er is niets veranderd, hoewel hij beweert dat hij zo vroeg is teruggekomen omdat het hier op het bureau in de soep dreigde te lopen zonder hem. Ik heb van Paula begrepen dat ze een andere oplossing moesten zoeken om te voorkomen dat Leo vroegtijdig een carrière als sumoworstelaar begon. De druppel die voor Rita kennelijk de emmer deed overlopen, was dat ze op een dag vroeg thuiskwam en zag dat Bertil voor Leo een heel hamburgermenu in de mixer pureerde. Ze is linea recta teruggegaan naar haar werk en heeft een paar maanden deeltijdverlof aangevraagd.'

'Dat meen je niet.'

'Jawel. Dus nu hebben wij hem weer fulltime hier. Maar Ernst is in elk geval blij. Toen Mellberg thuis was met Leo, was de hond hier en het beest miste hem verschrikkelijk. Hij lag alleen maar in zijn mand te piepen.'

'In zekere zin is het prettig dat alles bij het oude is,' zei Patrik. Hij liep naar zijn kamer en haalde diep adem voordat hij naar binnen stapte. Misschien kon het werk hem helpen de dag van gisteren te vergeten.

Ze wilde nooit meer opstaan. Ze wilde alleen maar in bed blijven liggen en door het raam naar de lucht kijken, die nu eens blauw en dan weer grijs was. Even wenste ze zelfs dat ze weer in het ziekenhuis lag. Daar was alles zoveel eenvoudiger geweest. Zo rustig en vredig. Iedereen was behoedzaam en attent geweest, had met zachte stem gesproken en haar geholpen met eten en wassen. Thuis waren er zoveel dingen die stoorden. Ze hoorde de kinderen spelen en hun kreten weergalmden door het huis. Af en toe kwamen ze met grote ogen naar haar kijken. Ze had het gevoel dat ze iets van haar verlangden, alsof ze iets wilden wat ze hun niet kon geven.

'Anna, slaap je?'

De stem van Dan. Het liefst had ze gedaan alsof ze sliep, maar ze wist dat hij haar zou doorzien.

'Nee.'

'Ik heb iets te eten gemaakt. Tomatensoep met geroosterd brood en cottage cheese. Misschien wil je beneden met ons eten? De kinderen vragen naar je.'

'Nee.'

'Nee, je wilt niet eten, of nee, je wilt niet naar beneden komen?'

Anna hoorde de frustratie in zijn stem, maar het raakte haar niet. Niets raakte haar nog. Het was alsof ze vanbinnen leeg was. Geen tranen, geen verdriet, geen woede.

'Nee.'

'Maar je moet eten. Je moet…' Dans stem brak en hij zette het dienblad met een klap op haar nachtkastje, zodat er tomatensoep over de rand van het bord gutste.

'Nee.'

'Ik heb ook een kind verloren, Anna. En de kinderen een broertje. We hebben je nodig. We…'

Ze hoorde dat hij naar woorden zocht. Maar in haar hoofd was slechts plek voor één woord. Eén enkel woord dat in de leegte houvast vond. Ze keek weg.

'Nee.'

Na een tijdje hoorde ze dat Dan de kamer uit liep. Ze draaide zich weer om naar het raam.

Het verontrustte haar dat hij zo afwezig leek.

'Lieve, lieve Sam.' Ze wiegde hem en streek hem over zijn haar. Hij had nog altijd geen woord gezegd. Opeens besefte ze dat ze misschien met hem naar een dokter moest gaan, maar die gedachte wuifde ze meteen weer weg. Ze wilde op dit moment niemand in hun wereld binnenlaten. Als Sam rust kreeg, zou hij binnenkort weer zichzelf zijn.

'Wil je een middagdutje doen, manneke?'

Hij antwoordde niet, maar ze droeg hem naar zijn bed en stopte hem in. Daarna zette ze een kan koffie, schonk zichzelf een kopje in, goot er wat melk bij en ging buiten op de steiger zitten. Het was wederom een mooie dag en ze genoot van de zon die haar gezicht verwarmde. Fredrik was dol geweest op de zon, hij had de zon bijna vereerd. Hij klaagde er altijd over dat het in Zweden zo koud was, dat de zon zo weinig scheen.

Waar kwamen die gedachten aan hem opeens vandaan? Ze had ze diep weggestopt. Hij had geen plek meer in hun leven. Fredrik met zijn eeuwige eisen en zijn behoefte om alles en iedereen te controleren. Vooral haar, en Sam.

Hier op Gråskär was geen enkel spoor van hem. Hij was nooit op het eiland geweest; dat was van haarzelf. Hij had er nooit naartoe gewild. 'Ik zou wel gek zijn om daar een beetje op zo'n stomme rots te gaan zitten,' had hij de enkele keer dat ze het hem had gevraagd gezegd. Gelukkig maar. Het eiland was niet bezoedeld door zijn aanwezigheid. Het was schoon en het was alleen van Sam en haar.

Stevig omklemde ze het koffiekopje. De jaren waren voorbijgevlogen. Het was heel snel bergafwaarts gegaan en uiteindelijk had ze geen kant op gekund. Er was geen uitweg geweest, geen mogelijkheid om te vluchten. Ze had niemand gehad, behalve Fredrik en Sam. Waar had ze naartoe gemoeten?

Maar nu was ze eindelijk vrij. Ze voelde de zoute zeelucht in haar gezicht. Ze hadden het gered. Sam en zij. Als hij weer gezond was, zouden ze hun eigen leven kunnen leiden.

Annie was thuis. Nadat hij bij zijn ouders had gegeten, had hij de hele avond aan haar moeten denken. Annie met haar lange blonde haar en sproeten op haar neus en haar armen. Annie die naar zee en zomer geurde, en wier warmte hij na alle jaren nog altijd in zijn armen kon voelen. Het was waar wat de mensen zeiden: je eerste liefde vergat je nooit. En de drie zomers op Gråskär kon hij niet anders dan magisch noemen. Hij was zo vaak hij kon naar haar toe gegaan en samen hadden ze het eilandje tot het hunne gemaakt.

Maar soms was hij bang voor haar geweest. Als haar lichte lach opeens verstomde en ze in een soort duisternis verdween waar hij haar niet kon bereiken. Ze had de gevoelens waar ze door werd overmand nooit kunnen benoemen en na verloop van tijd had hij geleerd haar met rust te laten als het gebeurde. De laatste zomer had de duisternis zich vaker aangediend en ze was langzaam bij hem weggegleden. Toen ze in augustus met haar bagage in de trein naar Stockholm stapte en hij haar uitzwaaide, wist hij dat het voorbij was.

Daarna hadden ze geen contact meer gehad. Hij had geprobeerd haar te bellen toen haar ouders het jaar erop vlak na elkaar overleden, maar alleen haar antwoordapparaat gekregen. Ze had nooit teruggebeld. Het huis op Gråskär had leeggestaan. Hij wist dat zijn ouders er soms naartoe waren gegaan en dat Annie hun van tijd tot tijd geld had gestuurd om ervoor te zorgen. Maar zelf was ze nooit teruggekomen en na verloop van tijd waren zijn herinneringen verbleekt.

Nu was Annie terug. Matte staarde vanachter zijn bureau naar de lucht. Zijn vermoedens waren sterker geworden en hij moest met een aantal dingen aan de slag. Maar Annie drong zich er de hele tijd tussen. Toen de namiddagzon over het gemeentehuis van Tanumshede begon te dalen, verzamelde hij alle papieren die voor hem lagen. Hij moest Annie zien. Met gedecideerde passen liep hij zijn kamer uit. Hij stopte om een paar woorden met Erling te wisselen voordat hij naar zijn auto liep. Zijn hand trilde toen hij het sleuteltje in het contact stak en omdraaide.

'Wat ben je vroeg thuis, lieveling!'

Vivianne kwam hem tegemoet en gaf hem een koele kus op zijn wang. Hij kon het niet laten haar beet te pakken, zijn armen om haar middel te slaan en haar naar zich toe te trekken.

'Rustig maar. We bewaren die energie tot later.' Ze legde haar ene hand op zijn borstkas.

'Weet je het zeker? Ik ben de laatste tijd 's avonds steeds zo moe.' Hij trok haar weer naar zich toe. Tot zijn grote teleurstelling glipte ze opnieuw weg en liep ze naar haar werkkamer.

'Je zult toch geduld moeten hebben. Ik heb het zo druk dat ik me nu gewoon niet zou kunnen ontspannen. En je weet hoe het dan gaat.'

'Ja, ja.'

Erling keek haar terneergeslagen na. Natuurlijk konden ze tot later wachten, maar hij was al de hele week op de bank in slaap gevallen. Elke ochtend werd hij met een kussen van de bank onder zijn hoofd wakker onder een deken die Vivianne teder over hem heen had gelegd. Hij begreep het niet. Waarschijnlijk was hij uitgeput van het vele werken. Hij moest echt beter leren delegeren.

'Ik heb in elk geval wat lekkers bij me,' riep hij.

'Wat lief. Wat heb je meegenomen?'

'Garnalen van de gebroeders Olsson en een fles goede chablis.'

'Heerlijk. Ik ben om een uur of acht klaar, dus als jij ervoor zorgt dat het eten tegen die tijd op tafel staat, zou dat fantastisch zijn.'

'Natuurlijk, lieveling,' mompelde Erling.

Hij tilde de plastic zakken op en droeg ze naar de keuken. Het voelde een beetje onwennig, dat moest hij toegeven. Toen hij nog met Viveca getrouwd was, had zij dat soort dingen geregeld, maar nadat Vivianne bij hem was ingetrokken, was zij er op de een of andere manier in geslaagd die verantwoordelijkheid op hem af te schuiven. Hij had geen flauw benul hoe dat in zijn werk was gegaan.

Hij zuchtte diep en zette de etenswaren in de koelkast. Toen moest hij denken aan wat hem die avond te wachten stond en zijn gezicht klaarde iets op. Hij zou er wel voor zorgen dat ze zich ontspande. Dat was een beetje werk in de keuken wel waard.

Erica pufte zwaar terwijl ze door Fjällbacka wandelde. Dat ze zwanger was geweest van een tweeling en een keizersnee had gehad, had haar gewicht en haar conditie niet in gunstige zin beïnvloed. Maar dat soort dingen leek nu zo triviaal. Haar beide zonen waren gezond. Ze hadden het ongeluk overleefd, en de dankbaarheid die Erica elke ochtend voelde als ze om halfzeven begonnen te huilen, was zo overweldigend dat ze er nog altijd tranen van in haar ogen kreeg.

Anna was des te harder getroffen en voor het eerst wist Erica niet hoe ze toenadering tot haar zus moest zoeken. Hun relatie was niet altijd eenvoudig geweest, maar al sinds hun kinderjaren was Erica degene die voor Anna zorgde, die de pijn wegkuste als ze was gevallen en haar tranen droogde. Deze keer was het anders. De wond was geen schaafplek, maar een diep gat in haar ziel, en Erica had het gevoel dat ze stond toe te kijken terwijl alle levenskracht uit Anna wegstroomde. Wat moest ze doen om te zorgen dat dit heelde? Anna's zoon was gestorven en hoeveel verdriet dat Erica ook deed, ze kon niet verhullen dat ze heel blij was dat haar eigen kinderen nog leefden. Na het ongeluk had Anna haar niet eens kunnen aankijken. Erica was vaak naar het ziekenhuis gegaan en had naast haar bed gezeten. Maar Anna had haar geen enkele keer recht aangekeken.

Sinds Anna thuis was, had Erica het nog niet kunnen opbrengen bij haar langs te gaan. Ze had Dan een paar keer gebeld en hij had somber en ontmoedigd geklonken. Nu kon ze een bezoekje niet langer uitstellen en ze had Kristina gevraagd of ze even op de tweeling en Maja wilde passen. Anna was haar zus. Ze was haar verantwoordelijkheid.

Zwaar liet ze haar hand op de deur vallen. Binnen hoorde ze de kinderen kabaal maken en na een tijdje deed Emma open.

'Tante Erica!' riep ze blij. 'Waar zijn de baby's?'

'Die zijn thuis met Maja en hun oma.' Erica streek Emma over haar wang. Ze leek onvoorstelbaar veel op Anna toen die klein was.

'Mama is verdrietig,' zei Emma en ze keek Erica aan. 'Ze slaapt aldoor en papa zegt dat dat komt doordat ze verdrietig is. Ze is verdrietig omdat de baby in haar buik heeft besloten naar de hemel te gaan en niet bij ons is komen wonen. En ik begrijp de baby best, want Adrian is hartstikke lastig en Lisen plaagt ons aldoor. Maar ik zou heel lief tegen de baby zijn geweest. Echt waar! Heel lief.'

'Dat weet ik, meiske. Maar de baby vindt het vast ook hartstikke leuk om tussen de wolken te stuiteren.'

'Net als op een heleboel trampolines?' Emma's gezicht klaarde op.

'Ja, inderdaad, net als op een heleboel trampolines.'

'O, ik zou ook een heleboel trampolines willen hebben,' zei Emma. 'Wij hebben een kleintje in de tuin. Je kunt er maar in je eentje op, en Lisen moet altijd als eerste en dan kom ik nooit meer aan de beurt.' Ze draaide zich om en liep mopperend naar de woonkamer.

Pas nu besefte Erica wat Emma had gezegd: ze had Dan 'papa' genoemd. Erica glimlachte. Eigenlijk verbaasde het haar niet, want Dan was dol op Anna's kinderen en die liefde was van meet af aan beantwoord. Hun gezamenlijke kind zou het gezin nog meer hebben verbonden. Erica slikte en volgde Emma naar de woonkamer. Het leek alsof daar een bom was ontploft.

'Sorry voor de rommel,' zei Dan gegeneerd. 'Ik kom er gewoon niet aan toe. De dag heeft geen uren genoeg, lijkt het wel.'

'Ik begrijp precies wat je bedoelt. Je zou het bij ons thuis eens moeten zien.' Erica bleef in de deuropening staan en keek schuin naar boven. 'Kan ik naar boven gaan?'

'Ja, doe maar.' Dan streek met zijn hand over zijn gezicht. Hij zag er mateloos moe en verdrietig uit.

'Ik wil mee,' zei Emma. Maar Dan ging op zijn hurken zitten, sprak kalmerend met haar en kreeg haar zover dat ze Erica in haar eentje naar Anna liet gaan.

De slaapkamer van Dan en Anna lag rechts van de gang. Erica hief haar hand op, maar toen haar knokkels een paar centimeter van de deur waren verwijderd, veranderde ze van gedachten en duwde de deur voorzichtig open. Anna lag met haar gezicht naar het raam en in het latenamiddaglicht glom haar hoofd onder het donzige haar. Erica's hart trok zich samen. Ze was altijd meer een moeder dan een grote zus voor Anna geweest, maar de laatste jaren was hun relatie veranderd en waren ze meer elkaars zus geworden. Met één klap waren ze nu terug in hun oude rollen: Anna kwetsbaar en klein, Erica bezorgd en toeziend.

Anna ademde rustig en gelijkmatig. Ze piepte een beetje en Erica besefte dat ze sliep. Ze sloop naar het bed en ging voorzichtig op de rand zitten om Anna niet wakker te maken. Teder legde ze haar hand op de heup van haar zus. Of Anna het nu wilde of niet, Erica zou aan haar zijde staan. Ze waren zussen. Ze waren vriendinnen.

'Papa is thuis!' Patrik ricp luid en wachtte op de gebruikelijke reactie. En inderdaad: snelle voetjes trippelden over de vloer en één tel later kwam Maja in volle vaart de hoek om en stoof op hem af.

'Papaaaa!' Ze gaf hem kusjes op zijn hele gezicht, alsof hij een zeiltocht om de wereld had gemaakt en niet gewoon een dag op zijn werk was geweest.

'Lieverdje van me.' Hij hield haar stevig vast, boorde zijn neus in haar hals en snoof de speciale Maja-geur op waarvan zijn hart altijd een sprongetje maakte.

'Ik dacht dat je maar halve dagen zou werken.' Zijn moeder droogde haar handen af aan een handdoek en keek hem met dezelfde blik aan als toen hij nog een tiener was en later dan afgesproken thuiskwam.

'Ja, dat weet ik, maar het was fijn om terug te zijn, dus ben ik iets langer gebleven. Ik doe wel rustig aan, hoor. Er waren geen dringende dingen.'

'Je weet het zelf het best, maar je moet goed naar je lichaam luisteren. Dit soort dingen moet je serieus nemen.'

'Ja, ja.' Patrik hoopte dat zijn moeder gauw over iets anders ging praten. Ze hoefde zich geen zorgen te maken. De angst die hij in de ambulance naar Uddevalla had gevoeld was hij niet vergeten. Hij had gedacht dat hij doodging; hij was daar zelfs van overtuigd geweest. Beelden van Maja, Erica en de baby's die hij nooit zou zien waren door zijn hoofd getold en hadden zich vermengd met de pijn in zijn borst.

Pas toen hij op de intensive care wakker werd, had hij begrepen dat hij het had overleefd, dat zijn lichaam hem alleen had willen vertellen dat hij het rustig aan moest doen. Maar vervolgens hadden ze hem over het auto-ongeluk verteld en de eerste pijn had plaatsgemaakt voor een nieuwe. Toen ze hem in een rolstoel naar de tweeling hadden gereden, had hij in eerste instantie in de deuropening rechtsomkeert willen maken. Ze waren zo klein en weerloos geweest. Hun magere borstjes waren moeizaam op en neer gegaan en af en toe hadden ze een schokkerige beweging gemaakt. Hij had niet gedacht dat ze het zouden redden, zo klein waren ze, dus wilde hij niet dichterbij komen, hen niet vastpakken; want hij wist niet of hij het wel aankon als hij later afscheid zou moeten nemen.

'Waar zijn je broertjes?' vroeg hij Maja. Hij hield haar nog altijd in zijn armen en zij had de hare stevig om zijn nek geslagen.

'Die slapen. Maar ze hebben gepoept. Heel veel. Oma heeft hun billen afgeveegd. Het rook heel vies.' Ze vertrok haar hele gezicht.

'Het waren engeltjes,' zei Kristina en haar gezicht begon te stralen. 'Ze hebben ieder bijna twee hele flesjes leeggedronken en daarna zijn ze zonder problemen gaan slapen. Nadat ze hadden gepoept dus, zoals Maja al zei.'

'Ik ga even bij ze kijken,' zei Patrik. Sinds de jongens thuis waren, was hij eraan gewend geraakt dat ze voortdurend in zijn buurt waren en toen hij op zijn werk was, had hij zo sterk naar hen verlangd dat hij het in zijn hele lichaam had kunnen voelen.

Hij ging naar boven en liep naar de slaapkamer. Omdat ze de jongens niet uit elkaar hadden willen halen, lieten ze hen samen in één bed slapen. Nu lagen ze dicht bij elkaar met hun neuzen tegen elkaar aan. Noels arm lag over Anton heen, alsof hij hem beschermde. Patrik vroeg zich af wat hun rollen zouden worden. Noel leek iets meer gedecideerd; hij was luidruchtiger dan Anton, die je nog het best vergenoegd kon noemen. Zolang hij genoeg te eten kreeg en mocht slapen als hij moe was, hoorde je hem alleen maar tevreden brabbelen. Noel kon echter flink protesteren als hij het niet echt naar zijn zin had. Hij vond het niet leuk om aangekleed te worden of een schone luier te krijgen. Hem in bad doen was nog wel het ergst. Afgaand op zijn gekrijs was water levensgevaarlijk.

Patrik bleef een hele tijd over het babybed gebogen staan. In hun slaap bewogen zowel de ogen van Noel als die van Anton onder hun oogleden heen en weer. Patrik vroeg zich af of ze over dezelfde dingen droomden.

Annie zat op het trapje in de avondzon toen ze een boot zag naderen. Sam sliep al en ze stond langzaam op en liep naar de steiger.

'Mag ik hier aanleggen?'

De stem klonk heel bekend, maar ook veranderd. Je kon horen dat hij had geleefd sinds ze elkaar voor het laatst hadden gezien. Aanvankelijk wilde ze schreeuwen: Nee, kom niet aan land. Je hoort hier niet langer thuis. In plaats daarvan ving ze het touw op dat hij haar toewierp en maakte behendig een dubbele halve steek om de boot af te meren. Even later stond hij op de steiger. Annie was vergeten hoe lang hij was. Zelf was ze bijna net zo lang als de meeste mannen die ze kende, maar bij hem had ze altijd haar hoofd tegen zijn borstkas kunnen leggen. Dat was een van de dingen waar Fredrik zich aan had geërgerd: dat ze een paar centimeter langer was dan hij. Ze had nooit schoenen met hoge hakken mogen dragen als ze samen uit waren.

Nu niet aan Fredrik denken. Niet denken aan…

Ze belandde in zijn armen. Ze wist niet hoe het zo kwam, wie de stap had gezet die hen scheidde. Plotseling stond ze daar gewoon en zijn gebreide trui voelde grof tegen haar wang. Zijn armen om haar lichaam gaven haar een veilig gevoel en ze snoof de vertrouwde geur op die ze zoveel jaren niet had geroken. Mattes geur.

'Hoi.' Hij hield haar nog steviger vast, alsof hij wilde voorkomen dat ze viel, en dat deed hij ook. Ze wilde eeuwig in zijn omhelzing blijven staan, alles voelen wat zo lang geleden van haar was geweest, maar in een wirwar van duisternis en wanhoop was verdwenen. Uiteindelijk liet hij haar echter los en bestudeerde haar gezicht vanaf een afstandje, alsof hij het voor het eerst zag.

'Je bent geen spat veranderd,' zei hij. Maar Annie zag in zijn ogen dat dat niet waar was. Ze was wel degelijk veranderd; ze was iemand anders. Dat kon je in haar gezicht zien; het was in de lijnen om haar ogen en haar mond gekerfd, en ze wist dat hij dat zag. Maar ze vond het lief dat hij toch deed alsof. Daar was hij altijd al goed in geweest: net doen alsof het slechte verdween als je je ogen maar stevig genoeg dichtkneep.

'Kom,' zei ze en ze stak haar hand naar hem uit. Hij pakte die beet en ze liepen naar het huis.

'Het eiland ziet er nog net zo uit als vroeger.' De wind greep zijn stem, zodat die over de klippen werd meegevoerd.

'Ja, hier is alles bij het oude gebleven.' Ze wilde nog meer zeggen, maar Matte ging naar binnen. Hij moest bukken toen hij door de deuropening stapte en het moment was voorbij. Zo was het altijd geweest met Matte. Ze herinnerde zich de woorden die ze met zich had meegedragen en die hem hadden willen bereiken, maar die waren blijven steken en haar stom hadden gemaakt. En hij was verdrietig geweest, dat wist ze. Verdrietig omdat ze hem buitensloot als de duisternis kwam.

Ze kon hem nu ook niet binnenlaten, maar hij kon hier wel bij haar zitten. In elk geval eventjes. Ze had het nodig, ze had zijn warmte nodig. Ze had het al zo lang koud.

'Heb je zin in een kopje thee?' Zonder op zijn antwoord te wachten pakte ze een pan. Ze moest iets omhanden hebben om niet te laten zien dat ze beefde.

'Ja, lekker. Waar is de kleine man? Hoe oud is hij?'

Ze keek hem vragend aan.

'Mijn ouders hebben me op de hoogte gehouden,' zei hij glimlachend.

'Hij is vijf. En hij slaapt al.'

'O.' Hij klonk teleurgesteld en dat verwarmde haar hart. Dat betekende iets. Ze had zich vaak afgevraagd hoe het zou zijn geweest als ze Sam met Matte had gekregen in plaats van met Fredrik. Alleen was het dan niet Sam geweest, maar een heel ander kind. En die gedachte was onmogelijk.

Ze was blij dat Sam sliep. Ze wilde niet dat Matte hem zo zou zien. Zodra Sam beter was, zou Matte haar zoon, wiens bruine ogen altijd ondeugend straalden, mogen zien. Als die ondeugendheid maar terugkwam, dan zouden ze met z'n allen iets kunnen afspreken. Ze verheugde zich er nu al op.

Ze zaten een tijdje in stilte van de warme thee te nippen. Het was gek dat ze als vreemden tegenover elkaar zaten, dat ze de tijd gewoon hadden laten verstrijken. Toen begonnen ze te praten. Het voelde onwennig, want ze waren niet meer dezelfde mensen als toen. Langzaam hervonden ze echter hun ritme, de toon die van hen was geweest, en toen konden ze alles afpellen wat de jaren tussen hen in hadden gelegd.

Toen ze zijn hand pakte en hem naar boven leidde, voelde het alsof alles precies zo was als het moest zijn. Met zijn armen om haar heen en zijn ademhaling in haar oor viel ze na afloop in slaap. Buiten hoorde ze de golven tegen de klippen slaan.

Vivianne legde een deken over Erling heen. Het slaapmiddel had hem zoals gebruikelijk uitgeschakeld. Hij was zich gaan afvragen waarom hij elke avond op de bank in slaap viel en ze wist dat ze voorzichtig moest zijn. Maar ze kon het niet langer opbrengen om naast hem te gaan liggen en zijn lichaam tegen het hare te voelen. Ze kon het gewoon niet.

Ze ging naar de keuken, gooide de garnalenschillen in de afvalzak, spoelde de borden af en zette ze in de vaatwasser. Er was nog een klein beetje witte wijn, dat ze in een schoon glas schonk, waarna ze terugliep naar de tv-kamer.

Ze waren er nu bijna en ze begon zich zorgen te maken. De laatste dagen had ze het gevoel dat de constructie die ze zo zorgvuldig hadden opgezet ineen dreigde te storten. Er hoefde maar één stukje te worden verplaatst en de hele boel zou omvallen. Dat wist ze. Toen ze jonger was, had ze een soort pervers genot ervaren als ze risico's nam. Ze had het heerlijk gevonden om op de grens van het gevaar te balanceren. Maar nu niet meer. Naarmate ze ouder werd, leek het alsof haar verlangen naar geborgenheid toenam; ze wilde zonder te hoeven nadenken achterover kunnen leunen. En ze was ervan overtuigd dat dat voor Anders ook zo was. Ze leken veel op elkaar en wisten wat de ander dacht zonder dat het hardop gezegd hoefde te worden. Zo was het altijd al geweest.

Vivianne bracht het glas naar haar mond, maar stopte midden in de beweging toen ze de wijn rook. De geur bracht herinneringen boven aan gebeurtenissen waarvan ze had gezworen er nooit meer aan te denken. Het was zo lang geleden. Ze was iemand anders geweest, iemand die ze nooit meer zou worden, onder geen beding. Ze was nu Vivianne.

Ze wist dat ze Anders nodig had om niet terug te vallen in het donkere gat van herinneringen waar ze weer klein en vuil van werd.

Na een laatste blik op Erling trok ze haar jas aan en vertrok. Hij sliep diep. Hij zou haar niet missen.

Fjällbacka 1870

Toen Karl om haar hand had gevraagd, was Emelie in de zevende hemel geweest. Ze had nooit gedacht dat zoiets zou gebeuren. Niet dat ze er niet van had gedroomd. In de vijf jaar dat ze als meid op de boerderij van zijn ouders had gewerkt, was ze vaak met het beeld van Karls gezicht op haar netvlies in slaap gevallen. Maar hij was onbereikbaar, dat wist ze. En de scherpe woorden van Edith hadden de laatste restjes van haar dromen weggevaagd. Want de zoon op de boerderij trouwde niet met de meid, zelfs niet als hij haar zwanger had gemaakt.

Karl had haar nooit aangeraakt. Hij had amper met haar gesproken wanneer hij vrij was van de lichtboot en thuis op bezoek kwam. Hij had alleen beleefd geglimlacht en was opzij gegaan als ze erlangs moest. Hij had haar hoogstens gevraagd hoe het met haar ging, maar nooit laten blijken dat hij hetzelfde voelde als zij. Edith had haar een dwaas genoemd en gezegd dat ze dergelijke gedachten uit haar hoofd moest zetten, dat ze niet zo'n dromer moest zijn.

Maar dromen konden uitkomen en gebeden konden worden verhoord. Op een dag was hij naar haar toe gekomen en had gevraagd of hij met haar mocht praten. Ze was bang geworden en had gedacht dat ze iets doms had gedaan, dat hij zou zeggen dat ze haar koffers kon pakken en moest vertrekken. In plaats daarvan had hij naar de vloer gestaard. Zijn donkere pony was voor zijn ogen gevallen en ze had zich moeten vermannen om niet haar hand uit te steken en zijn haar weg te strijken. Stamelend had hij gevraagd of ze zich kon voorstellen met hem in het huwelijk te treden. Ze had haar oren niet geloofd en hem van top tot teen opgenomen om te zien of hij de spot met haar dreef. Maar hij was blijven praten en had gezegd dat hij wilde dat ze zijn echtgenote werd – ja, morgen al. Zijn ouders en de dominee waren al op de hoogte, dus als zij instemde kon alles meteen worden geregeld.

Ze had even geaarzeld, maar uiteindelijk een ja geademd. Karl had haar buigend bedankt terwijl hij achteruit de kamer uit liep. Zij was een hele tijd blijven zitten, en terwijl de warmte zich door haar borst verspreidde, had ze een woord van dank naar de Heer gezonden die de gebeden had verhoord die ze 's avonds voor zich uit had gefluisterd. Daarna was ze weggestoven en op zoek gegaan naar Edith.

Maar Edith had niet gereageerd zoals ze had gehoopt, met verbazing en misschien enige afgunst. In plaats daarvan had ze haar donkere wenkbrauwen opgetrokken, haar hoofd geschud en gezegd dat Emelie moest oppassen. Nadat Karl van de lichtboot was thuisgekomen, had Edith vreemde gesprekken opgevangen, stemmen die achter gesloten deuren stegen en daalden. Zijn terugkeer was onverwacht geweest. Niemand die op de boerderij werkte had geweten dat de jongste zoon thuis zou komen. En dat was meestal toch anders, had Edith gezegd. Emelie had niet geluisterd, maar uit de woorden van haar vriendin opgemaakt dat ze haar het geluk dat op haar pad was gekomen niet gunde. Gedecideerd had ze Edith de rug toegekeerd en ze had niet meer met haar gesproken. Ze wilde niets van dom geklets en roddelpraat weten. Ze zou met Karl trouwen.

Sindsdien was er een week verstreken en ze woonden nu één dag in hun nieuwe huis. Emelie betrapte zich erop dat ze liep te neuriën. Het was heerlijk om een eigen huishouding te kunnen bestieren. Het huis was weliswaar klein, maar in al zijn eenvoud was het mooi en ze had na hun aankomst flink gepoetst en geboend, dus nu was alles blinkend schoon en geurde naar zeep. Karl en zij hadden nog niet veel tijd samen kunnen doorbrengen, maar daar zou nog wel gelegenheid voor komen. Hij moest veel regelen om alles in orde te maken. De assistent-vuurtorenwachter Julian was inmiddels ook gearriveerd en al vanaf de eerste nacht hadden ze de vuurtoren afwisselend bemand.

Ze wist niet zeker wat ze van de man vond met wie ze het eiland moesten delen. Julian had nauwelijks iets tegen haar gezegd sinds hij op Gråskär aan land was gestapt. Hij had haar voornamelijk aangekeken op een manier die ze niet echt prettig vond. Maar waarschijnlijk was hij ge-

woon verlegen. Het was vast niet makkelijk als je opeens dicht op een vreemde moest leven. Ze had begrepen dat hij Karl al kende van de lichtboot en het zou wel even duren voordat hij haar ook kende. Maar als er iets was wat ze hier op het eiland hadden, dan was het tijd. Emelie ging verder met haar bezigheden in de keuken. Karl zou er geen spijt van hoeven krijgen dat hij haar tot zijn vrouw had genomen.

❄

Ze stak haar hand naar hem uit. Zoals ze toen ook altijd had gedaan. Het was alsof ze nog maar een dag geleden voor het laatst hier zo samen in bed hadden gelegen. Maar nu waren ze volwassen. Hij was hoekiger en meer behaard en had littekens die er vroeger niet waren geweest, zowel aan de buitenkant als vanbinnen. Ze had haar hoofd op zijn borst laten rusten en de contouren van de littekens met haar vingers gevolgd. Ze was nieuwsgierig geweest, maar had geweten dat alles nog te broos was voor vragen over de jaren die waren verstreken.

Nu was het bed leeg. Haar mond was droog en ze was volledig uitgeput. Alleen. Haar hand bleef over het laken en het kussen zoeken, maar Matte was weg. Het was alsof ze 's nachts een lichaamsdeel was kwijtgeraakt. Maar toen kreeg ze weer hoop. Misschien was hij beneden? Ze hield haar adem in en luisterde, maar er was geen enkel geluid te horen. Annie trok het dekbed strak om zich heen en zette haar voeten op de versleten oude houten vloer. Voorzichtig schuifelde ze naar het raam dat op de steiger uitkeek en tuurde naar buiten. De boot was weg. Hij was bij haar weggegaan zonder afscheid te nemen. Ze zakte langs de muur omlaag en voelde hoofdpijn opkomen. Ze moest iets drinken.

Moeizaam kleedde ze zich aan. Ze had het gevoel dat ze de hele nacht geen oog had dichtgedaan, maar dat had ze wel. Ze was in zijn armen in slaap gevallen en had in tijden niet zo goed geslapen. Toch bonsde haar hoofd.

Beneden was het stil en ze ging naar Sam toe. Hij was wakker, maar lag stil in zijn bed. Zonder iets te zeggen tilde ze hem eruit en droeg hem naar de keukentafel. Ze streek over zijn haar en ging koffiezetten en iets te drinken pakken. Ze had verschrikkelijke dorst. Pas nadat ze twee grote glazen water achterover had geslagen, was het droge gevoel in haar mond verdwenen. Ze veegde haar mond met de rug van haar hand af. Nu haar dorst was gelest, was haar vermoeidheid nog meer voelbaar. Maar Sam moest iets eten, en zijzelf ook. Ze kookte eieren, smeerde een boterham voor zichzelf en maakte pap voor Sam. Alles met mechanische bewegingen. Met een schuin oog keek ze naar de la in de hal. Er was niet veel meer. Het was belangrijk dat ze rantsoeneerde. Maar haar vermoeidheid en de aanblik van de eenzame boot bij de steiger deden haar snel naar de hal lopen, waar ze de onderste la van de kast opentrok. Naarstig voelde ze met haar hand onder de kleren, maar haar vingers kregen niets te pakken. Ze doorzocht de la nog een keer en smeet ten slotte alle kleren eruit. Er lag niets. Misschien had ze het in een andere la gelegd. Ze trok de twee andere ook open en gooide de inhoud op de vloer. Niets. De paniek sloeg toe, en opeens snapte ze waarom haar hand over een leeg laken was gegleden toen ze zonet wakker was geworden. Plotseling begreep ze waarom Matte weg was en geen afscheid had genomen.

Ze zakte op de vloer in elkaar, bleef in een foetushouding liggen en hield haar knieën vast. In de keuken hoorde ze het water overkoken.

'Laat de jongen toch met rust.' Gunnar keek niet eens op van de *Bohusläningen* toen hij nog een keer herhaalde wat hij de hele dag al had gezegd.

'Maar hij wil misschien vanavond komen eten. Of morgen, op zondag. Denk je niet?' Signes stem klonk geestdriftig.

Gunnar zuchtte achter de krant.

'Hij heeft vast andere plannen voor het weekend. Hij is een volwassen man. Als hij wil komen, belt hij ons wel of komt hij gewoon langs. Je kunt niet steeds achter hem aan zitten. Hij heeft hier laatst nog gegeten.'

'Ik geloof toch dat ik even bel. Alleen om te horen hoe het met hem gaat.' Signe reikte naar de telefoon, maar Gunnar boog zich naar voren en hield haar tegen.

'Laat hem nou met rust,' zei hij nadrukkelijk.

Signe trok haar hand terug. Maar in haar lichaam brandde het verlangen om het nummer van Mattes mobiel in te toetsen en zijn stem te horen, zodat ze wist dat alles goed was. Na de mishandeling was haar ongerustheid nog meer toegenomen. De gebeurtenis had bevestigd wat ze altijd al had geweten, namelijk dat de wereld een gevaarlijke plek voor Matte was.

Logisch gezien wist ze dat ze afstand moest nemen. Maar wat hielp dat als haar hele wezen schreeuwde dat ze hem moest beschermen? Hij was nu volwassen. Ze wist het. Toch bleef ze zich zorgen maken.

Signe sloop naar de hal en pakte de telefoon daar. Toen ze Mattes stem op de voicemail hoorde, hing ze op. Waarom nam hij niet op?

'Ik weet niet wat ik moet doen.'

Erica liet haar hoofd hangen. Ze hadden een zeldzaam moment van rust in alle chaos. Alle drie de kinderen sliepen en ze konden samen aan de keukentafel zitten, boterhammen uit de oven eten en praten zonder voortdurend onderbroken te worden. Maar Erica kon er niet echt van genieten. Haar gedachten gingen steeds naar Anna.

'Je kunt niet veel anders doen dan er voor haar zijn wanneer ze je nodig heeft. En Dan is er ook nog.' Patrik reikte over de tafel heen om zijn hand op die van Erica te leggen.

'Wat nou als ze me haat?' Haar stem klonk dun en ze kon elk moment in tranen uitbarsten.

'Waarom zou ze je haten?'

'Omdat ik twee baby's heb en zij geen een.'

'Maar daar kun jij toch niets aan doen? Dat is... Ik weet niet hoe ik het moet noemen. Het lot, misschien.' Patrik streelde de rug van haar hand.

'Het lot?' Erica keek hem twijfelend aan. 'Anna heeft genoeg van het lot. Ze begon net gelukkig te worden en onze band was ook weer hechter. Maar nu... Ze zal me haten, ik weet het gewoon zeker.'

'Hoe ging het gisteren met haar?'

Ze waren zo druk geweest dat ze nog geen tijd hadden gehad om erover te praten. De kaars die Patrik had aangestoken flakkerde en Erica's gezicht werd nu eens licht en dan weer donker.

'Ze sliep. Ik heb een tijdje bij haar gezeten. Ze zag er heel klein uit.'
'Wat zei Dan?'
'Hij leek vertwijfeld. Hij heeft het zwaar; dat kan ik aan hem zien, al probeert hij net te doen alsof het allemaal goed gaat. Emma en Adrian hebben veel vragen. Ze willen weten waar de baby is gebleven, waarom hun moeder alleen maar slaapt. En hij zegt dat hij niet weet wat hij moet antwoorden.'

'Ze komt hier ook bovenop. Ze heeft al eerder laten zien dat ze sterk is.' Patrik liet Erica's hand los en pakte zijn bestek weer.

'Ik weet het niet. Hoeveel kan een mens aan voordat hij helemaal geknakt is? Ik ben bang dat Anna dat is.' Haar stem bleef steken.

'We kunnen alleen maar afwachten. En er voor haar zijn.' Patrik hoorde de woorden in de keuken wegsterven. Maar hij wist niets beters te zeggen. Hij had ook geen idee. Hoe beschermde je jezelf tegen het lot? Hoe overleefde je als je een kind had verloren?

Dubbel gehuil van boven deed hen allebei opveren. Samen liepen ze de trap op om ieder een baby op te halen. Dat was hun lot. En ze waren schuldbewust dankbaar.

❄

'Dat was Mattes werk. Hij is gisteren niet komen opdagen en vandaag ook niet verschenen. En hij heeft zich niet ziek gemeld.' Gunnar stond als verstijfd met de hoorn in zijn hand.

'Ik heb hem het hele weekend gebeld, maar hij nam aldoor niet op,' zei Signe.

'Ik ga erheen.'

Gunnar was al onderweg naar de deur en griste in het voorbijgaan zijn jas mee. Zo voelde het dus voor Signe: de angst die als een dier door je borst joeg. Zo voelde zij het al jaren.

'Ik ga met je mee.' Signes stem was gedecideerd en Gunnar wist dat hij haar niet moest tegenspreken. Hij knikte kort en wachtte ongeduldig terwijl zij haar jas aantrok.

De hele weg naar Mattes huis waren ze stil. Gunnar ging achterlangs, niet door het dorp, maar via de heuvel Sju guppen, waar de kinderen in de winter sleetje reden. Dat had Matte ook gedaan toen hij klein was. Gunnar slikte. Er was ongetwijfeld een logische verklaring. Misschien had hij hoge koorts en was hij vergeten zich ziek te melden. Of… Gunnar kon verder niets bedenken. Matte was altijd heel precies in dat soort dingen. Hij had iets van zich laten horen als hij niet naar zijn werk kon komen.

Naast hem zat Signe met een bleek gezicht op de passagiersstoel. Ze staarde door de voorruit naar buiten. Haar handtas hield ze krampachtig op haar schoot vast. Gunnar had geen idee waar ze die voor nodig had, maar hij vermoedde dat het een reddingsboei was, iets waar ze zich aan vast kon houden.

Ze parkeerden voor het flatgebouw waar Matte woonde. Portiek B. Hij wilde rennen, maar probeerde omwille van Signe rustig te lijken en dwong zichzelf ertoe in een normaal tempo te lopen.

'Heb jij de sleutels?' vroeg Signe, die voor hem uit was gesneld en de portiekdeur al had opengerukt.

'Hier.' Gunnar hield de bos reservesleutels omhoog die ze van Matte hadden gekregen.

'Maar hij is vast thuis, en dan hebben we ze natuurlijk niet nodig. Hij doet ongetwijfeld zelf open en dan...'

Hij hoorde Signes onsamenhangende woorden terwijl ze de trap op holde. Matte woonde helemaal boven en ze waren alle twee buiten adem toen ze voor zijn deur stonden. Gunnar moest zich inhouden om niet meteen de sleutel in het slot te steken.

'We bellen eerst aan. Als hij thuis is, wordt hij boos als we zomaar naar binnen stappen. Misschien is er wel iemand bij hem, misschien is hij daarom niet naar zijn werk gegaan.'

Signe drukte al op de bel. Ze hoorden het geluid in het appartement weerklinken. Ze drukte nog een keer, en nog een keer en nog een keer. Ze wachtten tot ze voetstappen hoorden – Mattes voetstappen als hij open kwam doen. Maar het bleef stil.

'Maak hem nu maar open.' Signe keek Gunnar sommerend aan.

Gunnar knikte, drong zich langs haar heen en begon met de sleutelbos te frummelen. Hij draaide de sleutel om en trok aan de deurkruk. De deur zat op slot. Verward realiseerde hij zich dat hij de deur op slot had gedaan, dat die al open was geweest. Hij keek naar Signe en ze zagen de paniek in elkaars ogen. Waarom was de deur niet op slot als Matte niet thuis was? En als hij thuis was, waarom deed hij dan niet open?

Gunnar draaide de sleutel nog een keer om en hoorde het slot klikken. Met handen die nu onbeheerst beefden, drukte hij de kruk omlaag en trok de deur naar zich toe.

Op het moment dat hij de hal in keek, begreep hij dat Signe aldoor gelijk had gehad.

Ze was ziek. Zieker dan ze ooit was geweest. De geur van braaksel vulde haar neusgaten. Ze herinnerde het zich niet, maar meende dat ze in een emmer naast de matras had overgegeven. Alles was in nevelen gehuld. Annie bewoog voorzichtig. Haar hele lichaam deed pijn. Ze kneep haar ogen samen, maar het deed zeer toen ze probeerde te zien hoe laat het was. Wat voor dag was het? Hoe ging het met Sam?

De gedachte aan Sam gaf haar voldoende kracht om overeind te komen. Ze lag naast zijn bed. Hij sliep. Ze slaagde erin haar blik voldoende te focussen om op haar horloge te kunnen kijken. Het was even na enen. Sam deed een middagdutje. Ze streek over zijn hoofd.

Op de een of andere manier was ze er ondanks de koortsnevel in geslaagd voor hem te zorgen. Op de een of andere manier was haar moederinstinct sterk genoeg geweest. De opluchting stroomde door haar lichaam en maakte de pijn draaglijker. Ze keek om zich heen. In zijn bed lag een flesje water en op de vloer zag ze een pak biscuitjes, fruit en een stuk kaas liggen. Ondanks alles had ze ervoor gezorgd dat hij te eten en te drinken had.

Naast de matras stond een emmer, en de geur die daarvan afkwam maakte haar misselijk. Ze had kennelijk gevoeld dat ze echt ziek zou worden en de emmer daar neergezet. Haar maag was leeg, dus waarschijnlijk had ze alles uitgekotst wat erin zat.

Langzaam probeerde ze te gaan staan. Ze wilde Sam niet wakker maken en moest haar best doen om niet luid te kreunen. Uiteindelijk stond ze wiebelig op haar benen. Het was belangrijk dat ze nu vocht en voedsel binnenkreeg. Ze had geen honger, maar haar maag protesteerde luid knorrend omdat er niets in zat. Ze pakte de emmer en vermeed het erin te kijken terwijl ze hem de kamer uit droeg. Ze huiverde verrast van de kou toen ze met haar schouder de buitendeur openduwde. De naderende zomerwarmte had kennelijk vrijaf genomen terwijl ze ziek was.

Voorzichtig liep ze naar de steiger en ze leegde de emmer met afgewende blik in zee. Ze pakte een touw en bond het aan het hengsel. Vervolgens liet ze de emmer aan de andere kant van de steiger in het water zakken en spoelde hem om.

De wind rukte aan haar toen ze met haar armen om zich heen geslagen weer naar binnen ging. Haar hele lichaam protesteerde tegen de inspanning en ze voelde het zweet over haar huid lopen. Walgend trok ze al haar kleren uit en waste zichzelf een beetje voordat ze een droog T-shirt en een joggingpak aantrok. Met bevende handen maakte ze een boterham klaar, schonk een glas sinaasappelsap in en ging aan de keukentafel zitten. Pas na een paar happen begon het eten te smaken. Vervolgens verorberde ze nog twee boterhammen, en langzaam voelde ze haar energie terugkeren.

Ze keek nogmaals op haar horloge, nu naar het venstertje met de datum. Na enig hoofdrekenen concludeerde ze dat het vandaag dinsdag was. Ze was bijna drie dagen ziek geweest. Drie dagen van leegte en dromen. Wat had ze ook alweer gedroomd? Ze probeerde de beelden te vangen die door haar hoofd dwarrelden. Eén beeld was steeds teruggekomen. Annie schudde haar hoofd, maar merkte dat ze bij die beweging weer misselijk werd. Ze nam een hap van een vierde boterham en haar maag kalmeerde weer. Een vrouw. Er was een vrouw in haar dromen verschenen en er was iets met haar gezicht geweest. Annie fronste haar voorhoofd. De vrouw in haar dromen had iets bekends gehad. Ze wist dat ze haar eerder had gezien, maar ze kon zich niet herinneren waar.

Ze stond op. Het zou vanzelf wel bovenkomen. Maar een gevoel van de droom was blijven hangen. De vrouw had er heel verdrietig uitgezien. Met eenzelfde gevoel van verdriet liep Annie naar Sam om te kijken hoe het met hem ging.

Patrik had slecht geslapen. Erica's bezorgdheid om Anna werkte aanstekelijk en hij was 's nachts diverse keren wakker geworden met duistere gedachten over hoe snel het leven kon veranderen. Door alles wat hij had meegemaakt, was hij zijn houvast ook een beetje kwijt. Het was misschien wel goed om het leven niet langer als vanzelfsprekend te ervaren, maar tegelijk had een knagende angst vat op hem gekregen. Hij betrapte zich er soms op dat hij overdreven beschermend reageerde, op een heel andere manier dan vroeger. Hij had liever niet dat Erica de kinderen in de auto meenam. Als hij heel eerlijk was, had hij het liefst dat ze nooit meer autoreed. En hij zou zich het meest veilig voelen als zij en de kinderen nooit meer ergens naartoe gingen, maar rustig thuisbleven, ver weg van alle gevaren.

Natuurlijk wist hij best dat het niet gezond of rationeel was om zo te denken. Maar het had zo weinig gescheeld! Bijna had hij zelf het leven gelaten, bijna was hij Erica en de tweeling kwijtgeraakt. Het had echt maar een haar gescheeld of zijn gezin was er niet meer geweest.

Hij greep zijn bureau vast en dwong zichzelf rustig adem te halen. Soms sloeg de paniek toe en misschien moest hij daarmee leren leven. Dat kon hij in elk geval, want hij had ondanks alles zijn gezin mogen houden.

'Hoe gaat het?' Plotseling stond Paula in de deuropening.

Patrik haalde nog een keer diep adem.

'Het gaat wel. Ik ben een beetje moe. De kinderen moeten 's nachts gevoed worden. Je weet wel,' zei hij en hij probeerde te glimlachen.

Paula kwam de kamer binnen en ging zitten.

'Flauwekul.' Ze keek hem recht aan, met een blik die zei dat ze geen vage excuses of valse glimlachjes accepteerde. 'Ik vroeg: Hoe gaat het?'

'Op en neer,' bekende Patrik met tegenzin. 'Het duurt even voor je je hebt aangepast. Hoewel het met ons allemaal nu goed gaat. Behalve dan met Erica's zus.'

'Hoe gaat het met haar?'

'Niet best.'

'Zoiets kost tijd.'

'Ja, dat is zo. Maar ze sluit zich af. Zelfs Erica kan niet met haar praten.'

'Dat is toch niet zo gek?' zei Paula rustig.

Patrik wist dat zijn collega het vermogen bezat om de dingen op de man af te zeggen. Ze zei vaak wat je nodig had in plaats van wat je wilde horen. En meestal had ze nog gelijk ook.

'Jullie hebben twee kinderen die het ongeluk hebben overleefd. Anna heeft het hare verloren. Misschien is het niet zo gek dat ze Erica buitensluit.'

'Daar is Erica juist bang voor. Maar wat moeten we doen?'

'Niets. Op dit moment niets. Anna heeft een gezin, ze heeft haar man, de vader van het kind. Zij moeten eerst elkaar terugvinden; pas dan kan Erica haar bereiken. Het klinkt misschien hard, maar nu moet Erica zich op de achtergrond houden. Dat betekent niet dat ze Anna in de steek laat. Ze is er toch voor haar?'

'Dat begrijp ik, maar ik weet niet hoe ik dat aan Erica moet uitleggen.' Patrik haalde nog een keer diep adem. De druk op zijn borst werd een beetje minder nu hij met Paula sprak.

'Ik denk dat...' begon Paula, maar ze werd onderbroken doordat er op de deur werd geklopt.

'Sorry,' zei Annika met een rood gezicht. 'We zijn net gebeld uit Fjällbacka. Er is een man in zijn woning doodgeschoten.'

In eerste instantie werd het helemaal stil. Vervolgens brak er een koortsachtige activiteit uit en binnen een minuut waren Paula en Patrik op weg naar de garage. Achter zich hoorden ze Annika aankloppen bij Gösta en Martin. Zij moesten de andere auto maar nemen en later komen.

'Het ziet er schitterend uit!' Erling keek vergenoegd rond in Badis voordat hij zich tot Vivianne wendde. 'Het was niet goedkoop, maar wat betreft de gemeente was het elke kroon waard. Volgens mij wordt dit een groot succes. En gezien het geld dat je hebt geïnvesteerd, houden we er ook nog wat leuks aan over als de kosten eruit zijn. Jullie betalen toch niet te hoge salarissen?' Hij keek wantrouwend naar een jonge vrouw in witte kleren die langsliep.

Vivianne stak haar arm door de zijne en leidde hem naar een tafeltje.

'Maak je maar geen zorgen. We zijn heel kostenbewust. Anders zit er altijd bovenop als het om geld gaat. Dankzij hem hebben we met Ljuset zoveel winst gemaakt dat we hier konden investeren.'

'Het is een geluk dat je Anders hebt.' Erling ging aan de tafel in de eetzaal zitten waar koffie met een schaal bolletjes was neergezet. 'Heeft Matte je nog te pakken gekregen trouwens? Hij zei vorige week dat hij wat dingen met jou en Anders wilde bespreken.'

Erling reikte naar een bolletje, maar legde het na de eerste hap weer op zijn schoteltje. 'Wat is dit?'

'Een speltbolletje.'

'Hm,' zei Erling. Hij besloot zich tot de koffie te beperken.

'Nee, ik heb niets van hem gehoord. Maar het was vast niet belangrijk. Hij zal binnenkort wel langskomen of bellen als hij tijd heeft.'

'Het is wel een beetje raar. Hij is gisteren niet op zijn werk verschenen en hij heeft zich ook niet ziek gemeld. En ik heb hem vanochtend voordat ik hierheen ging ook niet gezien.'

'Er is vast niets aan de hand,' zei Vivianne en ze reikte naar een bolletje.

'Mag ik erbij komen zitten of willen de tortelduifjes alleen zijn?' Anders was aan komen lopen zonder dat Erling of Vivianne hem had gehoord. Ze veerden allebei op, maar toen glimlachte Vivianne en trok de stoel naast zich naar achteren voor haar broer.

Zoals altijd viel het Erling op hoezeer ze op elkaar leken. Beiden hadden blond haar, blauwe ogen en dezelfde mond met een gewelfde bovenlip. Maar terwijl Vivianne energiek en extrovert was en beschikte over wat hij een magnetische uitstraling zou willen noemen, was haar broer gesloten en rustig. Een accountantstype, had hij gedacht toen hij Anders tijdens zijn verblijf op Ljuset voor het eerst ontmoette. Maar dat zag hij niet als iets negatiefs. Nu er zoveel geld op het spel stond, was het een veilig gevoel dat een droog rekenhoofd verantwoordelijk was voor de financiën.

'Heb jij iets van Mats gehoord? Erling zei dat hij een paar vragen had.' Vivianne wendde zich tot Anders.

'Ja, hij is vrijdagmiddag even langsgekomen. Hoezo?'

Erling schraapte zijn keel. 'Hij had het er vorige week over dat er een paar onduidelijkheden waren.'

Anders knikte.

'Zoals ik zei: hij is even langsgekomen en we hebben een aantal vraagtekens opgelost.'

'Mooi zo. Fijn dat alles in orde is,' zei Erling met een tevreden glimlach.

Er stonden twee oudere mensen voor de portiek, die elkaar stevig vasthielden. Patrik ging ervan uit dat het de ouders van de overleden man waren. Zij hadden het lichaam gevonden en de politie gebeld. Paula en hij stapten uit de auto en liepen naar hen toe.

'Patrik Hedström, politie Tanum. Hebben jullie ons gebeld?' vroeg hij, hoewel hij het antwoord al wist.

'Ja, dat klopt.' De wangen van de man waren nat van tranen. Zijn vrouw hield haar gezicht nog altijd tegen zijn borst gedrukt. 'Het is onze zoon,' zei ze zonder op te kijken. 'Hij... Boven...'

'We zullen gaan kijken wat er is gebeurd.'

De man maakte een gebaar alsof hij mee wilde gaan, maar Patrik hield hem tegen. 'Ik denk dat jullie beter hier kunnen blijven wachten. Zo meteen komt er medisch personeel dat jullie kan helpen. Paula blijft zolang bij jullie.'

Patrik maakte een sommerend gebaar naar Paula, die het echtpaar behoedzaam iets opzij leidde. Vervolgens liep Patrik de portiek in en ging naar boven. Op tweehoog stond een deur wagenwijd open. Hij hoefde niet naar binnen te gaan om te constateren dat de man die op zijn buik in de hal lag dood was. In zijn achterhoofd was een groot gat te zien. Spetters bloed en hersensubstantie waren op de vloer en de muren beland en al een hele tijd geleden opgedroogd. Dit was een plaats delict en het had geen zin iets te doen voordat Torbjörn Ruud en zijn team technici het appartement hadden onderzocht. Patrik kon net zo goed weer naar beneden gaan om met de ouders van de overledene te praten.

Eenmaal op de begane grond aangekomen haastte hij zich naar het echtpaar, dat samen met Paula in gesprek was met het ambulancepersoneel, dat ondertussen was gearriveerd. Ze hadden een deken om de vrouw heen geslagen. Ze huilde nog altijd zo heftig dat ze ervan beefde. Patrik besloot om eerst met de man te praten, die er beheerster uitzag, al huilde hij ook.

'Zijn wij boven nodig?' vroeg een van de broeders met een knikje naar het flatgebouw.

Patrik schudde zijn hoofd.

'Nee, nog niet. De technici zijn onderweg.'

Er viel een korte stilte. Het enige dat te horen was, was het hartverscheurende gehuil van de vrouw. Patrik ging naar haar man toe.

'Zou ik even met u kunnen praten?'

'We willen u graag met alles helpen. We begrijpen alleen niet wie...' De stem van de man brak, maar na een blik op zijn echtgenote liep hij met Patrik mee naar de politiewagen. Zijn vrouw leek niet mee te krijgen wat er om haar heen gebeurde.

Ze gingen op de achterbank zitten.

'Er stond MATS SVERIN op de deur. Is dat jullie zoon?'

'Ja. Maar we noemden hem Matte.'

'En u heet?' Patrik maakte tijdens het praten aantekeningen.

'Gunnar Sverin. Mijn vrouw heet Signe. Maar waarom...'

Patrik legde kalmerend een hand op de arm van de man.

'We zullen doen wat we kunnen om degene te pakken die dit heeft gedaan. Denkt u dat u een paar vragen kunt beantwoorden?'

Gunnar knikte.

'Wanneer hebben jullie jullie zoon voor het laatst gezien?'

'Donderdagavond. Hij heeft die avond bij ons gegeten. Dat deed hij vaak sinds hij weer in Fjällbacka woonde.'

'Hoe laat is hij donderdag bij jullie weggegaan?'

'Ik geloof dat hij even na negenen is vertrokken. Hij was met de auto.'

'Hebben jullie daarna nog contact gehad? Met hem gebeld of zo?'

'Nee, helemaal niet. Signe maakt zich altijd gauw zorgen en ze heeft het hele weekend geprobeerd hem te bellen, maar ze kon hem niet te pakken krijgen. En ik... Ik zei dat ze veel te bangelijk was, dat ze de jongen met rust moest laten.' Er welden nieuwe tranen op en hij veegde ze gegeneerd met de mouw van zijn jas weg.

'Er nam dus niemand bij jullie zoon op. Hij nam ook zijn mobieltje niet op?'

'Nee, we kregen steeds de voicemail.'

'Was dat ongebruikelijk?'

'Ja, volgens mij wel. Signe belt soms iets te vaak, maar Matte had engelengeduld.' Gunnar veegde opnieuw met zijn mouw langs zijn ogen.

'Zijn jullie daarom vandaag hierheen gekomen?'

'Ja en nee. Signe was ondertussen echt ongerust geworden. Ik ook, al wilde ik dat niet laten blijken. En toen ze van de gemeente belden en zeiden dat Matte niet op zijn werk was verschenen… Dat was niets voor hem. Hij was altijd erg precies in dat soort dingen. Dat had hij van mij.'

'Wat voor werk deed hij bij de gemeente?'

'Hij was sinds een paar maanden hoofd Financiën. Sinds hij hier weer woonde. Het was boffen dat hij die baan kreeg. Zoveel werk is hier niet voor economen.'

'Waarom kwam hij in Fjällbacka wonen? Waar woonde hij daarvoor?'

'In Göteborg.' Gunnar beantwoordde de tweede vraag het eerst. 'We weten niet goed waarom. Maar hij had net iets verschrikkelijks meegemaakt. Hij was door een bende in de stad mishandeld en had een aantal weken in het ziekenhuis gelegen. Dat soort dingen zet een mens aan het denken. Hij kwam in elk geval weer hier wonen, en dat vonden wij erg fijn. Vooral Signe, natuurlijk. Zij was dolgelukkig.'

'Weten ze wie hem hebben mishandeld?'

'Nee, de politie heeft die lui nooit te pakken gekregen. Matte kende de daders niet, dus hij kon ze naderhand ook niet identificeren. Maar hij was flink toegetakeld. Toen Signe en ik in het Sahlgrenskaziekenhuis bij hem op bezoek gingen, herkenden we hem nauwelijks.'

'Hm…' zei Patrik.

Hij zette een uitroepteken naast de notitie over de mishandeling. Dat moest hij meteen uitzoeken. Hij zou zijn collega's in Göteborg bellen.

'U hebt dus geen idee wie Mats kwaad zou willen doen? Er is niemand met wie hij een geschil had?'

Gunnar schudde heftig zijn hoofd.

'Matte heef nog nooit van zijn leven ruzie met iemand gehad. Iedereen mocht hem graag. En hij mocht iedereen.'

'Hoe ging het op zijn werk?'

'Volgens mij had hij het er naar zijn zin. Hij klonk op zich een beetje bezorgd toen we hem donderdag zagen, maar dat was niet meer dan een indruk. Misschien had hij het een beetje te druk. Hij zei in elk geval niet dat hij onenigheid met iemand had. Erling is een beetje speciaal, heb ik begrepen, maar Matte zei dat hij vrij ongevaarlijk was en dat hij wist hoe hij hem moest aanpakken.'

'En zijn leven in Göteborg? Hadden jullie daar enig zicht op? Vrienden, vriendinnen, collega's?'

'Nee, dat zou ik niet durven zeggen. Hij praatte niet veel over dat soort dingen. Signe probeerde natuurlijk wel te vissen naar wat er in zijn leven speelde, met meisjes en zo. Maar hij ging daar nooit uitvoerig op in. Een paar jaar geleden had hij het nog weleens over vrienden en zo, maar tijdens zijn laatste baan in Göteborg leek het alsof hij zich uit zijn sociale leven had teruggetrokken en zich helemaal op zijn werk had gestort. Hij kon ergens helemaal in opgaan, Matte.'

'Hoe was dat toen hij weer in Fjällbacka woonde? Zocht hij contact met vrienden van vroeger?'

Gunnar schudde weer zijn hoofd.

'Nee, daar leek hij helemaal geen belangstelling voor te hebben. Nu wonen hier ook niet meer zoveel vrienden van vroeger. De meesten zijn vertrokken. Maar hij was het liefst op zichzelf. Signe maakte zich daar een beetje zorgen om.'

'Hij had ook geen vriendin?'

'Volgens mij niet. Maar het kan uiteraard zo zijn dat wij daar niet altijd van op de hoogte waren.'

'Bracht hij nooit iemand mee als hij naar jullie toe ging?' vroeg Patrik verbaasd. Hoe oud was Matte geweest? Hij vroeg ernaar en Gunnar antwoordde. Even oud als Erica, dacht Patrik.

'Nee. Maar dat hoeft niet te betekenen dat hij geen vriendinnen heeft gehad,' voegde Gunnar eraan toe, alsof hij hoorde wat Patrik dacht.

'Oké. Als u nog iets te binnen schiet, kunt u me op dit nummer bereiken.' Patrik gaf Gunnar zijn visitekaartje. 'Het maakt niet uit wat het is, of het iets groots of iets kleins is. We willen ook graag met uw vrouw spreken. En nog een keer met u. Ik hoop dat dat geen punt is.'

'Nee, hoor,' zei Gunnar en hij pakte het kaartje aan. 'Geen probleem.'

Hij keek door het raam naar Signe, die niet langer leek te huilen. Waarschijnlijk had ze van het ambulancepersoneel iets kalmerends gekregen.

'Mijn deelneming,' zei Patrik. Vervolgens bleef het stil. Er viel niet veel meer te zeggen.

Toen ze uit de politiewagen stapten, draaiden Torbjörn Ruud en zijn team technici de parkeerplaats op. Nu begon de moeizame klus bewijs te verzamelen.

Achteraf was het moeilijk te begrijpen waarom ze Fredrik niet had doorzien. Maar misschien was dat ook niet zo eenvoudig geweest. Aan de buitenkant was alles zeer gepolijst geweest en hij had haar het hof gemaakt op een manier waar ze zelfs nooit van had durven dromen. Aanvankelijk had ze om hem gelachen, maar dat had hem juist aangespoord en hij had nog beter zijn best gedaan, tot ze langzaam maar zeker had toegegeven. Hij had haar verwend, haar meegenomen naar het buitenland, waar ze in vijfsterrenhotels hadden gelogeerd. Hij had haar op champagne getrakteerd en haar zoveel bloemen gestuurd dat haar flat er zowat vol mee stond. Zij was alle luxe waard, zei hij. En ze geloofde hem. Het was alsof hij iets in haar aansprak wat er altijd was geweest. Een onzekerheid en een verlangen om te horen dat ze bijzonder was, dat zij meer verdiende dan anderen. Waar het geld vandaan kwam? Annie kon zich niet herinneren dat ze er ooit naar had gevraagd.

Het was harder gaan waaien, maar ze bleef op het bankje aan de zuidzijde van het huis zitten. Hoewel haar koffie koud was geworden, nam ze er af en toe toch een slokje van. Haar handen om het kopje trilden. Haar benen voelden nog altijd onvast en haar maag was van streek. Ze wist dat het een tijdje zo zou blijven. Het was niets nieuws.

Langzaam was ze Fredriks wereld in gezogen, een wereld vol feesten, reizen, mooie mensen, mooie dingen. Een prachtig huis. Ze was bijna meteen bij hem ingetrokken en had bereidwillig haar kleine eenkamerflat in Farsta opgegeven. Hoe zou ze daar kunnen blijven wonen, er terug kunnen keren na nachten en dagen in Fredriks enorme villa in Djursholm, waar alles nieuw, wit en exclusief was?

Toen ze eenmaal begreep wat Fredrik deed, hoe hij zijn geld verdiende, was het te laat geweest. Haar leven was vervlochten met het zijne. Ze hadden gemeenschappelijke vrienden, zij droeg een ring aan haar vinger en had geen baan omdat Fredrik wilde dat ze thuisbleef en ervoor zorgde dat zijn leven op rolletjes verliep. Maar de droeve waarheid was dat ze niet eens echt van slag was geweest. Ze had alleen haar schouders opgehaald, zich ervan bewust dat hij tot de bovenste laag van een smerige industrie behoorde, maar wetend dat hij zich zo hoog bevond dat de ellende onderaan hem niet raakte. Het had ook wel iets spannends. Het gaf haar een kleine adrenalinekick om te weten wat er om haar heen gebeurde.

Naar buiten toe was hier uiteraard niets van te zien geweest. Op papier was Fredrik wijnimporteur, en dat was gedeeltelijk ook waar. Zijn bedrijf maakte elk jaar genoeg winst; hij vond het heerlijk om naar de wijngaard te gaan die hij in Toscane had gekocht en was van plan een eigen wijn op de markt te brengen. Dat was de stralende buitenkant en niemand plaatste er vraagtekens bij. Soms, als Annie tijdens een diner aan tafel zat met mensen uit adellijke kringen en het bedrijfsleven, verwonderde ze zich erover hoe makkelijk die zich lieten misleiden, hoe makkelijk ze alles slikten wat Fredrik zei. Ze accepteerden dat de enorme sommen geld die om hen heen dwarrelden van zijn importbedrijf afkomstig waren. Maar waarschijnlijk kozen ze ervoor te geloven wat ze wilden geloven. Net als zij had gedaan.

Alles was anders geworden toen Sam kwam. Frederik had erop gestaan dat ze kinderen zouden nemen. Hij eiste een zoon. Zelf had ze geaarzeld. Ze schaamde zich er nog altijd over dat ze zich zorgen had gemaakt om haar figuur, dat ze bang was geweest dat haar mogelijkheden om drie uur lang met vriendinnen te lunchen en de hele dag te winkelen beperkt zouden worden. Maar Fredrik was onvermurwbaar geweest en met tegenzin had ze ingestemd.

Op het moment dat de vroedvrouw Sam in haar armen had gelegd, was haar leven op slag veranderd. Niets anders had nog enige betekenis. Fredrik kreeg zijn langverwachte zoon, maar merkte hoe hijzelf naar de periferie verdween en zijn positie verloor. Hij was niet iemand die zich van de eerste plaats liet verdringen, en zijn jaloezie tegenover Sam kwam op allerlei vreemde manieren tot uitdrukking. Ze mocht het kind niet langer de borst geven en tegen haar zin regelde hij een kindermeisje voor hem. Maar Annie liet zich niet opzijschuiven. Ze liet Elena strijken en stofzuigen, en zat zelf urenlang in de kinderkamer bij Sam. Niets kon tussen hen in komen. Zo verwend en verloren als ze eerder was geweest, zo zeker was ze in haar nieuwe rol als moeder van Sam.

Maar op het moment dat Sam in haar armen werd gelegd, begon haar leven in te storten. Het geweld was er eerder ook al geweest, als Fredrik te veel had gedronken of had gesnoven en was geflipt. Ze had een bloedneus gehad, blauwe plekken die een paar dagen gevoelig waren geweest. Erger dan dat was het niet geweest.

Na de komst van Sam was haar leven echter een hel geworden. Haar ogen begonnen bij de herinneringen en door de wind te tranen. Haar handen beefden zo heftig dat ze koffie op haar broek morste. Ze knipperde om de tranen en de beelden te laten verdwijnen. Het bloed. Er was zoveel bloed geweest. De beelden uit het verleden stapelden zich op, als twee negatieven die zich tot één vermengden. Het verwarde haar. Beangstigde haar.

Met een ruk stond ze op. Ze moest bij Sam in de buurt zijn. Ze had Sam nodig.

'Vandaag is een droevige dag.' Erling stond aan het hoofd van de grote vergadertafel en keek zijn medewerkers ernstig aan.

'Hoe is het gebeurd?' Gunilla Kjellin, de secretaresse, snoot haar neus. De tranen biggelden haar over de wangen.

'Ik ben niet veel te weten gekomen van de agent die me belde, maar ik heb begrepen dat Mats het slachtoffer is geworden van een misdrijf.'

'Heeft iemand hem doodgeslagen?' Uno Brorsson leunde achterover in zijn stoel. De mouwen van zijn geruite flanellen overhemd had hij zoals gebruikelijk tot ver boven zijn ellebogen opgerold.

'Zoals gezegd: ik weet nog niet veel, maar ik ga ervan uit dat de politie ons op de hoogte houdt.'

'Wat voor invloed heeft dit op ons project?' Uno plukte aan zijn snor, zoals hij altijd deed wanneer hij geschokt was.

'Geen enkele. Dat wil ik deze vergadering nu meteen duidelijk maken. Matte heeft veel tijd in Project Badis gestoken en hij zou de eerste zijn geweest om te zeggen dat we verder moesten gaan. Alles zal precies volgens plan doorgaan en ik zal zelf de verantwoordelijkheid voor de financiën overnemen tot we een vervanger voor Mats hebben gevonden.'

'Hoe kunnen jullie het nu al over een vervanger hebben?' Gunilla snikte luid.

'Rustig maar, Gunilla.' Erling wist niet goed hoe hij met deze emotionele uitbarsting moest omgaan, die zelfs onder de huidige omstandigheden zeer ongepast was. 'We hebben een verantwoordelijkheid jegens de gemeente, jegens de inwoners en jegens iedereen die zich met hart en ziel heeft ingezet, niet alleen voor dit project, maar voor alles wat we ondernemen om onze gemeente tot bloei te laten komen.' Hij zweeg even, verbaasd over zijn eigen formulering, waarna hij verderging: 'Hoe tragisch het ook is dat het leven van deze jonge man zo vroegtijdig ten einde is gekomen, we kunnen niet stil blijven zitten. *The show must go on*, zoals ze in Hollywood zeggen.'

Nu was het helemaal stil in de vergaderzaal, en de laatste zin had zo goed geklonken dat Erling zich genoodzaakt zag die nog een keer te herhalen. Hij rechtte zijn rug, duwde zijn borst naar voren en herhaalde met een sterk Bohuslänse tongval: '*The show must go on, people. The show must go on.*'

Ze zaten radeloos tegenover elkaar aan de keukentafel. Dat deden ze al sinds een van de vriendelijke agenten hen naar huis had gebracht. Gunnar had liever zelf gereden, maar de politie had erop gestaan dat ze werden gebracht. Nu stond hun auto nog op de parkeerplaats en hij zou erheen moeten lopen om hem op te halen. Natuurlijk zou hij dan ook even langs kunnen gaan bij…

Gunnar haalde diep adem. Hoe kon hij het zo snel vergeten, hoe kon hij ook maar één moment vergeten dat Matte dood was? Ze hadden hem op zijn buik op het gestreepte voddenkleed zien liggen, dat Signe had geweven in haar voddenkleedperiode. Op zijn buik met een gat in zijn achterhoofd. Hoe kon hij het bloed vergeten?

'Zal ik nog een kopje koffie zetten?' Hij voelde zich gedwongen de stilte te verbreken. Het enige dat hij hoorde was zijn eigen hart, en het maakte hem niet uit wat hij deed, als hij maar ontsnapte aan die gestage slagen waardoor hij zich levend voelde en bleef in- en uitademen terwijl zijn zoon dood was.

'Ik zet nog een kopje.' Hij stond op, hoewel Signe geen antwoord had gegeven. De kalmerende pillen waren nog niet uitgewerkt en ze zat doodstil met een lege blik voor zich uit te staren, met haar gevouwen handen op het tafelzeil.

Hij bewoog werktuiglijk. Legde een filter in de houder, schonk water in, opende het koffieblik, telde de schepjes en drukte op de knop. Het apparaat begon meteen te pruttelen.

'Wil je er iets bij? Een stukje van je cake?' Zijn stem klonk merkwaardig normaal. Hij liep naar de koelkast en pakte de cake die over was van de vorige dag, toen Signe had gebakken. Zorgvuldig verwijderde hij het folie, legde het stuk op de snijplank en sneed twee dikke plakken af. Hij legde ze op schoteltjes en zette het ene voor Signe neer en het andere voor zichzelf. Ze reageerde niet, maar daar kon hij zich nu niet druk om maken. Hij hoorde alleen het gebons in zijn borst, en het gerammel van de schoteltjes en het gepruttel van het koffiezetapparaat waren de enige geluiden die dat even overstemden.

Toen de koffie in de kan was gelopen, reikte hij naar de kopjes. De macht der gewoonte leek elk jaar groter te worden en ze hadden ieder een favoriet. Signe dronk altijd uit het broze witte kopje met het rozenrandje, terwijl hijzelf liever de robuuste aardewerken kop had die ze tijdens een busreis naar Gränna hadden gekocht. Zwart met een klontje suiker voor hem, melk en twee klontjes suiker voor Signe.

'Alsjeblieft,' zei hij en hij zette het kopje naast het schoteltje met het plakje cake.

Ze bewoog niet. De koffie brandde in zijn keel toen hij een te grote slok nam, en hij hoestte tot het gevoel was verdwenen. Hij nam een hapje cake, maar dat werd in zijn mond steeds groter en veranderde in een grote klomp suiker, ei en bloem. Uiteindelijk kwam er gal omhoog en hij voelde dat hij de alsmaar groter wordende klomp kwijt moest zien te raken.

Gunnar stoof langs Signe naar het toilet in de hal en liet zich op zijn knieën vallen terwijl hij zijn hoofd over de wc-pot boog. Hij zag koffie, cakeresten en gal in het water stromen dat altijd groen zag van het reinigingsmiddel dat Signe volhardend aan de binnenkant van de pot hing.

Toen zijn maag zo goed als leeg was, hoorde hij het geluid van zijn hart. *Bons, bons.* Hij boog zich vooover en gaf nog een keer over. In de keuken werd Signes koffie in het witte rozenkopje koud.

Het was al avond toen ze in en om het appartement van Mats Sverin klaar waren. Het was nog licht buiten, maar de activiteiten namen af en er kwamen steeds minder mensen langs.

'Hij is er nu,' meldde Torbjörn Ruud.

De forensisch rechercheur zag er moe uit toen hij met zijn mobieltje in zijn hand naar Patrik toe liep. Patrik had tijdens diverse moordonderzoeken met Torbjörn en zijn team samengewerkt en hij had een enorm respect voor de man met de grijze baard.

'Wanneer denk je dat ze sectie kunnen verrichten?' Patrik masseerde zijn neuswortel. Hij begon ook te voelen dat het een heel lange dag was geworden.

'Dat moet je aan Pedersen vragen. Ik heb geen idee.'

'Wat is jouw voorlopige oordeel?' Patrik huiverde in de wind. Ze stonden op het kleine grasveld voor het flatgebouw. Hij trok zijn jas dichter om zich heen.

'Het is voor zover ik kan zien niet erg gecompliceerd. Een schotwond in het achterhoofd. Eén schot, dat meteen de dood tot gevolg had. De kogel zit nog in het hoofd. De huls die we hebben gevonden, wijst op een negenmillimeterpistool.'

'Zijn er sporen in de woning?'

'We hebben overal vingerafdrukken gevonden en ook wat vezelmonsters meegenomen. Als we een verdachte vinden met wie we die kunnen vergelijken, zijn we een stapje verder.'

'Mits onze verdachte die vingerafdrukken of vezels heeft achtergelaten,' wierp Patrik tegen. De techniek was prima, maar hij wist uit ervaring dat er ook een behoorlijke dosis geluk nodig was om een moord te kunnen oplossen. Mensen kwamen en gingen, en de sporen konden net zo goed van vrienden en familieleden afkomstig zijn. Als een van hen de moordenaar was, hadden ze een heel ander probleem, omdat ze dan de dader aan de plaats delict moesten linken.

'Is het niet een beetje te vroeg om pessimistisch te zijn?' Torbjörn gaf Patrik een por in zijn zij.

'Ja, sorry.' Patrik lachte. 'Ik begin kennelijk een beetje moe te worden.'

'Je doet toch wel rustig aan, hè? Ik heb gehoord dat je er flink doorheen hebt gezeten. Daar ben je niet zomaar overheen.'

'Ik vind "erdoorheen zitten" niet zo'n geweldige uitdrukking,' mopperde Patrik. 'Maar je hebt gelijk, ik heb een waarschuwing gehad.'

'Dat is goed. Je bent nog niet zo oud, en hopelijk kun je nog jaren voor de politie werken.'

'Wat kun je zeggen over het materiaal dat jullie hebben verzameld?' vroeg Patrik in een poging het gesprek op een ander onderwerp dan zijn gezondheid te brengen. De pijn in zijn borst lag nog veel te vers in zijn geheugen.

'Zoals gezegd: we hebben het een en ander gevonden. Alles gaat nu naar het Gerechtelijk Laboratorium en zoals je weet kan dat wel even duren. Maar ik heb nog wat wederdiensten te goed, dus met een beetje geluk kan ik regelen dat ze er vaart mee maken.'

'Hoe sneller we de resultaten hebben, hoe beter.' Patrik huiverde nog steeds. Het was veel te koud voor juni en het weer was onbetrouwbaar. Nu leek het op het vroege voorjaar, maar onlangs was het zulk lekker weer geweest dat Erica en hij met korte mouwen in de tuin hadden kunnen zitten.

'En jullie dan? Zijn jullie iets te weten gekomen? Heeft iemand iets gehoord of gezien?' Torbjörn knikte naar de flatgebouwen om hen heen.

'We hebben een buurtonderzoek gedaan, maar tot nog toe heeft dat niets opgeleverd. Een van de buren denkt in de nacht van vrijdag op zaterdag iets te hebben gehoord, maar hij lag te slapen en werd er wakker van, dus hij kan met geen mogelijkheid zeggen wat het was. Verder niets. Mats Sverin was kennelijk iemand die erg op zichzelf was, in elk geval hier. Niemand kende hem blijkbaar goed; ze groetten hem alleen als ze hem in het trappenhuis tegenkwamen. Maar omdat hij hier in Fjällbacka is opgegroeid en zijn ouders hier nog wonen, wisten de meeste mensen natuurlijk wel wie hij was. Ze wisten dat hij bij de gemeente werkte en zo.'

'Ja, de tamtam doet het hier in Fjällbacka kennelijk goed,' zei Torbjörn. 'Met een beetje geluk hebben jullie daar nog wat aan.'

'Ja. Al lijkt het er nu op dat hij als een kluizenaar leefde, maar morgen zullen we een nieuwe poging wagen.'

'Ga nu maar lekker thuis uitrusten.' Torbjörn gaf Patrik een gedecideerd klopje op zijn schouder.

'Dank je, dat zal ik doen,' loog Patrik. Hij had Erica al gebeld om te zeggen dat het laat zou worden. Ze zouden vanavond al hun strategie moeten bepalen. En na een paar uurtjes slaap zou het morgen weer vroeg dag zijn. Hij wist dat hij beter moest weten na wat hem was overkomen. Maar het werk kwam eerst. Dat lag in zijn aard.

Erica staarde naar de haard. Ze had geprobeerd niet bezorgd te klinken toen Patrik belde. Hij begon er net iets beter uit te zien, bewoog energieker en had een gezondere kleur gekregen. Natuurlijk begreep ze dat hij langer moest werken, maar hij had haar beloofd rustig aan te doen en nu leek het alsof hij dat was vergeten.

Ze vroeg zich af wie er dood was. Patrik had aan de telefoon niets willen vertellen en alleen gezegd dat er in Fjällbacka een dode man was gevonden. Erica was razend nieuwsgierig, wat misschien verband hield met haar beroep. Als schrijfster werd ze gedreven door haar nieuwsgierigheid naar mensen en gebeurtenissen. Maar ze zou nog wel precies horen wat er was gebeurd. Ook als Patrik niets vertelde, zouden alle details snel van mond tot mond gaan. Dat was zowel een voordeel als een nadeel wanneer je in Fjällbacka woonde.

De gedachte aan de massale steun die ze na het ongeluk hadden gekregen, kon haar nog altijd tot tranen toe ontroeren. Iedereen had geholpen, zowel mensen die ze goed kenden als mensen die ze voorheen alleen hadden gegroet. Ze hadden op Maja gepast, het huis op orde gehouden, eten langs gebracht nadat Erica en Patrik uit het ziekenhuis waren ontslagen. En in het ziekenhuis waren Erica en Patrik overspoeld met kaartjes, bloemen, chocola en speelgoed voor de kinderen. Allemaal van de mensen uit het dorp. Zo was het. In Fjällbacka was je er voor elkaar.

Maar vanavond voelde ze zich toch eenzaam. Haar eerste impuls na het telefoontje van Patrik was om Anna te bellen. Het deed net zoveel zeer als anders toen ze besefte dat dat niet ging en ze de draadloze telefoon terug moest leggen op tafel.

Boven lagen de kinderen te slapen. Het vuur knetterde en buiten viel de schemering. De afgelopen maanden was ze vaak bang geweest, maar nooit alleen. Ze was juist voortdurend omringd geweest door mensen. Maar vanavond was alles stil.

Toen ze gehuil van boven hoorde, stond ze meteen op. Tot de baby's hadden gegeten en weer in slaap waren gevallen, zou ze geen tijd hebben om zich zorgen te maken om Patrik.

'Het is een lange dag geweest, maar ik wilde toch nog een uurtje bij elkaar komen voordat we thuis gaan uitrusten.'

Patrik keek om zich heen. Iedereen zag er moe maar geconcentreerd uit. Ze hadden de gedachte om ergens anders bijeen te komen dan in de keuken al lang geleden opgegeven en Gösta had zich ongewoon zorgzaam getoond en ervoor gezorgd dat iedereen nu een kopje koffie voor zich had staan.

'Martin, kun jij samenvatten wat jullie bij het buurtonderzoek te weten zijn gekomen?'

'We zijn bij alle appartementen langs geweest en hebben de meeste bewoners te pakken gekregen. Er zijn maar een paar woningen waar we naar terug moeten. Het interessantste is natuurlijk of iemand geluiden in het appartement van Mats Sverin heeft gehoord. Ruzie, lawaai, schoten. Maar op dat punt hebben we nul op het rekest gekregen. De enige die eventueel iets wist, was de buurman die naast hem woont. Leandersson, heet hij. Hij is in de nacht van vrijdag op zaterdag wakker geworden van een geluid dat een schot kan zijn geweest, maar net zo goed iets anders. Zijn herinnering aan het geluid was heel vaag. Hij weet eigenlijk alleen dat hij ergens van wakker werd.'

'Er is niemand die iemand heeft zien komen en gaan?' vroeg Mellberg.

Annika zat ijverig notities te maken van wat er werd gezegd.

'Geen van de mensen kan zich herinneren überhaupt ooit bezoek te hebben gezien in de periode dat hij daar woonde.'

'En hoe lang woonde hij daar al?' vroeg Gösta.

'Zijn vader zei dat hij recentelijk uit Göteborg hiernaartoe is gekomen. Maar ik wilde morgen onder rustiger omstandigheden toch nog met de ouders praten, dus dat kan ik dan meteen vragen,' zei Patrik.

'Het buurtonderzoek heeft dus niets opgeleverd.' Mellberg staarde Martin aan alsof hij hem daarvoor verantwoordelijk hield.

'Nee, niet veel,' zei Martin en hij staarde terug. Hij was nog altijd de jongste op het politiebureau, maar het angstige respect dat hij in het begin voor Mellberg had gevoeld, was hij kwijt.

'We gaan verder.' Patrik nam het woord weer. 'Ik heb met de vader gesproken, maar de moeder was te zeer in shock om haar te kunnen verhoren. Ik wilde zoals gezegd morgen naar ze toe gaan voor een langer gesprek om te kijken of ik verder nog iets te weten kan komen. Maar volgens zijn vader, Gunnar, was er niemand die hun zoon kwaad wilde doen. Mats leek weinig contact met anderen te hebben gehad sinds hij in Fjällbacka woonde, al kwam hij hier wel vandaan. Ik zou graag willen dat iemand morgen met zijn collega's gaat praten. Paula en Gösta, kunnen jullie dat op jullie nemen?'

Ze keken elkaar aan en knikten.

'Martin, jij gaat verder met de buren die we nog niet hebben gesproken. O ja, Gunnar zei dat Mats vlak voordat hij hier kwam wonen, in Göteborg het slachtoffer was geworden van een zware mishandeling, dus dat wilde ik nagaan.'

Als laatste wendde Patrik zich tot zijn chef. Tegenwoordig was het routine om Mellbergs schadelijke invloed op een onderzoek tot een minimum te beperken.

'Bertil,' zei hij ernstig, 'jij bent hier op het bureau nodig als chef van dienst. Jij weet bovendien het best hoe je met de pers moet omgaan, en je weet nooit wanneer die hier lucht van krijgt.'

Mellberg zat in een hoekje en fleurde ineens op.

'Natuurlijk, daar heb je helemaal gelijk in. Ik heb een uitstekende relatie met de pers en veel ervaring met journalisten.'

'Prima,' zei Patrik, zonder ook maar een spoortje ironie in zijn stem. 'Dan hebben we morgen allemaal iets waarmee we aan de slag kunnen. Annika, jij hoort van me wanneer we je nodig hebben om informatie te verzamelen.'

'Ik ben op mijn post,' zei Annika en ze sloeg haar notitieblok dicht.

'Mooi. Dan gaan we nu naar huis, zodat we met onze dierbaren samen kunnen zijn en een paar uurtjes kunnen slapen.'

Toen hij het zei, voelde Patrik hoe intens hij naar Erica en de kinderen verlangde. Het was laat en hij was doodop. Tien minuten later reed hij richting Fjällbacka.

Fjällbacka 1870

Karl had haar nog altijd niet op die manier aangeraakt en dat verwarde Emelie. Ze wist niet veel van dat soort dingen, maar ze begreep dat er iets tussen man en vrouw moest gebeuren wat nog niet was gebeurd.

Was Edith er maar. Was het tussen hen maar niet zo vreemd gelopen voordat ze van de boerderij vertrok. Dan had ze er met haar over kunnen praten, of haar in elk geval in een brief om advies kunnen vragen. Want ze kon als vrouw toch niet met haar man over dat soort dingen spreken? Dat deed je niet. Maar vreemd was het wel.

De eerste verliefdheid op Gråskär was ook geluwd. De herfstzon had plaatsgemaakt voor harde winden, die de zee tegen de klippen stuwden. De bloemen waren verwelkt en in het perk stonden alleen nog wat droeve, kale stengels. Het wolkendek leek altijd even dik en grijs. Ze bleef meestal binnen. Buiten huiverde en bibberde ze, hoeveel kleren ze ook aantrok, maar het huis was zo klein dat de muren soms op haar af leken te komen.

Af en toe merkte ze dat Julian haar vuile blikken toewierp, maar als ze terugkeek, wendde hij zijn ogen af. Hij had nog altijd niets tegen haar gezegd en ze begreep niet wat ze hem had misdaan. Misschien deed ze hem aan een andere vrouw denken die hem had gekwetst. Maar haar eten vond hij in elk geval wel lekker. Karl en hij aten met smaak, en al zei ze het zelf, ze was er echt goed in geworden om iets te maken van wat er beschikbaar was. Op dit moment was dat meestal makreel. Karl en Julian gingen elke dag even met de boot op pad en vingen vaak een flinke hoeveelheid van de zilverachtige vis. Een paar makrelen bakte ze vers en die serveerde ze met aardappelen. De rest legde ze in zout, zodat ze goed bleven tot in de winter, want ze begreep dat er dan grimmiger tijden zouden aanbreken.

Zei Karl zo nu en dan maar iets vriendelijks tegen haar, dan zou het leven op het eiland veel makkelijker zijn. Hij keek haar nooit recht aan en gaf haar zelfs geen vriendelijk klopje in het voorbijgaan. Het was alsof ze niet bestond, alsof hij nauwelijks besefte dat hij een echtgenote had. Niets was geworden zoals ze had gedroomd, en soms weerklonken Ediths waarschuwende woorden in haar hoofd. Dat ze moest oppassen.

Dat soort gedachten schudde Emelie altijd zo snel mogelijk van zich af. Het leven op het eiland was zwaar, maar ze was niet van plan te klagen. Dit was het lot dat haar was toebedeeld en ze moest er het beste van zien te maken. Dat had haar moeder haar geleerd toen die nog leefde, en ze was van plan dat advies op te volgen. Niets liep ooit zoals je het je had voorgesteld.

❄

Martin had een enorme hekel aan buurtonderzoeken. Ze deden hem te veel denken aan zijn kindertijd, toen hij bij de deuren langs had moeten gaan met lootjes, sokken en andere idiote dingen om geld te verdienen voor schoolreisjes. Maar hij wist dat het onderdeel was van zijn werk. Het was gewoon een kwestie van portiek in en uit gaan, trappen op en af lopen en overal aankloppen. Gelukkig hadden ze gisteren het grootste deel al gedaan, en hij keek op het lijstje in zijn zak om te zien waar hij nog naartoe moest. Hij begon met het appartement dat het meest veelbelovend leek: een van de twee woningen die op dezelfde verdieping lagen als die van Mats Sverin.

Er stond GRIP op de deur en Martin keek op zijn horloge voordat hij aanbelde. Het was nog maar acht uur, maar hij hoopte de bewoner te pakken te kunnen krijgen voordat die naar zijn of haar werk ging. Toen er niemand kwam opendoen, drukte hij met een zucht nog een keer op de bel. Het schelle geluid sneed hem door de oren, maar er kwam nog steeds geen reactie. Hij had zich net omgedraaid en zijn ene voet op de bovenste tree van de trap gezet, toen hij hoorde dat er een slot werd geopend.

'Ja?' De stem klonk korzelig.

Martin keerde zich snel weer om en liep terug naar de deur.

'Ik ben van de politie, Martin Molin.'

Er zat een veiligheidsketting op de deur en door de opening kon hij alleen een wilde baard zien. Plus een felrode neus.

'Wat moet u?'

De informatie dat hij van de politie was, leek huurder Grip niet minder afwijzend te hebben gemaakt.

'In het appartement hiernaast is iemand overleden.' Martin wees naar de deur van Mats Sverin, die zorgvuldig was verzegeld.

'Ja, dat heb ik gehoord.' De baard wipte op en neer in de deuropening. 'Wat heeft dat met mij te maken?'

'Zou ik even binnen mogen komen?' Martin vroeg het zo vriendelijk mogelijk.

'Waarom?'

'Om een paar vragen te stellen.'

'Ik weet niets.' De man wilde de deur dichttrekken, maar instinctief zette Martin zijn voet ertussen.

'Of we praten nu even met elkaar, of het kost u de hele ochtend, want dan moet ik u meenemen naar het politiebureau en u daar mijn vragen stellen.' Martin wist donders goed dat hij niet de bevoegdheid had om Grip mee te nemen naar het bureau, maar hij gokte erop dat de man daar niet van op de hoogte was.

'Kom dan maar verder,' zei Grip.

De veiligheidsketting werd losgemaakt en de deur ging open, zodat Martin naar binnen kon stappen. Een besluit waar hij meteen spijt van kreeg toen hij de stank rook.

'Nee, nee, je mag niet naar buiten, stoute boef.'

Martin kon vanuit zijn ooghoek nog net iets pluizigs zien voordat de man met de baard zich naar voren wierp en de staart van de kat beetpakte. Het diertje piepte protesterend, maar liet zich vervolgens optillen en mee naar binnen nemen.

Grip deed de deur dicht en Martin probeerde door zijn mond te ademen om niet te hoeven overgeven. Binnen was het bedompt en rook het naar afval, en over alles heen lag de sterke stank van kattenpis. De verklaring liet niet lang op zich wachten. Op de drempel van de woonkamer bleef Martin met grote ogen staan. Overal zaten, lagen en liepen katten. Hij deed een ruwe schatting en besefte dat het er minstens vijftien waren. In een appartement dat niet groter kon zijn dan veertig vierkante meter.

'Ga zitten,' bromde Grip. Hij verjoeg wat katten van de bank.

Voorzichtig ging Martin op het uiterste randje zitten.

'Brand maar los. Ik heb niet de hele dag de tijd. Het is hard werken als je voor zoveel dieren moet zorgen.'

Een dikke roodharige kat sprong bij de man op schoot, zocht een lekker plekje op en begon te spinnen. Haar vacht zat vol klitten en ze had op beide achterpoten een wond.

Martin schraapte zijn keel. 'Uw buurman, Mats Sverin, is gisteren dood in zijn woning aangetroffen. Wij willen nu graag weten of de mensen die hier wonen de afgelopen dagen iets bijzonders hebben gezien of gehoord.'

'Het is niet mijn zaak om iets te horen of te zien. Ik bemoei me alleen met mijn eigen zaken en verwacht dat anderen dat ook doen.'

'U hebt geen geluiden uit het appartement van uw buurman gehoord? Of een onbekende persoon in het trappenhuis gezien?' drong Martin aan.

'Zoals gezegd: ik bemoei me alleen met mijn eigen zaken.' De man krabde de kat tussen de plukken op haar rug.

Martin sloeg zijn notitieboekje dicht en besloot het op te geven. 'Wat is uw voornaam eigenlijk?'

'Ik heet Gottfrid Grip. En nu wilt u zeker ook de namen van de rest?'

'De rest?' vroeg Martin en hij keek om zich heen. Woonden hier nog meer mensen?

'Ja, dit is Marilyn.' Gottfrid wees naar de kat op zijn schoot. 'Ze houdt niet van vrouwen. Blaast alleen maar.'

Plichtmatig sloeg Martin zijn notitieboekje weer open en schreef zo precies mogelijk op wat de man zei. Het zou in elk geval een lach moeten opleveren.

'Die daarginds heet Errol; de witte met bruine pootjes heet Humphrey; daarnaast zitten Cary, Audrey, Bette, Ingrid, Lauren en James.' Grip bleef kattennamen noemen terwijl hij wees en Martin bleef schrijven. Dit was een mooi verhaal voor als hij terug was op het bureau.

Onderweg naar buiten bleef hij staan.

'Dus u en de katten hebben niets gehoord of gezien?'

'Ik heb nooit gezegd dat de katten niets hebben gezien. Ik heb alleen gezegd dat ík niets heb gezien. Maar Marilyn heeft een auto gezien, heel vroeg op zaterdagochtend, toen ze in de vensterbank in de keuken zat. Ze blies als een gek.'

'Heeft Marilyn een auto gezien? Wat voor auto?' vroeg Martin, terwijl hij besloot er maling aan te hebben hoe wonderlijk de vraag klonk.

Grip keek hem medelijdend aan. 'Dacht u dat katten verstand hebben van automerken? Hebt u ze wel allemaal op een rijtje?' Hij wees naar zijn voorhoofd en schudde lachend zijn hoofd. Daarna deed hij de deur achter Martin dicht en maakte de veiligheidsketting weer vast.

'Is Erling er ook?' Voorzichtig tikte Gösta op de deurpost van de eerste kamer in de gang. Paula en hij waren net bij het gemeentehuis in Tanumshede gearriveerd.

Gunilla zat met haar rug naar de deuropening en veerde hoog op.

'Jullie laten me schrikken,' zei ze en ze wapperde nerveus met haar handen.

'Dat was niet de bedoeling,' zei Gösta. 'We zijn op zoek naar Erling.'

'Gaat het over Mats?' Haar onderlip begon meteen te trillen. 'Ik vind het zo erg.' Ze reikte naar een pakje zakdoekjes en depte de tranen in haar ooghoeken.

'Inderdaad,' zei Gösta. 'We willen iedereen graag spreken, maar op dit moment willen we met Erling praten, als hij er is.'

'Ja, hoor. Hij zit op zijn kamer. Ik loop wel even mee.'

Gunilla stond op en na luidruchtig haar neus te hebben gesnoten ging ze hun voor naar een kamer verderop in de gang.

'Erling, je hebt bezoek,' zei ze en ze stapte opzij.

'Hé, hallo. Ben jij het?' Erling stond op en schudde hartelijk Gösta's hand.

Vervolgens keek hij naar Paula en hij leek naarstig in zijn geheugen te zoeken.

'Petra, toch? Dit hoofd is net een goed geoliede machine, ik vergeet nooit iets.'

'Paula,' zei Paula en ze stak haar hand uit.

Erling keek even beteuterd, maar haalde vervolgens zijn schouders op.

'We willen graag wat vragen over Mats Sverin stellen,' zei Gösta snel. Hij ging in een van de bezoekersstoelen voor Erlings bureau zitten en dwong zo Erling en Paula om ook plaats te nemen.

'Het is verschrikkelijk.' Erling vertrok zijn gezicht tot een vreemde grimas. 'We zijn hier op kantoor enorm verdrietig en we vragen ons natuurlijk af wat er is gebeurd. Hebben jullie informatie voor ons?'

'Op dit moment niet veel.' Gösta schudde zijn hoofd. 'Ik kan alleen bevestigen wat jullie gisteren te horen hebben gekregen toen we belden. Dat Sverin dood in zijn appartement is aangetroffen en dat we de zaak onderzoeken.'

'Is hij vermoord?'

'Dat kan ik ontkennen noch bevestigen.'

Gösta hoorde zelf hoe formeel hij klonk, maar hij wist dat Hedström hem de wind van voren zou geven als hij zijn mond voorbijpraatte en op die manier het onderzoek schade toebracht.

'Maar we hebben jullie hulp nodig,' ging hij verder. 'Ik heb begrepen dat Sverin maandag niet op zijn werk is verschenen en dinsdag evenmin. Toen hebben jullie contact opgenomen met zijn ouders. Kwam het wel vaker voor dat hij thuisbleef van zijn werk?'

'Het was eerder andersom. Ik geloof niet dat hij ook maar één dag ziek is geweest sinds hij hier is komen werken. Ik kan me niet herinneren dat hij ooit afwezig was. Zelfs niet om naar de tandarts te gaan. Hij was punctueel, plichtsgetrouw en uitermate zorgvuldig. Daarom werden we ook ongerust toen hij niet kwam en ook niets van zich liet horen.'

'Hoe lang heeft hij hier gewerkt?' vroeg Paula.

'Twee maanden. Het was echt boffen dat we iemand als Mats kregen. De functie was al vijf weken vacant en er waren een paar sollicitanten geweest voor een gesprek, maar niemand was voldoende gekwalificeerd. Toen Mats solliciteerde, maakten we ons eerder zorgen dat hij overgekwalificeerd was, maar hij stelde ons op dat punt gerust en verzekerde ons dat dit precies het werk was dat hij zocht. Hij leek vooral heel graag naar Fjällbacka terug te willen komen. En wie kan hem dat kwalijk nemen? De parel van de kust.' Erling spreidde zijn handen.

'Gaf hij een speciale reden waarom hij terug wilde komen?' Paula boog zich naar voren.

'Nee, behalve dat hij de hectiek van de grote stad wilde ontvluchten en meer levenskwaliteit zocht. En dat is precies wat deze gemeente te bieden heeft: rust, stilte en levenskwaliteit.' Erling benadrukte elke lettergreep.

'Hij zei dus niets over privéomstandigheden?' Gösta begon ongeduldig te worden.

'Daar was hij erg gesloten over. Ik weet dat hij oorspronkelijk uit Fjällbacka kwam en dat zijn ouders hier wonen, maar verder kan ik me niet herinneren dat hij ooit iets over zijn leven buiten het kantoor heeft verteld.'

'Vlak voordat hij uit Göteborg vertrok, heeft hij daar iets heel vervelends meegemaakt. Hij is zo zwaar mishandeld dat hij in het ziekenhuis belandde. Heeft hij daar niets over gezegd?' vroeg Paula.

'Nee, absoluut niet,' zei Erling verbaasd. 'Er zaten wat littekens op zijn gezicht, maar hij zei dat hij met zijn fiets was gevallen toen hij met zijn broekspijp in zijn wiel was blijven haken.'

Gösta en Paula wisselden een verbaasde blik.

'Wie heeft hem mishandeld? Dezelfde persoon die…?' Erling fluisterde de woorden bijna.

'Volgens zijn ouders ging het om zinloos geweld. We denken niet dat er een verband is, maar we kunnen uiteraard niets uitsluiten,' zei Gösta.

'Heeft hij echt helemaal niets over zijn tijd in Göteborg verteld?' drong Paula aan.

Erling schudde zijn hoofd. 'Ik meende wat ik zei. Mats praatte nooit over zichzelf. Het was alsof zijn leven pas begon toen hij bij ons kwam werken.'

'Vonden jullie dat niet vreemd?'

'Tja, waarschijnlijk stond niemand daar echt bij stil. Hij was bepaald niet ongezellig. Hij kon lachen en grapjes maken en meepraten over allerlei tv-programma's en van die dingen waar je het tijdens de koffiepauze over hebt. Het viel niet echt op dat hij nooit over privédingen sprak. Dat besef ik nu pas.'

'Deed hij zijn werk goed?' vroeg Gösta.

'Mats deed het uitstekend als hoofd Financiën. Hij was zoals gezegd precies, grondig en gewetensvol, en dat zijn onmiskenbaar eigenschappen die je graag ziet in iemand die de financiën regelt, vooral als het om politiek gevoelige activiteiten gaat als de onze.'
'Niemand had klachten?' vroeg Paula.
'Nee, Mats was buitengewoon goed in zijn werk. En hij is onmisbaar geweest tijdens Project Badis. Hij kwam er natuurlijk pas in een laat stadium bij, maar hij had zich snel ingelezen en heeft ons echt geholpen.'
Gösta keek Paula aan, die haar hoofd schudde. Op dit moment hadden ze geen vragen meer, maar Gösta vond dat Mats Sverin net zo anoniem en gezichtloos leek als voordat ze zijn chef hadden gesproken. En hij kon het niet nalaten zich af te vragen wat er zou gebeuren als ze aan het oppervlak begonnen te krabben.

Het kleine huis van het echtpaar Sverin in Mörhult lag fraai aan het water. Vandaag was het warmer, een lekkere voorzomerdag, en Patrik liet zijn jas in de auto liggen. Hij had van tevoren gebeld om te zeggen dat hij zou komen, en toen Gunnar de deur voor hem opende, zag hij door de hal dat in de keuken de koffie al klaarstond. Zo ging het hier aan de kust. Bij zowel verdrietige als vrolijke gelegenheden werd er koffie met koekjes geserveerd. Als politieman had hij door de jaren heen liters koffie gedronken tijdens zijn bezoekjes aan de bewoners van de gemeente.
'Kom binnen. Ik zal kijken of ik Signe zover krijg dat…' Gunnar maakte zijn zin niet af, maar liep de trap op.
Patrik bleef in de hal staan wachten. Het duurde even voor Gunnar weer naar beneden kwam en ten slotte besloot Patrik de keuken binnen te gaan. De stilte vulde het huis en hij was zo vrij door te lopen naar de woonkamer. Die was netjes en schoon, met mooie oude meubels en veel kleedjes, zoals je vaak ziet in woningen van oudere mensen. Overal stonden ingelijste foto's van Mats. Door ernaar te kijken kon Patrik Mats' hele leven van baby tot volwassen man volgen. Hij zag er aardig en sympathiek uit. Blij, gelukkig. Te oordelen naar de foto's had hij een fijne jeugd gehad.
'Signe komt zo.'

Patrik ging zo in zijn gedachten op dat hij bij het horen van Gunnars stem bijna de foto liet vallen die hij in zijn hand hield.

'Mooie foto's.' Hij zette het lijstje voorzichtig terug op de ladekast en liep achter Gunnar aan naar de keuken.

'Ik heb fotograferen altijd al leuk gevonden, dus het zijn er in de loop van de jaren aardig wat geworden. Daar zijn we nu blij mee. Dat er nog iets is, bedoel ik.' Verlegen begon Gunnar koffie in te schenken.

'Wilt u suiker of melk? Of alle twee?'

'Zwart graag.' Patrik ging op een witte keukenstoel zitten.

Gunnar zette een kopje voor hem neer en nam toen aan de andere kant van de tafel plaats.

'Laten we beginnen, Signe komt zo,' zei hij nadat hij een bezorgde blik op de trap had geworpen. Boven was niets te horen.

'Hoe gaat het met haar?'

'Ze heeft sinds gisteren geen woord gezegd. De dokter komt zo een kijkje nemen. Ze wil alleen maar in bed liggen, maar volgens mij heeft ze vannacht geen oog dichtgedaan.'

'Jullie hebben veel bloemen gekregen.' Patrik knikte naar het aanrecht, waar een grote hoeveelheid boeketten in min of meer passende vazen stond.

'De mensen zijn aardig. Ze hebben ook aangeboden langs te komen, maar ik kan het op dit moment niet aan als hier allerlei volk in en uit loopt.' Gunnar deed een suikerklontje in zijn kopje en roerde even. Toen reikte hij naar een koekje en doopte dat in de koffie voordat hij het in zijn mond stak. De hap leek te groeien en hij moest hem met een slok koffie wegspoelen.

'Daar zul je haar hebben.' Gunnar draaide zich om naar Signe, die door de hal kwam aanlopen.

Ze hadden haar niet de trap horen afkomen. Gunnar stond op en liep naar haar toe. Hij pakte haar voorzichtig onder haar arm en hielp haar naar de tafel alsof ze een hoogbejaarde vrouw was. Ze leek sinds gisteren jaren ouder te zijn geworden.

'De dokter komt zo. Neem eerst maar een kopje koffie en een koekje. Je moet iets eten. Zal ik een boterham voor je maken?'

Signe schudde haar hoofd. Het was de eerste reactie waaruit bleek dat het tot haar doordrong wat haar echtgenoot zei.

'Ik leef met jullie mee.' Patrik kon het niet nalaten zijn hand op de hare te leggen. Ze trok die niet weg, maar reageerde ook niet op de aanraking en liet haar hand als een dood lichaamsdeel onder die van Patrik liggen. 'Ik had jullie op een moment als dit liever niet gestoord. Zo vlak erna.'

Zoals altijd vond hij het lastig de juiste woorden te vinden. Sinds hij zelf vader was, vond hij het zo mogelijk nog moeilijker om mensen te ontmoeten die een kind hadden verloren, of dat nu klein was of volwassen. Wat zei je tegen iemand wiens hart uit zijn lichaam was gerukt? Want hij vermoedde dat het zo moest voelen.

'We weten dat jullie je werk moeten doen. En we willen natuurlijk graag dat jullie degene vinden die... dit heeft gedaan. Als we op de een of andere manier kunnen helpen, dan doen we dat graag.'

Gunnar was naast zijn vrouw gaan zitten en trok nu beschermend zijn stoel dichter naar de hare. Zij had haar kopje niet aangeraakt.

'Neem maar een slokje,' zei hij en hij bracht het naar haar lippen. Met tegenzin slikte ze wat koffie door.

'We hebben elkaar gisteren al even gesproken, maar zouden jullie om te beginnen nog wat meer over Mats willen vertellen? Om het even wat – wat jullie zelf maar met me willen delen.'

'Hij was als baby al heel lief,' zei Signe. Haar stem klonk droog en gebarsten. Ongebruikt. 'Hij sliep van meet af aan 's nachts door en hij was nooit lastig. Maar ik maakte me zorgen, dat heb ik altijd gedaan. Ik zat gewoon te wachten tot er iets verschrikkelijks gebeurde.'

'Je hebt gelijk gekregen. Ik had beter naar je moeten luisteren.' Gunnar sloeg zijn ogen neer.

'Nee, jij had gelijk,' zei Signe en ze keek hem aan. Het was alsof ze plotseling uit haar verdoving ontwaakte. 'Ik heb veel tijd verspild en veel plezier gemist door me zorgen te maken, terwijl jij alleen maar blij en dankbaar was voor wat we hadden, voor Matte. Als het eenmaal gebeurt, kun je daar toch niet op voorbereid zijn. Ik heb me mijn hele leven over van alles en nog wat zorgen gemaakt, maar hier had ik me nooit op kunnen voorbereiden. Ik had meer moeten genieten.' Ze viel stil. 'Wat wilde u weten?' ging ze verder, en nu nam ze zelf een slok koffie.

'Ging hij meteen naar Göteborg toen hij uit huis ging?'

'Ja, na de middelbare school werd hij op de Hogeschool voor Economie toegelaten. Hij had mooie cijfers,' zei Gunnar met duidelijke trots.

'Maar in de weekends kwam hij vaak naar huis,' voegde Signe eraan toe. Over haar zoon praten leek een gunstige invloed op haar te hebben. Ze had wat weer wat kleur op haar wangen en haar blik was helderder.

'Met de jaren werd dat natuurlijk steeds minder vaak, maar in het begin kwam hij vrijwel elk weekend naar huis,' knikte Gunnar.

'En verliep zijn studie goed?' Patrik besloot door te praten over onderwerpen waar Signe en Gunnar zich veilig en rustig bij voelden.

'Hij haalde op de hogeschool ook goede cijfers,' zei Gunnar. 'Ik heb nooit begrepen hoe hij zo'n studiebol kon zijn. Het kwam in elk geval niet van mijn kant.' Hij glimlachte en leek even te vergeten waarom ze hier zaten te praten. Maar vervolgens herinnerde hij het zich kennelijk, want zijn glimlach stierf weg.

'En wat heeft hij na zijn studie gedaan?'

'Zijn eerste baan was toch bij dat accountantskantoor?' Signe wendde zich tot Gunnar, die zijn voorhoofd fronste.

'Ja, ik geloof het wel, maar ik weet met de beste wil van de wereld niet meer hoe het heette. Het was iets Amerikaans. Hij is daar maar een paar jaar gebleven. Hij had het er niet echt naar zijn zin. Te veel cijfertjes en te weinig mensen, zei hij.'

'Waar werkte hij daarna?' Patriks koffie was ondertussen koud geworden, maar hij nam toch een slok.

'Hij heeft verschillende banen gehad. Ik kan dat vast uitzoeken als jullie het precies willen weten, maar de afgelopen vier jaar was hij verantwoordelijk voor de financiën van een ideële organisatie, Fristad.'

'Wat is dat voor soort organisatie?'

'Ze helpen vrouwen die op de vlucht zijn voor hun gewelddadige echtgenoot, zodat ze er niet aan onderdoor gaan en hun leven weer kunnen opbouwen. Matte vond het daar geweldig. Hij had het er bijna altijd over.'

'Waarom is hij daar gestopt?'

Gunnar en Signe keken elkaar aan, en Patrik begreep dat ze zich hetzelfde hadden afgevraagd.

'Wij denken dat het komt door wat hem is overkomen. Misschien voelde het niet zo veilig meer om in Göteborg te wonen,' zei Gunnar.

'Hier was het ook niet veilig,' zei Signe.

Nee, dacht Patrik, dat was het inderdaad niet. Welke reden Mats Sverin ook had gehad om uit Göteborg te vertrekken, het geweld had hem hier ook gevonden.

'Hoe lang heeft hij na die mishandeling in het ziekenhuis gelegen?'

'Drie weken, dacht ik,' zei Gunnar. 'We schrokken heel erg toen we hem in het Sahlgrenska-ziekenhuis zagen.'

'Laat de foto's maar zien,' zei Signe stilletjes.

Gunnar stond op en ging naar de woonkamer. Hij kwam met een doos in zijn handen terug.

'Ik weet eigenlijk niet waarom we deze hebben bewaard. Het is niet bepaald iets waar je graag naar kijkt.' Met eeltige vingers haalde hij voorzichtig de bovenste foto's uit de doos.

'Mag ik eens zien?' Patrik stak zijn hand uit en Gunnar reikte hem het stapeltje aan. 'Oef.' Patrik kon zijn reactie niet verbergen toen hij de foto's van Mats Sverin in het ziekenhuisbed zag. Hij herkende hem niet van de foto's die hij in de woonkamer had gezien. Mats' hele gezicht, ja, zijn hele hoofd was gezwollen. En zijn huid had verschillende rode en blauwe kleuren.

'Ja.' Gunnar wendde zijn blik af.

'Ze zeiden dat het veel slechter had kunnen aflopen. Maar hij had geluk bij een ongeluk.' Signe knipperde haar tranen weg.

'Ik heb begrepen dat ze de dader nooit te pakken hebben gekregen.'

'Dat klopt. Denkt u dat het iets te maken kan hebben met wat er nu met Matte is gebeurd? Hij is in Göteborg door volslagen onbekenden mishandeld. Een jongensbende. Hij had tegen een van hen gezegd dat ze niet bij zijn portiek mochten staan plassen. Hij had ze nog nooit eerder gezien, zei hij. Waarom zouden ze…?' Signes stem werd schel.

Gunnar streek haar kalmerend over haar arm.

'Dat weet nog niemand. De politie wil alleen zoveel mogelijk informatie hebben.'

'Dat klopt,' zei Patrik. 'Op dit moment denken we nog niets. We willen alleen meer over Mats en zijn leven te weten komen.' Hij wendde zich tot Signe. 'Uw man zei dat Mats voor zover jullie weten op dit moment geen vriendin had?'

'Nee, dat deel van zijn leven hield hij voor zichzelf. Ik had de hoop op kleinkinderen al min of meer opgegeven,' zei Signe. Maar toen ze besefte wat ze had gezegd en dat de hoop op kleinkinderen nu helemaal vervlogen was, begonnen de tranen te stromen.

Gunnar kneep in haar hand.

'Volgens mij was er iemand in Göteborg,' ging Signe verder met een stem die dik was van de tranen. 'Niet dat hij dat heeft verteld, maar dat gevoel had ik. En soms roken zijn kleren naar parfum als hij bij ons op visite was. Het was elke keer dezelfde geur.'

'Maar hij heeft nooit een naam genoemd?' vroeg Patrik.

'Nee, nooit, en dat kwam niet doordat Signe er niet naar vroeg,' glimlachte Gunnar.

'Nee, al begreep ik niet waarom het zo'n groot geheim moest zijn. Het was toch niet zo'n ramp geweest om haar een keer een weekendje mee te nemen, zodat we haar hadden kunnen ontmoeten? We kunnen ons keurig gedragen als we ons best doen.'

Gunnar schudde zijn hoofd. 'Dit lag nogal gevoelig, zoals u begrijpt.'

'Hadden jullie de indruk dat die vrouw, wie het ook was, nog deel uitmaakte van Mats' leven toen hij weer in Fjällbacka kwam wonen?'

'Tja…' Gunnar keek Signe vragend aan.

'Nee, niet meer,' zei ze gedecideerd. 'Zoiets voel je als moeder aan. En ik zou er bijna een eed op durven zweren dat er niemand was.'

'Volgens mij heeft hij Annie nooit kunnen vergeten,' viel Gunnar in.

'Waar heb jij het nou over? Dat is een eeuwigheid geleden. Ze waren nog maar kinderen.'

'Dat maakt niet uit. Annie had iets speciaals. Dat heb ik altijd gevonden, en ik denk dat Mats… Je zag toch hoe hij reageerde toen we vertelden dat ze terug was?'

'Ja, maar hoe oud waren ze toen? Zeventien, achttien?'

'Ik denk wat ik denk.' Gunnar stak zijn kin naar voren. 'En hij zou bij haar langsgaan.'

'Sorry,' onderbrak Patrik hem. 'Wie is Annie?'

'Annie Wester. Matte en zij zijn samen opgegroeid. Ze zaten trouwens in dezelfde klas als uw vrouw, zowel Mats als Annie.'

Gunnar leek het een beetje gênant te vinden dat hij Erica kende. Patrik was niet verbaasd. De mensen in Fjällbacka wisten sowieso van alles over elkaar, maar Erica hielden ze na het succes van haar boeken extra in de gaten.

'Woont zij hier nog?'

'Nee, ze is jaren geleden al weggegaan. Ze is naar Stockholm vertrokken en Matte en zij hebben daarna geen contact meer gehad. Maar ze heeft een eilandje voor de kust. Gråskär heet het.'

'Denkt u dat Mats daarheen is gegaan?'

'Ik weet niet of dat hem nog is gelukt,' zei Gunnar. 'Maar dat is gewoon een kwestie van Annie bellen en het haar vragen.' Hij stond op en haalde een papiertje van de koelkast af. 'Dit is haar mobiele nummer. Ik weet niet hoe lang ze van plan is te blijven. Ze zit er met haar zoontje.'

'Komt ze hier vaak?'

'Nee, we waren eigenlijk best verbaasd. Sinds ze naar Stockholm is verhuisd, is ze hier bijna nooit meer geweest. De laatste keer is jaren geleden. Maar het eiland is van haar. Haar opa heeft het heel lang geleden gekocht en Annie is de enige die er nog is, omdat ze geen broers of zussen heeft. We hebben haar geholpen met het huis, maar als er binnenkort niet wat aan de vuurtoren wordt gedaan, valt die niet meer te redden.'

'De vuurtoren?'

'Ja, er staat een oude vuurtoren uit de negentiende eeuw op het eiland. En één huis. Daar woonde vroeger de vuurtorenwachter met zijn gezin.'

'Dat klinkt verlaten.' Het laatste slokje koude koffie gleed door Patriks keel en hij vertrok zijn gezicht.

'Verlaten of lekker rustig, het is maar net hoe je het bekijkt,' zei Signe. 'Maar ik zou daar geen nacht in mijn eentje kunnen doorbrengen.'

'Zei jij niet dat het alleen maar onzin en bijgeloof was?' vroeg Gunnar.

'Wat?' Patrik luisterde nieuwsgierig.

'Het eiland wordt Schimmenscheer genoemd. Ze zeggen dat het die naam heeft gekregen omdat de mensen die er overlijden het eiland nooit verlaten.'

'Het spookt er dus?'

'Ach, ze zeggen zoveel,' snoof Signe.

'Hoe dan ook zal ik Annie bellen. Heel erg bedankt voor de koffie en de koekjes en dat jullie het konden opbrengen om wat vragen te beantwoorden.' Patrik stond op en schoof zijn stoel aan.

'Het was fijn even over hem te kunnen praten,' zei Signe zachtjes.

'Mag ik deze lenen?' Patrik wees op de foto's uit het ziekenhuis. 'Ik beloof dat ik er voorzichtig mee zal zijn.'

'U mag ze houden.' Gunnar gaf Patrik de foto's. 'We hebben zo'n moderne digitale camera, dus ze zitten in de computer.'

'Bedankt,' antwoordde Patrik en hij stopte ze voorzichtig in zijn tas.

Signe en Gunnar liepen samen met hem mee naar de voordeur. Toen hij in de auto ging zitten, zag hij in gedachten de beelden van Mats Sverin als kleine jongen, tiener en volwassene. Hij besloot naar huis te gaan en daar te lunchen. Hij voelde een acute behoefte de tweeling te kussen.

'Hoe is het vandaag met opa's lieveling?' Ook Mellberg was naar huis gegaan voor de lunch en zodra hij binnen was, rukte hij Leo uit Rita's armen en tilde hem hoog op, waardoor de jongen het uitschaterde.

'Dat is nu weer zo typisch. Als opa thuiskomt, kan oma wel ophoepelen.' Rita trok een grimmig gezicht, maar liep toen met een glimlach naar hen toe en kuste hen op hun dikke wangen.

Bertil en Leo hadden al sinds de jongen was geboren een speciale band en Rita was daar alleen maar blij mee. Tegelijk was ze opgelucht toen Bertil zich had laten overhalen om weer fulltime te gaan werken. Op zich was het een goed plan geweest om Paula te ontlasten, maar hoezeer ze ook van haar onwaarschijnlijke held hield, ze koesterde geen illusies over zijn beoordelingsvermogen, dat af en toe op z'n zachtst gezegd gebrekkig was.

'Wat eten we?' Mellberg zette de jongen voorzichtig in de kinderstoel en deed hem een slabbetje voor.

'Kip en mijn eigengemaakte salsa waar je zo dol op bent.'

Mellberg humde tevreden. Hij had in zijn hele leven niets exotischers gegeten dan vlees met aardappelen en dillesaus, maar Rita was erin geslaagd hem te bekeren. Haar salsa was zo sterk dat het glazuur bijna van je tanden sprong, maar hij was er dol op.

'Het was laat gisteren.' Ze zette een bord met minder sterk gekruid eten voor Leo neer en liet het aan Bertil over hem te voeren.

'Ja, het is weer druk. Paula en de jongens zijn op pad om het voetenwerk te doen, maar Hedström wees er terecht op dat er iemand op het politiebureau moest blijven die met de pers kan omgaan. En niemand is beter geschikt voor die zware verantwoordelijkheid dan ik.' Mellberg stak een iets te grote hap bij Leo naar binnen, die met een blij gezicht de helft weer naar buiten liet glijden.

Rita onderdrukte een glimlach. Patrik was er kennelijk weer in geslaagd zijn chef buitenspel te zetten. Ze mocht Hedström graag. Hij wist hoe hij met Bertil moest omgaan. Met geduld, diplomatie en een zekere mate van gevlei kon je hem precies krijgen waar je hem wilde hebben. Zij deed hetzelfde om te zorgen dat thuis alles soepel verliep.

'Arme jij. Dat lijkt me een zware klus.' Ze schepte hem kip met een flinke hoeveelheid salsa op.

Leo's bord was leeg en Mellberg stortte zich op zijn eigen eten. Een paar porties later leunde hij tevreden achterover en klopte op zijn buik.

'Dat was lekker. En ik weet wat nu heel lekker zou zijn, wat jij, Leo?' Hij stond op en liep naar de vriezer.

Rita besefte dat ze hem moest tegenhouden, maar op dit moment had ze daar het hart niet toe. Ze liet hem drie grote Magnums pakken, die hij met een gelukkig gezicht uitdeelde. Leo was achter zijn ijsje nauwelijks meer te zien. Als Bertil zijn zin kreeg, zou het niet lang duren of de jongen was net zo breed als hij lang was. Vandaag moest een uitzondering zijn.

Fjällbacka 1870

Ze kroop iets dichter naar Karl toe. Hij lag aan de binnenzijde en droeg een lange onderbroek en een hemd. Over een paar uur moest hij op om Julian in de vuurtoren af te lossen. Voorzichtig legde ze een hand op zijn been. Streek met trillende vingers over zijn dij. Ze hoorde dit niet te doen, maar er klopte iets niet. Waarom raakte hij haar niet aan? Hij sprak ook nauwelijks tegen haar. Bedankte alleen mompelend voor het eten voordat hij van tafel ging. Verder keek hij langs haar heen. Alsof ze van glas was en niet zichtbaar, amper waarneembaar.

Hij was trouwens ook nooit lang binnen. Als hij wakker was, zat hij het merendeel van de tijd in de vuurtoren of hij was met het huis of de boot bezig. Of hij was op zee. Zij zat de hele dag moederziel alleen in het kleine huis en met haar huishoudelijke taken was ze altijd snel klaar. Dan waren er nog vele uren over die ze moest zien te vullen, en ze vreesde dat het niet lang meer zou duren of ze werd gek. Als er een kind kwam, zou ze gezelschap hebben, iets omhanden hebben. Dan zou het haar niets kunnen schelen dat Karl van 's ochtends vroeg tot 's avonds laat in de weer was en niet met haar praatte. Als ze maar een kleintje kregen met wie ze zich bezig kon houden.

Maar zoveel wist ze wel na het leven op de boerderij: er moest iets tussen man en vrouw gebeuren om in gezegende toestand te raken. Dingen die tot nog toe niet waren gebeurd. Daarom ging haar hand over Karls been, langs de binnenkant van zijn dij. Met een hart dat bonsde van de zenuwen en de opwinding liet ze haar hand langzaam zijn gulp binnenglijden.

Karl deinsde terug en ging rechtop zitten.

'Wat ben jij aan het doen?' Zijn ogen waren zwart op een manier die ze niet eerder had gezien en ze trok haar hand terug.

'Ik... Ik wilde alleen...' De woorden wilden niet komen. Hoe zou ze kunnen uitleggen wat zo vanzelfsprekend was? Wat ook voor hem vanzelfsprekend zou moeten zijn: dat het wonderlijk was dat ze binnenkort drie maanden getrouwd waren zonder dat hij haar ook maar één keer had aangeraakt. Ze voelde dat haar ogen vol tranen schoten.

'Ik kan beter in de vuurtoren gaan slapen. Hier krijgt een mens geen rust.' Karl drong zich langs haar heen, trok zijn kleren aan en stormde de trap af.

Emelie had het gevoel dat ze een klap in haar gezicht had gekregen en dat haar wang brandde. Hij had haar dan wel vaak genegeerd, maar hij had haar nog nooit op die toon toegesproken. Hard, koud en minachtend. En hij had naar haar gekeken alsof ze iets engs was dat onder een steen vandaan was gekropen.

Terwijl de tranen over haar wangen liepen, kroop Emelie naar het raam en keek naar buiten. Er stond een harde wind en Karl moest ertegenin zwoegen om bij de vuurtoren te komen. Hij rukte de deur open en ging naar binnen. Vervolgens zag ze hem bovenin achter het raam, waar het licht van de vuurtoren hem in een schaduw veranderde.

Ze ging weer in bed liggen en huilde. Het huis piepte en kraakte, en ze had het gevoel dat het over de eilanden weg kon vliegen, in het grijs kon verdwijnen. Maar ze werd er niet bang van. Elke willekeurige andere plek was beter dan hier.

Een streling over haar wang, precies waar Karls woorden haar als een oorvijg hadden geraakt. Emelie schrok op. Er was niemand. Ze trok de deken tot aan haar kin omhoog en staarde naar de donkere hoeken van de kamer. Die leken leeg. Ze ging weer liggen. Het was vast verbeelding. Net als alle andere vreemde geluiden die ze hoorde sinds ze op het eiland woonde. En de kastdeuren die openstonden terwijl ze zeker wist dat ze ze had dichtgedaan, en de suikerpot die op de een of andere manier van de keukentafel op het aanrecht was beland. Dergelijke dingen moesten verbeelding zijn. Haar fantasie en de verlatenheid van het eiland speelden haar kennelijk parten.

Beneden kraste een stoel over de vloer. Emelie ging ademloos rechtop zitten. De woorden van de oude vrouw weergalmden in haar oren, *woorden die ze de afgelopen maanden redelijk goed had weten te verdringen. Ze wilde niet gaan kijken wat het was, wilde niet weten wat er beneden kon zijn dat net hier boven was geweest en haar wang had gestreeld.*

Bevend trok ze de deken over haar hoofd en verstopte zich als een kind voor onbekende gevaren. Zo bleef ze liggen tot de ochtendschemering kwam. Wakker. Maar ze hoorde geen geluiden meer.

'Wat vind jij ervan?' vroeg Paula. Gösta en zij hadden bij de Konsum-supermarkt een lunch gekocht en zaten in de keuken van het politiebureau.

'Het is een beetje merkwaardig.' Gösta nam nog een hap van zijn visschotel. 'Niemand lijkt iets over het privéleven van Sverin te weten. Toch mocht iedereen hem kennelijk graag en zeggen ze allemaal dat hij open en sociaal was. Ik snap er niets van.'

'Nee, ik ook niet. Hoe kun je alles wat niet met je werk te maken heeft zo geheimhouden? Het zou tijdens de koffie of de lunch toch een keer ter sprake moeten komen?'

'Jij was in het begin ook niet direct spraakzaam.'

Paula bloosde. 'Nee, daar heb je een punt. Maar dat bedoel ik nou. Ik zweeg omdat er iets was waarvan ik niet wilde dat het bekend werd. Ik had geen idee hoe jullie zouden reageren als jullie wisten dat ik met een vrouw samenwoonde. De vraag is wat Mats Sverin wilde verbergen.'

'We komen er vast wel achter.'

Paula voelde iets tegen haar been duwen. Ernst had de geur van eten geroken en zat nu hoopvol naast haar.

'Sorry, beestje. Je wedt op het verkeerde paard. Ik heb alleen salade.'

Maar Ernst bleef zitten en keek haar smekend aan, en ze realiseerde zich dat ze het hem moest laten zien. Ze nam een blaadje sla uit de plastic bak en hield het hem voor. Ernst sloeg enthousiast met zijn staart op de grond, maar nadat hij aan het slablaadje had gesnuffeld, keek hij haar teleurgesteld aan en draaide haar demonstratief zijn kont toe. Daarna liep hij naar Gösta, die een koekje pakte en het hem toestopte.

'Je bewijst hem geen dienst, als je dat mocht denken,' zei Paula. 'Hij wordt niet alleen dik, maar ook ziek als Bertil en jij hem zo blijven voeren. Als mijn moeder niet eindeloos met hem wandelde, was hij allang dood geweest.'

'Ik weet het. Maar die blik van hem…'

'Hm.' Paula keek Gösta streng aan.

'Laten we hopen dat Martin of Patrik iets zinnigs te weten is gekomen,' zei Gösta om het gesprek op een ander onderwerp te brengen. 'Wij zijn niet veel wijzer dan gisteren.'

'Ja, dat kun je wel zeggen.' Paula was even stil. 'Het is zo verschrikkelijk als je erover nadenkt. In je eigen huis worden doodgeschoten. De plek waar je je het veiligst zou moeten voelen.'

'Ik vermoed dat het iemand was die hij kende. De deur was niet geforceerd, dus hij moet de dader zelf hebben binnengelaten.'

'Nog erger,' zei Paula. 'Doodgeschoten worden door iemand die je kent.'

'Het hoeft op zich geen kennis te zijn geweest. Je leest zo vaak in de krant over mensen die aanbellen met de vraag of ze even mogen bellen en vervolgens je hele hebben en houden stelen.' Gösta stak zijn vork in het laatste restje van zijn visschotel.

'Ja, maar die richten zich meestal op oudere mensen. Niet op iemand die jong en sterk is, zoals Mats Sverin.'

'Daar heb je gelijk in. Maar we kunnen het niet uitsluiten.'

'We moeten maar afwachten wat Martin en Patrik te melden hebben.' Paula legde haar bestek weg en stond op. 'Kopje koffie?'

'Graag,' zei Gösta. Stiekem gaf hij Ernst nog een koekje, en hij werd beloond met een natte lik over zijn hand.

'O, dit had ik echt nodig.' Erling steunde luid.

Viviannes vingers kneedden hem geroutineerd en hij voelde de spanning wegebben. Het was zwaar om zoveel verantwoordelijkheid te hebben als hij.

'Bieden wij deze behandeling ook aan?' vroeg hij met zijn gezicht in het gat van de massagetafel.

'Dit is klassieke massage, dus deze behandeling is zeker mogelijk. Daarnaast hebben we Thaise massage en een hotstonemassage. De mensen zullen ook kunnen kiezen tussen een hele en een halve lichaamsmassage.' Vivianne bleef hem masseren, terwijl ze met een rustige, slaapverwekkende stem sprak.

'Schitterend, schitterend.'

'Verder hebben we naast het basisaanbod allerlei speciale dingen. Scrubbehandelingen met zout en wier, lichttherapie, gezichtsbehandelingen met algen, en ga zo maar door. Alles zal er zijn. Maar dat weet je allemaal al, want dat staat in de folder.'

'Ja, maar het klinkt me toch als muziek in de oren. En het personeel? Is dat geregeld?' Hij voelde dat hij doezelig werd van de massage, het gedempte licht en Viviannes stem.

'Het personeel is bijna klaar met de opleiding. Dat deel heb ik zelf gedaan. We hebben hartstikke goede mensen kunnen vinden – jong, enthousiast en ambitieus.'

'Schitterend, schitterend,' zei Erling weer en hij slaakte een diepe, tevreden zucht. 'Dit wordt een succes, ik voel het gewoon.' Hij vertrok zijn gezicht een beetje toen Vivianne hard op een teer punt op zijn rug drukte.

'Je hebt hier wat spanning zitten,' zei ze, terwijl ze de gevoelige plek bleef masseren.

'Het doet zeer,' zei hij en hij was opeens wakker.

'Pijn moet je met pijn verdrijven.' Vivianne drukte nog harder en Erling hoorde zichzelf kreunen. 'Je bent echt heel gespannen.'

'Dat komt waarschijnlijk door wat er met Mats is gebeurd,' zei Erling geforceerd. Het deed nu zo'n pijn dat hij tranen voelde opkomen. 'De politie was vanochtend bij ons op kantoor om wat vragen te stellen, en het is allemaal zo verschrikkelijk.'

Vivianne hield midden in een beweging op. 'Wat vroegen ze?'

Dankbaar dat de pijn in elk geval tijdelijk weg was, haalde Erling diep adem.

'Ze stelden algemene vragen over hoe Mats op zijn werk was. Wat we over hem wisten, of hij zich goed van zijn taken kweet.'

'En wat hebben jullie gezegd?' Vivianne begon weer te masseren. Gelukkig was ze nu bij de zere plek weg.

'Tja, er viel niet zoveel te vertellen. Hij was vrij gesloten, dus we hebben nooit een goed beeld gekregen van wie hij was. Maar ik heb vanmiddag zijn verantwoording doorgenomen en ik moet zeggen dat hij de boel goed op orde had. Dat maakt het voor mij wat makkelijker om de financiën te regelen zolang we nog geen vervanger hebben.'

'Je doet het vast prima.' Vivianne masseerde zijn nek zo dat de haartjes op zijn armen rechtovereind gingen staan. 'Er waren dus helemaal geen vraagtekens meer?'

'Nee, voor zover ik kon zien was alles in orde.' Erling voelde dat hij weer doezelig werd. Viviannes vingers werkten gestaag verder.

Dan zat aan de keukentafel en staarde naar buiten. Het was stil in huis. De kinderen waren naar school en naar de crèche. Hij was geleidelijk aan weer aan het werk gegaan, maar vandaag had hij vrij. Hij was bijna liever aan het werk geweest. De laatste tijd kreeg hij buikpijn zodra hij op weg naar huis was, want de hele woning herinnerde hem aan wat ze hadden verloren. Niet alleen het kind, maar ook hun leven samen. Diep vanbinnen was hij gaan denken dat het misschien wel voor altijd was verdwenen, en hij wist niet wat hij moest. Dat was niets voor hem. Toch voelde hij zich op dit moment volkomen hulpeloos en dat verafschuwde hij.

Zijn hart smolt van medelijden bij de gedachte aan Emma en Adrian. Zij begrepen net zomin als hij, of waarschijnlijk nog minder, waarom hun moeder alleen maar in bed lag, waarom ze niet met hen praatte, hen niet kuste en niet opkeek als ze tekeningen en knutsels lieten zien die ze hadden gemaakt. Ze wisten dat ze een ongeluk had gehad en dat hun kleine broertje naar de hemel was gegaan. Maar dat hun moeder daardoor alsmaar stil uit het raam lag te staren begrepen ze niet. Niets dat hij deed of zei kon de leegte opvullen die Anna's afwezigheid veroorzaakte. Ze mochten hem graag, maar ze hielden van hun moeder.

Emma werd met de dag meer teruggetrokken en Adrian drukker. Ze reageerden alle twee, maar op een totaal andere manier. Dan was door de crèche gebeld omdat Adrian de andere kinderen sloeg en beet. En Emma's leraar had gebeld om te zeggen dat ze heel erg was veranderd, dat ze tijdens de lessen stil was vergeleken met vroeger, toen ze vrolijk, blij en enthousiast was geweest. Maar wat kon hij doen? Ze hadden Anna nodig, niet hem. Zijn eigen drie meiden kon hij troosten. Die kwamen naar hem toe, stelden vragen en knuffelden. Ze waren verdrietig en onthutst, maar heel anders dan Emma en Adrian. Zijn meiden waren bovendien om de week bij hun moeder, Pernilla, en daar hadden ze een leven zonder het verdriet dat nu als een zware, natte deken over zijn hele bestaan lag.

Pernilla was een grote steun geweest. Hun scheiding was niet zonder problemen verlopen, maar na het ongeluk was ze fantastisch geweest. Het kwam voor een groot deel door haar dat Lisen, Belinda en Malin het zo goed redden. Emma en Adrian hadden verder niemand. Erica had het wel geprobeerd, maar ze was druk met de tweeling en het was niet makkelijk voor haar om overal tijd voor te maken. Dat besefte hij terdege en hij waardeerde haar bereidheid.

Uiteindelijk stonden Emma, Adrian en hij toch alleen in hun verlammende angst voor wat er met Anna zou gebeuren. Soms vroeg hij zich af of ze de rest van haar leven uit het raam zou blijven staren. Of dagen zouden veranderen in weken en jaren terwijl Anna daar maar lag te liggen en langzaam ouder werd. Hij wist dat hij te pessimistisch was als hij zo dacht. De artsen hadden gezegd dat ze na verloop van tijd uit haar depressie zou komen, dat zoiets tijd kostte. Het probleem was alleen dat hij hen niet geloofde. Sinds het ongeluk was er al een aantal maanden verstreken, en het leek alsof Anna steeds verder wegdreef.

Voor het keukenraam zaten een paar koolmeesjes aan de vetbollen te pikken die de meisjes per se hadden willen ophangen, ondanks het jaargetijde. Hij volgde ze met zijn blik en bedacht afgunstig hoe zorgeloos hun leven moest zijn. Zij hoefden zich alleen maar te bekommeren om de meest basale dingen: eten, slapen, zich vermenigvuldigen. Geen gevoelens, geen gecompliceerde relaties. Geen verdriet.

Hij moest aan Matte denken. Erica had gebeld en verteld wat er was gebeurd. Dan kende Mattes ouders goed. Gunnar en hij hadden vaak samen in de boot over hun vangsten zitten opscheppen en Gunnar had altijd met veel trots over zijn zoon gesproken. Dan wist ook wie Matte was. Matte had bij Erica in de klas gezeten, Dans parallelklas, maar ze waren niet veel met elkaar omgegaan. Het verdriet van Gunnar en Signe moest overweldigend zijn. Door die gedachte ging hij zijn eigen verdriet in een ander perspectief zien. Als het zo'n pijn deed wanneer je een zoon verloor die je nooit had gekend, hoeveel pijn moest het dan wel niet doen als je een zoon verloor wiens hele leven je had gevolgd en die je groot had zien worden?

Plotseling vlogen de koolmeesjes weg. Ze gingen niet dezelfde kant op, maar verspreidden zich in alle richtingen. Even later zag Dan waarom ze zo abrupt waren vertrokken. De kat van de buren was aan komen sluipen en zat nu naar de boom te turen. Maar deze keer zou hij zijn buikje niet vol kunnen eten.

Dan stond op. Hij kon hier niet blijven zitten niksen. Hij moest weer proberen om met Anna te praten, hij moest haar wakker schudden en zorgen dat ze uit de dood herrees. Langzaam liep hij de trap op.

'Hoe is het jou vergaan, Martin?' Patrik leunde achterover in zijn stoel. Ze zaten weer in de keuken om de stand van zaken door te nemen.

Martin schudde zijn hoofd. 'Ik ben niet veel wijzer geworden. Ik heb de meeste mensen die gisteren niet thuis waren gesproken, maar niemand heeft iets gezien of gehoord. Behalve misschien…' Hij aarzelde.

'Ja?' zei Patrik en alle ogen richtten zich op Martin.

'Ik weet niet of het wat is. De man in kwestie heeft ze niet allemaal op een rijtje.'

'Laat maar horen.'

'Oké. Die man, Grip heet hij, woont op dezelfde etage als Sverin. Hij lijkt zoals ik al zei een beetje gestoord' – Martin tikte met zijn wijsvinger tegen zijn voorhoofd – 'en hij heeft onbehoorlijk veel katten in huis, maar' – hij haalde diep adem – 'Grip zei dat een van zijn katten zaterdagochtend vroeg een auto heeft gezien. Dus op hetzelfde tijdstip dat de andere buurman, Leandersson, werd gewekt door een geluid dat mogelijk een schot was.'

Gösta giechelde. 'Had de kat een auto gezien?'

'Stil, Gösta,' zei Patrik. 'Ga verder, wat zei hij nog meer?'

'Alleen dat. Ik nam hem niet echt serieus. Hij was zoals gezegd niet helemaal goed bij zijn hoofd.'

'Kinderen en gekken spreken de waarheid,' mompelde Annika terwijl ze notities maakte.

Martin haalde moedeloos zijn schouders op. 'Dit is het enige dat ik te weten ben gekomen.'

'Toch goed werk,' zei Patrik bemoedigend. 'Buurtonderzoeken zijn niet makkelijk. Of de mensen hebben te veel gehoord en gezien, of helemaal niets.'

'Ja, dit werk zou een stuk makkelijker zijn zonder getuigen,' mopperde Gösta.

'Wat hebben jullie ontdekt?' Patrik wendde zich tot Gösta en Paula, die naast elkaar aan de keukentafel zaten.

Paula schudde haar hoofd. 'Helaas hebben wij ook niet veel nieuws. Mats Sverin lijkt geen privéleven te hebben gehad als je zijn collega's mag geloven. Ze wisten er in elk geval niets over te vertellen. Hij had het nooit over hobby's, vrienden of relaties. Toch beschrijven ze hem als aardig en sociaal. Het is een beetje tegenstrijdig.'

'Had hij iets over zijn jaren in Göteborg verteld?'

'Nee, niets.' Gösta schudde zijn hoofd. 'Zoals Paula al zei, lijkt het alsof hij het nooit over iets anders had dan zijn werk en heel algemene dingen.'

'Wisten ze dat hij was mishandeld?' Patrik stond op en schonk iedereen koffie in.

'Nee, niet echt,' zei Paula. 'Mats had gezegd dat hij met zijn fiets was gevallen en een tijdje in het ziekenhuis had gelegen. En dat was niet bepaald de hele waarheid.'

'En zijn werk zelf? Riep dat vraagtekens op?' Patrik zette de kan terug.

'Hij schijnt zijn werk heel goed te hebben gedaan. Ze klonken erg tevreden over hem en vonden dat ze hadden geboft toen ze een ervaren econoom uit Göteborg voor de functie kregen. Bovendien kwam hij uit deze streek.' Gösta bracht het kopje naar zijn mond, maar brandde meteen zijn tong. 'Au, shit!'

'Er is dus niets waar we verder naar moeten kijken?'

'Nee, niet voor zover wij te weten zijn gekomen,' zei Paula en ze keek even moedeloos als Martin daarnet.

'Dan moeten we hier voorlopig maar genoegen mee nemen. We zullen vast nog wel een keer bij ze langs moeten. Ik heb met Mats' ouders gesproken en het resultaat is ongeveer hetzelfde. Zelfs tegenover hen lijkt hij niet erg open te zijn geweest. Maar ik ben wel te weten gekomen dat een vroeger vriendinnetje van hem zich nu hier in de scherenkust bevindt, op Gråskär, en Gunnar dacht dat Mats van plan was bij haar langs te gaan. Ik neem contact met haar op.' Patrik legde de foto's van het Sahlgrenska-ziekenhuis op tafel. 'En ik heb deze meegekregen.'

De foto's gingen de groep rond.

'Allemachtig,' zei Mellberg. 'Hij moet een flink pak op zijn donder hebben gekregen.'

'Ja, te oordelen naar de foto's gaat het om zware mishandeling. Het hoeft natuurlijk niet met de moord te maken te hebben, maar ik vind het wel de moeite waard dit nader te onderzoeken door het medisch dossier bij het ziekenhuis op te vragen en te kijken wat er in een eventuele aangifte staat. Bovendien moeten we met de mensen praten van die organisatie waar Mats voor heeft gewerkt. Dat ze bedreigde vrouwen hielpen, is ook interessant. Misschien dat we daar een motief vinden. Het is waarschijnlijk het beste als we naar Göteborg gaan om ter plekke met de mensen te praten.'

'Is dat echt noodzakelijk?' vroeg Mellberg. 'Niets wijst erop dat hij is doodgeschoten op grond van iets wat in Göteborg is gebeurd. Waarschijnlijk is het iets plaatselijks.'

'Omdat we zo weinig informatie boven tafel hebben gekregen en Sverin zo gesloten was over zijn leven in Göteborg, vind ik het wel degelijk gerechtvaardigd.'

Mellberg fronste zijn voorhoofd en dacht na. De beslissing moest kennelijk van ver komen.

'Oké, dan doen we het,' zei hij uiteindelijk. 'Maar het moet ons wel iets zinnigs opleveren. Je bent morgen een groot deel van de dag weg.'

'We zullen ons best doen. Ik wilde Paula trouwens meenemen,' verduidelijkte Patrik.

'Wat moeten wij ondertussen doen?' vroeg Martin.

'Annika en jij kunnen kijken wat er in de openbare registers over Mats Sverin te vinden is. Is hij in het geheim getrouwd of gescheiden? Heeft hij kinderen? Bezittingen? Een strafblad? Wat jullie maar kunnen bedenken.'

'Prima,' zei Annika met een blik op Martin.

'En Gösta...' Patrik dacht na. 'Bel Torbjörn om te vragen wanneer we Sverins appartement in mogen om er wat rond te kijken. Een beetje druk uitoefenen wat betreft het technische onderzoek is ook niet verkeerd. Nu we zo weinig weten, hebben we de resultaten zo snel mogelijk nodig.'

'Natuurlijk,' zei Gösta, zonder enig enthousiasme.

'Bertil? Blijf jij de stellingen houden?'

'O, zeker,' zei Mellberg en hij rechtte zijn rug. 'Ik ben klaar voor de bestorming.'

'Mooi zo. Dan gaan we morgen met frisse moed verder.' Patrik stond op ten teken dat het overleg was afgelopen. Hij was doodop.

Annie schoot overeind. Iets had haar gewekt. Ze was op de bank weggedoezeld en had over Matte gedroomd. De warmte van zijn lichaam was er nog steeds, evenals het gevoel toen hij in haar was, de klank van zijn stem – zo vertrouwd, zo veilig. Maar hij leek niet hetzelfde te hebben gevoeld, en dat begreep ze. Matte had van de Annie gehouden die ze toen was. De vrouw die ze nu was, was een teleurstelling voor hem geweest.

Ze beefde niet langer en haar gewrichten deden geen zeer meer. Maar ze was wel rusteloos. Omdat haar armen en benen prikten, banjerde ze door het huis heen en weer, terwijl Sam haar met grote ogen aankeek.

Had ze maar kunnen uitleggen waarom alles zo mis was gegaan. Ze had het een en ander verteld toen ze aan de keukentafel hadden gezeten. Ze had hem de dingen toevertrouwd die ze hardop had durven uitspreken. Maar ze had niet over de ergste vernedering kunnen vertellen. Over de dingen die ze had moeten doen die haar wezenlijk hadden veranderd.

Ze was niet meer dezelfde vrouw als vroeger, dat wist ze. Matte had dat gezien; hij had gezien hoe kapot en verrot ze vanbinnen was.

Annie ging rechtop zitten. Ze had het gevoel dat ze bijna geen adem kreeg. Ze trok haar knieën naar haar kin en sloeg haar armen om haar benen. Het was heel stil, maar opeens stuiterde er iets op de vloer. Een bal – Sams bal. Ze zag hoe die zachtjes naar haar toe kwam rollen. Sam had nog geen enkele keer gespeeld sinds ze op het eiland waren. Was hij wakker geworden en weer gaan spelen? Haar hart maakte een paar hoopvolle sprongetjes voordat ze besefte dat het onmogelijk was. De deur naar Sams kamer was rechts van haar en de bal was van links gekomen, uit de keuken.

Langzaam stond ze op en liep naar de keuken. Ze schrok even van de schaduwen die over de muren en het plafond bewogen, maar toen verdween haar angst even snel als die was gekomen. Opeens was ze heel rustig. Hier was niemand die haar kwaad wilde doen. Ze voelde het heel duidelijk, zonder dat ze wist hoe of waarom.

Uit een donker hoekje van de keuken hoorde ze gegiechel. Toen ze die kant op keek, ving ze nog net een glimp van hem op. Een jongen. Maar voor ze meer kon zien, was hij alweer in beweging gekomen. Hij holde naar de buitendeur, en zonder erbij na te denken ging ze achter hem aan. Ze rukte de deur open, voelde de wind tegen zich aan duwen, maar wist dat de jongen wilde dat ze meekwam.

Hij rende naar de vuurtoren. Af en toe draaide hij zich om, alsof hij zich ervan wilde vergewissen dat ze achter hem aan kwam. Zijn blonde haar werd door de wind alle kanten op gestuurd, dezelfde wind die haar bijna de adem benam toen ze ertegenin holde.

De deur van de vuurtoren was zwaar, maar hier was hij naartoe gerend en ze moest naar binnen. Ze stoof de steile trap op, hoorde de jongen boven bewegen, hoorde hem giebelen.

Maar toen ze boven kwam, was de ronde kamer leeg. Wie de jongen ook was, hij was weer vertrokken.

'Hoe gaat het bij jullie?' Erica boog zich dichter naar Patrik toe. Ze zaten samen op de bank.

Hij was op tijd thuis geweest voor het eten en nu lagen de kinderen te slapen. Geeuwend stak ze haar benen uit en legde ze op de salontafel.

'Moe?' vroeg Patrik. Hij streelde haar arm terwijl ze naar de tv keken.

'Allerverschrikkelijkst.'

'Ga dan naar bed, lieverd.' Hij kuste haar met een afwezige uitdrukking op zijn gezicht op haar wang.

'Dat zou ik inderdaad moeten doen, maar daar heb ik geen zin in.' Ze keek hem aan. 'Als tegenwicht tegen alle poepluiers, hemdjes vol spuug en brabbelpraat heb ik een beetje grotemensentijd nodig, een beetje Patrik en een beetje actualiteiten op de tv in *Rapport*.'

Patrik draaide zich naar haar om. 'Gaat alles goed?'

'Ja hoor,' zei ze. 'Het is heel anders dan met Maja. Maar soms is het een beetje te veel van het goede.'

'Na de zomer neem ik het over, zodat jij kunt gaan schrijven.'

'Dat weet ik. Bovendien zit de hele zomervakantie er ook nog tussen. Het gaat goed, vandaag was het alleen druk. En dan wat er met Matte is gebeurd. Ik vind het zo verschrikkelijk. Niet dat ik hem echt kende, maar we hebben op de middelbare school toch best lang in dezelfde klas gezeten.' Ze was even stil. 'Hoe gaat het met het onderzoek? Die vraag heb je nog niet beantwoord.'

'Traag.' Patrik zuchtte. 'We hebben de ouders van Mats gesproken en een aantal van zijn collega's, maar hij lijkt een eenling te zijn geweest. Niemand wist iets interessants over hem te vertellen. Of hij was de saaiste mens van de hele wereld, of…'

'Of?' vroeg Erica.

'Of er zijn dingen die we nog niet weten.'

'Op school vond ik hem in elk geval niet saai. Eerder heel sociaal en vrolijk. Hij was best populair. Zo iemand van wie je denkt dat hij zal slagen in het leven, wat hij ook maar onderneemt.'

'Ik snap wat je bedoelt. Jij zat in dezelfde klas als zijn vriendinnetje, hè?' vroeg Patrik.

'Annie? Ja, dat klopt. Maar zij…' Erica zocht naar de juiste woorden. 'Ik had het gevoel dat zij zichzelf een beetje beter vond dan de rest. Ze paste er als het ware niet helemaal tussen. Begrijp me niet verkeerd, zij was ook populair en Matte en zij vormden het perfecte stel. Maar ik had toch altijd het gevoel dat hij… Wat zal ik zeggen… Hij liep als een jong hondje achter haar aan. Kwispelde blij met zijn staart en was dankbaar voor alle aandacht. Niemand was echt verbaasd toen Annie besloot naar Stockholm te vertrekken en Matte hier achterliet. Hij was er kapot van, geloof ik, maar vermoedelijk ook niet verbaasd. Annie leek niet iemand die je vast kon houden. Begrijp je wat ik bedoel, of klinkt het warrig?'

'Nee, ik begrijp het wel.'

'Waarom vraag je naar Annie? Ze hadden op de middelbare school iets met elkaar. En hoewel ik dat niet graag toegeef, is dat een eeuwigheid geleden.'

'Annie is hier.'

Erica keek hem verbaasd aan. 'In Fjällbacka? Ze is hier in geen jaren geweest.'

'Nee, maar volgens de ouders van Mats zijn zij en haar zoon hier op het eiland dat van haar familie is.'

'Schimmenscheer?'

Patrik knikte. 'Ja, zo wordt het blijkbaar genoemd, maar ik geloof dat ze zeiden dat het anders heette?'

'Gråskär,' zei Erica. 'Maar de meeste mensen hier noemen het Schimmenscheer. Er wordt gezegd dat de doden…'

'… het eiland nooit verlaten,' vulde Patrik met een glimlach aan. 'Dank je, ik heb over de Bohuslänse bijgelovigheid gehoord.'

'Hoe weet je zo zeker dat het bijgeloof is? We hebben daar een keer gelogeerd, en daarna waren ik en de helft van mijn klas er in elk geval van overtuigd dat het er daadwerkelijk spookte. Er hing een heel vreemde sfeer op het eiland en we zagen en hoorden van alles. Daarna wilden we er nooit meer ook maar één nacht slapen.'

'Dat zijn maar fantasieën van tieners, daar geef ik geen cent voor.'

Erica porde hem met haar elleboog. 'Doe nou niet zo saai, jij. Een paar spoken geven het leven wat jeu.'

'Ja, zo kun je het ook zien. Hoe dan ook moet ik met Annie praten. Mats' ouders dachten dat hij bij haar langs zou gaan, maar ze wisten niet of het ervan was gekomen. Hoewel het lang geleden is dat ze iets met elkaar hadden, heeft hij haar misschien meer over zijn leven verteld…' Het klonk alsof Patrik hardop dacht.

'Dan ga ik mee,' zei Erica. 'Zeg maar wanneer je ernaartoe wilt, dan vragen we je moeder om op te passen. Annie kent jou niet,' voegde ze eraan toe voordat Patrik kon protesteren, 'maar zij en ik zijn klasgenoten geweest, al waren we nooit bevriend. Misschien kan ik je helpen haar aan het praten te krijgen.'

'Oké,' stemde Patrik met tegenzin in. 'Maar morgen moet ik naar Göteborg, dus het wordt vrijdag.'

'Deal,' zei Erica en ze krulde zich tevreden op in Patriks armen.

Fjällbacka 1870

'Heeft het gesmaakt?' Emelie vroeg het na elke maaltijd, hoewel ze wist dat ze steeds hetzelfde antwoord zou krijgen. Gebrom van Karl en gebrom van Julian. De kost op het eiland was wellicht een beetje eenzijdig, maar daar kon ze niets aan doen. De meeste dingen die op tafel kwamen, waren afkomstig van de vistochten van Karl en Julian. Vaak was het makreel of schol. En omdat ze nog geen enkele keer mee had gemogen naar Fjällbacka, waar ze een paar keer per maand naartoe gingen, was het maar matig gesteld met de boodschappen.

'Zeg, Karl, ik vraag me af...' Nog voordat ze een hap had genomen, legde Emelie haar bestek neer. 'Zou ik deze keer niet mee mogen naar Fjällbacka? Ik heb al in geen tijden iemand gezien en ik zou het heel fijn vinden even op het vasteland te zijn.'

'Geen sprake van.' Julian had de zwarte blik in zijn ogen die hij altijd had als hij naar haar keek.

'Ik ben met Karl in gesprek,' antwoordde ze rustig, maar ze voelde dat haar hart een keer oversloeg. Het was de eerste keer dat ze hem had durven tegenspreken.

Julian snoof en keek Karl aan.

'Heb je dat gehoord? Moet ik dit van je vrouw accepteren?'

Karl keek vermoeid naar zijn bord.

'We kunnen je niet meenemen,' zei hij en het was duidelijk dat voor hem de zaak daarmee was afgedaan. Maar de eenzaamheid was Emelie op de zenuwen gaan werken en ze kon zich niet inhouden.

'Waarom niet? Er is ruimte genoeg op de boot en ik zou de boodschappen kunnen doen, zodat we een keer iets anders konden eten dan dag in

dag uit makreel met aardappelen. Zou dat niet prettig zijn?'

Julians gezicht was wit van woede. Hij bleef strak naar Karl kijken, die met een ruk van tafel opstond.

'Je gaat niet mee en daarmee basta.' Hij trok zijn jas aan en stapte de wind in. De deur viel met een klap achter hem dicht.

Zo ging het al sinds de nacht dat ze toenadering tot Karl had gezocht. Zijn onverschilligheid was veranderd in iets wat meer op de afkeer van Julian leek, een kwaadaardigheid die ze niet begreep en waartegen ze geen verweer had. Was het dan zo slecht van haar geweest? Was ze zo weerzinwekkend, zo walgelijk? Emelie probeerde zich te herinneren hoe het was gegaan toen hij om haar hand vroeg. Het was onverwacht gekomen, maar er had wel warmte en verlangen in zijn stem doorgeklonken. Of had ze alleen maar gehoord wat ze zelf had gevoeld en waarvan ze had gedroomd? Ze keek naar het tafelblad.

'Kijk nu eens wat je hebt aangericht.' Julian smeet het bestek met veel lawaai op zijn bord.

'Waarom behandel je me zo? Ik heb je toch niets gedaan?' Emelie begreep niet waar ze de moed vandaan haalde, maar ze moest gewoon het gevoel uiten dat ze voortdurend als een klomp in haar borst met zich meedroeg.

Julian antwoordde niet. Hij staarde haar met zwarte ogen aan, stond op en liep Karl achterna. Een paar minuten later zag ze de boot van de steiger vertrekken naar Fjällbacka. Eigenlijk wist ze wel waarom ze niet mee mocht. Het gezelschap van een echtgenote was niet gewenst in Abela's kroeg op Florö, waar ze tijdens hun tochten kennelijk vaak belandden. Ze zouden voor de schemering terug zijn; ze waren altijd op tijd terug om de vuurtoren te bedienen.

Een kastdeur viel met een klap dicht en Emelie veerde hoog op. Ze had niet het gevoel dat het de bedoeling was haar bang te maken, maar dat hielp niet. De buitendeur zat dicht, dus was het geen windvlaag geweest. Ze bleef doodstil staan, spitste haar oren en keek rond. Er was niets te zien, er was niemand. Maar als ze heel goed luisterde, hoorde ze in de verte een gedempt geluid. Het was het geluid van ademhalingen, lichte, regelmatige ademhalingen, en ze kon met geen mogelijkheid zeggen uit welke richting die kwamen. Het was alsof ze uit het huis zelf kwamen. Emelie probeerde te horen wat ze wilden. Maar plotseling verdwenen ze en was het weer stil.

Emelies gedachten gingen terug naar Karl en Julian, en met een zwaar gemoed begon ze aan de afwas. Ze was een goede echtgenote en toch kon ze niets goed doen. Ze voelde zich verschrikkelijk alleen. Maar dat was ze niet. Ze was zich steeds meer bewust geworden van hun aanwezigheid op het eiland. Ze hoorde dingen, voelde dingen, zoals zopas. En ze was niet langer bang. Ze wilden haar geen kwaad doen.

Toen ze zich over de afwasteil boog en haar tranen in het vieze water drupten, voelde ze een hand op haar schouder. Een troostende hand. Ze draaide zich niet om. Ze wist dat ze niemand zou zien.

❄

Paula lag in bed en rekte zich uit. Haar hand kwam tegen Johanna's haar aan. Ze liet die daar liggen. Het contact vervulde haar met onrust. De afgelopen maanden had het onwennig gevoeld als ze elkaar aanraakten. Het gebeurde niet langer vanzelf; het was alsof ze ertoe moesten besluiten. Ze hielden van elkaar en toch was alles heel vreemd geworden.

Eigenlijk was het niet alleen de afgelopen maanden zo geweest. Als Paula heel eerlijk was, was het begonnen toen Leo werd geboren. Ze hadden naar hem verlangd en voor zijn komst gevochten. Ze hadden gedacht dat een kind hun liefde nog sterker zou maken. En in zekere zin was dat ook zo, maar op een bepaalde manier ook weer niet. Zelf vond ze niet dat ze veel was veranderd; zij was dezelfde gebleven. Johanna ging echter helemaal op in de moederrol en was zich superieur gaan gedragen. Het was alsof Paula niet langer meetelde, of in elk geval alsof Johanna meer meetelde omdat zij Leo had gebaard. Zij was Leo's biologische moeder. Leo had geen enkel gen van Paula gekregen, alleen de liefde die ze al voor hem voelde toen hij nog in Johanna's buik zat en die duizend keer zo sterk was geworden toen ze hem na zijn geboorte in haar armen had gehouden. Ze voelde zich net zozeer Leo's moeder als Johanna. Het probleem was alleen dat Johanna dat gevoel niet deelde, al weigerde ze dat te erkennen.

Paula hoorde haar moeder in de keuken rommelen terwijl ze met Leo praatte. Ze hadden hun zaakjes goed voor elkaar. Rita was een ochtendmens en vond het niet erg om op te staan als Leo wakker was, zodat Paula en Johanna wat langer konden slapen. En nu het door het moordonderzoek moeilijk voor Paula was om parttime ouderschapsverlof te hebben, sprong Rita bij om alles in goede banen te leiden. Zelfs Bertil had tot ieders verbazing willen helpen. Maar de laatste tijd had Johanna steeds vaker kritiek op de manier waarop Rita voor hun zoon zorgde. Zij was de enige die leek te weten wat Leo nodig had.

Met een zucht sloeg Paula haar benen over de rand van het bed. Johanna bewoog even onrustig, maar werd niet wakker. Paula boog zich naar voren en streek een sliert haar uit Johanna's gezicht. Ze was er altijd van overtuigd geweest dat wat zij samen hadden stabiel en onwankelbaar was. Nu was ze daar niet zo zeker meer van. En die gedachte beangstigde haar. Als ze Johanna zou verliezen, zou ze Leo ook kwijtraken. Johanna zou nooit in Tanumshede blijven wonen, en zelf kon ze zich niet voorstellen hier weg te gaan. Ze had het naar haar zin in het dorp, was blij met haar werk en haar collega's. Het enige waar ze zich niet prettig bij voelde, was hoe het nu tussen Johanna en haar ging.

Toch keek ze ernaar uit om vandaag met Patrik naar Göteborg te gaan. Iets in Mats Sverin had haar nieuwsgierigheid gewekt. Ze wilde meer over hem te weten komen. Intuïtief wist ze dat het antwoord op de vraag wie een kogel in zijn achterhoofd had geschoten in zijn verleden te vinden was, in alles waar hij niet over had gesproken.

'Goedemorgen,' zei Rita toen Paula de keuken binnenstapte.

Leo zat in zijn kinderstoel. Hij stak zijn armpjes uit naar Paula en ze tilde hem op en drukte hem tegen zich aan.

'Goedemorgen.' Ze ging met Leo op schoot aan de keukentafel zitten.

'Ontbijt?'

'Ja, graag. Ik heb trek.'

'Daar weet ik wel raad op.' Rita legde een gebakken ei op een bord, dat ze voor Paula neerzette.

'Je verwent ons, mama.' Paula sloeg impulsief haar arm om Rita's middel en leunde met haar hoofd tegen haar zachte lichaam.

'Dat doe ik met liefde, meiske. Dat weet je.' Rita sloeg haar armen om haar dochter heen en gaf Leo een kus op zijn hoofd.

Ernst kwam hoopvol aangesjokt en ging op de vloer naast Paula en Leo zitten. Voordat ook maar iemand kon reageren had Leo het ei naar Ernst gegooid, die het dolgelukkig opschrokte. Tevreden omdat hij zijn lievelingshond had gevoerd, begon Leo voor zichzelf te klappen.

'Maar jongen toch,' zei Rita met een zucht. 'Het zou me niet verbazen als die hond vroegtijdig overlijdt omdat hij te dik is.'

Ze draaide zich om naar het fornuis en brak een nieuw ei boven de koekenpan.

'Hoe gaat het eigenlijk tussen jullie?' vroeg ze toen zachtjes, zonder Paula aan te kijken.

'Hoe bedoel je?' vroeg Paula, al wist ze heel goed waar Rita op doelde.

'Tussen Johanna en jou. Is alles goed?'

'O, ja. We hebben het alleen alle twee nogal druk op ons werk.' Paula keek naar Leo om te voorkomen dat haar blik haar zou verraden als Rita zich omdraaide.

'Is het…?' Rita kon haar zin niet afmaken.

'Is er al ontbijt?' Mellberg kwam in zijn onderbroek de keuken in geslenterd. Hij krabde vergenoegd over zijn buik en ging aan tafel zitten.

'Ik zei net tegen mama dat ze ons verwent,' zei Paula, opgelucht dat ze over iets anders konden praten.

'Helemaal waar, helemaal waar,' zei Mellberg. Hij keek begerig naar het ei in de koekenpan.

Rita keek Paula vragend aan en zij knikte.

'Ik neem net zo lief een boterham.'

Rita legde het ei op een bord. Ernst volgde het met zijn blik en ging nu naast Mellberg zitten. Als hij één keer geluk had gehad, kon het ook een tweede keer gebeuren.

'Ik moet ervandoor,' zei Paula nadat ze een flinke boterham naar binnen had gewerkt. 'Patrik en ik gaan vandaag naar Göteborg.'

Mellberg knikte.

'Succes. Geef de kleine man nu maar hier, dan kan ik hem even vasthouden.' Hij stak zijn handen uit naar Leo, die zich gewillig liet verplaatsen.

Toen Paula de keuken uit liep, zag ze vanuit haar ooghoek dat Leo snel het ei naar Ernst gooide. Voor sommige was het onmiskenbaar een geluksdag.

Terwijl de tweeling op een zachte deken op de vloer lag, haastte Erica zich naar de zolder. Ze wilde de kinderen niet langer dan een paar minuten alleen laten, dus ze stoof de steile trap op. Eenmaal boven moest ze eerst even op adem komen.

Na enig zoeken vond ze de juiste doos. Voorzichtig liep ze met het zware ding in haar armen achteruit de zoldertrap af. De jongens leken haar niet te hebben gemist toen ze beneden kwam, dus ze ging op de bank zitten, zette de doos naast zich op de grond en spreidde de inhoud uit op de salontafel. Ze vroeg zich af wanneer ze voor het laatst naar deze spullen had gekeken. Jaarboeken van school, fotoalbums, ansichtkaarten en brieven vulden algauw de hele tafel. Alles was stoffig en veel van de oorspronkelijke kleur en scherpte was verdwenen. Ze voelde zich opeens stokoud.

Na een paar minuten had ze gevonden wat ze zocht. Een jaarboek van school en een fotoalbum. Ze leunde achterover op de bank en begon te bladeren. Het jaarboek was in zwart-wit en was erg beduimeld. Sommige gezichten waren doorgestreept, andere waren omcirkeld, afhankelijk van wie gehaat en wie geliefd was geweest. Er stonden her en der ook wat opmerkingen bij. 'Mooi', 'schattig', 'niet goed snik' en 'achterlijk' waren oordelen die zonder enige tact waren uitgedeeld. Je tienertijd was niet iets om trots op te zijn, en toen ze bij de pagina kwam met haar klassenfoto, begon ze te blozen. Mijn god, had ze er zo uitgezien? Met dat kapsel en die kleren? Er was duidelijk een goede reden dat ze al heel lang niet naar deze foto's had gekeken.

Ze haalde diep adem en keek nog eens goed naar zichzelf. Te oordelen naar de foto was dit haar Farrah Fawcett-periode geweest. Haar haar was lang en blond, en ze had met een krultang zorgvuldig grote naar buiten waaierende lokken gemaakt. Een bril bedekte haar halve gezicht en in stilte bedankte ze de uitvinder van de contactlens.

Plotseling kreeg ze een beetje buikpijn. Haar middelbareschoolperiode had zoveel angst met zich meegebracht. Het gevoel niet bij de rest te passen, er niet bij te horen. Het eeuwige zoeken naar dingen die haar toegang zouden geven tot de kring van de hippe en coole klasgenoten. Ze had het geprobeerd. Het kapsel en de kleding nagedaan, dezelfde uitdrukkingen en formuleringen gebruikt als de meisjes op wie ze zo graag wilde lijken. Meisjes als Annie. Maar het was haar nooit gelukt. Ze had op zich ook niet tot de onderste laag behoord; ze was niet een van de tieners geweest die werden gepest en die zo fout waren dat ze instinctief wisten dat het zelfs niet de moeite waard was het te proberen. Nee, ze had tot de onzichtbare grijze massa behoord. De enigen die haar hadden gezien waren de leraren, en die hadden haar aangemoedigd en gewaardeerd. Maar dat had weinig troost geboden. Wie wilde nou een studiebol zijn? Wie wilde Erica zijn, als je Annie kon wezen?

Ze verplaatste haar blik naar Annies gezicht op de klassenfoto. Ze zat helemaal vooraan, haar ene been nonchalant over het andere geslagen. Iedereen deed zijn best te poseren, maar Annie leek gewoon te zijn neergeploft. Toch trok ze alle blikken naar zich toe. Ze had lang, blond haar, helemaal tot op haar middel. Glanzend en steil, zonder pony, zodat ze het af en toe allemaal naar achter kon kammen in een nonchalante paardenstaart. Niets wat Annie deed leek enige inspanning te vergen. Zij was het origineel en alle anderen waren kopieën.

Matte stond achter Annie. Dat was voordat ze iets met elkaar kregen, maar als je wist dat ze een stel waren geweest, kon je hier al vermoeden dat het iets tussen hen zou worden. Want Mattes blik was niet op de camera gericht, zoals die van alle anderen. Hij was gevangen op een moment dat hij schuin naar Annie keek, naar haar mooie, lange haar. Erica herinnerde zich niet of ze had begrepen dat Matte verliefd was op Annie, maar ze had waarschijnlijk aangenomen dat alle jongens dat waren. Er was geen reden geweest om te denken dat Matte een uitzondering vormde.

Wat een schatje was hij, dacht Erica terwijl ze de foto bestudeerde. Ze kon zich niet herinneren dat ze dat toen had gevonden, maar ze was destijds dan ook helemaal opgegaan in haar verliefdheid op Johan, een jongen uit de parallelklas voor wie ze drie jaar lang een onbeantwoorde liefde had gevoeld. Matte zag er echt schattig uit, kon ze nu constateren. Blond, enigszins slordig haar, een ernstige blik die haar aansprak. Wat slungelachtig, maar dat waren alle jongens op die leeftijd. Ze had überhaupt geen duidelijke herinneringen aan Matte uit haar schoolperiode. Ze had niet tot dezelfde groep gehoord als hij. Hij was populair geweest, zonder daar overigens ophef over te maken, zoals sommige andere jongens, die brallerig en luidruchtig waren en het alleen maar druk hadden met zichzelf en hun status in de kleine wereld waar ze koning waren. Matte had eerder rustig meegedreven.

Erica legde het jaarboek weg en pakte het fotoalbum. Er zaten een heleboel foto's in van de middelbare school, van schoolreisjes, laatste schooldagen en de paar feesten waar ze van haar ouders naartoe had gemogen. Ze vond Annie op veel foto's terug. Altijd het middelpunt. Het was alsof de lens van de camera haar opzocht. Wat was ze mooi, dacht Erica en ze betrapte zichzelf erop dat ze hoopte dat Annie nu mollig was en een praktisch dameskapsel had. Iets in Annie riep zowel begeerte als afgunst op. Het liefst was je zoals zij geweest, en het op één na beste was met haar mogen omgaan. Erica was geen van beide dingen ten deel gevallen. Ze stond ook op geen enkele foto. Op zich was dat logisch, want zij had het fototoestel vastgehouden, maar er was niemand geweest die had aangeboden een foto van haar te maken. Ze was onzichtbaar. Verborgen achter de lens, terwijl ze ijverig plaatjes schoot van dat waar ze bij had willen horen.

Het ergerde Erica dat haar bitterheid zo sterk was. Dat de herinneringen aan deze tijd haar konden kleineren, haar het gevoel konden geven dat ze het meisje van vroeger was, in plaats van de vrouw die ze was geworden. Ze was een succesvol schrijfster, ze was gelukkig getrouwd en had drie fantastische kinderen, een mooi huis en goede vrienden. Toch merkte ze dat de afgunst van vroeger weer de kop opstak. Ze voelde het verlangen om erbij te mogen horen en de snijdende pijn dat ze dat nooit zou doen, dat ze niet goed genoeg was, hoe hard ze haar best ook deed.

De jongens begonnen te jengelen op de deken. Opgelucht dat ze uit haar bubbel moest komen, stond ze op om hen op te tillen. Ze liet het jaarboek en de rest liggen. Patrik zou er ongetwijfeld naar willen kijken.

'Waar beginnen we?' Paula vocht tegen haar wagenziekte. Ze was ter hoogte van Uddevalla al misselijk geworden en het was geleidelijk aan steeds erger geworden.

'Wil je dat we stoppen?' Patrik keek even naar haar gezicht, dat een verontrustende groenige kleur had gekregen.

'Nee, we zijn er nu bijna,' zei Paula en ze slikte.

'Ik wilde met het Sahlgrenska-ziekenhuis beginnen,' zei Patrik. Met een verbeten gezicht reed hij het ingewikkelde verkeerssysteem van Göteborg binnen. 'We hebben toestemming om Mats' medisch dossier in te kijken en ik heb de arts gebeld die hem heeft behandeld om te zeggen dat we eraan komen.'

'Mooi,' zei Paula en ze slikte. Ze vond niets zo erg als misselijk zijn.

Toen ze tien minuten later de parkeerplaats van het Sahlgrenska-ziekenhuis op draaiden, vloog ze de auto uit zodra die stilstond. Ze leunde tegen het portier en ademde met lange, diepe halen in en uit. Geleidelijk aan zakte haar misselijkheid, maar ze had nog steeds een vaag onbehaaglijk gevoel, waarvan ze wist dat het pas over zou gaan als ze iets in haar maag kreeg.

'Ben je zover? Of wil je nog even wachten?' vroeg Patrik, maar ze zag dat hij zo ongeduldig was dat zijn hele lichaam ervan schokte.

'Het gaat wel weer. Laten we maar gaan. Weet je de weg?' Ze knikte in de richting van het gigantische gebouw.

'Ik denk het wel,' zei hij en hij begon in de richting van de grote ingang te lopen.

Nadat ze een paar keer verkeerd waren gelopen, konden ze eindelijk op de deur van Nils-Erik Lund kloppen, de arts die verantwoordelijk was geweest voor de behandeling van Mats Sverin toen die een aantal weken in het Sahlgrenska-ziekenhuis had gelegen.

'Binnen!' klonk een autoritaire stem en ze stapten gehoorzaam de kamer in.

De arts stond op, liep om het bureau heen en kwam hun met uitgestoken hand tegemoet.

'De politie, neem ik aan?'

'Ja, ik heb eerder vandaag met je gesproken. Patrik Hedström, en dit is mijn collega Paula Morales.'

Ze begroetten elkaar en wisselden de gebruikelijke beleefdheidsfrasen uit voordat ze gingen zitten.

'Ik heb alles tevoorschijn gehaald wat volgens mij voor jullie van belang is.' Nils-Erik Lund schoof een map met papieren naar hen toe.

'Dank je wel. Kun je vertellen wat je je over Mats Sverin herinnert?'

'Ik heb elk jaar duizenden patiënten en ik kan me ze onmogelijk allemaal herinneren. Maar nu ik het dossier weer heb bekeken, is mijn geheugen een beetje opgefrist.' Hij trok aan zijn baard, die wit en groot was.

'De patiënt kwam met zwaar letsel bij ons. Hij was flink mishandeld, waarschijnlijk door meerdere mensen. Hoe dat zit, moeten jullie bij de politie navragen.'

'Dat zullen we zeker doen,' zei Patrik. 'Maar kom gerust met je eigen gedachten en overwegingen. Alle informatie die je ons kunt geven kan waardevol zijn.'

'Oké,' zei Nils-Erik Lund. 'Ik zal niet op de precieze terminologie ingaan, die kunnen jullie straks in het dossier lezen, maar samenvattend kun je zeggen dat de patiënt klappen en schoppen tegen zijn hoofd heeft gekregen die niet alleen een kleine bloeding in de hersenen hebben veroorzaakt, maar ook een aantal botbreuken in het gezicht, zwellingen, letsel aan onderliggend weefsel en een omvangrijke verkleuring van de huid. Hij was ook verwond aan zijn buik, met als gevolg twee gebroken ribben en een gescheurde milt. Wij vatten het buitengewoon serieus op en hij is meteen geopereerd. We moesten ook röntgenfoto's nemen om te kunnen bepalen hoe groot de bloeding in zijn hersenen was.'

'Waren jullie van oordeel dat zijn letsel levensbedreigend was?' vroeg Paula.

'We beschouwden zijn toestand als kritiek. De patiënt was bewusteloos toen hij het ziekenhuis werd binnengebracht. Nadat was vastgesteld dat de bloeding in de hersenen gering was en hij daarvoor niet geopereerd hoefde te worden, hebben we ons op het letsel in de buik gericht. We waren bang dat een van de gebroken ribben een long zou doorboren, wat geen wenselijke situatie is.'

'Maar jullie zijn erin geslaagd de toestand van Mats Sverin te stabiliseren?'

'Ja, ik zou zelfs durven zeggen dat we het schitterend hebben gedaan. Snel en doelmatig. Heel goed teamwerk.'

'Zei Mats Sverin iets over wat er was gebeurd? Iets wat met de mishandeling te maken had?' vroeg Patrik.

Nils-Erik dacht na terwijl hij aan zijn baard trok. Het was een wonder dat er nog haar zat, dacht Patrik, zo vaak als de arts eraan plukte.

'Nee, niet dat ik me kan herinneren.'

'Had je de indruk dat hij bang was? Alsof hij zich bedreigd voelde en iets probeerde te verbergen?'

'Tja, dat weet ik niet meer. Maar zoals gezegd: er is sindsdien een aantal maanden verstreken en er zijn vele patiënten de revue gepasseerd. Dat moeten jullie de mensen vragen die verantwoordelijk waren voor het onderzoek.'

'Weet je of hij bezoek kreeg toen hij hier lag?'

'Dat zou kunnen, maar daar weet ik helaas niets van.'

'Dan wil ik je bedanken voor je tijd,' zei Patrik en hij stond op. 'Zijn dit kopieën?' Hij wees naar de map op het bureau.

'Ja, je mag ze hebben,' zei Nils-Erik Lund en hij stond ook op.

Onderweg naar buiten had Patrik een inval.

'Zullen we even bij Pedersen langsgaan? Kijken of hij iets voor ons heeft?'

'Prima,' zei Paula en ze knikte. Ze liep achter Patrik aan, die nu de weg door alle gangen wel bleek te weten. Haar misselijkheid was nog niet helemaal over. Ze wist niet of ze zich door een bezoek aan het mortuarium beter zou gaan voelen.

Waar moest ze nu voor leven? Signe was uit bed gekomen, had eerst het ontbijt en later de lunch klaargemaakt. Geen van twee hadden ze gegeten. Ze had beneden alles gestofzuigd, het beddengoed gewassen en koffiegezet, die ze niet hadden opgedronken. Ze had alle dingen gedaan die ze anders ook deed, geprobeerd het leven te imiteren dat ze nog maar een paar dagen geleden had geleid, maar het was alsof ze net zo dood was als Matte. Het enige dat ze deed was haar lichaam door het huis verplaatsen – een lichaam zonder inhoud, zonder leven.

Ze zeeg neer op de bank. De stofzuigerslang viel op de vloer, maar ze reageerden er geen van beiden op. Gunnar zat aan de keukentafel. Daar zat hij de hele dag al. Het was alsof ze van rol hadden gewisseld. Gisteren had hij nog kunnen bewegen, terwijl zij haar spieren alleen met een enorme wilskracht had kunnen laten samenwerken met haar verdoofde hersenen. Vandaag zat hij daar, terwijl zij het gat in haar hart probeerde te vullen door beweging en koortsachtige activiteit.

Ze staarde naar Gunnars achterhoofd en realiseerde zich zoals zo vaak dat Matte onderaan eenzelfde kruin had gehad, precies op de plek waar de kraag van zijn overhemd begon. Nu zou die niet worden doorgegeven aan de kleine blonde jongen die ze in haar dagdromen zo vaak voor zich had gezien. Of aan een meisje. Een jongen of een meisje, dat had niet uitgemaakt; beiden waren even welkom geweest, als ze maar iemand had gekregen die ze kon verwennen, die ze voor het eten snoep kon toesteken en met Kerstmis veel te veel cadeautjes kon geven. Een klein kind met de ogen van Matte en de mond van iemand anders. Want daar had ze zich ook op verheugd: te zien wie hij mee naar huis zou nemen. Hoe zou zij zijn? Zou hij iemand vinden die op haarzelf leek of iemand die precies het tegenovergestelde was? Ze kon niet ontkennen dat ze nieuwsgierig was, maar ze zou aardig zijn geweest. Niet zo'n verschrikkelijke schoonmoeder zoals je soms hoorde, maar iemand die zich nergens mee bemoeide, die er gewoon voor hen was en die wilde oppassen wanneer ze haar maar nodig hadden.

Na verloop van tijd had ze geleidelijk aan de hoop opgegeven. Soms had ze zich afgevraagd of hij misschien op mannen viel. Daar zou ze even aan hebben moeten wennen en het zou jammer zijn geweest omdat ze dan geen kleinkinderen zou krijgen, maar het zou geen punt zijn geweest. Ze wilde alleen dat hij gelukkig was. Maar er was niemand gekomen, en nu was haar hoop voor altijd vervlogen. Er kwam geen vlaskop met een kruin die ze voor het eten een snoepje kon geven. Geen onnodige kerstcadeaus die te veel lawaai maakten en na een paar weken stukgingen. Niets, behalve de leegte. De jaren lagen als een verlaten landweg voor hen. Ze keek naar Gunnar, die nog altijd stil aan de keukentafel zat. Waar moesten ze nu voor leven? Waar moest zij voor leven?

'Je had zeker graag mee gewild naar Göteborg?' Annika keek op van haar scherm en sloeg Martin langdurig gade. Hij was haar beschermeling op het politiebureau en ze hadden een speciale band.

'Ja,' gaf hij toe. 'Maar dit is ook belangrijk.'

'Wil je weten waarom Patrik Paula mee heeft genomen?' vroeg Annika.

'Ach, het maakt niet uit. Patrik mag meenemen wie hij wil,' zei Martin licht mokkend. Voordat Paula kwam, was hij bijna altijd Patriks eerste keuze geweest. Als hij eerlijk was, moest hij toegeven dat dat misschien kwam doordat er op het politiebureau niet zoveel andere geschikte kandidaten waren, maar hij kon toch niet ontkennen dat hij een beetje gekwetst was.

'Patrik vindt dat Paula verdrietig lijkt en hij wil haar waarschijnlijk de kans geven haar zinnen te verzetten.'

'O, dat heb ik niet gemerkt,' zei Martin. Even had hij last van een slecht geweten. 'Weet jij wat er is?'

'Ik heb geen idee. Paula is niet altijd even spraakzaam. Maar ik denk net als Patrik dat er iets aan de hand is. Ze is niet helemaal zichzelf.'

'Alleen al het idee om met Mellberg samen te moeten wonen zou mij te veel zijn.'

'Ja, dat geloof ik graag,' lachte Annika, maar ze was meteen weer ernstig. 'Ik denk alleen niet dat dat het is. We moeten maar wachten tot ze er zelf over wil praten. Nu weet je in elk geval waarom Patrik Paula heeft meegevraagd.'

'Dank je.' Martin schaamde zich nog altijd een beetje over zijn onvolwassen reactie. Het belangrijkste was tenslotte dat het werk werd gedaan, niet wie het deed.

'Zullen wij hier dan maar mee beginnen?' zei hij en hij rekte zich uit. 'Het zou fijn zijn als we wat meer informatie over Sverin hebben als ze terugkomen.'

'Dat lijkt me een goed plan,' zei Annika en ze begon meteen op het toetsenbord te rammelen.

'Denk je weleens aan hem?' Anders nipte van de koffie. Vivianne en hij hadden afgesproken samen bij Lilla Berith te lunchen, waar ze bijna dagelijks de bouwwerkzaamheden bij Badis ontvluchtten.

'Aan wie?' antwoordde Vivianne, hoewel ze precies moest weten wie hij bedoelde. Anders zag haar knokkels wit worden terwijl ze haar koffiekopje steviger omklemde.

'Olof.'

Ze hadden hem altijd bij zijn naam genoemd. Hij had erop gestaan en het was ook het enige dat natuurlijk voelde. Hij verdiende het niet op een andere manier te worden aangesproken.

'Jawel, soms.' Ze keek naar het grasveldje boven aan de Galärbacken. Het dorp kwam tot leven. Er waren meer mensen op straat en het was alsof Fjällbacka zich langzaam opwarmde, uitstrekte en voorbereidde op de stormloop. Het was een drastische omschakeling van de winterslaap die het dorp de rest van het jaar hield.

'Wat denk je dan?'

Vivianne draaide zich naar hem om en keek hem scherp aan.

'Waarom begin je opeens over hem? Hij is er niet meer. Hij betekent niets.'

'Ik weet het niet,' zei hij. 'Fjällbacka heeft iets. Ik weet niet waarom, maar ik voel me hier veilig. Veilig genoeg om aan hem te denken.'

'Ga je hier niet al te zeer thuis voelen. We blijven niet lang meer,' snauwde ze, maar ze had meteen spijt van haar toon. Ze was niet boos op Anders, maar op Olof, en ze was ook boos omdat Anders nu over hem begon. Waar was dat goed voor? Maar ze haalde diep adem en besloot zijn vraag te beantwoorden. Hij had haar gesteund, hij was haar overal gevolgd en had haar zekerheid geboden, dus het minste wat ze kon doen was hem een antwoord geven.

'Ik denk eraan hoezeer ik hem haat.' Ze voelde dat ze haar kaken spande. 'Ik denk eraan hoeveel hij heeft kapotgemaakt, hoeveel hij mij en ons heeft ontnomen. Denk jij dat niet ook?'

Ze werd opeens bang. Hun haat jegens Olof had hen altijd verenigd. Het was de sterke kit geweest die hen had verbonden, die ervoor had gezorgd dat ze niet elk een andere kant op waren gegaan in het leven, maar in goede en slechte tijden bij elkaar waren gebleven. Vooral in de slechte tijden.

'Ik weet het niet,' zei Anders. Hij wendde zijn gezicht af en keek naar zee. 'Misschien is het tijd om...'

'Tijd om wat?'

'Om te vergeven.'

Daar had je ze: de woorden die ze niet wilde horen, de gedachte die ze niet wilde denken. Hoe zouden ze Olof kunnen vergeven? Hij had hun hun jeugd ontnomen, volwassen mensen van hen gemaakt die zich als drenkelingen aan elkaar vastgrepen. Hij was de drijvende kracht achter alles wat ze hadden gedaan, alles wat ze nog altijd deden.

'Ik heb er de laatste tijd veel over nagedacht,' ging Anders verder, 'en we kunnen niet zo doorgaan. We zijn op de vlucht, Vivianne. Maar we zijn op de vlucht voor iets waar we niet aan kunnen ontkomen, want het zit hier.' Hij wees naar zijn hoofd en zijn blik was doordringend en gedecideerd.

'Wat probeer je te zeggen? Krijg je koudwatervrees?' Ze voelde de tranen achter haar oogleden prikken. Zou hij haar nu in de steek laten? Haar laten barsten, net als Olof?

'Het is net alsof we voortdurend op zoek zijn naar de pot met goud aan het eind van de regenboog, in de overtuiging dat Olof verdwijnt als we die vinden. Maar ik begin me steeds meer te realiseren dat het waarschijnlijk tevergeefs is. We zullen die pot nooit vinden, want hij bestaat niet.'

Vivianne sloot haar ogen. Ze herinnerde zich maar al te goed het vuil, de stank, de mensen die kwamen en gingen zonder dat Olof er was om hen te beschermen. Olof die hen haatte. Hij zei het tegen hen, dat ze nooit geboren hadden mogen worden, dat ze de straf voor zijn zonden waren. Ze waren onaangenaam, lelijk en dom, en zij hadden hun moeder de dood ingejaagd.

Snel opende ze haar ogen. Hoe kon Anders over vergeving praten? Hij die zich er zo vaak tussen had geworpen, die haar lichaam met het zijne had beschermd en de ergste klappen had opgevangen.

'Ik wil niet over Olof praten.' Haar stem klonk geforceerd door alles wat ze voor zich hield. Ze was vervuld van angst. Wat betekende het dat Anders over vergeving sprak, als die niet te schenken viel?

'Ik hou van je, zusje.' Anders streek zacht over haar wang. Maar

Vivianne hoorde hem niet. De donkere herinneringen ruisten veel te luid in haar oren.

'Kijk nou eens. Hoog bezoek.' Tord Pedersen keek hen over de rand van zijn bril aan.

'Ja, het leek ons een goed plan als de berg naar Mohammed kwam,' zei Patrik glimlachend. Hij liep naar Pedersen toe en schudde zijn hand. 'Dit is mijn collega Paula Morales. We moesten naar het Sahlgrenska-ziekenhuis om wat dingen over Mats Sverin te vragen. En toen leek het ons handig om tegelijk even bij jou langs te gaan om te horen hoe het gaat.'

'Jullie zijn een beetje te vroeg.' Pedersen schudde zijn hoofd.

'Heb je tot nu toe nog niets?'

'Tja, ik heb maar even naar hem kunnen kijken.'

'En wat denk je?' vroeg Paula.

Pedersen lachte.

'Ik dacht dat het niet erger kon dan Patrik. Hij hijgt steeds al in mijn nek.'

'Sorry,' zei Paula, maar Pedersen zag dat ze nog altijd op een antwoord wachtte.

'Laten we naar mijn kamer gaan.' Pedersen opende een deur links van hen.

Ze liepen achter hem aan en gingen voor het bureau zitten, terwijl Pedersen tegenover hen plaatsnam. Hij vouwde zijn handen.

'Wat ik na het uitwendige onderzoek kan zeggen, is dat het enige duidelijke letsel een schotwond in het achterhoofd is. Er is een aantal genezen wonden die er vrij recent uitzien en die kennelijk het gevolg zijn van een mishandeling een paar maanden geleden.'

Patrik knikte. 'Daar hebben we in het ziekenhuis net een gesprek over gehad. Hoe lang was hij al dood toen hij werd gevonden?'

'Niet langer dan een week, zou ik denken. Maar dat moet uit de sectie blijken.'

'Heb je enig idee wat voor soort vuurwapen er is gebruikt?' Paula boog zich naar voren.

'De kogel zit nog in het hoofd, maar zodra ik die eruit heb gehaald, zouden jullie daar antwoord op moeten kunnen krijgen. Mits hij in redelijke staat is.'

'Ja,' zei Paula, 'maar je hebt ongetwijfeld al talloze schotwonden gezien. Heb je geen enkel idee?' Ze verzweeg met opzet dat ze een lege huls hadden gevonden en waar die op wees, omdat ze Pedersens eigen mening wilde horen.

'Nog iemand die niet van wijken weet,' lachte Pedersen en hij keek bijna verrukt. 'Als jullie beloven te accepteren dat dit puur een gok is, dan zou ik zeggen dat het waarschijnlijk een negenmillimeterwapen is. Maar zoals gezegd: het is slechts een gok en ik kan het mis hebben.' Pedersen stak een waarschuwende vinger omhoog.

'Dat begrijpen we,' zei Patrik. 'Wanneer heb je tijd voor de sectie, zodat we de kogel eruit krijgen?'

'Even kijken...' Pedersen draaide zich om naar de computer en klikte met zijn muis. 'De sectie staat gepland voor volgende week maandag. Dan krijgen jullie woensdag een verslag.'

'Kan het niet eerder?'

'Helaas. Het is de afgelopen maand ontzettend druk geweest. Om de een of andere reden zijn de mensen bij bosjes gestorven, en bovendien hebben twee collega's zich onverwacht voor onbepaalde tijd ziek gemeld. Opgebrand. Dit werk heeft kennelijk op sommigen dat effect.' Het was duidelijk dat Pedersen zichzelf niet tot die categorie rekende.

'Niets aan te doen. Maar bel me zodra je meer weet. Ik ga ervan uit dat de kogel zo snel mogelijk naar het Gerechtelijk Laboratorium gaat.'

'Uiteraard,' zei Pedersen met een enigszins verongelijkt gezicht. 'We zijn op dit moment dan wel een beetje overbelast, maar we doen ons werk naar eer en geweten.'

'Ik weet het, sorry.' Patrik stak zijn handen omhoog. 'Ik ben zoals altijd een beetje ongeduldig. Bel maar als je klaar bent, dan beloof ik dat ik je voor die tijd niet achter de broek zal zitten.'

'Prima.' Pedersen stond op en ze namen afscheid. Woensdag leek nog heel ver weg.

'Dus we kunnen het appartement nu in?' Gösta klonk verbazingwekkend geestdriftig. 'En het rapport komt morgen. Wat fijn. Hedström zal blij zijn dat te horen.'

Hij glimlachte toen hij ophing. Torbjörn Ruud had net gemeld dat zijn team klaar was met het technisch onderzoek en dat ze Mats Sverins woning in mochten. Plotseling kreeg Gösta een geniale inval. Het zou dom zijn om hier te zitten duimendraaien tot Hedström en Paula terug waren. Nu was duimendraaien op zich een van Gösta's favoriete bezigheden, maar tegelijk ergerde het hem dat Patrik altijd alle beslissingen nam, terwijl Bertil en Gösta de meest ervaren agenten van het bureau waren. Hij kon niet ontkennen dat hij een zekere wraaklust voelde, en hoewel het hem tegenstond onnodig hard te werken, zou het prettig zijn die broekjes eens te laten zien wie de baas was. Hij nam snel een besluit en haastte zich naar Mellberg. In zijn enthousiasme vergat hij te kloppen en toen hij de deur openrukte, zag hij nog net dat Bertil wakker werd uit iets wat een heerlijk tukje leek.

'Wel godver…' Mellberg keek verbaasd om zich heen en Ernst ging met gespitste oren rechtop in zijn mand zitten.

'Sorry. Ik wilde alleen…'

'Wat?' bulderde Mellberg, terwijl hij zijn haar, dat van zijn hoofd was gegleden, weer in een soort vogelnestje drapeerde.

'Ik heb Torbjörn Ruud zopas gesproken.'

'En?' Mellberg zag er nog altijd korzelig uit, maar Ernst ging weer lekker liggen.

'Hij zei dat we nu dat appartement in mogen.'

'Welk appartement?'

'Van Mats Sverin. Ze zijn er nu klaar. De technici, dus. En ik dacht…' Gösta kreeg spijt van zijn inval. Misschien was die toch niet zo geniaal geweest. 'Ik dacht…'

'Kom je nog een keer ter zake of hoe zit het?'

'Hedström wil immers altijd dat alles stante pede gebeurt, en het liefst gisteren nog. Dus we zouden meteen met een eigen onderzoek moeten beginnen. In plaats van te wachten tot hij weer terug is.'

Mellbergs gezicht lichtte op. Hij begon te snappen hoe Gösta dacht en was daar uitermate tevreden over.

'Je hebt helemaal gelijk. Het zou schandalig zijn om dit uit te stellen tot morgen. En wie zijn er meer competent dan wij om dit af te handelen?' Hij glimlachte breed.

'Dat bedoel ik maar,' zei Gösta en hij glimlachte ook. 'Het is tijd om de groentjes eens te laten zien wat deze oude rotten kunnen.'

'Je bent een genie, Gösta.'

Mellberg stond op en ze liepen naar de garage. De veteranen gingen het veld in.

Annie waste hem weer. Goot het koele, zoute water over zijn lichaam, maakte zijn haar nat en probeerde te vermijden dat er water in zijn ogen kwam. Hij reageerde niet alsof hij het lekker vond, maar hij leek het evenmin vervelend te vinden. Stilletjes liet hij zich in haar armen wassen.

Ze wist dat hij vroeg of laat uit zijn verdoving zou ontwaken. Zijn brein was bezig het gebeurde te verwerken, dat wat niemand mee zou moeten maken, al helemaal niet als je zo klein was. Niemand van vijf zou van zijn vader gescheiden mogen worden, maar ze had geen keuze gehad. Vluchten was noodzakelijk geweest, de enige uitweg, maar Sam en zij moesten een hoge tol betalen.

Sam was dol geweest op Fredrik. Hij had niet de kanten van hem gezien die zij wel zag, niet ervaren wat zij wel had meegemaakt. Voor Sam was Fredrik een held die niets fout kon doen. Hij had zijn vader verafgood, en dat was de belangrijkste reden waarom de keuze haar zo moeilijk was gevallen. Voor zover ze een keuze had gehad.

Ondanks alles wat er was gebeurd, deed het Annie verdriet dat Sam zijn vader had verloren. Wat Fredrik haar ook had aangedaan, hij had veel voor Sam betekend. Niet meer dan zij, maar wel veel. En nu zou Sam hem nooit meer zien.

Annie tilde Sam uit het water en legde hem op de handdoek die ze op de steiger had uitgespreid. Haar vader had altijd gezegd dat de zon goed was voor lichaam en geest, en de verwarmende stralen waren echt weldadig. Boven hen cirkelden de meeuwen en ze dacht dat Sam het leuk zou vinden naar ze te kijken als hij beter was.

'Mama's allerliefste lieveling.' Ze streek over zijn haar. Hij was nog altijd zo klein, zo weerloos. Het was alsof hij nog maar kort geleden een baby was geweest en makkelijk in haar armen had gepast. Misschien zou ze toch met hem naar een dokter moeten gaan, maar haar hele moederinstinct schreeuwde nee. Hier was hij veilig. Hij had geen ziekenhuis of medicijnen nodig, hij had rust en haar zorg nodig. Daar zou hij weer beter van worden.

Ze huiverde opeens. Er kwam een frissere wind over de steiger aanzetten en ze was bang dat Sam kou zou vatten. Met enige inspanning stond ze met het kind in haar armen op en liep naar het huis. Ze duwde de deur met haar voet open en droeg hem naar binnen.

'Heb je honger?' vroeg ze, terwijl ze hem aankleedde.

Hij zei niets, maar ze zette hem toch op een stoel en begon hem voorzichtig cornflakes te voeren. Over een tijdje zou hij wel weer bij haar terugkomen. De zee, de zon en haar liefde zouden de wonden in zijn ziel helen.

Erica probeerde elke middag een wandeling te maken als ze Maja van de crèche haalde. Dan kregen de jongens frisse lucht en zijzelf een beetje beweging. De tweelingwagen was geen slecht fitnessapparaat en als Maja op de terugweg ook nog op de staplank stond, was het een hele uitdaging om hem helemaal naar huis te duwen.

Ze besloot vandaag de lange route te nemen, langs Badis en de conservenfabriek Lorentz, in plaats van de rechtstreekse weg via de Galärbacken. Ze stopte op de kade onder aan Badis en hield haar hand boven haar ogen om omhoog te kunnen kijken naar het oude, witte gebouw, dat pas was geverfd en schitterde in de zon. Ze was blij dat het was gerestaureerd. Naast de kerk was het badhuis het eerste dat je zag als je op het dorp kwam aanvaren en het was een belangrijk onderdeel van het profiel van Fjällbacka. Het was in de loop van de jaren steeds meer verwaarloosd geraakt, en uiteindelijk had het eruitgezien alsof het elk moment kon instorten. Nu was het weer iets waar Fjällbacka trots op kon zijn.

Ze zuchtte blij en lachte toen gegeneerd om zichzelf omdat ze zo ontroerd raakte door een oud gebouw, planken en verf. Maar eigenlijk was het meer dan dat. Ze had er allerlei prettige herinneringen aan en net zoals bij de meeste inwoners van Fjällbacka had het gebouw een speciaal plekje in haar hart. Badis was een stuk geschiedenis met een plaats in het heden en nu ook weer in de toekomst. Het was niet zo gek dat ze sentimenteel werd.

Erica duwde de kinderwagen verder en verzamelde moed voor de lange, taaie helling langs de zuiveringsinstallatie en de midgetgolfbaan, toen er vlak naast haar een auto stopte. Erica bleef staan en kneep haar ogen half dicht om te kunnen zien wie het was. Er stapte een vrouw uit en Erica herkende haar meteen. Ze had haar weliswaar nog nooit ontmoet, maar de vrouw was in het dorp vaak onderwerp van gesprek sinds ze hier een paar maanden geleden was komen wonen. Het moest Vivianne Berkelin zijn.

'Hallo!' zei de vrouw hartelijk en ze kwam Erica met uitgestoken hand tegemoet. 'Jij moet Erica Falck zijn.'

'Ja, dat klopt.' Erica glimlachte en gaf de ander een hand.

'Ik wil je al heel lang ontmoeten. Ik heb al je boeken gelezen en vind ze echt goed.'

Erica merkte dat ze bloosde, zoals altijd wanneer ze lof kreeg voor haar werk. Ze was er nog steeds niet aan gewend dat veel mensen iets hadden gelezen wat zij had geschreven. Nu ze een paar maanden ouderschapsverlof had, was het ook bevrijdend om iemand te ontmoeten die haar in de eerste plaats als de schrijfster Erica zag en niet uitsluitend als de moeder van Noel, Anton en Maja.

'Ik heb echt bewondering voor mensen die het geduld hebben om een heel boek te schrijven.'

'Het enige dat je daarvoor nodig hebt, is goed zitvlees,' zei Erica lachend.

Vivianne straalde een aanstekelijk enthousiasme uit en Erica werd zich bewust van een gevoel dat ze aanvankelijk niet goed kon benoemen. Toen wist ze het: ze wilde dat Vivianne haar aardig zou vinden.

'Wat is het mooi geworden.' Ze keek omhoog naar Badis.

'Ja, we zijn enorm trots.' Ook Vivianne richtte haar blik naar boven. 'Wil je een rondleiding?'

Erica keek op haar horloge. Ze was van plan geweest Maja vroeg op te halen, maar haar dochter had het tegenwoordig erg naar haar zin op de crèche, dus ze zou het niet vervelend vinden als ze op de gebruikelijke tijd werd gehaald. Het was verleidelijk om te zien of de prachtige buitenkant ook zo'n schitterend interieur had.

'Graag. Ik weet alleen niet hoe ik deze naar boven moet krijgen.' Ze wees naar de kinderwagen en keek naar de steile trap.

'We dragen hem samen,' zei Vivianne en ze liep er zonder Erica's antwoord af te wachten alvast naartoe.

Vijf minuten later hadden ze de tweelingwagen naar boven gesjord en kon Erica hem door de entree naar binnen duwen. Ze bleef in de deuropening staan en keek met grote ogen rond. Weg was alles wat oud en versleten was geweest, maar zonder dat het oorspronkelijke karakter verloren was gegaan. Ze liet haar blik over alle details glijden, alles wat haar aan de zomerdisco's uit haar tienertijd deed denken en er nu nieuw en fris uitzag. Ze parkeerde de wagen naast de muur en tilde Noel op. Toen ze Antons reiswieg wilde pakken, hoorde ze Viviannes zachte stem: 'Mag ik hem dragen?'

Erica knikte. Vivianne boog zich voorover en nam Anton voorzichtig in haar armen. De kinderen waren er zo aan gewend dat ze door verschillende mensen werden verzorgd dat ze nooit tegen vreemden protesteerden. Anton keek Vivianne met grote ogen aan en vuurde een van zijn glimlachjes af.

'Wat ben jij een kleine charmeur,' brabbelde Vivianne. Behoedzaam trok ze hem zijn jasje uit en deed ze zijn dunne muts af.

'Heb je zelf kinderen?'

'Nee, dat is er nooit van gekomen.' Vivianne wendde haar gezicht af. 'Heb je zin in een kopje thee?' vroeg ze en ze liep met Anton naar de eetzaal.

'Ik heb liever koffie, als je dat hebt. Ik ben niet echt een theedrinker.'

'Meestal raden we het de mensen niet aan om hun lichaam met cafeïne te vergiftigen, maar ik kan een uitzondering maken en kijken of we wat echte koffie tevoorschijn kunnen toveren.'

'Graag.' Erica liep achter Vivianne aan. Koffie hield haar op de been en ze dronk het zo vaak dat er ongetwijfeld koffie door haar aderen stroomde in plaats van bloed. 'Je moet toch ergens mee zondigen. Het had stukken erger kunnen zijn dan koffie.'

'Dat moet je niet zeggen,' zei Vivianne, maar ze ging er verder niet op door. Waarschijnlijk besefte ze dat ze voor dovemansoren zou spreken.

'Ik kom zo, ga maar vast zitten. Na de koffie laat ik je alles zien.' Ze verdween door een draaideur, waarvan Erica meende dat die naar de keuken leidde.

Ze vroeg zich even af hoe Vivianne koffie wilde zetten met een baby op haar arm. Zelf had ze het wel geleerd om van alles met één hand te doen, maar als je dat niet gewend was, was het niet eenvoudig. Ze wuifde de gedachte weg. Als Vivianne hulp nodig had, zou ze het wel zeggen.

Toen de koffie klaar was en op tafel stond, ging Vivianne tegenover haar zitten. Erica zag dat de tafels en de stoelen ook nieuw waren. Ze waren qua stijl zuiver en modern, maar pasten toch perfect in de roemruchte omgeving. Degene die de meubels had uitgekozen, had een goede smaak. Door de ramen die in een rij langs de ene zijkant zaten, had je een prachtig uitzicht. De hele scherenkust van Fjällbacka spreidde zich daar uit.

'Wanneer gaan jullie open?' Erica nam een koekje dat er merkwaardig uitzag, maar kreeg meteen spijt. Waar het ook van was gemaakt, er zat veel te weinig suiker in en het was veel te gezond om voor een koekje door te kunnen gaan.

'Over ruim een week. Als alles op tijd klaar is,' zuchtte Vivianne en ze doopte haar koekje in een beker thee. Vast groene thee, dacht Erica, terwijl ze genietend van haar pikzwarte drank nipte.

'Je komt toch wel naar het feest, hè?' vroeg Vivianne.

'Dat zou ik heel leuk vinden. Ik heb de uitnodiging ontvangen, maar we hebben nog niets besloten. Het is niet zo makkelijk om voor drie kinderen een oppas te regelen.'

'Probeer te komen, dat zou ik heel leuk vinden. Zaterdag krijgen je man en zijn collega's trouwens al een voorproefje. Ze mogen uitproberen wat we allemaal te bieden hebben.'

'O,' zei Erica en ze lachte. 'Daar heeft Patrik niets van gezegd. Ik geloof niet dat hij ooit ook maar één voet in een spa heeft gezet, dus dat wordt vast een interessante ervaring voor hem.'

'Laten we het hopen.' Vivianne streelde Anton over zijn haar. 'Hoe gaat het met je zus? Ik hoop dat je het niet vervelend vindt dat ik het vraag, maar ik heb natuurlijk over het ongeluk gehoord.'

'Het gaat wel.' Tot haar grote ergernis voelde Erica tranen opkomen. Ze slikte en slaagde erin haar stem enigszins in bedwang te houden. 'Eerlijk gezegd gaat het niet goed. Ze heeft veel meegemaakt.'

Gedachten aan Anna's ex Lucas schoten door Erica's hoofd. Er was zoveel dat ze niet kon uitleggen, maar op de een of andere vreemde manier kreeg ze bij deze vrouw het gevoel dat ze het toch wilde vertellen. En alles kwam eruit. Ze sprak nooit met anderen over Anna's leven, maar ze had het gevoel dat Vivianne het zou begrijpen. Toen ze klaar was, biggelden de tranen haar over de wangen.

'Ze heeft het inderdaad niet makkelijk gehad. Dit kind zou goed voor haar zijn geweest,' zei Vivianne en ze formuleerde daarmee precies wat Erica al zo vaak had gedacht. Anna had dit kind verdiend. Ze verdiende het om gelukkig te zijn.

'Ik weet niet wat ik moet doen. Ze lijkt niet eens te merken dat ik er ben. Het is alsof ze is verdwenen. En ik ben bang dat ze niet terugkomt.'

'Ze is niet verdwenen.' Vivianne wiegde Anton op haar schoot. 'Ze heeft alleen bescherming gezocht op een plek waar het niet zo'n pijn doet. Maar ze weet dat jij er bent. Het beste dat je kunt doen is bij haar zijn en haar aanraken. We zijn vergeten hoe belangrijk aanraking is, maar we hebben het nodig om te kunnen overleven. Dus raak haar aan en zeg dit ook tegen haar man. Vaak begaan we de vergissing om degene die rouwt alleen te laten. We denken dat ze rust nodig hebben, dat ze met rust gelaten moeten worden. Maar dat is een misvatting. De mens is een kuddedier, en we hebben die kudde nodig, de nabijheid, de warmte en de aanraking van andere mensen. Zorg ervoor dat Anna door haar kudde wordt omringd. Laat haar niet alleen liggen, geef haar niet de kans om ongestoord weg te kruipen naar die plek waar niet alleen het verdriet afwezig is, maar ook alle andere gevoelens. Dwing haar daaruit te komen.'

Erica was een tijdje stil. Ze dacht na over wat Vivianne had gezegd en besefte dat ze gelijk had. Ze hadden het niet mogen toestaan dat Anna zich terugtrok. Ze hadden beter hun best moeten doen.

'En voel je hier niet schuldig over,' zei Vivianne. 'Haar verdriet heeft niets te maken met jouw vreugde.'

'Maar ze moet toch het gevoel hebben...' zei Erica en haar tranen begonnen nu echt te stromen. 'Ze moet toch het gevoel hebben dat ik alles heb gekregen en zij niets.'

'Ze weet dat die dingen niets met elkaar te maken hebben. Als er iets tussen jullie in komt te staan, dan is dat jouw schuldgevoel. Niet de afgunst of boosheid die Anna voelt omdat jouw kinderen het ongeluk hebben overleefd. Die zit alleen tussen jouw oren.'

'Hoe weet je dat?' Erica wilde wel geloven wat Vivianne zei, maar ze durfde het niet. Wat wist zij over hoe Anna dacht en voelde? Ze had haar zelfs nog nooit ontmoet. Tegelijk had Erica het idee dat Viviannes woorden op de een of andere manier klopten, dat ze waar waren.

'Ik kan je niet uitleggen hoe ik dat weet. Maar ik voel bepaalde dingen en ik weet het een en ander over mensen. Je moet me gewoon vertrouwen,' zei Vivianne gedecideerd. En tot haar verbazing merkte Erica dat ze dat ook deed. Ze vertrouwde Vivianne.

Toen ze even later op weg was naar de crèche, was haar tred lichter dan die in tijden was geweest. Wat haar had belemmerd om toenadering tot Anna te zoeken, was ze kwijt. Haar gevoel van machteloosheid was verdwenen.

Fjällbacka 1871

Eindelijk was het water helemaal bevroren. Deze winter was dat pas laat gebeurd, het was al februari. In zekere zin voelde Emelie zich er vrijer door. Na een week was het ijs dik genoeg om erop te lopen, en voor het eerst sinds ze naar het eiland was gekomen, kon ze het zelf verlaten als ze dat zou willen. Dat zou wel betekenen dat ze een lange wandeling moest maken, die niet helemaal zonder gevaar was, want, zo werd gezegd, hoe dik het ijs ook was, er konden verraderlijke barsten zitten op de plekken waar stroming stond. Maar de mogelijkheid was er in elk geval.

Op een andere manier voelde ze zich juist meer opgesloten. Karl en Julian konden niet zoals anders naar Fjällbacka gaan, en hoewel ze altijd bang was als ze terugkwamen, dronken en gemeen, gaf hun afwezigheid haar ook altijd een zekere adempauze. Nu waren ze veel vaker in de buurt en de stemming was bedrukt. Ze probeerde hun niet tot last te zijn en verrichtte haar bezigheden in stilte. Karl had haar nog altijd niet aangeraakt en zij had ook geen toenadering meer gezocht. Doodstil lag ze achter in het bed en drukte zich tegen de koude muur. Maar het kwaad was al geschied. Zijn afkeer van haar leek blijvend en ze voelde zich steeds eenzamer.

De stemmen waren luider geworden en ze nam steeds meer waar wat haar verstand weersprak, maar waarvan ze toch wist dat het geen verbeelding was. De doden boden haar geborgenheid, ze vormden haar enige gezelschap op het verlaten eiland, en hun verdriet harmonieerde met het hare. Hun leven was ook niet geworden wat ze ervan hadden verwacht. Ze begrepen elkaar, hoewel hun lot werd gescheiden door de allerdikste muur. De dood.

Karl en Julian waren zich niet op dezelfde manier van hen bewust als zij. Maar soms leken ze vervuld te raken van een onrust die ze zelf niet begrepen. Op dat soort momenten kon ze hun angst zien, en stiekem genoot ze daarvan. Ze leefde niet langer voor haar liefde voor Karl. Hij was niet de man die ze had gedacht dat hij was, maar het leven was zoals het was en daar kon ze niets aan doen. Ze kon zich alleen maar verheugen over zijn angst en geborgenheid vinden bij de doden. Het gaf haar het gevoel uitverkoren te zijn. Zij was de enige die wist dat ze er waren. Ze waren van haar.

Maar toen de zee al een maand bevroren was, begon ze te beseffen dat de angst ook op haar gezicht te zien viel. De stemming was nog gespannener geworden. Julian nam elke gelegenheid te baat om op haar te vitten en zo zijn frustratie af te reageren over het feit dat ze op het eiland vastzaten. Karl keek haar met koude ogen aan en ze liepen altijd samen te fluisteren. Met hun blik op haar gericht zaten ze met hun hoofden dicht bij elkaar zachtjes op de bank in de keuken te praten. Ze kon niet verstaan wat ze zeiden, maar ze wist dat het niets goeds kon zijn. Soms ving ze flarden van een gesprek op als ze dachten dat ze buiten gehoorsafstand was. De laatste tijd hadden ze het vaak over de brief die Karl van zijn ouders had gekregen voordat er ijs lag. Ze spraken er met opgewonden stemmen over, maar Emelie had niet meegekregen wat erin stond. De waarheid was dat ze het niet wilde weten. Het zwart in Julians woorden en de gelaten toon in Karls stem als het onderwerp ter sprake kwam, deden ijzige rillingen langs haar ruggengraat lopen.

Ze begreep ook niet waarom haar schoonouders nooit op bezoek kwamen of waarom zijzelf nooit naar hen toe gingen. Karls ouderlijk huis lag maar een uur van Fjällbacka vandaan. Als ze vroeg vertrokken, zouden ze ruim op tijd voor het donker terug kunnen zijn. Maar Emelie durfde er niet naar te vragen. Telkens als er een brief van hen kwam, was Karl dagenlang wispelturig. Na deze laatste brief was het erger geweest dan ooit, en zoals gebruikelijk werd Emelie buitengesloten en had ze geen flauw idee wat er om haar heen gebeurde.

'Keurig,' zei Gösta. Hij keek om zich heen in het appartement. Hoewel hij tevreden was over zijn initiatief, voelde hij een klomp in zijn maag bij de gedachte aan Hedströms reactie.
'Vast een homo,' zei Mellberg.
Gösta zuchtte. 'Waar baseer je dat op?'
'Zo netjes is het alleen bij homo's. Bij echte mannen ligt er stof in de hoeken. En ze hebben zeker geen gordijnen.' Hij trok zijn neus op en wees naar de ivoorwitte vitrage. 'Iedereen zegt toch dat hij nooit een vriendin had?'
'Ja, maar…' Gösta zuchtte weer en gaf toen de gedachte op om ook maar te proberen een afwijkende mening naar voren te brengen. Mellberg had weliswaar net als iedereen twee oren, maar die werden zelden gebruikt om mee te luisteren.
'Neem jij de slaapkamer, dan neem ik de woonkamer.' Mellberg begon tussen de boeken in de boekenkast te wroeten.
Gösta knikte en keek om zich heen. De woonkamer was een beetje onpersoonlijk. Een beige bank, een donkere salontafel op een licht kleed, een tv op een tv-meubel en een boekenkast met een paar boeken. Minstens de helft ervan bestond uit vakliteratuur over economie en accountancy.
'Een vreemde snuiter,' zei Mellberg. 'Hij heeft bijna niets.'
'Misschien hield hij van een eenvoudig leven,' zei Gösta en hij liep naar de slaapkamer.
Die was net zo netjes als de woonkamer. Een bed met een wit hoofdeinde, een nachtkastje, een rij witte klerenkasten en een ladekast.

'Hier staat in elk geval een foto van een vrouw,' riep Gösta naar Mellberg, terwijl hij een foto oppakte die tegen de lamp op het nachtkastje stond.

'Laat eens zien. Is ze knap?' Mellberg kwam de slaapkamer binnen.

'Tja, wel leuk om te zien, vind ik.'

Mellberg wierp een blik op de foto en uit zijn gezicht bleek dat hij niet echt onder de indruk was. Hij ging terug naar de woonkamer en Gösta bleef met de foto in zijn hand staan. Hij vroeg zich af wie ze was. Ze moest iets speciaals voor Mats Sverin hebben betekend. Het leek de enige foto in het hele appartement te zijn, en die had in zijn slaapkamer gestaan.

Hij zette de foto voorzichtig terug en begon de laden en kasten te doorzoeken. Daar trof hij alleen kleren aan, helemaal niets persoonlijks. Geen agenda, geen oude brieven of fotoalbums. Hij tastte alles zorgvuldig af, maar kon na een tijdje constateren dat er echt niets interessants te vinden was. Het was alsof Sverin hier was komen wonen zonder dat hij voor die tijd een leven had gehad. Het enige dat op het tegendeel wees, was de foto van de vrouw.

Gösta liep naar het nachtkastje en pakte de foto weer op. Ze zag er leuk uit, dat vond hij echt. Klein en tenger, met lang blond haar, dat de wind om haar gezicht had geblazen op het moment dat de foto was genomen. Hij kneep zijn ogen half dicht, hield de foto nog dichterbij en bestudeerde de details. Hij zocht naar iets, willekeurig wat, wat hem kon vertellen wie ze was of in elk geval waar de foto was gemaakt. Er stond niets op de achterkant en het enige dat hij op de achtergrond zag was groen. Maar toen hij nog eens keek, ontdekte hij iets. Rechts was een hand te zien. Iemand liep het beeld in of uit. Het was een kleine hand. De foto was te wazig om helemaal zeker te kunnen zijn, maar het was waarschijnlijk de hand van een kind. Gösta zette de foto weer neer. Zelfs wanneer hij gelijk had, zei het niet wie ze was. Gösta draaide zich om en liep naar de gang, maar bedacht zich. Hij ging terug naar het nachtkastje, pakte de foto en stopte die in zijn zak.

'Dit is niet bepaald de moeite waard,' mopperde Mellberg. Hij zat op zijn hurken en keek onder de bank. 'Misschien hadden we dit toch beter door Hedström kunnen laten doen. Dit is pure tijdverspilling.'

'De keuken moet nog,' zei Gösta en hij deed net alsof hij Mellbergs gezeur niet hoorde.

Hij trok laden en kasten in de keuken open, maar kon niets bijzonders vinden. Het servies leek afkomstig uit de startbox van Ikea, en de koelkast noch de voorraadkast was bijzonder goed gevuld.

Gösta draaide zich om en leunde tegen het aanrecht. Opeens zag hij iets op de keukentafel liggen. Een snoer, dat naar beneden liep en uitkwam bij een wandcontactdoos. Hij tilde het snoer op en keek ernaar. Het was een computerkabel.

'Weten we of Sverin een laptop had?' riep hij.

Er kwam geen antwoord, maar hij hoorde slenterende voetstappen naar de keuken komen.

'Hoezo?' vroeg Mellberg.

'Hier zit een computerkabel, maar niemand heeft iets gezegd over een computer.'

'Dan ligt die vast op zijn werk.'

'Hadden ze dat dan niet moeten zeggen toen Paula en ik daar waren? Ze snappen toch zeker wel dat we daarin geïnteresseerd zijn?'

'Hebben jullie ernaar gevraagd?' Mellberg trok een wenkbrauw op.

Gösta moest toegeven dat Mellberg gelijk had. Ze waren totaal vergeten toestemming te vragen om in Mats Sverins computer te kijken. Waarschijnlijk stond die nog bij de gemeente. Hij voelde zich plotseling dom terwijl hij daar zo met die kabel in zijn hand stond, en hij liet hem los, waardoor het ding op de vloer viel.

'Ik ga straks bij de gemeente langs,' zei hij en hij liep de keuken uit.

'God, wat heb ik een hekel aan wachten. Dat alles zo lang moet duren.' Patrik mopperde geïrriteerd toen hij de parkeerplaats voor het politiebureau in Göteborg op reed.

'Ik vind volgende week woensdag best snel,' zei Paula. Ze hield haar adem in toen Patrik veel te dicht langs een lantaarnpaal scheerde.

'Ja, dat is ook wel zo,' zei Patrik en hij stapte uit. 'Maar we weten nog niet hoe lang het duurt voor we de resultaten van het Gerechtelijk Laboratorium hebben. Vooral die van de kogel. Als er een overeenkomstige kogel in de registers zit, zouden we dat nu moeten weten in plaats van over een paar weken.'

'Het is zoals het is, daar kunnen we niets aan doen.' Paula beende naar de entree.

Ze hadden van tevoren gebeld om te zeggen dat ze zouden komen, maar kregen van de receptioniste toch te horen dat ze even moesten wachten en konden plaatsnemen. Tien minuten later kwam een krachtige en ontzettend lange man hun doelbewust tegemoet. Patrik schatte dat hij zo'n twee meter moest zijn, en toen hijzelf opstond om de ander te begroeten, voelde hij zich een lilliputter naast hem. Om over Paula nog maar te zwijgen. Zij leek maar net tot zijn middel te komen.

'Welkom. Walter Heed. Wij hebben elkaar telefonisch gesproken.'

Patrik en Paula stelden zich voor en liepen daarna achter hem aan. Waarschijnlijk moest hij zijn schoenen in een speciale winkel kopen, dacht Patrik, terwijl hij gefascineerd naar Walters voeten keek. Het waren net kleine boten. Paula gaf hem een por in zijn zij en hij keek gegeneerd weer recht voor zich uit.

'Kom verder. Dit is mijn kamer. Willen jullie koffie?'

Ze knikten alle twee en kregen even later elk een kopje uit de automaat in de hal.

'Jullie hebben informatie nodig over een geval van mishandeling?' De vraag was eerder een constatering, dus Patrik knikte slechts.

'Ik heb het dossier hier, maar ik weet niet of ik jullie echt kan helpen.'

'Kun je ons in grote lijnen vertellen wat er is gebeurd?' vroeg Paula.

'Zeker. Even kijken.' Walter sloeg de map open en zijn ogen gleden snel over de papieren. Hij schraapte zijn keel. 'Mats Sverin kwam 's avonds laat bij zijn woning aan de Erik Dahlbergsgatan aan. Achteraf wist hij het tijdstip niet meer precies, maar hij dacht dat het even na middernacht was. Hij was met een paar vrienden uit eten geweest. De herinneringen van de mishandelde waren vaag, onder andere omdat er sprake was van aanzienlijk geweld tegen zijn hoofd, en er zaten ook hiaten in.' Walter keek op en ging toen uit zijn hoofd verder: 'Wat we uiteindelijk uit hem wisten te krijgen, was dat er een bende jongelui voor zijn portiek had gestaan. Toen hij tegen een van hen zei dat hij daar niet mocht plassen, stortten ze zich op hem. Maar hij kon niet echt duidelijk vertellen hoe ze eruitzagen, en ook niet met z'n hoevelen ze waren. We hebben diverse keren met Mats Sverin gesproken toen hij weer bij bewustzijn was, maar dat leverde helaas heel weinig op.' Walter sloeg de map met een zucht dicht.

'En zover zijn jullie gekomen?' vroeg Patrik.

'Ja, er was veel te weinig voor een nader onderzoek. Er waren geen andere getuigen. Maar…' Hij aarzelde en nam een slok koffie.

'Maar wat?'

'Het zijn alleen maar losse speculaties van mijn kant…' Hij aarzelde weer.

'We zijn blij met alles wat je kunt zeggen,' zei Paula.

'Ik had aldoor het gevoel dat Mats meer wist dan hij zei. Ik kan het eigenlijk helemaal niet onderbouwen, maar wanneer we met hem spraken, leek het soms net alsof hij iets achterhield.'

'Bedoel je dat hij wist wie hem hadden mishandeld?' vroeg Patrik.

'Ik heb geen idee.' Walter spreidde zijn armen. 'Zoals gezegd: ik had alleen het gevoel dat hij meer wist dan hij kwijt wilde. Maar jullie weten net zo goed als ik dat er allerlei redenen kunnen zijn waarom slachtoffers en getuigen zwijgen.'

Patrik en Paula knikten.

'Ik had graag meer tijd in deze zaak gestoken om te kijken of er iets boven water te halen viel. Maar daar hebben we de middelen niet voor en uiteindelijk hebben we de zaak laten rusten. We beseften dat we niet verder kwamen als zich niet iets nieuws aandiende.'

'Je zou misschien kunnen zeggen dat dat nu het geval is,' zei Patrik.

'Denken jullie dat er een verband is tussen de mishandeling en de moord? Is dat jullie hypothese?'

Patrik sloeg zijn ene been over het andere en dacht even na voor hij antwoordde.

'Tja, eigenlijk hebben we op dit moment nog niet echt een hypothese. We proberen breed te denken. Maar het is natuurlijk wel een mogelijkheid. Het is zonder meer toevallig dat hij slechts een paar maanden nadat hij werd mishandeld is doodgeschoten.'

'Dat is zo. Zeg het maar als we jullie op de een of andere manier kunnen helpen.' Walter stond op en vouwde zijn lange lichaam helemaal uit. 'Ons onderzoek is nog niet afgesloten, dus misschien kunnen we elkaar helpen als er iets opduikt?'

'Zeker,' zei Patrik en hij stak zijn hand uit. 'Kunnen we een kopie van het dossier krijgen?'

'Dat heb ik al geregeld,' zei Walter en hij reikte Patrik een stapel papieren aan. 'Jullie vinden de uitgang zelf wel, hè?'

'Ja, hoor. Trouwens…' Patrik draaide zich weer om toen ze bij de deur waren. 'We wilden even langsgaan bij de organisatie waar Sverin werkte. Kun je me uitleggen hoe we daar komen?' Hij pakte een briefje met het adres en wees op de straatnaam.

Walter gaf hun een paar simpele instructies over hoe ze er het makkelijkst konden komen en ze bedankten hem.

'Dat heeft niet veel opgeleverd,' zuchtte Paula toen ze weer in de auto zaten.

'Dat moet je niet zeggen. Het is niet niets als iemand zijn nek uit durft te steken en zegt dat een slachtoffer van een misdrijf iets verzwijgt. We moeten proberen meer te weten te komen over wat er gebeurde toen Sverin werd mishandeld. Misschien is er hier in Göteborg iets wat hij niet kon ontvluchten toen hij naar Fjällbacka vertrok.'

'En dan beginnen we natuurlijk bij zijn laatste werkgever hier,' constateerde Paula, terwijl ze haar gordel vastmaakte.

'Ja, dat lijkt me het beste uitgangspunt.'

Patrik reed achteruit het parkeervak uit en Paula sloot haar ogen toen hij bijna tegen de zijkant van een blauwe Volvo 740 botste, die hij om de een of andere onverklaarbare reden niet in zijn achteruitkijkspiegel had gezien. De volgende keer zou ze erop staan zelf te rijden. Haar zenuwen konden Patriks rijgedrag niet veel langer aan.

De kinderen holden over de binnenplaats. Madeleine stak de ene sigaret met de andere aan, hoewel ze wist dat ze moest stoppen. Maar hier in Denemarken ging iedereen op een heel andere manier met roken om. Ze had het gevoel dat het hier niet zo'n taboe was.

'Mama, mag ik naar Mette toe?' Haar dochter Vilda stond voor haar, met warrig haar en rode blossen van de frisse lucht en de opwinding.

'Natuurlijk mag je dat,' zei ze en ze gaf het kind een kus op haar voorhoofd.

Een van de grootste voordelen van de flat was dat er altijd kinderen op de grote binnenplaats speelden en dat iedereen als één grote familie bij elkaar in en uit liep. Ze glimlachte en stak nog een sigaret op. Het was een vreemde gewaarwording, je veilig voelen. Het was zo lang geleden dat ze bijna niet meer wist hoe het voelde. Vier maanden woonden ze nu in Kopenhagen en de dagen regen zich rustig aaneen. Ze kroop zelfs niet meer onder de ramen door. Nu liep ze er gewoon langs, zelfs als de gordijnen open waren.

Ze hadden alles geregeld. Het was niet de eerste keer geweest, maar nu was het anders. Ze had zelf met hen gesproken, uitgelegd waarom de kinderen en zij weer moesten verdwijnen. En ze hadden geluisterd. De nacht daarop had ze te horen gekregen dat ze hun spullen moesten pakken en naar de auto moesten komen, die met draaiende motor stond te wachten.

Ze had besloten niet om te kijken. Ze had er geen moment aan getwijfeld dat het de juiste beslissing was, maar soms kon ze de pijn toch niet verdringen. Die kwam in haar dromen en wekte haar, waarna ze uren in het duister lag te staren. Dan zag ze hem, degene aan wie ze van zichzelf niet mocht denken.

De sigaret brandde tegen haar vingers. Ze vloekte en wierp hem op de grond. Kevin keek haar met een intense blik aan. Ze was zo in gedachten verzonken geweest dat ze niet had gemerkt dat hij naast haar op het bankje was komen zitten. Ze haalde haar hand door zijn haar en hij liet haar haar gang gaan. Hij was heel ernstig. Haar grote kleine jongen, die zoveel had meegemaakt, hoewel hij nog maar acht was.

Rondom weergalmde overal blij geroep tussen de huizen. Ze had al gemerkt dat er wat Deense woorden in het vocabulaire van de kinderen waren geslopen. Ze vond het vermakelijk, maar tegelijk joeg het haar angst aan. De greep loslaten op wat was geweest, op wie ze waren geweest, betekende ook dat ze iets kwijtraakten. De kinderen zouden na verloop van tijd hun eigen taal verliezen, het Zweeds, het Göteborgs. Maar dat had ze er graag voor over. Ze waren nu thuis en ze zouden niet meer verhuizen. Hier zouden ze blijven en alles wat ze hadden achtergelaten vergeten.

Ze streek Kevin over zijn wang. Mettertijd zou hij weer een kind als alle anderen zijn. En dat was haar alles waard.

Maja kwam zoals gebruikelijk aangehold toen ze haar op kwam halen en wierp zich in haar armen. En nadat Erica een knuffel en een natte kus had gehad, stak Maja haar handen omhoog in een poging haar broertjes in de wagen te aaien.

'Ze is blijkbaar dol op haar broertjes,' zei Ewa, die buiten stond en de namen afvinkte van de kinderen die werden opgehaald.

'Ja, meestal wel. Maar ze krijgen ook weleens een klap.' Erica streek Noel over zijn wang.

'Het is niet zo gek als kinderen reageren wanneer er een broertje of zusje bij komt en ze niet langer de enige zijn die aandacht van hun ouders krijgen.' Ewa boog zich over de wagen om de tweeling te begroeten.

'Nee, dat is heel begrijpelijk. En eigenlijk is het hartstikke goed gegaan.'

'Slapen ze 's nachts door?' Ewa knuffelde de jongens en kreeg er twee tandeloze glimlachjes voor terug.

'Ze slapen heel goed. Het enige probleem is dat Maja het zo saai vindt als ze slapen, dus als ze de kans krijgt, sluipt ze naar boven om ze wakker te maken.'

'Dat kan ik me goed voorstellen. Ze is een heel flink en ondernemend meisje.'

'Ja, zo zou je het kunnen noemen.'

De tweeling begon onrustig in de wagen te draaien en Erica keek zoekend rond naar haar dochter, die alweer was verdwenen.

'Misschien is ze bij het klimrek.' Ewa knikte in de richting van de speeltuin. 'Daar is ze het liefst.'

En inderdaad. Op hetzelfde moment zag Erica Maja met een gelukkig gezicht in volle vaart de glijbaan afkomen, maar na enig soebatten liet haar dochter zich overhalen op de staplank te gaan staan, zodat ze weg konden.

'Naar huis?' vroeg Maja. Erica was rechts afgeslagen in plaats van links, zoals anders wanneer ze naar huis wandelden.

'Nee, we gaan naar tante Anna en oom Dan,' zei ze en ze werd door haar dochter beloond met gejubel.

'Met Lisen spelen. En Emma. Niet Adrian,' verkondigde Maja gedecideerd.

'O? Waarom wil je niet met Adrian spelen?'

'Adrian jongen.'

Kennelijk was er geen nadere verklaring nodig, want dat was het enige dat Erica uit haar dochter wist te krijgen. Ze zuchtte. Zou het onderscheid tussen jongens en meisjes al zo vroeg beginnen? Wat je deed en niet deed, wat je aanhad en met wie je speelde? Ze vroeg zich schuldbewust af of ze daar zelf aan meewerkte door toe te geven aan haar dochters wens dat alles roze en prinsesachtig moest zijn. Maja's hele klerenkast was tegenwoordig gevuld met roze kleren, want dat was de enige kleur die ze wilde dragen en anders had je de poppen aan het dansen. Misschien was het verkeerd om haar dat zelf te laten bepalen?

Erica maakte de gedachte niet af. Ze kon het op dit moment niet opbrengen. Het was al inspannend genoeg om de zware kinderwagen voor zich uit te duwen. Ze bleef even bij de rotonde staan voordat ze verder ging en links afsloeg naar de Dinglevägen. Ze kon het huis van Dan en Anna in Falkeliden zien liggen. De weg ernaartoe voelde veel langer dan die was. Eindelijk was ze er, maar de laatste heuvel had haar bijna genekt en ze bleef een hele tijd voor de deur staan om op adem te komen. Toen haar pols weer zover was gezakt dat ze kon aanbellen, duurde het maar een paar tellen voordat de deur werd opengerukt.

'Maja!' schreeuwde Lisen. 'En de baby's!' Ze draaide zich om en riep naar binnen: 'Erica is er, met Maja en de baby's! Die zijn zo lief!'

Erica moest lachen om haar enthousiasme en stapte opzij om Maja naar binnen te laten gaan.

'Is papa thuis?'

'Papa?' brulde Lisen als antwoord op Erica's vraag.

Dan kwam vanuit de keuken naar de hal.

'Wat leuk.' Hij spreidde zijn armen om Maja op te vangen. Dan was haar grote favoriet.

'Kom binnen, kom binnen.' Toen ze uitgeknuffeld waren, zette hij Maja op de grond. Ze verdween snel naar de andere kinderen, die naar het geluid te oordelen naar een kinderprogramma zaten te kijken.

'Sorry dat ik aldoor zo bij jullie binnen kom vallen,' zei Erica en ze trok haar jas uit. Ze tilde de reiswiegjes van de kinderen op en liep achter Dan aan naar de keuken.

'We zijn blij met bezoek,' zei Dan en hij streek over zijn gezicht. Hij zag er uitgeput en moedeloos uit.

'Ik heb net koffiegezet.' Hij keek Erica aan.

'Sinds wanneer moet je dat vragen?' zei ze met een scheef glimlachje. Ze had de tweeling op een deken gelegd die ze uit de verzorgingstas had gehaald.

Daarna ging ze op een keukenstoel zitten en Dan nam tegenover haar plaats nadat hij voor ieder een kopje koffie had ingeschonken. Ze zwegen een tijdje. Ze kenden elkaar zo goed dat de stilte nooit hinderlijk werd. Vreemd genoeg was de man van haar zus ooit haar vriendje geweest. Maar dat was zo lang geleden dat ze het zich nauwelijks herinnerden. Hun relatie had zich ondertussen ontwikkeld tot een warme vriendschap en Erica had zich geen betere man voor Anna kunnen wensen.

'Ik heb vandaag een interessant gesprek gehad,' zei ze ten slotte.

'O?' zei Dan en hij nipte van zijn koffie. Hij was een man van weinig woorden en hij wist ook dat Erica niet veel aanmoediging nodig had om verder te gaan.

Ze vertelde over haar ontmoeting met Vivianne en wat zij over Anna had gezegd.

'We hebben het goedgevonden dat Anna zich terugtrok, terwijl we precies het tegenovergestelde hadden moeten doen.'

'Ik weet het niet,' zei Dan en hij stond op om nog een kopje koffie in te schenken. 'Ik heb het gevoel dat alles wat ik doe verkeerd uitpakt.'

'Maar volgens mij klopt het wel. Ik ben er zelfs zeker van. We kunnen Anna niet boven laten liggen en haar langzaam laten wegkwijnen. We moeten ons aan haar opdringen als het niet anders kan.'

'Misschien heb je gelijk,' zei Dan, maar hij klonk twijfelend.

'Het is in elk geval de moeite van het proberen waard,' hield Erica aan. Ze boog zich over de rand van de tafel om te kijken of alles goed ging met de tweeling. De kinderen lagen op de deken op de vloer, wiebelden met hun handjes en voetjes in de lucht en zagen er zo tevreden uit dat ze weer rechtop ging zitten.

'Alles is de moeite van het proberen waard, maar…' Hij viel stil, alsof hij niet hardop wilde zeggen wat hij dacht, uit angst dat het dan werkelijkheid zou worden. 'Maar wat als niets helpt? Wat als ze het domweg heeft opgegeven?'

'Anna geeft het niet op,' zei Erica. 'Ze zit nu in een diep dal, maar ze houdt vol, dat moet jij ook geloven. Je moet in Anna geloven.'

Ze staarde Dan aan en dwong hem terug te kijken. Anna gaf het niet op, maar ze had hulp nodig om het eerste stukje omhoog te klauteren. En die hulp zouden ze haar geven.

'Kun jij op de jongens letten? Ik ga even naar haar toe.'

'Natuurlijk zorg ik voor deze hummels.' Dan glimlachte flauwtjes. Hij stond op en ging naast Anton en Noel op de vloer zitten.

Erica liep de keuken al uit. Ze ging naar boven en deed voorzichtig de deur van de slaapkamer open. Anna lag in precies dezelfde houding als de vorige keer. Op haar zij, met haar gezicht naar het raam. Erica zei niets, maar ging gewoon op het bed liggen en vormde haar lichaam naar dat van haar zus. Ze sloeg haar arm om haar heen, hield haar stevig vast en voelde haar eigen warmte naar haar zus stromen.

'Ik ben hier, Anna,' fluisterde ze. 'Je bent niet alleen. Ik ben hier.'

Het eten dat Gunnar hun had gebracht begon op te raken. Maar ze aarzelde om Mattes ouders te bellen. Ze dacht liever niet aan hem, aan hoe teleurgesteld hij moest zijn.

Annie knipperde haar tranen weg en besloot tot de volgende dag te wachten met haar telefoontje. Ze redden het nog wel even, Sam en zij. Hij at toch niet veel. Ze moest hem nog altijd als een baby voeren, elke hap naar binnen dwingen, om vervolgens het merendeel weer naar buiten te zien komen.

Ze huiverde en sloeg haar armen om zich heen. Hoewel het buiten eigenlijk niet koud was, leek het alsof de wind die nu over het eiland gierde dwars door de muren van het huis, haar dikke kleren en haar huid ging en haar botten binnendrong. Ze trok nog een trui aan, een dikke gebreide trui, die haar vader altijd had gedragen als hij ging vissen. Maar ook dat hielp niet. Het was alsof de kou van binnenuit kwam.

Haar ouders zouden Fredrik niet hebben gemogen. Dat had ze altijd geweten, al sinds hun eerste ontmoeting. Maar dat had ze weggeduwd. Ze waren overleden en hadden haar alleen achtergelaten, dus waarom zouden ze het recht hebben invloed uit te oefenen op haar leven? Want zo had ze het heel lang gevoeld: ze was in de steek gelaten.

Haar vader was als eerste gestorven. Op een dag kreeg hij een hartaanval. Hij stortte thuis in elkaar en stond nooit meer op. De dood was onmiddellijk geweest, had de dokter troostend gezegd. Drie weken daarvoor had haar moeder haar vonnis te horen gekregen: leverkanker. Ze leefde nog een halfjaar voordat ze stilletjes insliep, voor het eerst in maanden met een vredige, bijna gelukkige uitdrukking op haar gezicht. Annie zat naast haar toen ze stierf, hield haar hand vast en probeerde te voelen wat ze zou moeten voelen, verdriet en gemis. In plaats daarvan raakte ze vervuld van woede. Hoe konden ze haar alleen achterlaten? Ze had hen nodig. Zij vormden haar geborgenheid, de omhelzing waarnaar ze altijd kon terugkeren wanneer ze iets doms had gedaan, iets waarover ze hun hoofd schudden, waarna ze liefdevol zeiden: 'Maar Annie toch...' Wie moest haar nu in het gareel houden en haar wilde kant beteugelen?

Ze had aan haar moeders sterfbed gezeten en was van het ene moment op het andere ouderloos geworden. *Little orphan Annie*, had ze gedacht, terwijl ze de lievelingsfilm uit haar kindertijd voor zich had gezien. Maar zij was geen klein meisje met rood krullend haar dat door een vriendelijke miljonair werd geadopteerd. Zij was Annie, die impulsieve, domme beslissingen nam, die grenzen opzocht, hoewel ze wist dat ze dat niet zou moeten doen. Ze was Annie, die Fredrik leerde kennen, wat tot een ernstig gesprek met haar ouders zou hebben geleid. Zij hadden ervoor kunnen zorgen dat ze hem losliet, dat ze niet het leven koos dat haar rechtstreeks naar de afgrond voerde. Maar ze waren er niet geweest. Ze hadden haar in de steek gelaten, en diep vanbinnen was ze daar nog altijd boos over.

Ze ging op de bank zitten en trok haar knieën op. Matte had haar woede kunnen verzachten. Een paar uur lang, een korte avond en een nacht, had ze zich voor het eerst sinds de dood van haar ouders niet alleen gevoeld. Maar nu was hij weg. Ze leunde met haar voorhoofd op haar knieën en huilde. Ze was nog steeds de kleine, in de steek gelaten Annie.

'Is Erling er ook?'

'Hij zit op zijn kamer, je kunt gewoon aankloppen.' Gunilla kwam half uit haar stoel omhoog en wees in de richting van Erlings dichte deur.

'Bedankt.' Gösta knikte en liep door de gang. Hij ergerde zich over dit uiterst onnodige tochtje. Had hij er maar aan gedacht naar de computer te vragen toen Paula en hij hier waren, dan had hij hier nu niet naartoe gehoeven. Maar ze waren het alle twee vergeten.

'Binnen!' Erling antwoordde meteen toen hij aanklopte, en Gösta deed de deur open en stapte de kamer in.

'Als de politie hier zo vaak binnenvalt, hoeven we ons geen zorgen te maken over de veiligheid op kantoor.' Erling zette zijn politicusglimlach op en schudde enthousiast Gösta's hand.

'Hm, tja, er is iets wat nader onderzoek behoeft,' mompelde Gösta en hij ging zitten.

'Wat wil je weten? We staan tot jullie beschikking.'

'Het gaat om de computer van Mats Sverin. We hebben net zijn appartement doorzocht en hij lijkt een laptop te hebben gehad. Is die hier?'

'Mats' computer? Daar heb ik niet aan gedacht. Ik zal even kijken.' Erling stond op, liep naar de gang en ging meteen een andere kamer binnen. Hij was vrijwel direct terug.

'Nee, die ligt hier niet. Is hij gestolen?' Hij keek bezorgd toen hij weer achter zijn bureau plaatsnam.

'Dat weten we niet. Maar we willen hem wel graag hebben.'

'Hebben jullie Mats' aktetas gevonden?' vroeg Erling. 'Een bruine, van leer. Die nam hij altijd mee naar zijn werk en ik weet dat hij daar vaak zijn laptop in had zitten.'

'Nee, we hebben geen bruine aktetas.'

'O, dat is niet best. Als de computer en de aktetas zijn gestolen, kan gevoelige informatie op straat komen te liggen.'

'Waar denk je aan?'

'Ik bedoel dat we natuurlijk niet willen dat financiële gegevens van de gemeente en dergelijke bekend raken zonder dat wij daar controle over hebben. Het zijn weliswaar openbare gegevens en er is dus niets geheims aan, maar we willen toch weten hoe en wanneer de informatie wordt verspreid. En met internet weet je maar nooit waar dingen terechtkomen.'

'Dat is waar,' zei Gösta.

Hij kon een zeker gevoel van teleurstelling niet onderdrukken. Dat die computer nu niet hier was! Waar kon het ding zijn? Zou Erlings angst terecht blijken en was hij gestolen, of had Matte hem zelf ergens anders neergelegd dan in zijn woning?

'In elk geval bedankt voor je hulp.' Gösta stond op. 'We komen hier ongetwijfeld nog op terug. En als de computer of de aktetas boven water komt, bellen jullie ons meteen, hè?'

'Uiteraard,' zei Erling en hij liep met Gösta mee naar de gang. 'Jullie bellen ons dan ook, toch? Ik vind het buitengewoon vervelend dat er op deze manier een eigendom van de gemeente is verdwenen. Vooral nu we met Project Badis bezig zijn, onze grootste investering ooit.' Erling bleef opeens staan. 'O ja. Toen Mats hier vrijdag wegging, zei hij dat hij zich zorgen maakte over een aantal onduidelijkheden. Hij zou ze bespreken met Anders Berkelin, die verantwoordelijk is voor de financiën van Badis. Jullie kunnen hem vragen of hij iets over de computer weet. Het is misschien vergezocht, maar we willen die laptop zoals gezegd heel graag terug.'

'We zullen met hem praten en laten het je weten als we de computer hebben gevonden.'

Gösta zuchtte inwendig toen hij het gemeentehuis uit stapte. Het zou de komende tijd druk worden, veel te druk. En het golfseizoen was al een hele tijd geleden begonnen.

Fristad was onopvallend gehuisvest in een kantorengebied op Hisingen. In eerste instantie kon Patrik de portiek niet vinden, maar na enig zoeken en heen en weer rijden vonden ze het adres eindelijk.

'Weten ze dat we komen?' Paula stapte uit.

'Nee. Het leek me beter ze niet van tevoren te bellen.'

'Wat weet je van hun activiteiten?' Ze knikte naar het bord met de bedrijfsnaam dat in de portiek hing.

'Ze helpen mishandelde vrouwen. Bieden ze een toevluchtsoord als ze moeten vluchten; dat is ook wat hun naam betekent. En ze geven steun als de vrouw nog in de relatie zit, zodat zij en eventuele kinderen de situatie de rug toe kunnen keren. Annika kon niet veel over ze vinden, zei ze. Ze lijken hun werk zo onopvallend mogelijk te doen.'

'Heel begrijpelijk,' zei Paula en ze drukte op de bel naast het naambordje van de organisatie. 'Hoewel dit niet makkelijk te vinden was, neem ik aan dat ze de vrouwen niet hier ontvangen.'

'Nee, ze zullen ergens anders ook wel een pand hebben.'

'Hallo? Fristad.' De intercom kraakte en Paula keek Patrik vragend aan. Hij schraapte zijn keel.

'Ik ben Patrik Hedström. Ik ben hier samen met een collega van de politie van Tanum en we willen graag binnenkomen om wat vragen te stellen.' Hij zweeg even. 'Het gaat over Mats Sverin.'

Het werd stil. Vervolgens hoorden ze een gezoem en konden ze de deur openduwen. Het kantoor lag op de eerste verdieping en ze namen de trap naar boven. Patrik zag dat de deur van Fristad afweek van de andere deuren in het pand. Deze was massiever, van staal en voorzien van een klavierslot. Ze moesten weer op een bel drukken en opnieuw kraakte er een intercom.

'Patrik Hedström.'

Ze moesten een paar tellen wachten voordat ze hoorden dat de deur van het slot werd gedaan.

'Sorry. We behandelen bezoekers nogal voorzichtig.' Een vrouw van in de veertig in een versleten spijkerbroek en een wit T-shirt deed open. Ze stak haar hand uit. 'Leila Sundgren. Ik ben de manager van Fristad.'

'Patrik Hedström. Dit is mijn collega Paula Morales.'

Ze groetten elkaar beleefd.

'Kom verder, dan gaan we naar mijn kamer. Het gaat over Matte, zei je?' Haar stem klonk lichtelijk ongerust.

'Laten we eerst gaan zitten,' zei Patrik.

Leila knikte en ging hun voor naar een kleine, lichte kamer. De muren hingen vol kindertekeningen, maar het bureau was keurig netjes. Heel anders dan dat van hem. Patrik en Paula namen plaats.

'Hoeveel vrouwen helpen jullie per jaar?' vroeg Paula.

'Er komen er zo'n dertig bij ons wonen. De behoefte is enorm. Soms lijkt ons werk maar een druppel op een gloeiende plaat, maar helaas is het een kwestie van middelen.'

'Hoe worden jullie activiteiten gefinancierd?' Paula's nieuwsgierigheid was oprecht en Patrik leunde achterover en liet haar de vragen stellen.

'We krijgen geld uit twee bronnen. Gemeentelijke steun en vrijwillige donaties. Maar het geld is zoals gezegd schaars en het liefst zouden we veel meer doen.'

'Hoeveel werknemers hebben jullie?'

'We hebben drie mensen op de loonlijst staan en daarnaast werken we met een wisselend aantal vrijwilligers. De salarissen zijn niet hoog, dat wil ik graag benadrukken. Iedereen die hier werkt, heeft moeten inleveren in vergelijking met eerder werk. Geld is niet onze drijfveer.'

'Maar Mats Sverin had hier een betaalde baan?' viel Patrik haar in de rede.

'Ja, hij was verantwoordelijk voor de financiën. Hij heeft vier jaar voor ons gewerkt en dat deed hij fantastisch. In zijn geval was zijn salaris maar een schijntje vergeleken met wat hij daarvoor verdiende. Hij was echt een van de drijvende krachten. En het was niet moeilijk hem over te halen toen ik wilde dat hij aan deze poging meedeed.'

'Poging?' vroeg Patrik.

Leila leek erover na te denken hoe ze haar antwoord zou formuleren.

'Fristad is uniek,' zei ze ten slotte. 'Meestal werken er geen mannen bij de vrouwenhulpverlening. Ik zou zelfs willen zeggen dat het volkomen taboe is dat een man binnen een dergelijke organisatie actief is. Wij hadden echter een gelijke verdeling tussen de seksen toen Matte hier werkte – twee vrouwen en twee mannen – en dat was precies wat ik voor ogen had toen ik Fristad startte. Maar het is niet altijd makkelijk geweest.'

'Hoe dat zo?' vroeg Paula. Ze had hier nooit over nagedacht, maar ze had ook nog nooit echt met de vrouwenhulpverlening te maken gehad.

'Het is een heel gevoelig onderwerp en er zijn warme pleitbezorgers voor beide, totaal verschillende standpunten. De mensen die vinden dat mannen buiten de vrouwenopvang gehouden moeten worden, zijn van mening dat de vrouwen een mannenvrije zone nodig hebben na alles wat ze hebben meegemaakt. Anderen, zoals ik, vinden dat een verkeerde insteek. Ik denk dat mannen een functie hebben binnen de vrouwenhulpverlening. Je hebt overal mannen, en het schept een verkeerd gevoel van veiligheid om ze hier buiten te sluiten. Bovendien is het heel waardevol om te laten zien dat er ook een ander soort mannen bestaat dan de kerels met wie deze vrouwen vooral – en meestal uitsluitend – ervaring hebben. Het is belangrijk om te laten zien dat er ook goede mannen zijn. Daarom ben ik tegen de stroom ingegaan en heb er als eerste vrouwenopvang voor gekozen om zowel mannen als vrouwen in de organisatie op te nemen.' Ze pauzeerde even. 'Maar het is natuurlijk noodzakelijk dat de mannen die we hier binnenlaten grondig worden gecontroleerd en dat we ze volledig kunnen vertrouwen.'

'Hoe kwam het dat je zo'n vertrouwen in Mats had?' vroeg Patrik.

'Hij was goed bevriend met mijn neef. Ze gingen een paar jaar veel met elkaar om en daardoor heb ik Mats vaak ontmoet. Hij vertelde dat zijn werk hem geen voldoening schonk en dat hij méér wilde. Toen hij over de activiteiten van Fristad hoorde, raakte hij in vuur en vlam en slaagde erin mij ervan te overtuigen dat hij de juiste man voor dit werk was. Hij wilde de mensen echt helpen, en dat kon hij hier doen.'

'Waarom is hij weggegaan?' Patrik keek Leila aan. Even glom er iets in haar blik, maar het verdween weer net zo snel.

'Hij wilde verder. En nadat hij was mishandeld, ontstond waarschijnlijk de gedachte terug te gaan naar Fjällbacka. Dat is op zich niet ongebruikelijk. Hij was er slecht aan toe – dat weten jullie misschien?'

'Ja, we hebben met zijn arts in het Sahlgrenska-ziekenhuis gesproken,' zei Patrik.

Leila haalde diep adem. 'Waarom zijn jullie hier en stellen jullie vragen over Matte? Hij werkt hier al een aantal maanden niet meer.'

'Heeft iemand van jullie daarna nog contact met hem gehad?' Patrik negeerde Leila's vraag.

'Nee, buiten het werk gingen we niet met elkaar om en daarom lag het ook niet voor de hand om contact te houden toen hij hier ophield. Maar nu wil ik toch weten waarom jullie al deze vragen stellen.' Haar stem schoot iets omhoog en ze balde haar vuisten op het bureaublad.

'Mats is eergisteren dood aangetroffen. Neergeschoten.'

Leila ademde zwaar. 'Dat is niet waar.'

'Ja, helaas wel,' zei Patrik. Leila was wit weggetrokken en hij overwoog een glas water voor haar te halen.

Ze slikte en leek zich te vermannen, maar haar stem beefde licht: 'Waarom? Weten jullie wie het heeft gedaan?'

'Tot nu toe gaat het om een onbekende dader.' Patrik hoorde dat hij zoals gebruikelijk terugviel op droog politiejargon als een situatie emotioneel geladen werd.

Leila was duidelijk geschokt.

'Is er een verband met...?' Ze maakte haar zin niet af.

'Op dit moment weten we nog niets,' zei Paula. 'We proberen gewoon meer over Mats te weten te komen en na te gaan of er iemand in zijn leven was die een motief had om hem te vermoorden.'

'Jullie doen vrij speciaal werk,' zei Patrik. 'Ik ga ervan uit dat jullie niet helemaal onbekend zijn met bedreigingen?'

'Nee, dat klopt,' zei Leila. 'Hoewel die bedreigingen eerder de vrouwen gelden dan onszelf. Bovendien hield Matte zich vooral met de financiën bezig en was hij slechts voor een paar vrouwen de contactpersoon. En zoals gezegd, is hij drie maanden geleden gestopt. Ik zie niet goed hoe...'

'Je herinnert je niets bijzonders van zijn tijd hier? Geen situatie die afwijkt, geen bedreiging die met name tegen hem was gericht?'

Opnieuw meende Patrik dat hij even iets in haar blik zag glimmen, maar het verdween zo snel dat hij niet wist of het verbeelding was.

'Nee, helemaal niets. Matte werkte vooral op de achtergrond. Hij hield zich bezig met de boekhouding. Debet en credit.'

'Hoeveel contact had hij met de vrouwen die hier hulp zochten?' vroeg Paula.

'Heel weinig. Hij hield zich voornamelijk met administratieve zaken bezig.' Leila leek nog altijd geschokt door het nieuws van Mats' dood. Ze keek Paula en Patrik vragend aan.

'Dan hebben we op dit moment verder geen vragen,' zei Patrik. Hij haalde zijn visitekaartje tevoorschijn en legde het op Leila's opgeruimde bureau. 'Als jou of een van de andere medewerkers iets te binnen schiet, dan kun je ons altijd bellen.'

Leila knikte en pakte het kaartje. 'Uiteraard.'

Toen ze afscheid hadden genomen, viel de zware stalen deur achter hen dicht.

'Wat denk jij?' vroeg Patrik zachtjes toen ze de trap afliepen.

'Volgens mij verbergt ze iets,' zei Paula.

'Dat denk ik ook.'

Patrik keek grimmig. Ze zouden Fristad goed onder de loep moeten nemen.

Fjällbacka 1871

Er hing de hele dag al een vreemde stemming. Karl en Julian hadden om beurten de vuurtoren voor hun rekening genomen en leken verder zoveel mogelijk bij haar uit de buurt te blijven. Geen van beiden keken ze haar recht aan.

De anderen voelden ook dat er iets dreigends in de lucht hing. Ze waren meer aanwezig dan anders, doken haastig op, om vervolgens even haastig weer te verdwijnen. Deuren sloegen en ze hoorde op de eerste verdieping voetstappen die verstomden als ze naar boven ging. Ze wilden iets van haar, dat snapte ze, maar ze begreep niet wat. Diverse keren voelde ze dat iemand tegen haar wang ademde en haar schouder of haar arm aanraakte. Een vederlicht contact met haar huid, dat zo snel verdween dat het verbeelding leek. Maar ze wist dat het werkelijk was, even werkelijk als het gevoel dat ze moest vluchten.

Emelie keek verlangend naar het ijs. Misschien moest ze toch de moed verzamelen eroverheen te gaan. Zodra ze dat had gedacht, voelde ze een hand op haar rug, die haar naar de buitendeur leek te duwen. Wilden ze haar dat misschien zeggen? Dat ze moest gaan nu het nog kon? Maar het ontbrak haar aan lef. Als een geest liep ze door het huis. Maakte alles schoon en netjes, terwijl ze probeerde de gedachten te verdringen. Het was alsof het ontbreken van de gemene ogen nog onheilspellender en angstaanjagender was dan de blikken zelf.

Om haar heen vroegen de anderen om haar aandacht. Ze probeerden haar te laten luisteren, maar hoezeer ze haar best ook deed, ze begreep hen niet. Ze voelde de handen die haar aanraakten, ze hoorde de voetstappen die haar ongeduldig volgden waar ze ook maar naartoe ging, en de opgewonden fluisteringen vermengden zich met elkaar, zodat ze onmogelijk van elkaar te onderscheiden waren.

Toen de avond viel, beefde ze over haar hele lichaam. Ze wist dat Karl de eerste wacht in de vuurtoren voor zijn rekening zou nemen en dat ze haast moest maken met het eten. Gedachteloos bereidde ze de zoute vis. Toen ze de aardappels wilde afgieten, trilden haar handen zo hevig dat ze zich bijna brandde.

Ze gingen aan tafel zitten en plotseling hoorde ze boven gebons. Het geluid werd steeds sterker, steeds ritmischer. Karl en Julian leken het niet te merken, maar schoven toch onrustig op de keukenbank heen en weer.

'Pak de brandewijn,' zei Karl met gebarsten stem. Hij knikte naar de kast waar de drank stond.

Ze wist niet wat ze moest doen. Hoewel ze meestal dronken thuiskwamen van Abela's kroeg, grepen ze thuis zelden naar de fles.

'De brandewijn, zei ik,' herhaalde Karl en Emelie stond snel op. Ze opende de kast en pakte de fles, die vrijwel vol was. Ze zette hem op tafel en pakte vervolgens twee glazen.

'Jij drinkt mee,' zei Julian. De glans in zijn ogen stuurde koude rillingen over haar rug.

'Dat weet ik niet,' zei ze hakkelend. Ze dronk liever geen sterkedrank. Ze had weleens een slokje geproefd, maar was tot de conclusie gekomen dat ze het niet lekker vond.

Karl stond geïrriteerd op, pakte nog een glas uit de kast en zette het met een klap voor Emelie op tafel. Vervolgens schonk hij het tot aan de rand toe vol.

'Ik wil niet…' Haar stem brak en ze voelde dat ze nog meer begon te beven. Niemand had nog een hap genomen. Langzaam bracht ze het glas naar haar mond en nipte.

'Sla het achterover,' zei Karl. Hij ging weer zitten en schonk Julian en zichzelf ook een vol glas in. 'In één keer. Nu.'

Het bonzende geluid boven werd nog luider. Ze dacht aan het ijs dat helemaal tot Fjällbacka reikte en dat haar in veiligheid had kunnen brengen als ze maar had geluisterd, als ze maar had gedurfd. Maar nu was het donker en ze kon niet langer vluchten. Plotseling voelde ze een hand op haar schouder, een korte aanraking die haar vertelde dat ze niet alleen was.

Emelie tilde het glas op en sloeg de drank in één keer achterover. Ze had geen keuze, ze zat gevangen. Waarom wist ze niet, maar zo was het. Ze was hun gevangene.

Karl en Julian leegden hun glas toen ze zagen dat het hare leeg was. Vervolgens reikte Julian naar de fles en schonk nog een keer in, opnieuw tot aan de rand toe. Er stroomde een beetje brandewijn op tafel. Ze hoefden niets te zeggen, ze wist wat ze moest doen. Terwijl ze zichzelf bijschonken bleven ze naar haar staren, en ze besefte dat ze, wat er ook gebeurde, het glas moest optillen, keer op keer.

Na een tijdje was het alsof de hele kamer draaide, en ze merkte dat ze haar begonnen uit te kleden. Ze liet het gebeuren. Door de drank waren haar ledematen zwaar, en ze kon geen weerstand bieden. En terwijl het gebons boven haar in sterkte toenam tot het geluid haar hele hoofd vulde, ging Karl boven op haar liggen. Toen kwamen de pijn en de duisternis. Julian hield haar armen stevig beet en het laatste dat ze zag, waren zijn ogen. Die stonden vol haat.

❇

Het was een zonnige vrijdagochtend. Erica draaide zich in haar bed om en sloeg een arm om Patrik heen. Hij was de avond tevoren laat thuisgekomen. Ze had al in bed gelegen en had alleen een slaapdronken 'hoi' kunnen mompelen voordat ze weer in slaap viel. Maar nu was ze wakker en ze voelde dat ze naar hem verlangde, naar zijn lichaam en het soort nabijheid dat de afgelopen maanden veel te weinig was voorgekomen en waarvan ze zich soms afvroeg wanneer ze het zouden terugvinden. Want deze jaren vlogen gewoon voorbij. Iedereen had haar verteld dat het zwaar was als de kinderen klein waren, dat hun relatie onder druk kwam te staan en dat ze geen tijd voor elkaar zouden hebben. Nu ze er middenin zat, was ze het daarmee eens, maar slechts ten dele. Natuurlijk was het behoorlijk vermoeiend geweest toen Maja nog een baby was. Maar de relatie tussen Patrik en haarzelf was niet slechter geworden na de geboorte van de tweeling. Na het ongeluk voelden ze zich meer verbonden dan ooit en ze wisten dat niets hen ooit zou kunnen scheiden. Maar ze miste de nabijheid. De nabijheid waar ze met alle poepluiers, voedingen en wandelingen naar de crèche geen tijd voor hadden.

Patrik lag met zijn rug naar haar toe en ze kroop dicht tegen hem aan. Het was een van de eerste ochtenden dat ze uit zichzelf wakker was geworden en niet door het gehuil van de kinderen. Ze drukte zich nog dichter tegen hem aan en liet haar hand langs zijn lichaam naar beneden glijden tot in zijn onderbroek. Ze streelde hem langzaam en voelde zijn reactie. Hij bewoog nog steeds niet, maar ze hoorde dat zijn ademhaling veranderde en begreep dat hij ook wakker was. Zijn ademhaling werd zwaarder. Ze genoot van het warme gevoel dat zich door haar lichaam verspreidde. Patrik draaide zich naar haar om. Ze keken elkaar in de ogen en ze voelde vlinders in haar buik. Langzaam begon Patrik haar hals te kussen en er ontsnapte haar een lichte kreun. Ze strekte haar nek, zodat hij bij het plekje achter haar oor kon waarvan hij wist dat het heel gevoelig was.

Hun handen verplaatsten zich en hij trok zijn onderbroek uit. Zij trok snel het T-shirt uit waarin ze sliep, en giechelend wurmde ze zich uit haar slipje.

'Het voelt bijna onwennig,' mompelde Patrik, terwijl hij in haar nek bleef knabbelen op een manier die haar deed kronkelen.

'Mmm, we moeten vaker oefenen.' Ze streelde met haar vingers over zijn rug. Patrik draaide haar op haar rug en wilde net boven op haar gaan liggen, toen ze een bekend geluid uit de tegenoverliggende kamer hoorden.

'Blèèèèè!' Een schrille stem werd meteen gevolgd door een tweede, en daarna hoorden ze sluipende voetstappen in de hal. Maja stond met haar lievelingspop onder haar arm en haar duim in haar mond in de deuropening.

'De baby's huilen,' zei ze met een diepe frons tussen haar wenkbrauwen. 'Opstaan, mama, opstaan, papa.'

'Ja, ja, we komen eraan, kleine zeurkous.' Met een zucht zo diep als een afgrond rolde Patrik uit bed. Snel schoot hij in een spijkerbroek en een T-shirt, keek Erica spijtig aan en ging naar de kinderkamer.

De geneugten van de liefde waren alweer voorbij. Erica trok het huispak aan dat op de vloer naast het bed lag, en liep met Maja naar de keuken om ontbijt voor hen en flesjes voor de tweeling klaar te maken. Hoewel haar lichaam nog warm was, verdwenen de vlinders vrij snel.

Maar toen ze naar boven keek en Patrik de trap af zag komen met op elke arm een net wakkere baby, voelde ze ze weer. O, wat was ze verliefd op haar man.

'We zijn niet veel wijzer geworden,' zei Patrik toen iedereen zich had verzameld. 'Maar we hebben wel een paar vraagtekens waarmee we verder kunnen.'

'Niets meer over de mishandeling?' Martin zag er terneergeslagen uit.

'Nee, volgens de politie zijn er geen getuigen. Hun enige uitgangspunt was de verklaring van Mats Sverin zelf, namelijk dat hij door een hem onbekende jeugdbende was aangevallen.'

'Hoor ik daar een "maar"?' vroeg Martin.

'We hebben het er tijdens de terugreis over gehad,' zei Paula. 'We hebben alle twee het gevoel dat dat niet het hele verhaal is, dus dat willen we verder uitzoeken.'

'Weten jullie zeker dat dat geen tijdverspilling is?' vroeg Mellberg.

'Ik kan natuurlijk geen garanties geven, maar we denken dat het de moeite waard is er nader naar te kijken,' zei Patrik.

'En Sverins werk?' vroeg Gösta.

'Hetzelfde. Niets dat echt interessant is. Maar dat willen we op dit moment evenmin loslaten. We hebben met de manager gesproken en zij leek geschokt toen ze hoorde dat Mats dood was, maar ze was niet… hoe moet ik het zeggen?'

'Ze was niet helemaal verbaasd,' vulde Paula aan.

'Opnieuw alleen maar een gevoel,' zei Mellberg met een diepe zucht. 'Denk eraan dat het bureau beperkte middelen heeft; we kunnen niet van hot naar her reizen en maar van alles doen. Persoonlijk denk ik dat het tijdverspilling is om te gaan wroeten in Sverins leven in Göteborg. Mijn lange ervaring heeft me geleerd dat het antwoord vaak aanzienlijk dichterbij te vinden is. Hebben we bijvoorbeeld grondig naar de ouders gekeken? Jullie weten wat de statistieken zeggen: de meeste moorden worden gepleegd door een familielid of iemand die het slachtoffer goed kent.'

'Tja, ik denk niet dat Gunnar en Signe Sverin zo interessant zijn in deze zaak.' Patrik moest zich inhouden om niet zijn ogen ten hemel te slaan.

'Ik vind in elk geval dat we ze niet zo makkelijk kunnen uitsluiten. Je weet nooit wat zich in een familie verbergt.'

'Daar heb je gelijk is, maar in dit geval ben ik het niet met je eens.' Patrik stond tegen het aanrecht geleund en sloeg zijn armen over elkaar, terwijl hij snel van gespreksonderwerp veranderde. 'Martin en Annika, hebben jullie gisteren iets gevonden?'

Martin keek naar Annika, maar toen zij niets zei, nam hij het woord.

'Nee, alles lijkt te kloppen. We hebben over Mats Sverin geen bijzonderheden in de registers gevonden. Hij is nooit getrouwd geweest en heeft geen geregistreerde kinderen. Nadat hij uit Fjällbacka was vertrokken, heeft hij op drie verschillende adressen in Göteborg ingeschreven gestaan, waarvan het laatste de Erik Dahlbergsgatan is. Dat appartement was nog steeds van hem en hij verhuurde het onderhands. Hij had twee leningen, een van zijn studie en een voor een auto, geen bijzonderheidscodes. Hij was sinds een kleine vier jaar eigenaar van een Toyota Corolla.' Martin zweeg en keek in zijn aantekeningen. 'Zijn banen kloppen met de gegevens die we hebben gekregen. Hij is nooit voor een misdrijf veroordeeld. Dat is wat we te weten zijn gekomen. Als je afgaat op de openbare registers, lijkt Sverin een gewoon leven zonder gekke dingen te hebben geleid.'

Annika knikte instemmend. Ze hadden gehoopt meer te vinden, maar dit was alles.

'Oké, dan weten we dat,' zei Patrik. 'Maar we moeten nog in Mats' appartement kijken. Wie weet wat we daar vinden.'

Gösta kuchte en Patrik keek hem vragend aan.

'Ja?'

'Ja...' begon Gösta.

Patrik fronste zijn wenkbrauwen. Het voorspelde nooit veel goeds als Gösta zijn keel schraapte.

'Wat wilde je zeggen?' Hij wist niet zeker of hij wilde horen wat Gösta kennelijk niet echt kwijt wilde. Toen Gösta bovendien Mellberg vragend aankeek, trok zijn maag zich samen. Gösta en Bertil, dat was geen goede combinatie, waar het ook maar over ging.

'Het zit zo... Torbjörn belde gisteren toen je in Göteborg was.' Gösta zweeg en slikte.

'Ja?' zei Patrik weer. Hij moest zich inhouden om de woorden niet uit hem te rammelen.

'Torbjörn heeft het appartement gisteren aan ons vrijgegeven. En we weten dat je nooit tijd verloren wilt laten gaan, dus Bertil en ik vonden het beter om er meteen naartoe te gaan en wat rond te kijken.'

'Wát hebben jullie gedaan?' Patrik greep het aanrecht beet en dwong zichzelf rustig te blijven ademen. Hij herinnerde zich maar al te goed hoe de druk op zijn borst had gevoeld en wist dat hij zich onder geen beding mocht opwinden.

'Er is geen reden om zo te reageren,' zei Mellberg. 'Misschien ben je het vergeten, maar ik ben hier nog altijd de baas. Ik ben dus jouw meerdere en ik heb het besluit genomen die woning binnen te gaan.'

Patrik besefte dat Bertil gelijk had, maar dat maakte de zaak er niet beter op. Mellberg was dan wel formeel het hoofd van het politiebureau, maar al sinds hij na zijn overplaatsing vanuit Göteborg hier was gekomen, was Patrik degene die in de praktijk alle beslissingen nam.

'Hebben jullie iets gevonden?' vroeg hij na een tijdje.

'Niet veel,' gaf Mellberg toe.

'Het appartement voelde eerder als een tijdelijke woning dan als een thuis,' zei Gösta. 'Er stonden vrijwel geen persoonlijke spullen. Helemaal niet, zou ik zelfs durven beweren.'

'Dat is een beetje vreemd,' zei Patrik.

'Zijn computer is weg,' zei Mellberg sloom en hij krabde Ernst achter zijn oor.

'Zijn computer?'

Patrik voelde zijn irritatie groeien. Dat hij daar niet aan had gedacht. Natuurlijk had Mats Sverin een computer gehad, en dat had een van de eerste dingen moeten zijn waar hij de technici naar had moeten vragen. Hij vloekte inwendig.

'Hoe weten jullie dat die weg is?' ging hij verder. 'Misschien staat hij op zijn werk. Misschien had hij er thuis zelfs geen.'

'Hij schijnt maar één computer te hebben gehad,' zei Gösta. 'We hebben in de keuken een kabel van een laptop gevonden. En Erling bevestigt dat Sverin een laptop van zijn werk had, die hij meestal mee naar huis nam.'

'Je hebt dus weer met Erling gesproken?'

Gösta knikte. 'Ik ben gisteren naar hem toe gegaan nadat we in het appartement waren geweest. Hij was nogal bezorgd toen hij hoorde dat de computer kennelijk pootjes had gekregen.'

'Ik vraag me af of de moordenaar hem heeft meegenomen, en in dat geval waarom,' zei Martin. 'En waar is Sverins mobiele telefoon eigenlijk? Is die ook weg?'

Patrik vloekte weer inwendig. Nog iets waar hij niet aan had gedacht.

'Misschien staat er iets in de computer wat een motief voor de moord vormt en naar de dader leidt,' zei Mellberg. 'Zodra we de computer hebben is alles klip-en-klaar.'

'Laten we nu geen overhaaste conclusies trekken,' zei Patrik. 'We hebben geen idee waar de computer is en wie hem heeft meegenomen. We moeten hem zonder meer vinden, en het mobieltje ook. Maar tot dan wachten we met onze conclusies.'

'Als we hem vinden,' zei Gösta. Maar toen klaarde zijn gezicht op. 'Erling zei dat Sverin niet helemaal gerust was op iets met de financiën. Hij had een afspraak met Anders Berkelin, die de financiën voor Badis doet. Misschien is de computer bij hem blijven liggen. Ze werkten samen aan dat project, dus het is niet onmogelijk dat hij hem daar heeft achtergelaten.'

'Gösta, Paula en jij gaan een praatje met hem maken. Martin en ik gaan naar het appartement; ik wil zelf ook even rondkijken. Zouden we het rapport van Torbjörn vandaag niet krijgen?'

'Dat klopt,' zei Annika.

'Mooi. En Bertil, hou jij de boel hier in de gaten?'

'Natuurlijk,' zei Mellberg. 'Dat spreekt voor zich. En jullie vergeten toch niet wat er morgen gebeurt?'

'Morgen?' De anderen keken hem vragend aan.

'Ja, de vip-uitnodiging voor Badis. We moeten er om halfelf zijn.'

'Is dit daar wel het geschikte moment voor?' vroeg Patrik. 'Ik ben ervan uitgegaan dat dat niet doorging, omdat we nu belangrijker dingen aan ons hoofd hebben.'

'De belangen van de streek en de gemeente hebben altijd de hoogste prioriteit.' Mellberg stond op. 'Wij zijn een belangrijk voorbeeld voor de gemeenschap en onze deelname aan lokale projecten moet niet worden onderschat. Dus zien we elkaar morgen om halfelf bij Badis.'

Er volgde een gelaten gemompel. Ze wisten dat het geen zin had om met tegenargumenten te komen. En misschien zou een pauze van een paar uur met massages en andere dingen die goed waren voor lichaam en geest wel wonderen doen voor hun werkenergie.

'Wat een rottrap.' Gösta bleef halverwege staan.

'We hadden via de andere kant kunnen gaan en boven bij Badis kunnen parkeren,' zei Paula, terwijl ze op hem wachtte.

'En dat zeg je nu pas.' Hij haalde nog een paar keer adem voor hij verder liep. Hij had dit jaar nog niet genoeg kunnen golfen om zijn conditie te verbeteren. Tegen zijn zin moest hij erkennen dat zijn leeftijd waarschijnlijk ook begon mee te spelen.

'Patrik was niet echt blij dat jullie in het appartement waren geweest.' Ze hadden het onderwerp in de auto vermeden, maar nu kon Paula zich niet langer inhouden.

Gösta snoof. 'Als ik me niet vergis is Hedström niet de baas op het politiebureau.'

Paula zei niets en na een korte stilte zuchtte Gösta.

'Oké, het was misschien geen goed idee om dat te doen zonder het er ook maar met Patrik over te hebben. Soms is het voor ons oude kerels moeilijk om te accepteren dat een nieuwe generatie het overneemt. We hebben de ervaring en de jaren aan onze kant, maar dat is geen sikkepit waard.'

'Ik denk dat je jezelf onderschat. Patrik is altijd heel positief over je. Maar over Mellberg…'

'O, ja?' Gösta klonk blij verbaasd, en Paula hoopte dat haar leugentje om bestwil niet doorzien zou worden. Gösta droeg niet al te vaak bij aan hun werk en Patrik had hem niet bepaald bedolven onder de complimenten. Maar er school geen kwaad in hem en hij bedoelde het goed. Het was niet verkeerd hem een beetje aan te moedigen.

'Ja, Mellberg is een type apart.' Gösta bleef weer staan toen ze aan het eind van de lange trap waren gekomen. 'En nu moeten we maar eens kijken wat dit voor types zijn. Ik heb veel over het project gehoord, en de mensen die met Erling kunnen samenwerken moeten wel heel bijzonder zijn.' Hij schudde zijn hoofd en draaide zich om, zodat hij met zijn rug naar Badis kwam te staan. Hij keek uit over het water. Het was een prachtige voorzomerdag en de zee voor de kust van Fjällbacka was volkomen rustig. Hier en daar zag hij wat groen, maar de grijze klippen domineerden.

'Je kunt niet anders zeggen dan dat het hier verdomd mooi is,' zei hij. Hij klonk ongebruikelijk filosofisch.

'Ja, het is zeker mooi. De locatie van Badis is ongeëvenaard. Vreemd dat het zo lang is verwaarloosd.'

'Geld, hè. Het moet miljoenen hebben gekost om deze plek weer in ere te herstellen. Het gebouw stond gewoon te verrotten. Het resultaat mag er zijn, maar je kunt je afvragen hoeveel wij daar via de belastingen aan meebetalen.'

'Nu ken ik je weer, Gösta. Ik begon me al een beetje zorgen te maken.' Paula glimlachte en liep ongeduldig naar de entree. Ze wilde graag beginnen.

'Hallo?' riepen ze toen ze binnen waren, en na een paar minuten kwam er een lange man met een alledaags uiterlijk naar hen toe. Zijn blonde haar was keurig geknipt in een kapsel dat niet te lang en niet te kort was, zijn bril had een design dat niet te alledaags maar ook niet te opvallend was, en zijn handdruk was niet te slap en niet te stevig. Paula vermoedde dat ze hem waarschijnlijk niet gauw zou herkennen als ze hem op straat tegenkwam.

'Wij hebben gebeld.' Paula stelde zichzelf en Gösta voor en ze gingen aan een tafel in de eetzaal zitten, waar allerlei papieren om een laptop uitgespreid lagen.

'Aardig kantoor,' zei ze en ze keek de eetzaal rond.

'Ik heb daarginds ook een hokje,' zei Anders Berkelin en hij wuifde in een onbestemde richting. 'Maar ik zit liever hier te werken, dan voel ik me minder opgesloten. Maar zodra we open zijn, zal ik weer in mijn hol moeten kruipen.' Hij glimlachte en zijn glimlach was niet te formeel maar ook niet te open.

'Jullie hadden vragen over Mats, heb ik begrepen.' Hij klapte de laptop dicht en keek hen aan. 'Het is echt verschrikkelijk.'

'Ja, iedereen mocht hem kennelijk graag,' zei Paula en ze sloeg haar notitieboekje open. 'Werkten jullie al sinds het begin samen aan Project Badis?'

'Nee, pas sinds hij een paar maanden geleden voor de gemeente kwam werken. Voor die tijd was het daar een beetje een chaos, dus we hebben een heleboel zelf moeten doen. Mats was een geschenk uit de hemel.'

'Het zal wel even hebben geduurd voordat hij zich had ingewerkt. Een project als dit is toch vrij gecompliceerd?'

'Nou, zo ingewikkeld is het eigenlijk niet. We hebben twee financiers. De gemeente en wijzelf – dat wil zeggen, mijn zus en ik. We dragen ieder de helft van de kosten en we zullen ook de winst gelijkelijk verdelen.'

'Hoe lang denken jullie dat het duurt voordat het project winstgevend is?' vroeg Paula.

'We hebben geprobeerd om in onze berekeningen zo realistisch mogelijk te zijn. Niemand heeft er wat aan als we luchtkastelen bouwen. Dus we schatten dat we over zo'n vier jaar break-even draaien.'

'Break-even?' vroeg Gösta.

'Dat ze quitte spelen,' verduidelijkte Paula.

'Aha.' Gösta voelde zich een beetje dom en schaamde zich over zijn gebrekkige kennis van het Engels. Hij had weliswaar aardig wat opgepikt van alle golfwedstrijden die hij op de sportkanalen zag, maar in het leven buiten het golfen had hij niet veel aan die termen.

'Hoe zag de samenwerking tussen Mats en jou eruit?' vroeg Paula.

'Mijn zus en ik regelen alle praktische zaken hier. We coördineren de renovatiewerkzaamheden en nemen personeel aan – kortom, wij bouwen dit bedrijf op. Vervolgens factureren we de gemeente voor hun deel van de kosten. Het was Mats' taak om de rekeningen te controleren en ervoor te zorgen dat ze werden betaald. Daarnaast hadden we uiteraard ook vaak overleg over de baten en de lasten van het project. De gemeente had veel inbreng.' Anders schoof zijn bril hoger op zijn neus. De ogen achter het glas waren onbestemd blauw.

'Zijn er dingen waarover jullie het niet eens waren?' Paula maakte al pratend notities en had algauw een hele bladzijde vol geschreven met iets wat eruitzag als onleesbaar gekriebel.

'Dat hangt ervan af wat je daarmee bedoelt.' Anders legde zijn handen op tafel en vouwde ze. 'We waren het natuurlijk niet over alles eens, maar Mats en ik hadden een goede, constructieve dialoog, ook wanneer we de dingen anders zagen.'

'En er was ook niet iemand anders die problemen met hem had?' vroeg Gösta.

'Bij het project?' Anders keek alsof dat een idiote gedachte was. 'Nee, absoluut niet. Hij en ik hadden soms wel meningsverschillen, maar die gingen over details. Niets dat zo ernstig was dat… Nee, echt niet.' Hij schudde heftig zijn hoofd.

'Volgens Erling Larson zou Mats afgelopen vrijdag naar je toe gaan om wat dingen te bespreken waar hij zich zorgen over maakte. Heeft hij dat gedaan?' vroeg Paula.

'Ja, Mats is hier even geweest. Ik denk dat hij een halfuur is gebleven. Maar dat hij zich zorgen maakte, vind ik nogal sterk uitgedrukt. Er waren wat cijfers die niet klopten en de prognose moest enigszins worden bijgesteld, maar er was niets geks aan de hand. We hadden het in no time uitgezocht.'

'Kan iemand dat bevestigen?'

'Nee, ik was hier toen alleen. Hij kwam vrij laat, tegen vijven. Meteen na zijn werk, denk ik.'

'Herinner je je of hij zijn laptop bij zich had?'

'Mats had zijn laptop altijd bij zich, dus dat had hij toen ongetwijfeld ook. Ja, ik herinner me dat hij zijn aktetas bij zich had.'

'En die heeft hij hier niet laten liggen?' vroeg Paula.

'Nee, dan had ik dat wel gemerkt. Hoezo? Is zijn laptop weg?' Anders keek hen ongerust aan.

'Dat weten we nog niet,' zei Paula. 'Maar als die zou opduiken, zouden we het op prijs stellen als je het ons meteen laat weten.'

'Uiteraard. Hij heeft hem zoals gezegd in elk geval niet hier achtergelaten. Het zou voor ons ook niet leuk zijn als zijn laptop zoek is geraakt. Alle gegevens over Project Badis zitten erin.' Hij duwde zijn bril weer omhoog.

'Dat begrijp ik.' Paula stond op en Gösta zag dat als een aansporing om hetzelfde te doen. 'Bel ons ook als je nog iets anders te binnen schiet.' Ze gaf Anders haar kaartje. Hij pakte het aan en stopte het in een visitekaartjeshouder die hij uit zijn zak haalde.

'Dat zal ik doen,' zei hij. Zijn lichte, blauwe blik volgde hen toen ze naar de deur liepen.

Wat als ze hen hier vonden? Vreemd genoeg was het nog niet eerder tot Annie doorgedrongen dat dat mogelijk was. Gråskär was altijd zo'n veilige plek geweest. Ze realiseerde zich nu pas dat ze haar hier konden vinden als ze dat wilden.

In haar herinnering weergalmden de schoten nog altijd luid. Ze hadden in de rust van de nacht weerklonken en daarna was alles weer stil geworden. En zij was gevlucht, had Sam meegenomen en alle chaos en verwoesting achter zich gelaten. Fredrik verlaten.

De mensen met wie hij te maken had gehad, zouden haar makkelijk weten te vinden. Tegelijk besefte ze dat ze geen andere keuze had dan hier te blijven en te wachten tot ze werd gevonden of vergeten. Ze wisten dat ze zwak was. In hun ogen was ze Fredriks accessoire geweest, een fraai sieraad, een schaduw die er discreet voor zorgde dat hun glazen werden bijgevuld en dat de humidor nooit leeg was. In hun ogen was ze niet echt iemand geweest, en dat kon nu in haar voordeel werken. Er was geen reden schaduwen na te jagen.

Annie stapte de zon in en probeerde zichzelf ervan te overtuigen dat ze veilig was. Maar de twijfel bleef knagen. Ze liep om het huis, tuurde over het water en de eilanden, in de richting van het vasteland. Op een dag zou er misschien een boot aan komen varen, en dan zaten Sam en zij hier als ratten in de val. Ze zeeg neer op het bankje en hoorde het onder haar gewicht kraken. De wind en het zout tastten het hout flink aan en het oude bankje leunde vermoeid tegen de muur van het huis. Er waren veel dingen op het eiland die onderhoud nodig hadden. Sommige bloemen in het perkje bleven echter volhardend terugkomen. De stokrozen herinnerde ze zich het best. Toen ze klein was en haar moeder voor de tuin zorgde, hadden ze de hele achterste rij van het perk gevuld. Nu stonden er nog maar een paar, en het was afwachten welke kleur de bloemen zouden hebben. De rozen waren ook nog niet ontloken, maar ze hoopte dat de soort die ze het mooist had gevonden, de lichtroze, het had overleefd. De kruiden van haar moeder waren echter al lang geleden doodgegaan. Alleen uit een paar sprietjes bieslook bleek dat hier ooit een kruidentuin had gelegen, die heerlijk had geroken als je je hand door de planten haalde.

Ze stond op en keek door het raam naar binnen. Sam lag op zijn zij, met zijn gezicht van haar afgewend. Hij sliep 's ochtends tegenwoordig heel lang en ze had geen reden hem uit zijn bed te rukken. Misschien dat de slaap en de dromen hem gaven wat hij nodig had om zijn wonden te laten helen.

Voorzichtig ging ze weer zitten en langzaam verjoeg het ritmische geluid van de golven op de klippen de onrust uit haar lichaam. Ze waren op Gråskär, ze was een schaduw en niemand zou hen hier vinden. Ze waren veilig.

'Kon mama vandaag niet?' Patrik klonk teleurgesteld. Hij sprak in zijn mobieltje terwijl hij de scherpe bocht bij Mörhult met veel te hoge snelheid nam.

'Morgenmiddag? Niets aan te doen, dan wordt het morgen. Kus, dag.'

Hij beëindigde het gesprek en Martin keek hem vragend aan.

'Ik wilde Erica meenemen naar Sverins vroegere vriendinnetje, Annie Wester. Volgens zijn ouders was Mats van plan bij haar langs te gaan, maar ze weten niet of hij dat daadwerkelijk heeft gedaan.'

'Kun je haar niet gewoon bellen?'

'Ja, dat zou op zich wel kunnen. Maar als je oog in oog met iemand zit, levert het meestal meer op, en ik wil zoveel mogelijk mensen spreken die Mats hebben gekend, zelfs wanneer dat lang geleden is. Hij is nog altijd een raadsel. Ik moet meer weten.'

'En waarom zou Erica meegaan?' Ze stonden op de parkeerplaats voor het flatgebouw en Martin stapte dankbaar uit.

'Ze heeft bij Annie in de klas gezeten. En bij Mats.'

'O ja, dat heb ik gehoord. Ja, dan is het wellicht slim als zij erbij is. Misschien voelt Annie zich door Erica's aanwezigheid meer ontspannen.'

Ze liepen de trap op en bleven voor de deur van het appartement van Mats Sverin staan.

'Ik hoop dat Mellberg en Gösta er geen al te grote puinhoop van hebben gemaakt,' zei Martin.

'Hopen kun je altijd.' Patrik maakte zich er geen illusies over. Vooral Mellberg was waarschijnlijk niet zorgvuldig te werk gegaan. Gösta liet af en toe wel blijken hij best competent was.

Voorzichtig stapten ze om het opgedroogde bloed in de hal heen.

'Iemand moet dat op een gegeven moment opruimen,' zei Martin.

'Ik ben bang dat dat de taak van de ouders van de overledene is.'

Hopelijk kunnen ze iemand om hulp vragen. Niemand moet het bloed van zijn kind hoeven wegschrobben.'

Patrik liep de keuken in.

'Hier is die computerkabel waar Gösta het over had. Ik vraag me af of Paula en hij de laptop al hebben gevonden. Maar dan hadden ze vast gebeld.' Hij sprak hardop voor zich uit.

'Waarom zou Sverin die bij Badis hebben achtergelaten?' vroeg Martin. 'Nee, ik durf er wat om te verwedden dat degene die hem heeft doodgeschoten het ding heeft meegenomen.'

'Het lijkt alsof Torbjörn en zijn mannen in elk geval vingerafdrukken op het snoer hebben gevonden, dus wanneer we het resultaat daarvan hebben, levert dat misschien iets op.'

'Een slordige moordenaar, bedoel je?'

'Daar schijnen er genoeg van te zijn, gelukkig.'

'Maar ze zijn kennelijk voorzichtiger geworden sinds we al die tv-programma's over misdaad en forensische mogelijkheden hebben. Iedere kleine dief heeft tegenwoordig basiskennis over vingerafdrukken en DNA.'

'Dat is waar, maar idioten hou je altijd.'

'Dan moeten we maar hopen dat we met zo'n idioot te maken hebben.' Martin liep de hal in en ging toen naar de woonkamer. 'Ik begrijp wat Gösta bedoelde,' riep hij.

Patrik was midden in de keuken blijven staan.

'Waarmee?'

'Dat dit een tijdelijke woning lijkt. Het ziet er akelig onpersoonlijk uit. Niets dat iets zegt over wie hij was, geen foto's, geen sierverwerpen en alleen maar vakliteratuur in de boekenkast.'

'Dat zei ik toch? Hij is een raadsel.' Patrik kwam de woonkamer binnen.

'Ach, hij was gewoon niet zo open over zijn privéleven. Waarom zou dat zo gek zijn? Sommige mensen zijn geslotener dan andere, en dat hij het op zijn werk niet over vrouwen en zo had, vind ik niet zo vreemd.'

'Als dat nou het enige was geweest,' zei Patrik, terwijl hij langzaam door de kamer liep. 'Maar hij lijkt geen vrienden te hebben gehad, zijn huis is zoals je zelf al zei volkomen onpersoonlijk, hij verzwijgt dingen over een zware mishandeling…'

'Voor dat laatste heb je eigenlijk toch geen bewijs?'

'Nee, dat is zo. Maar er klopt iets niet. En hij is bovendien in zijn eigen hal doodgeschoten. Ik bedoel, de gemiddelde Zweed wordt niet zomaar vermoord. De stereo-installatie en de tv staan er nog, dus als het om een inbraak zou gaan, hebben we met een enorm onhandige of een enorm luie dief te maken.'

'De laptop is wel weg,' zei Martin, terwijl hij een la van het tv-meubel uittrok.

'Ja, maar… Ach, ik voel het gewoon aan mijn water.' Patrik liep de slaapkamer in en keek rond. Hij was het helemaal met Martin eens. Er was geen bewijs voor het zeurderige gevoel in zijn buik dat er iets was wat híj boven water moest zien te halen.

Ze waren een uur bezig om alles zorgvuldig te bekijken en kwamen vervolgens tot dezelfde conclusie als Gösta en Mellberg de dag tevoren. Er was niets. Het appartement had net zo goed een van de showkamers bij Ikea kunnen zijn. Als die niet persoonlijker waren geweest dan de woning van Mats Sverin.

'Zullen we dan maar?' zei Patrik met een zucht.

'Ja, laten we gaan. Ik hoop dat Torbjörn iets heeft gevonden.'

Patrik sloot het appartement af. Hij had gehoopt dat ze in elk geval iets interessants zouden vinden wat ze verder konden onderzoeken. Hij had alleen nog maar vage vermoedens en daar durfde hij zelf niet eens helemaal op af te gaan.

'Lunch bij Lilla Berith?' vroeg Martin toen ze de auto in stapten.

'Prima,' zei Patrik zonder enig enthousiasme, en hij reed achteruit de parkeerplaats af.

Vivianne deed voorzichtig de deur van de eetzaal open en liep naar Anders toe. Hij keek niet op, maar bleef verwoed op zijn computer rammelen.

'Wat wilden ze?' Ze ging tegenover hem zitten, op de stoel die Paula had voorgewarmd.

'Ze vroegen naar Mats en onze samenwerking. Ze wilden weten of zijn laptop hier was.' Hij keek nog altijd niet op.

'Wat heb je tegen ze gezegd?' Ze boog zich over de tafel naar voren.

'Zo weinig mogelijk. Dat onze samenwerking goed was en dat zijn laptop hier niet lag.'

'Is dit…' Ze aarzelde. 'Heeft dit op de een of andere manier invloed op ons?'

Anders schudde zijn hoofd en keek zijn zus voor het eerst aan.

'Niet als wij dat niet laten gebeuren. Hij was hier vrijdag. We hebben even met elkaar gepraat en een paar vraagtekens opgelost. Toen we klaar waren, is hij weer weggegaan en we hebben hem daarna geen van beiden gezien. Dat is alles wat ze hoeven te weten.'

'Zo klinkt het heel simpel,' zei Vivianne. Ze voelde onrust opkomen. Onrust en vragen die ze niet durfde te stellen.

'Het is ook simpel.' Hij sprak kortaf, zonder dat zijn stem blijk gaf van enige emoties. Maar Vivianne wist wel beter. Ze wist dat haar broer ondanks zijn vaste blauwe blik achter de bril bezorgd was. Hij wilde het tegenover haar alleen niet laten blijken.

'Is het het waard?' vroeg ze uiteindelijk.

Hij keek haar verbaasd aan.

'Dat is precies waar ik het laatst met je over wilde hebben, maar toen wilde jij niet luisteren.'

'Ik weet het.' Ze hief haar ene hand op en wikkelde een lok van haar blonde haar om haar wijsvinger. 'Eigenlijk aarzel ik niet, maar ik wou dat het achter de rug was, zodat we eindelijk rust kregen.'

'Denk je dat we dat ooit krijgen? Misschien zijn we wel zo gehavend dat we nooit vinden waar we naar op zoek zijn.'

'Dat moet je niet zeggen,' zei ze geschokt.

Hij had precies die verboden gedachten onder woorden gebracht die ze zelf op zwakke momenten ook weleens had – de gedachten die zich opdrongen als ze in het donker lag, vlak voordat ze in slaap viel.

'Zo mogen we niet praten of zelfs maar denken,' herhaalde ze met nadruk. 'We hebben altijd overal naast gegrepen, we hebben overal voor moeten vechten, nooit iets voor niets gekregen. We zijn dit waard.' Ze stond zo abrupt op dat haar stoel omviel en met een smak op de grond belandde. Ze liet hem liggen en vluchtte naar de keuken. Daar was van alles te doen, zodat ze geen tijd had om na te denken. Met trillende handen nam ze de koelkast en de voorraadkast door om zich ervan te verzekeren dat ze alles in huis hadden voor de officieuze opening van morgen.

Mette, die in de flat naast haar woonde, was zo aardig geweest een paar uur op de kinderen te passen. Madeleine had niet iets speciaals te doen; anders dan bij de meeste mensen was haar leven niet gevuld met de dagelijkse bezigheden en verplichtingen waar ze zo vurig naar verlangde. Ze wilde gewoon even alleen zijn.

Ze wandelde via het Strøget naar het Kongens Nytorv. De winkels lonkten met allerlei spullen voor de zomer. Kleren, badpakken, zonnehoeden, sandalen, sieraden en speelgoed voor in het water. Alles wat normale mensen, met een normaal leven, konden kopen zonder te beseffen hoezeer ze boften. Ze was niet ondankbaar – integendeel, ze was verschrikkelijk blij dat ze in een vreemde stad was die haar bood wat ze in geen jaren had gevoeld: veiligheid. Vaak was dat gevoel voldoende, maar soms, zoals vandaag, verlangde ze er vertwijfeld naar om ook gewoon te mogen zijn. Ze verlangde niet naar luxe of de mogelijkheid om allerlei onnodige spullen aan te schaffen die alleen maar ruimte innamen in de kast. Maar ze verlangde er wel naar om kleine dagelijkse dingen te kunnen kopen, zoals een badpak, omdat ze volgend weekend met de kinderen naar het zwembad zou gaan. Of om bij de speelgoedwinkel naar binnen te lopen en een dekbedovertrek met Spiderman voor Kevin te kunnen kopen, alleen omdat ze dacht dat hij misschien beter zou slapen als hij zijn bed deelde met zijn idool. In plaats daarvan moest ze haar zakken binnenstebuiten keren voor de paar Deense kronen die de bus naar de stad kostte. Dat was allerminst normaal, maar ze was in elk geval veilig. Zelfs al wist voorlopig alleen haar hoofd dat nog maar, en niet haar hart.

Ze ging het warenhuis Illum in en stuurde haar voetstappen gedecideerd naar de banketbakkersafdeling. Daar rook het erg lekker, naar vers brood en chocola. Toen ze de Deense koffiebroodjes met chocola in het midden zag, liep het water haar in de mond. Ze verhongerden niet, de kinderen en zij. En de buren hadden waarschijnlijk ook in de gaten hoe het zat, want soms kwamen ze avondeten brengen onder het mom dat ze te veel hadden gekookt. Ze mocht echt niet klagen, maar ze was graag naar het meisje achter de toonbank toe gelopen om wijzend naar de koffiebroodjes te zeggen: 'Drie koffiebroodjes met chocola graag.' Of nog beter: 'Zes koffiebroodjes met chocola graag.' Zodat ze er alle drie genietend twee zouden kunnen opschrokken voordat ze enigszins misselijk de chocola van hun vingers likten. Vooral Vilda zou het heerlijk vinden. Zij was altijd al een chocolamonster geweest. Ze vond zelfs de kersenbonbons in de Aladin-doos lekker. Die iedereen liet liggen. Vilda verorberde ze altijd met een verzaligde glimlach op haar gezicht, die haar heel blij maakte. Hij had altijd chocola voor Vilda en Kevin meegebracht.

Ze duwde de gedachten weg. Ze mocht niet aan hem denken. Als ze dat wel deed, zou de angst zo sterk worden dat ze uiteindelijk geen adem meer kreeg. Snel vertrok ze uit Illum en liep in de richting van Nyhavn. Toen ze het water in de haven zag, merkte ze dat ze weer makkelijker kon ademhalen. Met haar blik op de horizon gericht liep ze door de mooie oude buurt, waar de terrasjes vol mensen zaten en de boten in het kanaal door trotse eigenaren werden geboend en schoongemaakt. Aan de overkant van het water lagen Zweden en Malmö. Er ging vrijwel elk uur een boot naartoe, en als je niet met het veer wilde, kon je met de trein of de auto via de brug gaan. Zweden was zo dichtbij, maar tegelijk zo ver weg. Misschien zouden ze nooit terug kunnen keren. Bij die gedachte kneep haar keel zich samen. Het verbaasde haar dat ze haar vaderland zo miste. Ze woonde er niet ver vandaan en Denemarken leek verraderlijk veel op Zweden. Toch waren veel dingen anders, en haar familie en vrienden woonden hier ook niet. Het was maar de vraag of ze hen ooit weer zou zien.

Ze ging met haar rug naar het water staan, trok haar schouders op en liep langzaam terug naar het centrum. Ze was diep in gedachten verzonken toen ze een hand op haar schouder voelde. De paniek sloeg met volle kracht toe. Hadden ze haar gevonden, had hij haar gevonden? Ze slaakte een kreet en draaide zich om, klaar om te vechten, te krabben en te bijten, wat ook maar nodig was. Een verschrikt gezicht keek haar aan.

'Sorry dat ik u liet schrikken.' De dikke man op leeftijd zag eruit alsof hij elk moment een hartaanval kon krijgen. Hij leek niet goed te weten wat hij moest. 'U hebt uw sjaal verloren en u hoorde me niet roepen.'

'Sorry, sorry,' stamelde ze en tot zijn ontzetting begon ze te huilen.

Zonder verder nog iets te zeggen vluchtte ze weg, holde naar de dichtstbijzijnde bus waarvan ze wist dat die haar naar huis zou brengen. Ze moest naar haar kinderen toe. Ze moest hun armen om haar nek voelen en hun warme lichamen tegen het hare. Het was nog altijd zo dat ze zich alleen dan pas echt veilig voelde.

'Het rapport van Torbjörn is er,' zei Annika zodra Patrik en Martin door de deur naar binnen stapten.

Patrik had zoveel gegeten dat hij bomvol zat. De portie pasta bij Lilla Berith was veel te groot geweest.

'Waar ligt het?' vroeg hij. Hij liep snel door de receptie en trok daarna de deur naar de gang open.

'Op je bureau,' zei Annika.

Hij haastte zich erheen, met Martin in zijn kielzog.

'Ga zitten,' zei hij, terwijl hij naar de stoel voor het bureau wees. Zelf wierp hij zich op zijn eigen stoel en hij begon de documenten te lezen die Annika had neergelegd.

Martin keek alsof hij de papieren elk moment uit Patriks hand kon rukken.

'Wat staat er?' vroeg hij na een paar minuten, maar Patrik wuifde afwerend met zijn hand en bleef lezen. Na wat een eeuwigheid leek, legde hij het rapport met een teleurgestelde uitdrukking op zijn gezicht neer.

'Niets?' vroeg Martin.

'Tja, in elk geval niets dat nieuw licht op het onderzoek werpt.' Patrik zuchtte diep, leunde naar achteren en vouwde zijn handen achter zijn hoofd.

Zo bleven ze een tijdje in stilte zitten.

'Geen enkel spoor?' Toen Martin de vraag stelde, wist hij al wat het antwoord zou zijn.

'Lees het zelf maar, maar het lijkt van niet. Vreemd genoeg zijn de vingerafdrukken in het appartement alleen van Mats Sverin zelf. Op de kruk van de voordeur en de bel zitten ook een paar andere, waarvan twee waarschijnlijk van Signe en Gunnar zijn. Een van de overige zat ook op de kruk aan de binnenkant, dus die kan van de moordenaar zijn. In dat geval kunnen we die gebruiken om een verdachte aan de plaats delict te linken, maar omdat de afdruk niet in de registers voorkomt, hebben we er op dit moment niets aan.'

'Aha. Dat weten we dan. Laten we hopen dat Pedersen woensdag meer voor ons heeft,' zei Martin.

'Ik weet niet goed wat dat zou kunnen zijn. Het lijkt nogal simpel. Iemand heeft hem in het achterhoofd geschoten en is vervolgens weggegaan. De dader lijkt zelfs niet in het appartement te zijn geweest. Of hij heeft zijn sporen gewist.'

'Stond daar iets over in het rapport? Afgeveegde deurkrukken of zo?' Martin klonk iets hoopvoller.

'Goed gedacht, maar ik geloof…' Patrik maakte zijn zin niet af en begon weer in het rapport te bladeren. Na de bladzijden te hebben bekeken, schudde hij zijn hoofd. 'Daar lijkt het niet op. De afdrukken van Sverin zaten op de oppervlakken waar je ze kon verwachten: deurkrukken, handgrepen van kasten, aanrecht enzovoort. Niets lijkt te zijn afgeveegd.'

'Dat wijst er toch op dat de moordenaar nooit verder is geweest dan de hal.'

'Ja. En dat betekent dat we nog steeds niet weten of het iemand was die Mats kende of dat het een vreemde was. Het kan net zo goed iemand uit zijn kennissenkring zijn als een volslagen onbekende die heeft aangebeld.'

'Kennelijk voelde hij zich zo veilig dat hij degene die voor de deur stond de rug toekeerde.'

'Tja, dat is maar hoe je het bekijkt. Misschien probeerde hij wel te vluchten voor degene voor wie hij had opengedaan.'

'Je hebt gelijk,' zei Martin. Het was weer even stil. 'En wat nu?'

'Dat is een goede vraag.' Patrik rechtte zijn rug en haalde een hand door zijn haar. 'Het doorzoeken van het appartement heeft niets opgeleverd. De verhoren hebben niets opgeleverd. Het technisch rapport evenmin. En de kans dat Pedersen iets vindt, is erg klein. Dus wat nu?'

Het was niets voor Patrik om ontmoedigd te raken, maar in deze zaak waren er zo weinig sporen, zo weinig dingen die ze konden onderzoeken. Plotseling werd hij boos op zichzelf. Er moest iets zijn wat ze niet wisten over Mats Sverin, maar wat bepalend was voor deze zaak. Zoals gezegd: niemand werd zomaar in zijn hoofd geschoten. Niemand werd zomaar in zijn eigen huis vermoord. Er was iets, en Patrik zou niet opgeven voordat hij dat had gevonden.

'Maandag ga jij mee naar Göteborg. We gaan weer bij Fristad langs,' zei hij.

Martins gezicht lichtte op.

'Natuurlijk. Ik ga graag mee, dat weet je.' Hij stond op en liep achteruit naar de deur. Patrik schaamde zich bijna toen hij zag hoe blij zijn collega was omdat hij hem had meegevraagd. Hij had Martin waarschijnlijk een beetje verwaarloosd.

'Neem het rapport mee,' zei hij toen Martin bij de deuropening was. 'Het is beter als jij het ook leest, voor het geval ik iets belangrijks over het hoofd heb gezien.'

'Oké.' Martin reikte enthousiast naar het rapport.

Toen Martin de kamer had verlaten glimlachte Patrik bij zichzelf. Hij had in elk geval iemand blij gemaakt vandaag.

De uren verstreken vreselijk langzaam. Signe en hij liepen zwijgend door het huis. Ze hadden elkaar niets te vertellen, durfden nauwelijks hun mond open te doen uit angst voor de schreeuw die zich in hen verborg.

Hij had geprobeerd haar aan het eten te krijgen. Vroeger had Signe altijd gejammerd en gezeurd dat Matte en hij niet genoeg aten. Nu was hij degene die boterhammen klaarmaakte en in piepkleine stukjes sneed, die hij haar probeerde te laten eten. Ze deed haar best, maar hij zag dat de hapjes in haar mond groter werden en dat ze braakneigingen kreeg. Uiteindelijk kon hij er niet langer meer tegen; hij kon het niet langer aanzien dat zijn blik dwars over de keukentafel werd weerspiegeld in de hare.

'Ik ga even met de boot bezig. Ik blijf niet lang weg,' zei hij. Niets in haar gezicht liet blijken dat ze hem had gehoord.

Met zware bewegingen trok hij zijn jas aan. Het was laat in de middag en de zon was al aan het zakken. Hij vroeg zich af of hij ooit nog van een zonsondergang zou genieten. Of hij überhaupt ooit nog iets zou voelen.

De weg door Fjällbacka was vertrouwd, maar tegelijk heel vreemd. Niets was hetzelfde. Zelfs lopen voelde anders. Iets wat vroeger natuurlijk was geweest, voelde nu raar en houterig, alsof hij zijn hersenen opdracht moest geven zijn ene voet voor de andere te zetten. Hij kreeg spijt dat hij niet met de auto was gegaan. Het was vanaf Mörhult een aardig eind lopen en hij merkte dat de mensen die hij tegenkwam hem aanstaarden. Sommigen staken zelfs de straat over als ze dachten dat hij hen niet zag, zodat ze niet hoefden te stoppen voor een praatje. Ze wisten waarschijnlijk niet wat ze moesten zeggen. En Gunnar wist niet wat hij moest antwoorden, dus het was misschien maar beter dat ze hem als een melaatse behandelden.

De boot lag bij Badholmen. Ze hadden die plek al jaren en hij stuurde zijn voetstappen automatisch naar rechts en liep over het stenen bruggetje. Hij ging helemaal op in zijn eigen wereld en merkte het pas toen hij bij de ligplaats kwam. De boot was weg. Gunnar keek verward om zich heen. Hier moest ze liggen, ze lag altijd hier. Een kleine houten kajuitsloep met een blauwe kap. Hij liep nog iets verder, helemaal tot aan het eind van de pontons. Misschien was de boot om een onbegrijpelijke reden op de verkeerde plek beland. Of ze was losgeslagen, weggedreven en tussen de andere boten komen te liggen. Maar het was kalm weer geweest en Matte maakte de boot altijd goed vast. Gunnar liep terug naar de lege ligplaats. Vervolgens pakte hij zijn mobiel.

Patrik was net thuis toen Annika belde. Hij klemde de telefoon tussen zijn oor en zijn rechterschouder, zodat hij tegelijkertijd Maja kon optillen, die met uitgestoken armen enthousiast op hem af kwam rennen.

'Sorry, wat zei je? Is de boot weg?' Hij fronste zijn voorhoofd. 'Ja, ik ben thuis, maar ik kan er wel even naartoe gaan. Nee, geen punt, dat doe ik wel.'

Hij zette Maja neer om de verbinding te kunnen verbreken, pakte haar bij de hand en liep naar de keuken, waar Erica twee flesjes stond klaar te maken, verwoed aangemoedigd door de jongens, die op de keukentafel in hun reiswiegjes lagen. Patrik boog zich voorover, gaf zijn zonen een kus en ging toen naar zijn vrouw en gaf haar ook een kus.

'Hoi. Wie was dat?' vroeg Erica en ze zette de flesjes in de magnetron.

'Annika. Ik moet weer weg, eventjes maar. Het lijkt erop dat de boot van Gunnar en Signe is gestolen.'

'Hè nee, ook dat nog.' Erica draaide zich om en keek Patrik aan. 'Welke hufter doet nu zoiets?'

'Geen idee. Volgens Gunnar heeft Mats de sloep waarschijnlijk het laatst gebruikt als hij inderdaad bij Annie is langsgegaan. Het is een beetje vreemd dat nu net die boot is verdwenen.'

'Ga maar gauw.' Ze gaf hem een zoen op zijn mond.

'Ik ben er zo weer,' zei hij en hij liep naar de voordeur. Te laat besefte hij dat Maja een kleine uitbarsting zou krijgen als hij meteen weer wegstoof. Maar hij hield zichzelf schuldbewust voor dat Erica dat wel zou opvangen. En bovendien zou hij gauw weer thuis zijn.

Gunnar stond aan de andere kant van het stenen bruggetje op Badholmen op hem te wachten.

'Ik snap niet waar de boot kan zijn.' Hij tilde zijn pet op om op zijn hoofd te krabben.

'Kan ze niet gewoon zijn weggedreven?' vroeg Patrik. Hij liep achter Gunnar aan naar de lege ligplaats.

'Tja, het enige dat ik zeker weet, is dat ze hier niet ligt,' zei Gunnar, maar vervolgens schudde hij zijn hoofd. 'Matte zorgde er altijd voor dat de boot goed was aangemeerd, dat had hij als kind al geleerd. Het is ook niet direct slecht weer geweest, dus het lijkt me stug dat ze is losgeslagen.' Hij schudde nogmaals zijn hoofd, nog nadrukkelijker. 'Iemand moet de boot hebben gestolen. Maar wat ze met zo'n oude sloep moeten, snap ik niet.'

'Ze zijn tegenwoordig aardig wat waard.' Patrik ging op zijn hurken zitten. Hij liet zijn blik over de ligplaats glijden en ging toen weer staan. 'Ik maak proces-verbaal op zodra ik op het politiebureau ben. Maar laten we eerst kijken of er iemand bij de Reddingsbrigade is. Als zij op pad gaan, kunnen ze naar de boot uitkijken.'

Gunnar volgde Patrik zonder iets te zeggen naar de brug. Zwijgend liepen ze samen het kleine eindje om de boothuizen, naar de kade waar het kantoor en de boten van de Reddingsbrigade lagen. Er leek niemand te zijn en het kantoor was op slot toen Patrik aan de deur trok. Maar hij zag iemand bewegen achter de ramen van de kleinste boot, MinLouis, en hij herkende Peter, die hen had geholpen op die verschrikkelijke dag op zee nadat een van de vrouwelijke deelnemers van *Fucking Tanum* was vermoord.

'Hé, hallo, waar kan ik je vandaag mee helpen?' Peter glimlachte en droogde zijn handen af aan een handdoek.

'We zijn op zoek naar een verdwenen boot.' Patrik wees in de richting van de ligplaats. 'De sloep van Gunnar. Ze ligt niet op haar plek en we weten niet waar ze nu is. Misschien kunnen jullie kijken of jullie de boot ergens zien als jullie op pad gaan?'

'Ik heb gehoord wat er is gebeurd,' zei Peter aarzelend en hij knikte naar Gunnar. 'Gecondoleerd. En natuurlijk helpen we graag. Denken jullie dat de boot is weggedreven? Want dan kan ze nooit ver weg zijn. Ik zou zelfs denken dat de boot dan naar het dorp is gedobberd, niet naar zee.'

'Nee, we denken eerder dat ze is gestolen,' zei Patrik.

'Ja, de mensen zijn schofterig.' Peter schudde zijn hoofd. 'Had je niet een houten kajuitsloep, Gunnar? Met een blauwe of een groene kap?'

'Ja, met een blauwe kap. En er staat SOPHIA op de achtersteven.' Gunnar draaide zich om naar Patrik. 'Toen ik jong was, was ik dol op Sophia Loren. En toen ik Signe leerde kennen, vond ik dat ze erg op haar leek. Dus de boot kreeg de naam Sophia.'

'Goed, dan weet ik dat. Ik ga zo even een rondje varen en ik beloof dat ik naar Sophia zal uitkijken.'

'Bedankt,' zei Patrik. Hij keek Gunnar nadenkend aan. 'Weet je zeker dat Mats de boot als laatste heeft gebruikt?'

'Nee, helemaal zeker weet ik dat niet.' Gunnar aarzelde. 'Maar hij zei dat hij bij Annie langs zou gaan, dus ik ben ervan uitgegaan…'

'Als hij de boot niet heeft geleend, wanneer heb je haar dan voor het laatst gezien?'

Peter was de kajuit in gegaan om verder te gaan met zijn bezigheden, en Gunnar en Patrik stonden alleen op de kade.

'In dat geval was dat vorige week woensdag. Maar jullie kunnen het toch aan Annie vragen? Hebben jullie haar niet gesproken?'

'We gaan morgen naar haar toe, is het plan. Ik zal het er dan met haar over hebben.'

'Mooi,' zei Gunnar toonloos. Vervolgens schrok hij op. 'Mijn god, dan weet ze het nog niet eens. We hebben er niet aan gedacht haar te bellen. We hebben…'

Patrik legde een kalmerende hand op zijn schouder.

'Jullie hebben wel andere dingen aan jullie hoofd gehad. Ik vertel het haar als we bij haar langsgaan. Maak je geen zorgen.'

Gunnar knikte.

'Zal ik je naar huis brengen?' vroeg Patrik.

'Ja, dat zou fijn zijn,' zei Gunnar met een zucht van opluchting en hij liep met Patrik mee naar diens auto.

Ze zwegen de hele weg naar Mörhult.

Fjällbacka 1871

Het ijs begon te breken. Het aprilzonnetje deed de sneeuw langzaam smelten en op het eiland kwamen piepkleine plukjes groen voorzichtig uit de spleten gekropen. De herinnering aan wat er was gebeurd was vaag. Het draaiende plafond, de pijn, glimpen van hun gezichten. Maar soms beleefde Emelie de angst weer zo sterk dat ze naar adem snakte.

Ze hadden er geen van allen over gesproken. Dat was niet nodig geweest. Ze had Julian tegen Karl horen zeggen dat zijn vader nu hopelijk kreeg wat hij wilde hebben. Het was niet moeilijk te begrijpen dat alles te maken had met de brief die was gekomen, wat de schaamte en de vernedering er niet minder op maakte. Er waren dreigementen van haar schoonvader nodig opdat haar echtgenoot zich van zijn huwelijkse plichten kweet. Haar schoonvader had zich ongetwijfeld afgevraagd waarom Karl en zij nog geen kinderen hadden.

's Ochtends was ze stijf van de kou wakker geworden. Ze had op de vloer gelegen en haar dikke zwarte wollen rok en witte onderrokken waren tot op haar middel omhooggeduwd. Haastig had ze ze naar beneden getrokken, maar het huis was leeg geweest. Er was niemand geweest. Met een droge mond en een barstende hoofdpijn was ze gaan staan. Tussen haar benen had het zeer gedaan en toen ze even later naar het gemak was gegaan, had ze het opgedroogde bloed aan de binnenkant van haar dijen gezien.

Toen Karl en Julian een paar uur later waren teruggekeerd van de vuurtoren, hadden ze gedaan alsof er niets was gebeurd. Emelie was de hele dag als een bezetene met een schrobber en zeep in het huisje aan het boenen geweest. Niemand had haar gestoord. De doden waren merk-

waardig stil geweest. Ze had zoals altijd het eten voorbereid, zodat het om vijf uur klaar zou zijn, en werktuiglijk had ze de aardappelen geschild en de vis gebakken. Toen ze de voetstappen van Karl en Julian bij de buitendeur had gehoord, had slechts een kleine trilling van haar hand onthuld wat zich in haar afspeelde. Maar daar was niets van te zien geweest toen ze naar binnen stapten, hun dikke jassen in het halletje ophingen en aan de eettafel gingen zitten.

Zo waren de winterdagen verstreken. Met vage herinneringen aan het gebeurde terwijl de kou een witte, bevroren deken over het water had gelegd.

Maar nu begon het ijs te breken. Soms ging Emelie naar buiten, nam op het bankje naast de muur van het huis plaats en liet de zon op haar gezicht schijnen. Af en toe betrapte ze zichzelf erop dat ze glimlachte, want nu wist ze het. Aanvankelijk was ze er niet zeker van geweest, ze kende haar lichaam niet zo goed, maar uiteindelijk was alle twijfel verdwenen. Ze was in gezegende toestand. De avond die in haar herinnering een nachtmerrie was geworden, had iets goeds gebracht. Ze zou een kindje krijgen. Iemand om voor te zorgen en het bestaan op het eiland mee te delen.

Ze sloot haar ogen en legde haar hand op haar buik, terwijl de zon haar wangen bleef verwarmen. Er kwam iemand naast haar zitten, maar toen ze opkeek was de plek op het bankje naast haar leeg. Emelie sloot haar ogen weer en glimlachte. Het voelde goed dat ze niet alleen was.

❄

De ochtendzon was net boven de horizon verschenen, maar Annie zag het niet, want ze stond op de steiger en keek speurend over de eilanden in de richting van Fjällbacka.

Ze wilde geen bezoek. Ze wilde niet dat iemand haar en Sams wereld hier zou binnendringen. Het eiland was van hen en van niemand anders. Maar ze had geen nee kunnen zeggen toen de agent belde. Bovendien had ze een probleem waar ze hulp bij nodig had. Het eten was vrijwel op en ze had het niet kunnen opbrengen Mattes ouders te bellen. Nu ze toch bezoekers moest ontvangen, had ze hun gevraagd het een en ander te kopen. Het voelde wel een beetje brutaal om dat aan iemand te vragen die ze nog nooit had ontmoet, maar ze had geen keuze gehad. Sam was nog niet genoeg hersteld om de reis naar Fjällbacka te kunnen maken en als ze hun koelkast en hun voorraadkast niet aanvulden, zouden ze omkomen van de honger. Ze was toch niet van plan hen verder te laten komen dan de steiger. Het eiland was van haar, het eiland was van hen.

De enige die ze hier had willen hebben, was Matte. Ze bleef over de zee turen terwijl haar ogen zich langzaam vulden met tranen. Nog altijd kon ze zijn armen om haar lichaam en zijn kussen op haar huid voelen. Nog altijd rook ze de geur die zo vertrouwd was geweest, en tegelijk zo veranderd – de geur van een volwassen man, niet die van een jongen. Ze had niet geweten wat de toekomst had kunnen brengen, wat hun hereniging had betekend voor hoe ze hun leven gingen leiden. Maar de ontmoeting had heel even een mogelijkheid geboden, een raam geopend en een beetje licht binnengelaten in de duisternis waarin ze zich al zo lang bevond.

Annie veegde de tranen met de rug van haar hand weg. Ze kon het zichzelf niet toestaan zich over te geven aan het gemis en het verdriet. Ze hield het leven al met witte knokkels vast en mocht haar greep niet laten verslappen. Matte was vertrokken, maar Sam was hier. En ze moest hem beschermen. Niets was belangrijker, zelfs Matte niet. Sam beschermen was haar grootste en enige taak in het leven. En nu er andere mensen onderweg waren, moest ze zich daarop concentreren.

Er was iets veranderd. Ze lieten haar nooit met rust. Voortdurend voelde Anna een lichaam tegen zich aan, iemand die naast haar ademde en haar warmte en energie gaf. Ze wilde niet aangeraakt worden, ze wilde in het verlaten maar geborgen schaduwland verdwijnen waar ze nu al zo lang ronddoolde. Wat zich daarbuiten bevond was te pijnlijk, en haar huid en haar ziel waren veel te gevoelig na alle klappen die ze had gehad. Meer kon ze niet verdragen.

En zij hadden haar niet nodig. Ze bracht de mensen in haar omgeving alleen maar ongeluk. Emma en Adrian waren aan dingen blootgesteld die geen enkel kind zou moeten meemaken, en het verdriet over hun overleden zoon dat ze in Dans ogen zag, was ondraaglijk.

In eerste instantie leken ze het te hebben begrepen. Ze hadden haar met rust gelaten, haar hier laten liggen. Af en toe hadden ze geprobeerd met haar te praten, maar die pogingen hadden ze zo makkelijk opgegeven dat ze begreep dat ze hetzelfde voelden als zij. Dat hun ongeluk door haar was veroorzaakt en dat het voor iedereen beter was als ze bleef waar ze was.

Maar na Erica's laatste bezoek was er iets veranderd. Anna had het lichaam van haar zus dicht tegen het hare gevoeld en gemerkt dat Erica's warmte haar uit de schaduwen sleepte, haar steeds dichter naar de werkelijkheid toe trok en probeerde haar te laten terugkeren. Erica had niet veel gezegd. Haar lichaam had tot Anna gesproken en ervoor gezorgd dat er warmte door haar heen stroomde, naar ledematen die koud en kil voelden, hoewel ze onder een dekbed lag. Ze had geprobeerd weerstand te bieden en zich te concentreren op een punt van duisternis diep vanbinnen, een punt dat niet door een warm lichaam werd aangeraakt.

Toen de warmte van Erica's lichaam verdween, werd die vervangen door een andere. Dans lichaam was het makkelijkst te weerstaan. Zijn energie was zo vol pijn dat die haar verdriet eerder versterkte, en ze hoefde zelfs geen moeite te doen om in de schaduwen te blijven. De energie van de kinderen was het moeilijkst. Emma's kleine, zachte lichaam dat zich tegen haar rug drukte, de armen die ze zo ver ze kon om Anna's middel sloeg. Anna moest al haar kracht gebruiken om weerstand te kunnen bieden. En dan Adrian, kleiner en iets onzekerder dan Emma, maar met een nog sterkere energie. Ze hoefde niet eens te kijken om te weten wie er naast haar kwam liggen. Hoewel ze nog altijd op haar zij lag, doodstil, met haar blik op de lucht achter het raam gericht, voelde ze van wie de warmte was.

Ze wilde dat ze haar met rust lieten, dat ze haar hier gewoon lieten liggen. De gedachte dat ze misschien onvoldoende kracht zou hebben om weerstand te bieden, maakte haar bang.

Nu lag Emma naast haar. Haar lichaam bewoog een beetje. Ze was waarschijnlijk in slaap gevallen, want zelfs in het schaduwland had Anna gemerkt dat Emma's ademhaling anders en dieper was geworden. Maar nu ging Emma verliggen en ze drukte zich nog dichter tegen Anna aan, als een dier dat troost zocht. En Anna voelde dat ze weer uit de schaduwen werd getrokken, naar de energie die zich zelfs tot in de kleinste hoekjes van haar lichaam een weg zocht. Het punt, ze moest zich concentreren op het donkere punt.

De deur van de kamer ging open. Anna voelde het bed schommelen doordat er iemand op klom die bij haar voeten ging liggen. Kleine armen werden om haar benen geslagen alsof ze die nooit zouden loslaten. Ook de warmte van Adrian kroop door haar heen, en ze vond het steeds moeilijker om in de schaduwen te blijven. Ze kon ieder van hen afzonderlijk weerstaan, maar niet hen samen, niet als hun energieën zich mengden en elkaar versterkten. Langzaam merkte ze dat ze haar grip verloor. Dat ze werd teruggetrokken naar wat er in de kamer en in de werkelijkheid was.

Met een diepe zucht draaide Anna zich om. Ze zag het slapende gezicht van haar dochter, alle vertrouwde trekken waar ze zo lang niet naar had kunnen kijken. En voor het eerst in even lange tijd viel ze echt in slaap, met haar hand op haar dochters wang en het puntje van haar neus tegen het hare. Bij Anna's voeten dommelde Adrian als een kleine pup in. Zijn greep om haar benen verslapte toen hij ontspande. Ze sliepen.

Erica moest zo hard lachen dat de tranen haar over de wangen biggelden.
'Je bedoelt dat je in een zeewierbad bent gaan liggen?' Ze veegde haar ogen met de rug van haar hand af en hikte nog wat na toen ze Patriks beledigde gezicht zag.
'Ja, en? Mogen mannen zich zoiets niet gunnen dan? Volgens mij heb jij ook allerlei vreemde dingen gedaan. Een tijdje geleden ben jij bij een kuuroord toch ingesmeerd met klei en in huishoudfolie gewikkeld?' Hij voer achteruit weg bij de kade van Badholmen.
'Dat is waar, maar...' Erica kreeg weer een lachaanval en kwam amper uit haar woorden.
'Volgens mij komen er nu toch wat muffe vooroordelen aan het licht,' zei Patrik en hij keek haar nijdig aan. 'Zeewierbaden zijn trouwens extra gezond voor mannen. Ze onttrekken giffen en afvalstoffen aan je lichaam, en omdat wij mannen dat soort dingen kennelijk lastiger kwijtraken, hebben wij nog meer baat bij de behandeling.'
Nu lachte Erica zich krom en ze ging er zowat bij liggen. Ze kon nog altijd niets uitbrengen. Patrik zei ook niets meer en negeerde zijn vrouw demonstratief, terwijl hij geconcentreerd de haven uit stuurde. Natuurlijk overdreef hij om Erica een beetje te plagen, maar de waarheid was dat zijn collega's en hij enorm hadden genoten van de behandelingen bij Badis.
Aanvankelijk had hij er sceptisch tegenover gestaan om in een bad vol zeewier te stappen. Daarna had hij gemerkt dat het niet zo stonk als hij had gedacht, en het water was aangenaam warm geweest. Nadat hij zich in het bad voorover had moeten buigen en zijn hele rug was gemasseerd met zeewier, dat stevig over de huid werd gewreven, was hij verkocht geweest. En hij kon niet ontkennen dat zijn huid als nieuw voelde toen hij uit het bad stapte. Die was zachter en soepeler en had een andere glans. Maar op het moment dat hij had gepro-

beerd dat aan Erica te vertellen, was ze hysterisch gaan lachen. Zelfs zijn moeder, die op Maja en de tweeling zou passen, had om zijn enthousiaste verhalen moeten giechelen.

Het ging harder waaien. Hij sloot zijn ogen en voelde de wind in zijn gezicht. Er waren nu nog niet veel mensen op het water, maar over een paar weken zouden er allerlei boten van en naar de haven varen.

Erica was opgehouden met lachen en was nu ernstig. Ze sloeg haar armen om Patrik heen terwijl hij aan het roer stond en leunde met haar hoofd tegen zijn schouder.

'Hoe klonk ze toen je belde?'

'Niet bepaald enthousiast,' zei Patrik. 'Ze leek het niet zo leuk te vinden om bezoek te krijgen, maar toen ik zei dat ze ook naar het vasteland kon komen als ze dat liever had, gaf ze aan dat ze toch wilde dat we naar haar toe kwamen.'

'Heb je gezegd dat ik mee zou komen?' Door een golf begon de houten kajuitsloep opeens te schommelen en Erica greep Patrik steviger om zijn middel beet.

'Ja, ik heb gezegd dat we getrouwd waren en dat je haar graag wilde zien. Maar ze reageerde er niet echt op. Het klonk in elk geval alsof ze het wel oké vond.'

'Wat hoop je dat een gesprek met Annie oplevert?' Erica liet Patrik los en ging op de doft zitten.

'Als ik eerlijk ben, heb ik geen flauw idee. Maar we weten nog altijd niet of Mats vrijdag naar haar toe is gegaan. Dat wil ik in de eerste plaats te weten komen. En verder moet ze natuurlijk te horen krijgen wat er is gebeurd.'

Hij corrigeerde de koers met het roer om uit te wijken voor een motorboot die met hoge snelheid op hen afkwam.

'Idioten!' snauwde hij en hij keek nijdig opzij toen de boot hen iets te dicht passeerde.

'Had je het niet kunnen vragen toen je haar belde?' Erica keek de boot lang na. Ze herkende de mensen niet, een groepje jongens van een jaar of twintig. Het waren ongetwijfeld vroege vakantiegangers van het soort dat Fjällbacka binnenkort zou overspoelen.

'Ja, dat had ik kunnen doen. Maar ik vraag het liever als ik haar zie.

Dan krijg ik een beter antwoord. Eigenlijk wil ik alleen een duidelijker beeld van Mats krijgen. Op dit moment is hij net zo'n levensgrote kartonnen figuur, eendimensionaal en plat. Niemand lijkt iets over hem te weten, zelfs zijn ouders niet. Zijn appartement zag eruit als een jeugdherberg. Er stonden vrijwel geen persoonlijke spullen. En dan die mishandeling... Ik moet meer te weten zien te komen.'

'Maar ik heb begrepen dat Matte en Annie al jaren geen contact meer hadden.'

'Dat zeggen zijn ouders, ja. Maar eigenlijk weten we het niet. Ze schijnt hoe dan ook belangrijk te zijn geweest in zijn leven, en als hij bovendien bij haar langs is gegaan, heeft hij misschien wel iets verteld wat voor ons van betekenis is. Ze kan een van de laatste mensen zijn geweest die hem levend hebben gezien.'

'Natuurlijk,' zei Erica, maar ze klonk sceptisch. Zelf had ze vooral mee gewild omdat ze nieuwsgierig was. Ze vroeg zich af hoe de jaren Annie hadden veranderd, wat voor soort mens ze was geworden.

'Dat moet Gråskär zijn,' zei Patrik turend.

Erica rekte zich uit en keek over de boeg.

'Ja, dat klopt. De vuurtoren is prachtig.' Ze hield haar hand boven haar ogen om beter te kunnen zien.

'Ik vind het eiland een beetje eng,' zei Patrik, maar hij besefte dat hij niet goed kon aangeven waarom. Daarna moest hij zich concentreren op het aanleggen aan de kleine steiger.

Een lange, slanke vrouw stond hen al op te wachten. Ze pakte het touw aan dat Erica de steiger op wierp.

'Hoi,' zei Annie en ze stak haar hand uit, zodat Erica zich omhoog kon trekken.

Ze was mooi, maar veel te mager, dacht Patrik toen hij Annies hand vastpakte. Door haar huid heen waren de botten duidelijk te voelen, en hoewel ze van nature smal leek, moest ze de afgelopen tijd behoorlijk zijn afgevallen, want haar spijkerbroek leek veel te groot en werd opgehouden door een riem die strak was aangehaald.

'Mijn zoon is niet zo lekker. Hij ligt binnen te slapen, dus ik stel voor dat we hier op de steiger een kopje koffie drinken en even praten.' Annie wees op een deken die ze op het houten dek had uitgespreid.

'Natuurlijk, geen probleem,' zei Patrik en hij ging zitten. 'Ik hoop dat hij niets ernstigs onder de leden heeft.'

'Nee, hij is alleen verkouden. Hebben jullie kinderen?' Annie ging tegenover hen zitten en schonk koffie in uit een thermoskan. De steiger lag vrijwel in de luwte, de zon scheen en de lucht was warm. Het was een heerlijk plekje.

'Ja, dat kun je wel zeggen,' zei Erica lachend. 'We hebben Maja van bijna twee en een tweeling, Noel en Anton, die binnenkort vier maanden zijn.'

'O, dan hebben jullie je handen wel vol.' Annie glimlachte, maar de glimlach bereikte haar ogen niet. Ze hield Patrik en Erica een bord met beschuitjes voor.

'Helaas kan ik jullie niet veel anders aanbieden.'

'O ja,' zei Patrik en hij stond op. 'Ik heb het eten bij me waar je me om hebt gevraagd.'

'Dank je. Ik hoop dat het niet al te veel moeite was. Nu Sam ziek is, wil ik hem niet meezeulen naar het dorp om boodschappen te doen. Signe en Gunnar hebben me de vorige keer geholpen, maar ik wil ze niet te vaak vragen.'

Patrik was in de boot gesprongen en zette nu twee volle plastic tassen van de supermarkt op de steiger.

'Wat krijg je van me?' Annie reikte naar een tas, die naast haar lag.

'Duizend kronen,' zei Patrik verontschuldigend.

Annie pakte twee briefjes van vijfhonderd uit haar portemonnee en gaf ze aan hem.

'Bedankt,' zei ze nogmaals.

Patrik knikte en ging weer op de deken zitten.

'Het is zeker vrij geïsoleerd hier?' Hij keek uit over het kleine eiland. De vuurtoren torende boven hen uit en wierp een lange schaduw op de klippen.

'Dat vind ik prettig,' zei Annie en ze nam een slok koffie. 'Ik ben hier in geen jaren geweest en Sam had het eiland nog nooit gezien. Het werd hoog tijd.'

'Waarom nu?' vroeg Erica, hopend dat ze niet al te nieuwsgierig klonk.

Annie keek haar niet aan, maar richtte haar blik op een punt ergens aan de horizon. De kleine windvlagen die hen af en toe toch bereikten, kregen vat op haar lange blonde haar en ze streek het ongeduldig uit haar gezicht.

'Ik moet over een paar dingen nadenken, en daarom was het vanzelfsprekend om hierheen te gaan. Hier heb je niets. Niets behalve gedachten, niets behalve tijd.'

'En spoken, heb ik gehoord,' zei Erica en ze reikte naar een beschuitje.

Annie lachte niet. 'Zeg je dat omdat het eiland Schimmenscheer wordt genoemd?'

'Ja. Jij zou ondertussen toch moeten weten of het gerucht inderdaad klopt. Ik herinner me dat we op de middelbare school hier een keer hebben gelogeerd en doodsbenauwd waren.'

'Misschien.'

Erica merkte dat Annie niet graag over het onderwerp sprak en Patrik haalde diep adem om te vertellen wat hij niet langer kon uitstellen. Terwijl hij rustig uitlegde wat er was gebeurd, begon Annie te beven. Ze staarde hem niet-begrijpend aan. Ze zei niets, trilde alleen onbeheerst, alsof ze voor hun ogen in duizend stukjes uiteen zou vallen.

'We weten nog altijd niet precies wanneer hij is doodgeschoten, dus we proberen zoveel mogelijk te weten te komen over zijn laatste dagen. Gunnar en Signe zeiden dat hij vrijdag naar je toe had willen gaan.'

'Ja, hij is hier geweest.' Annie draaide zich om en keek naar het huis. Patrik had het gevoel dat ze dat vooral deed om de uitdrukking op haar gezicht te verbergen.

Toen ze haar hoofd terugdraaide, was haar blik nog altijd glazig, maar ze beefde niet langer.

Erica boog zich impulsief naar voren en legde haar hand op die van Annie. Ze had iets heel broos en kwetsbaars, wat Erica's beschermersinstinct opriep.

'Je was vroeger ook al aardig,' zei Annie en toen trok ze zonder Erica aan te kijken haar hand terug.

'Afgelopen vrijdag...' zei Patrik voorzichtig.

Annie veerde op en er kwam een waas over haar ogen.

'Hij is hier 's avonds geweest. Ik wist niet dat hij zou komen. We hadden elkaar in geen jaren gezien.'

'Wanneer was de laatste keer?' Erica kon het niet nalaten een blik op het huis te werpen. Ze was bang dat Annies zoon wakker zou worden en stiekem naar buiten zou gaan. Sinds ze zelf kinderen had, had ze soms het gevoel dat ze ook moeder was van alle andere kinderen op de wereld.

'We hebben afscheid genomen toen ik naar Stockholm verhuisde. Ik geloof dat ik negentien was. Een eeuwigheid geleden.' Ze lachte kort en bitter.

'Hebben jullie na die tijd contact gehouden?'

'Nee. Nou ja, misschien af en toe een ansichtkaart in het begin. Maar we wisten alle twee dat het geen goed idee was. Waarom zouden we de kwelling laten voortduren door te doen alsof?' Annie streek weer een paar blonde lokken uit haar gezicht.

'Wie van jullie besloot het uit te maken?' vroeg Erica. Ze kon haar nieuwsgierigheid niet in bedwang houden. Ze had hen beiden zo vaak samen gezien, zo vaak het gouden licht gezien dat op de een of andere manier om hen heen had gehangen. Het gouden paar.

'We hebben het nooit echt uitgesproken. Maar ik was degene die besloot om weg te gaan. Ik kon hier niet blijven. Ik moest gewoon weg, de wereld in. Dingen zien, dingen doen, mensen ontmoeten.' Ze lachte nogmaals kort en bitter, een lachje dat Erica en Patrik niet begrepen.

'Maar vrijdag kwam Mats dus hierheen. Hoe reageerde je toen?' Patrik bleef vragen stellen, al wist hij niet zeker of het iets zou opleveren. Annie leek heel breekbaar en hij had het gevoel dat ze zou instorten als hij iets verkeerds zei. En uiteindelijk was dit misschien niet eens belangrijk.

'Ik was verbaasd. Maar Signe had verteld dat hij weer in Fjällbacka woonde. Dus ergens verwachtte ik misschien toch wel dat hij langs zou komen.'

'Was het een fijne verrassing?' vroeg Erica. Ze reikte naar de thermoskan om nog een keer in te schenken.

'In eerste instantie niet. Ik weet het ook eigenlijk niet. Ik geloof niet in terugkijken. Matte hoorde bij het verleden. Tegelijk...' Ze leek in gedachten te verzinken. 'Tegelijk had ik hem misschien wel nooit echt verlaten. Ik weet het niet. Hij mocht in elk geval binnenkomen.'

'Weet je ongeveer hoe laat hij kwam?' vroeg Patrik.

'Hm... ik geloof dat het een uur of zes, zeven was. Ik weet het niet precies. Tijd heeft hier niet zoveel betekenis.'

'Hoe lang is hij gebleven?' Patrik bewoog en vertrok zijn gezicht even. Zijn lichaam kon er niet tegen zo lang op een harde ondergrond te zitten. Hij besefte dat hij naar een heerlijk, warm zeewierbad verlangde.

'Hij is 's nachts weer vertrokken.' De pijn was net zo duidelijk op haar gezicht te zien als wanneer ze het had uitgeschreeuwd.

Patrik werd plotseling moedeloos. Met welk recht stelde hij deze vragen? Met welk recht snuffelde hij in dingen die privé zouden moeten zijn, in iets wat zich tussen twee mensen had afgespeeld die ooit van elkaar hadden gehouden? Maar hij zette zich ertoe verder te gaan. In gedachten zag hij het lichaam dat op de buik in de hal lag, met een groot, gapend gat in het hoofd, een plas bloed op de grond, spetters bloed op de muur. Zolang hij de schuldige niet had gevonden, was het zijn taak te snuffelen. Moord en recht op een privéleven gingen niet samen.

'Je weet niet hoe laat dat was?' vroeg hij vriendelijk.

Annie beet op haar lip en haar ogen waren gaan glimmen.

'Nee, hij is weggegaan terwijl ik sliep. Ik dacht...' Ze slikte en slikte, en het leek alsof ze probeerde zich te vermannen, alsof ze in hun bijzijn haar zelfbeheersing niet wilde verliezen.

'Heb je geprobeerd hem te bellen? Of heb je het er met Signe en Gunnar over gehad?' vroeg Patrik.

Terwijl ze zaten te praten, was de zon langzaam gezakt en de lange schaduw van de vuurtoren kwam steeds dichterbij.

'Nee.' Ze begon weer te trillen.

'Heeft Mats iets gezegd wat ons een aanwijzing kan geven wie hem wilde vermoorden?'

Annie schudde haar hoofd. 'Nee, ik kan me zelfs niet voorstellen dat iemand Matte kwaad zou willen doen. Hij was... Je weet wel, Erica. Hij was nog net zo als vroeger: vriendelijk, zorgzaam, liefdevol. Net als vroeger.' Ze keek naar beneden en streek met haar hand over de deken.

'We hebben inderdaad begrepen dat Mats heel geliefd en sympathiek was,' zei Patrik. 'Maar er zijn ook dingen in zijn leven waar we niet echt wijs uit worden. Zo is hij vlak voordat hij weer in Fjällbacka kwam wonen zwaar mishandeld. Heeft hij daar niets over verteld?'

'Nee, niet veel, maar ik heb natuurlijk de littekens gezien en hem ernaar gevraagd. Hij zei alleen dat hij op het verkeerde moment op de verkeerde plek was geweest en dat hij door een paar jongelui was aangevallen.'

'Heeft hij iets over zijn werk in Göteborg verteld?' Patrik had gehoopt iets over de mishandeling te weten te komen wat het gevoel dat hem dwarszat kon verklaren. Maar nee, niets bracht hem verder.

'Hij zei dat hij het er erg naar zijn zin had gehad, maar dat het ook zwaar was geweest. Al die vrouwen die zoveel hebben geleden en erg beschadigd zijn...' Haar stem brak en ze wendde haar gezicht weer naar het huis.

'Heeft hij niet iets anders gezegd wat voor ons van belang kan zijn? Noemde hij niemand door wie hij zich bedreigd voelde?'

'Nee, niets. Hij vertelde alleen wat het werk voor hem had betekend. Hij zei dat hij zich uiteindelijk leeg had gevoeld, dat hij het niet langer had kunnen opbrengen en dat hij nadat hij in het ziekenhuis had gelegen, had besloten weer naar Fjällbacka te gaan.'

'Voorgoed of voor een tijdje?'

'Volgens mij wist hij dat niet. Hij zei dat hij bij de dag probeerde te leven. Probeerde te genezen, zowel lichamelijk als geestelijk.'

Patrik knikte en aarzelde voordat hij de volgende vraag stelde.

'Zei hij nog of er een vrouw in zijn leven was geweest? Of meerdere vrouwen?'

'Nee, en daar heb ik ook niet naar gevraagd. Hij vroeg evenmin naar mijn man en mij. Van wie we hielden of vroeger hadden gehouden speelde die avond geen rol.'

'Ik begrijp het,' zei Patrik. 'De boot is trouwens weg,' zei hij zogenaamd terloops.

Annie keek verward. 'Welke boot?'

'Die van Signe en Gunnar. De boot die Mats heeft gebruikt om hierheen te komen.'

'Is die weg? Gestolen? Wat bedoel je precies?'

'Dat weten we niet. De boot lag niet op de gewone plek toen Gunnar ermee bezig wilde.'

'Matte moet er toch mee naar huis zijn gegaan,' zei Annie. 'Hoe had hij anders naar het vasteland moeten komen?'

'Hij is dus met de sloep hierheen gekomen? Hij had geen lift gehad of zo?'

'Van wie had hij die moeten krijgen?' vroeg Annie.

'Dat weet ik niet. We weten alleen dat de boot weg is en we begrijpen niet waar ze gebleven kan zijn.'

'Hij is er in elk geval mee hierheen gekomen en hij moet er ook mee naar huis zijn gegaan.' Ze streek weer met haar hand over de deken.

Patrik keek naar Erica, die ongewoon stil had zitten luisteren. 'Het is tijd om te vertrekken,' zei hij, terwijl hij ging staan. 'Fijn dat we langs konden komen, Annie. Gecondoleerd.'

Ook Erica kwam overeind. 'Het was leuk je weer te zien, Annie.'

'Ik vond het ook leuk jou te zien.' Annie omhelsde Erica onhandig.

'Zorg goed voor Sam en geef maar een gil als je iets nodig hebt of wanneer we je op de een of andere manier kunnen helpen. Als het slechter met hem gaat, kunnen we ook de districtsarts laten komen.'

'Dat zal ik doen.' Annie liep met hen mee naar de boot.

Patrik startte de motor. Midden in een beweging bedacht hij zich. 'Weet je of Mats een aktetas bij zich had toen hij hier was?'

Annie fronste haar voorhoofd en leek na te denken. Toen klaarde haar gezicht op. 'Een bruine, van leer?'

'Ja, inderdaad,' zei Patrik. 'Die is ook weg.'

'Wacht even.' Annie draaide zich meteen om en liep op een drafje naar het huis. Even later kwam ze terug terwijl ze iets omhoogexield. Toen ze bij de steiger kwam, zag Patrik wat het was: de aktetas. Zijn hart maakte een sprongetje.

'Matte is hem vergeten en ik heb hem gewoon laten liggen. Ik hoop niet dat dat problemen heeft veroorzaakt.' Ze ging op haar hurken op de steiger zitten om Patrik de aktetas te kunnen aanreiken.

'We zijn allang blij dat hij terecht is. Bedankt!' zei hij. Er schoten al allerlei gedachten over de mogelijke inhoud door zijn hoofd.

Toen ze achteruit waren gevaren en weer richting Fjällbacka gingen, draaiden Patrik en Erica zich om om naar Annie te zwaaien. Zij zwaaide terug. De schaduw van de vuurtoren reikte nu helemaal tot aan de steiger. Het leek alsof die haar wilde opslokken.

❄

'Kunnen we niet even gaan zoeken?' Gunnar stond op de kade en het kostte hem moeite met vaste stem te spreken.

Peter keek op van zijn bezigheden en leek nee te willen zeggen. Vervolgens zwichtte hij.

'We kunnen wel een eindje gaan varen. Maar het is zondag en ik moet over niet al te lange tijd naar huis.'

Gunnar zei niets, maar keek recht voor zich uit. Zijn ogen leken net twee donkere gaten. Met een zucht ging Peter de kajuit binnen om de motor te starten. Hij hielp Gunnar de boot in te stappen, gaf hem een reddingsvest en stuurde met geoefende hand de haven uit. Toen ze een eindje op weg waren, vergrootte hij de snelheid.

'Waar wil je dat we beginnen te zoeken? Toen wij op pad waren, hebben we ook naar de boot uitgekeken, maar we hebben haar nergens gezien.'

'Ik weet het niet.' Gunnar tuurde door het raam. Hij kon niet aldoor thuis blijven wachten, hij kon er niet tegen Signe doodstil op haar stoel in de keuken te zien zitten. Ze kookte niet meer, ze bakte niet meer, ze maakte niet meer schoon. Ze deed niets van de dingen die zo typerend voor haar waren. En wie was hij zelf zonder Matte? Hij had geen idee. Het enige dat hij zeker wist, was dat hij een doel moest hebben in een bestaan dat alle zin had verloren.

De boot vinden. Dat was iets wat hij kon doen, iets waardoor hij er even uit was, waardoor hij de stilte en alles wat hem aan Matte deed denken kon ontvluchten. De voetafdrukken in het beton van de oprit die Gunnar had gegoten toen Matte vijf was. De deukjes in de ladekast in de hal van die keer dat Matte veel te hard door het huis had gerend, op het kleed was uitgegleden en zo hard met zijn voortanden op het bovenblad was gevallen dat die twee duidelijke afdrukken hadden achtergelaten. Alle kleine dingen waaruit bleek dat Matte er was geweest, dat Matte van hen was geweest.

'Ga maar naar Dannholmen,' zei Gunnar. Eigenlijk had hij geen idee. Niets wees erop dat de boot juist daar zou zijn. Maar ze konden net zo goed daar gaan zoeken als ergens anders.

'Hoe is het thuis?' vroeg Peter voorzichtig, terwijl hij zich op het sturen concentreerde. Maar ook hij wierp af en toe een blik om zich heen om te kijken of de sloep ergens naar land was gedreven.

'Het gaat wel,' zei Gunnar.

Dat was een leugen, want het ging helemaal niet. Maar wat moest hij zeggen? Hoe moest hij de leegte verklaren die je huis vulde nadat je een kind had verloren? Soms verbaasde het hem dat hij nog altijd ademde. Hoe kon hij blijven leven en ademen nu Matte er niet langer was?

'Het gaat wel,' herhaalde hij.

Peter knikte, en zo ging het meestal. De mensen wisten niet wat ze moesten zeggen. Ze zeiden het meest noodzakelijke, dat wat van hen werd gevraagd, en probeerden mee te leven terwijl ze dankbaar waren dat hen dit lot niet had getroffen. Dat zij hun kinderen nog wel hadden, dat hun dierbaren nog leefden. Zo ging het, en dat was menselijk.

'De boot kan toch niet zijn losgeslagen?' Gunnar wist niet of hij tegen Peter sprak of tegen zichzelf.

'Volgens mij niet. In dat geval had ze naar de andere boten toe moeten drijven. Nee, ik denk dat iemand haar heeft meegenomen. Die oude houten boten worden steeds meer waard, en misschien was dit een diefstal op bestelling. Maar dan zullen we haar hier niet vinden. Meestal worden ze naar een plek gebracht waar ze op de wal gehesen kunnen worden en daarna per trailer verder vervoerd.'

Peter stuurde iets naar rechts, voorbij Småsvinningarna. 'We gaan naar Dannholmen, maar daarna moeten we weer terug. Anders worden ze thuis ongerust.'

'Ja,' zei Gunnar. 'Kunnen we morgen weer gaan zoeken?'

Peter keek hem aan.

'Natuurlijk. Kom rond een uur of tien, dan gaan we op pad. Maar alleen als er geen alarmmelding is.'

'Goed. Ik zal er zijn.' Gunnars blik bleef tussen de eilanden dwalen.

Mette had hen uitgenodigd voor het eten. Dat deed ze vaak en ze deed het altijd voorkomen alsof zij weer aan de beurt was, alsof zij de vorige keer bij Madeleine hadden gegeten. Madeleine speelde het spel mee, ondanks de vernedering nooit iets terug te kunnen doen. Ze droomde ervan om terloops tegen Mette te kunnen zeggen: 'Hebben jullie zin om vanavond te komen eten? Het wordt wel iets simpels.' Maar dat kon ze niet. Ze kon het zich niet veroorloven Mette en haar drie kinderen uit te nodigen. Ze had nauwelijks genoeg te eten voor Kevin, Vilda en zichzelf.

'Is het niet te veel moeite?' vroeg ze toen ze in Mettes gezellige keuken aan tafel gingen zitten.

'Natuurlijk niet. Ik moet toch voor mijn drie veelvraten koken, dus drie eters erbij valt nauwelijks op.' Mette haalde liefdevol een hand door het haar van haar tweede kind, Thomas.

'Niet doen, mama,' zei hij geïrriteerd, maar Madeleine kon zien dat hij het eigenlijk helemaal niet erg vond.

'Een glaasje wijn?' Zonder Madeleines antwoord af te wachten schonk Mette rode wijn uit een bag-in-box in.

Ze draaide zich om en roerde in de pannen op het fornuis. Madeleine nipte van de wijn.

'Houden jullie de kleintjes in de gaten?' riep Mette naar de kamer en ze kreeg twee keer een 'ja' te horen. Haar jongste kinderen waren een meisje van tien en Thomas van dertien, die een grote aantrekkingskracht op Kevin en Vilda uitoefenden. Haar oudste kind, een jongen van zeventien, was tegenwoordig zelden thuis.

'Ik denk dat ze jouw kinderen eerder vervelen,' zei Madeleine en ze nam nog een slokje wijn.

'Welnee, ze zijn dol op ze, dat weet je.' Mette veegde haar handen af aan de handdoek, schonk een glas wijn voor zichzelf in en ging tegenover Madeleine zitten.

Uiterlijk hadden twee vrouwen niet meer verschillend kunnen zijn, dacht Madeleine, die hen even van buitenaf bekeek, als een toeschouwer. Zij was klein en blond en had eerder de bouw van een kind dan van een vrouw. Mette deed denken aan het beroemde stenen beeld van een weelderige vrouw dat Madeleine zich van de lessen op school herinnerde: groot en rond, met dik, rood haar, dat een eigen leven leek te leiden. Groene ogen die altijd glinsterden, hoewel ze in haar leven dingen had meegemaakt die die fonkeling al lang geleden hadden moeten doven. Mette leek een zwak te hebben voor slappe mannen, die snel van haar afhankelijk werden en vervolgens van alles van haar verlangden, als jonge vogels met gapende bekjes. Uiteindelijk kreeg Mette altijd weer genoeg van hen, had ze verteld. Maar meestal duurde het niet lang voordat het volgende vogeljong naar haar bed verhuisde. De kinderen hadden daarom drie verschillende vaders, en als ze Mettes rode haar niet hadden geërfd, had je nooit kunnen raden dat ze broers en zus waren.

'Hoe gaat het met je?' vroeg Mette, terwijl ze haar glas in haar handen ronddraaide.

Madeleine voelde zich verstijven. Hoewel Mette openlijk van alles had gedeeld en haar uitgebreid over haar leven en haar tekortkomingen had verteld, had Madeleine dat nooit durven doen. Ze was het gewend voortdurend in angst te leven, altijd bang te zijn om te veel te zeggen. Daarom had ze iedereen op een afstandje gehouden. Bijna iedereen.

Maar precies op dat moment, op een zondagavond in de keuken met Mette, terwijl het eten op het fornuis stond te pruttelen en de wijn haar van binnenuit verwarmde, kon ze zich niet langer inhouden. Ze begon te vertellen. Toen de tranen kwamen, zag ze dat Mette haar stoel verplaatste en haar armen om haar heen sloeg. En in Mettes veilige omhelzing vertelde ze alles. Ook over hem. Hoewel ze zich in een vreemd land bevond, in een vreemd leven, was hij nog altijd heel dichtbij.

Fjällbacka 1871

Naarmate het kind in haar buik groeide, leek ook Karls haat voor haar groter te worden. Want nu besefte ze dat het dat moest zijn, al begreep ze niet waarom. Wat had ze gedaan? Als hij haar aankeek, was zijn blik vol walging. Tegelijk meende ze soms vertwijfeling in zijn ogen te zien, als van een gevangen dier. Het leek alsof hij vastzat en zich niet kon bevrijden, alsof hij net zozeer een gevangene was als zij. Maar om de een of andere reden reageerde hij dat op haar af, alsof zij zijn gevangenbewaarder was. Julian maakte de zaak er niet beter op. Zijn duistere geest leek Karl te beïnvloeden, wiens eerdere onverschilligheid, die je aanvankelijk nog voor verstrooide vriendelijkheid had kunnen houden, volledig was verdwenen. Zij was de vijand.

Aan de harde woorden was ze gewend geraakt. Zowel Karl als Julian had op alles wat ze deed iets aan te merken. Het eten was te warm of te koud. De porties waren te klein of te groot. Het huis was nooit schoon genoeg, hun kleren waren nooit echt goed in orde. Nooit was iets naar tevredenheid. Maar tegen de woorden kon ze zich weren, daar had ze een pantser tegen ontwikkeld. Met de klappen kon ze zich echter moeilijker verzoenen. Karl had haar nooit eerder geslagen, maar nadat ze had verteld dat ze zwanger was, was haar bestaan op het eiland veranderd. Ze had moeten leren leven met de pijn van oorvijgen en slagen. Karl stond het ook toe dat Julian zijn hand tegen haar ophief. Het onthutste haar. Hadden ze dit dan niet gewild?

Als er geen kind onderweg was geweest, was ze de zee in gelopen. Het ijs was al een hele tijd geleden verdwenen en de zomer liep ten einde. Zonder het getrappel in haar buik, dat haar aanmoedigde en kracht gaf, zou ze vanaf het kleine strand zo het water in zijn gelopen, tussen de gevaarlijke stromingen door naar de horizon zijn gegaan, tot de zee haar tot zich zou hebben genomen. Maar het kind schonk haar veel vreugde. Bij elk hard woord, elke slag kon ze zich tot het leven wenden dat in haar groeide. Het kind was haar reddingslijn. De herinnering aan de avond toen het was verwekt, moest ze maar diep wegdringen. Die maakte nu niet uit. Het kind bewoog in haar buik en het was van haar.

Moeizaam stond ze op nadat ze de houten vloer met zeep had geboend. Ze had alle voddenkleden te luchten gehangen. Eigenlijk had ze ze in het voorjaar al grondig moeten wassen. Ze had de hele winter as uit het vuur verzameld om mee te schrobben. Maar door haar buik en de vermoeidheid moest ze er dit voorjaar en deze zomer genoegen mee nemen de kleden te luchten. Het kind zou in november komen. Misschien had ze voor Kerstmis genoeg energie om de kleden te schrobben, als alles goed ging.

Emelie strekte haar pijnlijke rug en deed de buitendeur open. Ze liep om het huis heen en gunde zich een korte pauze. Bij de ene gevel bevond zich haar trots: de kruidentuin die ze met veel moeite in het karige milieu had weten aan te leggen. Dille, peterselie en bieslook groeiden naast stokrozen en gebroken hartjes. De kleine tuin was zo hartverscheurend mooi in de grijze en schrale omgeving dat ze als ze de hoek omkwam en hem zag telkens het gevoel had dat haar keel werd dichtgeknepen. De tuin was van haar, iets wat zij op het eiland had geschapen. Al het andere was van Karl en Julian. Ze waren voortdurend in beweging. Als ze geen dienst hadden in de vuurtoren of sliepen, waren ze aan het timmeren, zagen en repareren. Ze waren niet lui, dat moest ze toegeven, maar het leek alsof ze altijd bijna manisch bezig waren, verbeten vechtend tegen de wind en het zoute water dat onbarmhartig afbrak wat ze net in orde hadden gemaakt.

'De buitendeur stond open.' Karl kwam de hoek om. Ze veerde op en greep haar buik vast. 'Hoe vaak moet je ik nu nog zeggen dat je die deur dicht moet doen? Is dat zo moeilijk te begrijpen?'

Hij zag er grimmig uit. Ze wist dat hij nachtdienst in de vuurtoren had gehad, en door de vermoeidheid leken zijn ogen nog donkerder. Bang dook ze onder zijn blik ineen.

'Het spijt me, ik dacht...'

'Jij dacht! Dom wijf, nog geen deur kun je dichtdoen! Zit hier je tijd te verdoen in plaats van te werken. Julian en ik zijn dag en nacht in de weer, terwijl jij met dit soort dingen bezig bent.' Hij deed een pas naar voren en voordat ze kon reageren, had hij een stokroos vol knoppen met wortel en al de grond uit getrokken.

'Nee, Karl. Nee!' Ze dacht niet na over wat ze deed; ze zag alleen de stengel in zijn gebalde vuist hangen, alsof hij die langzaam wurgde. Ze ging aan zijn arm hangen en probeerde de bloem van hem af te pakken.

'Wat denk je wel?'

Bleek en met de altijd even merkwaardige mengeling van haat en vertwijfeling in zijn blik hief hij zijn hand op om haar te slaan. Het was alsof hij hoopte dat de klappen zijn eigen kwelling zouden lenigen, maar hij werd telkens weer teleurgesteld. Wist ze maar waar zijn kwelling uit bestond en waarom zij degene leek te zijn die die veroorzaakte.

Deze keer ging ze niet opzij, maar ze verhardde zich en hief haar gezicht naar hem op om de brandende klap in ontvangst te nemen die zou volgen. Maar zijn hand bleef in de lucht hangen. Ze keek hem verbaasd aan en volgde vervolgens zijn blik. Hij keek naar de zee, in de richting van Fjällbacka.

'Er komt iemand aan,' zei ze en ze liet Karls arm los.

Ze woonde nu bijna een jaar op het kleine eiland en ze hadden nog nooit bezoek gehad. Behalve Karl en Julian had ze geen sterveling gezien sinds de dag dat ze aan boord was gestapt van de kleine boot die hen naar Gråskär had gebracht.

'Het lijkt de dominee wel.' Karl liet langzaam zijn hand met de stokroos zakken. Hij keek naar de bloem alsof hij zich afvroeg hoe die in zijn hand was beland. Toen liet hij hem los en veegde nerveus zijn handen af aan zijn broekspijpen.

'Wat zou de dominee hier komen doen?'

Emelie zag de onrust in zijn blik en kon het heel even niet nalaten ervan te genieten. Toen sprak ze zichzelf vermanend toe. Karl was haar echtgenoot en er stond in de Bijbel dat je je echtgenoot moest eren. Wat hij ook deed, hoe hij haar ook behandelde, ze moest dat gebod naleven.

De boot met de dominee kwam steeds dichterbij. Toen die nog maar een paar honderd meter van de steiger verwijderd was, stak Karl zijn hand op in een groet en liep weg om de bezoeker te verwelkomen. Emelie *voelde haar hart in haar borst bonzen. Was het goed of slecht nieuws dat de dominee zo onverwacht opdook? Beschermend legde ze haar hand op haar buik. Ook zij voelde de onrust.*

❄

Het ergerde Patrik dat hij de dag tevoren zo weinig had kunnen doen. Hoewel het zondag was geweest, was hij naar het politiebureau gegaan en had een proces-verbaal van aangifte van de diefstal van de boot opgesteld. Hij had gecontroleerd of de kajuitsloep misschien op internet werd aangeboden, maar niets gevonden. Later had hij met Paula gesproken en haar gevraagd de inhoud van de aktetas door te nemen. Hij had er zelf even in gekeken en geconstateerd dat de laptop erin zat, samen met een stapel papieren. Voor de verandering hadden ze een beetje geluk bij het onderzoek. In de aktetas zat ook een mobiele telefoon.

Vanochtend was hij al vroeg samen met Martin naar Göteborg vertrokken. Ze hadden veel te doen.

'Waar beginnen we?' vroeg Martin. Hij zat zoals gebruikelijk aan de passagierskant, hoewel hij zijn best had gedaan Patrik over te halen hem te laten rijden.

'Bij Maatschappelijk Werk, dacht ik. Ik heb ze vrijdag gesproken en gezegd dat we er om een uur of tien zouden zijn.'

'En daarna Fristad? Hebben we ze iets nieuws te vragen?'

'Ik hoop dat we bij Maatschappelijk Werk meer over hun activiteiten te weten komen, dan kunnen we op grond daarvan nieuwe vragen stellen.'

'Wist de ex-vriendin van Sverin niets? Had hij haar niets verteld?' Martin hield zijn blik op de weg gericht en greep instinctief naar de handgreep boven het portier toen Patrik veel te roekeloos een vrachtwagen inhaalde.

'Nee, dat heeft niet veel opgeleverd. Behalve natuurlijk de aktetas. Die kan een goede vondst blijken te zijn, maar dat weten we pas als Paula alles heeft bekeken. Aan de laptop wagen we ons niet, wachtwoorden kraken en dat soort dingen kunnen we niet, dus die moeten we opsturen.'

'Hoe reageerde Annie toen ze hoorde dat hij dood was?'

'Ze leek erg geschrokken. Ze zag er sowieso heel breekbaar uit en het was lastig vat op haar te krijgen.'

'Moeten we er hier niet af?' Martin wees naar de afrit en Patrik vloekte. Hij stuurde vervolgens zo abrupt opzij dat de auto achter hen bijna boven op hen reed.

'Shit, Patrik,' zei Martin met een bleek gezicht.

Tien minuten later waren ze bij Maatschappelijk Werk, en ze werden meteen ontvangen door de eenheidchef, die zich voorstelde als Sven Barkman. Nadat de beleefdheidsfrasen waren uitgewisseld, gingen ze aan een kleine vergadertafel zitten. Sven Barkman was klein en tenger, en hij had een smal gezicht. Zijn puntige kin werd versterkt door een sik. Hij deed Patrik aan professor Zonnebloem denken, en de gelijkenis was eigenlijk treffend. Maar zijn stem paste niet bij zijn uiterlijk, wat zowel Martin als Patrik verbaasde. Want deze kleine man had een donkere, diepe stem, die de hele kamer vulde. Het klonk alsof hij goed kon zingen en toen Patrik om zich heen keek, werd hij in dat idee bevestigd. Foto's, diploma's en prijzen gaven aan dat Sven Barkman lid was van een koor. Patrik herkende de naam niet, maar kennelijk hadden ze succes.

'Jullie hadden wat vragen over Fristad,' zei Sven en hij boog zich naar voren. 'Mag ik weten waarom? We controleren de organisaties waarmee we in dit soort zaken samenwerken altijd heel grondig, en we maken ons natuurlijk enigszins zorgen als de politie vragen komt stellen. Bovendien is Fristad een vrij bijzondere organisatie, zoals jullie misschien weten, dus eerlijk gezegd zijn we extra alert als het hen betreft.'

'Doel je op het feit dat er zowel mannen als vrouwen bij Fristad werken?' vroeg Patrik.

'Ja, dat is nogal ongebruikelijk. Leila Sundgren heeft haar nek flink uitgestoken met haar experiment, maar we steunen haar.'

'Er is geen reden om je zorgen te maken. Een voormalig werknemer is vermoord en we proberen zijn leven in kaart te brengen. Omdat hij tot vier maanden geleden voor Fristad werkte, willen we ze wat nader onder de loep nemen, ook gezien de aard van hun werkzaamheden. Maar we hebben geen enkele reden om te denken dat ze niet correct bezig zijn.'

'Dat is fijn om te horen. Eens kijken...' Sven nam de papieren die voor hem lagen vluchtig door terwijl hij zachtjes humde. 'O ja... hm, ja.'

Hij mompelde voor zich uit terwijl Patrik en Martin geduldig wachtten.

'Ja, nu heb ik het weer duidelijk voor ogen. Ik moest even wat details opfrissen. We werken nu vijf jaar met Fristad samen, of vijfenhalf jaar om precies te zijn. En bij een moordonderzoek vrees ik dat je dat moet zijn.' Hij lachte, een korte, hikkende lach. 'Het aantal zaken dat we naar ze hebben doorverwezen volgt een stijgende lijn. Natuurlijk wilden we voorzichtig beginnen om te zien hoe de samenwerking zou verlopen. Maar het afgelopen jaar gaat het om zo'n vier vrouwen van ons kantoor. Alles bij elkaar zou ik gokken dat Fristad een stuk of dertig vrouwen per jaar opvangt.' Hij keek hen aan en leek op een volgende vraag te wachten.

'Wat is de gang van zaken? Wat voor soort kwesties sluizen jullie door naar Fristad? Het lijkt toch een vrij extreme maatregel, en ik neem aan dat jullie eerst andere wegen proberen te bewandelen?' vroeg Martin.

'Inderdaad. We hebben aardig wat van dit soort gevallen, en organisaties als Fristad vormen een laatste uitweg. Maar wij raken er in heel verschillende stadia bij betrokken. Soms krijgen we al vroeg te horen dat er problemen zijn in een gezin, soms is het al flink misgegaan als wij de waarschuwingssignalen krijgen.'

'Hoe ziet zo'n zaak er in het algemeen uit?'

'Dat is moeilijk te zeggen. Maar ik kan een voorbeeld geven. Soms waarschuwt een school ons dat het niet goed lijkt te gaan met een kind. We gaan dat na, en onder andere door een huisbezoek krijgen we al vrij gauw een beeld van de situatie. Soms is er ook documentatie waar we eerder geen aandacht aan hebben besteed.'

'Documentatie?' vroeg Patrik.

'Er kunnen bijvoorbeeld bezoeken aan het ziekenhuis zijn geweest, die samen met de verslagen van de school een patroon laten zien. We verzamelen gewoon zoveel mogelijk informatie. In eerste instantie proberen we met het gezin te werken zoals dat eruitziet, met wisselend resultaat. En zoals gezegd: de vrouw en de eventuele kinderen helpen vluchten is altijd een laatste uitweg. Helaas komt het vaker voor dan we zouden willen.'

'Hoe gaat het praktisch in zijn werk wanneer jullie je tot organisaties als Fristad moeten wenden?'

'Dan nemen we contact met ze op,' zei Sven. 'Bij Fristad hebben we voornamelijk contact met Leila Sundgren. We lichten de achtergrond en de situatie waarin de vrouw zich op dat moment bevindt mondeling toe.'

'Komt het weleens voor dat Fristad nee zegt?' Patrik ging verzitten. De stoel was buitengewoon oncomfortabel.

'Dat is nog nooit gebeurd. Omdat er ook kinderen in het opvanghuis wonen, nemen ze geen vrouwen op die verslaafd zijn of zware psychische problemen hebben. Maar dat weten we, dus dat soort gevallen verwijzen we niet naar hen door. Voor die vrouwen is er een andere opvang. Dus nee, ze hebben nog nooit iemand geweigerd.'

'En wat gebeurt er als zij het overnemen?' vroeg Patrik.

'We praten met de vrouw, bemiddelen bij het contact en zorgen er uiteraard voor dat alles zo discreet mogelijk wordt afgehandeld. Het is de bedoeling dat ze veilig zijn en dat niemand ze kan vinden.'

'Wat doen jullie daarna? Hebben jullie problemen hier op kantoor? Ik kan me zo voorstellen dat sommige mannen hun woede op jullie afreageren als hun vrouw en kinderen verdwijnen,' zei Martin.

'Ze verdwijnen natuurlijk niet voor altijd. Dat zou in strijd zijn met de wet. We kunnen een kind niet voor de vader verbergen zonder dat hij juridische mogelijkheden heeft daar bezwaar tegen te maken. Maar inderdaad, we krijgen hier op kantoor redelijk vaak met bedreigingen te maken en we moeten ook regelmatig de politie inschakelen. Er is tot nog toe niets ernstigs gebeurd. Even afkloppen.'

'En wat doen jullie daarna?' hield Martin aan.

'De zaak blijft bij ons en we houden voortdurend contact met de organisaties waarmee we samenwerken. Het doel is een vreedzame oplossing te vinden. In de meeste gevallen is dat niet mogelijk, maar we hebben een paar voorbeelden van zaken waarin dat wel is gelukt.'

'Ik heb gehoord dat dit soort organisaties vrouwen soms helpt om naar het buitenland te vluchten. Zijn jullie daarvan op de hoogte? Komt het voor dat vrouwen tijdens jullie onderzoek verdwijnen?' vroeg Patrik.

Sven schoof op zijn stoel heen en weer. 'Ik weet waar je op doelt. Ik lees de boulevardbladen ook. Het is een paar keer gebeurd dat vrouwen die we bijstaan zijn verdwenen, maar het is onmogelijk te bewijzen dat ze hulp hebben gehad, en we kunnen alleen uitgaan van de hypothese dat ze op eigen houtje zijn vertrokken.'

'Maar off the record?'

'Off the record denk ik dat ze hulp krijgen van sommige organisaties. Maar wat kunnen we zonder bewijs doen?'

'Is het voorgekomen dat vrouwen die jullie naar Fristad hebben doorgestuurd op die manier zijn verdwenen?'

Sven zweeg even. Vervolgens haalde hij diep adem.

'Ja.'

Patrik besloot het onderwerp te laten rusten. Waarschijnlijk zou het meer opleveren als hij zijn overige vragen rechtstreeks aan Fristad stelde. Maatschappelijk Werk leek te werken volgens het principe 'hoe minder we weten, hoe beter', en hij betwijfelde of hij hier meer te horen zou krijgen.

'Dan wil ik je graag bedanken voor je tijd. Tenzij jij nog iets hebt?' Hij keek naar Martin, die zijn hoofd schudde.

Terwijl hij naar de auto liep, voelde Patrik zich somber worden. Hij had niet geweten dat er zoveel vrouwen waren die hun huis moesten ontvluchten, en dan hadden ze alleen nog maar iets over de zaken van Fristad gehoord. Het was alsof ze aan de oppervlakte krasten.

Erica moest steeds aan Annie denken. Ze was nog net als vroeger, maar tegelijk ook weer niet. Een blekere kopie van zichzelf en in zekere zin heel afwezig. De gouden gloed die op school om haar heen had gehangen was weg, al was ze nog altijd even mooi, even ongenaakbaar. Het was net alsof er iets in haar was verdwenen. Erica wist niet goed hoe ze het moest omschrijven. Ze wist alleen dat de ontmoeting met Annie haar verdrietig had gestemd.

Ze duwde de wagen voor zich uit en bleef herhaaldelijk op de Galärbacken stilstaan.

'Mama moe?' vroeg Maja, die tevreden op de staplank van de tweelingwagen stond. De jongens waren net in slaap gevallen en zouden met een beetje geluk nog wel een tijdje onder zeil blijven.

'Ja, mama moe,' zei Erica. Haar ademhaling was zwaar en het piepte in haar borst.

'Ju, mama.' Maja sprong op de staplank op en neer om te helpen.

'Dank je, meiske. Ju.' Erica spande zich in om de wagen het laatste stukje langs de stoffenwinkel omhoog te duwen.

Toen Maja veilig en wel op de crèche was en Erica weer naar huis liep, kreeg ze een inval. Op Gråskär was haar nieuwsgierigheid gewekt. De lange schaduw van de vuurtoren en Annies blik toen ze het over de spoken hadden gehad, hadden haar belangstelling voor de geschiedenis van het eiland geprikkeld. Waarom zou ze daar niet wat meer over te weten zien te komen?

Ze draaide de kinderwagen om en liep in de richting van de bibliotheek. Ze had vandaag toch niets bijzonders te doen en kon net zo goed een poosje daar gaan zitten terwijl de tweeling sliep. Ze had in elk geval het gevoel dat ze daar meer aan had dan wanneer ze op de bank naar *Oprah* en *Rachael Ray* zat te kijken.

'Hé, hallo!' May glimlachte vrolijk toen Erica de wagen vlak achter de deur parkeerde, zo dicht mogelijk bij de muur, zodat hij niet in de weg stond. Maar er was niemand in de bibliotheek en de kans dat er gedrang zou ontstaan leek klein.

'Wat een schatjes!' zei May, terwijl ze zich over de wagen boog. 'Zijn ze net zo lief als ze eruitzien?'

'Het zijn engeltjes,' zei Erica naar waarheid. Want ze mocht echt niet klagen. De problemen die ze had gehad toen Maja klein was, waren totaal verdwenen, wat ongetwijfeld ook door haar eigen houding kwam. Als de jongens 's nachts wakker werden en begonnen te huilen, voelde ze alleen dankbaarheid, geen angst. Bovendien waren ze vrijwel nooit ontevreden en werden ze maar één keer per nacht wakker voor een voeding.

'Je weet de weg hier. Maar zeg het gerust als je hulp nodig hebt. Ben je met een nieuw boek bezig?' May keek haar onderzoekend aan.

Tot Erica's grote vreugde was het hele dorp buitengewoon trots op haar succes en volgde haar schrijverschap met grote belangstelling.

'Nee, ik ben nog niet met iets nieuws begonnen. Ik wilde nu alleen voor mijn plezier wat dingen uitzoeken.'

'O ja, wat dan?'

Erica lachte. De inwoners van Fjällbacka stonden er niet bepaald om bekend verlegen te zijn. Maar als je niets vroeg, kwam je ook niets te weten. Erica had er geen bezwaar tegen. Zelf was ze nog nieuwsgieriger dan de meeste mensen, en Patrik wees haar daar vaak op.

'Ik wilde kijken of er ook boeken over de scherenkust zijn. Het zou leuk zijn wat over de geschiedenis van Gråskär te weten te komen.'

'Over Schimmenscheer?' vroeg May. Ze liep naar een van de kasten achter in de zaal. 'Dus je bent op zoek naar spookverhalen? Dan zou je eens met Stellan van de Nolhotten moeten gaan praten. Karl-Allan Nordblom weet ook veel over de scherenkust.'

'Dank je. Ik zal eerst eens kijken wat je hier hebt. Maar spoken, de geschiedenis van de vuurtoren, al dat soort dingen kan interessant zijn. Heb je daar iets over, denk je?'

'Hm...' May zocht geconcentreerd tussen de boeken. Pakte er een, bladerde erin, zette het weer terug. Pakte een ander, keek, klemde het onder haar arm. Uiteindelijk had ze vier boeken gevonden, die ze Erica aangaf.

'Misschien dat dit iets is. Maar het is niet zo makkelijk om boeken te vinden die specifiek over Gråskär gaan. Je zou ook eens kunnen gaan praten met de mensen van het museum over de provincie Bohuslän,' zei ze en ze ging achter de balie zitten.

'Ik begin hiermee,' zei Erica met een knikje naar de stapel. Nadat ze had gecontroleerd of de tweeling nog sliep, nam ze aan een tafel plaats en begon te lezen.

'Wat is het?' Hun klasgenoten verzamelden zich op het schoolplein om hen heen en Jon genoot ervan het middelpunt van de belangstelling te zijn.

'Ik heb het gevonden, volgens mij is het snoep,' zei hij en hij hield trots het zakje omhoog.

Melker porde hem in zijn zij.

'Hoe bedoel je, jij hebt het gevonden? We hebben het met z'n allen gevonden.'

'Hebben jullie het uit een vuilnisbak gehaald? Bah, wat goor! Gooi weg, Jon!' Lisa haalde haar neus op en liep weg.

'Het zit toch in een zakje?' Hij maakte het voorzichtig open. 'Bovendien was het een afvalbak, geen vuilnisbak.'

Meiden waren zo stom. Vroeger had hij ook wel met meisjes gespeeld, maar sinds ze op school zaten, was het alsof ze totaal waren veranderd. Alsof er aliens in hen waren gevaren. Ze deden niets dan giechelen en stelden zich hopeloos aan.

'God, wat zijn meiden stom,' zei hij hardop en de jongens die om hem heen stonden, reageerden instemmend. Iedereen begreep precies wat hij bedoelde. Met het snoep was niets mis, ook al had het in een afvalbak gelegen.

'Het zit toch in een zakje?' echode Melker, en alle jongens knikten.

Ze hadden tot de lunchpauze gewacht voordat ze het zakje tevoorschijn haalden. Snoep was op school verboden en dit voelde extra spannend. Het leek op een witte vorm van zwart-wit en hun vondst gaf hun het gevoel dat ze avonturiers waren, een soort Indiana Jones. Hij, of Melker, Jack en hij zouden de helden van de dag zijn. Nu restte alleen nog de vraag hoeveel ze aan de anderen moesten geven om held te blijven. Als ze het snoep niet uitdeelden, zouden de anderen chagrijnig worden. Als ze te veel weggaven, zou er niet genoeg voor henzelf overblijven.

'Jullie mogen proeven. Drie keer je vinger erin steken,' zei hij uiteindelijk. 'Maar wij hebben het gevonden, dus wij mogen eerst.'

Met een ernstig gezicht maakten Melker en Jack eerst hun wijsvinger in hun mond nat en staken die vervolgens in het zakje. De vingers werden bedekt met een wit poeder en met een begerig gezicht stopten ze die in hun mond. Zou het zout zijn, net als zwart-wit? Of zuur, zoals het poeder in van die vliegende schotels? De teleurstelling was groot.

'Het smaakt nergens naar. Is het meel of zo?' vroeg Melker en hij liep weg.

Jon keek teleurgesteld in het zakje. Net als de andere twee maakte hij zijn wijsvinger nat en stak hem diep in het poeder. Hopend dat Melker het mis had, stopte hij zijn vinger in zijn mond en likte hem af. Maar het spul smaakt naar niets, helemaal naar niets. Het prikte alleen een beetje op zijn tong. Boos wierp hij het zakje in een afvalbak en liep in de richting van het schoolgebouw. Hij had een viezige smaak in zijn mond. Hij stak zijn tong uit en veegde die af aan zijn mouw, maar dat hielp niet. Nu begon zijn hart ook te bonzen. Hij transpireerde en zijn benen wilden hem niet gehoorzamen. Vanuit zijn ooghoek zag hij dat Melker en Jack vielen. Ze waren kennelijk over iets gestruikeld, of ze stelden zich gewoon aan. Toen merkte hij dat de grond op hem afkwam. Nog voordat hij het asfalt raakte, werd alles zwart.

Ze was graag in Martins plaats meegegaan naar Göteborg. Maar nu had ze wel de gelegenheid om in alle rust de inhoud van Mats Sverins aktetas door te nemen. De laptop had ze meteen naar de technische afdeling gestuurd, waar mensen werkten die aanzienlijk meer verstand hadden van computers dan zij en die wisten wat ze ermee aan moesten.

'Ik heb gehoord dat de tas is gevonden.' Gösta stak zijn hoofd door de deuropening van haar kamer.

'Yep, hij is hier.' Ze wees naar het bureau, waar de bruine leren aktetas lag.

'Heb je al tijd gehad om erin te kijken?' Gösta stapte naar binnen, trok een stoel bij en ging naast haar zitten.

'Nee, ik heb alleen de laptop eruit gehaald en die naar de technische afdeling gestuurd.'

'Ja, het is misschien beter dat zij ernaar kijken. Alleen kan het dan wel een hele tijd duren voor we iets horen,' zei Gösta met een zucht.

Paula knikte instemmend.

'Dat is zo, maar het kan niet anders. Ik durf er in elk geval niet aan te komen, met het risico dat ik iets verpest. Maar ik heb wel wat op de mobiel getoetst. Daar was ik snel klaar mee. Er zaten bijna geen nummers in en hij lijkt alleen met zijn werk en zijn ouders te hebben gebeld. Geen foto's, geen bewaarde sms'jes.'

'Een vreemde man,' zei Gösta. Daarna wees hij op de aktetas. 'Zullen we dan maar naar de rest kijken?'

Paula trok de tas naar zich toe en begon die voorzichtig leeg te halen. Ze spreidde de inhoud op het bureau voor hen uit en nadat ze zich ervan had vergewist dat de tas helemaal leeg was, zette ze die op de grond. Op het bureau lagen nu een paar pennen, een rekenmachine, paperclips, een pakje Stimorol en een dikke stapel papier.

'Zullen we deze gewoon doormidden delen?' Paula tilde de stapel met een vragend gezicht op. 'Jij de ene helft en ik de andere?'

'Hm,' zei Gösta en hij pakte de papieren aan. Hij legde ze op zijn schoot en begon te bladeren, terwijl hij af en toe bromde.

'Kun je ze niet meenemen?'

'Ja, natuurlijk.' Gösta stond op en sjokte naar zijn eigen kamer, die naast die van Paula lag.

Zodra ze alleen was, begon ze de documenten te bekijken. Bij elke pagina die ze omdraaide, werden de fronzen op haar voorhoofd dieper en dieper. Na een halfuur intensief te hebben gelezen, ging ze naar Gösta toe.

'Snap jij er iets van?'

'Nee, geen barst. Het zijn allemaal cijfers en begrippen die mij niets zeggen. We zullen iemand om hulp moeten vragen. Maar wie?'

'Geen idee,' zei Paula. Ze had gehoopt iets aan Patrik te kunnen laten zien als hij terugkwam uit Göteborg, maar de financiële termen in de documenten zeiden haar helemaal niets.

'We kunnen niet iemand van de gemeente vragen. Zij zijn hierbij betrokken. We moeten een buitenstaander zien te vinden die hiernaar kan kijken en die kan uitleggen wat het allemaal betekent. We kunnen het natuurlijk naar de afdeling Economische Delicten sturen, maar dan duurt het wel even voor we antwoord hebben.'

'Helaas ken ik geen econoom.'

'Ik ook niet,' zei Paula en ze trommelde met haar vingers op de deurpost.

'Lennart?' zei Gösta plotseling en zijn gezicht lichtte op.

'Welke Lennart?'

'De man van Annika. Hij is toch econoom?'
'Dat is waar ook,' zei ze en haar vingers hielden stil. 'Laten we het haar gaan vragen.' Ze liep met de stapel in haar armen weg en Gösta volgde haar op de voet.

'Annika?' Paula klopte licht op de openstaande deur.

Annika draaide op haar stoel rond en glimlachte toen ze Paula zag.

'Ja, kan ik jullie ergens bij helpen?'

'Jouw man is toch econoom?'

'Ja,' zei Annika met een vragend gezicht. 'Hij doet de financiën bij ExtraFilm.'

'Denk je dat hij ons ergens mee zou kunnen helpen?' Paula wuifde met de stapel in haar hand. 'Dit zat in de aktetas van Mats Sverin. Het zijn financiële papieren. Gösta en ik hebben er totaal geen verstand van en we hebben hulp nodig om te weten wat het allemaal betekent, of het misschien van belang voor ons is. Denk je dat Lennart ons zou willen helpen?'

'Ik wil het hem wel vragen. Wanneer zou dat moeten?'

'Vandaag,' zeiden Gösta en Paula tegelijk, en Annika lachte.

'Ik bel hem meteen. Als jullie ervoor zorgen dat hij de documenten krijgt, lukt het vast wel.'

'Ik kan ze nu meteen langsbrengen,' zei Paula.

Ze wachtten terwijl Annika met haar man sprak. Ze hadden Lennart al vaak ontmoet als hij Annika op het politiebureau opzocht en het was onmogelijk hem niet aardig te vinden. Hij was bijna twee meter lang, de vriendelijkste man die je je maar kon voorstellen. Nadat ze jaren kinderloos waren geweest, hadden Annika en hij besloten een meisje uit China te adopteren en sindsdien was er een nieuwe glinstering in hun ogen verschenen.

'Je kunt met de papieren naar hem toe gaan. Het is vrij rustig op zijn werk, dus hij heeft beloofd ernaar te kijken.'

'Super. Dank je wel!' Paula glimlachte breed en zelfs op Gösta's gezicht verscheen een klein lachje, wat zijn anders zo sombere uitdrukking volledig veranderde.

Paula ging er snel vandoor en stapte in de auto. Het duurde maar een paar minuten om de documenten bij Lennart langs te brengen en de hele terugweg zat ze hoopvol te fluiten. Maar toen ze bij het politiebureau aankwam, hield ze daar abrupt mee op. Gösta stond buiten op haar te wachten. Naar zijn gezicht te oordelen was er iets gebeurd.

Leila deed in dezelfde versleten spijkerbroek open als de vorige keer. Ze had ook weer een flodderige trui aan, maar deze was grijs in plaats van wit. Om haar nek droeg ze een lange zilveren ketting met een klein, hartvormig hangertje.

'Kom verder,' zei ze en ze ging hun voor naar haar kamer. Het was er net zo netjes als de vorige keer en Patrik vroeg zich af hoe mensen er toch in slaagden hun spullen zo op orde te houden. Hoewel hij dat ook probeerde, was het net alsof er kabouters in zijn kamer huishielden zodra hij even wegkeek.

Leila stak haar hand uit naar Martin en stelde zich voor voordat ze gingen zitten. Hij keek nieuwsgierig naar alle kindertekeningen aan de muren.

'Weten jullie al wie Matte heeft doodgeschoten?' vroeg Leila.

'We zijn druk bezig met het onderzoek, maar hebben geen concrete dingen te melden,' zei Patrik ontwijkend.

'Maar ik neem aan dat jullie denken dat het met ons te maken heeft, omdat jullie hier weer zijn,' zei Leila. Ze speelde met haar ketting, het enige teken waaruit enige onrust bleek.

'We zijn zoals gezegd nog niet zover. We volgen een aantal mogelijke sporen.' Patriks stem was rustig. Hij was het gewend dat mensen zenuwachtig werden als hij langskwam. Het hoefde niet te betekenen dat ze iets te verbergen hadden. Alleen al de aanwezigheid van een politieagent kon angst oproepen. 'We willen alleen nog wat nadere vragen stellen en de documentatie bekijken van de vrouwen die jullie hebben opgevangen in de periode dat Mats hier werkte.'

'Ik weet niet of ik daarmee akkoord kan gaan. Dat zijn gevoelige gegevens, die we niet zomaar kunnen verstrekken. Er kan die vrouwen iets overkomen.'

'Dat begrijp ik, maar jullie informatie is uiteraard veilig bij ons. En dit is een moordonderzoek. We hebben het recht te weten wat erin staat.'

Leila leek even na te denken.

'Natuurlijk,' zei ze ten slotte. 'Maar ik zou graag willen dat de papieren dit kantoor niet verlaten. Als jullie er genoegen mee nemen dat alles hier blijft, mogen jullie ons materiaal doornemen.'

'Dat is prima. Bedankt,' zei Martin.

'We hebben zojuist Sven Barkman gesproken,' zei Patrik.

Leila begon meteen weer aan haar ketting te frummelen. Ze boog zich naar hen toe.

'We zijn volledig afhankelijk van een goede samenwerking met Maatschappelijk Werk. Ik hoop dat jullie niet de indruk hebben gewekt dat er iets mis is met onze activiteiten. We zijn zoals gezegd vrij kwetsbaar en de mensen vinden ons nogal onorthodox.'

'Nee, hoor. We hebben de reden van ons bezoek aan hem uitgelegd en ook verteld dat we geen enkel vraagteken over Fristad hebben.'

'Dat is fijn om te horen,' zei Leila, maar ze leek nog niet helemaal gerustgesteld.

'Sven dacht dat er per jaar zo'n dertig gevallen naar jullie toe komen via de verschillende maatschappelijke instanties. Klopt dat?' vroeg Patrik.

'Ja, volgens mij heb ik jullie dat cijfer vorige keer ook gegeven.' Leila's stem werd zakelijk en ze vouwde haar handen voor zich op het bureau.

'In hoeveel van die gevallen ontstaan er volgens jou... hoe zal ik het zeggen... problemen?' Martin leek bijna haast te hebben om zijn vraag te stellen en Patrik herinnerde zichzelf eraan dat hij Martin meer ruimte moest geven.

'Met "problemen" vermoed ik dat je mannen bedoelt die bij ons langskomen?'

'Ja.'

'In geen enkel, eerlijk gezegd. De meeste mannen die hun vrouw of kinderen slaan, beseffen niet dat ze onjuist handelen. In hun ogen heeft de vrouw iets verkeerd gedaan. Het gaat over macht en controle. En als ze iemand bedreigen, bedreigen ze de vrouwen, niet de opvang.'

'Maar is er ook een ander soort mannen?' vroeg Patrik.

'Jazeker. Dat zijn er elk jaar een paar. Maar dat horen we vooral via Maatschappelijk Werk.'

Patriks blik bleef bij een tekening hangen die schuin achter Leila's hoofd aan de muur was bevestigd. Een enorme figuur naast twee kleinere. De grote had slagtanden en leek boos. De kleine huilden grote tranen, die op de grond vielen. Hij slikte. Hij begreep niet hoe iemand in elkaar zat die vrouwen sloeg, en hij snapte het nog minder als iemand kinderen sloeg. Alleen al de gedachte dat iemand Erica of de kinderen kwaad zou doen, deed hem zijn handen om de armleuningen klemmen.

'Hoe gaan jullie te werk? Als we daar eens beginnen?'

'We worden gebeld door Maatschappelijk Werk en zij doen in het kort verslag van de zaak. Soms komt een vrouw op bezoek voordat ze bij ons komt wonen. Vaak komt er iemand van Maatschappelijk Werk mee. Anders komen ze met een taxi of worden ze door een vriendin gebracht.'

'En wat gebeurt er daarna?' vroeg Martin.

'Dat hangt ervan af. Soms is het voldoende dat ze hier zijn tot de situatie is afgekoeld, en daarna kunnen de problemen via de gewone weg worden aangepakt. Soms moeten we de vrouwen naar een andere opvang brengen als we denken dat het te gevaarlijk voor ze is om in de buurt te blijven. In een aantal gevallen helpen we ze met de juridische kant, met alles wat nodig is om onzichtbaar te worden in het systeem. Het zijn vaak vrouwen die jarenlang voortdurend in angst hebben geleefd. Soms vertonen ze symptomen die je ook bij krijgsgevangenen ziet en zijn ze totaal niet meer in staat actie te ondernemen. Dan moeten we ook met de praktische dingen helpen.'

'En de psychische?' Patrik keek naar de tekening van de grote zwarte figuur met slagtanden. 'Kunnen jullie op dat gebied ook hulp bieden?'

'Niet zoveel als we zouden willen. Dat is een kwestie van geld. Maar we hebben een goede samenwerking met enkele psychologen die ideëel voor ons werken. Dat soort hulp proberen we vooral voor de kinderen te regelen.'

'Er heeft het een en ander in de kranten gestaan over vrouwen die hulp hebben gekregen om naar het buitenland te vluchten en tegen wie aangifte is gedaan van kidnapping van de kinderen. Kennen jullie dat soort zaken?' Patrik nam Leila scherp op, maar niets wees erop dat ze het een vervelende vraag vond.

'We zijn zoals gezegd afhankelijk van een goede samenwerking met Maatschappelijk Werk en we kunnen het ons niet veroorloven op die manier te handelen. We bieden de hulp die binnen het kader van de wet geboden kan worden. Maar er zijn natuurlijk vrouwen die op eigen hand vertrekken en ondergronds gaan. Maar daar kan Fristad geen verantwoordelijkheid voor nemen of bij helpen.'

Patrik besloot de vraag te laten rusten. Leila klonk overtuigend en hij voelde dat hij op dit moment niet verder zou komen door haar onder druk te zetten.

'Moeten de vrouwen in die paar gevallen dat zich wel grote problemen voordoen naar een andere opvang verhuizen?' vroeg Martin.

Leila knikte. 'Ja, dat kun je wel zeggen.'

'Om wat voor problemen gaat het dan zoal?' Patrik voelde dat zijn mobieltje geluidloos in zijn zak trilde. Maar degene die hem op dit moment wilde spreken, moest even wachten.

'We hebben gevallen gehad waarin mannen ons veilige adres hadden gevonden, bijvoorbeeld door ons personeel te volgen. Daar leren we elke keer weer van en dan vergroten we de veiligheid. Je mag nooit onderschatten hoe bezeten sommige mannen zijn.'

De telefoon in Patriks zak bleef trillen en hij legde er zijn hand op om de beweging te dempen.

'Was Mats bij een specifiek geval betrokken?'

'Nee, we hechten er veel waarde aan dat onze werknemers nooit speciaal bij een afzonderlijke zaak betrokken raken. We hebben een roulerend schema, waarbij de vrouw na een tijdje een andere contactpersoon krijgt.'

'Wordt de onzekerheid van de vrouw dan niet groter?' Er werd weer gebeld en Patrik begon geïrriteerd te raken. Hoe lastig was het om te begrijpen dat hij niet kon opnemen?

'Misschien wel, maar om een zekere afstand te kunnen bewaren is het belangrijk dat we op die manier werken. Persoonlijke relaties en persoonlijke betrokkenheid zouden de risico's voor de vrouwen alleen maar groter maken. Het is voor hun eigen bestwil.'

'Hoe veilig zijn de nieuwe adressen waar ze naartoe worden gebracht?' Na een vragende blik op Patrik veranderde Martin van onderwerp.

Leila zuchtte. 'Helaas hebben we op dit moment in Zweden niet de middelen om de vrouwen de veiligheid te kunnen bieden die ze nodig hebben. We verplaatsen ze zoals gezegd naar een andere opvang in een andere stad en houden de persoonsgegevens zoveel mogelijk geheim. De vrouwen krijgen in samenwerking met de politie ook een alarm.'

'Hoe werkt zo'n alarm? In Tanumshede hebben we er niet vaak mee te maken.'

'Het is aan de meldkamer van de politie gekoppeld. Als je op de noodknop drukt, gaat bij de politie een alarm af. Tegelijk wordt er automatisch een speakertelefoon aangezet, zodat de politie kan horen wat er in de woning gebeurt.'

'En hoe zit het met de juridische kant, kwesties als het ouderlijk gezag? Moeten de vrouwen dan niet voor de rechter verschijnen?' vroeg Patrik.

'Dat kan via een zaakgelastigde worden geregeld. Dus daar kunnen wij bij helpen.' Leila streek haar in een pagekapsel geknipte haar achter haar oor.

'We zouden graag naar de echte probleemgevallen kijken in de periode dat Mats hier werkte,' zei Patrik.

'Oké. Maar we hebben de zaken niet afzonderlijk geordend en niet alle papieren zijn hier. Het meeste materiaal wordt naar Maatschappelijk Werk gestuurd als de vrouwen vertrekken, en we bewaren niets dat ouder is dan een jaar. Ik zal alles pakken wat we nog hebben en dan kunnen jullie kijken of jullie er iets aan hebben.' Ze stak een vinger op. 'Zoals gezegd: ik wil niet dat jullie iets meenemen, dus jullie moeten aantekeningen maken van wat jullie belangrijk vinden.' Ze stond op en liep naar een archiefkast.

'Hier,' zei Leila en ze legde een twintigtal mappen voor hen neer. 'Ik ga nu lunchen, dus jullie kunnen er in alle rust naar kijken. Ik ben over een uur terug als jullie vragen hebben.'

'Bedankt,' zei Patrik. Hij keek mismoedig naar de stapel. Hier waren ze wel even zoet mee. En ze wisten niet eens wat ze zochten.

Ze bleek niet lang in de bibliotheek te kunnen blijven. De tweeling besloot unaniem slechts een kort dutje te doen, maar ze had in elk geval een begin gemaakt. Als ze over echte moordzaken schreef moest ze vele uren in grondige research steken, wat minstens zo leuk was als het schrijven zelf. En nu wilde ze de legenden over Schimmenscheer onderzoeken.

Ze dwong zichzelf ertoe haar gedachten aan Gråskär los te laten, want op hetzelfde moment dat ze de wagen thuis in Sälvik de oprit op duwde, begon de tweeling te huilen van de honger. Ze ging snel naar binnen en maakte twee flesjes klaar, schuldbewust en tegelijk blij dat ze de kinderen niet de borst hoefde te geven.

'Zo, rustig maar,' zei ze tegen Noel.

Zoals gebruikelijk was hij de gulzigste van de twee. Soms dronk hij zo heftig dat hij zich verslikte. Anton zoog altijd langzamer en had meestal twee keer zoveel tijd nodig om zijn flesje leeg te drinken. Erica voelde zich net een supermoeder toen ze met een flesje in elke hand haar kinderen simultaan voedde. Beide jongens hadden hun blik op haar gericht en ze merkte dat ze scheel werd als ze tegelijk naar alle twee probeerde te kijken. Zoveel liefde op een en hetzelfde moment.

'Zo, gaat het nu beter? Denken jullie dat mama haar jas kan uittrekken?' zei ze lachend toen ze ontdekte dat ze met haar jas en schoenen aan naar binnen was gerend.

Ze legde de kinderen ieder in een reiswiegje, deed in de hal haar jas en haar schoenen uit en bracht de jongens naar de woonkamer. Vervolgens ging ze op de bank zitten en legde haar benen op tafel.

'Mama gaat zo meteen aan de slag, maar mama moet eerst even bijkomen bij *Oprah*.'

De jongens leken haar te negeren.

'Vinden jullie het saai dat jullie zus er niet is?'

Aanvankelijk had ze Maja zo vaak mogelijk thuisgehouden, maar na een tijdje merkte ze dat Maja er mal van werd. Ze had het nodig andere kinderen te zien en verlangde naar de crèche. Een groot contrast met de verschrikkelijke periode waarin er een kleine wereldoorlog ontstond als ze erheen moest.

'We kunnen haar vandaag wel vroeg ophalen. Wat vinden jullie daarvan?' Ze interpreteerde hun stilte als een instemmend antwoord. 'Mama heeft nog geen koffie gehad,' zei ze, terwijl ze opstond. 'En jullie weten hoe mama wordt als ze geen koffie krijgt. *Un poco loco*, zoals papa altijd zegt. Niet dat we te veel waarde aan zijn woorden moeten hechten.'

Ze lachte en liep naar de keuken om het koffiezetapparaat aan te zetten. Op het antwoordapparaat knipperde een 1 die ze nog niet had gezien. Iemand had kennelijk een boodschap ingesproken en ze drukte op het knopje om die af te luisteren. Toen ze de stem op het antwoordapparaat hoorde, liet ze het koffieschepje vallen en sloeg haar hand voor haar mond.

'Hoi, zusje. Met mij. Anna, dus. Tenzij je meer zussen hebt, natuurlijk. Ik ben een beetje uit vorm en mijn haar zit voor geen meter. Maar ik ben er. Denk ik. Bijna, in elk geval. En ik weet dat je hier bent geweest en dat je je zorgen hebt gemaakt. En ik kan niet beloven dat...' Haar stem dreef weg. Die klonk krasserig en anders dan anders. Er klonk pijn in door. 'Ik wilde alleen maar zeggen dat ik er nu weer ben.' *Klik.*

Erica bleef een paar tellen doodstil staan. Toen liet ze zich langzaam huilend op de vloer zakken. Het koffieblik had ze nog altijd krampachtig beet.

'Moet je niet naar je werk?' Rita keek Mellberg streng aan terwijl ze Leo verschoonde.

'Ik werk vanochtend thuis.'

'O, je werkt thuis...' zei Rita met een veelbetekenende blik op de tv, waar een programma te zien was over mensen die voertuigen maakten van schroot en daar vervolgens een wedstrijd mee hielden.

'Ik verzamel kracht. Dat is ook belangrijk. Als politieman raak je anders gauw opgebrand.' Mellberg tilde Leo zo hoog op dat de jongen het uitschaterde.

Rita werd mild. Ze kon niet boos op hem zijn. Natuurlijk zag ze wat anderen ook zagen: dat hij een boerenkinkel was, dat hij verschrikkelijk bot kon zijn en soms niet verder keek dan zijn neus lang was, en dat hij bovendien geen vinger meer uitstak dan strikt noodzakelijk was. Maar tegelijkertijd zag ze een andere kant. Ze zag dat zijn gezicht begon te stralen zodra Leo in de buurt was, dat hij nooit aarzelde als de jongen een schone luier nodig had of midden in de nacht huilde, dat hij haar als een koningin behandelde en haar aankeek alsof ze Gods geschenk voor de man was. Hij had zelfs met overgave de salsa geleerd, wat haar passie was. Hij zou nooit een ster worden op de dansvloer, maar hij kon redelijk leiden zonder haar voeten al te zeer te beschadigen. Ze wist ook dat hij van zijn zoon Simon hield. De tiener was pas een paar jaar geleden in het leven van zijn vader opgedoken, maar telkens als hij ter sprake kwam, begonnen Bertils ogen te glimmen van trots. Hij zorgde ervoor dat hij regelmatig contact met zijn zoon had en liet blijken dat hij er voor hem was. Door dat alles hield ze zoveel van Bertil Mellberg dat ze soms het gevoel had dat haar hart barstte.

Ze ging naar de keuken. Terwijl ze de lunch voorbereidde, dacht ze bezorgd aan de meiden. Er was iets aan de hand, dat kon ze merken. Het deed haar verdriet de ongelukkige uitdrukking op Paula's gezicht te zien. Ze vermoedde dat Paula zelf ook niet helemaal begreep wat er mis was. Johanna was gesloten geworden en had zich teruggetrokken, niet alleen van Paula, maar van iedereen. Misschien was het haar te veel om zo dicht op elkaar te wonen. Ze kon het best begrijpen als Johanna het niet leuk vond om haar woning te moeten delen met Paula's moeder en stiefvader, en dan ook nog eens twee honden. Maar tegelijk was het praktisch dat Bertil en, zoals nu, zijzelf overdag op Leo konden oppassen als de meiden moesten werken.

Natuurlijk besefte Rita dat het veel van hen vergde en dat ze hen moest stimuleren iets voor zichzelf te gaan zoeken. Ze roerde door de stoofschotel en haar hart kneep samen bij de gedachte Leo 's ochtends niet uit zijn bedje te kunnen tillen terwijl hij slaapdronken naar haar glimlachte. Met haar hand veegde ze haar tranen weg. Dat moest van de uien komen; ze stond hier toch zeker niet midden op de dag te huilen? Ze slikte en hoopte dat de meiden er zelf uit kwamen. Ze proefde van het eten en deed er nog wat chilipoeder bij. Het moest lekker in het hele lichaam branden, anders had ze er te weinig in gedaan.

Bertils telefoon, die op de keukentafel lag, begon te rinkelen. Ze ging erheen en keek op het display. Het politiebureau. Die vroegen zich natuurlijk af waar hij bleef, dacht ze en ze liep met het mobieltje naar de woonkamer. Maar ze bleef met de rinkelende telefoon in haar hand in de deuropening staan. Bertil zat met open mond op de bank met zijn hoofd tegen de rugleuning te slapen. Leo lag opgekruld op zijn grote buik. Hij had zijn vuistje onder zijn wang gebald en sliep met een rustige, diepe ademhaling, waardoor zijn borstkas tegelijk met die van opa Bertil op en neer ging. Rita drukte het gesprek weg. Het politiebureau moest maar even wachten. Bertil had belangrijker dingen te doen.

'Het was een succes zaterdag.' Anders keek Vivianne onderzoekend aan. Ze leek moe en hij vroeg zich af of ze wel besefte hoeveel dit van haar vergde. Misschien waren ze uiteindelijk door het verleden ingehaald. Maar hij wist dat het geen zin had er iets van te zeggen, ze wilde er niet over praten. Ze was heel eigenwijs en resoluut, en dat was ook de reden waarom zij, en waarschijnlijk ook hij, het had overleefd. Hij was altijd afhankelijk geweest van haar. Zij had voor hem gezorgd en alles voor hem gedaan. Maar hij vroeg zich af of dat niet aan het veranderen was, of de rollen niet langzaam waren omgedraaid.

'Hoe gaat het tussen Erling en jou?' vroeg hij en zijn zus trok een gezicht.

'Het is dat hij elke avond zo lekker ligt te knorren, anders weet ik niet of ik het wel zou volhouden,' antwoordde ze met een vreugdeloos lachje.

'We zijn er nu bijna,' zei hij troostend, maar hij zag dat zijn woorden haar niet bereikten. Vivianne had altijd een speciaal licht uitgestraald en hoewel niemand anders het merkte, zag hij dat het dreigde zijn gloed te verliezen.

'Denk je dat ze de computer zullen vinden?'
Vivianne schrok even.
'Nee, dan zou die toch al boven water zijn gekomen?'
'Ja.'
Het werd stil in het vertrek.
'Ik heb je gisteren gebeld,' zei Vivianne voorzichtig.
Anders voelde dat zijn lichaam zich spande. 'O?'

'Je nam de hele avond niet op.'
'Dan had ik de telefoon zeker uitgezet,' zei hij ontwijkend.
'De hele avond?'
'Ik was moe. Ik heb een bad genomen en heb wat liggen lezen. Ik ben ook nog een poosje met de rapporten bezig geweest.'
'O,' zei ze, maar hij kon horen dat ze hem niet geloofde.

Ze hadden vroeger nooit geheimen voor elkaar gehad, maar ook dat was veranderd. Tegelijk hadden ze elkaar nooit zo na gestaan als nu. Hij begreep het allemaal niet goed meer. Nu ze hun doel bijna hadden bereikt, leek het niet even vanzelfsprekend. Hij lag 's nachts in bed te piekeren en te woelen, en kon de slaap niet vatten. Wat eerst zo eenvoudig was geweest, was nu heel moeilijk.

Hoe moest hij het haar vertellen? De woorden hadden al vele keren op zijn lippen gelegen, maar als hij zijn mond opendeed, kwam er alleen maar stilte. Hij kon het niet. Hij had zoveel aan haar te danken. Hij kon nog steeds de geur van sigaretten en alcohol ruiken, rinkelende glazen en het geluid van mensen horen die kreunden als dieren. Vivianne en hij hadden dicht tegen elkaar onder haar bed gelegen. Ze had hem vastgehouden, en hoewel ze niet veel groter was geweest dan hij, had ze als een reus gevoeld en een veiligheid uitgestraald die hem tegen al het kwaad kon beschermen.

'Ik heb begrepen dat het zaterdag heel geslaagd was!' Erling kwam van het toilet en droogde zijn natte handen af aan zijn broekspijpen. 'Ik heb Bertil net gesproken en hij was helemaal lyrisch. Je bent fantastisch, weet je dat wel?'

Hij ging naast Vivianne zitten en met een bezittersair sloeg hij zijn arm om haar schouders. Vervolgens drukte hij een natte zoen op haar wang, en Anders zag dat ze haar best moest doen om niet terug te deinzen. In plaats daarvan glimlachte ze innemend en nam een slokje thee uit de beker die op tafel stond.

'Het enige waar hij moeite mee had was het eten.' Er verscheen een zorgelijke rimpel tussen Erlings wenkbrauwen. 'Bertil was niet bijster tevreden over de maaltijd die werd geserveerd. Ik weet eerlijk gezegd niet of de anderen zijn mening delen, maar hij is de meest toonaangevende van de groep en we moeten natuurlijk naar onze klanten luisteren.'

'Wat mankeerde er precies aan?' vroeg Vivianne. Ze klonk kil, maar dat leek volkomen aan Erling voorbij te gaan.

'Kennelijk hadden ze gigantisch veel groenten gekregen en ook wat rare dingen, als ik het goed heb begrepen. En er was niet veel saus geweest. Daarom stelde Bertil een traditionelere menukaart voor die de mensen meer aanspreekt. Gewoon eerlijke, eenvoudige kost.' Erling straalde enthousiast en zag eruit alsof hij een staande ovatie verwachtte.

Vivianne daarentegen leek er genoeg van te hebben. Ze stond op en keek Erling scherp aan.

'De cursus is kennelijk helemaal voor niets geweest. Ik dacht dat je begrip had voor mijn filosofie, voor mijn kijk op wat belangrijk is voor lichaam en geest. Dit is een gezondheidscentrum en hier serveren we eten dat voor positieve kracht en energie zorgt, geen rotzooi die hartinfarcten en kanker veroorzaakt.' Ze draaide zich abrupt om en verliet woedend het vertrek. Haar vlecht tikte op de maat van haar passen op haar rug.

'Oeps,' zei Erling, duidelijk verrast door de ontvangst van zijn ideeën. 'Ik heb kennelijk een gevoelige snaar geraakt.'

'Dat kun je wel zeggen, ja,' zei Anders droog. Het kon hem niet schelen wat Erling zei en deed. Binnenkort maakte dat toch niet meer uit. Toen sloeg de angst weer toe. Hij moest met Vivianne praten. Hij moest het haar vertellen.

'Wat zoeken we eigenlijk?' vroeg Martin. Hij keek onzeker op naar Patrik, die aarzelend zijn hoofd schudde.

'Ik weet het eerlijk gezegd niet. We moeten onze intuïtie gebruiken, het materiaal in de mappen doorlezen en kijken of we iets tegenkomen wat de moeite waard lijkt om nader te onderzoeken.'

Het was een poosje stil terwijl ze door de papieren bladerden.

'Wat erg allemaal,' zei Patrik even later, en Martin knikte.

'Dit is alleen nog maar het afgelopen jaar. Zelfs dat niet eens. En Fristad is slechts een van de vele organisaties die slachtoffers van huiselijk geweld helpen. Daarbij vergeleken leven wij in een sociale werkplaats.' Martin sloeg voorzichtig een map dicht, legde die weg en opende een nieuwe.

'Het is zo onvoorstelbaar...' zei Patrik. Hij sprak hardop de gedachte uit die al sinds ze bij Fristad waren door zijn hoofd tolde.

'Het zijn laffe klootzakken,' stemde Martin in. 'En het lijkt iedereen te kunnen overkomen. Ik heb Anna niet zo vaak gesproken, maar ze lijkt een vrouw te zijn die van zich af kan bijten en die zich nooit zou inlaten met iemand als haar ex-man.'

'Helemaal waar.' Patriks gezicht betrok bij de gedachte aan Lucas. Die tijd lag godzijdank nu achter hen, maar Lucas had zijn gezin voor zijn dood heel wat schade weten toe te brengen. 'Het is makkelijk om te zeggen dat je niet begrijpt waarom iemand bij een man blijft die zijn handen niet thuis kan houden.'

Martin legde weer een map op tafel en haalde diep adem.

'Ik vraag me af hoe het is voor de mensen die hier werken en dit elke dag meemaken. Het was misschien niet zo raar dat Sverin er genoeg van kreeg en terugging naar Fjällbacka.'

'Het lijkt inderdaad een goede regel om regelmatig van contactpersoon te wisselen, zoals Leila ons vertelde. Anders is het ondoenlijk om er niet persoonlijk bij betrokken te raken.'

'Jij denkt dus niet dat zoiets bij Sverin speelde?' zei Martin. 'Dat de mishandeling met een van deze mensen te maken heeft? Leila gebruikte het woord "bezeten". Misschien kreeg een van de mannen het idee dat Sverin meer was geworden dan alleen een contactpersoon en besloot hij hem een waarschuwing te geven.'

Patrik knikte. 'Jawel, dat is ook bij mij opgekomen. Maar wie dan?' Hij wees naar de stapel mappen op het bureau. 'Volgens Leila was daar geen sprake van, en ik geloof niet dat het zinvol is haar nu onder druk te zetten.'

'We kunnen met de andere medewerkers gaan praten, en misschien is het wel mogelijk een of meer vrouwen te spreken te krijgen. Ik kan me zo voorstellen dat er heel wat werd geroddeld, en dan zou zoiets zich snel hebben verspreid.'

'Hm, je hebt gelijk,' zei Patrik. 'Maar ik zou wat meer concrete aanwijzingen willen hebben voordat we hier echt gaan graven.'

'Waar vinden we die?' Martin haalde ongeduldig zijn handen door zijn korte rode haar, waardoor het rechtovereind ging staan.

'Laten we met Mats' buren gaan praten. Hij werd immers vlak

voor de deur mishandeld en wellicht heeft iemand iets gezien, maar dat niet aan de politie gemeld. In deze mappen staan de namen van de vrouwen voor wie Mats contactpersoon was en hopelijk levert dat een reden op om nog een keer terug te komen.'

'Oké.' Martin boog zijn hoofd en las verder.

Ze sloegen de laatste map net dicht toen Leila gejaagd binnenkwam. Ze hing haar jas en tas op aan een hanger vlak achter de deur.

'Hebben jullie iets gevonden waar jullie wat aan hebben?'

'Dat valt in dit stadium moeilijk te zeggen. Maar nu hebben we in elk geval de namen van de vrouwen met wie Mats contact heeft gehad. Bedankt dat we de dossiers mochten inzien.' Patrik verzamelde de mappen in een keurige stapel, die Leila teruglegde in de archiefkast.

'Graag gedaan. Ik hoop echt dat jullie begrijpen dat we op alle mogelijke manieren willen meewerken.' Ze leunde tegen de kast met ordners.

'Dat stellen we zeer op prijs,' zei Patrik, terwijl Martin en hij opstonden.

'We mochten Matte erg graag. Er zat geen greintje kwaad in hem. Houd dat in gedachten als jullie verder werken aan deze zaak.'

'Dat zullen we zeker doen,' zei Patrik en hij stak zijn hand uit. 'Geloof me. Dat zullen we zeker doen.'

'Waarom neemt er verdomme niemand op?' brieste Paula.

'Mellberg dus ook niet?' zei Gösta.

'Nee, en Patrik evenmin. Als ik Martin bel, krijg ik meteen zijn voicemail, dus hij heeft zijn telefoon uitgezet.'

'Dat Mellberg niet opneemt verbaast me eigenlijk niet; die ligt waarschijnlijk thuis te pitten. Maar Hedström is meestal wel bereikbaar.'

'Hij is vast ergens mee bezig. Zolang ze er niet zijn, moeten wij dit maar op ons nemen. We brengen ze wel op de hoogte als we ze te pakken krijgen.' Paula reed het parkeerterrein van het ziekenhuis in Uddevalla op en bracht de auto tot stilstand.

'Ik heb begrepen dat ze op de intensive care liggen,' zei ze, terwijl ze zich voor Gösta uit naar de ingang haastte.

Ze vonden de juiste lift, stapten in en wachtten ongeduldig tot die naar boven zou gaan.

'Een akelige gebeurtenis,' zei Gösta.

'Ja, ik kan me voorstellen dat de ouders erg bezorgd zijn. Hoe zijn ze aan die troep gekomen? Ze zijn nog maar zeven.'

Gösta schudde zijn hoofd. 'Dat kun je je inderdaad afvragen.'

'We moeten maar afwachten wat ze zeggen.'

Toen ze op de afdeling waren, klampte Paula de eerste de beste arts aan die ze zagen.

'Hallo, we zijn hier vanwege die jongens uit Fjällbacka.'

De lange man in doktersjas knikte.

'Ik heb ze onder mijn hoede. Loop maar even mee.' Hij beende met grote stappen weg en Paula en Gösta moesten half rennen om hem bij te houden.

Paula probeerde alleen door haar mond te ademen. Ze had een hekel aan de ziekenhuislucht en aan ziekenhuizen in het algemeen. Het was een omgeving die ze zoveel mogelijk probeerde te vermijden, maar door het beroep dat ze had gekozen kwam ze er veel vaker dan haar lief was.

'Het gaat goed met ze,' zei de lange arts over zijn schouder. 'De school heeft snel gehandeld en er was toevallig een ambulance in de buurt, waardoor ze relatief snel hier waren en we de situatie gauw onder controle hadden.'

'Zijn ze wakker?' vroeg Paula. Ze hijgde licht terwijl ze door de gang rende en zei tegen zichzelf dat ze haar conditietraining weer moest oppakken. Die was de laatste tijd nogal in het slop geraakt. En dan waren er nog de te grote porties van Rita's eten.

'Ze zijn wakker, en als de ouders het goedvinden, kunnen jullie met ze praten.' Hij bleef staan voor een deur aan het eind van de gang.

'Laat mij eerst maar even naar binnen gaan en met de ouders overleggen. Medisch gezien is er geen bezwaar om met de jongens te praten. Ik vermoed dat jullie graag willen weten waar ze de cocaïne hebben gevonden.'

'Weten jullie zeker dat het cocaïne is?' vroeg Paula.

'Ja, we hebben bloedmonsters genomen die dat aantonen.' De arts duwde de deur open en ging naar binnen.

Paula en Gösta ijsbeerden door de gang terwijl ze wachtten. Een paar minuten later ging de deur weer open en een aantal volwassenen met ernstige en roodbehuilde gezichten kwam naar buiten.

'Dag, wij zijn van de politie in Tanum,' zei Paula en ze gaf iedereen een hand. Gösta deed hetzelfde. Hij leek een paar ouders te kennen. Opnieuw werd Paula eraan herinnerd dat het een nadeel was om ergens nieuw te zijn. Ze had inmiddels wel een aantal mensen leren kennen, maar het kostte tijd.

'Weten jullie hoe ze aan de drugs zijn gekomen?' vroeg een van de moeders en ze droogde haar ogen met een zakdoek. 'Je denkt dat ze veilig zijn op school…' Haar stem begon te beven en ze leunde tegen haar man, die zijn arm om haar heen sloeg.

'De jongens hebben dus niets gezegd?'

'Nee, ik denk dat ze zich schamen. We hebben gezegd dat ze niet in de problemen zullen komen, maar ze hebben ons nog niets verteld en we hebben ze ook niet onder druk willen zetten,' zei een van de vaders. Hoewel hij een beheerste indruk maakte, waren zijn ogen roodomrand.

'Vinden jullie het goed als wij even onder vier ogen met ze gaan praten? We beloven jullie dat we ze niet bang zullen maken,' zei Paula met een scheve glimlach. Ze dacht niet dat ze er zelf erg dreigend uitzag en Gösta leek op een lieve, verdrietige hond. Ze kon zich niet goed voorstellen dat iemand bang van hen zou worden, en de ouders leken het met haar eens te zijn, want ze knikten.

'Zullen wij ondertussen een kopje koffie gaan drinken?' zei de vader met de roodomrande ogen. De anderen leken dat een goed voorstel te vinden. Hij draaide zich om naar Paula en Gösta. 'We zitten daarginds in de wachtkamer. En we zouden het op prijs stellen als jullie ons straks vertellen wat jullie te weten zijn gekomen.'

'Maar natuurlijk,' zei Gösta en hij klopte de man op de schouder.

Ze liepen de zaal in. De jongens lagen naast elkaar op een rij: drie zielige wezentjes in een ziekenhuisbed.

'Hoi,' zei Paula. Ze kreeg drie zwakke begroetingen terug. Ze vroeg zich af bij wie ze zouden gaan zitten en toen twee jongens een haastige blik op een knulletje met donker krullend haar wierpen, besloot ze met hem te beginnen.

'Ik heet Paula.' Ze schoof een stoel naar zijn bed en gebaarde naar Gösta hetzelfde te doen. 'Hoe heet jij?'

'Jon,' zei hij zachtjes, maar hij durfde haar niet in de ogen te kijken.

'Hoe gaat het met je?'

'Gaat wel.' Hij plukte nerveus aan de ziekenhuisdeken.

'Wat een avontuur, hè?' Ze concentreerde zich helemaal op Jon, maar zag vanuit haar ooghoek dat de twee andere jongens aandachtig luisterden.

'Ja...' Hij keek op. 'Ben jij een echte politieagent?'

Paula lachte luid. 'Natuurlijk ben ik een echte agent. Zie ik er niet uit als een agent?'

'Nou, niet echt. Ik weet wel dat er vrouwelijke politieagenten bestaan, maar jij bent zo klein.' Hij glimlachte verlegen.

'Er moeten ook kleine agenten zijn. Denk maar aan alle kleine ruimtes waar we in moeten kruipen,' zei ze, en Jon knikte alsof dat inderdaad volstrekt vanzelfsprekend was.

'Wil je mijn politielegitimatie zien?'

Hij knikte enthousiast en de twee anderen strekten hun hals.

'Pak jij de jouwe even, Gösta, dan kunnen de anderen ook zien hoe die eruitziet.'

Gösta glimlachte, stond op en liep naar het bed ernaast.

'Wauw, jullie hebben zo'n plaatje. Net als op de tv,' zei Jon. Hij keek er een poosje naar en gaf het toen terug.

'Het spul dat jullie hebben gevonden is heel gevaarlijk. Dat hebben jullie ondertussen wel begrepen, denk ik.' Paula probeerde niet al te streng te klinken.

'Hm...' Jon liet zijn blik zakken en begon weer aan de deken te frunniken.

'Maar niemand is boos op jullie. Jullie ouders niet, de onderwijzers niet, wij niet.'

'We dachten dat het snoep was.'

'Ja, het lijkt inderdaad wel wat op het poeder in vliegende schotels,' zei ze. 'Ik zou waarschijnlijk dezelfde fout hebben gemaakt.'

Gösta was weer gaan zitten en Paula wachtte tot hij een vraag zou stellen, maar hij leek het goed te vinden dat zij het verhoor leidde.

Dat vond ze helemaal niet erg. Ze kon goed met kinderen overweg.

'Papa zegt dat het drugs waren,' zei Jon en hij trok aan een draad van de deken.

'Ja. Weet je wat drugs zijn?'

'Een soort gif, maar je gaat er niet dood aan.'

'Je kunt er wel aan doodgaan. Maar je hebt gelijk dat het een soort gif is. Daarom is het belangrijk dat jullie ons helpen uitzoeken waar het spul vandaan kwam, zodat wij kunnen voorkomen dat anderen vergiftigd worden.' Ze praatte kalm en vriendelijk, en Jon voelde zich steeds meer op zijn gemak.

'Zijn jullie echt niet boos?' Hij keek haar recht aan. Zijn onderlip trilde een beetje.

'Echt, eerlijk niet. Hand op mijn hart,' zei ze en ze hoopte maar dat die uitdrukking niet hopeloos verouderd was. 'En je papa en mama zijn ook niet boos. Ze zijn alleen maar bezorgd.'

'Het was gisteren, bij de flats,' zei Jon. 'We sloegen met een tennisbal tegen de muur. Niet tegen de flat, maar er vlakbij. Daar staat een fabriek, ik geloof tenminste dat het een fabriek is, met hoge muren en geen ramen die je per ongeluk in kunt gooien. Daar gaan we vaak heen om te tennissen. En voordat we naar huis gingen, keken we of er lege flessen in de afvalbakken bij de flats lagen, voor het statiegeld, en toen vonden we dat zakje. We dachten dat het snoep was.' Nu liet de draad helemaal los en er vormde zich een gaatje in de stof.

'Waarom proefden jullie er niet meteen van?' vroeg Gösta.

'We vonden het cool dat we zoveel poeder hadden gevonden en we wilden het vandaag mee naar school nemen om het te laten zien. Het leek ons spannend om ervan te proeven als iedereen erbij was. Maar het meeste was voor onszelf. We wilden maar een beetje uitdelen.'

'Welke afvalbak was het?' vroeg Paula. Ze wist over welke fabriek Jon het had, maar wilde het zeker weten.

'Die bij de parkeerplaats. Je ziet hem meteen als je uit het hek komt waar wij hadden getennist.'

'En rechts daarvan heb je een bos en een berg?'

'Ja, daar is het.'

Paula keek naar Gösta. De afvalbak waar de jongens de cocaïne hadden gevonden, stond recht tegenover de portiek van Mats Sverin.

'Dank je wel, jongens, jullie hebben ons enorm goed geholpen,' zei ze en ze stond op. Ze voelde kriebels in haar buik. Dit was misschien de langverwachte doorbraak in het onderzoek.

Fjällbacka 1871

De dominee was een grote, dikke man, die dankbaar Karls uitgestoken hand aannam en zich op de steiger liet helpen. Emelie neeg verlegen. Ze had nooit een kerkdienst in het dorp bijgewoond en nu stond ze hier met rode wangen en hoopte maar dat de dominee niet zou denken dat haar afwezigheid in de kerk voortkwam uit een gebrek aan wil of godsgeloof van haar kant.

'Het is hier behoorlijk afgelegen. Maar wel mooi,' voegde de dominee eraan toe. 'Als ik me niet vergis woont hier nog iemand?'

'Julian,' zei Karl. 'Hij is aan het werk in de vuurtoren. Maar ik kan hem halen, als u dat wilt?'

'Ja, dat zou ik fijn vinden.' De dominee begon uit eigen beweging naar het huis te lopen. 'Nu ik toch naar dit rotseiland ben gekomen, kan ik net zo goed alle bewoners ontmoeten.' Hij lachte en opende de deur voor Emelie, terwijl Karl naar de vuurtoren liep.

'Jullie hebben een schoon en mooi huis,' zei de dominee terwijl hij om zich heen keek.

'Het is heel eenvoudig, niets voor u.' Emelie merkte dat ze haar handen in haar schort verborg. Ze zagen er bedroevend uit na al het geboen met zeep en andere schoonmaakmiddelen, maar ze kon niet ontkennen dat de waarderende woorden van de dominee haar goeddeden.

'We moeten eenvoud niet verachten. En voor zover ik kan zien mag Karl zich gelukkig prijzen dat hij zo'n flinke echtgenote heeft getroffen.' Hij ging op de keukenbank zitten.

Emelie was zo confuus dat ze niet wist wat ze moest antwoorden en ging daarom koffiezetten.

'Ik hoop dat u trek hebt in een kopje koffie.' Ze bedacht dat ze er alleen de eenvoudige beschuitjes bij kon geven die ze onlangs had gebakken, maar dat moest maar goed genoeg zijn nu hij zo onverwacht was langsgekomen.

'Ik zeg nooit nee tegen een kopje koffie,' zei de dominee en hij glimlachte.

Emelie begon zich minder gespannen te voelen. Deze dominee leek niet even streng als dominee Berg in haar oude kerkgemeente. Alleen al de gedachte om aan dezelfde tafel te moeten zitten als Berg bezorgde haar bevende knieën.

De deur ging open en Karl stapte naar binnen. Vlak achter hem kwam Julian en zijn gezicht stond waakzaam. Hij ontweek de blik van de dominee.

'Dus u bent Julian?' De dominee glimlachte nog steeds, maar Julian knikte slechts en drukte slapjes de hand die hem werd toegestoken. Karl en Julian gingen tegenover de dominee zitten, terwijl Emelie kopjes en schotels op tafel zette.

'U ziet er toch wel op toe dat uw vrouw zich niet te veel inspant, nu ze in gezegende toestand verkeert? Ze houdt het huis keurig schoon. U bent zeker wel trots op haar?'

Karl antwoordde eerst niet, maar zei toen: 'Jawel, Emelie is flink.'

'Vooruit, ga nu maar zitten.' De dominee tikte met zijn hand op de plaats naast zich.

Emelie deed wat hij zei, maar ze kon het niet laten naar de zwarte mantel en de witte boord te staren. Nooit eerder was ze zo dicht bij een dominee geweest. Voor de oude Berg zou het ondenkbaar zijn geweest om onder het genot van een kopje koffie een gesprek te voeren. Met bevende handen schonk ze de koffie in. Als laatste vulde ze haar eigen kopje.

'Dat u de moeite neemt helemaal naar ons toe te komen,' zei Karl en hij liet de vraag in de lucht hangen. Wat wilde de dominee eigenlijk?

'Jullie zijn geen vlijtige bezoekers van de kerkdiensten,' zei de dominee en hij slurpte een slok koffie naar binnen. Hij had er drie suikerklontjes in gedaan en Emelie dacht dat het vreselijk zoet moest zijn.

'Tja, dat is waar, maar het is niet zo makkelijk voor ons om het eiland te verlaten. We zijn maar met zijn tweeën om de vuurtoren te bedienen en er blijft niet veel tijd over voor andere dingen.'

'Ik heb begrepen dat jullie wel tijd hebben om naar Abela te gaan.'

Karl zag er ineens heel klein en onbeholpen uit, en op dat moment begreep Emelie niet waarom ze zo bang voor hem was. Toen herinnerde ze zich de bewuste avond en haar hand schoot naar haar grote buik.

'We zijn inderdaad niet zo vaak in de kerk geweest als had gemoeten,' zei Julian en hij boog zijn hoofd. Hij had de dominee nog steeds niet recht aangekeken. 'Maar Emelie leest ons bijna elke avond voor uit de Bijbel. We leven hier dus niet in een onchristelijk huis.'

Emelie keek Julian verschrikt aan. Zat hij de dominee in het gezicht voor te liegen? Het was waar dat er in dit huis in de Bijbel werd gelezen, maar dat gebeurde alleen door haarzelf, als ze klaar was met alle huishoudelijke werkzaamheden. Julian noch Karl had ooit enige belangstelling getoond voor de Heilige Schrift; ze hadden haar soms zelfs gehoond.

Maar de dominee knikte. 'Dat is goed om te horen. Vooral op een plek als deze, schraal en ontoegankelijk en ver van Gods huis, is het belangrijk dat men zelf troost en begeleiding zoekt in de Bijbel. Dat verheugt mij. En het zou me nog meer verheugen jullie wat vaker in de kerk te zien – vooral u, beste Emelie.' Hij klopte op haar knie, waardoor ze opveerde. Ze vond het al eng genoeg om zo dicht naast de dominee te zitten en dat hij haar aanraakte was bijna meer dan ze kon verdragen. Ze moest zich inhouden om niet van pure schrik van de keukenbank op te springen.

'Ik heb ook met uw tante gepraat. Ze maakte zich een beetje zorgen omdat ze u al zo lang niet heeft gezien. En nu Emelie in verwachting is, zou het misschien verstandig zijn een keertje naar de dokter te gaan, zodat die kan kijken of alles naar behoren verloopt.' De dominee keek streng naar Karl, die zijn blik afwendde.

'Ja,' mompelde hij en hij staarde naar het tafelblad.

'Goed, dat is dan afgesproken. De volgende keer dat jullie naar Fjällbacka gaan, nemen jullie de kleine Emelie mee, zodat ze zich door de dokter kan laten onderzoeken. Uw lieve tante zou een bezoekje vast ook op prijs stellen.' Hij knipoogde en pakte nog een beschuitje. 'Erg lekker,' zei hij, terwijl de kruimels uit zijn mond vielen.

'Dank u.' Emelie bedankte hem niet alleen voor het complimentje. Ze zou naar het dorp gaan en andere mensen zien. Misschien vond Karl het nu ook wel goed dat ze af en toe naar de kerk ging. Dat zou het leven hier zoveel draaglijker maken, zoveel lichter.

'Zo, Karlsson zal inmiddels wel genoeg hebben van het wachten. Hij was zo vriendelijk me hiernaartoe te brengen, maar nu wil hij vast weer naar huis. Hartelijk bedankt voor de koffie en de lekkere beschuitjes.' De dominee stond op en Emelie kwam haastig overeind, zodat hij erlangs kon.

'Kijk eens, onze buiken zijn bijna even dik,' zei de dominee.

Emelie voelde zich zo in verlegenheid gebracht dat ze hevig begon te blozen. Maar toen glimlachte ze. Ze mocht de dominee en ze had wel op haar knieën kunnen vallen om zijn voeten te kussen uit dankbaarheid dat hij ervoor had gezorgd dat ze binnenkort naar Fjällbacka mocht.

'Jullie weten toch wel wat ze over het eiland zeggen?' vroeg de dominee met een lach toen Karl en Emelie met hem meeliepen naar de steiger. Julian had een haastige afscheidsgroet gemompeld en was teruggegaan naar de vuurtoren.

'Wat bedoelt u?' zei Karl, terwijl hij de dominee in de boot hielp.

'Dat het hier spookt. Maar dat zijn natuurlijk alleen maar praatjes. Of hebben jullie iets gezien?' Hij lachte weer, zodat zijn dikke wangen begonnen te lillen.

'Wij geloven niet in dat soort dingen,' zei Karl en hij gooide het touw dat hij net had losgemaakt in de boot.

Emelie zei niets. Maar toen ze de dominee uitzwaaide, dacht ze aan degenen die haar enige echte gezelschap op het eiland vormden. Het zou niet gepast zijn dat aan de dominee te vertellen en hij zou haar waarschijnlijk ook niet hebben geloofd.

Toen ze terugliep naar het huis, zag ze hen vanuit haar ooghoek. Ze was niet bang voor ze. Zelfs nu niet, nu ze zich aan haar toonden. Ze wensten haar geen kwaad toe.

❄

'Hoi, Annika. Paula heeft geprobeerd me te bellen, maar nu krijg ik haar niet te pakken.' Patrik stond voor de portiek van Fristad en duwde een vinger tegen zijn linkeroor, terwijl hij de telefoon tegen zijn rechteroor gedrukt hield. Het verkeerslawaai drong er toch zo erg doorheen dat hij moeite had om Annika te verstaan.

'Sorry? De school? Wacht even, ik hoorde niet wat je... Cocaïne. Oké, ik begrijp het. Het ziekenhuis in Uddevalla dus.'

'Wat was dat allemaal?' vroeg Martin.

'Een paar jongens uit groep 3 hebben in Fjällbacka een zakje met cocaïne gevonden en ervan gesnoept.' Patriks gezicht stond grimmig toen ze naar de auto liepen.

'Allemachtig. Hoe is het met ze?'

'Ze liggen in het ziekenhuis, maar kennelijk zijn ze buiten gevaar. Gösta en Paula zijn op dit moment bij ze.'

Patrik ging op de bestuurdersplaats zitten en Martin stapte in aan de passagierskant. Ze reden weg en Martin keek nadenkend door het zijraam naar buiten.

'Groep 3. Je denkt toch dat ze veilig zijn op school, vooral in Fjällbacka. Dat is geen probleemwijk in de grote stad, en toch zijn de kinderen er niet veilig. Zoiets jaagt je wel de stuipen op het lijf.'

'Ik weet het. Het is anders dan in onze tijd. Of liever gezegd: dan in mijn tijd,' zei Patrik met een scheve glimlach. Martin en hij scheelden tenslotte vrij veel.

'Ik geloof dat ik hetzelfde over mijn schooltijd kan zeggen,' zei Martin. 'Hoewel we toen een rekenmachine gebruikten in plaats van een telraam.'

'Ha, ha, heel grappig.'
'Alles was toen zo ongecompliceerd. Je speelde op het schoolplein en knikkerde en voetbalde. Je was kind. Nu lijkt het wel alsof iedereen enorme haast heeft om volwassen te worden. Ze moeten roken en neuken en zuipen en ik weet niet wat doen voordat ze zelfs maar naar de middelbare school gaan.'

'Ja,' zei Patrik en hij voelde de angst in zijn borst. Het duurde niet lang meer of Maja zou naar school gaan en hij wist dat Martin gelijk had. Het was niet zoals in hun tijd. Hij wilde er niet eens aan denken. Hij wilde dat zijn dochter zo lang mogelijk klein zou blijven en tot haar veertigste thuis bleef wonen. 'Maar cocaïne komen ze volgens mij toch echt niet elke dag tegen,' zei hij, vooral om zichzelf te troosten.

'Nee, dit is echt een geval van enorme pech. Gelukkig lijken ze er zonder kleerscheuren af te zijn gekomen. Het had ook helemaal verkeerd kunnen aflopen.'

Patrik knikte.

'Moeten wij er niet heen?' vroeg Martin toen Patrik de stad in reed en niet de afslag naar de E6 nam.

'Ik ga ervan uit dat Paula en Gösta het zelf wel aankunnen. Ik zal het eerst even met Paula checken, maar ik zou graag met Mats' huurder en de andere buren praten, nu we hier toch zijn. Ik vind het niet echt nodig om terug te gaan.'

Martin luisterde gespannen terwijl Patrik Paula belde, die eindelijk opnam. Een paar minuten later werd het gesprek beëindigd.

'Ze hebben de situatie onder controle, dus wij kunnen doen wat we ons hadden voorgenomen. Op de terugweg kunnen we langs het ziekenhuis gaan, als ze er dan nog zijn.'

'Klinkt goed. Wist ze inmiddels waar de jongens het spul hadden gevonden?'

'In een afvalbak bij het flatgebouw waar Mats Sverin woonde.'

Martin zweeg even. 'Denk je dat er een verband is?'

'Wie weet.' Patrik haalde zijn schouders op. 'We weten maar al te goed dat daar ook andere mensen wonen van wie de cocaïne kan zijn geweest. Maar het is natuurlijk wel toevallig dat het spul net bij Mats' portiekdeur is gevonden.'

Martin boog zich naar voren om de straatnaambordjes te kunnen lezen. 'Hier moeten we in. De Erik Dahlbergsgatan. Welk nummer is het?'

'Achtenveertig.' Patrik remde plotseling voor een oude vrouw die in een rustig tempo het zebrapad overstak. Hij wachtte ongeduldig tot ze was gepasseerd en reed toen plankgas verder.

'Hé, doe even rustig.' Martin zocht steun bij het portier.

'Daar is het,' zei Patrik onbewogen. 'Nummer 48.'

'Nu maar hopen dat er iemand thuis is. We hadden misschien eerst moeten bellen.'

'We bellen aan en kijken of we geluk hebben.'

Ze stapten uit de auto en liepen naar de portiekdeur. Het was een mooi oud stenen pand, dat ongetwijfeld appartementen met stucwerk en houten vloeren herbergde.

'Hoe heet de huurder?' vroeg Martin.

Patrik pakte een papiertje uit zijn zak. 'Jonsson. Rasmus Jonsson. Het appartement moet op de eerste verdieping liggen.'

Martin knikte en drukte op de intercom, waar nog steeds de naam SVERIN naast het knopje stond. Hij werd bijna meteen beloond met een knarsend antwoord: 'Ja?'

'Wij zijn van de politie. We willen u even spreken. Zou u zo vriendelijk willen zijn de deur open te doen?' Martin sprak zo duidelijk hij maar kon in de intercom.

'Waarom?'

'Dat vertellen we als we boven mogen komen. Zou u zo vriendelijk willen zijn de deur open te doen?'

Het klikte in de intercom en meteen daarna hoorden ze de deur zoemen.

Ze liepen één trap op en bestudeerden de naambordjes op de deuren.

'Hier is het.' Martin wees naar de deur links.

Hij belde aan en toen ze stappen achter de deur hoorden, deden ze een pas naar achteren. De deur werd geopend, maar de veiligheidsketting bleef erop zitten. Een man van in de twintig keek hen door de opening achterdochtig aan.

'Ben jij Rasmus Jonsson?' vroeg Patrik.

'Wie wil dat weten?'

'Wij zijn zoals gezegd van de politie. Het gaat over Mats Sverin, wiens appartement jij huurt.'

'O?' Zijn toon lag op de grens van brutaal en de ketting werd er niet af gehaald.

Patrik raakte geïrriteerd en hij keek de jongeman met priemende ogen aan.

'Of je laat ons binnen zodat we rustig en vriendelijk met elkaar kunnen praten, of ik pleeg een paar telefoontjes, wat tot gevolg zal hebben dat je woning wordt doorzocht en jij de rest van de dag, en misschien zelfs een deel van morgen, op het bureau mag doorbrengen.'

Martin keek zijn collega aan. Het was niets voor Patrik om loze dreigementen te uiten. Ze hadden geen reden om het appartement te doorzoeken of Jonsson mee te nemen voor een verhoor.

Het was een paar tellen stil. Toen werd de veiligheidsketting eraf gehaald.

'Stelletje fascisten.' Rasmus Jonsson liep achteruit de hal in.

'Een verstandig besluit,' zei Patrik. Hij rook een zware hasjlucht in het appartement en begreep waarom de jongeman een zekere weerzin had gevoeld om de politie binnen te laten. Toen ze de woonkamer binnenkwamen en allerlei anarchistische literatuur en posters aan de muur met dezelfde boodschap zagen, begreep hij het nog beter. Ze bevonden zich klaarblijkelijk in vijandig gebied.

'Maak het je niet te gemakkelijk. Ik ben aan het studeren en heb geen tijd voor dit soort zaken.' Rasmus ging achter een klein bureau zitten, dat bezaaid was met boeken en notitieblokken.

'Wat studeer je?' vroeg Martin. In Tanumshede kwamen ze niet vaak anarchisten tegen en hij was oprecht nieuwsgierig.

'Politicologie,' antwoordde Rasmus. 'Om beter te begrijpen hoe we in deze klotesituatie verzeild zijn geraakt, en hoe we de maatschappij kunnen veranderen.' Het klonk alsof hij kinderen van groep 3 lesgaf en Patrik keek hem geamuseerd aan. Hij vroeg zich af welke invloed de jaren en de realiteit op de idealen van deze jongeman zouden krijgen.

'Huur je dit appartement van Mats Sverin?'

'Hoezo?' zei Rasmus. De zon scheen door het woonkamerraam naar binnen en Patrik realiseerde zich dat dit de eerste keer was dat hij iemand tegenkwam die precies dezelfde rode haarkleur had als Martin. Omdat Rasmus bovendien een baard had, leek hij nog roder dan Martin.

'Ik herhaal: huur je dit appartement van Mats Sverin?' Patriks stem was kalm, maar hij merkte dat hij zijn geduld begon te verliezen.

'Ja, dat klopt,' antwoordde Rasmus onwillig.

'Het spijt me je te moeten vertellen dat Mats Sverin dood is. Hij is vermoord.'

Rasmus staarde hem aan.

'Vermoord? Wat bedoelen jullie, verdomme? En wat heeft dat met mij te maken?'

'Hopelijk niets, maar we proberen meer over Mats en zijn leven te weten te komen.'

'Ik ken hem niet, ik kan jullie dus niet helpen.'

'Dat maken wij wel uit,' zei Patrik. 'Huur je dit gemeubileerd?'

'Ja, alle spullen zijn van hem.'

'Heeft hij niets meegenomen?'

Rasmus haalde zijn schouders op. 'Ik geloof het niet. Hij heeft weliswaar alle persoonlijke spullen ingepakt, foto's en zo, maar die heeft hij naar de vuilstort gebracht. Hij wilde zijn oude troep kwijt, zei hij.'

Patrik keek rond. Hier leken even weinig persoonlijke spullen te staan als in het appartement in Fjällbacka. Hij wist nog niet waarom, maar iets had Mats Sverin ertoe gebracht een nieuw leven te willen beginnen. Hij draaide zich weer om naar Rasmus.

'Hoe ben je aan het appartement gekomen?'

'Een advertentie. Hij wilde er snel vanaf. Ik geloof dat hij in elkaar was gemept en de stad uit wilde.'

'Zei hij daar nog iets meer over?' vroeg Martin.

'Waarover?'

'Over de mepperij,' zei Martin geduldig. De bron van de zoete geur maakte de jonge student er niet alerter op.

'Nee, ik geloof het niet.' Rasmus' antwoord kwam aarzelend en Patrik merkte dat zijn belangstelling was gewekt.

'Maar?'

'Wat maar?' Rasmus begon met hortende bewegingen op de bureaustoel te draaien.

'Als jij iets over de mishandeling weet, zouden we dat graag van je horen.'

'Ik werk niet samen met smerissen.' Rasmus' ogen versmalden.

Patrik haalde een paar keer diep adem om zijn kalmte te bewaren. Deze vent werkte echt op zijn zenuwen.

'Mijn aanbod is nog steeds van kracht: een kalm gesprekje met ons, of een huiszoeking en een ritje naar het bureau.'

Rasmus stopte met draaien. Hij zuchtte. 'Ik heb zelf niets gezien, dus jullie hoeven mij niet lastig te vallen. Maar ga eens met de oude Pettersson van hierboven praten. Hij schijnt het een en ander te hebben gezien.'

'Waarom heeft hij dat niet aan de politie verteld?'

'Dat moeten jullie hem maar vragen. Ik weet alleen dat er gezegd wordt dat die ouwe iets weet.' Rasmus kneep zijn lippen op elkaar en ze begrepen dat ze niets meer van hem te horen zouden krijgen.

'Bedankt voor je hulp,' zei Patrik. 'Hier heb je mijn kaartje, voor het geval je nog iets te binnen schiet.'

Rasmus keek naar het kaartje dat Patrik hem toestak, nam het aan en hield het tussen duim en wijsvinger vast alsof het stonk. Vervolgens liet hij het demonstratief in de prullenmand vallen.

Patrik en Martin voelden zich opgelucht toen ze het trappenhuis in stapten en de zware hasjlucht achter zich lieten.

'Wat een klojo.' Martin schudde zijn hoofd.

'Het leven haalt hem nog wel in,' zei Patrik en hij hoopte maar dat hij niet even cynisch was geworden als hij klonk.

Ze liepen de trap op en belden aan op een deur waar F. PETTERSON op stond. Een oudere man deed open.

'Wat willen jullie?' Hij klonk bijna net zo korzelig als Rasmus. Patrik vroeg zich af of er misschien iets in het water zat wat invloed had op het humeur van de mensen in dit pand. Ze leken allemaal met het verkeerde been uit bed te zijn gestapt.

'Wij zijn van de politie en zouden u wat vragen willen stellen over een vroegere huurder, Mats Sverin, die in het appartement onder u woonde.' Patrik merkte dat zijn geduld met knorrige oude mannen en stuurse anarchisten dreigde op te raken en hij moest zijn best doen kalm te blijven.

'Mats was een aardige jongen,' zei de man zonder aanstalten te maken hen binnen te laten.

'Voordat hij verhuisde, is hij buiten voor de deur mishandeld.'

'De politie is al langs geweest om daar vragen over te stellen.' De man tikte met zijn stok op de vloer. Maar hij werd onzeker toen Patrik een pas naar voren deed.

'Wij hebben reden te denken dat u meer weet dan u de politie tot nu toe hebt verteld.'

Pettersson sloeg zijn blik neer en knikte naar de woning.

'Kom maar binnen,' zei hij en hij slofte voor hen uit. Dit appartement was niet alleen lichter dan dat beneden, het was ook beduidend gezelliger ingericht, met klassieke meubelen en kunst aan de muren.

'Ga zitten,' zei de man en hij wees met zijn stok naar een bank in de woonkamer.

Patrik en Martin deden wat hij zei en stelden zich vervolgens voor. Ze kregen te horen dat de F voor 'Folke' stond.

'Ik kan jullie niets aanbieden,' zei Folke, nu veel gedweeër.

'Dat geeft niet, we hebben nogal haast,' zei Martin.

'Zoals ik al zei, Folke,' Patrik schraapte zijn keel, 'hebben wij begrepen dat je een en ander weet over wat er gebeurde toen Mats Sverin werd mishandeld.'

'Nou, dat zou ik niet zo willen zeggen,' zei Folke.

'Het is belangrijk dat je nu de waarheid spreekt. Mats Sverin is vermoord.'

Patrik voelde een kinderachtige voldoening toen hij het ontzette gezicht van de man zag.

'Dat kan niet waar zijn.'

'Helaas is het wel zo, en als je meer over de mishandeling kunt vertellen, zou ik dat graag van je horen.'

'Ik wil me nergens mee bemoeien. Je weet niet wat dat soort lui zich in het hoofd kan halen,' zei Folke en hij legde de stok voor zich op de vloer. Hij vouwde zijn handen op zijn schoot en zag er ineens heel oud en zwak uit.

'Wat bedoel je met "dat soort lui"? Mats heeft zelf tegenover de politie verklaard dat hij door een groep jongeren was aangevallen.'

'Jongeren,' snoof Folke. 'Het waren helemaal geen jongeren. Nee, dit waren mensen met wie je je beter niet kunt inlaten. Ik begrijp niet hoe een aardige jongen als Mats in hun gezelschap is beland.'

'Wie bedoelt u?' vroeg Patrik, die de oudere man opeens weer met 'u' begon aan te spreken. Hij voelde niet als iemand die je tutoyeerde.

'Van die motorfietsmensen.'

'Motorfietsmensen?' Martin keek Patrik onthutst aan.

'Van die lui over wie je in de kranten leest. Zoals Hells Angels en de Bandieten en hoe ze allemaal maar heten.'

'De Bandidos,' verbeterde Patrik hem automatisch, terwijl er allerlei gedachten door zijn hoofd schoten. 'Als ik u goed begrijp werd Mats dus niet door een groep jongeren in elkaar geslagen, maar door leden van een motorclub?'

'Ja, dat zei ik toch? Mankeert er iets aan je oren, knul?'

'Waarom loog u tegen de politie toen u zei dat u niets had gezien? Ik heb gehoord dat niemand van de buren getuige was van het voorval.' Patrik voelde zich gefrustreerd. Hadden ze dit maar eerder geweten.

'Met dat soort lui moet je je niet inlaten,' zei Folke koppig. 'Het was niet mijn pakkie-an, en je moet je niet met andermans zaken bemoeien.'

'En daarom zei u dat u niets had gezien?' Patrik kon de verachting in zijn stem niet verhullen. Dit soort gedrag kon hij maar moeilijk accepteren: mensen die alleen maar toekeken en vervolgens hun armen spreidden en zeiden dat het niet hun zaken waren.

'Met dat soort lui moet je je niet inlaten,' herhaalde Folke, maar hij keek hen niet aan.

'Zag u iets wat ons een leidraad kan geven over de daders?' vroeg Martin.

'Ze hadden een adelaar op hun rug. Een grote, gele adelaar.'

'Dank u wel,' zei Martin. Hij stond op en gaf de man een hand. Na enige aarzeling deed Patrik hetzelfde.

Even later waren ze op weg naar Uddevalla, allebei diep in gedachten verzonken.

Erica kon niet langer wachten. Zodra ze van de eerste opwinding was bekomen, had ze Kristina gebeld en toen ze het portier buiten hoorde dichtslaan, trok ze haar jas aan, rende naar buiten en reed naar Falkeliden. Daar bleef ze een tijdlang in de auto zitten. Misschien was het te vroeg en moest ze hen nog even met rust laten. Anna's korte bericht op het antwoordapparaat zei niet alles. Misschien had ze de woorden verkeerd geïnterpreteerd.

Erica hield het stuur stevig omklemd terwijl ze met afgeslagen motor zat na te denken. Ze wilde niet de vergissing begaan zich op te dringen. Anna had haar regelmatig verweten dat ze geen rekening met haar hield en zich overal mee bemoeide. Vaak had ze gelijk gehad. Toen ze opgroeiden had Erica het vermeende gebrek aan liefde van hun moeder willen compenseren. Inmiddels wist ze beter, en Anna ook. Elsy had van hen gehouden, maar ze had dat niet kunnen tonen. Erica en Anna waren elkaar de afgelopen jaren heel na komen te staan, vooral na Lucas.

Maar nu twijfelde ze. Anna had een eigen gezin, Dan en de kinderen. Ze wilden misschien alleen zijn. Opeens zag ze Anna's gestalte door het keukenraam. Ze fladderde voorbij als een spook, kwam weer terug en keek naar Erica in de auto. Tilde een hand op en wenkte dat ze binnen moest komen.

Erica smeet het portier open en rende het trapje op. Dan deed al open voordat ze had aangebeld.

'Kom binnen,' zei hij en ze zag duizend verschillende emoties op zijn gezicht.

'Dank je.' Ze stapte voorzichtig over de drempel, hing haar jas op en liep met een wonderlijk gevoel van eerbied de keuken in.

Anna zat op een stoel aan de keukentafel. Ze had niet de hele tijd op bed gelegen, dus Erica had haar eerder buiten de slaapkamer gezien. Maar sinds het ongeluk was het net of Anna niet aanwezig was geweest. Dat was ze nu wel.

'Ik heb je boodschap gehoord.' Erica ging op de stoel tegenover Anna zitten.

Dan schonk voor hen allebei een kop koffie in en liep toen onopvallend naar de rumoerige kinderen in de woonkamer, zodat de twee zussen ongestoord met elkaar konden praten.

Anna's hand beefde licht toen ze het koffiekopje naar haar mond bracht. Ze zag er doorschijnend uit. Broos. Maar haar blik was vast.

'Ik ben zo bang geweest,' zei Erica en ze voelde de tranen achter haar oogleden.

'Ik weet het. Ik was ook bang. Om terug te komen.'

'Waarom? Ik bedoel, ik begrijp, ik weet...' Ze probeerde de juiste woorden te vinden. Hoe kon ze Anna's verdriet benoemen, terwijl ze in feite helemaal niets begreep of wist?

'Het was donker. En het deed minder pijn om in die duisternis te blijven dan hier bij jullie te zijn.'

'Maar nu,' – Erica's stem was onzeker – 'nu ben je hier?'

Anna knikte langzaam en nam nog een slokje koffie.

'Waar is de tweeling?'

Erica wist niet wat ze moest antwoorden, maar Anna leek het te begrijpen. Ze glimlachte.

'Ik ben zo benieuwd naar ze. Op wie lijken ze? Lijken ze op elkaar?'

Erica keek haar aan, nog steeds alert op hoe ze moest reageren.

'Eigenlijk lijken ze helemaal niet zo op elkaar. Zelfs niet in hun gedrag. Noel is luidruchtig; hij laat duidelijk merken wat hij wil en is enorm resoluut, eigenwijs als de neten. Anton is bijna het tegenovergestelde. Hij windt zich nergens over op en vindt bijna alles best. Tevreden, als het ware. Maar ik weet niet op wie ze lijken.'

Anna's glimlach werd breder. 'Hou je me voor de gek? Je hebt zonet Patrik en jezelf beschreven! En jij bent niet degene die tevreden is, om het zo maar eens te zeggen.'

'Nee, maar...' begon Erica, maar ze deed er het zwijgen toe toen ze besefte dat Anna gelijk had. Ze had inderdaad Patrik en zichzelf beschreven, al wist ze natuurlijk wel dat hij op zijn werk niet altijd even rustig was als thuis.

'Ik wil ze heel graag zien,' zei Anna opnieuw en ze keek Erica met een vaste blik aan. 'Het een heeft niets met het ander te maken, en dat weet je. Jullie jongens hebben het ongeluk niet ten koste van mijn zoon overleefd.'

Nu kon Erica haar tranen niet langer tegenhouden. Het schuldgevoel waarmee ze de afgelopen maanden had rondgelopen, begon langzaam te slijten. Ze twijfelde nog steeds of Anna werkelijk meende wat ze zei. Het zou nog een hele tijd duren voordat ze zich echt zeker kon voelen.

'Ik kan met ze langskomen wanneer je maar wilt. Zodra je voelt dat je het aankunt.'

'Kun je ze nu niet halen, of komt dat niet uit?' zei Anna. Haar wangen hadden wat meer kleur gekregen.

'Ik kan Kristina bellen en vragen of zij ze wil komen brengen.'

Anna knikte en een paar minuten later had Erica met haar schoonmoeder afgesproken dat ze langs zou komen met de jongens.

'Het is nog steeds moeilijk,' zei Anna. 'Alles heeft een zwarte rand.'

'Ja, maar nu ben je in elk geval hier.' Erica legde haar hand op die van Anna. 'Ik ben vaak bij je geweest toen je boven op bed lag, en het was echt heel akelig. Het was net of er alleen een schil was. Zonder jou erin.'

'Zo was het waarschijnlijk ook. Ik raak bijna in paniek als ik voel dat het in zekere zin nu precies zo is. Ik voel me als een schil en ik weet niet hoe ik mezelf weer moet opvullen. Het is zo leeg.' Ze legde haar hand op haar buik en streelde die zachtjes.

'Kun je je iets herinneren van de begrafenis?'

'Nee.' Anna schudde haar hoofd. 'Ik herinner me dat het belangrijk was dat we een begrafenis hielden, dat het noodzakelijk voelde. Maar ik weet niets van de plechtigheid zelf.'

'Het was heel mooi,' zei Erica en ze stond op om nog een keer in te schenken.

'Dan zei dat het jouw idee was om om de beurt naast me te komen liggen.'

'Dat is niet helemaal waar.' Erica ging weer zitten en vertelde Anna over Vivianne.

'Bedank haar van me. Ik denk dat ik anders nog steeds in de duisternis had geleefd, en misschien was ik er nog dieper in gegaan. Zo diep dat ik niet terug had kunnen komen.'

'Ik zal het haar zeggen.'

De deurbel ging en Erica leunde achterover en strekte haar hals om de hal in te kunnen kijken.

'Dat is vast Kristina met de tweeling.'

En inderdaad liet Dan net haar schoonmoeder binnen. Erica stond op om haar te helpen en zag tot haar vreugde dat haar beide zonen wakker waren.

'Ze hebben zich als engeltjes gedragen,' zei Kristina met een vragende blik naar de keuken.

'Wil je niet verder komen?' vroeg Dan, maar Kristina schudde haar hoofd.

'Nee, ik ga weer naar huis. Jullie moeten maar even onder elkaar zijn.'

'Dank je wel,' zei Erica en ze omhelsde Kristina. Hoewel ze haar schoonmoeder inmiddels graag mocht, vond ze het niet nodig dat ze overal bij was.

'Graag gedaan. Ik vind het leuk om op te passen, dat weet je.' Ze haastte zich weer weg en Erica pakte in elke hand een autozitje en droeg de tweeling naar de keuken.

'Dit is tante Anna,' zei ze terwijl ze de kinderen voorzichtig op de vloer naast Anna neerzette. 'En dit zijn Noel en Anton.'

'Er is in elk geval geen enkele twijfel wie de vader is.' Anna ging naast hen op de vloer zitten en Erica volgde haar voorbeeld.

'Vrij veel mensen zeggen inderdaad dat ze op Patrik lijken. Maar zelf zien we dat natuurlijk niet even duidelijk.'

'Ze zijn mooi,' zei Anna. Haar stem trilde en Erica begon ineens te twijfelen of ze er goed aan had gedaan de tweeling te laten komen. Het was misschien te vroeg voor Anna, ze had misschien nee moeten zeggen.

'Het gaat goed,' zei Anna alsof ze Erica's gedachten had gehoord. 'Mag ik ze vasthouden?'

'Natuurlijk mag je dat,' zei Erica. Ze voelde eerder dan dat ze het zag dat Dan achter haar stond. Hij moest zijn adem evenzeer inhouden als zij, moest zich even onzeker voelen over wat goed en fout was.

'Dan beginnen we met de kleine Erica,' zei Anna met een glimlach terwijl ze Noel optilde. 'Ben jij net zo eigenwijs als je moeder? Dan heeft ze haar handen vol aan je.'

Ze drukte hem tegen zich aan, snoof in het kuiltje tussen zijn hals en zijn kin. Toen legde ze Noel neer, tilde Anton op en herhaalde de procedure met hem. Daarna bleef hij in haar armen liggen.

'Ze zijn prachtig, Erica.' Anna keek haar zus boven Antons kale hoofdje aan. 'Ze zijn gewoonweg prachtig.'

'Dank je wel,' zei Erica. 'Dank je wel.'

'Zijn jullie wat meer te weten gekomen?' Patrik klonk energiek toen Martin en hij de wachtkamer van het ziekenhuis binnenstapten.

'Het meeste heb je telefonisch al gehoord,' zei Paula. 'De jongens hebben bij de flatgebouwen die uitkijken op Tetra Pak een zakje met wit poeder in een afvalbak gevonden.'

'Oké, waar is het zakje?' vroeg Patrik terwijl hij ging zitten.

'Ik heb het daarin gestopt.' Paula wees naar een bruine papieren zak op de tafel. 'En voordat je het vraagt: ja, we zijn er behoedzaam mee omgegaan. Maar helaas is het door veel verschillende handen gegaan voordat wij het kregen. De kinderen, onderwijzers, ziekenhuispersoneel.'

'We moeten alles grondig in kaart brengen. Stuur dat naar het Gerechtelijk Laboratorium, dan nemen wij vingerafdrukken van iedereen die het zakje kan hebben aangeraakt. Als eerste vragen we de ouders of ze het goedvinden dat we de vingerafdrukken van de jongens nemen.'

'Komt voor elkaar.' Gösta knikte.

'Hoe is het met de jongens?' vroeg Martin.

'Volgens de artsen hebben ze enorme mazzel gehad. Het had helemaal verkeerd kunnen aflopen, maar gelukkig hebben ze geen grote hoeveelheden binnengekregen. Ze hebben er alleen voorzichtig van geproefd. Anders hadden we nu niet hier gezeten, maar in het mortuarium.'

Ze zwegen een hele tijd. Het was een vreselijke gedachte.

Patrik keek weer naar het zakje. 'We moeten ook nagaan of er vingerafdrukken van Mats Sverin op zitten.'

'Denken jullie dat de moord iets met drugs te maken heeft?' Paula fronste haar voorhoofd en leunde achterover op de ongemakkelijke bank. Ze kon geen prettige houding vinden en boog algauw weer naar voren. 'Hebben jullie in Göteborg iets ontdekt wat daarop wijst?'

'Nee, dat zou ik niet willen beweren. We hebben wat andere informatie waarmee we aan de slag kunnen, maar dat vertel ik later op het bureau wel, als we allemaal bij elkaar zijn.' Hij stond op. 'Martin en ik gaan kijken of we in Fjällbacka een paar onderwijzers te spreken kunnen krijgen. Zorg jij ervoor dat het zakje met cocaïne naar het Gerechtelijk Laboratorium wordt gestuurd, Paula? Laat ze weten dat het haast heeft.'

Ze glimlachte. 'Dat weten ze waarschijnlijk wel als het van jou komt.'

Annie had na het bezoek van Erica en Patrik een zweem van ongerustheid gevoeld. Misschien moest ze de dokter vragen langs te komen? Sam had nog geen boe of bah gezegd sinds ze op het eiland waren aangekomen. Maar anderzijds voelde ze dat haar instinct juist was. Hij had alleen maar tijd nodig. Tijd om zijn geest te genezen, niet zijn lichaam, en dat was het enige waar de dokter naar zou kijken.

Ze kon zich er zelf maar amper toe zetten aan die nacht te denken. Het was alsof haar hersenen blokkeerden als de herinnering aan de vrees en de ontzetting zich opdrong. Hoe kon ze dan verlangen dat zijn kleine geest het aan zou kunnen? Ze hadden dezelfde vrees gedeeld, Sam en zij. En ze vroeg zich af of ze nog steeds dezelfde angst deelden om hier door alles te worden ingehaald. Ze probeerde kalmerend tegen hem te praten, zei dat ze hier veilig waren. Dat de slechteriken hen nu niet konden vinden. Maar ze wist niet of haar toon hetzelfde zei als haar woorden. Want ze geloofde het zelf niet helemaal.

Als Matte maar... Haar hand begon te beven toen ze aan hem dacht. Hij had hen kunnen beschermen. Ze had die avond en nacht die ze samen hadden doorgebracht niet alles willen vertellen. Maar ze had wel iets gezegd, voldoende om hem te doen begrijpen waarom ze niet langer dezelfde was. Ze wist dat ze de rest ook had moeten vertellen. Als ze meer tijd hadden gehad, had ze hem in vertrouwen kunnen nemen.

Ze snikte, haalde diep adem en probeerde zich te beheersen. Ze wilde niet dat Sam zou zien hoe vertwijfeld ze was. Hij moest zich geborgen voelen. Dat was het enige dat het geluid van de schoten uit zijn geheugen kon wissen, dat de beelden van het bloed en van zijn vader kon wegnemen, en het was haar taak ervoor te zorgen dat alles weer goed kwam. Matte kon haar niet helpen.

Het duurde vrij lang om alle vingerafdrukken te verzamelen die ze nodig hadden. Er ontbraken nog twee sets. Het ambulancepersoneel was op pad en het zou nog even duren voordat ze terugkwamen. Maar Paula had toch het gevoel dat het tijdverspilling was om al die vingerafdrukken te verzamelen. Iets zei haar dat het belangrijker was om na te gaan of Mats' vingerafdrukken op het zakje zaten. Volgens haar moesten ze snel antwoord zien te krijgen op die vraag.

Paula klopte zachtjes op de deur.

'Kom verder.' Torbjörn Ruud keek op toen ze naar binnen stapte.

'Hoi, ik ben Paula Morales van de politie in Tanum. We hebben elkaar een paar keer eerder ontmoet.' Ze voelde zich ineens onzeker. Ze wist immers welke procedures er gevolgd moesten worden, en nu wilde ze hem vragen alle regels en protocollen aan zijn laars te lappen. Dat was ze niet gewend. Regels waren er om gevolgd te worden, maar soms was enige flexibiliteit geboden, en waarschijnlijk was dit zo'n situatie.

'Ja, ik herinner me dat we elkaar hebben gezien.' Torbjörn gebaarde dat ze kon gaan zitten. 'Hoe gaat het bij jullie? Hebben jullie al iets van Pedersen gehoord?'

'Nee, zijn rapport komt woensdag. Verder hebben we niet zoveel waarmee we aan de slag kunnen, en we hebben niet zulke grote vorderingen gemaakt als we hadden gehoopt…'

Ze zweeg, haalde diep adem en dacht erover na hoe ze haar vraag het best kon formuleren.

'Maar vandaag is er iets gebeurd waarvan we nog niet weten of het met de moord te maken heeft,' zei ze uiteindelijk en ze legde de papieren zak op het bureau.

'Wat is dat?' vroeg Torbjörn terwijl hij naar de zak reikte.

'Cocaïne,' zei Paula.

'Waar hebben jullie die gevonden?'

Paula deed snel verslag van wat er die dag was gebeurd en gaf het verhaal van de jongens weer.

'Er wordt niet vaak een zakje cocaïne op mijn bureau gelegd,' zei Torbjörn en hij keek Paula aan.

'Nee, ik weet het,' zei ze en ze voelde dat ze begon te blozen. 'Maar je weet hoe het gaat: als we het zakje naar het Gerechtelijk Laboratorium sturen moeten we eeuwen op de uitslag wachten. Ik voel aan mijn water dat dit belangrijk is; daarom dacht ik dat we deze keer misschien een beetje flexibel konden zijn. Als jij me kunt helpen iets vast te stellen, dan regel ik daarna de formaliteiten wel. En ik neem natuurlijk alle verantwoordelijkheid op me.'

Torbjörn zweeg lange tijd.

'Wat wil je dat ik doe?' zei hij toen, maar hij leek nog steeds niet echt overtuigd.

Paula vertelde wat ze wilde en Torbjörn knikte langzaam.

'Goed, voor deze keer dan. Maar als er iets gebeurt, is het zoals gezegd jouw verantwoordelijkheid. Jij moet ervoor zorgen dat alles er correct uitziet.'

'Beloofd,' zei Paula en ze voelde verwachtingsvolle rillingen in haar lichaam. Ze had gelijk, ze wist dat ze gelijk had. Nu moest het alleen nog worden bevestigd.

'Loop maar met me mee,' zei Torbjörn en hij stond op. Paula haastte zich achter hem aan. Ze was hem een grote dienst verschuldigd als dit was afgehandeld.

'Ik hoop dat ik je vanmiddag niet heb beledigd,' zei Erling. Hij durfde haar niet recht aan te kijken.

Vivianne prikte met haar vork in het eten en antwoordde niet. Zoals altijd wanneer hij in ongenade viel, voelde hij hoe zijn hele lichaam zich samentrok van onbehagen. Hij had Bertils opmerking niet ter sprake moeten brengen. Hij begreep niet wat er in hem was gevaren. Vivianne wist wat ze deed, hij had zich er niet mee moeten bemoeien.

'Je bent toch niet boos op me, lieveling?' Hij streelde de rug van haar hand.

Er kwam geen reactie en hij wist niet wat hij moest doen. Meestal lukte het hem wel haar te paaien, maar sinds hun gesprek eerder op de dag was ze in een vreselijk humeur.

'Het ziet ernaar uit dat het zaterdag heel druk wordt op het inwijdingsfeest. Alle celebrity's uit Göteborg zijn van de partij. Echte beroemdheden, geen halve zoals die Martin die Expeditie Robinson heeft gewonnen. En het is me gelukt Arvingarna te boeken.'

Vivianne fronste haar voorhoofd. 'Ik dacht dat Garage zou optreden?'

'Zij moeten maar in het voorprogramma of zoiets. We kunnen geen nee zeggen tegen Arvingarna, dat snap je toch zeker wel? Die band is een echte publiekstrekker.' Hij begon zijn sombere stemming te vergeten. Project Badis had vaak dat effect op hem.

'Ons geld komt pas volgende week woensdag binnen. Dat weet je toch?' Vivianne keek op van haar bord en leek te ontdooien.

Enthousiast ging Erling op de ingeslagen weg verder. 'Dat is geen enkel probleem. De gemeente schiet het zolang voor en omdat wij garant staan vinden de meeste leveranciers het niet erg dat ze later worden betaald. Daar hoef je je dus geen zorgen om te maken.'

'Dat is fijn om te horen. Maar Anders regelt dat soort zaken, dus ik neem aan dat hij op de hoogte is.'

Nu verscheen er zelfs een glimlachje op haar lippen en Erling kreeg vlinders in zijn buik. Toen hij na de lunch vanwege zijn blunder bang was geworden, had hij een plan opgevat. Hij snapte niet dat hij daar niet eerder aan had gedacht. Maar gelukkig was hij een man van de daad, die wist hoe hij zonder al te veel voorbereidingen van alles voor elkaar kon krijgen.

'Vrouwtje,' zei hij.

'Hm,' zei Vivianne terwijl ze nog een hapje van de quornschotel nam die ze had klaargemaakt.

'Ik zou je iets willen vragen...'

Vivianne stopte met kauwen en keek langzaam naar hem op. Even meende Erling iets angstigs in haar ogen te zien, maar dat verdween weer snel, en hij nam aan dat hij het zich had verbeeld. Het kwam vast van de zenuwen.

Moeizaam knielde hij naast haar stoel neer en hij pakte een doosje uit de binnenzak van zijn colbertje. Op het deksel stond de naam van een juwelier en je had niet veel fantasie nodig om te raden wat erin zat.

Erling schraapte zijn keel. Dit was een groots moment. Hij pakte Viviannes hand en zei plechtig: 'Ik zou je hierbij willen vragen mij de eer aan te doen mij je hand te geven.' Wat in zijn hoofd zo stijlvol had geklonken, klonk nu alleen maar belachelijk. Hij deed een nieuwe poging: 'Nou, ik dacht dus dat we wel konden trouwen.'

Dat was niet veel beter, en hij hoorde zijn hart bonzen toen hij zwijgend op haar antwoord wachtte. Eigenlijk twijfelde hij niet aan wat ze zou zeggen, maar je kon het nooit weten. Vrouwen waren soms onberekenbaar.

Vivianne bleef iets te lang zwijgen en Erlings knieën gingen pijn doen. Het doosje trilde in zijn hand en hij kreeg ook last van zijn rug.

Ten slotte haalde ze diep adem. 'Ja, natuurlijk gaan we trouwen, Erling.'

Opgelucht pakte hij de ring uit het doosje en schoof die aan haar vinger. Het was geen duur ding, maar Vivianne gaf niet veel om wereldse goederen, dus waarom zou hij veel geld spenderen aan een ring? Hij had ook nog korting gekregen, dacht hij tevreden. En hij rekende erop vanavond waar voor zijn geld te krijgen. Sinds de laatste keer was er verontrustend veel tijd verstreken, maar nu hadden ze iets te vieren.

Hij kwam met een krakende rug overeind en ging weer zitten. Triomfantelijk hief hij zijn wijnglas naar Vivianne, die ook naar hem toostte. Heel even dacht hij weer die vreemde uitdrukking in haar ogen te zien, maar hij wuifde die gedachte weg en nam een slok wijn. Vanavond zou hij echt niet in slaap vallen.

'Is iedereen aanwezig?' zei Patrik. Het was een retorische vraag. Ze waren met zo weinig mensen dat hij ze makkelijk kon tellen, maar hij probeerde het geroezemoes in de keuken wat te dempen.

'We zijn er allemaal,' zei Annika.

'We hebben het een en ander door te nemen.' Patrik pakte de flipover waarop tijdens werkoverleg aantekeningen werden gemaakt.

'In de eerste plaats: het gaat nog steeds goed met de jongens en het ziet ernaar uit dat ze er niets aan over zullen houden.'

'Godzijdank,' zei Annika opgelucht.

'Ik stel voor de cocaïnevondst tot het laatst te bewaren en eerst de andere gebeurtenissen van vandaag te bespreken. Wat kunnen jullie over de inhoud van de aktetas zeggen?'

'We weten nog niets concreets,' zei Paula snel. 'Maar hopelijk krijgen we binnenkort meer te horen.'

'Er zaten allemaal financiële papieren in,' legde Gösta met een blik naar Paula uit. 'Omdat wij er niet veel van begrepen, hebben we ze aan Lennart, Annika's man, gegeven. Hij gaat er eerst naar kijken voordat we ze eventueel ergens anders heen sturen.'

'Prima,' zei Patrik. 'Wanneer dacht Lennart er iets over te kunnen zeggen?'

'Overmorgen,' zei Paula. 'Wat het mobieltje betreft, daar zat niets interessants in. Ik heb de computer naar de technische afdeling gestuurd, maar Joost mag weten wanneer we iets van hen horen.'

'Heel frustrerend, maar daar is jammer genoeg niet veel aan te doen.' Patrik kruiste zijn armen voor zijn borst. LENNART, WOENSDAG, had hij met grote letters op de flip-over geschreven.

'Wat zei Sverins oude vlam? Had zij iets te melden?' vroeg Mellberg. Iedereen veerde op en Patrik keek zijn baas verbaasd aan. Hij had niet gedacht dat Mellberg op de hoogte was van de ontwikkelingen in het onderzoek.

'Mats is vrijdagavond bij haar geweest, maar hij is in de loop van de nacht weer vertrokken,' zei hij en hij schreef de tijdstippen op de flip-over. 'Dat begrenst de tijdruimte voor de moord. Die kan op z'n vroegst in de nacht van vrijdag op zaterdag hebben plaatsgevonden, wat ook overeenkomt met het geluid dat de buurman heeft gehoord. Hopelijk krijgen we informatie van Pedersen die ons verder kan helpen het tijdstip vast te stellen.'

'Maakte ze een verdachte indruk? Gekibbel tussen twee oude geliefden?' ging Mellberg verder. Ernst reageerde op de toon van zijn baasje en tilde nieuwsgierig zijn kop op van Mellbergs voeten.

'"Verdacht" is niet het woord dat ik zou gebruiken om Annie te beschrijven. Een beetje afwezig misschien. Ze woont momenteel met haar zoontje op het eiland en ik kreeg de indruk dat Mats en zij jarenlang geen contact met elkaar hadden gehad. Dat klopt ook met wat zijn ouders zeggen. Ze hebben die avond waarschijnlijk herinneringen opgehaald.'

'Waarom is hij midden in de nacht vertrokken?' vroeg Annika en ze wendde zich automatisch tot Martin, die beledigd terugkeek. Hij was tegenwoordig een keurige huisvader, maar vroeger had hij een turbulent liefdesleven met wisselende contacten gehad en dat werd hem soms nog steeds fijntjes onder de neus gewreven. Maar sinds hij Pia had leren kennen, had hij dat leven de rug toegekeerd en daar had hij nooit spijt van gehad.

Nu dacht hij onwillig terug aan oude tijden.

'Dat is toch niet zo raar? Soms heb je gewoon geen zin in dat geklets de volgende ochtend als je hebt gekregen wat je hebben wou.' Ze keken hem allemaal met een geamuseerde blik aan. 'Wat nou? Mannen zijn mannen.' Hij begon zo hard te blozen dat zijn sproeten knalrood werden.

Patrik moest even lachen, maar dwong zichzelf weer serieus te worden.

'Ongeacht de reden weten we nu in elk geval dat hij in de nacht van vrijdag op zaterdag naar huis is gegaan. Maar waar is zijn boot gebleven? Die moet hij toch hebben gebruikt om thuis te komen.'

'Hebben jullie al op internet gekeken?' Gösta pakte een koekje, dat hij in zijn koffie doopte.

'Ik heb gisteren een paar advertentiesites bekeken, maar nog niets gevonden,' zei Patrik. 'Er is aangifte gedaan van diefstal en ik heb met de Reddingsbrigade gesproken, dus zij kijken ook uit naar de boot.'

'Wel heel toevallig dat de boot net nu is verdwenen.'

'Ja, en is zijn auto onderzocht?' Paula ging meer rechtop zitten en keek Patrik aan.

Hij knikte. 'Torbjörn en zijn mannen hebben de auto onderzocht. Die stond op de parkeerplaats voor Mats' flat. Ze hebben niets gevonden.'

'Oké,' zei Paula en ze leunde weer achterover. Ze dacht dat ze misschien iets over het hoofd hadden gezien, maar Patrik leek de situatie onder controle te hebben.

'Wat hebben jullie in Göteborg ontdekt?' vroeg Mellberg, terwijl hij Ernst een koekje toeschoof.

Patrik en Martin keken elkaar aan.

'Dat reisje heeft het een en ander opgeleverd. Wil jij vertellen wat we bij Maatschappelijk Werk te weten zijn gekomen, Martin?'

De beslissing om zijn jongste collega wat meer naar voren te schuiven had meteen resultaat. Martin begon te stralen. Helder en duidelijk deed hij verslag van de informatie die Sven Barkman hun over Fristad had gegeven. Hij legde uit hoe de samenwerking tussen beide instanties verliep. Na een vragende blik in Patriks richting ging hij verder met het bezoek aan het kantoor van Fristad.

'We weten nog niet of Mats vanwege zijn werk bij de organisatie werd bedreigd. De manager van Fristad beweert dat ze niets wist van dreigementen, maar we mochten de dossiers inkijken van de vrouwen die het laatste jaar dat Sverin daar werkte door Fristad zijn geholpen. Het ging om ongeveer twintig gevallen.'

Patrik knikte bevestigend en Martin ging verder.

'Op basis van die informatie kunnen we onmogelijk zeggen of er gevallen tussen zitten waar we dieper in moeten duiken. We hebben aantekeningen gemaakt en de namen opgeschreven van de vrouwen voor wie Mats contactpersoon was, dus daar kunnen we verder mee aan de slag. Maar allemachtig, wat was het deprimerend om die mappen door te nemen. Veel van die vrouwen hebben in een hel geleefd waar wij ons geen voorstelling van kunnen maken… Bah, het is moeilijk te beschrijven.' Martin deed er gegeneerd het zwijgen toe, maar Patrik begreep precies wat hij bedoelde. De lotgevallen waar ze vluchtig kennis van hadden genomen, hadden hem minstens zo erg aangegrepen.

'We overwegen om met de andere medewerkers te gaan praten. En misschien ook met een paar vrouwen die door Fristad zijn geholpen in de tijd dat Mats daar werkte. Maar misschien is dat allemaal niet nodig. We hebben een getuigenverklaring die ons mogelijk verder kan helpen.' Hij laste een kunstmatige pauze in en constateerde dat hij de onverdeelde aandacht had. 'We vonden de hele tijd al dat er iets vreemds was met die mishandeling. Daarom zijn Martin en ik naar Mats' oude woning in Göteborg gegaan. Zoals jullie weten vond de mishandeling vlak voor zijn portiek plaats, en toen we met een buurman praatten, zei hij dat het helemaal geen tienerbende was geweest, zoals Mats had verklaard. Volgens de buurman, die dus getuige was van de gebeurtenis, ging het om een beduidend rijpere bende. "Motorfietsmensen" was de beschrijving die hij zelf gebruikte.'

'Verdomme,' zei Gösta. 'Maar waarom zou Sverin daarover liegen? En waarom heeft de buurman dat niet eerder verteld?'

'Wat de buurman betreft, dat is het gebruikelijke verhaal. Hij wilde zich er niet mee bemoeien, hij was bang. Gebrek aan burgermoed, met andere woorden.'

'En Sverin? Waarom wilde hij niet vertellen wat er echt was gebeurd?' hield Gösta hardnekkig vol.

Patrik schudde zijn hoofd. 'Ik weet het niet. Misschien om de eenvoudige reden dat hij ook bang was. Maar die bendes staan er niet om bekend dat ze mensen op straat te lijf gaan. Er moet dus meer achter zitten.'

'Zijn de mannen geïdentificeerd?' vroeg Paula.

'Een adelaar,' antwoordde Martin. 'De buurman zei dat ze een adelaar op hun rug hadden. Het moet dus niet al te moeilijk zijn om te achterhalen om welke bende het gaat.'

'Praat met de collega's in Göteborg, die kunnen zeker helpen,' zei Mellberg. 'Ik heb het de hele tijd al gezegd. Een louche figuur, die Sverin. Als hij zich met dat soort lui inliet, is het niet zo raar dat hij uiteindelijk met lood in zijn hoofd in het lijkenhuis is beland.'

'Zover zou ik niet willen gaan,' zei Patrik. 'We weten helemaal niet of Mats iets met die lui te maken had, en tot op heden wijst niets erop dat hij zich met criminele activiteiten bezighield. Ik vind dat we eerst aan Fristad moeten vragen of zij de bende herkennen en of ze er contact mee hebben gehad. En we zullen, zoals Bertil voorstelde, met de collega's in Göteborg praten om te horen wat zij erover kunnen zeggen. Ja, Paula?'

Paula zwaaide met haar hand.

'Nou,' begon ze aarzelend. 'Ik heb de boel vandaag een beetje bespoedigd. Ik heb het zakje met cocaïne niet naar het Gerechtelijk Laboratorium gestuurd, maar naar Torbjörn Ruud gebracht. Jullie weten zelf hoe lang het soms duurt voordat we de uitslag krijgen als we spullen opsturen en die onder in de stapel terechtkomen...'

'Ja, we weten wat je bedoelt. Ga verder,' zei Patrik.

'Het komt erop neer dat ik Torbjörn om een gunst heb gevraagd.'

Paula schoof onrustig heen en weer, onzeker hoe de anderen op haar initiatief zouden reageren. 'Ik heb hem gevraagd de vingerafdrukken op het zakje met die van Mats te vergelijken.' Ze haalde diep adem.

'Ga door,' zei Patrik.

'Ze kwamen overeen. Mats' vingerafdrukken zaten op het zakje met cocaïne.'

'Ik wist het wel.' Mellberg maakte een overwinningsgebaar. 'Drugs en contacten met criminele bendes. Ik had de hele tijd al het gevoel dat er iets niet pluis was met die man.'

'Ik vind nog steeds dat we geen overhaaste conclusies moeten trekken,' zei Patrik, maar hij klonk nadenkend.

De gedachten tolden door zijn hoofd en hij probeerde een verband te zien. Tot op zekere hoogte moest hij Mellberg gelijk geven, maar hij was het absoluut niet eens met de manier waarop zijn baas Mats Sverin beschreef. Het kwam niet overeen met het beeld dat hij had gekregen nadat hij met Annie, Mats' ouders en zijn collega's had gepraat. Hoewel hij de hele tijd het gevoel had gehad dat er iets niet klopte, kon hij dit nieuwe beeld van Mats niet geloven.

'Wist Torbjörn het echt zeker?'

'Ja, hij was er zeker van. Het materiaal wordt natuurlijk doorgestuurd en het moet nog formeel worden bevestigd. Maar Torbjörn kon garanderen dat Mats Sverin het zakje in zijn handen heeft gehad.'

'Dat verandert de zaak enigszins. We moeten de lokale verslaafden vragen of ze Mats kennen. Maar ik moet zeggen dat het niet echt klopt met...' Patrik schudde zijn hoofd.

'Onzin,' snoof Mellberg. 'Ik ben ervan overtuigd dat als we hier induiken, we snel een dader hebben. Een gewone, drugsgerelateerde moord. Het zou niet al te moeilijk moeten zijn die op te lossen. Waarschijnlijk heeft hij iemand opgelicht.'

'Hm...' zei Patrik. 'Maar waarom zou hij het zakje voor zijn huis hebben weggegooid? Of heeft iemand anders dat gedaan? Dat moet hoe dan ook worden onderzocht. Martin en Paula, kunnen jullie morgen met onze vaste klanten gaan praten?'

Paula knikte en Patrik schreef op de flip-over. Hij wist dat Annika altijd aantekeningen maakte tijdens een werkoverleg, maar het gaf hem een gevoel van overzicht om zelf dingen op de flip-over te noteren.

'Gösta, wij gaan met Mats' collega's praten, en deze keer zullen we wat specifiekere vragen stellen.'

'Specifiekere?'

'Ja, of ze iets hebben gehoord of gemerkt wat kan verklaren waarom Mats een zakje cocaïne in zijn handen heeft gehad.'

'Gaan we ze vragen of ze wisten dat hij verslaafd was?' Gösta leek niet enthousiast.

'Dat weten we nog niet,' zei Patrik. 'Het rapport van Pedersen komt overmorgen pas, en voor die tijd weten we niet welke stoffen Mats in zijn lichaam had.'

'En zijn ouders?' zei Paula.

Patrik slikte. Het stond hem tegen, maar hij wist dat ze gelijk had. 'Ja, we moeten ook met hen gaan praten. Dat doen Gösta en ik.'

'En ik?' vroeg Mellberg.

'Ik zou het op prijs stellen als jij in de hoedanigheid van chef hier het fort wilt bewaken,' zei Patrik.

'Ja, dat is waarschijnlijk het best.' Mellberg stond op, zichtbaar opgelucht, en Ernst volgde hem op de hielen. 'Nu hebben we een schoonheidsslaapje nodig. Morgen wordt het een drukke dag, maar we zullen deze zaak snel oplossen. Dat voel ik tot in mijn vingertoppen.' Mellberg wreef in zijn handen, maar kreeg niet veel respons van zijn ondergeschikten.

'Jullie hebben Bertil gehoord. Nu gaan we naar huis om te slapen, zodat we er morgen weer fris tegenaan kunnen.'

'Wat doen we met het Göteborg-spoor?' vroeg Martin.

'We doen nu eerst wat we net hebben afgesproken. Daarna praten we elkaar bij. Maar als we morgen niet naar Göteborg gaan, wordt het woensdag.'

Ze beëindigden het overleg en Patrik liep naar zijn auto. De hele weg naar huis was hij diep in gedachten verzonken.

Fjällbacka 1871

Het was vroeg in de herfst toen ze Gråskär voor het eerst mocht verlaten. De boot schommelde net zo erg op de heenreis, maar ze raakte niet in paniek. Ze had het afgelopen jaar dicht bij de zee geleefd en alle schakeringen en geluiden leren kennen, en als de zee haar niet op het eiland had opgesloten, had ze er vast vrede mee gesloten. Nu bracht de zee haar naar huis.

Het water was zo glad als een spiegel en ze kon de verleiding niet weerstaan haar hand erin te laten zakken en een vore naast de boot te trekken. Ze leunde tegen de verschansing om bij het water te kunnen en hield haar andere hand beschermend op haar buik. Karl stond aan het roer. Hij zag er ineens heel anders uit nu hij Gråskär en de schaduw van de vuurtoren had verlaten. Hij was knap. Daar had ze heel lang niet bij stilgestaan. Het kwaadaardige in zijn ogen had hem lelijk gemaakt. Maar als ze nu naar hem keek, terwijl zijn blik naar voren was gericht, wist ze weer wat ze ooit zo aantrekkelijk had gevonden. Misschien had het eiland hem veranderd, dacht Emelie. Misschien was er iets op het eiland wat het kwade in hem naar boven had gebracht. Die gedachte verwierp ze echter meteen weer. Wat was ze toch een dwaas. Maar Ediths waarschuwende woorden weerklonken in haar herinnering.

Vandaag zouden ze hoe dan ook het eiland achterlaten, al was het maar voor een paar uur. Ze zou mensen zien, inkopen doen, en Karls tante had hen uitgenodigd koffie bij haar te komen drinken. En ze zou naar de dokter gaan. Ze maakte zich geen zorgen. Ze wist dat alles goed was met het kind, dat druk tekeerging in haar buik. Maar het zou toch prettig zijn dat bevestigd te krijgen.

Ze deed haar ogen dicht en glimlachte. De wind voelde prettig op haar huid.

'Ga eens rechtop zitten,' zei Karl, en ze schrok op.

Ze moest weer denken aan de vorige boottocht. Ze was pasgetrouwd en vol verwachting geweest. Karl had nog aardig tegen haar gedaan.

'Neem me niet kwalijk,' zei ze en ze sloeg haar ogen neer. Ze wist zelf niet goed waarom ze haar verontschuldigingen aanbood.

'Geen onnodig gepraat nu.' Zijn stem was koud. Hij was weer dezelfde Karl als op het eiland: de lelijke man met de kwaadaardige ogen.

'Nee, Karl.' Ze bleef omlaag kijken, naar de bodem. Het kind in haar buik trapte zo hard dat ze naar adem hapte.

Plotseling stond Julian op van zijn plaats tegenover haar en kwam naast haar zitten, veel te dichtbij. Hij pakte haar arm stevig vast.

'Je hoorde wat Karl zei. Geen gepraat nu. Geen gepraat over het eiland of over dingen die alleen ons aangaan.' Zijn vingers boorden zich steeds dieper in haar arm en ze vertrok haar gezicht.

'Nee,' zei ze, terwijl haar ogen traanden van de pijn.

'Je moet nu stil in de boot blijven zitten. Je kunt zomaar overboord vallen,' zei Julian zachtjes. Hij liet haar arm los en kwam overeind. Hij ging weer op zijn plaats zitten en keek naar Fjällbacka, dat nu voor hen opdoemde.

Trillend legde Emelie haar handen weer op haar buik. Plotseling merkte ze dat ze hen die ze op het eiland had achtergelaten miste. Zij die waren achtergebleven en daar nooit weg konden komen. Ze beloofde zichzelf dat ze voor hen zou bidden. Misschien zou God haar gebed horen en erbarmen hebben met deze dolende zielen.

Toen ze bij de steiger bij het plein hadden aangelegd, knipperde ze haar tranen weg en voelde ze een glimlach op haar lippen verschijnen. Eindelijk was ze weer onder de mensen. Ze kon Gråskär nog steeds verlaten.

Mellberg liep fluitend naar zijn werk. Hij voelde dat het een goede dag zou worden. Hij had gisteravond een paar telefoontjes gepleegd en nu had hij een halfuur om zich klaar te maken.

'Annika!' riep hij zodra hij bij de receptie was.

'Ik zit hier, je hoeft niet zo te schreeuwen.'

'Wil je de conferentiekamer even in orde maken?'

'De conferentiekamer? Ik wist niet dat we hier zoiets chics hadden.' Ze zette haar computerbril af en liet die aan het koordje rond haar hals bungelen.

'Je weet heus wel welke kamer ik bedoel. De enige waar wat meer stoelen in passen.'

'Stoelen?' Annika kreeg een onrustig gevoel in haar buik. Dat Mellberg zo vroeg op het bureau kwam en er bovendien zo uitgelaten uitzag, beloofde niet veel goeds.

'Ja, rijen met stoelen. Voor de pers.'

'De pers?' zei Annika en het onrustige gevoel veranderde in een harde klomp. Wat had die man nu weer bedacht?

'Ja, de pers. Wat ben je traag vandaag. Ik ga hier een persconferentie houden en dan moeten de journalisten ergens kunnen zitten.' Hij sprak heel duidelijk, alsof hij het tegen een kind had.

'Weet Patrik hiervan?' Annika wierp een steelse blik op de telefoon.

'Hedström merkt het vanzelf wanneer het hem behaagt op zijn werk te komen. Het is twee minuten over acht,' zei Mellberg, die voor het gemak vergat dat hij zelf bijna nooit voor tien uur aanwezig was. 'De persconferentie begint om halfnegen. En we hebben zoals gezegd een ruimte nodig.'

Annika keek nog een keer naar de telefoon, maar ze besefte dat Mellberg daar bleef staan tot zij opstond om de enige geschikte ruimte in orde te maken. Hopelijk zou hij gauw naar zijn eigen kamer gaan; dan kon ze Patrik bellen en hem waarschuwen voor wat er te gebeuren stond.

'Wat is hier aan de hand?' Annika hoorde Gösta's stem vanuit de deuropening terwijl ze bezig was de stoelen klaar te zetten.

'Mellberg gaat kennelijk een persconferentie houden.'

Gösta krabde op zijn achterhoofd en keek om zich heen. 'Weet Hedström daarvan?'

'Dat heb ik Bertil ook gevraagd. Nee, kennelijk niet. Dit is een van zijn eigen briljante ideeën, en ik heb Patrik niet kunnen bellen om hem te waarschuwen.'

'Waar moet je mij voor waarschuwen?' Patriks hoofd dook op achter dat van Gösta. 'Wat ben je aan het doen?'

'Over' – Annika keek op haar horloge – 'tien minuten wordt hier een persconferentie gehouden.'

'Je maakt zeker een grapje,' zei Patrik, maar Annika's gezicht verried dat dat absoluut niet zo was.

'Die idiote...' Patrik maakte rechtsomkeert en beende naar Mellbergs kamer. Toen hoorden ze een deur opengaan, gevolgd door opgewonden stemmen en het geluid van een deur die dichtging.

'Oei,' zei Gösta en hij krabde weer op zijn achterhoofd. 'Ik ga maar naar mijn eigen kamer.' Hij verdween zo snel dat Annika zich afvroeg of hij überhaupt wel in de deuropening had gestaan of dat haar ogen haar hadden bedrogen.

Morrend ging ze verder met de stoelen, maar ze had er veel voor overgehad om een vlieg op de muur in Mellbergs kamer te kunnen zijn. Ze hoorde stemmen die achter zijn deur omhoog en omlaag gingen, maar ze kon geen woorden onderscheiden. Toen ging de deurbel en moest ze zich haasten om open te doen.

Een kwartier later hadden alle journalisten plaatsgenomen. Het geroezemoes was gedempt. Sommigen kenden elkaar: verslaggevers van de *Bohusläningen*, de *Strömstads Tidning* en de andere plaatselijke kranten. Ook de plaatselijke radio was aanwezig, en niet in de laatste plaats vertegenwoordigers van de boulevardbladen, 'de echte pers', die hier niet vaak te gast was. Annika beet nerveus op haar lip. Mellberg en Patrik waren in geen velden of wegen te bekennen en ze vroeg zich af of ze iets moest zeggen of dat ze zou afwachten wat er nu ging gebeuren. Ze koos voor het tweede, maar bleef de hele tijd naar Mellbergs deur kijken. Uiteindelijk werd die opengegooid en kwam Mellberg naar buiten gestormd, met een hoogrood gezicht en verwarde haren. Patrik bleef met zijn handen in zijn zij in de deuropening staan en ondanks de afstand kon ze zijn woedende blik zien. Terwijl Mellberg in volle vaart op haar afstevende, liep Patrik naar zijn eigen kamer. Hij smeet de deur zo hard dicht dat de schilderijen in de gang rammelden.

'De snotjongen,' mopperde Mellberg toen hij langs Annika drong. 'Denkt dat hij zich kan bemoeien met de manier waarop ik de dingen regel!' Hij stopte even, haalde diep adem en fatsoeneerde zijn haar. Toen stapte hij de kamer binnen.

'Is iedereen aanwezig?' vroeg hij met een brede glimlach, en hij kreeg een bevestigend gemompel ten antwoord.

'Goed, dan beginnen we. Zoals ik gisteren al vertelde, heeft het onderzoek naar de moord op Mats Sverin een nieuwe wending genomen.' Hij zweeg even, maar op dat moment leek nog niemand iets te willen vragen. 'De mensen van de plaatselijke pers hebben ongetwijfeld al gehoord dat er gisteren iets heel ergs is gebeurd. Drie kleine jongens zijn met spoed naar het ziekenhuis in Uddevalla gebracht.'

Een paar journalisten knikten.

'De jongens hadden een zakje met wit poeder gevonden. Ze dachten dat het snoep was en hebben ervan geproefd. Omdat het cocaïne bleek te zijn, werden ze ziek en zijn ze met een ambulance naar het ziekenhuis gebracht.' Hij stopte weer en strekte zijn rug. Nu was hij in zijn element. Hij was dol op persconferenties.

De verslaggever van de *Bohusläningen* stak zijn hand op en Mellberg knikte hem streng toe.

'Waar hebben de jongens het zakje gevonden?'
'In Fjällbacka, in een afvalbak voor de flatgebouwen bij Tetra Pak.'
'Hebben ze er iets aan overgehouden?' Een van de journalisten van

de boulevardbladen stelde de vraag zonder op zijn beurt te wachten.
'De artsen zeggen dat ze volledig zullen herstellen. Gelukkig hadden ze niet veel binnengekregen.'
'Denken jullie dat een bekende verslaafde het zakje is kwijtgeraakt? Of heeft het met de moord te maken? Zei je daar iets over in je inleiding?' De vraag kwam van de verslaggever van de *Strömstads Tidning*.
Mellberg genoot toen hij merkte dat zijn gehoor aandachtiger werd. Ze zagen aan hem dat hij iets belangrijks te vertellen had en hij wilde alles uit het moment halen wat erin zat. Na een korte pauze zei hij: 'Het zakje lag in een afvalbak voor Mats Sverins portiek.' Langzaam keek hij iedereen afzonderlijk aan. Alle ogen waren op hem gericht. 'En we hebben zijn vingerafdrukken op het zakje gevonden.'
Er ging een gesuis door de kamer.
'Dat is niet niks,' zei de man van de *Bohusläningen*, en een paar handen gingen de lucht in.
'Denken jullie dat het om een uit de hand gelopen drugsdeal gaat?' De journalist van de *Göteborgs-Tidningen* maakte ijverig aantekeningen, terwijl de fotograaf foto's nam. Mellberg zei tegen zichzelf dat hij zijn buik moest inhouden.
'We willen op dit moment niet al te veel zeggen, maar dat is een van de hypothesen die we volgen, ja.'
Hij genoot ervan zijn eigen woorden te horen. Als hij andere keuzes in zijn leven had gemaakt, was hij misschien persvoorlichter bij de politie in Stockholm geworden. Dan zou hij op tv zijn geweest toen Anna Lindh werd vermoord, dan zou hij zich in een ochtendprogramma over de moord op Palme hebben uitgelaten.
'Zijn er in het onderzoek nog meer aanwijzingen dat er drugs in het spel zijn?' vroeg de verslaggever van de *Göteborgs-Tidningen*.
'Daar kan ik niets over zeggen,' zei Mellberg. Het was belangrijk de pers net genoeg lokkertjes te geven. Niet te veel, niet te weinig.
'Hebben jullie Mats' achtergrond onderzocht? Is daar sprake van drugs?' Nu was de verslaggever van de *Bohusläningen* erin geslaagd een vraag te stellen.
'Daar kan ik ook niets over zeggen.'
'Zijn ze al klaar met de sectie?' ging de verslaggever van de *Göte-*

borgs-Tidningen verder, terwijl de meer bescheiden journalisten steeds nijdiger naar hem begonnen te kijken.

'Nee, we verwachten deze week de uitslag te horen.'

'Hebben jullie een verdachte?' Nu was het de *Göteborgs-Posten* gelukt er een woord tussen te krijgen.

'Momenteel niet. Ik denk dat we op dit moment niet zoveel meer te zeggen hebben. Jullie hebben de informatie gekregen die we jullie kunnen geven en we zullen jullie op de hoogte houden als er nieuwe ontwikkelingen zijn. Maar volgens mijn inschatting is een doorbraak nabij.'

Zijn woorden werden gevolgd door een stortvloed van vragen, maar Mellberg schudde slechts zijn hoofd. Ze moesten tevreden zijn met wat hij hun had gegeven. Hij prees zichzelf voor zijn geweldige inzet toen hij met verende tred terugliep naar zijn kamer. Patriks deur was dicht. Zuurpruim, dacht Mellberg, en zijn gezicht betrok. Hedström moest weten wie hier de baas was en wie de meeste ervaring had met dit soort zaken. Als hij dat niet wilde, moest hij maar ergens anders gaan werken.

Mellberg ging op zijn bureaustoel zitten, legde zijn benen op het bureau en vouwde zijn handen achter zijn hoofd. Nu had hij een dutje verdiend.

'Met wie zullen we beginnen?' vroeg Martin. Hij stapte op de parkeerplaats bij de flatgebouwen uit de auto.

'Wat dacht je van Rolle?'

Martin knikte. 'Ja, het is alweer een tijdje geleden dat we met hem hebben gepraat. Het kan geen kwaad dat hij merkt dat we hem niet zijn vergeten.'

'Ik hoop wel dat hij aanspreekbaar is.'

Ze liepen de trap op en toen ze voor Rolles deur stonden, drukte Paula op de bel. Niemand deed open en ze drukte de bel nog een keer hard in. Een hond begon te blaffen.

'Shit, zijn herder. Die was ik vergeten.' Martin schudde zijn hoofd. Hij hield niet van grote honden en de honden van junkies waren in zijn ogen vaak extra onbetrouwbaar.

'Die is niet gevaarlijk. Ik heb haar al vaker gezien.' Paula drukte nog een keer op de bel en nu hoorden ze voetstappen aan de andere kant. De deur werd voorzichtig geopend.

'Ja?' Rolle keek argwanend en Paula deed een pas naar achteren, zodat hij haar goed kon zien. De hond blafte luid tussen de benen van de man. Het leek alsof ze door de nauwe opening naar buiten wilde dringen. Martin ging op de onderste tree naar de volgende verdieping staan, al kon hij niet goed zeggen waarom hij daar veiliger zou zijn.

'Ik ben Paula van de politie in Tanum. We hebben elkaar al vaker gezien.'

'Ja, ik herken je wel,' zei Rolle, maar hij maakte geen aanstalten om de ketting los te maken en de deur te openen.

'We zouden graag binnenkomen om even met je te praten.'

'Even te praten. Ja, ja, dat heb ik vaker gehoord.' Rolle kwam niet van zijn plaats.

'Ik meen het. We komen je niet oppakken.' Paula sprak met kalme stem.

'Goed, kom dan maar binnen.' Hij deed de deur open.

Martin staarde naar de herder, die door Rolle bij de halsband werd vastgehouden.

'Dag, hond.' Paula knielde neer en begon de hond achter haar oor te krabben. Ze hield meteen op met blaffen en liet zich gewillig aaien. 'Wat een mooie meid ben jij. Ja, dat was lekker, hè, dat vond je fijn.' Paula bleef de grote oren krabben en het teefje keek helemaal gelukzalig.

'Ja, Nikki is een mooie hond,' zei Rolle en hij liet de halsband los.

'Kom maar, Martin.' Paula gebaarde dat hij dichterbij kon komen. Nog steeds niet helemaal overtuigd stapte Martin de trap af en liep naar Paula en Nikki. 'Laat Nikki je maar even begroeten. Ze is heel lief.'

Martin gehoorzaamde aarzelend. Hij begon de grote herder te krabben en werd beloond met een lik op zijn hand.

'Zie je wel, ze vindt je aardig,' zei Paula met een grijns.

'Hm,' zei Martin en hij schaamde zich een beetje. Van dichtbij leek de hond helemaal niet zo gevaarlijk.

'Nu moeten we even met het baasje praten.' Paula kwam overeind en Nikki hield vragend haar kop scheef voordat ze de woning in liep.

'Je hebt het hier leuk ingericht,' zei Paula om zich heen kijkend.

Rolle huurde een kleine eenkamerflat en het was duidelijk dat gezelligheid niet boven aan zijn prioriteitenlijstje stond. Het meubilair bestond uit een klein houten bed met niet bij elkaar passend beddengoed, een grote oude tv die midden op de vloer stond, een bruine, pluizige bank en een gammele salontafel. Alles zag eruit alsof het uit een container bij elkaar was geraapt, wat waarschijnlijk ook zo was.

'We gaan in de keuken zitten.' Rolle ging hun voor.

Martin wist dat Rolle volgens het register eenendertig was, maar hij zag er minstens tien jaar ouder uit. Lang maar enigszins gebogen, vet haar dat over de kraag van een geruit, verbleekt overhemd hing. Zijn spijkerbroek zat vol ingedroogde vlekken en scheuren die via de harde weg waren ontstaan, niet omdat het mode was.

'Ik kan jullie niets aanbieden,' zei Rolle sarcastisch en hij knipte met zijn vingers naar Nikki dat ze naast hem moest komen liggen.

'Dat geeft niet,' zei Paula. Naar de hoeveelheid afwas in de gootsteen en op het aanrecht te oordelen zou er waarschijnlijk toch geen schoon serviesgoed zijn geweest als ze wel koffie hadden gewild.

'Wat komen jullie doen?' Hij slaakte een diepe zucht en begon geconcentreerd op zijn rechterduimnagel te bijten. Sommige nagels waren zo afgekloven dat de vingertoppen helemaal ontstoken waren.

'Wat weet je over de man in het trappenhuis hiernaast?' Paula keek hem met een vaste blik aan.

'Welke man?'

'Wie denk je?' zei Martin. Tot zijn verbazing merkte hij dat hij naar Nikki gebaarde dat ze naast hem kon komen liggen.

'De man die een kogel door zijn kop kreeg, neem ik aan?' Rolle keek Paula kalm aan.

'Goed geraden. En?'

'Wat nou? Daar weet ik toch zeker niets van. Dat heb ik de vorige keer dat jullie hier waren ook al gezegd.'

Paula keek Martin vragend aan. Hij knikte. Hij had tijdens het buurtonderzoek vlak na de moord met Rolle gepraat.

'Ja, maar sindsdien is er het een en ander aan het licht gekomen.' Paula's stem klonk plotseling hard. Martin dacht bij zichzelf dat ze een vrouw was met wie hij liever geen ruzie had. Ze was klein, maar stoerder dan de meeste mannen die hij kende.

'Ja?' Het kwam er nonchalant uit, maar Martin zag dat Rolle aandachtig luisterde.

'Heb je gehoord dat een paar jochies hier buiten een zakje cocaïne hebben gevonden?' zei Paula. Rolle stopte met nagelbijten.

'Cocaïne? Waar?'

'In de afvalbak voor de flat.' Paula knikte naar de groene afvalbak die door het keukenraam te zien was.

'Cocaïne in de afvalbak?' herhaalde Rolle met iets begerigs in zijn blik.

Dat moest de droom van elke junkie zijn, dacht Martin. Een zak met drugs in een afvalbak vinden. Alsof je zonder inzet een prijs in de lotto won.

'Ja, en de kinderen hebben ervan geproefd. Ze moesten naar de Spoedeisende Hulp en hadden wel dood kunnen gaan,' zei Paula.

Rolle wreef verward door zijn vette haar.

'Dat is verschrikkelijk. Kinderen moeten van dat spul afblijven.'

'Ze zijn zeven. Ze dachten dat het snoep was.'

'Maar ze zijn er zonder kleerscheuren afgekomen, zei je?'

'Ja, ze zijn er zonder kleerscheuren afgekomen. En hopelijk komen ze nooit meer in de buurt van die troep. De troep waar jij je mee bezighoudt.'

'Ik zou nooit aan kinderen verkopen. Jullie kennen me, verdomme. Ik zou nooit iets aan kinderen geven.'

'Dat denken we ook niet. Ze hebben het zoals ik al zei in de afvalbak gevonden.' Paula's stem klonk nu weer wat milder. 'Maar er zijn een paar koppelingen tussen de man die vermoord is en dit zakje met cocaïne.'

'Wat voor koppelingen?'

'Dat maakt niet uit.' Paula zwaaide afwerend met haar hand. 'Wij vragen ons natuurlijk af of jij contact hebt gehad met de man van hiernaast, of je iets weet. En maak je maar geen zorgen: als dat zo zou zijn, zullen we je daar niet voor oppakken,' ging ze verder voordat Rolle iets had kunnen zeggen. 'We onderzoeken een moord, en dat is een stuk belangrijker. Maar het kan in de toekomst in je voordeel werken als je ons nu helpt.'

Rolle leek diep na te denken. Toen haalde hij zijn schouders op en zuchtte.

'Helaas. Ik heb de man weleens in het voorbijgaan gezien, maar ik heb nooit met hem gepraat. Het leek niet of we veel te bespreken zouden hebben. Maar als wat jullie zeggen klopt, dan hadden we misschien toch meer gemeen dan ik dacht.' Hij lachte.

'En je hebt niets over hem gehoord via je andere contacten?' vroeg Martin. Nikki was bij hem komen liggen en hij krabde haar nek.

'Nee,' zei Rolle met tegenzin. Hij had graag een paar punten gescoord, maar het was duidelijk dat hij niets wist.

'Wil je ons bellen als je iets hoort?' Paula pakte een visitekaartje en gaf dat aan Rolle, die nog een keer zijn schouders ophaalde en het kaartje in de achterzak van zijn vlekkerige spijkerbroek stopte.

'Natuurlijk. Jullie komen er zelf wel uit, hè?' Hij grijnsde en stak zijn hand uit naar een doosje snustabak dat op tafel lag. Toen de mouw van zijn overhemd omhoogschoof, zagen ze de onthullende naaldenprikken aan de binnenkant van zijn elleboog. Rolle was verslaafd aan heroïne, niet aan cocaïne.

In plaats van het baasje liep Nikki mee naar de deur en Martin aaide haar nog eens goed voordat ze de deur achter zich dichttrokken.

'Dat was nummer één. Dan hebben we er nog drie te gaan.' Paula begon de trap af te lopen.

'Wat een heerlijk vooruitzicht om de dag in drugspanden te mogen doorbrengen,' zei Martin en hij liep achter haar aan.

'Als je geluk hebt, kom je misschien wel meer honden tegen. Ik heb nog nooit iemand gezien bij wie totale angst zo snel overging in totale verliefdheid.'

'Ze was heel lief,' morde Martin. 'Maar ik vind grote honden nou eenmaal eng.'

Erica had het gevoel dat er een last van haar schouders was gevallen. Diep vanbinnen wist ze dat er nog een lange weg te gaan was en dat Anna plotseling weer in haar duisternis terug kon glijden. Niets was zeker. Anderzijds wist ze dat Anna een vechter was. Ze was al eerder op pure wilskracht overeind gekrabbeld en Erica was ervan overtuigd dat ze dat nu weer zou doen.

Patrik was ook blij geweest toen ze hem gisteravond over Anna's vorderingen had verteld. Hij was vanochtend fluitend naar zijn werk gereden en ze hoopte dat zijn goede humeur stand zou houden. Sinds hij in het ziekenhuis had gelegen hield ze zijn stemmingen heel goed in de gaten. De gedachte dat Patrik iets zou overkomen was verlammend. Hij was haar maatje, haar geliefde en de vader van haar drie heerlijke kinderen. Hij mocht niet alles op het spel zetten door zich dood te stressen. Dat zou ze hem nooit vergeven.

'Hallo, daar zijn we weer.' Ze duwde de kinderwagen de bibliotheek in.

'Hoi,' zei May opgewekt. 'Je hebt gisteren zeker niet alles kunnen bekijken?'

'Dat klopt, ik wil nog wat opzoeken in de encyclopedie en andere naslagwerken. Het leek me slim dat te doen nu de jongens slapen.'

'Je zegt het maar als je hulp nodig hebt.'

'Prima,' zei Erica en ze ging aan een tafel zitten.

Het was een ingewikkelde klus om te vinden wat ze zocht. Op een schrijfblok noteerde ze ijverig de verwijzingen naar andere literatuur. Meestal leverde dat echter niets op en leidde het alleen tot allerlei informatie over andere eilanden en gebieden. Maar soms vond ze pareltjes die haar verder brachten. Net als bij alle research, met andere woorden.

Ze boog zich naar voren en keek in de kinderwagen. De tweeling lag rustig te slapen. Ze strekte haar benen en las toen weer verder. Ze merkte dat ze dol was op spookverhalen. Het was lang geleden dat ze die had gelezen. Als kind had ze de engste boeken die ze maar kon vinden verslonden, alles van Edgar Allan Poe tot Scandinavische volkssprookjes. Misschien was dat wel de reden dat ze als volwassene over echte moordzaken was gaan schrijven, als een verlengstuk van de griezelverhalen uit haar jeugd.

'Je kunt kopieën maken van het materiaal dat je wilt meenemen,' zei May behulpzaam.

Erica knikte en stond op. Ze had een aantal pagina's gevonden waar ze thuis wat grondiger naar wilde kijken. Ze voelde de bekende kriebels in haar buik. Ze vond het heerlijk om te wroeten en te graven en de puzzel stukje voor stukje te leggen. Omdat ze de afgelopen maanden alleen maar aan baby's had kunnen denken, genoot ze nu extra van deze meer volwassen bezigheid. Ze had haar uitgever laten weten dat ze pas over een halfjaar aan haar nieuwe boek zou beginnen, en dat was een besluit waar ze zich aan wilde houden. Maar tot die tijd had ze iets nodig om haar hersenen te stimuleren, en dit voelde als een goed begin.

Met een hele stapel kopieën in de verzorgingstas wandelde ze in een rustig tempo naar huis. De jongens sliepen nog steeds. Het leven voelde licht aan.

'Wel godverdegodver…' Patriks taalgebruik was meestal niet zo krachtig, maar Gösta begreep hem wel. Deze keer was Mellberg erin geslaagd zichzelf te overtreffen.

Patrik sloeg zo hard met zijn hand op het dashboard dat Gösta opveerde.

'Denk aan je hart.'

'Ja, ja,' zei Patrik, maar hij dwong zichzelf er toch toe een paar keer diep adem te halen en te kalmeren.

'Daar.' Gösta wees naar een lege parkeerplaats. 'Hoe gaan we dit aanpakken?' zei hij, terwijl ze in de auto bleven zitten.

'We hoeven er in elk geval geen doekjes om te winden,' zei Patrik. 'Het komt toch allemaal in de krant.'

'Ja, ik weet het. Maar we moeten wel zorgvuldig te werk gaan, ongeacht wat Mellberg heeft uitgehaald.'

Patrik keek Gösta verbaasd en enigszins beschaamd aan.

'Je hebt gelijk. Gedane zaken nemen geen keer, en we moeten verder. Ik stel voor dat we met Erling beginnen en daarna met de andere collega's van Mats gaan praten. We moeten ze vragen of hun iets is opgevallen wat met drugs of een verslaving te maken kan hebben.'

'Zoals wat?' Gösta hoopte dat hij niet dom klonk, maar hij begreep gewoon niet wat Patrik bedoelde.

'Of hij zich vreemd of anders heeft gedragen, bijvoorbeeld. Hij lijkt heel ordelijk en fatsoenlijk te zijn geweest, maar misschien hebben ze iets gemerkt wat van dat patroon afwijkt.'

Patrik stapte uit de auto en Gösta volgde hem. Ze hadden niet van tevoren gebeld om te vragen wie er aanwezig waren in het gemeentekantoor, maar toen ze bij de receptie informeerden bleek dat ze geluk hadden. Iedereen was er.

'Kan Erling ons ontvangen?' Patrik slaagde erin zijn woorden als een bevel en niet als een vraag te laten klinken.

De receptioniste knikte verschrikt. 'Hij zit op dit moment niet in een vergadering,' zei ze en ze wees in de richting waarvan Gösta inmiddels wist dat daar Erlings kamer lag.

'Hallo,' zei Patrik toen ze in de deuropening stonden.

'Hé, hallo!' Erling stond op en liep op hen af om hen te begroeten. 'Kom verder, kom verder. Hoe gaat het? Hebben jullie al iets ontdekt? Ik hoorde trouwens wat er gisteren met die jongetjes is gebeurd. Mijn god, waar gaat het naartoe met deze wereld?' Hij ging weer zitten.

Patrik en Gösta keken elkaar even aan; toen nam Patrik het woord.

'Er lijkt een verband te bestaan.' Hij schraapte zijn keel, onzeker hoe hij verder moest gaan. 'We hebben redenen om aan te nemen dat Mats Sverin iets te maken heeft met de cocaïne die de jongens hebben gevonden.'

Het werd muisstil in de kamer. Erling staarde hen aan en ze wachtten rustig af wat hij zou zeggen. Zijn verbazing leek gemeend.

'Ik... Maar... Hoe...' stamelde hij, en toen schudde hij alleen maar zijn hoofd.

'Jij hebt nooit iets vermoed?' zei Gösta om hem op gang te helpen.

'Nee, absoluut niet. Zoiets zouden we nooit... zouden we nooit hebben kunnen bevroeden.' Zijn gebruikelijke breedsprakigheid was volkomen verdwenen.

'Er waren geen tekenen dat er iets met Mats aan de hand was? Stemmingswisselingen, dat hij laat op zijn werk kwam, niet op tijd was voor afspraken, een algemeen veranderd gedrag?' Patrik keek hem onderzoekend aan, maar Erling leek oprecht perplex.

'Nee, Mats was zoals ik al eerder heb gezegd de stabiliteit zelve. Misschien een beetje zwijgzaam over bepaalde zaken, maar dat was het enige.' Hij veerde op. 'Was het daarom? Kan het met drugs te maken hebben? Misschien niet zo vreemd dat je dan niet over je privéleven wilt praten.'

'We weten het niet. Maar het zou kunnen.'

'Maar dat is verschrikkelijk. Als bekend wordt dat wij zoiets... dat zo iemand hier heeft gewerkt, dan is dat een grote ramp.'

'We moeten je nog iets vertellen,' zei Patrik en hij vloekte inwendig. 'Bertil Mellberg heeft vanochtend een persconferentie gehouden; het zal dus in de loop van de dag naar buiten komen.'

Alsof het geregisseerd was, stond de receptioniste plotseling met hoogrode wangen en een gejaagde blik in de deuropening.

'Ik weet niet waar het over gaat, Erling, maar de telefoon staat roodgloeiend. Allerlei kranten proberen je te bereiken en zowel het *Aftonbladet* als de *Göteborgs-Tidningen* wil je meteen spreken.'

'Mijn god,' zei Erling en hij wreef over zijn voorhoofd, waarop zweetpareltjes waren verschenen.

'We kunnen je alleen maar aanraden zo weinig mogelijk te zeggen,' zei Patrik. 'Het spijt me echt dat de pers er in zo'n vroeg stadium bij is gehaald, maar dat heb ik helaas niet kunnen voorkomen.' Patrik sprak op bitse toon, maar Erling leek zich alleen bewust van zijn eigen crisissituatie.

'Ik moet natuurlijk met ze praten,' zei hij en hij schoof verward heen en weer op zijn stoel. 'Het is zoals het is, maar een drugsgebruiker bij de gemeente... Hoe moet ik dat in godsnaam uitleggen?'

Patrik en Gösta beseften dat ze geen zinnig woord meer uit Erling zouden krijgen en stonden daarom op.

'We willen ook graag met de anderen praten,' zei Patrik.

Erling keek op, maar hij kon zijn blik niet echt focussen.

'Ja, natuurlijk. Ga jullie gang. Als jullie het niet erg vinden, moet ik die telefoontjes nu aannemen.' Hij bette zijn kale hoofd met een zakdoek.

Ze verlieten het vertrek en klopten op de deur van de kamer ernaast.

'Kom binnen,' kwetterde Gunilla, die kennelijk helemaal niet wist wat zich buiten haar kamer afspeelde.

'Heb je even tijd om met ons te praten?' vroeg Patrik.

Gunilla knikte opgewekt. Toen betrok haar gezicht.

'Sorry dat ik zo vrolijk zit te lachen. Jullie zijn hier natuurlijk vanwege Mats, neem ik aan? Hebben jullie al iets ontdekt?'

Onzeker hoe ze hun boodschap moesten presenteren keken Patrik en Gösta elkaar weer aan. Ze gingen zitten.

'We hebben nog wat vragen over Mats,' zei Gösta. Hij wipte een beetje zenuwachtig met zijn voet heen en weer. Eigenlijk wisten ze veel te weinig om zinnige vragen te kunnen stellen.

'Kom maar op,' zei Gunilla en ze glimlachte weer.

Ze was vermoedelijk iemand die altijd onverwoestbaar positief en opgewekt was, dacht Gösta. Zo iemand die je 's morgens om zeven uur vóór je eerste kop koffie niet om je heen wilt hebben. Gelukkig had hij zijn ochtendhumeur kunnen delen met zijn inmiddels overleden dierbare echtgenote en hadden ze 's ochtends in alle rust op hun eigen plekje zitten pruilen.

'Gisteren zijn een paar schooljongens naar het ziekenhuis gebracht nadat ze cocaïne hadden binnengekregen die ze hadden gevonden,' zei Patrik. 'Dat heb je misschien wel gehoord?'

'Ja, het was vreselijk. Maar het is goed afgelopen, heb ik begrepen.'

'Ja, de jongens komen er weer bovenop. Maar nu is gebleken dat er een koppeling is met ons onderzoek.'

'Een koppeling?' zei Gunilla en ze keek met haar alerte eekhoornogen van Patrik naar Gösta.

'Ja, we hebben een zeker verband gevonden tussen Mats Sverin en de cocaïne.' Hij hoorde zelf dat hij iets te formeel klonk, wat wel vaker gebeurde als hij zich geneerde. En dit voelde absoluut niet goed. Maar het was beter dat Mats' oude collega's het op deze manier te horen kregen dan dat ze het uit de krant moesten vernemen.

'Ik begrijp het niet.'

'Wij denken dat Mats de cocaïne in zijn bezit heeft gehad.' Gösta keek naar de vloer.

'Mats?' Gunilla's stem schoot de hoogte in. 'Nee, jullie willen toch zeker niet beweren dat Mats…?'

'We weten nog niets over de omstandigheden,' legde Patrik uit. 'Daarom zijn we hier: om te horen of jullie iets vreemds aan hem hebben gemerkt wat je nu te binnen schiet.'

'Iets vreemds?' herhaalde Gunilla, en Patrik zag dat ze zich begon op te winden. 'Mats was de aardigste man die je je maar kunt indenken en ik kan me absoluut niet voorstellen dat hij… Nee, dat is gewoon onmogelijk.'

'Er was niets wonderlijks aan zijn gedrag? Niets wat je opviel?' Patrik voelde dat hij zich aan een strohalm vastklampte.

'Mats was een ongelooflijk leuke, lieve man. Dat hij drugs zou hebben aangeraakt is ondenkbaar.' Bij elke lettergreep tikte ze met een pen op het bureau om haar woorden kracht bij te zetten.

'Het spijt me, maar we moeten deze vragen nu eenmaal stellen,' zei Gösta afwerend. Patrik knikte en stond op. Gunilla keek hen boos na toen ze haar kamer uit liepen.

Een uur later verlieten ze het gemeentekantoor. Ze hadden met de andere ex-collega's gepraat en die hadden allemaal op dezelfde manier gereageerd. Niemand kon zich voorstellen dat Mats Sverin verwikkeld zou zijn geweest in zaken die met drugs te maken hadden.

'Dat bevestigt wat ik zelf ook voel. En ik heb hem niet eens ontmoet,' zei Patrik toen ze weer in de auto gingen zitten.

'Ja, en toch staat het moeilijkste ons nog te wachten.'

'Ik weet het,' zei Patrik en hij reed de weg naar Fjällbacka op.

Hij had hen gevonden. Ze wist het net zo zeker als dat ze wist dat ze nu geen kant meer op kon. Ze had geen enkele vluchtmogelijkheid meer. Wat was het makkelijk geweest om alles weer kapot te maken. Een ansichtkaart, zonder tekst of afzender, met een Zweeds poststempel, was voldoende geweest om haar hoop over de toekomst de grond in te boren.

Madeleines hand beefde toen ze de kaart omdraaide nadat ze de witte achterkant met alleen haar naam en het nieuwe adres had bestudeerd. Woorden waren niet nodig en de afbeelding op de kaart zei alles. De boodschap had niet duidelijker kunnen zijn.

Langzaam liep ze naar het raam. Kevin en Vilda speelden op de binnenplaats, niet wetend dat hun leven weer zou veranderen. Ze omklemde de kaart in haar hand. Die werd vochtig van het zweet van haar vingers, en ze probeerde haar gedachten op een rijtje te zetten, zodat ze een besluit kon nemen. De kinderen zagen er zo blij uit. Ze speelden met elkaar en met de andere kinderen. De wanhopige uitdrukking in hun ogen was eindelijk aan het verdwijnen, hoewel er waarschijnlijk altijd wel een spoortje angst zou achterblijven. Ze hadden veel te veel gezien en dat kon ze niet ongedaan maken, met hoeveel liefde ze hen ook overspoelde. En nu was alles kapot. Dit had de enige uitweg geleken, een laatste kans op een gewoon leven. Zweden, hem en alles achterlaten. Hoe zou ze hun geborgenheid kunnen geven als haar laatste reddingslijn was doorgesneden?

Madeleine leunde met haar hoofd tegen het raam. Dat voelde koud aan haar voorhoofd. Ze zag hoe Kevin zijn zusje hielp de trap van de glijbaan op te klimmen. Hij plaatste zijn handen onder Vilda's billen en ondersteunde haar terwijl hij haar tegelijk duwde. Misschien had ze er verkeerd aan gedaan het goed te vinden dat hij de man van het gezin werd. Hij was nog maar acht. Maar hij was op een heel natuurlijke manier in die rol gestapt en voor zijn meiden gaan zorgen, zoals hij zijn moeder en zijn zusje trots noemde. Hij was gegroeid door de verantwoordelijkheid en voelde zich daar goed bij. Kevin streek de pony uit zijn ogen. Uiterlijk leek hij sterk op zijn vader, maar hij had haar hart. Haar zwakte, zoals híj het altijd noemde als de klappen kwamen.

Zachtjes bonsde ze met haar voorhoofd tegen het glas. De hopeloosheid vulde haar lichaam. Van de toekomst die ze voor ogen had gehad was niets over. Harder en harder bonsde ze met haar voorhoofd tegen het raam, en ze voelde hoe de bekende pijn haar op een merkwaardige manier kalmeerde. Ze liet de kaart los en de foto van de adelaar met gespreide vleugels vloog over de vloer. Buiten gleed Vilda met een gelukzalige glimlach van de glijbaan naar beneden.

Fjällbacka 1871

'Hoe gaat het op het eiland? Het moet behoorlijk eenzaam zijn.' Dagmar keek Emelie en Karl, die stijf tegenover haar op de houten tweepersoonsbank zaten, onderzoekend aan. Het fragiele koffiekopje leek misplaatst in Karls grove hand, maar Emelie hield het hare keurig vast en nam kleine slokjes van de hete drank.

'Het is zoals het is,' antwoordde Karl zonder Emelie aan te kijken. 'De vuurtorens liggen geïsoleerd, maar we redden ons goed. Dat zou u toch moeten weten?'

Emelie schaamde zich. Ze vond dat Karl veel te bruusk tegen Dagmar praatte, die toch zijn tante was. Emelie had altijd geleerd oudere mensen met respect te bejegenen en meteen al bij de begroeting had ze instinctief geweten dat ze Dagmar graag mocht. Als iemand haar zou begrijpen, was zij het wel. Zij was immers ook de vrouw van een vuurtorenwachter geweest. Haar man, Karls oom, had vele jaren als hoofdlichtwachter gewerkt. Karls vader zou later de boerderij erven en beheren, maar zijn jongere broer had meer vrijheid gehad om zijn eigen weg te gaan. Hij was Karls held geweest en door hem had Karl voor het leven omringd door zee en vuurtorens gekozen. Dat had Karl ooit aan Emelie verteld, in de tijd dat hij nog met haar praatte. Nu was Karls oom Allan dood en Dagmar woonde alleen in een huisje vlak bij het Brandpark in Fjällbacka.

'Ja, ik weet inderdaad hoe het is,' zei Dagmar. 'Door alle verhalen die je van Allan had gehoord wist jij waar je aan begon. Het is de vraag of dat ook voor Emelie geldt.'

'Zij is mijn vrouw en moet zich er maar in schikken.'

Emelie schaamde zich opnieuw voor het gedrag van haar man en ze voelde de tranen achter haar oogleden prikken. Maar Dagmar fronste slechts haar wenkbrauwen.

'Ik hoorde van de dominee dat jullie huis netjes en proper is.' Ze wendde zich tot Emelie.

'Dank u wel, het doet me deugd dat te horen,' zei Emelie zachtjes en ze boog haar hoofd om niet te laten zien dat ze bloosde. Ze nam nog een slok koffie en genoot van de smaak. Ze kreeg niet vaak echte koffie te drinken. Karl en Julian kochten bijna altijd te weinig van die waar als ze in Fjällbacka waren. Ze gaven het geld zeker liever uit bij Abela, dacht ze bitter.

'Hoe gaat het met de man die jullie daarginds helpt? Is het een goede kerel die zijn handen uit de mouwen steekt? Allan en ik hebben zelf het een en ander meegemaakt. Aan sommigen had je niet veel.'

'Hij werkt heel flink,' zei Karl en hij zette het kopje zo hard op het schoteltje dat het porselein rinkelde. 'Wat jij, Emelie?'

'Ja,' mompelde ze, maar ze durfde Dagmar niet aan te kijken.

'Hoe ben je aan hem gekomen, Karl? Via aanbevelingen, hoop ik, want die advertenties zijn niet te vertrouwen.'

'Julian had heel goede getuigschriften en die bleken algauw te kloppen.'

Emelie keek hem verbaasd aan. Karl en Julian hadden jaren samen op de lichtboot gewerkt. Dat had ze opgemaakt uit hun gesprekken. Waarom zei hij dat niet? Ze zag Julians zwarte, met haat vervulde ogen en begon te beven. Ze voelde ineens dat Dagmar haar onderzoekend aankeek.

'Je hebt vandaag een afspraak bij dokter Albrektson, is het niet?' zei ze.

Emelie knikte. 'Ik ga straks naar hem toe, zodat hij kan zien dat alles goed is met de kleine.'

'Aan je buik te zien wordt het een jongen,' zei Dagmar, en haar blik had iets warms toen ze die op Emelies dikke buik liet rusten.

'Hebt u geen kinderen? Karl heeft er nooit iets over gezegd,' zei Emelie. Ze was het niet gewend aandacht te krijgen en brandde van verlangen om over het wonder in haar lichaam te kunnen praten met iemand die hetzelfde had meegemaakt. Maar ze voelde meteen een harde elleboog in haar zij.

'Stel niet van die brutale vragen,' siste Karl.

Dagmar wuifde afwerend met haar hand. Maar haar ogen stonden droevig toen ze antwoordde.

'Ik ben drie keer in dezelfde gelukkige omstandigheid geweest als jij. Maar evenzoveel keren wilde de Heer het anders. Mijn kleintjes zijn daarboven.' Ze sloeg haar ogen ten hemel, en ondanks het verdriet leek ze ervan overtuigd dat de Heer op de beste manier had beschikt.

'Neem me niet kwalijk, ik…' Emelie wist niet wat ze moest zeggen. Ze voelde zich wanhopig over haar argeloosheid.

'Het geeft niet, liefje,' zei Dagmar. Ze boog zich impulsief naar voren en legde haar hand op die van Emelie.

De vriendelijke aanraking, de eerste in heel lange tijd, deed Emelie bijna in tranen uitbarsten. Maar toen ze Karls minachting zag, beheerste ze zich. Ze zwegen een poosje en Emelie voelde hoe de blik van de oudere vrouw zich in haar boorde, alsof die de chaos en de duisternis kon zien. Dagmars hand lag nog steeds op de hare, smal en pezig, getekend door vele jaren hard werken. Maar hij was mooi, vond Emelie, even mooi als het smalle gezicht met alle groeven en rimpels die getuigden van een goed en liefdevol leven. Het grijze haar was opgestoken in een knoet en Emelie vermoedde dat het nog steeds dik en vol tot op Dagmars middel viel als ze het los had hangen.

'Je weet de weg hier niet zo goed, daarom ben ik van plan met je mee te gaan naar de dokter,' zei Dagmar uiteindelijk en ze haalde haar hand van die van Emelie.

Karl begon meteen te protesteren.

'Ik ga met haar mee. Ik weet de weg hier ook, die moeite hoeft u niet te doen.'

'Het is helemaal geen moeite.' Dagmar keek Karl resoluut aan. Emelie besefte dat er een soort machtsstrijd tussen hen werd uitgespeeld en ten slotte keek Karl weg.

'Ja, als u per se wilt, zal ik niet verder aandringen,' zei hij en hij zette het porseleinen kopje neer. 'Dan kan ik belangrijkere zaken regelen.'

'Doe dat,' zei Dagmar, die hem bleef aankijken zonder met haar ogen te knipperen. 'We blijven ruim een uur weg. Jullie kunnen daarna hier weer met elkaar afspreken. Want ik neem aan dat je niet zonder je vrouw boodschappen gaat doen?'

Haar woorden waren geformuleerd als een vraag, maar Karl vatte ze heel terecht op als een bevel en hij knikte zwakjes.

'Dat is dan afgesproken.' Dagmar stond op en gebaarde naar Emelie dat ze mee moest komen. 'Wij vertrekken nu, zodat we niet te laat komen. En dan kan Karl zijn zaken regelen.'

Emelie durfde niet naar haar man te kijken. Hij had verloren en ze wist dat zij daar later voor zou moeten boeten. Maar toen ze achter Dagmar aan de straat op liep in de richting van het plein, duwde ze die gedachten weg. Ze wilde van dit moment genieten, hoe hoog de prijs ook zou zijn. Ze struikelde bijna over een kinderkopje en Dagmars hand lag meteen op haar arm. Vol vertrouwen leunde Emelie op haar.

❄

'Heb je al iets van Patrik en Gösta gehoord?' Paula was bij Annika's deur blijven staan.

'Nee, nog niet,' antwoordde Annika. Ze wilde nog meer zeggen, maar Paula was al op weg naar de keuken. Na alle uren in smerige drugspanden had ze nu enorm veel zin in koffie uit een schoon kopje. Voor de zekerheid ging ze eerst naar het toilet, waar ze grondig haar handen waste. Toen ze zich omdraaide, stond Martin op zijn beurt te wachten.

'Twee zielen, één gedachte,' zei hij met een lach.

Paula droogde haar handen af en maakte plaats voor hem.

'Zal ik voor jou ook een kopje inschenken?' vroeg ze over haar schouder op weg naar de keuken.

'Graag,' riep hij boven het gebruis van de kraan terug.

De kan was leeg, maar de warmhoudplaat stond nog aan. Paula vloekte, zette het koffiezetapparaat uit en begon het zwarte bezinksel van de bodem te schrapen.

'Het ruikt hier aangebrand,' zei Martin toen hij de keuken binnenkwam.

'De een of andere idioot heeft de kan weer eens leeggeschonken en het apparaat aan laten staan. Maar als je even geduld hebt, hebben we zo nieuwe koffie.'

'Ik lust ook wel een kopje,' zei Annika achter hen. Ze liep naar de keukentafel en ging zitten.

'Hoe gaat het?' Martin ging naast Annika zitten en sloeg een arm om haar heen.

'Ik neem aan dat jullie het nog niet hebben gehoord?'
'Wat hebben we niet gehoord?' Paula schepte koffie in het filter.
'Het was hier vanochtend een ware heksenketel.'
Paula draaide zich om en keek Annika nieuwsgierig aan.
'Wat is er gebeurd?'
'Mellberg heeft een persconferentie gehouden.'
Martin en Paula keken elkaar aan alsof ze wilden controleren of ze echt hetzelfde hadden gehoord.
'Een persconferentie?' zei Martin en hij leunde weer achterover op zijn stoel. 'Dat is zeker een grapje?'
'Nee, jammer genoeg niet. Kennelijk kreeg hij gisteravond een geniale inval, want toen heeft hij zowel de schrijvende pers als de radio gebeld. En ze hapten meteen toe. Het was hier bomvol; zelfs de *Göteborgs-Tidningen* en het *Aftonbladet* waren er.'
Paula zette de koffiefilterhouder met een klap neer.
'Is hij niet goed wijs? Wat denkt hij wel niet?' Ze voelde haar hartslag omhooggaan en dwong zichzelf ertoe diep in te ademen. 'Weet Patrik ervan?'
'Ja, dat kun je wel zeggen. Ze hebben zich een poosje in Mellbergs kamer opgesloten. Ik kon er niet veel van verstaan, maar ik hoorde wel dat ze geen kindvriendelijke taal gebruikten.'
'Ik begrijp Patrik maar al te goed,' zei Martin. 'Hoe haalt Mellberg het in zijn hoofd om dit nu naar buiten te brengen? Want ik neem aan dat hij over het cocaïnespoor heeft verteld?'
Annika knikte.
'Ja, het is inderdaad veel te vroeg. We weten immers nog niets,' zei Paula enigszins vertwijfeld.
'Dat probeerde Patrik hem waarschijnlijk ook duidelijk te maken,' zei Annika.
'En hoe ging de persconferentie?' Paula kon het koffiezetapparaat eindelijk aanzetten en ze ging zitten terwijl de koffie in de kan druppelde.
'Tja, het was zoals gebruikelijk het circus Mellberg. Het zou me niet verbazen als de kranten het verhaal morgen groot brengen.'
'Verdomme,' zei Martin.
Ze zeiden een tijdje niets.

'Hoe is het jullie vergaan?' vroeg Annika om van onderwerp te veranderen. Op een dag als vandaag had ze schoon genoeg van Bertil Mellberg.

'Matig.' Paula stond op en schonk koffie in drie bekers. 'We hebben met een aantal mensen gepraat van wie we weten dat ze in de plaatselijke drugsscene zitten, maar we hebben geen koppeling met Mats ontdekt.'

'Ik heb niet het gevoel dat hij met Rolle en diens maten omging.' Martin nam dankbaar een beker zwarte koffie van Paula aan.

'Nee, dat kan ik me ook niet goed voorstellen,' zei ze. 'Maar het was een poging waard. Hier wordt überhaupt niet veel cocaïne gebruikt. Eerder heroïne en amfetamine.'

'Je hebt zeker nog niets van Lennart gehoord?' vroeg Martin.

Annika schudde haar hoofd.

'Nee, ik laat het jullie meteen weten als hij klaar is. Ik weet dat hij er gisteravond een paar uur mee bezig is geweest, dus hij heeft in elk geval een behoorlijk begin gemaakt. En hij zei immers woensdag.'

'Mooi,' zei Paula en ze nipte van de koffie.

'Wanneer zouden Patrik en Gösta terugkomen?' vroeg Martin.

'Ik weet het niet,' antwoordde Annika. 'Ze zouden eerst naar de gemeente gaan en daarna naar Mats' ouders in Fjällbacka. Het kan dus nog wel even duren.'

'Ik hoop dat ze de ouders te spreken krijgen voordat de kranten beginnen te bellen,' zei Paula.

'Daar zou ik maar niet al te hard op rekenen.' Martin zag er somber uit.

'Stomme Mellberg,' zei Annika.

'Ja, stomme Mellberg,' morde Paula.

Ze bleven nog even zitten en staarden naar de tafel.

Na een paar uur lezen en zoeken op internet voelde Erica dat ze beweging nodig had. Maar het waren vruchtbare uren geweest. Ze had behoorlijk veel gevonden over Gråskär, de geschiedenis van het eiland en de mensen die er hadden gewoond. En over de geesten die volgens de legendes het eiland nooit hadden verlaten. Dat ze geen moment in spookgeschiedenissen geloofde maakte niets uit. De verhalen fascineerden haar, en tot op zekere hoogte wilde ze er eigenlijk ook in geloven.

'Vinden jullie ook niet dat we frisse lucht nodig hebben?' zei ze tegen de tweeling, die dicht tegen elkaar aan op een deken op de vloer lag.

Het was altijd een hele klus om zichzelf en de baby's aan te kleden, maar het ging wat makkelijker nu een dunne laag kleren voldoende was. Omdat de wind nog steeds koud kon zijn, nam ze het zekere voor het onzekere en zette de jongens een muts op. Even later waren ze op weg. Ze verlangde naar de tijd dat ze de logge tweelingwagen niet meer nodig zou hebben. Hij was zwaar om voort te duwen, al gaf hij haar wel de nodige beweging. Ze wist dat ze zich niet druk moest maken om de extra zwangerschapskilo's, maar ze had nooit geleerd van haar lichaam te houden. Ze vond het vreselijk dat ze zo ijdel was, zo voorspelbaar meisjesachtig, maar kennelijk was het toch moeilijker dan ze had gedacht om niet te luisteren naar het stemmetje in haar hoofd dat fluisterde dat ze niet goed genoeg was.

Ze verhoogde het tempo en begon te transpireren. Er waren niet veel mensen buiten en ze knikte naar iedereen die ze tegenkwam, wisselde soms een paar woorden. Sommigen vroegen naar Anna, maar Erica antwoordde slechts kort. Ze vond het te persoonlijk om andere mensen te vertellen hoe het met haar zus ging. Ze wilde het warme gevoel van hoop in haar borst nog niet met anderen delen. Het voelde allemaal nog veel te broos.

Nadat ze de rij rode boothuisjes had gepasseerd, keek ze omhoog naar Badis. Ze had graag even met Vivianne gepraat om haar te bedanken voor het advies dat ze over Anna had gegeven, maar de trap leek haar een onoverkomelijke hindernis. Ze dacht even na en besloot toen dat ze de andere weg naar boven kon nemen. Die was sowieso makkelijker dan de trap. Resoluut keerde ze de zware wagen en liep naar de volgende straat. Toen ze eindelijk de top van de steile heuvel had bereikt, liep ze te hijgen en had ze het gevoel dat haar longen zouden barsten. Maar ze was boven gekomen en nu kon ze over de hoger gelegen weg naar Badis lopen.

'Hallo, is daar iemand?' Ze liep een paar passen het gebouw in. Ze had de tweeling in de wagen laten liggen, die ze vlak voor de ingang had neergezet. Het was onnodig alle moeite te doen om de jongens eruit te tillen als ze niet wist of Vivianne er was.

'Hoi!' Vivianne kwam de hoek omgelopen en begon te stralen toen ze Erica zag. 'Was je in de buurt?'

'Ik hoop niet dat ik je stoor, anders moet je het zeggen. Ik ben aan het wandelen met de jongens.'

'Jullie storen helemaal niet. Kom verder, dan krijg je wat te drinken. Waar zijn ze?' Vivianne keek om zich heen en Erica wees naar de kinderwagen.

'Ik heb ze daar laten liggen. Ik wist niet of je er wel was.'

'Momenteel heb ik het gevoel dat ik hier vierentwintig uur per dag ben,' lachte Vivianne. 'Red jij het in je eentje met de jongens? Dan zet ik ondertussen water op.'

'Ja hoor, ik moet wel, hè?' zei Erica met een glimlach en ze liep weg om haar zonen te halen. Vivianne straalde iets uit wat haar een goed gevoel gaf. Ze wist niet precies wat het was, maar ze voelde zich in haar aanwezigheid gesterkt.

Ze zette de reiswiegjes van Anton en Noel op de tafel en ging zitten.

'Ik vermoedde dat ik je niet tot een kop groene thee zou kunnen verleiden, daarom heb ik maar een gifdrankje voor je klaargemaakt.'

Vivianne knipoogde en zette een kopje voor Erica neer, die dankbaar de pikzwarte drank aannam. Argwanend keek ze naar de bleke inhoud in Viviannes kop.

'Je went eraan, geloof me,' zei Vivianne en ze nam een slok. 'Hier zitten heel veel antioxidanten in. Die helpen het lichaam om kanker te voorkomen. Onder andere.'

'Aha,' zei Erica en ze nam een slokje koffie. Al was het nog zo ongezond, ze kon niet zonder cafeïne.

'Hoe gaat het met je zus?' vroeg Vivianne. Ze aaide Noel over zijn wang.

'Veel beter.' Erica glimlachte. 'Daarom kwam ik eigenlijk langs. Ik wilde je bedanken voor je advies. Volgens mij heeft het goed geholpen.'

'Ja, veel onderzoeken hebben aangetoond dat lichaamscontact een helend effect heeft.'

Noel begon zachtjes te huilen en na een vragende blik op Erica tilde Vivianne hem met een gelukkig gezicht uit de reiswieg.

'Hij vindt je aardig,' zei Erica toen haar zoon onmiddellijk stil werd. 'Hij vindt het niet bij iedereen even prettig.'

'Ze zijn echt prachtig.' Vivianne wreef haar neus tegen die van Noel, en met zijn mollige vuistjes probeerde hij haar haar vast te pakken. 'En nu vraag jij je af waarom ik zelf geen kinderen heb.'

Erica knikte beschaamd.

'Het is er nooit van gekomen,' zei Vivianne, terwijl ze Noel over zijn rug wreef.

Erica zag een schittering en haar blik viel op Viviannes hand. 'Nee maar, hebben jullie je verloofd? Wat leuk. Gefeliciteerd!'

'Dank je. Ja, heel leuk.' Vivianne glimlachte zwakjes en keek weg.

'Sorry dat ik het zeg, maar je klinkt niet erg enthousiast.'

'Ik ben alleen maar moe,' zei Vivianne en ze legde de vlecht over haar schouder zodat Noel erbij kon. 'We werken ons hier dag en nacht te pletter; daarom is het moeilijk om op dit moment ergens enthousiast over te zijn. Maar natuurlijk is het leuk.'

'Misschien…?' Erica keek veelbetekenend naar Noel en voelde zelf dat ze veel te vrijpostig was. Maar ze kon het niet laten. Uit de blik waarmee Vivianne naar de tweeling keek sprak een groot verlangen.

'We zullen zien,' zei Vivianne. 'Vertel eens wat jij op dit moment doet. Ik weet dat je met ouderschapsverlof bent en daar je handen vol aan hebt, maar denk je al na over een nieuw project?'

'Nog niet. Ik doe een beetje research voor mezelf. Om alert te blijven en niet alleen babygebrabbel te hoeven horen.'

'Waarnaar?' Vivianne liet Noel voorzichtig op en neer veren op haar schoot, en hij leek te genieten van het ritme van die beweging. Erica vertelde over het tochtje naar Gråskär, over Annie en over de naam die het eiland in de volksmond had.

'Schimmenscheer,' zei Vivianne peinzend. 'Er zit meestal wel een kern van waarheid in dat soort oude verhalen.'

'Tja, ik weet niet of ik wel in spoken en schimmen geloof,' lachte Erica, maar Vivianne keek haar ernstig aan.

'Er is veel wat we niet zien, maar wat er toch is.'

'Bedoel je te zeggen dat je in spoken gelooft?'

'"Spoken" is volgens mij niet het juiste woord. Maar na zoveel jaren met gezondheid en welbevinden te hebben gewerkt, is het mijn ervaring dat er meer is dan alleen het zichtbare, fysieke lichaam. Een mens bestaat uit energieën, en energie verdwijnt niet, die wordt alleen maar omgezet.'

'Heb je zelf iets dergelijks meegemaakt? Iets wat met spoken te maken heeft, of hoe je het maar moet noemen?'

Vivianne knikte. 'Diverse keren. Het is een natuurlijk onderdeel van ons bestaan. Dus als dat over Gråskär wordt gezegd, dan zit er waarschijnlijk echt wel wat in. Je moet maar met Annie gaan praten. Zij heeft vast een en ander gezien op het eiland. Als ze ervoor ontvankelijk is, natuurlijk.'

'Wat bedoel je daarmee?' Het onderwerp fascineerde Erica en ze dronk elk woord van Vivianne in.

'Ik bedoel dat sommige mensen meer ontvankelijk zijn dan andere voor dingen die we niet met onze gewone zintuigen kunnen waarnemen. Net zoals sommige mensen beter zien of horen dan andere. Sommigen zijn nu eenmaal meer perceptief. Maar iedereen kan dat vermogen vanuit zijn eigen omstandigheden ontwikkelen.'

'Ik ben sceptisch. Maar ik laat me graag overtuigen.'

'Ga naar Gråskär.' Vivianne knipoogde. 'Daar schijnen immers heel wat geesten te wonen.'

'Ja, en het eiland heeft een interessante geschiedenis. Ik zou graag van Annie horen wat zij weet. En als ze niets weet, is ze misschien wel nieuwsgierig. Ik kan haar in elk geval laten zien wat ik heb ontdekt.'

'Volgens mij is het niets voor jou om fulltime ouderschapsverlof te hebben,' zei Vivianne met een glimlach.

Erica was het met haar eens. Dat was inderdaad niet haar sterkste kant. Ze reikte naar Anton. Annie zou het vast leuk vinden om wat meer over het eiland en de geschiedenis ervan te horen. En over de spoken.

Gunnar keek naar de rinkelende telefoon. Het was een ouderwets toestel, met een draaischijf en een zware hoorn die stevig in je hand lag. Matte had geprobeerd hen over te halen zo'n draagbaar ding aan te schaffen. Een paar jaar geleden had hij hun er zelfs een als kerstcadeau gegeven, maar het apparaat lag nog steeds in de originele verpakking in de kelder. Ze hadden de oude telefoon prettig gevonden, Signe en hij. Nu maakte het allemaal niet uit.

Hij bleef naar de telefoon staren. Langzaam drong het tot hem door dat het schelle signaal betekende dat hij de hoorn van de haak moest nemen en moest antwoorden.

'Hallo?' Hij luisterde geconcentreerd naar wat de stem aan de andere kant van de lijn zei. 'Dat kan niet kloppen. Wat is dat voor onzin? Hoe kunt u zomaar bellen en...' Hij was niet in staat het gesprek te beëindigen en smeet de hoorn op de haak.

Het volgende moment werd er aan de deur gebeld. Nog nabevend van het gesprek liep hij de hal in en opende de deur. Er ging een flitser af en hij werd overvallen door een stortvloed van vragen. Snel duwde hij de deur weer dicht, draaide de sleutel om en leunde met zijn rug tegen de deur. Wat gebeurde er? Hij keek naar de trap. Signe lag in de slaapkamer te rusten en Gunnar vroeg zich af of ze wakker was geworden van het lawaai en wat hij tegen haar moest zeggen als ze naar beneden kwam. Hij begreep zelf niet eens wat ze hadden gezegd. Het was allemaal zo absurd.

De deurbel ging weer. Hij deed zijn ogen dicht en voelde het hout tegen zijn rug. Buiten leek een discussie te worden gevoerd, maar hij kon geen woorden onderscheiden en hoorde alleen boze en harde stemmen. Toen hoorde hij een bekende stem.

'Gunnar, wij zijn het, Patrik en Gösta, van de politie. Wil je ons binnenlaten?'

Gunnar zag Matte voor zich. Eerst levend, toen liggend op de vloer van de hal in een plas bloed en met een kapotgeschoten achterhoofd. Hij deed zijn ogen weer open, draaide zich om, haalde de deur van het slot en deed open. Patrik en Gösta glipten naar binnen.

'Wat gebeurt er allemaal?' zei Gunnar. Zijn stem klonk vreemd en leek van heel ver weg te komen.

'Kunnen we even gaan zitten?' Zonder op een antwoord te wachten liep Patrik al naar de keuken.

De deurbel ging weer, net als de telefoon. De twee signalen pasten niet bij elkaar. Patrik nam de hoorn van de haak, legde hem er meteen weer op, nam hem er weer af en liet hem er vervolgens naast liggen

'Ik kan de deurbel niet uitzetten,' zei Gunnar verward.

Gösta en Patrik keken elkaar over Gunnars hoofd heen aan en vervolgens liep Gösta naar de voordeur. Hij deed hem open en trok hem snel achter zich dicht, en opnieuw hoorde Gunnar woedende stemmen woorden naar elkaar toe roepen. Even later kwam Gösta weer binnen.

'Ze houden zich nu wel even stil.' Hij leidde Gunnar behoedzaam naar de keuken.

'We moeten ook met Signe praten,' zei Patrik.

Het onbehagen stond duidelijk op zijn gezicht te lezen, en nu werd Gunnar echt ongerust. Wist hij maar, begreep hij maar wat er aan de hand was.

'Ik zal haar halen,' zei Gunnar en hij draaide zich om.

'Ik ben er al.' Signe kwam de trap af lopen; ze zag er slaapdronken uit. Ze had haar ochtendjas strak om haar lichaam gewikkeld en haar haar stond aan de ene kant van haar hoofd rechtovereind. 'Wie belt er de hele tijd aan de deur? En wat doen jullie hier? Hebben jullie iets ontdekt?' Ze wendde haar blik naar Patrik en Gösta.

'We gaan in de keuken zitten,' zei Patrik.

Signe had nu net zo'n ongeruste blik als Gunnar.

'Wat is er gebeurd?' Ze liep de laatste treden van de trap af en volgde hen naar de keuken.

'Ga zitten,' herhaalde Patrik.

Gösta schoof de stoel voor Signe naar achteren voordat ze zelf gingen zitten. Patrik schraapte zijn keel en Gunnar wilde zijn handen op zijn oren leggen; hij kon het niet aan nog meer te horen over wat de stem aan de telefoon had geïnsinueerd en gevraagd. Hij wilde het niet horen, maar Patrik nam toch het woord. Gunnar keek naar de tafel. Het waren leugens, onbegrijpelijke leugens. Hij begreep echter maar al te goed wat er zou gebeuren. De leugens zouden zwart op wit in de krant verschijnen en waarheden worden. Hij keek naar Signe en zag dat zij het niet begreep. Hoe meer de politieagenten praatten, des te leger werd haar blik. Hij had nooit eerder iemand zien doodgaan, tot nu. En hij kon niets doen. Net zoals hij Matte niet had kunnen beschermen, was hij nu lamgeslagen en zag hij zijn echtgenote verdwijnen.

Het suisde in zijn hoofd. Een bruisend geluid vulde zijn oren, en hij vond het vreemd dat de anderen er niet op reageerden. Het geluid werd met de minuut sterker tot hij niet langer hoorde wat de agenten zeiden en alleen hun mond zag bewegen. Hij voelde dat zijn eigen mond bewoog en de zin vormde die zei dat hij naar de wc moest, hij voelde dat zijn benen hem deden opstaan en naar de hal brachten. Het was alsof iemand anders de controle had overgenomen en zijn lichaam stuurde, en hij gehoorzaamde om niet te hoeven luisteren naar de woorden die hij niet wilde horen, om de leegte in Signes ogen niet te hoeven zien.

Achter hem bleven ze praten en hij strompelde de hal in, langs het toilet naar de deur vlak voor de voordeur. Zonder dat hij zich daar bewust van was ging zijn hand omhoog, de kruk werd omlaag gedrukt en de deur ging open. Hij struikelde bijna op de trap, maar hervond zijn evenwicht, en stap voor stap liep hij naar beneden.

Het was donker in de kelder, maar het kwam niet bij hem op het licht aan te doen. De duisternis paste bij het gebruis en voerde hem verder. Op de tast opende hij de kast naast de verwarmingsketel. Die zat niet op slot, zoals eigenlijk had gemoeten, maar dat maakte niet uit. Als de kast op slot had gezeten, zou hij hem hebben opengebroken.

Hij was vroeger vaak op elandenjacht geweest en de kolf in zijn hand voelde vertrouwd. Mechanisch pakte hij een patroon uit het doosje. Hij zou er niet meer dan één nodig hebben; er was geen reden om er meer in te doen. Hij stopte de patroon erin, hoorde de klik, die wonderlijk genoeg door het steeds luider wordende gebruis heen drong.

Vervolgens ging hij op de stoel bij de werkbank zitten. Hij voelde geen twijfel. Hij zette zijn vinger aan de trekker. Hij huiverde even toen hij het staal tegen zijn tanden voelde schrapen, maar daarna bestond alleen de gedachte hoe juist dit was, hoe noodzakelijk.

Gunnar haalde de trekker over. Het gebruis stopte.

Mellberg voelde een zware druk in zijn borst. Dit gevoel had hij nooit eerder ervaren, en het was gekomen toen Patrik vanuit Fjällbacka had gebeld. Een onbehaaglijke spanning die maar niet wilde verdwijnen.

Ernst jankte in zijn mand. Zoals honden eigen is, leek hij aan te voelen dat zijn baasje somber gestemd was. Hij kwam uit zijn mand, schudde even met zijn grote lijf, sloop naar Mellberg en ging zwaar op de voeten van zijn baasje liggen. Dat hielp een beetje, maar het nare gevoel in zijn lichaam ging niet weg. Hoe had hij kunnen weten dat dit zou gebeuren, dat de man naar de kelder zou gaan, het jachtgeweer in zijn mond zou steken en een kogel door zijn hoofd zou jagen? Het was toch zeker niet menselijk om te verlangen dat hij dat had kunnen voorzien?

Maar hoe de rechtvaardigende gedachten ook door zijn hoofd maalden, ze kregen geen houvast. Mellberg kwam abrupt overeind en Ernst schrok op toen hij opeens zijn kussen kwijt was.

'Kom, jongen, we gaan naar huis.' Mellberg rukte de lijn van de haak aan de muur en maakte die vast aan Ernsts halsband.

Het was troosteloos stil toen hij de gang in stapte. Iedereen had zijn deur dichtgedaan, maar het was alsof hij de beschuldigingen door de muren heen kon voelen. Hij had het in hun ogen gezien. Dit was waarschijnlijk de eerste keer in zijn leven dat hij aan zelfonderzoek deed. Hij hoorde een stem in zijn hoofd die zei dat ze misschien gelijk hadden.

Ernst trok aan de lijn en Mellberg haastte zich de frisse lucht in. Hij verdrong het beeld van Gunnar die op een koude brits lag, in een koelcel in afwachting van de sectie. Hij probeerde ook het beeld van zijn echtgenote, of – wat ze nu was – zijn weduwe, te verdringen. Hedström had gezegd dat ze volkomen afwezig had geleken en dat ze geen kik had gegeven toen ze de knal in de kelder hoorden. Patrik en Gösta waren naar beneden gerend en toen ze weer boven kwamen, had ze niet bewogen. Ze was kennelijk ter observatie naar het ziekenhuis gebracht, maar iets in haar blik had Hedström gezegd dat ze nooit meer de oude zou worden. Beroepshalve had hij zulke mensen zelf een paar keer gezien. Ze leken te leven, adem te halen en te bewegen, maar vanbinnen waren ze helemaal leeg.

Hij haalde diep adem voordat hij de deur van het appartement opende. De paniek lag op de loer en hij wenste dat de druk op zijn borst verdween en dat alles weer bij het oude was. Hij wilde niet denken aan wat hij wel en niet had gedaan. Het was nooit zijn sterkste kant geweest de consequenties van zijn daden te aanvaarden, en hij had zich er ook nooit bijzonder druk om gemaakt als er iets verkeerd was gelopen. Tot nu.

'Hallo?' Plotseling verlangde hij wanhopig naar Rita's stem en kalmte, die hem altijd zo'n goed gevoel gaven.

'Hoi, lieverd, ik ben in de keuken!'

Mellberg maakte Ernst los, trapte zijn schoenen uit en liep achter de hond aan, die kwispelend voor hem uit de keuken in holde. Rita's hond Señorita liep Ernst even enthousiast kwispelend tegemoet en ze snuffelden blij aan elkaar.

'Over een uur gaan we eten,' zei Rita met haar rug naar hem toe. Het rook lekker. Bertil drong zich langs de honden, die altijd zoveel mogelijk ruimte leken in te nemen, en sloeg zijn armen om Rita heen. Haar mollige lichaam voelde warm en vertrouwd, en hij hield haar stevig vast.

'Vanwaar deze aanval?' lachte Rita en ze draaide zich om, zodat ze haar armen om zijn nek kon slaan. Bertil deed zijn ogen dicht en realiseerde zich hoe gelukkig hij zich mocht prijzen en hoe zelden hij daar eigenlijk bij stilstond. De vrouw in zijn armen was alles waarvan hij ooit had gedroomd en hij kon absoluut niet begrijpen dat hij het vrijgezellenleven ooit het beste had gevonden dat er maar bestond.

'Hoe is het eigenlijk met je?' Ze maakte zich los uit zijn omhelzing om hem goed te kunnen aankijken. 'Vertel: wat is er gebeurd?'

Hij ging aan de keukentafel zitten en gooide alles eruit. Hij durfde haar niet in de ogen te kijken.

'Maar Bertil toch,' zei Rita en ze hurkte naast hem neer. 'Dat was niet bijster doordacht.'

Het was op een wonderlijke manier prettig dat ze niet met troostende holle frasen kwam. Ze had immers gelijk. Het was niet bijster doordacht geweest om naar de pers te stappen. Maar dit had hij zich nooit kunnen voorstellen.

'Wat zie je in mij?' zei hij uiteindelijk. Hij keek haar recht aan, alsof hij haar antwoord evenzeer wilde zien als horen. Het was bezwarend en onwennig om een stap naar achteren te doen en van buitenaf naar zichzelf te kijken. Om zichzelf door de ogen van een ander te zien. Hij had altijd zijn uiterste best gedaan om dat te vermijden, maar nu ging het niet langer. Dat wilde hij ook niet. Vanwege Rita wilde hij een beter mens worden, een betere man.

Ze keek hem ook recht aan en bleef lange tijd zo zitten. Toen streelde ze hem over zijn wang.

'Ik zie iemand die naar me kijkt alsof ik het achtste wereldwonder ben. Die zo liefdevol is dat hij alles voor me zou doen. Ik zie iemand die mijn kleinkind ter wereld heeft geholpen, die er was toen hij nodig was. Die zijn leven zou geven voor een jongetje dat opa Bertil het einde vindt. Ik zie iemand die meer vooroordelen heeft dan wie ook, maar die altijd bereid is ze los te laten als de realiteit het tegendeel bewijst. En ik zie iemand die zo zijn fouten en gebreken heeft, en misschien zelfs een te hoge dunk van zichzelf, maar die nu pijn heeft in zijn ziel omdat hij weet dat hij iets heel doms heeft gedaan.' Ze pakte zijn hand en drukte die. 'Hoe dan ook ben jij degene naast wie ik 's ochtends wakker wil worden, en voor mij ben je zo perfect als je maar kunt zijn.'

Op het fornuis kookte iets over, maar Rita besteedde er geen aandacht aan. Mellberg voelde dat de druk op zijn borst afnam. In plaats daarvan kwam er ruimte voor alweer een volstrekt nieuw gevoel. Bertil Mellberg voelde diepe dankbaarheid.

Het verlangen was er nog steeds. Ze vroeg zich af of ze ooit los zou komen van de dringende zucht naar dat waarvan ze wist dat ze het nooit meer zou kunnen aanraken. Annie lag te woelen in bed. Het was vroeg in de avond en nog geen bedtijd, maar Sam sliep alweer en ze had geprobeerd even te lezen. Maar een halfuur later had ze slechts één pagina omgeslagen en ze wist amper welk boek ze in haar handen hield.

Fredrik had het niet leuk gevonden dat ze las. Hij vond het tijdverspilling en als hij haar met haar neus in een boek betrapte, had hij het weggerukt en door de kamer gesmeten. Maar ze begreep waar het eigenlijk om ging. Hij vond het niet prettig om zich dom en ongeschoold te voelen. Hij had in zijn hele leven nog nooit een boek gelezen en kon de gedachte dat zij meer wist en toegang had tot andere werelden dan hij niet verdragen. Hij was degene die slim en wereldwijs moest zijn. Zij moest alleen maar lief zijn en haar mond houden, en bij voorkeur geen vragen stellen of een eigen mening laten horen. Tijdens een etentje bij hen thuis had ze een keer de fout gemaakt zich met een discussie te bemoeien die de mannen over de buitenlandpolitiek van de vs voerden. Toen haar standpunten bovendien kundig en doordacht bleken, was dat meer geweest dan Fredrik had kunnen verdragen. Hij had niets laten blijken, tot de gasten waren vertrokken. Toen had ze zwaar moeten boeten. Ze was bijna drie maanden zwanger geweest.

Hij had zoveel van haar afgepakt, niet alleen het lezen. Langzaam maar zeker had hij beslag gelegd op haar gedachten, haar lichaam, haar gevoel van eigenwaarde. Ze kon niet toestaan dat hij ook Sam van haar afpakte. Sam was haar leven en zonder hem was ze niets.

Ze legde het boek op het dekbed en ging met haar gezicht naar de muur liggen. Bijna meteen had ze het gevoel alsof er iemand op de rand van het bed kwam zitten en een hand op haar schouder legde. Ze glimlachte en sloot haar ogen. Iemand neuriede een wiegelied; het was een mooie stem, maar zacht en fluisterend. Ze hoorde een kind lachen. Een jongetje speelde aan de voeten van zijn moeder op de vloer en luisterde net als Annie naar het liedje. Ze wenste dat ze voor altijd bij hen kon blijven. Hier waren ze veilig, Sam en zij. De hand op haar schouder was heel zacht en veilig. De stem bleef zingen en ze wilde zich omdraaien om naar het kind te kijken. Maar in plaats daarvan merkte ze dat haar oogleden zwaar werden.

Het laatste dat ze in het grensland tussen droom en werkelijkheid zag, was het bloed op haar handen.

'Heeft Erling je vandaag zomaar laten gaan?' Anders zoende haar op haar wang toen ze binnenkwam.

'Crisis op het gemeentekantoor,' zei Vivianne, die dankbaar het glas wijn van haar broer aannam. 'Bovendien weet hij dat we veel te doen hebben voor de opening.'

'Ja, zullen we dat eerst doornemen?' zei Anders. Hij ging aan de keukentafel zitten, die bezaaid was met vellen papier.

'Het voelt soms zo zinloos,' zei Vivianne, terwijl ze tegenover hem plaatsnam.

'Maar je weet waarom we dit doen.'

'Ik weet het,' zei ze en ze keek in het glas.

Anders' blik ging naar haar ringvinger.

'Wat is dat?'

'Erling heeft me ten huwelijk gevraagd.' Vivianne hief het glas op en nam een flinke slok.

'Dat is me ook wat.'

'Ja,' zei ze. Wat moest ze zeggen?

'Weten we hoeveel mensen er komen?' Anders begreep dat hij van onderwerp moest veranderen. Hij pakte een paar aan elkaar geniete vellen papier met rijen namen uit de stapel.

'Ja, de laatste dag dat de mensen konden reageren was afgelopen vrijdag.'

'Goed, dan hebben we dat onder controle. En het eten?'

'Alles is ingekocht, we lijken een goede kok te hebben en er is voldoende personeel voor de bediening.'

'Is dit eigenlijk niet nogal absurd?' zei Anders plotseling en hij legde de gastenlijst op tafel.

'Hoezo?' vroeg Vivianne. Er verscheen een glimlach op haar lippen. 'Het kan nooit kwaad ook een beetje plezier te hebben.'

'Ja, maar het geeft ook verdomd veel extra werk.' Anders wees naar alle papieren.

'En dat leidt allemaal tot een fantastische avond. Een grande finale.' Ze hief het glas naar haar broer en nam een slokje wijn. De smaak en de geur maakten haar ineens enigszins misselijk. De beelden op haar netvlies waren heel helder en duidelijk, hoewel Anders en zij het sinds die tijd best ver hadden geschopt.

'Heb je nagedacht over wat ik laatst zei?' Anders keek haar onderzoekend aan.

'Wat bedoel je?' Ze deed net of ze hem niet begreep.

'Over Olof.'

'Ik heb toch gezegd dat ik niet over hem wil praten?'

'We kunnen zo niet doorgaan.' Zijn stem was smekend, en ze begreep niet goed waarom. Wat wilde hij dan? Dit was het enige dat ze kenden. Hij en zij. Altijd verder gaan. Zo hadden ze geleefd sinds ze van hem waren bevrijd, van de stank van rode wijn, sigarettenrook en de vreemde luchtjes van de mannen. Ze hadden alles samen gedaan, en ze begreep niet wat hij bedoelde toen hij zei dat ze zo niet verder konden.

'Heb je vandaag het nieuws gehoord?'

'Ja.' Anders stond op om het eten op tafel te zetten. Hij had alle papieren in een keurige stapel verzameld, die hij op een keukenstoel had gelegd.

'Wat denk jij?'

'Ik denk niets,' zei hij en hij zette voor allebei een bord neer.

'Ik ben die vrijdag laat bij je langsgegaan nadat Matte hier in Badis was geweest. Erling lag te slapen en ik wilde je spreken. Maar je was niet thuis.' Nu had ze het gezegd, nu had ze de gedachten uitgesproken die aan haar hadden geknaagd. Ze keek naar Anders en bad in stilte om een reactie, iets wat haar zou geruststellen. Maar hij kon haar niet aankijken. Hij verroerde zich niet en hield zijn blik op een punt op het tafelblad gericht.

'Ik weet het niet goed meer. Misschien maakte ik een late avondwandeling.'

'Het was na middernacht. Wie gaat er dan buiten wandelen?'

'Jij, bijvoorbeeld.'

Vivianne voelde de tranen achter haar oogleden prikken. Anders had nooit geheimen voor haar gehad. Ze hadden nooit geheimen voor elkaar gehad. Tot nu. En dat maakte haar banger dan ze ooit was geweest.

Patrik drukte zijn gezicht tegen haar haar en zo bleven ze een hele poos in de hal staan.

'Ik heb het gehoord,' zei Erica.

De telefoons in Fjällbacka waren gaan rinkelen zodra bekend was geworden wat er was gebeurd, en inmiddels wist iedereen het: Gunnar Sverin had zich in zijn kelder doodgeschoten.

'Lieverd.' Ze voelde dat hij hortend ademhaalde, en toen hij zich uiteindelijk van haar losmaakte, zag ze de tranen in zijn ogen. 'Hoe is het gebeurd?'

Ze pakte zijn hand en leidde hem naar de keuken. De kinderen sliepen en het enige dat ze hoorden was het zachte geluid van de tv in de woonkamer. Ze liet hem op een keukenstoel plaatsnemen en begon zijn lievelingssnack klaar te maken: knäckebröd met boter, kaas en kaviaarcrème, die hij vervolgens in warme chocolademelk doopte.

'Ik kan geen hap door mijn keel krijgen,' zei Patrik met dikke stem.

'Jawel, je moet iets eten,' zei ze met haar moederstem en ze ging verder met haar bezigheden aan het aanrecht.

'Die stomme Mellberg. Hij heeft alles in gang gezet,' zei hij uiteindelijk en hij droogde zijn ogen af met de mouw van zijn overhemd.

'Ik heb vandaag het nieuws op de radio gehoord. Was Mellberg degene die…'

'Ja.'

'Deze keer heeft hij zichzelf echt overtroffen.' Erica schepte cacaopoeder in de pan met melk. Ze deed er ook een extra theelepel suiker bij.

'We begrepen meteen wat er was gebeurd toen we de knal uit de kelder hoorden. Zowel Gösta als ik. Hij moest naar de wc, zei hij, maar we zijn niet met hem meegelopen. We hadden moeten bedenken…' Zijn stem stokte in zijn keel en hij moest zijn ogen nog een keer met zijn mouw droogvegen.

'Alsjeblieft,' zei Erica en ze gaf hem een stuk keukenpapier.

Het gebeurde niet vaak dat ze Patrik zag huilen. Het deed haar pijn. Nu wilde ze alles doen om hem weer op te beuren. Ze smeerde twee sneetjes knäckebröd en schonk de dampende hete chocola in een grote kop.

'Alsjeblieft,' zei ze, terwijl ze alles resoluut voor hem op tafel zette.

Patrik wist wanneer het geen zin had om zijn vrouw tegen te spreken. Met tegenzin doopte hij een sneetje knäckebröd in de chocola tot het brood zacht werd. Vervolgens slurpte hij een grote hap naar binnen.

'Hoe is het met Signe?' Erica kwam naast hem zitten.

'Ik maakte me voordat dit gebeurde al zorgen om haar.' Patrik slikte hard om nog een grote hap door zijn keel te krijgen. 'En nu… Ik weet het niet. Ze hebben haar iets kalmerends gegeven en ze ligt ter observatie in het ziekenhuis. Maar ik denk niet dat ze ooit weer de oude wordt. Ze heeft helemaal niets meer.' De tranen begonnen weer te stromen en Erica stond op om nog een stukje keukenpapier voor hem te pakken.

'Wat gaan jullie nu doen?'

'We gaan verder. Gösta en ik gaan morgen naar Göteborg om daar een spoor na te trekken. En morgen heeft Pedersen de uitslag van de sectie. We moeten gewoon doorwerken. Of liever gezegd: nog harder.'

'En de kranten?'

'We kunnen ze niet verbieden te schrijven. Maar ik kan je wel beloven dat niemand op het bureau op dit moment met ze zal praten. Ook Mellberg niet. Als hij dat wel doet, neem ik contact op met de politieautoriteiten in Göteborg. Ik kan nog wel een boekje over hem opendoen.'

'Ja, dat is zo,' zei Erica. 'Wil je nog even opblijven of zullen we naar bed gaan?'

'We gaan naar bed. Ik wil je dicht tegen me aan houden. Mag dat?' Hij sloeg zijn arm om haar middel.

'Zeker weten.'

Fjällbacka 1871

Het was vreemd geweest om door de dokter te worden onderzocht. Ze was nog nooit van haar leven ziek geweest en had nog nooit meegemaakt dat de handen van een onbekende man haar lichaam aanraakten. Maar Dagmars aanwezigheid had haar gerustgesteld, en na het onderzoek had de dokter haar verzekerd dat alles er goed uitzag en dat Emelie met de grootste zekerheid een gezond kind kon verwachten.

Toen ze de praktijk van de dokter verlieten, raakte ze vervuld van geluk.

'Denk je dat het een meisje of een jongetje wordt?' vroeg Dagmar. Ze bleven even staan om op adem te komen en ze legde liefdevol een hand op Emelies buik.

'Een jongetje,' zei Emelie. En ze was even zeker als ze klonk. Ze kon niet uitleggen hoe ze wist dat degene die zo hard in haar buik trapte een jongetje was, maar ze wist het nu eenmaal.

'Een jongetje. Ja, ik vind ook dat je een jongensbuik hebt.'

'Ik hoop alleen dat hij niet...' Emelie stopte abrupt midden in de zin.

'Je hoopt dat hij niet op zijn vader zal lijken.'

'Ja,' fluisterde Emelie, en haar vreugde was op slag verdwenen. Bij de gedachte straks weer bij Karl en Julian in de boot te moeten stappen en terug te varen naar het eiland, was ze het liefst op de vlucht geslagen.

'Hij heeft het niet makkelijk gehad, Karl. Zijn vader is hard tegen hem geweest.'

Emelie wilde vragen wat Dagmar bedoelde, maar durfde niet. In plaats daarvan begon ze te huilen, en ze schaamde zich toen ze de tranen snel met haar mouw probeerde weg te vegen. Dagmar keek haar ernstig aan.

'Het ging niet zo goed bij de dokter,' zei ze.
Emelie keek haar verward aan.
'Alles was toch precies zoals het moest zijn?'
'Nee, het was helemaal niet goed. Het was zelfs zo erg dat je de rest van de tijd het bed moet houden, en bovendien moet je in de buurt van de dokter zijn, zodat hij je kan helpen. Je mag absoluut geen boottocht maken.'
'Ja, nee.' Emelie begon te begrijpen wat Dagmar bedoelde, maar ze durfde het niet echt te geloven. 'Nee, het was inderdaad niet goed. Maar waar moet ik...?'
'Ik heb een kamer die ik nooit gebruik. De dokter vond het een goed plan dat je bij mij komt wonen, zodat iemand voor je kan zorgen.'
'Ja,' zei Emelie, en de tranen begonnen weer te stromen. 'Maar wordt dat niet bezwaarlijk voor u? We kunnen u niets vergoeden.'
'Dat hoeft ook niet. Ik ben een oude vrouw, die alleen in een groot huis woont, en ik ben alleen maar blij dat ik gezelschap krijg. En dat ik mag helpen een kleintje ter wereld te brengen. Het zal me een genoegen zijn.'
'Het was dus niet goed bij de dokter,' herhaalde Emelie voorzichtig toen ze het plein naderden.
'Nee, helemaal niet goed. Je moest meteen naar bed, dat was de boodschap die we kregen. Anders zou het helemaal verkeerd kunnen aflopen.'
'Ja, zo was het,' zei Emelie, maar ze voelde haar hart tekeergaan toen ze Karl in de verte zag.
Toen hij hen in het oog kreeg, kwam hij met een ongeduldig gezicht aangelopen.
'Wat heeft dat lang geduurd. We hebben nog van alles te doen en moeten daarna weer snel naar huis.'
Zoveel haast hadden ze anders nooit, dacht Emelie. Als ze naar Abela gingen, konden ze wel laat thuiskomen. Plotseling dook Julian achter Karl op en heel even raakte ze zo in paniek dat ze dacht dat ze ter plekke dood zou neervallen. Toen voelde ze een arm die de hare beetpakte.
'Geen sprake van,' zei Dagmar met kalme en vaste stem. 'De dokter heeft Emelie bedrust voorgeschreven. En hij was heel stellig.'
Karl wist zich geen raad. Hij keek naar Emelie en ze zag dat er allerlei gedachten door zijn hoofd raasden. Niet uit bezorgdheid om haar; hij probeerde alleen de gevolgen van zijn tantes woorden in te schatten.

Emelie zweeg. Ze wipte heen en weer op haar voeten, want door de wandeling waren zowel haar voeten als haar onderrug pijn gaan doen.

'Maar dat kan helemaal niet,' zei Karl uiteindelijk, en ze zag hoe het in zijn hoofd bleef razen. 'Wie moet dan het huishouden doen?'

'Ach, jullie redden je wel,' zei Dagmar. 'Aardappels koken en haring bakken kunnen jullie best zelf. Jullie zullen echt niet omkomen van de honger.'

'Maar waar moet Emelie dan heen, tante? Wij moeten voor de vuurtoren zorgen, dus ik kan niet op het vasteland komen wonen. En we hebben geen geld om hier een kamer voor haar te huren. Waar zouden we dat vandaan moeten halen?' Zijn gezicht werd knalrood en Julian staarde hem strak aan.

'Emelie kan bij mij wonen. Ik ben blij met het gezelschap en wil er geen geld voor hebben. En ik weet zeker dat je vader het een uitstekende regeling zou vinden, maar ik kan natuurlijk met hem gaan praten als je dat wilt.'

Karl keek haar een paar tellen aan. Toen sloeg hij zijn ogen neer.

'Nee, het is goed,' mompelde hij. 'Dank u wel, het is heel vriendelijk van u.'

'Het is me een waar genoegen. Jullie zullen zien dat jullie je wel redden op het eiland.'

Emelie durfde haar man niet aan te kijken. Ze kon de glimlach op haar lippen niet verhullen. God zij gedankt, ze hoefde niet naar het eiland.

❄

'Heb jij ook de hele nacht wakker gelegen?' Gösta keek naar de wallen onder Patriks ogen. Ze waren even groot als die van hemzelf.
'Ja,' antwoordde Patrik.
'Volgens mij ken je deze weg inmiddels uit je hoofd.' Gösta keek naar winkelcentrum Torp toen ze weer richting Göteborg reden.
'Ja.'
Gösta begreep de hint en boog zich naar voren om de radio aan te zetten. Ruim een uur en veel te veel nietszeggende popmuziek later waren ze op hun plaats van bestemming.
'Klonk het alsof hij wilde meewerken?' vroeg Gösta. Hij wist uit ervaring dat samenwerking tussen de politiedistricten in veel te hoge mate afhankelijk was van degene met wie je te maken had. Als je pech had en een echte zuurpruim trof, was het soms bijna onmogelijk iets te weten te komen.
'Hij klonk aardig.' Patrik liep naar de receptie. 'Patrik Hedström en Gösta Flygare. We hebben een afspraak met Ulf Karlgren.'
'Dat ben ik.' Ze hoorden een donderstem achter zich en een grote man met een zwartleren jack en cowboylaarzen kwam hun tegemoet gelopen. 'Het lijkt me beter om naar de kantine te gaan. Het is enorm krap op mijn kamer en bovendien is de koffie hier beneden veel lekkerder.'
'Prima,' zei Patrik. Hij kon het niet laten deze onwaarschijnlijke figuur van top tot teen op te nemen. Ulf Karlgren had kennelijk nooit van reglementaire kleding gehoord, realiseerde Patrik zich toen het leren jack opening en een verschoten T-shirt met de tekst AC/DC op de borst onthulde.

'Deze kant op.'

Ulf liep met grote passen naar de kantine en Patrik en Gösta volgden hem naar beste vermogen. Van achteren konden ze zien dat het dunne haar boven op Ulfs hoofd werd gecompenseerd door een lange paardenstaart in zijn nek. En in zijn kontzak waren natuurlijk de contouren van een doosje snustabak te zien.

'Dag dames! Jullie zien er zoals gewoonlijk weer prachtig uit.' Ulf knipoogde naar de vrouwen achter het buffet, die vrolijk giechelden. 'Wat hebben jullie vandaag voor lekkers in de aanbieding? Ik moet mijn figuur onderhouden!' Ulf sloeg zich op zijn dikke buik waar het T-shirt omheen spande en onwillekeurig moest Patrik aan Mellberg denken. Maar daar hielden de gelijkenissen ook op. Ulf was een beduidend sympathiekere verschijning.

'We nemen allemaal een stuk prinsessengebak,' zei Ulf en hij wees naar een paar enorme groene creaties.

Patrik wilde protesteren, maar Ulf wuifde zijn bezwaren weg.

'Je kunt wel wat vlees op je botten gebruiken.' Hij zette de gebakjes op het dienblad.

'En drie koffie, dan zijn we tevreden.'

'Je hoeft niet...' zei Patrik toen Ulf een kaart uit een beduimelde zwarte portefeuille pakte.

'Nee, ik trakteer. Kom, laten we gaan zitten.'

Ze volgden hem naar een tafel en namen plaats. Ulfs gezicht, dat tot dat moment heel vrolijk was geweest, werd ineens ernstig.

'Ik heb begrepen dat jullie vragen hebben over een motorbende.'

Patrik knikte. Hij vertelde in het kort wat er was gebeurd en wat ze tot op heden hadden ontdekt. Een getuige had gezien dat Mats Sverin was mishandeld door een paar mannen die waarschijnlijk lid waren van een motorclub. De mannen hadden een adelaar op hun rug gehad.

Ulf knikte. 'Dat klinkt aannemelijk. De bende die jij beschrijft zou de IE kunnen zijn.'

'De IE?' Gösta had zijn gebakje al op. Patrik begreep niet waar zijn collega alles liet. De man was mager als een lat.

'Illegal Eagles.' Ulf deed vier suikerklontjes in zijn kopje en begon langzaam te roeren. 'Zij zijn de nummer één van de bendes in deze regio. Gemener, vuiler en meedogenlozer dan alle andere.'

'O, shit.'

'Als zij het inderdaad zijn, zou ik uiterst voorzichtig te werk gaan. Wij hebben een paar minder geslaagde confrontaties met ze gehad.'

'Waar houden ze zich mee bezig?' vroeg Patrik.

'Van alles. Drugs, prostitutie, protectiewerkzaamheden, afpersing. Het is waarschijnlijk makkelijker de activiteiten te noemen waar ze zich níét mee bezighouden.'

'Cocaïne?'

'Ja, absoluut. Maar ook heroïne, amfetamine en in zekere mate anabole steroïden.'

'Heb je kans gezien te controleren of Mats Sverin in jullie onderzoeken voorkwam?'

'Wij kennen zijn naam niet.' Ulf schudde zijn hoofd. 'Dat hoeft niet te betekenen dat hij er niet bij betrokken is, alleen hebben wij niet met hem te maken gehad.'

'Hij voldoet niet echt aan het profiel. Als lid van een criminele motorbende, bedoel ik.' Gösta leunde voldaan achterover.

'De kern wordt gevormd door de leden van de motorclub, maar om hen heen komen allerlei lui voor, vooral als het om drugs gaat. Sommige onderzoeken hebben ons zelfs naar de high society gevoerd.'

'Is het mogelijk in contact te komen met die club?' Patrik dronk het laatste restje van zijn koffie op.

Ulf stond meteen op om zijn kopje bij te vullen.

'Het tweede kopje is gratis,' zei hij toen hij terugkwam en weer ging zitten. 'Zoals ik al zei, zou ik direct contact met deze heren niet aanbevelen. Wij hebben daar een aantal minder plezierige ervaringen mee. Dus als jullie ergens anders kunnen beginnen – misschien praten met mensen uit de omgeving van die Sverin –, dan raad ik jullie aan dat te doen.'

'Ik begrijp het,' zei Patrik. 'Hoe heet de frontfiguur van de IE?'

'Stefan Ljungberg. Een nazi die tien jaar geleden de IE heeft opgericht. Hij heeft na zijn achttiende diverse keren gevangengezeten en voor die tijd was het gesloten jeugdzorg. Je kent het type wel.'

Patrik knikte, maar hij moest bekennen dat het niet direct het type was dat hij vaak tegenkwam. Vergeleken daarmee leken de boeven in Tanumshede een stuk ongevaarlijker.

'Wat zou ze ertoe kunnen brengen naar Fjällbacka te gaan en iemand een kogel door het hoofd te jagen?' Gösta keek Ulf aandachtig aan.

'Er zijn verschillende scenario's. Uit de bende willen stappen is een van de belangrijkste oorzaken van een kapotgeschoten hoofd. Maar dat lijkt hier niet het geval te zijn, dus dan zijn er allerlei andere opties denkbaar. Dat ze bedrogen zijn in een drugsdeal, dat ze bang zijn dat iemand gaat praten. In dat geval kan de mishandeling wellicht als een eerste waarschuwing worden beschouwd. Maar het is volstrekt onmogelijk ernaar te gissen. Ik kan mijn collega's vragen of zij iets hebben gehoord. Maar verder raad ik jullie dus aan met de mensen uit Sverins omgeving te gaan praten. Die weten vaak meer dan ze denken.'

Patrik twijfelde. Dat was nou net het grote probleem bij dit onderzoek: niemand leek bijster veel over Mats Sverin te weten.

'Hartelijk bedankt voor je hulp,' zei hij en hij stond op.

Ulf pakte de uitgestoken hand en glimlachte.

'Graag gedaan. We zijn alleen maar blij als we kunnen helpen. Neem gerust contact op als jullie nog vragen hebben.'

'Dat zullen we zeker doen,' zei Patrik. Dit spoor bevatte heel veel logische elementen. Tegelijk was er heel veel wat verkeerd voelde. Hij werd gewoon niet wijs uit deze zaak. Hij werd niet wijs uit wie Mats eigenlijk was geweest. En in zijn hoofd weerklonk nog steeds het schot van gisteren.

'Wat zullen wij gaan doen?' Martin stond in de deuropening van Paula's kamer.

'Ik weet het niet.' Ze voelde zich net zo terneergeslagen als Martin eruitzag.

De gebeurtenissen van de vorige dag hadden hen erg aangegrepen. Mellberg hadden ze niet gezien. Hij had zich opgesloten op zijn kamer, en dat was misschien maar goed ook. Op dit moment kostte het hun moeite hun afschuw niet te tonen. Paula had hem thuis gelukkig ook niet gezien. Toen ze gisteravond thuiskwam was hij al naar bed, en toen ze vanochtend naar haar werk ging lag hij nog te slapen. Tijdens het ontbijt had Rita geprobeerd met haar over het gebeurde te praten, maar ze had duidelijk gemaakt dat ze daar niet voor in de stemming was. En Johanna had het niet eens geprobeerd. Ze was op haar andere zij gaan liggen toen Paula in bed stapte. De muur werd steeds hoger. Paula kreeg een droog gevoel in haar mond, alsof ze in paniek raakte, en ze slikte het weg met een slok uit het glas water op haar bureau. Ze wilde nu niet aan Johanna denken.

'Kunnen wij niets doen terwijl ze weg zijn?' Martin stapte naar binnen en ging zitten.

'Lennart zou vandaag van zich laten horen,' zei Paula. Ze had slecht geslapen, en hoezeer ze ook meevoelde met Martins ongeduld, ze was te moe om eigen initiatieven te ontplooien. Op dit moment tolde er van alles in haar hoofd. Maar Martin keek haar sommerend aan.

'Zullen we hem bellen om te vragen of hij klaar is?' Hij pakte zijn mobieltje.

'Nee, nee, hij belt echt wel als hij naar de papieren heeft gekeken. Daar ben ik van overtuigd.'

'Oké.' Martin stopte de telefoon terug in zijn zak. 'Maar wat moeten we dan doen? Patrik heeft niets gezegd toen hij wegging. We kunnen hier toch niet zitten duimendraaien?'

'Ik weet het niet.' Paula voelde haar irritatie toenemen. Waarom zou zij bevelen moeten geven? Ze was ongeveer even oud als Martin, en bovendien werkte hij veel langer op het bureau, hoewel zij natuurlijk ervaring had opgedaan in Stockholm. Ze haalde diep adem. Ze moest haar frustratie niet op Martin afreageren.

'Pedersen zou vandaag het sectierapport opsturen. Laten we daarmee beginnen. Ik kan hem bellen om te horen of hij iets te melden heeft.'

'Ja, dan hebben we misschien iets om mee aan de slag te gaan.' Martin was net een gelukkige jonge hond die een aai over zijn kop heeft gekregen, en Paula kon een glimlach niet onderdrukken. Je kon je gewoon niet lang aan Martin ergeren.

'Ik bel hem meteen.'

Martin keek haar met een gespannen blik aan toen ze het nummer intoetste. Pedersen moest naast het apparaat hebben gezeten, want hij nam al op toen de telefoon nog maar één keer was overgegaan.

'Hallo, met Paula Morales in Tanumshede. Is het klaar? Wat goed.' Ze stak haar duim omhoog naar Martin. 'Natuurlijk, stuur het rapport maar met de fax, maar kun je me nu al iets vertellen?' Ze knikte en maakte een paar aantekeningen op een notitieblok op haar bureau.

Martin strekte zijn hals en probeerde te lezen wat ze schreef, maar gaf die poging al snel weer op.

'Hm… Ja, ja… Oké.' Ze luisterde en schreef. Langzaam legde ze de hoorn op de haak. Martin staarde haar aan.

'Wat zei hij? Iets waar wij iets aan hebben?'

'Nee, niet direct. Hij bevestigde vooral wat we al wisten.' Ze keek naar haar korte aantekeningen. 'Dat Mats Sverin met een negenmillimeterwapen in het achterhoofd is geschoten. Eén schot. Hij moet op slag dood zijn geweest.'

'En het tijdstip?'

'Dat is het goede nieuws. Pedersen heeft kunnen vaststellen dat Mats in de nacht van vrijdag op zaterdag is overleden.'

'Dat is mooi. En verder?'

'Geen sporen van drugs in zijn bloed.'

'Helemaal niets?'

Paula schudde haar hoofd.

'Nee, zelfs geen nicotine.'

'Hij kan er natuurlijk wel in hebben gedeald.'

'Natuurlijk kan dat, maar je gaat toch denken…' Ze keek weer naar de aantekeningen. 'Het meest interessante is nu toch om te kijken of de kogel matcht met een wapen dat in de politieregisters voorkomt. Als er een link is met een ander misdrijf, wordt het een stuk makkelijker om het gebruikte wapen te vinden. En hopelijk ook de moordenaar.'

Plotseling stond Annika in de deuropening.

'De Reddingsbrigade heeft gebeld. Ze hebben de boot gevonden.'

Paula en Martin keken elkaar aan. Ze hoefden niet te vragen welke boot Annika bedoelde.

Alles was ingepakt. Op hetzelfde moment dat ze de ansichtkaart had gekregen, had ze geweten wat ze moest doen. Ze kon niet langer blijven vluchten. Ze was zich bewust van de gevaren die haar wachtten, maar het was even gevaarlijk om te blijven. Heel misschien hadden zij en de kinderen meer kans als ze vrijwillig terugkeerde.

Madeleine ging op de koffer zitten om hem dicht te krijgen. Eén koffer, dat was alles wat ze had kunnen meenemen. Daar had een heel leven in gepast. Toch had ze hoop gevoeld toen ze met haar kinderen en de koffer in de trein naar Kopenhagen was gestapt. Verdriet en pijn om wat ze achterliet, maar geluk om wat ze mogelijk tegemoet ging.

Ze keek om zich heen in de kleine eenkamerflat. Het was een haveloze woning, met één bed waarin de kinderen hadden willen slapen en voor haarzelf een matras op de grond. De flat zag er eigenlijk niet uit, maar een korte periode was het een paradijs geweest. Hij was van hen geweest en had geborgenheid geboden. Nu was hij veranderd in een valstrik. Ze konden hier niet blijven. Mette had haar zonder iets te vragen geld geleend voor de treinkaartjes. Misschien kocht ze wel de dood, maar wat had ze voor keuze?

Langzaam kwam ze overeind, pakte de ansichtkaart en stopte die in haar versleten handtas. Hoewel ze hem het liefst in duizend stukken had gescheurd en door de wc had gespoeld, wist ze dat ze hem moest meenemen als een herinnering. Om geen spijt te krijgen.

De kinderen waren bij Mette. Daar waren ze heen gegaan nadat ze op de binnenplaats hadden gespeeld, en ze was dankbaar dat ze nog een momentje voor zichzelf had gekregen voordat ze hun moest vertellen dat ze naar huis zouden gaan. Voor hen had dat woord geen positieve betekenis. Aan wat thuis werd genoemd hadden ze alleen maar littekens overgehouden, zowel uitwendige als inwendige. Ze hoopte dat ze begrepen dat ze van hen hield, dat ze nooit iets zou doen wat hen zou beschadigen, maar dat ze geen alternatief had. Als ze werden gevonden terwijl ze op de vlucht waren, als ze in hun konijnenhol werden gevangen, zouden ze geen van allen worden ontzien. Dat was het enige dat ze zeker wist. De konijnen hadden alleen een kans als ze uit eigen beweging terugkeerden naar de vos.

Met stijve ledematen kwam ze overeind. Ze moesten weldra weg en ze kon het onvermijdelijke niet langer uitstellen. De kinderen zouden het begrijpen, hield ze zichzelf voor. Ze wou alleen dat ze het zelf geloofde.

'Ik heb gehoord wat Gunnar heeft gedaan,' zei Anna.

Ze zag er nog steeds uit als een fragiel vogeltje en Erica probeerde te glimlachen.

'Je moet nu niet aan dat soort dingen denken. Je hebt genoeg aan jezelf.'

Anna fronste haar voorhoofd. 'Ik weet het niet. Vreemd genoeg is het soms prettig om medelijden te hebben met iemand anders dan jezelf.'

'Ja, het moet heel erg zijn voor Signe. Ze is nu helemaal alleen.'

'Hoe heeft Patrik erop gereageerd?' Anna legde haar benen op de bank. De kinderen waren op school en op de crèche, en de tweeling lag in de kinderwagen voor het huis te slapen.

'Hij was gisteren behoorlijk kapot,' zei Erica, terwijl ze een kaneelbolletje pakte.

Belinda, Dans oudste dochter, had ze gebakken. Daar was ze mee begonnen toen ze een vriendje had dat van huiselijke vrouwen hield. Het vriendje was tegenwoordig verleden tijd, maar Belinda bakte nog steeds en ze was een natuurtalent.

'O, wat zijn ze lekker.' Erica sloeg haar ogen ten hemel.

'Ja, Belinda is een ware keukenprinses. En Dan zegt dat ze geweldig is geweest voor de kleintjes.'

'Ja, ze heeft goed geholpen toen het echt nodig was.'

Belinda zag er weliswaar wild uit met haar zwart geverfde haar, zwarte nagels en schreeuwerige make-up, maar toen Anna in de mist verdween, had ze de kleintjes onder haar hoede genomen – niet alleen haar eigen zusjes, maar ook Adrian en Emma.

'Het was niet Patriks schuld,' zei Anna.

'Nee, ik weet het, en dat heb ik ook tegen hem gezegd. Als iemand iets te verwijten valt, is het Mellberg wel, maar op de een of andere vreemde manier voelt Patrik zich altijd verantwoordelijk. Gösta en Patrik waren bij Gunnar thuis toen het gebeurde en hij vindt dat hij iets had moeten merken.'

'Hoe dan?' snoof Anna. 'Je zegt toch zeker niet van tevoren dat je zelfmoord gaat plegen? Ik heb verschillende keren gedacht...' Ze viel stil en keek Erica aan.

'Jij zou dat nooit doen, Anna.' Erica boog zich naar haar zus en keek haar in de ogen. 'Jij hebt zoveel meegemaakt, meer dan de meeste mensen, en in dat geval zou je het al veel eerder hebben gedaan. Jij hebt het niet in je.'

'Hoe weet je dat?'

'Dat weet ik omdat je niet naar de kelder bent gegaan en de loop van een geweer in je mond hebt gestopt en de trekker hebt overgehaald.'

'Wij hebben geen geweer,' zei Anna.

'Hou je maar niet van den domme. Je weet wat ik bedoel. Je bent niet voor een auto gesprongen, je hebt je polsen niet doorgesneden, geen slaappillen ingenomen of weet ik veel wat. Dat heb je allemaal niet gedaan, omdat je daar te sterk voor bent.'

'Ik weet niet of het kracht is,' mompelde Anna. 'Volgens mij heb je best veel moed nodig om zo'n schot af te vuren.'

'Eigenlijk niet. Er is maar een kort moment van moed voor nodig. Daarna is het afgelopen en mogen anderen de troep opruimen. Sorry dat ik het zo zeg. Dat noem ik niet moedig. Het is laf. Gunnar heeft op dat moment niet aan Signe gedacht. Anders had hij het niet gedaan. Dan had hij genoeg moed getoond om te blijven, zodat ze elkaar hadden kunnen helpen. Zelfmoord is de uitweg van de lafaard, en die weg heb jij niet gekozen.'

'Volgens haar komt alles goed als je aan yoga doet, geen vlees meer eet en vijf minuten per dag diep ademhaalt.' Anna wees naar de tv, waar een enthousiaste gezondheidsgoeroe uitlegde wat de enige weg naar geluk en welbevinden was.

'Hoe kun je het geluk nou vinden zonder vlees?' vroeg Erica.

Anna moest lachen.

'Malloot,' zei ze en ze porde Erica met haar elleboog in haar zij.

'Dat moet jij zeggen. Je ziet eruit alsof je met proefverlof bent.'

'Wat een minne opmerking.' Anna gooide het kussen met volle kracht naar Erica.

'Ik doe alles om jou aan het lachen te maken,' zei Erica zachtjes.

'Het was slechts een kwestie van tijd,' constateerde Petra Janssen. De misselijkheid ging op en neer in haar keel, maar als moeder van vijf kinderen had ze in de loop van de jaren een steeds grotere tolerantie voor weerzinwekkende geuren ontwikkeld.

'Ja, het kwam niet als een grote verrassing.' Konrad Spetz, sinds jaren Petra's collega, leek meer moeite te hebben om zijn braakneigingen te onderdrukken.

'De collega's van Narcotica zullen er zo wel zijn.'

Ze verlieten de slaapkamer. De geur volgde hen, maar in de woonkamer, die een verdieping lager lag, was het makkelijker om te ademen. Een vrouw van een jaar of vijftig zat luid te huilen op een stoel, terwijl een jongere collega haar troostte.

'Heeft zij hem gevonden?' Petra knikte naar de vrouw.

'Ja, ze is de werkster van de familie Wester. Normaal gesproken komt ze één keer per week schoonmaken, maar omdat de Westers op reis zouden gaan, hoefde ze maar eens in de veertien dagen te komen. Toen ze vandaag kwam, heeft ze... ja...' Konrad schraapte zijn keel.

'Zijn de vrouw en het kind gevonden?' Petra was als laatste gearriveerd. Eigenlijk had ze vandaag vrij en ze was met haar gezin in het attractiepark Gröna Lund geweest toen ze een telefoontje kreeg dat ze zich moest melden.

'Nee. Ze hadden kennelijk gepakt om naar Italië te gaan, volgens de werkster. Ze zouden de hele zomer wegblijven.'

'We moeten de luchthavens controleren. Als we geluk hebben, zitten ze lekker in de zon,' zei Petra, maar haar gezicht stond grimmig. Ze wist heel goed wie daarboven in het bed lag. En ze wist door welke mensen hij zich had laten omringen. De kans dat zijn vrouw en zijn kind van de zon genoten, was beduidend kleiner dan dat ze ergens dood in een bos lagen. Of op de bodem van de Nybroviken.

'Ik heb er al een paar mensen op gezet.'

Petra knikte tevreden. Konrad en zij werkten al meer dan vijftien jaar samen en hun relatie was beter dan menig huwelijk. Maar wat hun uiterlijk betreft waren ze op z'n zachtst gezegd een paar apart. Met haar lengte van ruim één meter tachtig en haar stevige postuur als gevolg van alle zwangerschappen stak Petra een flink stuk boven Konrad uit, die niet alleen klein, maar ook tenger was. En door zijn opvallend aseksuele verschijning betwijfelde ze of hij eigenlijk wel wist hoe kinderen werden verwekt. In al die jaren had ze hem in elk geval nooit over een liefdesleven horen praten, met mannen noch met vrouwen. Ze had er ook nooit naar gevraagd. Wat ze gemeen hadden was een scherp intellect, een droge humor en betrokkenheid bij hun werk, die ze ondanks alle reorganisaties, idiote, door de politiek benoemde chefs en belachelijke politiebesluiten hadden weten te bewaren.

'We moeten een opsporingsbericht naar hen doen uitgaan en met de mannen van Narcotica praten,' voegde hij eraan toe.

'De mannen en de vrouwen,' verbeterde Petra hem.

Konrad zuchtte. 'Ja, Petra, de mannen en de vrouwen.'

De vijf kinderen van Petra waren allemaal meisjes en het gelijke recht van vrouwen was altijd een gevoelig onderwerp. Hij wist dat vrouwen in Petra's ogen eigenlijk superieur waren aan mannen, en als hij maar een greintje onbezonnenheid had bezeten, zou hij haar hebben gevraagd of dat eigenlijk niet net zo discriminerend was. Maar hij was verstandig en hield die gedachten voor zichzelf.

'Wat een rotzooi daarboven.' Petra schudde haar hoofd.

'Het lijkt erop dat er meerdere schoten zijn gelost. Het bed zit vol kogelgaten, en Wester zelf ook.'

'Hoe kun je het de moeite waard vinden?' Ze liet haar blik door de lichte, mooie woonkamer glijden en schudde opnieuw haar hoofd. 'Ik geef toe dat ik zelden zo'n prachtig huis heb gezien, en hij heeft vast een lekker leventje geleid, maar ze weten zelf toch dat het vroeg of laat verkeerd gaat? En dan lig je doorzeefd met kogelgaten in je eigen slaapkamer tussen de zijden lakens weg te rotten.'

'Dat is iets wat eenvoudige harde werkers zoals jij en ik nooit zullen begrijpen.' Konrad stond op van de diepe witte bank waarop hij was gaan zitten en liep naar de hal. 'Volgens mij komt de narcoticabrigade nu binnen.'

'Mooi,' zei Petra. 'Dan horen we wat de mannen ons kunnen vertellen.'

'En de vrouwen,' zei Konrad en hij kon een glimlach niet onderdrukken.

'Wat doen we nu?' vroeg Gösta gelaten. 'Ik kreeg niet de indruk dat het een goed plan is om met die figuren te gaan praten.'

'Nee,' gaf Patrik toe. 'Dat moeten we echt als een laatste uitweg beschouwen.'

'Maar wat kunnen we dan doen? We denken dat de IE schuldig zijn aan de mishandeling en misschien zelfs aan de moord, maar we durven niet met ze te praten. Mooie agenten zijn we.' Gösta schudde zijn hoofd.

'We gaan terug naar de plek waar Mats werkte toen de mishandeling plaatsvond. Tot nog toe hebben we alleen maar met Leila gepraat, maar we moeten horen wat de anderen op het kantoor te zeggen hebben. Dat is volgens mij op dit moment de enige weg vooruit.' Hij startte de auto en reed naar het stadsdeel Hisingen.

Ze werden meteen binnengelaten, maar Leila had een vermoeide uitdrukking in haar ogen toen ze haar kamer in gingen.

'Natuurlijk willen we jullie helpen, maar ik snap niet wat jullie ermee denken op te schieten door aldoor hier te komen.' Ze spreidde haar handen. 'Jullie hebben al ons materiaal mogen inzien en we hebben alle vragen beantwoord. We weten gewoon niet meer.'

'Ik zou met de andere medewerkers willen praten. Er werken toch nog twee mensen op het kantoor?' Zijn stem was zacht, maar resoluut. Patrik realiseerde zich dat het storend was hen voortdurend om zich heen te moeten hebben, maar tegelijk was Fristad de enige plek waar ze meer informatie konden vinden. Mats was nog steeds een onbeschreven blad, en misschien konden ze bij de organisatie die hij duidelijk een warm hart had toegedragen iets vinden om dat blad te vullen.

'Oké, ga maar in de koffiekamer zitten,' zei Leila met een zucht en ze wees naar een deur rechts achter zich. 'Ik stuur Thomas naar jullie toe. Als jullie met hem klaar zijn, kan hij Marie halen.' Ze streek haar haar achter haar oor. 'Ik zou het op prijs stellen als daarna de werkrust hier terugkeert. We hebben er alle begrip voor dat de politie de moord moet onderzoeken en we leven mee met Mattes familie. Maar we doen hier belangrijk werk en we hebben niet veel meer toe te voegen. Matte heeft hier vier jaar gewerkt, maar zelfs wij wisten niet veel van zijn privéleven, en niemand heeft enig idee wie hem kan hebben vermoord. Bovendien gebeurde het toen hij hier was gestopt en niet meer in de stad woonde.'

Patrik knikte. 'Ik begrijp het. Maar als we even met de andere medewerkers mogen praten, zullen we ons best doen jullie niet meer lastig te vallen.'

'Zonder onvriendelijk te willen zijn, kan ik jullie zeggen dat ik dat heel prettig zou vinden.' Ze liep weg en Patrik en Gösta installeerden zich in de koffiekamer.

Even later kwam er een lange, donkere man van een jaar of vijfendertig binnen. Patrik had hem bij zijn eerdere bezoeken wel langs zien lopen en zelfs gegroet, maar ze hadden niet meer dan een paar woorden met elkaar gewisseld.

'Je hebt met Mats gewerkt?' Patrik boog zich naar voren. Zijn ellebogen rustten op zijn knieën en hij had zijn handen gevouwen.

'Ja, ik ben vlak na Matte begonnen. We hebben dus bijna vier jaar samengewerkt.'

'Gingen jullie ook privé met elkaar om?' vroeg Patrik.

Thomas schudde zijn hoofd. Zijn bruine ogen waren rustig en hij leek niet over zijn antwoorden te hoeven nadenken.

'Nee. Matte was erg op zijn privacy gesteld. Ik ken eigenlijk niemand met wie hij omging, behalve Leila's neef. Maar ik had de indruk dat ze elkaar op een bepaald moment uit het oog hebben verloren.'

Patrik zuchtte inwendig. Dat was hetzelfde als wat iedereen in Mats' omgeving had gezegd.

'Weet je of hij problemen had? Privé of op zijn werk?' vroeg Gösta.

'Nee, absoluut niet,' antwoordde Thomas meteen. 'Matte was gewoon... altijd zichzelf. Bijzonder kalm en stabiel, hij werd nooit boos. Ik zou het hebben gemerkt als er iets mis was.' Hij ontmoette Patriks blik zonder met zijn ogen te knipperen.

'Hoe ging hij om met de situaties waarmee jullie hier worden geconfronteerd?'

'Iedereen die hier werkt, trekt zich het lot van de mensen met wie we in contact komen natuurlijk erg aan. Anderzijds is het belangrijk dat we afstand houden, anders zouden we het niet volhouden. Matte deed dat heel goed. Hij was warm en medemenselijk zonder al te zeer betrokken te raken.'

'Hoe ben jij hier terechtgekomen? Ik heb begrepen dat Fristad de enige organisatie voor vrouwenopvang is met mannelijke medewerkers, en Leila heeft verteld dat jullie heel zorgvuldig zijn uitgekozen,' zei Patrik.

'Ja, Leila heeft veel kritiek gehad vanwege Matte en mij. Matte is hier via Leila's neef gekomen – dat hebben jullie misschien wel gehoord? Mijn moeder is Leila's beste vriendin en ik ken Leila al van jongs af aan. Ik heb vrijwilligerswerk gedaan in Tanzania en toen ik terugkwam in Zweden, vroeg ze of ik hier wilde komen werken. Ik heb er nooit spijt van gehad. Maar het is een grote verantwoordelijkheid. Als ik iets verkeerd zou doen, is dat koren op de molen voor de tegenstanders van mannelijke medewerkers in een organisatie voor vrouwenopvang.'

'Had Mats extra veel contact met iemand in het bijzonder?' Patrik bestudeerde Thomas' gezicht om te zien of hij iets achter zijn antwoorden verborg. Hij zag echter alleen maar dezelfde kalmte.

'Nee, dat was strikt verboden, vooral om de reden die ik net noemde. We moeten een professionele relatie hebben met de vrouwen en hun gezinnen. Dat is regel nummer één.'

'En hield Mats zich daaraan?' vroeg Gösta.

'Dat doen we allemaal,' antwoordde Thomas enigszins gekrenkt. 'Een organisatie als de onze leeft van haar goede reputatie. De kleinste misstap kan verwoestend zijn en tot gevolg hebben dat Maatschappelijk Werk per direct de samenwerking met ons verbreekt. En daar worden de mensen die we willen helpen uiteindelijk de dupe van. En zoals ik net al probeerde uit te leggen, hebben wij als man een nog zwaardere verantwoordelijkheid.' Zijn stem werd scherper.

'We moeten het vragen,' zei Patrik verontschuldigend.

Thomas knikte.

'Ja, dat weet ik. Neem me niet kwalijk als ik verontwaardigd klink. Maar het is nu eenmaal heel belangrijk dat niets een smet op ons werpt. Ik weet dat Leila zich grote zorgen maakt over het effect dat deze gebeurtenis op onze organisatie kan hebben. Vroeg of laat gaat iemand denken dat er geen rook is zonder vuur, en dan stort alles in. Ze heeft enorm veel geriskeerd om Fristad op te zetten, en om dat op een nieuwe manier te doen.'

'Dat begrijpen we. Maar tegelijk moeten we een aantal onplezierige vragen stellen. Zoals de volgende, bijvoorbeeld.' Patrik haalde even diep adem. 'Heb je ooit iets gemerkt wat erop wees dat Mats drugs gebruikte of er misschien in handelde?'

'Drugs?' Thomas staarde hem aan. 'Ik heb vanochtend inderdaad de kranten gezien. We waren geschokt over de onzin die erin stond. Het is volstrekt idioot. Alleen al het idee dat Matte in zoiets zou zijn verwikkeld is absurd.'

'Ken je de IE?' Patrik dwong zichzelf ertoe verder te gaan, hoewel hij steeds meer het gevoel had dat hij in een open wond zat te peuteren.

'Je bedoelt de Illegal Eagles? Ja, die ken ik helaas.'

'We hebben een getuige die zegt dat een paar van hun leden Mats het ziekenhuis in hebben geslagen. Niet een groep jongeren, zoals Mats zelf beweerde.'

'Zouden het de IE zijn geweest?'

'Dat is de informatie die wij hebben gekregen,' zei Gösta. 'Hebben jullie iets met ze te maken gehad?'

Thomas haalde zijn schouders op. 'Het is wel gebeurd dat hun vrouwen hier hebben aangeklopt. Maar we hebben met die lui niet meer problemen dan met andere idiote vriendjes en echtgenoten.'

'En Mats was geen contactpersoon voor die vrouwen?'

'Nee, niet voor zover ik weet. De mishandeling moet een geval van zinloos geweld zijn geweest. Dat hij toevallig op het verkeerde moment op de verkeerde plek was.'

'Ja, dat was inderdaad zijn eigen versie. Op het verkeerde moment op de verkeerde plek.'

Patrik hoorde zelf hoe sceptisch hij klonk. Thomas moest weten dat dit soort criminele bendes niet zomaar mensen in de stad in elkaar sloeg. Waarom wilde hij hen van het tegendeel overtuigen?

'Dat was het wel voor dit moment. Heb je een telefoonnummer waar we je kunnen bereiken als we je nog iets willen vragen? Dan hoeven we jullie hier niet te storen,' zei Patrik met een scheve glimlach.

'Maar natuurlijk.' Thomas schreef snel een telefoonnummer op een papiertje en gaf dat aan Patrik. 'Willen jullie ook met Marie praten?'

'Ja, graag.'

Ze kletsten zachtjes terwijl ze zaten te wachten. Gösta leek Thomas' verhaal te hebben geslikt en vond hem volkomen geloofwaardig, maar Patrik twijfelde. Hij had weliswaar eerlijk en oprecht geleken, en hij had hun vragen met een vaste stem beantwoord. Maar toch had Patrik een paar keer een aarzeling bespeurd, al was dat niet meer dan een gevoel, geen echte waarneming.

'Hallo.' Een vrouw, of eerder een meisje, kwam de koffiekamer binnen en gaf hun een hand. Haar handpalm was een beetje koud en vochtig, en ze had rode vlekken in haar hals. In tegenstelling tot Thomas was ze zichtbaar nerveus.

'Hoe lang werk je hier al?' begon Patrik.

Marie plukte aan haar rok. Ze zag er op een popperige manier leuk uit. Ze had een wipneus, lang blond haar dat voortdurend voor haar hartvormige gezicht viel, en blauwe ogen. Patrik dacht dat ze een jaar of vijfentwintig was, maar hij wist het niet zeker. Hij was het in de loop van de jaren steeds moeilijker gaan vinden om de leeftijd te schatten van mensen die jonger waren dan hijzelf. Misschien uit een drang tot zelfbehoud, zodat hij kon blijven denken dat hij zelf nog vijfentwintig was.

'Ik ben hier ruim een jaar geleden begonnen.' De vlekken in haar hals werden steeds roder, en Patrik merkte dat ze regelmatig moeizaam slikte.

'Bevalt het je?' Hij wilde dat ze zou ontspannen, zodat ze niet op haar hoede was. Gösta leek hem volledig het roer in handen te hebben gegeven en zat achterovergeleund te luisteren.

'Ja, uitstekend. Het is heel dankbaar om hier te werken. Het is natuurlijk ook zwaar, maar op een dankbare manier, als je begrijpt wat ik bedoel.' Ze struikelde over haar woorden en leek het nogal moeilijk te vinden zich uit te drukken.

'Wat vond je van Mats als collega?'

'Matte was vreselijk lief. Iedereen mocht hem. Niet alleen wij, maar ook de vrouwen. Ze voelden zich veilig bij hem.'

'Raakte Mats extra betrokken bij een bepaald iemand?'

'Nee, nee, dat is regel nummer één: niet persoonlijk betrokken raken.' Marie schudde zo heftig haar hoofd dat haar blonde haar door de lucht leek te vliegen.

Patrik keek vanuit zijn ooghoek naar Gösta om te zien of die ook het gevoel had dat dit een gevoelig onderwerp was. Maar Gösta's gezicht was plotseling helemaal verstard. Patrik keek naar hem. Wat was er in vredesnaam met hem aan de hand?

'Eh… Ik moet… Kunnen we even met elkaar praten? Onder vier ogen?' Hij trok aan de mouw van Patriks overhemd.

'Natuurlijk, zullen we…?' Hij gebaarde naar de deur en Gösta knikte.

'Wil je ons even excuseren?' zei Patrik, en Marie leek opgelucht dat het gesprek werd onderbroken.

'Wat is er met jou aan de hand? We leken net ergens te komen!' siste Patrik toen ze in de gang stonden.

Gösta bestudeerde zijn schoenen. Nadat hij een paar keer zijn keel had geschraapt, keek hij Patrik angstig aan.

'Ik ben bang dat ik iets heel doms heb gedaan.'

Fjällbacka 1871

Het werd de heerlijkste tijd van haar leven. Pas toen de boot met Karl en Julian van Fjällbacka terugvoer naar Gråskär, had ze beseft wat het leven op het eiland met haar had gedaan. Het was of ze nu voor het eerst in heel lange tijd kon ademen.

Dagmar verwende haar. Emelie geneerde zich soms omdat ze zo werd vertroeteld en zo weinig hoefde te doen. Ze probeerde te helpen met schoonmaken, afwassen en koken, want ze wilde zich nuttig maken en niet tot last zijn. Maar ze werd weggestuurd met de woorden dat ze moest gaan rusten, en uiteindelijk boog ze voor een wil die sterker was dan de hare. En het was natuurlijk heerlijk om te mogen rusten, ze kon niet anders zeggen. Haar rug en haar gewrichten deden pijn en het kind trapte voortdurend in haar buik. Maar de vermoeidheid was het ergst. Hoewel ze twaalf uur per nacht sliep en ook na het middageten nog een dutje deed, voelde ze zich de rest van de dag toch niet fit.

Het was prettig om iemand te hebben die voor haar zorgde. Dagmar kookte verschillende soorten thee en andere brouwsels die haar meer kracht moesten geven en dwong haar de meest vreemde dingen te eten om te zorgen dat haar lichaam aansterkte. Het leek allemaal niet veel te helpen, de vermoeidheid bleef, maar Emelie zag dat het Dagmar goeddeed zich nuttig te voelen. Dus at en dronk ze gehoorzaam alles wat haar werd voorgezet.

De beste tijd van de dag waren de avonden. Dan zaten ze in de salon te praten, terwijl ze voor de baby breiden, haakten en naaiden. Voordat ze bij Dagmar kwam, had Emelie geen vaardigheid bezeten in handwerken. Een boerenmeid moest andere dingen leren. Maar Dagmar kon goed overweg met naald en draad en ze leerde Emelie alles wat ze wist. De stapels babykleertjes en dekens groeiden. Ze hadden mooie mutsjes, hemdjes, sokken en alles wat een kleintje in het begin maar nodig heeft. Het mooiste van alles was de lappendeken waar ze elke avond een poosje aan werkten. Ze deden telkens één lapje per keer, waarop ze borduurden wat hun inviel. De lapjes met de stokrozen waren Emelies favoriet. Als ze die zag, voelde ze altijd een steek in haar hart. Want hoe vreemd het misschien ook klonk, soms miste ze Gråskär. Niet Karl en Julian, hen miste ze geen moment, maar op de een of andere manier was het eiland een deel van haarzelf geworden.

Op een avond had ze geprobeerd Dagmar over het eiland te vertellen, over het bijzondere dat daar was en waarom ze zich nooit alleen voelde. Maar dat was de enige keer geweest dat Dagmar en zij niet goed met elkaar hadden kunnen praten. Er waren scherpe lijnen om Dagmars mond verschenen en ze had haar hoofd op zo'n manier afgewend dat Emelie had begrepen dat Dagmar er niets over wilde horen. Misschien was het niet zo raar. Ze vond zelf dat het vreselijk eigenaardig klonk als ze het probeerde te beschrijven, hoewel het heel natuurlijk en vanzelfsprekend was als ze daar was. Als ze onder hen verkeerde.

Er was nog een onderwerp dat ze niet aanroerden. Emelie had geprobeerd vragen over Karl, zijn vader en zijn jeugd te stellen. Maar dan was dezelfde strakke uitdrukking op Dagmars gezicht verschenen. Het enige dat ze had gezegd was dat Karls vader altijd veel van zijn zonen had gevraagd en dat Karl hem had teleurgesteld. Ze kende geen details, zei ze, en wilde niet praten over dingen waar ze in feite niets vanaf wist. Dus liet Emelie het onderwerp rusten. Ze stelde zich tevreden met de rust in Dagmars huis en met de avonden waarop ze sokjes breide voor het kindje dat weldra zou komen. Gråskär en Karl moesten wachten. Die behoorden tot een andere wereld, een andere tijd. Op dit moment bestonden alleen het geluid van de breinaalden en de witte wol die in het schijnsel van de petroleumlampen oplichtte. Het leven op het eiland zou vanzelf weer haar werkelijkheid worden. Dit was niet meer dan een korte droom.

❄

'Hoe hebben jullie haar gevonden?' Paula pakte Peters uitgestoken hand en stapte aan boord van de boot van de Reddingsbrigade.

'We kregen een telefoontje dat er in een baai een eind verderop een gestrande boot lag.'

'Hoe komt het dat jullie haar niet eerder hebben gevonden? Jullie hebben toch gezocht?' vroeg Martin. Hij keek enthousiast om zich heen. Hij wist dat de boot een snelheid van ruim dertig knopen kon halen. Misschien kon hij Peter overhalen straks even flink te gassen als ze wat verder uit de kust waren.

'Er zijn ik weet niet hoeveel baaien langs de scherenkust,' zei Peter en hij stuurde geoefend weg van de kade. 'Het is puur geluk als je iets vindt.'

'En jullie weten zeker dat het de goede boot is?'

'Gunnars boot herken ik uit duizenden.'

'Hoe krijgen we haar mee naar huis?' Paula tuurde door het raam naar buiten. Ze was veel te weinig op zee geweest. Het was betoverend mooi. Ze draaide zich om en keek naar Fjällbacka, dat nu achter hen lag en zich steeds verder verwijderde.

'We slepen haar mee. Ik wilde haar eerst al meenemen toen we erheen gingen om te kijken of het de goede boot was. Maar toen bedacht ik dat jullie misschien ter plekke onderzoek wilden doen.'

'We kunnen daar waarschijnlijk niet veel vinden,' zei Martin. 'Maar het is niet verkeerd om even op zee te zijn.' Hij keek met een schuin oog naar de gashendel, maar durfde het niet te vragen. Er waren nu meer boten op het water en het was misschien dom om het tempo op te voeren, al leek het hem wel leuk.

'Je mag een ander keertje wel wat verder mee het water op, zodat je de paardenkrachten kunt voelen,' zei Peter met een geamuseerde glimlach, alsof hij Martins gedachten kon lezen.

'Graag!' Martins bleke gezicht begon te stralen en Paula schudde haar hoofd. Jongens en hun speelgoed!

'Daarginds is het,' zei Peter en hij gierde naar stuurboord. En inderdaad. Een houten kajuitsloep was een smalle kloof in gedreven. Ze zag er onbeschadigd uit, maar leek vast te zitten.

'Het is Gunnars boot, dat weet ik zeker,' zei Peter. 'Wie gaat er aan land?'

Martin keek naar Paula, maar die deed net of ze de vraag niet had gehoord. Zij was een asfaltkind uit Stockholm en liet het graag aan Martin over om op de gladde klippen aan land te springen. Hij klauterde de voorplecht op, pakte het touw en wachtte op het goede moment. Peter zette de motor uit en hielp toen Paula van boord te gaan. Ze gleed bijna uit over wat groene algen, maar wist gelukkig haar evenwicht te hervinden. Martin zou haar de rest van haar leven plagen als ze in het water viel.

Voorzichtig liepen ze in de richting van de boot. Ook van dichtbij leek die onbeschadigd.

'Hoe is ze hier in godsnaam terechtgekomen?' Martin krabde aan zijn voorhoofd.

'Ze lijkt hierheen te zijn gedreven,' zei Peter.

'Vanuit de haven?' zei Paula, maar zodra ze Peters gezicht zag, besefte ze dat dat kennelijk een domme vraag was.

'Nee,' zei hij kort.

'Ze komt uit Stockholm,' legde Martin uit, waarop Paula hem boos aankeek.

'Stockholm heeft ook een scherenkust.'

Martin en Peter trokken allebei een wenkbrauw op.

'Overstroomd bos,' zeiden ze als uit één mond.

'Heel grappig, hoor.' Paula liep om de boot heen. Soms waren de mensen die aan de westkust woonden hopeloos kleingeestig. Als ze nog één keer iemand hoorde zeggen: 'Ooo, jij komt van de achterkant van Zweden', zou ze de persoon in kwestie vastnagelen.

Peter sprong weer aan boord van de MinLouis en Martin maakte geroutineerd een touw vast aan de sloep. Vervolgens gebaarde hij Paula dichterbij te komen.

'Kom even helpen duwen,' zei hij en hij probeerde de sloep de kloof uit te krijgen.

Paula klauterde voorzichtig over de gladde klippen om hem te helpen. Na enige moeite lukte het hun de sloep los te krijgen, en elegant gleed die het water in.

'Zo, ja,' zei Paula en ze liep naar de boot van de Reddingsbrigade. Plotseling voelde ze haar benen onder zich wegglijden en alles werd nat. Shit. Dit zou ze nog lang te horen krijgen van haar collega's.

Ze waren nu de hele tijd bij haar. Dat gaf haar op een bepaalde manier een veilig gevoel, hoewel ze hen meestal alleen vanuit haar ooghoeken zag. Soms vond ze dat de jongen een beetje op Sam leek, met krulhaar en een ondeugende glimp in zijn ogen. Maar hij was net zo blond als Sam donker was. Ook hij volgde zijn moeder voortdurend met zijn blik.

Annie voelde haar meer dan dat ze haar zag. En ze hoorde haar: de rok die over de vloer bewoog, de vermanende woorden tot de jongen, de waarschuwingen als ze iets zag wat gevaarlijk kon zijn. Ze was een overbeschermende moeder, net als zijzelf. De vrouw had af en toe geprobeerd tegen haar te praten. Het was alsof ze iets wilde zeggen, maar Annie wilde het niet horen.

De jongen vond het leuk om bij Sam te zijn. Soms klonk het alsof Sam hem antwoordde, alsof hij praatte, maar ze wist het niet zeker. Ze durfde er niet heen te lopen om te luisteren, omdat ze niet wilde storen als het inderdaad zo was. Het gaf haar toch hoop. Binnenkort zou Sam ook weer met haar praten. Hoewel ze geborgenheid voor hem betekende, begreep ze dat Sam haar ook in verband bracht met alle nare dingen die hij in zijn leven had meegemaakt.

Ze kreeg het plotseling koud, hoewel het warm was in huis. Stel je voor dat ze hier niet veilig waren. Misschien zouden ze op een dag een boot zien naderen, precies zoals ze had gevreesd. Een boot gevuld met hetzelfde kwaad dat ze geprobeerd hadden achter zich te laten.

Ja, ze hoorde toch echt stemmen vanuit de kamer waar Sam lag.

De angst verdween even snel als hij was opgekomen. Het blonde jongetje praatte met Sam en het leek alsof Sam antwoordde. Haar hart maakte een sprongetje van vreugde. Het was zo moeilijk om te weten wat goed was. Ze kon alleen haar gevoel volgen, dat gebaseerd was op haar liefde voor Sam en dat bleef zeggen dat ze hem tijd moest geven. Dat ze hem hier in alle rust moest laten helen.

Er zou geen boot komen. Terwijl ze aan de keukentafel zat en door het raam naar buiten keek, bleef ze dat voor zichzelf herhalen alsof het een mantra was. Er zou geen boot komen. Sam praatte, en dat moest betekenen dat hij bezig was naar haar terug te keren. Ze hoorde de stem van het jongetje weer. Ze glimlachte. Ze was blij dat Sam een vriendje had gekregen.

Patrik keek naar Gösta, die in zijn jaszak begon te graaien.
'Wil je zo vriendelijk zijn me te vertellen wat er aan de hand is?'
Na enig voelen leek Gösta te hebben gevonden wat hij zocht en hij gaf het aan Patrik.
'Wat is dit? Of liever gezegd: wie is dit?' Patrik keek naar de foto die hij in zijn hand hield.
'Dat weet ik niet. Maar ik heb hem thuis bij Sverin gevonden.'
'Waar?'
Gösta slikte. 'In zijn slaapkamer.'
'Kun je me uitleggen waarom die in jouw jaszak zit?'
'Ik dacht dat hij belangrijk kon zijn, daarom heb ik hem bij me gestoken. Maar ik ben hem helemaal vergeten,' zei Gösta lamlendig.
'Je bent hem vergeten?' Patrik was zo boos dat hij merkte dat het zwart werd voor zijn ogen. 'Hoe kun je zoiets vergeten? We hebben voortdurend gezegd dat we zo weinig over Mats weten en dat het zo moeilijk is om erachter te komen met wie hij omging.'
Gösta kromp ineen.
'Ja, maar ik laat hem nu toch zien? Beter laat dan nooit, toch?' Hij probeerde te glimlachen.
'Je weet niet wie dit is?' vroeg Patrik en hij keek nu pas goed naar de foto.
'Nee, ik heb geen flauw idee. Maar het moet iemand zijn die belangrijk was voor Sverin, en ik dacht dat… Het schoot me te binnen

toen we...' Hij knikte naar de kamer waar Marie zat te wachten.

'Het is de moeite van het proberen waard. Maar hier is het laatste woord nog niet over gezegd, als je dat maar weet.'

'Dat begrijp ik.' Gösta keek naar de vloer, maar leek opgelucht over het tijdelijke respijt.

Ze liepen de koffiekamer weer in. Marie was nog even nerveus als toen ze de kamer hadden verlaten.

Patrik kwam meteen ter zake.

'Wie is dit?' Hij legde de foto voor Marie op tafel en zag dat ze haar ogen opensperde.

'Madeleine.' Ze sloeg verschrikt haar hand voor haar mond.

'Wie is Madeleine?'

Patrik tikte met zijn vinger op de foto om Marie te dwingen ernaar te blijven kijken. Ze antwoordde niet, maar schoof onrustig heen en weer op haar stoel.

'Dit is een moordonderzoek en de informatie waar jij over beschikt kan ons misschien helpen de persoon te vinden die Mats heeft gedood. Dat wil jij toch ook?'

Marie keek hen met een ongelukkig gezicht aan. Haar handen beefden en haar stem was onvast toen ze uiteindelijk begon te praten. Over Madeleine.

Toen de technici waren gekomen om de kajuitsloep grondig te onderzoeken, reden Paula en Martin terug naar het bureau. Paula had een enorme zeilbroek en een oranje fleecetrui mogen lenen die de Reddingsbrigade op kantoor had liggen en ze staarde woedend naar iedereen die eventueel een opmerking zou kunnen maken. Chagrijnig zette ze de verwarming in de auto aan. Het water was ijzig geweest en ze had het nog steeds koud.

De radio stond op het hoogste volume en het geluid van Martins mobieltje was nauwelijks te horen. Hij zette de muziek zachter en nam op.

'Geweldig! Kunnen we er meteen heen? We zitten in de auto, dus we kunnen wel even bij hem langsgaan.' Hij beëindigde het gesprek en draaide zich om naar Paula. 'Dat was Annika. Lennart is klaar met de papieren, we kunnen dus naar hem toe als we dat willen.'

'Perfect,' zei Paula met een iets vrolijker gezicht.
Een kwartier later stopten ze bij het kantoor van ExtraFilm. Lennart zat aan zijn bureau te eten, maar toen ze binnenkwamen schoof hij de boterham meteen weg en veegde zijn handen af aan een servet. Hij keek met een vragende blik naar Paula's vreemde kleding, maar besloot wijselijk er niets over te zeggen.
'Fijn dat jullie konden komen,' zei hij.
Lennart straalde evenveel warmte uit als zijn vrouw en Paula bedacht dat hun adoptiedochter zich gelukkig mocht prijzen dat ze hen als ouders kreeg.
'Wat ziet ze er lief uit,' zei ze en ze wees naar de foto van het kleine meisje die Lennart op zijn prikbord had gehangen.
'Ja, dat vind ik ook.' Lennart glimlachte breed en gebaarde toen naar de twee vrije stoelen aan de andere kant van zijn bureau. 'Ik weet eigenlijk niet of het wel zin heeft jullie te vragen te gaan zitten. Ik heb alles zo grondig mogelijk bekeken, maar ik kan er niet veel over zeggen. De financiën lijken in orde en er is me niets bijzonders opgevallen. Al wist ik natuurlijk ook niet precies waar ik naar moest zoeken. Ik kan constateren dat de gemeente hier flink wat geld in heeft gestoken en ze is ook akkoord gegaan met een paar bijzonder lange betaaltermijnen. Maar dat geeft geen vreemd gevoel in het beste gereedschap van deze econoom.' Lennart sloeg zich op zijn buik.
Martin wilde iets zeggen, maar Lennart ging verder: 'Broer en zus Berkelin betalen zelf een deel van de kosten en het grootste deel van die financiering komt volgens de documenten aanstaande maandag binnen. Het spijt me dat ik er niet meer van kan zeggen.'
'Je hebt ons wel degelijk geholpen. Het is in elk geval fijn om te horen dat de gemeente goed met ons geld omgaat.' Martin stond op.
'Ja, tot dusverre ziet het er goed uit. Maar het hangt er natuurlijk helemaal van af of ze genoeg gasten weten te trekken. Anders wordt het een dure grap voor de belastingbetalers.'
'Wij vonden het er in elk geval plezierig.'
'Ja, ik hoorde van Annika dat het inderdaad heel geslaagd was geweest. En Mellberg heeft kennelijk een uitgebreide behandeling gekregen.'
Paula en Martin begonnen te lachen. 'Ja, dat hadden we maar wat

graag willen zien. Het gerucht gaat dat hij een oesterpeeling heeft gehad. Maar we moeten er genoegen mee nemen ons Mellberg voor te stellen bedekt met oesterschelpen,' zei Paula.

'Hier hebben jullie in elk geval al het materiaal.' Lennart overhandigde hun de stapel papieren. 'Zoals ik net al zei, vind ik het jammer dat ik jullie niet meer kan vertellen.'

'Daar kun jij niets aan doen. We moeten gewoon verder zoeken,' zei Paula, maar de moedeloosheid stond op haar gezicht geschreven. De kick dat de verdwenen boot was teruggevonden had niet lang geduurd en het was niet waarschijnlijk dat die hen verder zou helpen.

'Ik zet jou af en ga zelf naar huis om schone kleren aan te trekken,' zei ze toen ze bijna bij het bureau waren. Ze keek Martin waarschuwend aan.

Hij knikte slechts, maar ze wist dat hij het verhaal over haar onvrijwillige duik in geuren en kleuren zou vertellen zodra hij binnen was.

Toen ze voor het flatgebouw had geparkeerd, rende ze de trap op. Ze bibberde nog steeds, alsof het koude water tot in haar botten was doorgedrongen. Haar vingers trilden toen ze de sleutel in het slot wilde steken, maar uiteindelijk kreeg ze de deur open.

'Hallo?' riep ze en ze verwachtte de vrolijke stem van haar moeder uit de keuken te horen.

'Hoi,' hoorde ze in plaats daarvan vanuit de slaapkamer. Verbaasd liep ze erheen. Johanna was rond deze tijd meestal op haar werk.

Er was iets aan de hand, iets wat ervoor zorgde dat ze 's nachts niet kon slapen en naar Johanna's ademhaling lag te luisteren. Hoewel Paula had gemerkt dat Johanna ook wakker was, had ze niet met haar durven praten, omdat ze niet zeker wist of ze wel wilde weten wat er scheelde. Nu zat Johanna met zo'n wanhopige uitdrukking in haar ogen op hun bed dat Paula het liefst was omgedraaid en weggerend. Er schoten allerlei gedachten door haar hoofd en alle mogelijke scenario's werden afgespeeld. Maar nu stonden ze oog in oog met elkaar, in een leeg en stil appartement zonder de gebruikelijke drukte waarachter ze zich konden verschuilen. Geen rondrennende honden. Geen Rita die luid liep te zingen in de keuken en met Leo dolde.

Geen Mellberg die obsceniteiten naar de tv riep. Alleen maar stilte, alleen zij tweeën.

'Wat heb jij in godsnaam aan?' zei Johanna uiteindelijk en ze bekeek Paula onderzoekend van top tot teen.

'Ik ben in het water gevallen,' zei Paula. Ze keek naar de lelijke fleecetrui, die zo groot was dat hij bijna tot haar knieën kwam. 'Ik kwam alleen maar even thuis om schone kleren aan te trekken.'

'Doe dat eerst maar. We moeten praten. En ik kan geen serieus gesprek met je voeren als je er zo uitziet.' Ze glimlachte scheef en Paula's maag trok samen. Ze was dol op Johanna's glimlach, maar had die de laatste tijd heel weinig gezien.

'Zet jij thee terwijl ik me omkleed? Dan gaan we daarna in de keuken zitten.'

Johanna knikte en liet Paula alleen achter in de slaapkamer. Met vingers die stijf waren van de kou trok ze een spijkerbroek en een wit T-shirt aan. Vervolgens haalde ze diep adem en liep naar de keuken. Dit was een gesprek dat ze niet wilde voeren, maar ze had geen keuze. Het was een kwestie van ogen dichtdoen en in het diepe springen.

Hij vond het vreselijk om tegen haar te liegen. Ze was heel lang zijn alles geweest en het beangstigde hem dat hij voor het eerst bereid was om op te offeren wat ze samen hadden. Anders hijgde van de inspanning. De heuvel naar Mörhult was steil en smal. Hij had gevoeld dat hij er even uit moest, weg van Vivianne. Zo zag hij het.

Soms leek het verleden heel dichtbij. Soms was hij nog steeds vijf en lag hij onder het bed tegen Vivianne aan, met zijn handen over zijn oren en de arm van zijn zus veilig om hem heen. Daar, onder dat bed, hadden ze veel over overleving geleerd. Maar hij wilde niet langer alleen maar overleven, hij wilde leven, en hij wist niet of Vivianne hem daarbij hielp of hinderde.

Er kwam een auto met te hoge snelheid aanrijden en hij moest de berm in springen. Badis lag achter hem. Hun grote project, de definitieve uitweg. Erling was degene die het mogelijk maakte. De arme drommel die Vivianne nu een aanzoek had gedaan.

Erling had hem gebeld met de vraag of hij vanavond bij hen kwam eten om de verloving te vieren. Maar Anders betwijfelde of Vivianne op de hoogte was van deze plannen. Vooral omdat die dikke, kleine hoofdinspecteur en zijn partner kennelijk ook zouden komen. Zelf had hij de uitnodiging met een slap smoesje afgeslagen. De combinatie Erling en Bertil Mellberg leek hem geen goed recept voor een geslaagde avond. En gezien de omstandigheden voelde het sowieso vreemd om iets te vieren.

De weg ging nu naar beneden. Anders wist eigenlijk niet waar hij heen liep; hij had overal heen kunnen gaan. Hij trapte tegen een steen, die de heuvel af rolde en uiteindelijk in een greppel verdween. Zo voelde hij zich op dit moment: hij rolde steeds sneller naar beneden, en het was maar de vraag in welke greppel hij zou belanden. Het kon alleen maar slecht aflopen, want er waren geen goede opties. Hij had de hele nacht wakker gelegen en nagedacht over een oplossing, een compromis. Maar dat was er niet. Net zomin als dat er een tussenweg was geweest toen ze onder het bed lagen en de houten bodem tegen hun hoofd voelden.

Hij bleef op de steiger vlak voor de stenen brug over het water staan. De zwanen waren niet te zien. Er was hem verteld dat ze hun nest meestal rechts van de brug bouwden en elk jaar kregen ze hun jongen dus op een plek die gevaarlijk dicht bij de weg lag. Hij had gehoord dat het mannetje en het vrouwtje hun hele leven bij elkaar bleven. Zo wilde hij het ook. Maar tot nog toe had hij alleen zijn zus gehad. Natuurlijk niet als liefdespartner, maar ze was wel zijn levenspartner geweest, degene met wie hij zijn leven zou doorbrengen.

Nu was alles veranderd. Hij moest een besluit nemen, maar had niet het gevoel dat hij dat kon. Niet zolang hij de bodem van het bed tegen zijn hoofd en Viviannes beschermende arm om zijn lichaam voelde. Niet als hij wist dat ze altijd zijn beschermer en beste vriendin was geweest.

Het had maar weinig gescheeld of ze hadden het niet overleefd. De sterkedrank en de luchten waren er al geweest toen hun moeder nog leefde. Maar toen waren er ook kleine eilanden van liefde geweest, momenten waaraan ze zich vastklampten. Toen zij ervoor koos te vluchten, toen Olof haar met een leeg potje pillen op de vloer in de slaapkamer vond, verdwenen de laatste resten van hun jeugd. Hij gaf hun de schuld en ze waren zwaar gestraft. Elke keer dat de dames van Maatschappelijk Werk langskwamen, vermande hij zich en wist hij hen met zijn blauwe ogen in te palmen. Hij toonde hun zijn woning en Vivianne en Anders, die zwijgend naar hun voeten keken terwijl de dames zich tegenover hem aanstelden. Op de een of andere manier wist hij altijd wanneer ze zouden komen en daarom was het huis altijd schoon en netjes als ze hun spontane bezoekjes kwamen afleggen. Waarom had hij hen niet gewoon afgestaan als hij hen toch zo intens haatte? Vivianne en hij hadden uren gefantaseerd over de nieuwe papa en mama die ze zouden krijgen als Olof hen maar liet gaan.

Waarschijnlijk wilde hij hen in de buurt hebben, wilde hij zien hoe ze werden gekweld. Maar uiteindelijk zouden ze het van hem winnen. Hoewel hij inmiddels al jarenlang dood was, bleef hij hun drijfveer, degene aan wie ze hun succes wilden laten zien. En dat succes was nu binnen bereik. Ze konden nu niet stoppen en Olof gelijk geven in wat hij altijd had gezegd: dat ze waardeloos waren en dat het nooit iets met hen zou worden.

In de verte zag hij het zwanengezin dichterbij komen. De jongen waggelden achter hun statige ouders aan. Ze waren schattig om te zien met hun grijze donzige veren, heel anders dan de elegante vogels die ze later zouden worden. Waren Vivianne en hij opgegroeid tot grote mooie zwanen, of waren ze nog steeds grijze jongen die hoopten iets anders te worden?

Hij draaide zich om en liep langzaam weer de heuvel op. Wat hij ook zou besluiten, hij moest het snel doen.

'We weten van Madeleine.' Zonder dat ze hem dat had gevraagd ging Patrik tegenover Leila zitten.

'Sorry?'

'We weten van Madeleine,' herhaalde Patrik rustig. Gösta had op de stoel naast hem plaatsgenomen, maar hield zijn blik op de vloer gericht.

'Ja, en... Wat...' zei Leila en ze trok met haar mond.

'Je hebt gezegd dat jullie met ons samenwerkten en ons alles hadden verteld wat jullie weten. Maar nu hebben we begrepen dat dat niet helemaal waar is, en we willen graag een verklaring van je.' Hij probeerde zijn stem zoveel gezag te geven als hij maar kon, en dat leek te werken.

'Ik dacht niet...' Leila slikte. 'Ik dacht niet dat het relevant was.'

'Deels geloof ik niet dat dat waar is, deels is het niet aan jou om dat te bepalen.' Patrik stopte even en zei toen: 'Wat kun je ons over Madeleine vertellen?'

Leila zweeg even. Vervolgens stond ze abrupt op en liep naar een van de boekenkasten. Ze stak haar hand achter een rij boeken en haalde er een sleutel vandaan. Toen ging ze weer achter haar bureau zitten, boog zich omlaag en opende de onderste la.

'Alsjeblieft,' zei ze verbeten en ze legde een map voor hen neer.

'Wat is dit?' vroeg Patrik. Gösta boog zich ook nieuwsgierig naar voren.

'Dit is Madeleines map. Zij is een van de vrouwen die hulp nodig hadden die de maatschappij niet kan bieden.'

'En dat betekent?' Patrik begon in de map te bladeren.

'Dat betekent dat wij haar op een illegale manier hebben geholpen.' Leila staarde hen verbeten aan. Haar eerdere nervositeit was verdwenen en het leek alsof ze hen uitdaagde. 'Sommige vrouwen die hier komen, hebben alles geprobeerd. En wij proberen alles. Maar zij en hun kinderen worden bedreigd door mannen die niet eens doen alsof ze zich iets aantrekken van de wetten in de samenleving, en dan kunnen wij niets uitrichten. We hebben geen mogelijkheden om deze vrouwen te beschermen, dus helpen we hen te vluchten. Naar het buitenland.'

'En wat hadden Madeleine en Mats voor relatie met elkaar?'

'Destijds wist ik het niet, maar later heb ik gehoord dat ze een liefdesrelatie hadden. We hebben heel lang geprobeerd een oplossing te vinden voor de situatie van Madeleine en haar kinderen. In die tijd moeten ze verliefd op elkaar zijn geworden, wat natuurlijk volstrekt verboden was. Maar zoals gezegd wist ik het destijds niet...' Ze spreidde haar handen. 'Toen ik erachter kwam, was ik enorm teleurgesteld. Matte wist hoe belangrijk het voor mij was om te laten zien dat organisaties als Fristad mannen nodig hebben. En hij wist dat alle blikken op ons waren gericht en dat veel mensen hoopten dat ik zou mislukken. Ik begreep niet dat hij zo'n verraad kon plegen tegenover Fristad.'

'Wat gebeurde er?' vroeg Gösta. Hij nam de map over van Patrik.

Leila leek haar kracht te hebben verloren. 'Het werd alsmaar erger. Madeleines man wist haar en de kinderen telkens te vinden. De politie was ingeschakeld, maar dat hielp niet. Uiteindelijk kon Madeleine het niet langer aan, en wij realiseerden ons ook dat de situatie onhoudbaar was. Als zij en de kinderen wilden blijven leven, moesten ze Zweden verlaten. Ze moesten hun huis, hun familie, hun vrienden, alles achterlaten.'

'Wanneer namen jullie dat besluit?' vroeg Patrik.

'Madeleine vroeg me haar te helpen vlak nadat Matte was mishandeld. En eigenlijk waren we hier al min of meer tot dezelfde conclusie gekomen.'

'Wat vond Mats ervan?'

Leila keek naar het bureau. 'We hebben het hem niet gevraagd. Alles gebeurde toen hij in het ziekenhuis lag. Toen hij terugkwam, was zij weg.'

'Kwam je er toen achter dat ze een relatie hadden gehad?' Gösta legde de map terug op het bureau.

'Ja. Matte was ontroostbaar. Hij smeekte me te vertellen waar ze heen waren gegaan. Maar dat kon en mocht ik niet. Zij en de kinderen zouden in gevaar zijn als iemand ontdekte waar ze waren.'

'Vermoedden jullie niet dat er een verband bestond tussen deze zaak en de mishandeling van Mats?' Patrik sloeg de map open en wees naar een naam die op een van de papieren stond.

Leila speelde met een paperclip voordat ze antwoordde.

'Natuurlijk is die gedachte bij ons opgekomen. Het zou raar zijn als dat niet zo was. Maar Matte beweerde dat er geen verband was. En toen konden wij niet veel doen.'

'We moeten met haar praten.'

'Dat kan niet,' zei Leila snel en ze schudde heftig haar hoofd. 'Dat is veel te gevaarlijk.'

'We zullen alle noodzakelijke veiligheidsmaatregelen treffen. Maar we moeten met haar praten.'

'Dat is onmogelijk, zeg ik.'

'Ik begrijp dat je Madeleine wilt beschermen en ik beloof je dat we niets zullen doen dat haar in gevaar kan brengen. Ik had gehoopt dat we dit op een flexibele manier konden oplossen, zodat dit hier' – hij wees naar de map op het bureau – 'onder ons kan blijven. Zo niet, dan moeten we het uit handen geven.'

Leila's kaken spanden zich, maar ze wist dat ze geen keuze had. Patrik en Gösta konden met één simpel telefoontje een eind maken aan de werkzaamheden van Fristad.

'Ik zal zien wat ik kan doen. Het zal wat tijd kosten. Misschien zelfs tot morgen.'

'Dat geeft niet. Bel ons zodra je iets weet.'

'Goed. Maar op voorwaarde dat we een en ander op mijn manier regelen. Het lot van veel mensen staat op het spel, niet alleen dat van Madeleine en haar kinderen.'

'Dat begrijpen we,' zei Patrik. Ze stonden op en gingen naar buiten om voor de zoveelste keer terug te rijden naar Fjällbacka.

'Welkom, welkom!' Erling stond met een brede glimlach in de deuropening. Hij was blij dat Bertil Mellberg en zijn partner Rita hadden kunnen komen om de feestelijke gebeurtenis met hen te vieren, want hij mocht Mellberg graag. De pragmatische levenshouding van de politieman leek erg op die van hemzelf en Mellberg was prettig in de omgang.

Enthousiast schudde hij Mellbergs hand en zoende Rita op de wang, voor de zekerheid twee keer. Hij wist niet zeker wat de gewoonte in zuidelijke landen was, maar beter een kus te veel dan te weinig. Ook Vivianne verscheen in de hal om de gasten te begroeten en uit hun jas te helpen. Er werden haar een bos bloemen en een fles wijn overhandigd en ze bedankte zo uitbundig als de etiquette voorschreef en nam de cadeautjes mee naar de keuken.

'Kom verder,' zei Erling en hij gebaarde met zijn hand. Het was hem altijd een genoegen zijn huis te showen. Hij had er hard voor gevochten het huis na de scheiding te mogen behouden, maar het was het waard geweest.

'Wat prachtig is het hier,' zei Rita en ze keek rond.

'Ja, je hebt het mooi voor elkaar.' Mellberg sloeg Erling op de rug.

'Ik mag niet klagen,' zei Erling en hij gaf de gasten een glas wijn.

'En wat staat er op het menu?' zei Mellberg. De lunch in Badis zat nog vers in zijn geheugen en als ze vanavond ook zaadjes en noten kregen, moesten ze op weg naar huis maar een broodje worst kopen.

'Maak je geen zorgen, Bertil.' Vivianne knipoogde naar Rita. 'Ik heb vanavond een uitzondering gemaakt en speciaal voor jou een zetmeelrijk maal gekookt. Maar er kan hier en daar wat groente in zijn geslopen.'

'Dat moet ik dan maar proberen te overleven,' zei Bertil en hij lachte overdreven hartelijk.

'Zullen we aan tafel gaan?' Erling sloeg zijn arm om Rita en begeleidde haar naar de grote, lichte eetkamer. Zijn ex had een goede smaak gehad als het om de inrichting ging, dat kon hij niet ontkennen. Anderzijds had hij de hele santenkraam betaald, dus je kon zeggen dat het zijn verdienste was, wat hij dan ook vaak en graag deed.

Het voorgerecht was snel afgehandeld en Mellberg begon te stralen toen hij zag dat dat gevolgd werd door een grote portie lasagne. Pas tijdens het dessert, en nadat Erling haar een paar keer onder de tafel had aangestoten, begon Vivianne demonstratief met haar linkerhand te zwaaien.

'Nee maar, is dat wat ik denk dat het is?' riep Rita uit.

Mellberg kneep zijn ogen half dicht om te kunnen zien wat de reden van alle opwinding was en zag toen iets schitteren aan Viviannes linkerringvinger.

'Hebben jullie je verloofd?' Mellberg pakte Viviannes hand en bekeek de ring uitvoerig. 'Erling, ouwe rakker, je hebt diep in de buidel getast.'

'Voor niets gaat de zon op. Maar ze is het waard.'

'Wat is die mooi,' zei Rita met een warme glimlach. 'Hartelijk gefeliciteerd allebei.'

'Ja, dit moet gevierd worden. Heb je niet iets sterks in huis waarmee we kunnen proosten?' Mellberg keek met afkeer naar het glas Baileys dat Erling bij het nagerecht had ingeschonken.

'Ja, ik kan vast wel ergens een flesje whisky vinden.' Erling stond op en opende een grote barkast. Hij zette twee flessen op tafel en pakte daarna vier whiskyglazen, die hij ernaast zette.

'Dit is een echt juweeltje.' Erling wees naar de ene fles. 'Een

Macallan, vijfentwintig jaar oud. Maar daar hangt dan ook een prijskaartje aan, kan ik je verzekeren.'

Hij schonk twee glazen in en zette het ene bij zijn eigen plaats neer en het andere bij Vivianne. Vervolgens duwde hij de kurk erin, droeg de fles met de dure druppels naar de barkast en borg hem veilig op.

Mellberg volgde hem met een verbaasde blik.

'En wij dan?' liet hij zich ontvallen, en Rita leek hetzelfde te denken, hoewel ze dat niet hardop uitsprak.

Erling draaide zich weer om naar de tafel en opende onbekommerd de fles die er nog stond. Een Johnnie Walker Red Label, waarvan Mellberg wist dat die bij de staatsslijterij tweehonderdnegenveertig kronen kostte.

'Die dure whisky is niet aan jullie besteed. Jullie zouden hem toch niet op waarde schatten.'

Met een vrolijke glimlach schonk Erling de whisky in en gaf de glazen aan Mellberg en Rita. Ze keken zonder iets te zeggen naar hun Johnnie Walker en vervolgens naar de inhoud in Erlings en Viviannes glas, die een heel andere kleur had. Vivianne leek wel door de grond te willen zakken.

'Proost! En proost op ons, lieveling!' Erling hief zijn glas en nog steeds stom van verbazing deden Mellberg en Rita hetzelfde.

Even later verontschuldigden ze zich en gingen naar huis. Vrek, dacht Mellberg toen ze in de taxi zaten. Dit was een harde klap voor een vriendschap die zo veelbelovend had geleken.

Het perron was verlaten toen ze de trein uit stapten. Niemand wist dat ze zouden komen. Haar moeder zou zich wild schrikken als ze opdoken, maar ze kon haar niet waarschuwen. Het was al gevaarlijk genoeg dat Madeleine haar zou vragen of ze daar konden slapen. Het liefst had ze haar ouders hier helemaal niet bij betrokken, maar ze konden nergens anders heen. Binnenkort zou ze allerlei mensen uitleg moeten geven, en Madeleine beloofde zichzelf dat ze Mette het geld voor de treinkaartjes zou terugbetalen. Ze vond het vreselijk om schulden te hebben, maar het was voor haar en de kinderen de enige manier geweest om naar huis te kunnen gaan. Al het andere moest wachten.

Ze durfde niet te denken aan wat er nu zou gebeuren. Tegelijk gaf het onvermijdelijke haar een gevoel van kalmte. Het voelde op een vreemde manier veilig om klem te zitten en geen kant op te kunnen. Ze had het opgegeven, en in zekere zin was dat prettig. Het kostte veel kracht om te vluchten en te vechten en ze was niet langer bang voor wat er met haarzelf zou gebeuren. De kinderen waren het enige dat haar nog deed twijfelen, maar ze zou alles doen zodat hij het zou begrijpen en haar zou vergeven. Hij had de kinderen nog nooit aangeraakt en zij zouden het redden, wat er ook gebeurde. Dat moest ze zichzelf in elk geval voorhouden. Anders was ze verloren.

Op het Drottningstorget stapten ze in tramlijn 3. Alles voelde vertrouwd. De kinderen waren zo moe dat hun ogen bijna dichtvielen, maar ze zaten toch met hun neus tegen het raam gedrukt en keken nieuwsgierig naar buiten.

'Daar is de gevangenis. Dat is toch een gevangenis, mama?' vroeg Kevin.

Ze knikte. Ja, het gebouw waar ze net langs reden was de Härlanda-gevangenis. Daarna kon ze alle haltes voor zichzelf opdreunen: de Solrosgatan, de Sanatoriegatan, en bij Kålltorp moesten ze eruit. Toch misten ze de halte bijna, omdat ze was vergeten op het knopje te drukken. Op het laatste moment dacht ze eraan, de tram minderde vaart en stopte om hen te laten uitstappen. De zomeravond was nog steeds licht, maar de straatlantaarns waren net aangegaan. Achter de meeste ramen brandde licht. Ze kneep haar ogen half dicht en zag bij haar ouders ook licht branden. Haar hart ging steeds sneller slaan naarmate ze dichterbij kwam. Ze zou haar moeder weer zien, en haar vader. Ze zou hun armen om zich heen voelen en hun blik zien als ze hun kleinkinderen zagen. Ze ging steeds vlugger lopen, en de kinderen holden dapper met haar mee, blij omdat ze hun grootouders na zo lange tijd weer zouden zien.

Eindelijk stonden ze voor de deur. Madeleines hand beefde toen ze met haar vinger op de bel drukte.

Fjällbacka 1871

Het was een mooi kind en de bevalling was verbazingwekkend goed verlopen. Dat had ook de vroedvrouw gezegd toen ze het jongetje, gewikkeld in een deken, op haar borst legde. Een week later was het geluksgevoel er nog steeds en het leek met de minuut sterker te worden.

Dagmar was even gelukkig als zij. Zodra Emelie iets nodig had, stond ze klaar en ze verschoonde de jongen met dezelfde devote blik die ze 's zondags in de kerk had. Het was een wonder, dat zij nu met z'n tweeën deelden.

Hij sliep in een mand naast Emelies bed. Ze kon uren naar hem zitten kijken terwijl hij met een vuistje tegen zijn wang gedrukt lag te slapen. Als zijn mondje begon te trekken, beeldde ze zich in dat het een glimlach was, een uiting van vreugde omdat hij bestond.

De kleertjes en dekentjes waar Dagmar en zij zoveel uren in hadden gestoken om ze op tijd af te hebben, kwamen nu goed van pas. De jongen moest een paar keer per dag worden verschoond en hij was altijd schoon en voldaan. Emelie had het gevoel alsof Dagmar, de jongen en zij in een eigen kleine wereld leefden, zonder zorgen en problemen. En ze had een naam bedacht. Hij zou Gustav heten, net als haar vader. Het kwam niet eens bij haar op het eerst aan Karl te vragen. Gustav was haar zoon, alleen van haar.

In de tijd dat ze bij Dagmar had gewoond, had Karl haar geen enkele keer bezocht. Maar ze wist dat hij in Fjällbacka was geweest en dat hij zoals gebruikelijk samen met Julian was gekomen. Hoewel het een opluchting was hem niet te hoeven zien, deed het toch pijn dat hij zich zo weinig om haar bekommerde. Dat ze niet meer betekende.

Ze had geprobeerd er met Dagmar over te praten, maar zoals altijd wanneer Karl ter sprake kwam, was Dagmar gesloten geworden. Ze had wederom gemompeld dat hij het niet makkelijk had gehad en dat ze zich niet met familiezaken wilde bemoeien. Emelie had uiteindelijk berust. Ze zou haar echtgenoot nooit begrijpen en ze moest hoe dan ook de consequenties aanvaarden. Tot de dood ons scheidt, had de dominee gezegd, en zo moest het zijn. Maar nu had ze nog iets meer, naast de anderen die haar tot troost waren geweest in het eenzame bestaan op het eiland. Nu had ze iets wat echt was.

Drie weken na Gustavs geboorte kwam Karl haar halen. Hij keek nauwelijks naar zijn zoon. Stond alleen maar ongeduldig in het halletje en zei haar dat ze haar spullen moest inpakken, want zodra Julian en hij boodschappen hadden gedaan, zouden ze naar het eiland varen. En zij en de jongen moesten mee.

'Weet u of vader iets over de jongen heeft gezegd? Ik heb hem geschreven, maar geen antwoord gekregen,' zei Karl en hij keek naar Dagmar. Hij klonk angstig en verlangend tegelijk, als een schooljongen die iemand wil behagen. Emelies hart smolt een beetje toen ze Karls onzekerheid zag en ze wenste dat ze meer wist en hem kon begrijpen.

'Hij heeft je brief ontvangen en hij is blij en tevreden.' Dagmar aarzelde. 'Hij heeft zich zorgen gemaakt, moet je weten.'

Ze wisselden een blik die Emelie, die er met Gustav bij stond, niet kon duiden.

'Vader hoeft zich geen zorgen te maken,' zei Karl hatelijk. 'Dat kunt u hem vertellen.'

'Dat zal ik doen. Maar dan moet jij beloven goed voor je gezin te zorgen.'

Karl keek omlaag.

'Natuurlijk zal ik dat doen,' zei hij en hij draaide zich om. 'Over een uur moet je klaar zijn om te vertrekken,' voegde hij er over zijn schouder naar Emelie aan toe.

Ze knikte, maar voelde dat haar keel werd dichtgeknepen. Binnenkort zou ze weer op Gråskär zijn. Ze drukte Gustav stevig tegen zich aan.

'Heeft ze haar kunnen bereiken?' vroeg Gösta. Hij zag er nog steeds slaapdronken uit.

'Dat zei ze niet. Ze vroeg alleen of we zo snel mogelijk konden komen.'

Patrik vloekte. Het was druk op de weg en hij moest van de ene rijbaan naar de andere laveren. Toen ze op Hisingen bij het pand waren aangekomen waar Fristad zijn kantoorruimte had, stapte hij uit de auto en trok aan zijn overhemd. Hij was nat van het zweet.

'Kom erin,' zei Leila zachtjes toen ze hen bij de deur begroette. 'Laten we hier gaan zitten, dat is wat comfortabeler dan op mijn kamer. Ik heb koffiegezet en broodjes gesmeerd voor het geval jullie nog niet hebben ontbeten.'

Daar hadden ze amper tijd voor gehad en toen ze in de koffiekamer hadden plaatsgenomen, pakten ze allebei dankbaar een broodje.

'Ik hoop dat Marie hier geen last mee krijgt,' begon Patrik. Dat was hij gisteren vergeten te zeggen, maar toen hij in bed lag, was hij bang geweest dat het arme nerveuze meisje misschien zou worden ontslagen omdat ze over Madeleine had verteld.

'Absoluut niet. Ik neem alle verantwoordelijkheid op me. Ik had het jullie zelf moeten vertellen, maar Madeleines veiligheid stond voor mij voorop.'

'Dat begrijp ik,' zei Patrik. Het ergerde hem weliswaar nog steeds dat ze zoveel tijd hadden verloren, maar hij begreep waarom Leila had gehandeld zoals ze had gedaan. En hij was niet rancuneus.

'Hebben jullie haar weten te bereiken?' vroeg hij, terwijl hij het laatste stukje van het broodje in zijn mond stopte.

Leila slikte. 'Het lijkt er helaas op dat we Madeleine zijn kwijtgeraakt.'

'Kwijtgeraakt?'

'Ja, jullie weten dat we Madeleine hebben geholpen naar het buitenland te vluchten. Ik hoef misschien niet op de details in te gaan, maar dat gebeurt op een manier die maximale veiligheid moet garanderen. Om een lang verhaal kort te maken: zij en de kinderen zijn in een flat geïnstalleerd. En nu... nu lijken ze die te hebben verlaten.'

'Verlaten?' echode Patrik.

'Ja, volgens onze medewerker ter plaatse is de flat leeg, en de buurvrouw zegt dat Madeleine en de kinderen gisteren zijn vertrokken. Ze leken geen plannen te hebben om terug te komen.'

'Waar kunnen ze heen zijn gegaan?'

'Ik gok erop dat ze naar Göteborg zijn teruggekeerd.'

'Waarom denk je dat?' vroeg Gösta, terwijl hij nog een broodje pakte.

'Ze heeft van de buurvrouw geld geleend voor een treinkaartje. En ze kan nergens anders heen.'

'Maar waarom zou ze terugkomen als ze weet wat haar hier te wachten staat?' Gösta praatte met volle mond en een regen van kruimels viel op zijn schoot.

'Ik heb geen idee.' Leila schudde haar hoofd en ze zagen de vertwijfeling op haar gezicht. Het was duidelijk dat ze zich grote zorgen maakte. 'Jullie moeten begrijpen dat de psychologie van deze materie uiterst ingewikkeld is. Je kunt je afvragen waarom de vrouwen niet na de eerste klap weggaan, maar het is veel gecompliceerder. Uiteindelijk ontstaat er een soort afhankelijkheidsrelatie tussen degene die slaat en degene die wordt geslagen, en soms handelen de vrouwen niet bijster rationeel.'

'Denk je dat ze misschien terug is gegaan naar haar man?' zei Patrik ongelovig.

'Ik weet het niet. Misschien kon ze niet meer tegen het isolement en verlangde ze naar haar familie. Zelfs medewerkers van vrouwenopvangcentra die al jaren met deze problemen werken begrijpen niet altijd hoe ze denken. En de vrouwen beslissen over hun eigen leven.

Ze zijn vrij om hun eigen keuzes te maken.'

'Wat doen we om haar te vinden?' Patrik voelde zich machteloos. Voortdurend al die deuren die voor hun neus werden dichtgesmeten. Hij moest met Madeleine praten. Zij was misschien de sleutel tot alles.

Leila zweeg even. 'Ik zou bij haar ouders beginnen,' zei ze toen. 'Ze wonen in Kålltorp. Misschien is ze daarheen gegaan.'

'Heb je het adres?' vroeg Gösta.

'Ja, dat heb ik. Maar...' Ze aarzelde even. 'We hebben het over uiterst gevaarlijke lui, en dit kan zowel voor Madeleine en haar familie als voor jullie zelf heel riskant zijn.'

Patrik knikte. 'We zullen discreet te werk gaan.'

'Gaan jullie ook met haar man praten?' vroeg Leila.

'Ja, dat lijkt zo langzamerhand onvermijdelijk. Maar eerst zullen we met de collega's in Göteborg overleggen hoe we dat het best kunnen aanpakken.'

'Wees voorzichtig.' Ze gaf hun een papiertje met een adres erop.

'Dat zijn we altijd,' zei Patrik, maar hij voelde zich lang niet zo zeker als hij deed voorkomen. Ze bevonden zich nu op glad ijs en het enige dat ze konden doen was proberen niet uit te glijden.

'De luchthavens hebben dus niets opgeleverd?' constateerde Konrad.

'Nee,' antwoordde Petra. 'Ze hebben het land niet verlaten. In elk geval niet onder hun eigen naam.'

'Ja, dat soort mensen kan natuurlijk makkelijk aan een vals paspoort en een nieuwe identiteit komen.'

'En dan duurt het wel even voordat we ze vinden. We moeten eerst alle andere mogelijkheden onderzoeken. Daarna weten we wat een waarschijnlijk scenario zou kunnen zijn.' Petra keek naar Konrad, die tegenover haar aan zijn bureau zat. Ze hoefden geen van beiden nader toe te lichten wat ze bedoelden, de beelden in hun hoofd waren duidelijk genoeg.

'Ze zijn wel ver gegaan als ze echt een kind van vijf om het leven hebben gebracht,' zei Konrad. Anderzijds wist hij dat deze mensen in kringen hadden verkeerd waar een mensenleven niets betekende.

Voor sommigen van hen was het misschien ondenkbaar om een kind te doden, maar lang niet voor allemaal. Geld en drugs konden mensen in dieren veranderen.

'Ik heb met een paar vriendinnen van Annie gesproken. Ze had er niet veel, heb ik begrepen, laat staan een echt goede. Maar ze zeggen allemaal hetzelfde: dat Annie en Fredrik en hun zoontje deze zomer naar hun huis in Toscane zouden gaan. En niemand had reden om te denken dat ze niet waren vertrokken.' Petra nam een slok uit het flesje water dat ze altijd op haar bureau had staan.

'Waar komt ze vandaan?' zei Konrad. 'Heeft ze ergens familie wonen waar ze naartoe kan zijn gegaan? Er is misschien iets gebeurd waardoor zij en de jongen niet mee wilden naar Italië. Echtelijke problemen. Misschien heeft zij hem zelfs wel doodgeschoten?'

'Een paar vriendinnen suggereerden dat het geen bijzonder gelukkige relatie was, maar we kunnen ons in dit stadium beter niet overgeven aan speculaties. Weet jij of de kogels al naar het Gerechtelijk Laboratorium zijn gestuurd?' Ze nam nog een slok water.

'Ja, dit heeft de hoogste prioriteit. De afdeling Narcotica hield die vent en de organisatie om hem heen al heel lang in de gaten, daarom is deze zaak boven op de stapel terechtgekomen.'

'Goed,' zei Petra en ze stond op. 'Dan ga ik kijken wat ik over Annies familie kan vinden. Neem jij de technische afdeling voor je rekening? Laat het me weten als ze iets ontdekken waarmee wij aan de slag kunnen.'

'Hm...' zei Konrad geamuseerd. Hij was er al heel lang aan gewend dat Petra zich gedroeg alsof zij de baas was, hoewel ze dezelfde rang hadden. Omdat hij het niet zo belangrijk vond, liet hij haar haar gang gaan. Hij wist dat ze naar hem luisterde en zijn oordeel en mening respecteerde als het belangrijk was, en dat was het enige dat telde. Hij pakte de hoorn van de haak om de technische afdeling te bellen.

'Weet je zeker dat dit het goede adres is?' Gösta keek Patrik aan.

'Ja, het klopt. En ik hoorde binnen iets bewegen.'

'Dan neem ik aan dat ze hier is,' fluisterde Gösta. 'Anders zouden ze wel opendoen.'

Patrik knikte. 'Maar wat doen we nu? We moeten ze zover krijgen dat ze ons uit vrije wil binnenlaten.' Hij dacht even na. Vervolgens pakte hij zijn notitieblok en een pen. Hij schreef een paar regels en scheurde het velletje eraf. Toen boog hij zich omlaag en schoof het samen met zijn visitekaartje onder de deur.

'Wat heb je geschreven?'

'Ik heb een plek voorgesteld waar we elkaar kunnen ontmoeten. Ik hoop dat ze erop ingaat,' zei Patrik en hij begon de trap af te lopen.

'Maar wat als ze er juist vandoor gaat?' Gösta rende half achter hem aan.

'Ik denk niet dat ze dat zal doen. Ik heb geschreven dat het over Mats gaat.'

'Ik hoop dat je gelijk hebt,' zei Gösta toen ze in de auto stapten. 'Waar gaan we heen?'

'Naar het Delsjön,' zei Patrik en hij vertrok plankgas richting het meer.

Ze zetten de auto op de parkeerplaats en liepen naar een picknicktafel die een eindje in het bos lag. Daar bleven ze wachten. Het was prettig om voor de verandering eens buiten in de natuur te zijn en het was een prachtige lentedag. Niet koud, de zon aan een wolkeloze hemel, vogelgekwetter en een rustig geruis in de bomen.

Het duurde twintig minuten; toen kwam een tengere vrouw op hen af gelopen. Ze keek onrustig om zich heen en had haar schouders tot aan haar oren opgetrokken.

'Is er iets met Matte gebeurd?' Ze sprak met een lichte, meisjesachtige stem en de woorden kwamen stotend.

'Zullen we gaan zitten?' Patrik wees naar een bank naast hen.

'Vertel wat er is gebeurd,' zei ze, maar toen ging ze zitten. Patrik nam naast haar plaats. Gösta besloot te blijven staan en Patrik het gesprek te laten voeren.

'Wij zijn van de politie in Tanumshede,' zei Patrik. De uitdrukking op Madeleines gezicht deed zijn maag samentrekken. Hij voelde zich een idioot omdat hij er niet bij stil had gestaan dat ze haar moesten vertellen dat er iemand was overleden. Dat iemand die klaarblijkelijk veel voor haar had betekend niet meer in leven was.

'Tanumshede? Waarom?' Ze vouwde haar handen op haar schoot

en keek hem smekend aan. 'Matte komt uit die streek, maar…'

'Nadat jij was verdwenen, is Mats teruggegaan naar Fjällbacka. Hij heeft daar een baan gevonden en had zijn appartement in Göteborg onderverhuurd. Maar hij…' Patrik aarzelde. Toen ging hij verder: 'Bijna twee weken geleden is hij neergeschoten. Het spijt me, maar Mats is dood.'

Madeleine hapte naar adem. Haar grote blauwe ogen vulden zich met tranen.

'Ik dacht dat ze hem met rust zouden laten.' Ze begroef haar gezicht in haar handen en huilde wanhopig.

Patrik legde onhandig een hand op haar rug.

'Wist je dat jouw ex-man en zijn maten hem hadden mishandeld?'

'Natuurlijk wist ik dat. Dat idiote verhaal over een bende tieners heb ik nooit geloofd.'

'En ben je daarom gevlucht?' vroeg Patrik vriendelijk.

'Ik dacht dat ze hem met rust zouden laten als wij weg waren. Tot die tijd had ik gehoopt dat het misschien toch nog goed zou komen. Dat we ons hier in Zweden konden verstoppen. Maar toen ik Matte in het ziekenhuis zag… Ik begreep dat niemand in onze omgeving veilig zou zijn zolang wij er waren. We waren gedwongen te verdwijnen.'

'Waarom ben je teruggekomen? Wat is er gebeurd?'

Madeleine kneep haar lippen samen en hij zag aan haar resolute gezicht dat ze die vraag niet zou beantwoorden.

'We schieten er niets mee op om te vluchten. Als Matte dood is… Dat toont alleen maar aan dat ik gelijk heb,' zei ze en ze stond op.

'Kunnen wij je op de een of andere manier helpen?' zei Patrik, terwijl hij ook opstond.

Ze draaide zich om. Haar ogen stonden nog steeds vol tranen, maar haar blik was leeg.

'Nee, jullie kunnen niets doen. Niets.'

'Hoe lang waren jullie een stel?'

'Dat ligt eraan hoe je rekent,' zei ze en haar stem begon te beven. 'Ongeveer een jaar. Het mocht niet, daarom deden we alles stiekem. We moesten ook voorzichtig zijn vanwege…' Ze maakte de zin niet af, maar Patrik begreep wat ze bedoelde. 'Matte was heel anders vergeleken met wat ik gewend was. Heel zacht en warm. Hij zou nooit iemand kwaad kunnen doen. En dat… ja, dat was nieuw voor mij.' Ze lachte bitter.

'Ik moet je nog iets anders vragen.' Patrik kon het bijna niet opbrengen haar aan te kijken. 'Weet jij of Mats iets met drugs te maken had? Cocaïne?'

Madeleine staarde hem aan. 'Hoe komen jullie daarbij?'

'In een afvalbak voor Mats' woning in Fjällbacka is een zakje cocaïne gevonden. Met zijn vingerafdrukken erop.'

'Dat moet een vergissing zijn. Matte zou dat spul nooit aanraken. Maar jullie weten net zo goed als ik wie aan drugs kan komen,' zei Madeleine zachtjes. De tranen begonnen over haar wangen te biggelen. 'Sorry, maar ik moet terug naar mijn kinderen.'

'Hou mijn kaartje maar en bel me als we je ergens mee kunnen helpen, het maakt niet uit wat.'

'Oké,' zei ze, hoewel ze allebei wisten dat ze niet zou bellen. 'Wat jullie voor mij kunnen doen is de persoon oppakken die Matte heeft vermoord. Ik had nooit…' Ze rende huilend weg.

Patrik en Gösta keken haar na toen ze verdween.

'Je hebt haar niet veel gevraagd,' zei Gösta.

'Het was toch vrij duidelijk wie volgens haar Mats heeft vermoord?'

'Ja. Ik verheug me niet echt op de volgende stap.'

'Nee, ik ook niet,' zei Patrik en hij pakte zijn mobieltje uit zijn zak. 'Ik kan Ulf maar beter meteen bellen. We zullen hulp nodig hebben.'

'Dat is het understatement van het jaar,' morde Gösta.

Terwijl de telefoon overging, voelde Patrik een knagende onrust. Een fractie van een seconde zag hij een messcherp beeld van Erica en de kinderen voor zich. Toen nam Ulf op.

'Was het gezellig gisteren?' vroeg Paula. Voor de verandering waren Johanna en zij gelijktijdig thuis voor de lunch. Omdat ook Bertil naar huis was gegaan om een zelfgemaakte maaltijd te nuttigen, zaten ze allemaal bij elkaar aan de keukentafel.

'Tja, dat ligt eraan hoe je het bekijkt,' zei Rita en ze glimlachte. De lachkuiltjes waren duidelijk in haar ronde wangen te zien. Ondanks al het dansen had ze nog steeds dezelfde weelderige rondingen, en Paula had vaak gedacht wat een geluk dat was, want haar moeder was eindeloos mooi. Ze had haar niet anders willen hebben, en Bertil naar alle waarschijnlijkheid ook niet.

'Die stomme krent gaf ons een goedkopere whisky,' mopperde Mellberg. Normaal gesproken vond hij Johnnie Walker best lekker en hij zou het niet in zijn hoofd halen zelf geld uit te geven aan dure whisky. Maar je schonk het wel, of helemaal niet.

'Ach jee,' zei Johanna. 'Van goedkope whisky kan iedereen beroerd worden.'

'Erling schonk voor zichzelf en zijn verloofde een heel duur merk in en gaf ons vervolgens een goedkoop merk,' verduidelijkte Rita.

'Wat een gierigaard,' zei Paula verbaasd. 'Ik had niet gedacht dat Vivianne zo was.'

'Dat is ze volgens mij ook niet. Ik vond haar echt aardig en ze leek zich kapot te schamen. Maar Erling moet iets hebben wat haar aanspreekt, want tot onze verrassing hadden ze zich verloofd. Dat vertelde ze tijdens het dessert.'

'Goh.' Paula probeerde zich tevergeefs Erling en Vivianne samen voor te stellen, maar het lukte gewoon niet. Weinig koppels leken zo slecht bij elkaar te passen, of het moesten haar moeder en Bertil zijn. Maar op de een of andere manier was ze hen als een ideale combinatie gaan beschouwen. Ze had haar moeder nog nooit zo gelukkig gezien en dat was het enige dat telde. Wat Johanna en zij nu te vertellen hadden voelde daarom extra moeilijk.

'Wat leuk dat jullie allebei thuis zijn.' Rita schepte dampend hete soep voor hen op uit een grote pan die midden op de tafel stond.

'Volgens mij hebben jullie de laatste tijd wat onenigheid gehad.' Mellberg stak zijn tong uit naar Leo en het jochie stikte bijna van het lachen.

'Pas op, hij kan zich verslikken,' zei Rita, en Mellberg stopte meteen. Hij was doodsbenauwd dat zijn oogappel iets zou overkomen.

'Nu goed kauwen voor opa Bertil,' zei hij.

Paula kon een glimlach niet onderdrukken. Hoewel Mellberg soms de meest hopeloze man was die ze ooit was tegengekomen, vergaf ze hem alles als ze zag hoe haar zoon naar hem keek. Toen schraapte ze haar keel; ze wist maar al te goed dat wat ze nu ging zeggen zou inslaan als een bom.

'Ja, het is de afgelopen tijd nogal koel geweest tussen ons. Maar gisteren hebben we er uitgebreid over gepraat en…'

'Jullie gaan het toch niet uitmaken?' zei Mellberg. 'Het is onmogelijk iemand anders te vinden. Hier zijn niet zoveel potten en het lukt vast niet om er allebei een te vinden.'

Paula sloeg haar ogen ten hemel en bad om geduld. Ze telde achteruit van tien tot één en begon opnieuw: 'We gaan niet uit elkaar. Maar we…' Ze wierp een blik op Johanna om steun te zoeken.

'We kunnen hier niet blijven wonen,' vulde Johanna aan.

'Kunnen jullie hier niet wonen?' Rita keek naar Leo en haar ogen vulden zich met tranen. 'Maar waar gaan jullie dan heen? Hoe moeten jullie… En de jongen?' Ze hakkelde en de woorden leken niet in de goede volgorde uit haar mond te willen komen.

'Jullie kunnen niet terug naar Stockholm. Ik hoop dat jullie dat ook niet overwegen,' zei Mellberg. 'Leo kan niet in de grote stad opgroeien, dat begrijpen jullie toch zeker wel? Straks wordt hij nog een straatjongen of een junk, of God mag weten wat.'

Paula zei maar niet dat zowel Johanna als zij daar was opgegroeid zonder dat ze er iets aan hadden overgehouden. Het had gewoon geen zin om over bepaalde zaken te discussiëren.

'Nee, hoor, we willen niet terug naar Stockholm,' haastte Johanna zich te zeggen. 'Het bevalt ons hier goed. Maar het wordt misschien moeilijk om in Tanumshede woonruimte te vinden, dus we gaan ook in Grebbestad en Fjällbacka zoeken. Het zou natuurlijk het beste zijn als we iets bij jullie in de buurt konden vinden. Maar…'

'Maar het is gewoon noodzakelijk dat we verhuizen,' zei Paula. 'Jullie hebben ons enorm goed geholpen en voor Leo is het fantastisch geweest om jullie om zich heen te hebben, maar we moeten iets voor onszelf hebben.' Onder de tafel kneep ze in Johanna's hand. 'En dan moeten we nemen wat we vinden.'

'Maar Leo moet zijn oma en opa elke dag zien. Dat is hij gewend.' Mellberg zag eruit alsof hij de jongen uit de kinderstoel wilde rukken om hem tegen zich aan te drukken en nooit meer los te laten.

'We zullen ons best doen, maar we gaan zo snel mogelijk verhuizen. We moeten maar zien waar we terechtkomen.'

De stilte daalde neer over de tafel, en alleen Leo was net zo vrolijk als anders. Rita en Mellberg keken elkaar vertwijfeld aan. De meiden zouden verhuizen en de jongen meenemen. Het was misschien niet het einde van de wereld, maar zo voelde het wel.

Ze kon het bloed niet vergeten. De rode kleur was zo fel geweest tegen de witte zijde. Ze was nog nooit zo bang geweest. Toch hadden de jaren met Fredrik vele momenten van angst gekend, momenten waaraan ze niet wilde denken en die ze ver had weggestopt. In plaats daarvan had ze zich op Sam en zijn liefde gericht.

Ze had die nacht als aan de grond genageld naar het bloed staan staren. Toen had ze plotseling actie ondernomen, met een resoluutheid waarvan ze niet had geweten dat ze die nog bezat. De koffers waren al gepakt. Ze had een nachthemd aan, en ondanks haar angst nam ze de tijd om een spijkerbroek en een trui aan te schieten. Sam mocht zijn pyjama aanhouden; ze tilde hem op en droeg hem als laatste naar de auto. Hij sliep niet, maar hij was helemaal stil.

Het was sowieso heel stil geweest. Alleen een kalm geruis van het weinige nachtverkeer was te horen geweest. Ze had niet durven denken aan wat Sam had gezien, welke invloed het op hem had gehad en wat zijn zwijgen betekende. Sam, die altijd maar babbelde, had geen boe of bah gezegd. Geen woord.

Annie zat op de steiger, trok haar knieën op en sloeg haar armen eromheen. Het verbaasde haar dat ze zich na twee weken op het eiland niet verveelde. Integendeel, ze had juist het idee dat de dagen omvlogen. Ze had het nog niet kunnen opbrengen om te beslissen wat er hierna zou gebeuren, hoe de toekomst van Sam en haar eruit zou gaan zien. Ze wist niet eens of ze wel een toekomst hadden. Ze wist niet wat Sam en zij betekenden voor de mensen rondom Fredrik, of hoe lang ze zich hier konden schuilhouden. Het liefst zou ze zich uit de wereld terugtrekken en voor altijd op Gråskär blijven. In de zomer was het makkelijk, maar in de winter zouden ze hier niet kunnen wonen. En Sam had vriendjes en andere mensen om zich heen nodig. Echte mensen.

Maar Sam moest eerst weer gezond worden en helen voordat ze daar een besluit over kon nemen. Nu scheen de zon, en het geluid van de zee die tegen de kale klippen sloeg wiegde hen 's avonds in slaap. Ze waren veilig in de schaduw van de vuurtoren. De rest moest wachten. Over een tijdje zou de herinnering aan het bloed vervagen.

'Hoe is het, liefje?' Ze voelde dat Dans armen van achteren om haar heen werden geslagen en ze moest haar best doen om zich niet meteen los te maken uit zijn omhelzing. Hoewel ze uit de duisternis was gestapt en het kon opbrengen weer naar de kinderen te kijken, er te zijn en van hen te houden, voelde ze zich nog steeds dood vanbinnen als Dan haar vastpakte en haar met een smekende blik aankeek.

'Het gaat wel,' zei ze en ze wurmde zich los. 'Ik ben alleen een beetje moe, maar ik zal proberen een poosje op te blijven. Ik moet mijn spieren weer gaan trainen.'

'Welke spieren?'

Ze probeerde om zijn grapje te lachen zoals ze altijd had gedaan als hij haar plaagde. Maar het werd niet meer dan een grimas.

'Wil jij de kinderen halen?' vroeg ze en ze bukte moeizaam om een speelgoedauto van de keukenvloer op te rapen.

'Laat mij maar,' zei Dan en hij pakte snel de auto op.

'Ik kan het heus wel,' brieste ze, maar toen ze zijn gekwetste gezicht zag, had ze meteen spijt van haar toon. Wat mankeerde haar toch? Waarom zat er een leeg gat in haar borst op de plek waar alle gevoelens voor Dan hadden gezeten?

'Ik wil alleen maar dat je je niet te erg inspant.' Dan streelde haar wang. Zijn hand voelde koud tegen haar huid en ze dwong zichzelf ertoe hem niet weg te slaan. Hoe kon ze zo voelen voor Dan, van wie ze zielsveel had gehouden en die de vader was van het kind op wie ze zich zo had verheugd? Waren haar gevoelens voor Dan verdwenen op hetzelfde moment dat hun zoon was gestopt met ademhalen?

Plotseling kwam de moeheid weer over haar heen. Ze had de kracht niet om hier nu over na te denken. Ze wilde alleen maar met rust worden gelaten en slapen tot de kinderen thuiskwamen en ze kon voelen hoe haar hart zich vulde met liefde voor hen, een liefde die het had overleefd.

'Haal jij ze?' mompelde ze, en Dan knikte. Ze kon hem niet aankijken, want ze wist dat ze dan de pijn in zijn ogen zou zien. 'Dan ga ik even rusten.' Ze strompelde naar de trap naar de bovenverdieping.
'Ik hou van je, Anna,' riep hij haar zachtjes na.
Ze antwoordde niet.

'Hallo?' riep Madeleine toen ze door de deur naar binnen stapte.
Het was ongewoon stil in huis. Lagen de kinderen te slapen? Dat zou op zich niet zo vreemd zijn. Ze waren gisteravond laat aangekomen en toch vroeg wakker geworden, uit pure opwinding dat ze bij oma en opa waren.
'Mama? Papa?' Madeleine liet haar stem dalen. Ze deed haar schoenen uit en hing haar dunne jas op. Ze bleef even staan voor de halsspiegel. Ze wilde niet dat ze zouden zien dat ze had gehuild; ze maakten zich al genoeg zorgen. Tegelijk was het fijn geweest hen te zien. Een beetje verward en in nachtkleding hadden ze opengedaan, maar vervolgens had de waakzame uitdrukking op hun gezicht plaatsgemaakt voor een brede glimlach. Het was heerlijk geweest weer thuis te zijn, al wist ze dat het gevoel van veiligheid zowel vals als tijdelijk was.
Nu was alles weer één grote chaos. Matte was dood, en ze realiseerde zich dat ze diep vanbinnen had geloofd en gehoopt dat ze ooit een manier zouden vinden om samen te zijn.
Ze streek haar haar achter haar oren en probeerde zichzelf te zien zoals Matte haar had gezien. Hij had gezegd dat ze mooi was. Ze begreep het niet, maar ze wist dat hij het had gemeend. Ze had het in zijn ogen gezien als hij naar haar keek, en hij had zoveel plannen gehad voor hun gemeenschappelijke toekomst. Hoewel zij het besluit had genomen om te vertrekken, had ze graag willen denken dat de plannen ooit werkelijkheid zouden worden. Ze zag dat haar ogen weer vochtig werden en keek naar het plafond, zodat de tranen niet zouden gaan stromen. Met moeite knipperde ze ze weg en ze haalde diep adem. Voor de kinderen moest ze zich vermannen en doen wat ze moest doen. Rouwen kwam daarna.
Ze draaide zich om en liep naar de keuken. Daar brachten haar ouders het liefst hun tijd door, haar moeder met breien en haar vader

met het oplossen van kruiswoordraadsels of sudoku's, waar hij de laatste tijd kennelijk op was overgestapt.

'Mama?' zei ze en ze stapte over de drempel. Toen bleef ze abrupt staan.

'Dag, schat.' Die stem, zacht maar schamper. Ze zou er nooit van verlost raken.

Haar moeders ogen waren vervuld van angst. Ze zat met haar gezicht naar Madeleine toe, de loop van het pistool was hard tegen haar rechterslaap gedrukt. Haar breiwerk lag nog op haar schoot. Haar vader zat op zijn gebruikelijke plek bij het raam en een gespierde arm om zijn hals zorgde ervoor dat hij zich niet verplaatste.

'We hebben herinneringen opgehaald, mijn schoonouders en ik,' zei Stefan rustig, en Madeleine zag dat hij het pistool nog harder tegen haar moeders slaap drukte. 'Leuk je weer te zien, dat is veel te lang geleden.'

'De kinderen...?' vroeg Madeleine, maar het klonk slechts als een gekras. Haar mond was veel te droog.

'Die zijn veilig. Arme stakkers. Het moet een traumatische ervaring voor ze zijn geweest om bij een psychisch zieke vrouw te wonen en geen contact met hun vader te hebben. Maar die tijd gaan we nu inhalen.' Hij grijnsde en zijn tanden schitterden tussen zijn lippen.

'Waar zijn ze?' Ze was bijna vergeten hoe erg ze hem haatte. En hoe bang ze voor hem was.

'In veiligheid, zei ik.' Hij duwde weer met het pistool en haar moeders gezicht vertrok van de pijn.

'Ik was van plan naar je toe te gaan. Daarom zijn we teruggekomen.' Ze hoorde hoe smekend ze klonk. 'Ik besefte dat wat ik had gedaan helemaal verkeerd was. Ik ben teruggekomen om alles weer goed te maken.'

'Heb je de kaart gekregen?'

Het was alsof Stefan niet eens hoorde wat ze zei. Ze begreep niet dat ze hem in het begin knap had gevonden. Ze was zo verliefd geweest, en met zijn blonde haar, zijn blauwe ogen en zijn scherpe trekken had hij voor haar net een filmster geleken. Ze had zich gevleid gevoeld toen hij haar had gekozen, terwijl hij had kunnen krijgen wie hij maar wilde. Ze was nog maar zeventien geweest en niet bijzonder ervaren. Stefan had haar het hof gemaakt en met complimentjes overladen. Het andere was later gekomen, de jaloezie en de behoefte aan controle, en toen was het te laat geweest. Ze was al zwanger van Kevin en haar gevoel van eigenwaarde was zo afhankelijk van Stefans waardering en aandacht dat ze zich niet kon losscheuren.

'Ja, je kaart is aangekomen,' zei ze en ineens voelde ze zich helemaal kalm. Ze was geen zeventien meer, en iemand had van haar gehouden. Ze zag Mattes gezicht voor zich en wist dat ze het aan hem verplicht was om nu sterk te zijn. 'Ik ga met je mee. Laat mama en papa met rust.' Ze schudde haar hoofd naar haar vader, die probeerde overeind te komen. 'Ik moet dit rechtzetten. Ik had niet weg moeten gaan, dat was verkeerd van me. We zullen weer een gezin zijn.'

Stefan deed plotseling een stap naar voren en sloeg haar met het pistool in haar gezicht. Ze voelde het staal tegen haar wang en viel op haar knieën. Vanuit haar ooghoek zag ze dat haar vader weer op zijn stoel werd geduwd door Stefans gorilla en ze wenste uit de grond van haar hart dat haar ouders dit niet hadden hoeven meemaken.

'We zullen zien, hoer.' Stefan pakte haar bij haar haar en sleurde haar mee. Ze probeerde overeind te komen. Het deed verschrikkelijk veel pijn en ze had het gevoel dat haar hele hoofdhuid eraf werd gerukt. Terwijl hij haar stevig vasthield, draaide hij zich om en richtte het pistool naar de keuken.

'Geen woord hierover. Jullie doen helemaal niets. Want dan is dit de laatste keer dat jullie Madeleine hebben gezien. Begrepen?' Hij zette het pistool tegen Madeleines slaap en keek beurtelings van haar moeder naar haar vader.

Ze knikten zonder iets te zeggen. Madeleine was niet in staat naar hen te kijken. Als ze dat nu deed, zou ze niet alleen haar moed verliezen, maar ook het beeld van Matte dat haar aanspoorde sterk te zijn, wat er ook gebeurde. In plaats daarvan staarde ze naar de vloer, terwijl ze haar haarwortels voelde branden van de pijn. Het pistool was koud tegen haar huid en heel even vroeg ze zich af hoe het zou zijn, of ze zou voelen hoe de kogel zich in haar hersenen boorde of dat het licht gewoon uit zou gaan.

'De kinderen hebben mij nodig. Ze hebben ons nodig. We kunnen weer een gezin worden,' zei ze en ze probeerde met vaste stem te praten.

'We zullen zien,' zei Stefan weer. Zijn toon joeg haar meer angst aan dan de greep om haar haar en het pistool tegen haar hoofd. 'We zullen zien.'

Toen sleurde hij haar mee naar de voordeur.

'Alles wijst erop dat Stefan Ljungberg en zijn mannen ermee te maken hebben,' zei Patrik.

'Zijn vriendin is dus terug in de stad?' zei Ulf.

'Ja, met de kinderen.'

'Dat is niet zo best. Ze had beter zo ver mogelijk weg kunnen blijven.'

'Ze wilde niet vertellen waarom ze was teruggekomen.'

'Daar kunnen duizend verschillende redenen voor zijn. Ik heb het vaker gezien. Heimwee, ze missen hun familie en vrienden, het leven op de vlucht wordt niet wat ze ervan hadden verwacht. Of ze worden gevonden en bedreigd, en besluiten dan dat ze net zo goed terug kunnen gaan.'

'Jullie weten dus dat organisaties als Fristad soms meer hulp geven dan wettelijk is toegestaan?' vroeg Gösta.

'Ja, maar we kiezen ervoor het door de vingers te zien. Of liever gezegd: we kiezen ervoor er geen tijd en middelen aan te besteden. Zij gaan immers verder waar de maatschappij tekortschiet. Wij kunnen deze vrouwen en hun kinderen niet beschermen zoals we zouden moeten, en dan... Ja, wat moeten we doen?' Hij spreidde zijn handen. 'Maar zij denkt dus dat haar ex misschien schuldig is aan jullie moord?'

'Ja, die indruk kregen we,' zei Patrik. 'En we hebben voldoende aanwijzingen in die richting om in elk geval met hem te praten.'

'Zoals ik de vorige keer al zei, is dat niet eenvoudig. Deels willen we lopende onderzoeken naar de IE en hun activiteiten niet in gevaar brengen. Deels zijn dit mannen met wie je als het maar even kan elk contact moet zien te vermijden.'

'Daar ben ik me van bewust,' zei Patrik. 'Maar omdat de sporen die we hebben naar Stefan Ljungberg wijzen, zou het een ambtsovertreding zijn als we niet met hem gingen praten.'

'Ik was al bang dat je dat zou zeggen,' zei Ulf met een zucht. 'We doen het als volgt. Ik neem een van mijn beste mannen mee en dan gaan we met z'n vieren met Stefan praten. Geen verhoor, geen provocaties, niets agressiefs. Gewoon een gesprekje. We doen het netjes en voorzichtig en moeten maar zien wat het oplevert. Wat vinden jullie daarvan?'

'Ja, we hebben geen andere keuze.'

'Goed. Maar we kunnen pas morgenvroeg gaan. Kunnen jullie bij iemand overnachten?'

'We kunnen waarschijnlijk wel bij mijn zwager logeren.' Patrik keek met een vragende blik naar Gösta, die knikte. Hij pakte zijn telefoon om Göran te bellen.

Erica was een beetje teleurgesteld toen Patrik belde om te zeggen dat hij pas de volgende dag thuis zou komen. Maar dat was dan ook alles. Als hij had gebeld toen Maja even klein was als de tweeling nu, zou het heel anders zijn geweest. Dan zou ze in paniek zijn geraakt bij de gedachte een nacht alleen met haar te zijn. Het was jammer om niet naast Patrik in slaap te kunnen vallen, maar ze vond het niet erg dat ze nu in haar eentje voor drie kinderen moest zorgen. De stukjes leken op hun plaats te zijn gevallen en ze was blij dat ze deze keer van haar baby's kon genieten op een manier die bij Maja niet mogelijk was geweest. Niet dat ze minder van Maja had gehouden – absoluut niet. Ze voelde alleen een ander soort rust, een ander vertrouwen met de tweeling.

'Papa komt morgen thuis,' zei ze tegen Maja, maar ze kreeg geen antwoord. Er was een kinderprogramma op tv en dan kon het buiten bommen en granaten regenen zonder dat Maja zich daar druk om maakte. De tweeling, die net had gegeten en een schone luier had gekregen, sliep tevreden in het babybed dat ze deelden. Bovendien was het beneden voor de verandering redelijk netjes, omdat ze in een actieve bui meteen had opgeruimd toen ze van de crèche waren thuisgekomen. Ze voelde zich bijna een beetje rusteloos.

Erica liep naar de keuken, zette een kop thee en ontdooide een paar kaneelbolletjes in de magnetron. Ze dacht even na, pakte vervolgens de stapel papieren over Gråskär en ging met de thee, de bolletjes en de spookverhalen naast Maja op de bank zitten. Algauw was ze verdiept in de wereld van de geesten. Dit moest ze echt aan Annie laten zien.

'Moet jij niet naar huis naar je meiden?' Konrad keek haar sommerend aan. Voor het raam van hun kamer in het politiebureau op Kungsholmen waren de straatlantaarns net aangegaan.

'Pelle is vanavond thuis. Hij heeft de laatste tijd zoveel overgewerkt dat hij best weer eens mag voelen hoe het is om een gezin te hebben.'

Petra's man had een koffiebar op Söder en het was voor hem en Petra een voortdurend gepuzzel om het gezinsleven een beetje normaal te laten verlopen. Soms vroeg Konrad zich af hoe het hun was gelukt vijf kinderen te krijgen, zo weinig zagen ze elkaar.

'Heb jij al wat ontdekt?' Hij rekte zich uit. Het was een lange werkdag geweest en dat begon hij in zijn rug te voelen.

'Ouders overleden, geen broers of zussen. Ik zoek verder, maar ze lijkt geen grote familie te hebben gehad.'

'Je vraagt je af hoe ze met zo'n man in aanraking is gekomen,' zei Konrad. Hij bewoog zijn hoofd van de ene kant naar de andere om ook zijn nekspieren te ontspannen.

'Je hoeft geen genie te zijn om te bedenken wat voor type ze is,' zei Petra droog. 'Zo'n meid die het alleen van haar uiterlijk moet hebben en die tevreden is als ze iemand aan de haak slaat die haar kan onderhouden. Die het geen bal uitmaakt waar het geld vandaan komt. Het enige dat ze doet is shoppen en naar de schoonheidsspecialist gaan, en tussendoor uitgebreid lunchen met haar vriendinnen en witte wijn drinken in restaurant Sturehof.'

'Oeps,' zei Konrad. 'Volgens mij hoor ik iemand met vooroordelen.'

'Ik zal mijn dochters persoonlijk wurgen als ze zo worden. Wat mij betreft is het je eigen schuld als je die wereld in stapt en overal je ogen voor sluit alleen omdat geld niet stinkt.'

'Vergeet niet dat er ook een klein kind bij betrokken is,' zei Konrad en hij zag meteen dat Petra's gezicht milder werd. Ze was een harde, maar tegelijkertijd softer dan de meesten, vooral als het om kinderen ging die het op de een of andere manier niet goed hadden.

'Ja, ik weet het.' Ze fronste haar wenkbrauwen. 'Daarom ben ik hier nog, hoewel het al tien uur is en Pelle thuis waarschijnlijk een liveversie van *Muiterij op de Bounty* meemaakt. In elk geval niet vanwege zo'n verwende rijkeluisvrouw.'

Ze bleef nog een poosje achter de computer zitten en logde toen uit.

'We stoppen ermee. Ik heb wat verzoeken om inlichtingen verstuurd, maar ik denk niet dat we vanavond nog verder komen. Morgenochtend om acht uur hebben we overleg met de afdeling Narcotica. We kunnen maar beter een paar uur slapen, zodat we dan fit zijn.'

'Je bent zoals altijd weer heel verstandig.' Konrad stond op. 'Hopelijk levert morgen wat meer op.'

'Ja, anders moeten we de media om hulp vragen,' zei Petra met een blik vol walging.

'Je zult zien dat ze er toch wel achter komen.' Konrad wond zich allang niet meer op over de invloed die de boulevardbladen op hun werk hadden. En hij zag het ook niet even zwart-wit als Petra. Soms werkten krantenartikelen in hun voordeel, soms in hun nadeel. De bladen zouden hoe dan ook niet verdwijnen en het had geen enkele zin om tegen windmolens te vechten.

'Welterusten, Konrad,' zei Petra, terwijl ze met grote passen de gang in liep.

'Welterusten,' zei hij en hij deed het licht uit.

Fjällbacka 1873

Het leven op het eiland was veranderd, hoewel veel hetzelfde was gebleven. Karl en Julian hadden nog steeds dezelfde gemene glimp in hun ogen als ze naar haar keken en zo nu en dan maakten ze kwetsende opmerkingen. Maar het deed haar niets, want nu had ze Gustav. Ze ging helemaal op in haar fantastische zoon en zolang ze hem had, kon ze alles verdragen. Ze zou tot haar dood op Gråskär kunnen blijven wonen, als ze Gustav maar bij zich had. Niets anders was van betekenis. Die zekerheid gaf haar rust, evenals haar geloof in God. Met elke dag die op het schrale eiland verstreek werden Gods woorden duidelijker. Als ze even niets te doen had, las ze wat de Bijbel te zeggen had en die boodschap vulde haar hart zozeer dat ze al het andere kon buitensluiten.

Tot Emelies grote verdriet was Dagmar twee maanden na Emelies terugkeer naar het eiland overleden. Het was op zo'n verschrikkelijke manier gebeurd dat Emelie er bijna niet aan kon denken. Op een nacht was er bij haar ingebroken, vermoedelijk om de weinige waardevolle spullen die ze bezat te stelen. De volgende ochtend had een vriendin Dagmar gevonden, doodgeslagen. Emelie kreeg tranen in haar ogen bij de gedachte aan Dagmar en het wrede lot dat haar was overkomen. Soms was het meer dan ze kon verdragen. Wie was er zo slecht en had zoveel haat in zich dat hij een oude dame, die niemand kwaad had gedaan, van het leven kon beroven?

's Nachts fluisterden de doden een naam. Zij wisten het en ze wilden dat zij zou luisteren naar wat ze te zeggen hadden. Maar Emelie wilde het niet weten, ze wilde het niet horen. Ze miste Dagmar echter met heel haar hart. Het zou een troost zijn geweest te weten dat ze in Fjällbacka

was, hoewel Emelie nog steeds niet mee mocht als er proviand werd ingeslagen en ze Dagmar dus niet had kunnen ontmoeten. Nu was Dagmar weg en Emelie en Gustav waren weer alleen.

Helemaal waar was dat natuurlijk niet. Toen ze met Gustav in haar armen terugkeerde, hadden ze op de klippen staan wachten. Ze hadden haar weer welkom geheten op het eiland. Ze hoefde tegenwoordig geen moeite te doen om hen te zien. Gustav was inmiddels anderhalf, en hoewel ze het in het begin niet zeker had geweten, begreep ze nu dat hij hen ook zag. Hij glimlachte vaak breed en zwaaide dan met zijn armen. Hun aanwezigheid maakte hem blij, en dat was het enige dat voor Emelie telde.

Het leven op het eiland had eentonig kunnen zijn. Elke dag leek op de andere, toch was ze nooit tevredener geweest. De dominee was nog een keer op bezoek gekomen. Ze had het gevoel dat hij bezorgd was en wilde zien hoe het ging. Maar hij hoefde zich geen zorgen te maken. Het isolement, dat haar vroeger rillingen had bezorgd, deed haar niets meer. Ze had al het gezelschap dat ze nodig had en haar leven had nu zin. Wie durfde nog meer te verlangen? De dominee was weer met een gerust hart vertrokken. Hij had de rust in haar gezicht gezien, had de beduimelde bijbel gezien die opengeslagen op de keukentafel lag. Hij had Gustav over zijn wang geaaid, hem stiekem een hoestbonbon toegestopt en gezegd dat hij een flinke jongen was. Dat had Emelie doen stralen van trots.

Karl daarentegen negeerde de jongen volledig. Het was alsof zijn zoon niet bestond. Hij was ook definitief uit de slaapkamer verhuisd en sliep tegenwoordig in de kamer beneden. Julian had de bank in de keuken gekregen. De jongen huilde te veel, zei Karl, maar Emelie vermoedde dat hij alleen maar een excuus zocht om niet het echtelijke bed met haar te hoeven delen. Ze vond het helemaal niet erg en sliep in plaats daarvan naast Gustav, met zijn mollige armpje om haar hals en zijn mond tegen haar wang. Dat was alles wat ze nodig had. Dat en God.

❄

Ze hadden een gezellige avond bij Göran gehad. Erica en Anna hadden het grootste deel van hun leven niet geweten dat ze een broer hadden, maar hij was zijn jongere zussen algauw bijzonder dierbaar geworden, en ook Patrik en Dan mochten hun zwager heel graag. Görans adoptiemoeder Märta, die de vorige dag ook bij Göran was komen eten, was een leuke oude dame, die meteen in de grootfamilie was opgenomen.

'Zijn jullie er klaar voor?' zei Ulf toen ze op de parkeerplaats voor het politiebureau stonden.

Zonder op een antwoord te wachten stelde hij zijn collega Javier voor. Die was zo mogelijk nog groter dan Ulf, en verkeerde in beduidend betere vorm. Hij was kennelijk niet bijster spraakzaam en gaf Patrik en Gösta zonder iets te zeggen een hand.

'Rijden jullie achter ons aan?' Ulf wurmde zich hijgend achter het stuur van een civiele politiewagen.

'Dat is goed, als jullie maar niet te snel gaan. Ik weet hier de weg niet,' zei Patrik. Gösta en hij liepen naar hun auto.

'Ik zal rijden alsof ik een rijinstructeur ben,' riep Ulf lachend.

Ze reden door de stad en kwamen algauw in een gebied met minder bebouwing. Twintig minuten later was die bijna helemaal verdwenen.

'Dit lijkt het platteland wel,' zei Gösta en hij keek om zich heen. 'Wonen ze soms in het bos?'

'Het is misschien niet zo vreemd dat ze afgelegen wonen. Ze willen vast het een en ander verborgen houden voor eventuele buren.'

'Je hebt gelijk.'

Ulf minderde vaart en reed het erf van een groot huis op. Een paar honden kwamen wild blaffend op de auto's af.

'Bah, ik hou niet van honden.' Gösta staarde door de voorruit naar buiten. Hij huiverde even toen een grote hond, een rottweiler, vlak bij zijn portier kwam staan.

'Ik denk dat ze harder blaffen dan bijten.' Patrik zette de motor uit.

'Dat denk je,' zei Gösta, die geen aanstalten maakte het portier te openen.

'Ach, kom op.' Patrik stapte uit de auto, maar verstijfde toen drie honden om hem heen kwamen staan en hun tanden lieten zien.

'Roep de honden terug,' schreeuwde Ulf, en even later kwam er een man door de voordeur naar buiten gelopen.

'Waarom zou ik? Ze doen hun werk en houden ongenode gasten buiten.' Met een geamuseerde glimlach sloeg hij zijn armen over elkaar.

'Schei uit, Stefan. We komen alleen maar even praten. Roep die honden nou maar terug.'

Stefan lachte en bracht zijn ene hand naar zijn gezicht. Hij stak zijn duim en wijsvinger in zijn mond en floot. De honden hielden meteen op met blaffen. Ze renden naar hun baasje en gingen aan zijn voeten liggen.

'Ben je nu tevreden?'

Het viel Patrik op dat de leider van de IE er heel goed uitzag. Zonder de koude uitdrukking in zijn ogen zou je hem bijna knap kunnen noemen. Maar ook zijn kleren namen de eerste indruk weg: een versleten spijkerbroek, een vies T-shirt en een zwart motorvest. Hij liep op Zweedse klompen.

Om hen heen doken meer mannen op, allemaal met dezelfde oplettende en dreigende blik.

'Wat willen jullie? Jullie bevinden je op privéterrein,' zei Stefan. Hij leek elke beweging die ze maakten, hoe klein ook, in de gaten te houden.

'We willen alleen maar even praten,' herhaalde Ulf en hij stak afwerend zijn handen omhoog. 'We zoeken geen moeilijkheden. We

willen alleen maar even een praatje maken.'
 Het was een hele poos stil. Stefan leek na te denken en iedereen stond roerloos op het erf.
 'Oké, kom dan maar binnen,' zei Stefan uiteindelijk en hij haalde zijn schouders op alsof het eigenlijk niet uitmaakte. Hij draaide zich om en liep het huis in.
 Ulf, Javier en Gösta deden wat hij zei en Patrik volgde hen met bonzend hart.
 'Ga zitten.' Stefan gebaarde naar een paar fauteuils die rond een smerige glazen tafel stonden. Zelf ging hij op de opzichtige bank zitten en legde zijn armen breeduit over de rugleuning. De tafel was bedekt met bierblikjes, pizzadozen en peuken, sommige in asbakken, andere gewoon op de tafel.
 'Ik heb geen tijd gehad om op te ruimen,' grijnsde Stefan. Toen werd hij serieus. 'Wat komen jullie doen?'
 Ulf keek naar Patrik, die zijn keel schraapte. Hij voelde zich op zijn zachtst gezegd slecht op zijn gemak in het hoofdkwartier van de motorbende, maar hij kon nu niet terug.
 'Wij zijn van het politiebureau in Tanumshede,' begon hij, en tot zijn ergernis hoorde hij dat zijn stem haperde. Niet erg, maar genoeg om een geamuseerde glimp in Stefans ogen te laten verschijnen. 'We willen een paar vragen stellen naar aanleiding van een mishandeling die in februari heeft plaatsgevonden. Aan de Erik Dahlbergsgatan. De man die werd mishandeld heette Mats Sverin.'
 Patrik stopte even en Stefan keek hem met een demonstratief vragend gezicht aan.
 'Ja?'
 'We hebben informatie van een getuige die erop wijst dat hij werd mishandeld door een paar mannen met jullie embleem op de rug.'
 Stefan lachte honend en keek naar zijn mannen, die zich waakzaam op de achtergrond hielden. Zij begonnen ook te lachen.
 'O ja? Maar wat zegt de man er zelf over? Hoe heette hij... Max?'
 'Mats,' zei Patrik afgemeten. Het was duidelijk dat er een show voor hen werd opgevoerd, maar hij wist nog niet genoeg om door Stefan Ljungbergs zelfverzekerde façade heen te breken.
 'Neem me niet kwalijk. Wat zegt Mats? Heeft hij gezegd dat wij

het waren?' Stefan spreidde zijn armen nog verder. Hij leek de hele bank in beslag te nemen. Een van de honden kwam aangelopen en ging aan zijn voeten liggen.

'Nee,' moest Patrik onwillig toegeven. 'Dat heeft hij niet gedaan.'

'Nou dan.' Stefan grijnsde opnieuw.

'Het is nogal vreemd dat je niet vraagt wat voor man het is,' zei Ulf en hij probeerde de hond naar zich toe te lokken. Gösta keek hem aan alsof hij niet goed wijs was, maar de hond kwam overeind, sjokte naar Ulf en liet zich achter haar oor krabben.

'Lolita heeft nog niet geleerd de lucht van smerissen te haten,' zei Stefan. 'Maar dat komt vanzelf. En wat die Mats betreft: ik kan niet iedereen onthouden die ik tegenkom. Als zakenman ontmoet ik veel mensen.'

'Hij werkte voor een organisatie die Fristad heet. Klinkt dat bekend?'

Patriks afschuw van de man groeide met de minuut. En dit spel was frustrerend. Hij wist zeker dat Stefan wist waar ze het over hadden, en Stefan begreep natuurlijk dat zij dat wisten. Hij had het liefst gezien dat Ulf Stefan meenam naar het bureau, zodat de getuige van de Erik Dahlbergsgatan hem kon identificeren. Want hoewel ze niet bevestigd hadden gekregen dat Stefan erbij was geweest toen Mats Sverin werd mishandeld, was Patrik ervan overtuigd dat dat wel het geval was. Omdat het zo persoonlijk was, dacht hij niet dat Stefan de opdracht aan zijn gorilla's had overgelaten.

'Fristad? Nee, dat ken ik niet.'

'Wat vreemd. Ze kennen jou wel. Heel goed zelfs.' Patrik kookte vanbinnen.

'O,' zei Stefan met een niet-begrijpend gezicht.

'Hoe is het tegenwoordig met Madeleine?' zei Ulf. Lolita was op haar rug gaan liggen, zodat hij haar op haar buik kon krabben.

'Tja, je weet hoe vrouwen zijn. We hebben momenteel wat problemen, maar die lossen we wel weer op.'

'Problemen?' zei Patrik verbeten, en Ulf wierp hem een waarschuwende blik toe.

'Is ze thuis?' vroeg hij.

Javier had de hele tijd niets gezegd. Hij straalde rauwe spierkracht uit. Patrik begreep wel waarom Ulf hem had meegenomen.

'Op dit moment niet,' zei Stefan. 'Maar ze vindt het vast jammer dat ze jullie heeft gemist. Vrouwen vinden het altijd leuk als er bezoek komt.'

Hij leek volstrekt kalm en Patrik moest zich beheersen om hem niet in zijn grijnzende gezicht te slaan.

Stefan kwam overeind. Lolita sprong onmiddellijk op en sloop terug naar het baasje. Ze drukte zich tegen zijn benen alsof ze zich wilde verontschuldigen dat ze aan de zwier was geweest en Stefan bukte om haar te aaien.

'Als dat alles was… Ik heb nog andere dingen te doen.'

Patrik had nog wel duizend vragen willen stellen. Over de cocaïne, over Madeleine, over Fristad en over de moord. Maar Ulf wierp hem nog een waarschuwende blik toe en knikte naar de deur. Patrik slikte de woorden in die op zijn tong lagen. Dat moest hij maar tot een volgende keer bewaren.

'Ik hoop dat het goed is gekomen met die man. Die werd mishandeld, bedoel ik. Het kan soms verkeerd aflopen.' Stefan ging in de deuropening staan en wachtte tot ze zouden vertrekken.

Patrik staarde hem aan. 'Hij is dood. Neergeschoten,' zei hij met zijn gezicht zo dicht bij dat van Stefan dat hij diens adem kon ruiken. Die stonk naar verschaald bier en sigaretten.

'Neergeschoten?'

De grijns was verdwenen en een fractie van een seconde meende Patrik oprechte verbazing in Stefans blik te zien.

'Stond het huis er nog toen je gisteren thuiskwam?' Konrad keek door zijn kleine ronde bril naar Petra.

'Ja hoor,' zei Petra, maar ze leek niet echt te horen wat hij zei. Ze ging helemaal op in iets wat ze op het beeldscherm las. Na een poosje rolde ze haar stoel naar achteren en draaide ze zich om naar Konrad. 'Ik heb iets in de registers gevonden. Westerse vrouw bezit onroerend goed in Bohuslän, aan de scherenkust bij…' Ze boog zich naar voren en las: '…Fjällbacka'.

'Het is heel mooi daar. Ik ben er een paar zomers op vakantie geweest.

Petra keek Konrad verbaasd aan. Om de een of andere reden had ze nooit gedacht dat hij wegging als hij vakantie had. Ze moest op haar tong bijten om niet te vragen met wie hij daar was geweest.

'Waar ligt het?' vroeg Petra. 'Het lijkt verdorie wel of ze een heel eiland bezit. Gråskär heet het.'

'Tussen Uddevalla en Strömstad,' zei Konrad. Hij zat de telefoonlijsten van Fredrik Wester door te nemen. Uitgaande en binnenkomende gesprekken. Het was een saaie klus, maar het moest worden gedaan; telefoons bleken soms een goudmijn in een politieonderzoek te zijn. Toch betwijfelde hij of ze in deze zaak iets zouden vinden. Deze lui waren veel te geslepen om sporen achter te laten. Ze maakten hoogstwaarschijnlijk gebruik van prepaidkaarten die meteen werden weggegooid als een gevoelige zaak was afgehandeld. Maar je kon nooit weten en geduld was zijn beste eigenschap. Als er in deze ogenschijnlijk eindeloos lange lijst met gesprekken iets te vinden was, dan zou hij het vinden.

'Ik heb nog geen mobiel telefoonnummer van haar gevonden. Waarschijnlijk gaat het sneller als we contact opnemen met de plaatselijke politie. Als die er is. Het is nou niet direct een hoofdplaats. Misschien is Göteborg het dichtstbij?'

'Tanumshede,' zei Konrad, terwijl hij telefoonnummers bleef intoetsen om die met de registers te vergelijken. 'Het dichtstbijzijnde politiebureau ligt in Tanumshede.'

'Tanumshede? Waar ken ik dat van?'

'De boulevardbladen hebben deze week uitgebreid over een drugsmoord in Tanumshede geschreven.' Konrad zette zijn bril af en wreef met zijn duim en wijsvinger over zijn neuswortel. Als hij een tijd naar rijen getallen had zitten staren, kreeg hij altijd last van zijn ogen.

'Dat is ook zo. Kennelijk komt die ellende niet alleen bij ons in de grote stad voor.'

'Nee, er bestaat inderdaad ook nog een wereld buiten Stockholm. Ik begrijp dat je dat misschien vreemd vindt, maar dat is toch echt zo,' zei Konrad. Hij wist dat Petra binnen de stadsgrenzen was geboren, dat ze haar leven binnen de stadsgrenzen leidde en dat ze niet vaak ten noorden van Uppsala of ten zuiden van Södertälje was geweest.

'En jij dan? Waar kom jij vandaan?' vroeg Petra hatelijk. Tegelijk realiseerde ze zich hoe vreemd het was dit aan iemand te vragen met wie ze al vijftien jaar samenwerkte. Maar het was gewoon nooit ter sprake gekomen.

'Uit Gnosjö,' antwoordde Konrad met zijn blik strak op de lijsten gericht.

Petra staarde hem aan. 'Dat ligt toch in Småland? Maar je praat helemaal niet met een accent.'

Konrad haalde zijn schouders op en Petra deed haar mond open om verder te vragen, maar hield zich vervolgens in. Ze was niet alleen te weten gekomen waar Konrad vandaan kwam, maar ook waar hij op vakantie was geweest, en dat was meer dan genoeg informatie voor één dag.

'Gnosjö,' herhaalde ze verwonderd. Toen nam ze de hoorn van de haak. 'Ik ga onze collega's in Tanumshede bellen.'

Konrad knikte. Hij was diep verzonken in de wereld van de cijfers.

'Je ziet er moe uit, lieverd.' Erica gaf Patrik een kus op zijn mond. Ze had op elke arm een baby en hij zoende de jongens op hun kruin.

'Ja, ik ben redelijk kapot, maar hoe is het hier gegaan?' zei hij met een schuldbewust gezicht.

'Geen enkel probleem, eerlijk gezegd.' Ze was zelf verbaasd hoe oprecht het klonk, maar ze meende het echt. Alles was goed gegaan. Op dit moment was Maja op de crèche en de tweeling, die net had gegeten, was voldaan en vrolijk.

'Heeft de reis nog wat opgeleverd? En hoe was het met Göran en Märta?' vroeg ze, terwijl ze de tweeling op een deken legde. 'Er is koffie.'

'Lekker, daar heb ik zin in.' Patrik liep met haar mee naar de keuken. 'Ik kan maar even blijven, daarna moet ik weer naar het bureau.'

'Ga even een paar minuten zitten, zodat je wat kunt ontspannen,' zei Erica en ze duwde hem bijna op een keukenstoel. Ze zette een kop koffie voor hem neer en dankbaar nam hij een eerste slok.

'Kijk eens, ik heb ook kaneelbolletjes gebakken.' Ze zette een schaal met nog warme bolletjes op tafel.

'Nou, nou. Je wordt nog wel een echte huisvrouw, ondanks alles,' zei Patrik, maar na een donkere blik van Erica begreep hij dat ze zijn grapje niet waardeerde.

'Vertel,' zei ze en ze kwam bij hem aan tafel zitten.

Patrik vertelde in grote lijnen wat er in Göteborg was gebeurd. In zijn stem viel een zekere gelatenheid te bespeuren.

'En met Göran en Märta is alles goed. Ze willen binnenkort een weekend langskomen, als we dat aankunnen.'

Erica begon te stralen. 'Dat zou hartstikke leuk zijn! Ik bel Göran vanmiddag meteen om een weekend af te spreken.' Toen werd ze ernstig. 'Ik heb me iets gerealiseerd. Niemand heeft Annie zeker verteld wat er met Gunnar is gebeurd?'

Patrik keek haar aan en besefte dat ze gelijk had.

'Nee, dat denk ik niet. Tenzij ze Signe heeft gebeld.'

'Signe ligt nog in het ziekenhuis. Ze praat niet en staart alleen maar voor zich uit.'

Patrik knikte. 'Ik zal Annie bellen zodra ik daar tijd voor heb.'

'Goed.' Erica glimlachte. Toen stond ze op, schoof zijn koffiekop weg en kroop schrijlings op zijn schoot. Ze streek door zijn haar en kuste hem zacht op zijn mond.

'Ik heb je gemist...'

'Hm, ik jou ook,' zei hij en hij sloeg zijn armen om haar middel.

Vanuit de woonkamer hoorden ze de tweeling tevreden brabbelen en Patrik zag een bekende glimp in Erica's ogen.

'Heeft mijn dierbare echtgenote zin om even mee naar boven te gaan?'

'Dank u, mijn heer, dat wil ik graag.'

'Waar wachten we dan nog op?' Patrik kwam zo snel overeind dat Erica bijna van zijn schoot viel. Hij pakte haar hand en leidde haar naar de trap. Maar net toen hij zijn voet op de onderste tree zette, ging zijn mobieltje. Hij wilde doorlopen, maar Erica hield hem tegen.

'Lieverd, je moet opnemen. Misschien is het het bureau wel.'

'Ze wachten maar even,' zei hij. 'Want geloof me, dit gaat niet lang duren.' Hij trok weer aan haar hand, maar zonder succes.

'Ik weet niet of dat nou zo'n goed verkoopargument was,' zei ze met een glimlach. 'En je moet opnemen, dat weet je.'

Patrik slaakte een zucht. Hij wist dat ze gelijk had, hoe vervelend dat ook was.

'Een andere keer?' Hij liep naar de hal, waar zijn mobieltje in zijn jaszak lag te rinkelen.

'Met genoegen,' zei Erica en ze maakte een buiging.

Patrik lachte toen hij zijn telefoon pakte. Hij hield echt van zijn malle vrouw.

Mellberg maakte zich zorgen. Hij had het gevoel dat zijn hele leven ervan afhing of dit probleem werd opgelost. Rita was aan het wandelen met Leo en de meiden waren naar hun werk. Zelf was hij even naar huis gegaan om te kijken wat de sportzenders te bieden hadden. Maar voor het eerst in zijn leven kon hij zich niet op de tv concentreren. In plaats daarvan liep hij te ijsberen, terwijl er allerlei gedachten door zijn hoofd schoten.

Plotseling bleef hij staan. Maar natuurlijk was er een uitweg. De oplossing lag vlak voor zijn neus. Hij rende de voordeur uit en stormde de trap af naar het kantoor op de begane grond. Alvar Nilsson zat achter zijn bureau.

'Hé, hallo, Mellberg!'

'Goeiendag.' Mellberg vuurde zijn breedste glimlach af.

'Wat zeg je ervan? Hou je me gezelschap?' Alvar trok de bovenste la open en haalde er een fles whisky uit.

Mellberg leverde even een strijd met zichzelf, maar dat gevecht eindigde net als anders.

'Ja, waarom ook niet?' zei hij en hij ging zitten.

Alvar gaf hem een glas.

'Ik wilde je iets vragen.' Mellberg draaide het glas whisky rond in zijn hand en genoot van de aanblik voordat hij een slok nam.

'Kan ik je ergens mee helpen?'

'De meiden hebben het plan opgevat om naar een eigen appartement te verhuizen.'

Alvar keek geamuseerd. 'De meiden' waren tenslotte al boven de dertig.

'Ja, zo gaat dat meestal.' Hij leunde achterover en vouwde zijn handen achter zijn hoofd.

'Maar Rita en ik willen niet dat ze ver weg komen te wonen.'

'Dat begrijp ik. Maar het is momenteel moeilijk een appartement in Tanumshede te vinden.'

'Ja, en daarom dacht ik ook dat jij me zou kunnen helpen.' Mellberg boog zich naar voren en keek Alvar strak aan.

'Ik? Je weet toch hoe de situatie hier is? Alle woningen zijn verhuurd. Ik kan je niet eens een klein hok aanbieden.'

'Je hebt een mooie driekamerflat op de verdieping onder ons.'

Alvar keek hem onthutst aan.

'Maar de enige driekamerflat op die verdieping is…' Hij zweeg. Toen schudde hij zijn hoofd. 'Nooit van zijn leven. Nee, dat gaat niet. Bente zou er nooit mee akkoord gaan.' Alvar strekte zijn hals en keek met een bezorgde blik naar de kamer ernaast, waar zijn Noorse secretaresse annex maîtresse gewoonlijk zat te werken.

'Dat is niet mijn probleem. Maar het zou jouw probleem kunnen worden.' Mellberg liet zijn stem dalen. 'Ik geloof niet dat Kerstin het leuk zou vinden als ze van jouw… regeling hoort.'

Alvar keek hem nijdig aan en Mellberg voelde even een steek van onrust. Als hij verkeerd had gegokt, zou Alvar hem bij zijn lurven het kantoor uit kunnen gooien. Hij hield zijn adem in. Toen begon Alvar te lachen.

'Verdomme, Mellberg. Je bent een keiharde. Maar we laten onze vriendschap niet door een vrouw verpesten. Dit regelen we. Ik heb wat contacten en kan wel iets anders voor Bente vinden. Is het goed als ze er de volgende maand in kunnen? Maar ik ben niet van plan geld uit te geven aan verf en dergelijke. Dat mogen jullie zelf doen. Afgesproken?' Hij stak zijn hand uit.

Mellberg ademde uit en pakte Alvars hand stevig beet.

'Ik wist wel dat ik op je kon rekenen,' zei hij. Zijn buik borrelde van blijdschap. De jongen zou weliswaar verhuizen, maar opa hoefde alleen maar de trap af te lopen om hem zo vaak hij maar wilde te kunnen zien.

'Dat moeten we met nog een slokje vieren,' zei Alvar.

Mellberg schoof zijn glas naar voren.

In Badis heerste een koortsachtige activiteit, maar Vivianne had het gevoel alsof ze in slow motion bewoog. Er moest nog zoveel worden gedaan en beslist. Maar ze moest vooral aan Anders' ontwijkende antwoorden denken. Hij hield iets voor haar achter, en dat opende een afgrond tussen hen die zo breed en diep was dat ze de overkant maar nauwelijks kon zien.

'Waar moeten de buffettafels staan?' Een serveerster keek haar vragend aan en ze dwong zichzelf haar aandacht erbij te houden.

'Daarginds, aan de linkerkant. In een lange rij, zodat de mensen er aan twee kanten langs kunnen lopen.'

Alles moest goed worden georganiseerd. Het dekken van de tafels, het eten, de spa-afdeling, de behandelingen. De kamers moesten in orde worden gemaakt, met bloemen en een fruitmand voor de eregasten. En het podium moest klaar zijn voor de band. Niets mocht aan het toeval worden overgelaten.

Terwijl ze rechts en links vragen beantwoordde, hoorde ze dat haar stem steeds zwakker werd. De ring aan haar hand schitterde en ze moest zich inhouden om hem niet van haar vinger te rukken en tegen de muur te smijten. Ze mocht nu haar zelfbeheersing niet verliezen, niet nu ze zo dicht bij hun doel waren en het leven eindelijk een nieuwe wending zou nemen.

'Hoi, kan ik ergens mee helpen?'

Anders zag er vreselijk uit, alsof hij de hele nacht geen oog had dichtgedaan. Zijn haar zat helemaal in de war en hij had donkere wallen onder zijn ogen.

'Ik heb de hele ochtend geprobeerd je te pakken te krijgen. Waar was je?' Ze werd vervuld van angst. De gedachten die een weg in haar hoofd hadden gevonden, lieten haar niet met rust. Ze dacht eigenlijk niet dat Anders tot zoiets in staat was, maar ze wist het niet zeker. Hoe kon je eigenlijk weten wat zich in het hoofd van een ander mens afspeelde?

'Ik had mijn mobieltje uitgezet. Ik moest slapen,' zei hij zonder haar aan te kijken.

'Maar...' Ze onderbrak zichzelf. Het had geen zin. Na alles wat ze hadden gedeeld, had Anders er nu voor gekozen haar buiten te sluiten. En ze kon niet uitleggen hoeveel pijn haar dat deed.

'Je kunt kijken of we genoeg te drinken hebben,' zei ze in plaats daarvan. 'En of er voldoende glazen zijn. Het zou fijn zijn als je dat wilt doen.'

'Natuurlijk, ik doe alles voor je. Dat weet je,' zei Anders, en heel even was hij zijn gewone zelf. Toen draaide hij zich om en liep naar de keuken.

Nee, ik wist het, dacht Vivianne. De tranen biggelden over haar wangen. Ze veegde ze weg met de mouw van haar trui en liep naar de spa-afdeling. Ze mocht niet instorten. Dat kwam later wel. Nu moest ze controleren of er genoeg massageolie en oesterscrub was.

'We zijn gebeld door de afdeling Geweldsdelicten in Stockholm. Ze zijn op zoek naar Annie Wester.' Patrik zag de verbaasde gezichten van zijn collega's. Precies zo moest hij er ook hebben uitgezien toen hij minder dan een halfuur geleden thuis de telefoon had opgenomen en Annika hem hetzelfde had verteld.

'Hoezo?' vroeg Gösta.

'Haar man is vermoord gevonden, en ze waren bang dat Annie en haar zoon ook ergens dood zouden liggen. Fredrik Wester was kennelijk een zware jongen in de Zweedse drugshandel.'

'Het is niet waar,' zei Martin.

'Ja, ik kon het ook bijna niet geloven. Maar de afdeling Narcotica hield hem kennelijk al langer in de gaten, en onlangs is hij gevonden, doodgeschoten in zijn eigen bed. Hij lijkt daar een flinke poos te hebben gelegen, naar schatting een paar weken.'

'Maar waarom is hij nu pas gevonden?' zei Paula.

'Het gezin zou kennelijk de hele zomer in hun huis in Italië doorbrengen. Alles was gepakt en geregeld, en iedereen nam aan dat ze waren vertrokken.'

'En Annie?' zei Gösta.

'Zoals ik net al zei waren ze eerst bang dat zij en haar zoontje met een kogel in hun hoofd ergens in een bos lagen. Maar nu ik ze kon vertellen dat ze hier zijn, nemen ze aan dat Annie met de jongen is gevlucht, weg van de mensen die haar man hebben gedood. Ze kan zelfs getuige zijn geweest van de moord, en in dat geval heeft ze groot gelijk dat ze zich schuilhoudt. Ze kunnen ook niet uitsluiten dat zij haar man heeft doodgeschoten.'

'Wat gaat er nu gebeuren?' vroeg Annika ontsteld.

'Twee politiemensen die aan de zaak werken, komen morgen hier. Ze willen zo snel mogelijk met Annie praten. We wachten tot ze hier zijn, dan gaan we erheen.'

'Maar als ze in gevaar verkeren?' zei Martin.

'Er is tot nu toe niets gebeurd, en morgen krijgen we versterking. Hopelijk weten zij wat ze moeten doen.'

'Ja, het is waarschijnlijk beter dat Stockholm dit regelt,' stemde Paula in. 'Maar ben ik de enige die denkt dat…'

'Dat er misschien een verband bestaat tussen de moord op Fredrik Wester en de moord op Mats Sverin? Dat is inderdaad ook bij mij opgekomen,' zei Patrik. Hij had gedacht dat hij wist wie de dader was, maar dit veranderde de zaak natuurlijk.

'En hoe is het in Göteborg gegaan?' vroeg Martin, alsof hij Patriks gedachten kon lezen.

'Zowel goed als slecht.' Patrik vertelde wat er was gebeurd in de twee dagen dat Gösta en hij daar waren geweest. Toen hij klaar was, was het helemaal stil in de keuken; alleen Mellberg grinnikte om iets wat kennelijk een binnenpretje was. Hij rook verdacht veel naar drank.

'Eerst hadden we geen sporen, nu hebben we er twee. En die zijn bovendien allebei geloofwaardig,' vatte Paula samen.

'Ja, en daarom is het van het grootste belang dat we overal voor open blijven staan en gewoon doorwerken. Morgen komen de agenten uit Stockholm en dan gaan we met Annie praten. Ik wacht ook op bericht van Ulf uit Göteborg; hij zou laten weten hoe we het best verder kunnen gaan met de IE. Dan is er nog het technische onderzoek. Nog geen match voor de kogel?' vroeg Patrik. De vraag was niet aan iemand in het bijzonder gericht.

Paula schudde haar hoofd. 'Dat kan nog wel even duren. De boot wordt ook onderzocht, maar we hebben nog niets gehoord.'

'En het zakje met cocaïne?'

'Er is nog steeds een vingerafdruk die ze niet hebben kunnen identificeren.'

'Ik heb nog iets bedacht wat de boot betreft. Er moet iemand zijn die ons kan vertellen hoe het met de stromingen zit, waar de boot vandaan is komen drijven, hoe ver – al dat soort dingen.' Patrik keek in het rond en liet uiteindelijk zijn blik op Gösta rusten.

'Ik doe het wel.' Gösta klonk moe. 'Ik weet wie ik moet hebben.'

'Mooi.'

Martin stak een hand omhoog.

'Ja?' Patrik knikte naar hem.

'Paula en ik hebben met Lennart over de papieren in Mats' aktetas gepraat.'

'Ja, dat is waar ook. Heeft dat nog iets opgeleverd?'

'Helaas lijkt alles in orde. Eigenlijk is dat natuurlijk goed, het is maar hoe je het bekijkt.' Martin begon te blozen.

'Lennart heeft geen onregelmatigheden ontdekt,' verduidelijkte Paula. 'Dat hoeft niet te betekenen dat die er niet zijn, maar volgens de documenten die Mats bij zich had, lijkt alles in orde.'

'Goed. Wat weten jullie over de computer?'

'Dat gaat nog een week duren,' zei Paula.

Patrik zuchtte. 'Het ziet er dus naar uit dat we geduld moeten hebben. Verder moeten we gewoon maar doorgaan met de dingen die we nu kunnen doen. Ik wilde zelf alles doornemen wat we tot nu toe hebben ontdekt, zodat ik weet waar we staan. Misschien kom ik iets tegen wat we over het hoofd hebben gezien. Gösta, jij gaat aan de slag met de boot. Martin en Paula…' Hij dacht even na. 'Ik wil dat jullie zoveel mogelijk informatie over de werkzaamheden van de IE naar boven halen, en ook over Fredrik Wester. De collega's in Göteborg en Stockholm hebben beloofd met ons samen te werken. Jullie krijgen straks de contactgegevens, zodat jullie achtergrondmateriaal bij ze kunnen opvragen. Jullie bepalen zelf maar wie wat doet.'

'Oké,' zei Paula.

Martin knikte instemmend en stak toen nog een keer aarzelend zijn hand omhoog.

'Wat gaat er met Fristad gebeuren? Wordt er aangifte tegen ze gedaan?'

'Nee,' zei Patrik. 'We hebben besloten dat niet te doen. Volgens ons is daar geen reden toe.'

Martin keek opgelucht. 'Hoe hebben jullie eigenlijk ontdekt dat Sverin een vriendin had?'

Patrik wierp een blik naar Gösta, die naar de vloer keek.

'Gedegen politiewerk. En een beetje intuïtie.' Hij sloeg zijn handen ineen. 'Dan gaan we aan de slag.'

Fjällbacka 1875

De dagen werden weken en de maanden werden jaren. Emelie had haar draai gevonden en zich aangepast aan het kalme ritme op Gråskär. Ze had het gevoel dat ze in harmonie met het eiland leefde. Ze wist precies wanneer de stokrozen zouden ontluiken, wanneer de warmte van de zomer zou overgaan in de kou van de herfst, wanneer het zou gaan vriezen en wanneer het ijs weer zou gaan smelten. Het eiland was haar wereld, en in die wereld was Gustav koning. Hij was een gelukkig kind en het verbaasde haar elke dag opnieuw hoe hij genoot van alles wat er in zijn beperkte bestaan gebeurde.

Karl en Julian spraken nauwelijks nog met haar. Ze leefden gescheiden van elkaar, hoewel ze maar een klein oppervlak tot hun beschikking hadden. Zelfs de harde woorden waren afgenomen. Het was alsof ze niet langer een mens was, iemand tegen wie ze een wrok konden koesteren. In plaats daarvan leken ze haar te beschouwen als een onzichtbaar wezen. Ze deed alles wat gedaan moest worden, maar verder hoefde ze geen aandacht te krijgen. Zelfs Gustav voegde zich naar deze vreemde regeling. Hij probeerde Karl en Julian nooit te benaderen. Zij waren voor hem minder werkelijk dan de doden. En Karl noemde zijn zoon nooit bij zijn naam. 'De jongen', zei hij de weinige keren dat hij überhaupt over hem sprak.

Emelie wist precies wanneer de haat in zijn ogen weer was overgegaan in onverschilligheid. Dat was toen Gustav net twee was geworden. Karl was van een bezoek aan Fjällbacka teruggekomen en Emelie had moeite gehad zijn gezichtsuitdrukking te duiden. Hij was nuchter geweest. Bij wijze van uitzondering waren Julian en hij niet bij Abela geweest en al-

leen dat al was heel ongebruikelijk. Er waren vele uren verstreken zonder dat hij iets zei, en ze had geprobeerd te raden wat er aan de hand was. Ten slotte had hij een brief op de keukentafel gelegd.

'Vader is dood,' had hij gezegd. En het was alsof er op dat moment iets in Karl loskwam. Alsof hij vrij werd. Ze wenste dat Dagmar haar meer over Karl en zijn vader had verteld, maar daar was het nu te laat voor. Er was niets aan te doen en ze was dankbaar dat Karl Gustav en haar met rust liet.

Het werd haar ook steeds duidelijker dat God in alles op Gråskär aanwezig was. Ze was vervuld van dankbaarheid dat Gustav en zij hier mochten leven en Gods geest in de bewegingen van het water mochten voelen en Zijn stem in het gesuis van de wind mochten horen. Elke dag op het eiland was een geschenk en Gustav was een heerlijk kind. Ze wist dat het bijna aan hoogmoed grensde om zo over haar zoon, haar eigen evenbeeld, te denken. Maar volgens de Bijbel was hij ook Gods evenbeeld; daarom hoopte ze dat deze zonde haar werd vergeven. Want hij was zo mooi, met blond krullend haar, blauwe ogen en lange wimpers, die dicht op zijn wang lagen als hij 's avonds naast haar lag te slapen. Hij praatte onophoudelijk, met haar en met de doden. Soms stond ze glimlachend stiekem te luisteren. Hij zei zoveel wijze dingen en ze hadden zoveel geduld met hem.

'Mag ik naar buiten, moeder?'

Hij trok aan haar rok en keek naar haar op.

'Ja, hoor, dat is goed.' Ze boog zich omlaag en kuste hem op zijn wang. 'Maar kijk uit dat je niet in het water valt.'

Emelie keek hem na toen hij de deur uit rende. Eigenlijk maakte ze zich geen zorgen. Ze wist dat hij niet alleen was. Zowel de doden als God waakten over hem.

❄

De zaterdag begon met prachtig weer. Een stralende zon, een heldere hemel en slechts een licht briesje. Heel Fjällbacka gonsde van verwachting. De gelukkigen die waren uitgenodigd voor het inwijdingsfeest van die avond hadden zich de hele week druk lopen maken over hun kleding en kapsel. Iedereen die ook maar een beetje belangrijk was zou erheen gaan en het gerucht ging dat er ook beroemdheden uit Göteborg zouden komen.

Maar Erica had andere dingen aan haar hoofd. Ze had die ochtend een inval gekregen. Het was beter als Annie het bericht over Gunnar persoonlijk te horen kreeg dan over de telefoon. En ze was toch al van plan geweest om Annie te verrassen met wat ze over de geschiedenis van Gråskär had ontdekt. Nu ze een oppas had, wilde ze van de gelegenheid gebruikmaken.

'Weet je zeker dat je ze zo lang kunt hebben?' vroeg ze.

Kristina snoof. 'Deze engeltjes? Geen enkel probleem.' Ze stond met Maja in haar armen, en Noel en Anton lagen in de reiswiegjes te slapen.

'Ik blijf vrij lang weg. Ik heb eerst nog een afspraak met Anna en daarna ga ik naar Gråskär.'

'Je bent toch wel voorzichtig als je alleen met de boot weggaat?' Kristina zette haar kleindochter, die zich uit haar armen probeerde los te wurmen, op de grond. Maja hurkte neer, gaf haar broertjes een paar natte zoenen en rende weg om te gaan spelen.

'Ja hoor, ik ben een uitstekende stuurman,' lachte Erica. 'In tegenstelling tot je zoon.'

'Ja, daar heb je gelijk in,' zei Kristina, maar ze keek nog steeds bezorgd. 'Weet je trouwens zeker dat Anna het aankan?'

Erica had hetzelfde gedacht toen Anna belde om te vragen of ze meeging naar het graf, maar vervolgens had ze beseft dat haar zus dat zelf moest bepalen.

'Ja, ik denk het wel,' zei ze, maar ze klonk zekerder dan dat ze zich voelde.

'Ik vind het nogal vroeg,' zei Kristina en ze tilde Noel op, die was gaan huilen. 'Maar ik hoop dat je gelijk hebt.'

Ik ook, dacht Erica toen ze naar de auto liep om naar het kerkhof te rijden. Hoe dan ook had ze het beloofd en ze kon nu niet meer terug.

Anna stond bij het grote ijzeren hek bij de brandweerkazerne te wachten. Ze zag er heel klein uit. Met haar korte haar leek ze heel broos en Erica moest zich beheersen om haar niet in haar armen te nemen en als een kind te wiegen.

'Kun je het aan?' vroeg ze zacht. 'We kunnen het ook een andere keer doen als je dat liever wilt.'

Anna schudde haar hoofd. 'Nee, het lukt wel. En ik wil het. Ik was zo ver weg dat ik me nauwelijks iets kan herinneren van de begrafenis. Ik moet zien waar hij ligt.'

'Goed.' Erica pakte Anna bij haar arm en ze liepen over het geharkte grindpad.

Ze hadden geen mooiere dag kunnen kiezen. Ze hoorden gegons van het langsrijdende verkeer, maar verder was het kalm en vredig. De zon schitterde op de grafstenen en veel graven waren goed onderhouden en voorzien van verse bloemen die een familielid daar had neergezet. Anna aarzelde plotseling en Erica liet haar met een knikje zien waar het graf lag.

'Hij ligt naast Jens.' Erica wees naar een rond granieten rotsblok waar de naam JENS LÄCKBERG in was gegraveerd. Jens was een goede vriend van hun vader geweest en ze konden zich hem goed herinneren van toen ze klein waren: een man die altijd opgewekt en sociaal was, graag grapjes maakte en een gezellig buikje had.

'Het is heel mooi,' zei Anna. Haar stem was toonloos, maar op haar gezicht was het verdriet des te duidelijker te zien. Ze hadden een steen gekozen die op de steen ernaast leek, van graniet en met natuurlijke rondingen. De inscriptie was op dezelfde manier gedaan. Er stond KLEINTJE en een jaartal. Slechts één jaartal.

Erica kreeg een brok in haar keel, maar ze dwong zichzelf de tranen tegen te houden. Ze moest nu sterk zijn, voor Anna. Haar zusje wankelde even toen ze naar de steen keek, het enige dat ze nog bezat van het kind waarnaar ze zo hevig had verlangd. Ze pakte Erica's hand en kneep er hard in. De tranen stroomden stilletjes. Toen draaide ze zich om naar Erica.

'Hoe zal alles gaan? Hoe zal het gaan?'

Erica trok Anna naar zich toe en omhelsde haar stevig.

'Rita en ik hebben een voorstel.' Mellberg sloeg zijn arm om Rita heen en trok haar naar zich toe.

Paula en Johanna keken hen vragend aan.

'We weten natuurlijk niet wat jullie ervan vinden,' zei Rita, die er nog weifelender uitzag dan Mellberg. 'Jullie zeiden dat jullie eigen woonruimte nodig hadden... En ja, hoe eigen moet dat zijn?'

'Waar hebben jullie het over?' Paula keek naar haar moeder.

'We willen graag weten of het voor jullie voldoende zou zijn om een verdieping lager te gaan wonen.' Mellberg keek hen vol verwachting aan.

'Maar daar staat toch helemaal niets leeg?' zei Paula.

'Jawel. Over een maand komt er iets vrij. De driekamerflat hieronder is van jullie zodra de inkt waarmee jullie het contract tekenen is opgedroogd.'

Rita sloeg de meiden oplettend gade om te zien wat ze ervan vonden. Ze was dolgelukkig geweest toen Bertil haar over het appartement had verteld, maar ze wist niet zeker hoeveel afstand de meiden dachten nodig te hebben.

'We zullen natuurlijk niet voortdurend bij jullie in en uit lopen,' verzekerde ze.

Mellberg keek haar verbaasd aan. Natuurlijk mochten ze komen en gaan wanneer ze dat wilden. Maar hij zei niets. Het belangrijkste was dat de meiden het aanbod accepteerden.

Paula en Johanna keken elkaar aan. Toen glimlachten ze allebei breeduit en begonnen door elkaar te praten.

'Dat is een prachtig appartement. Het is licht en heeft ramen aan twee kanten. En de keuken is heel fris. Het kamertje dat Bente als garderobe gebruikt, zou Leo's kamer kunnen worden en…' Ze zwegen plotseling.

'Waar gaat Bente heen?' vroeg Paula. 'Ik heb helemaal niet gehoord dat ze zou verhuizen.'

Mellberg haalde zijn schouders op. 'Geen idee. Ik neem aan dat ze iets anders heeft gevonden. Alvar zei er niets over toen ik hem sprak. Maar hij zei wel dat we zelf moeten verven en zo.'

'Geen enkel probleem,' zei Johanna. 'Dat is alleen maar leuk. Dat lukt wel, denk je ook niet, schat?' Haar ogen straalden en Paula boog zich naar haar toe en kuste haar op de mond.

'En wij kunnen jullie met Leo blijven helpen,' ging Rita verder. 'Zo vaak als jullie willen, maar we willen ons niet opdringen.'

'We zullen heel veel hulp nodig hebben,' zei Paula geruststellend. 'En we vinden het heerlijk dat Leo jou en opa Bertil zo dicht bij zich heeft. Als we maar eigen woonruimte hebben, daar gaat het om.'

Paula draaide zich om naar Mellberg, die Leo op zijn schoot had getild.

'Dank je wel, Bertil,' zei ze.

Tot zijn eigen verbazing voelde hij zich een beetje opgelaten.

'Ach, het stelde niets voor.' Hij drukte zijn gezicht in Leo's nek en de jongen begon zoals gebruikelijk te schateren. Toen keek hij op en liet zijn blik over de keukentafel gaan. En wederom was Bertil Mellberg innig dankbaar voor zijn nieuwe familie.

Hij liep doelloos rond door het gebouw. Overal renden mensen heen en weer om nog een laatste detail te regelen. Anders wist dat hij moest helpen, maar de stap die hij op het punt stond te zetten, verlamde hem. Hij wilde het wel en tegelijk ook weer niet. Het ging erom of hij genoeg moed had om de consequenties van zijn daden te aanvaarden. Hij wist het niet zeker, maar zo meteen kon hij er niet langer over nadenken. Zo meteen moest hij een besluit nemen.

'Heb je Vivianne gezien?' Iemand van het personeel kwam gehaast langs en Anders wees naar de zaal. 'Bedankt. Het wordt vanavond vast hartstikke leuk.'

Iedereen rende, iedereen had haast. Zelf voelde hij zich alsof hij zich door water bewoog.

'Daar ben je, mijn dierbare toekomstige zwager.' Erling sloeg zijn arm om zijn schouder en Anders moest zijn best doen zich niet los te maken. 'Het wordt super. De celebs arriveren rond vier uur; dan kunnen ze zich rustig op hun kamer installeren. Vanaf zes uur mag de rest van de gasten naar binnen.'

'Ja, er wordt druk over gepraat in het dorp.'

'Dat is logisch. Zoiets groots hebben ze niet meer meegemaakt sinds...' Hij zweeg, maar Anders begreep wat hij had willen zeggen. Hij had over *Fucking Tanum* gehoord en wist dat het uiteindelijk een enorm fiasco voor Erling was geworden.

'En waar is mijn tortelduifje?' Erling strekte zijn hals en keek in het rond.

Opnieuw wees Anders naar de zaal, en ook Erling haastte zich die kant op. Vivianne was vandaag zonder meer populair. Hij liep naar de keuken, ging in een hoek op een stoel zitten en masseerde zijn slapen. Hij voelde dat er een hevige hoofdpijn kwam opzetten. Hij pakte de medicijntrommel en nam een paracetamol. Nog heel even, dacht hij. Nog heel even en dan zou hij een besluit nemen.

Erica had nog steeds een brok in haar keel toen ze de kajuitsloep de haven uit stuurde. De motor was meteen aangeslagen en ze hield van het bekende tuffende geluid. De boot was het troetelkindje van haar vader Thore geweest, en hoewel Patrik en zij niet even gewetensvol waren, hadden ze wel geprobeerd het vaartuig goed te onderhouden. Dit jaar zou het houten dek geschuurd en gelakt moeten worden. De lak was hier en daar gaan bladderen. Als Patrik de kinderen voor zijn rekening nam, zou ze het best zelf willen doen. Omdat ze zittend werk had, vond ze het af en toe heerlijk om met haar handen te werken. En ze was praktischer aangelegd dan Patrik, al zei dat op zich niet veel.

Ze keek rechts omhoog naar Badis. Ze hoopte dat ze naar het inwijdingsfeest konden gaan, maar ze hadden nog niets besloten. Patrik had er die ochtend moe uitgezien en het was niet zeker dat Kristina het zo lang volhield om op te passen.

Hoe dan ook verheugde ze zich erop naar Gråskär te gaan. Toen Patrik en zij er laatst waren, was ze al onder de indruk geraakt van de sfeer, en sinds ze over het eiland had gelezen was haar fascinatie alleen maar toegenomen. Ze had een heleboel foto's en plaatjes van de scherenkust bekeken en de vuurtoren op Gråskär was zonder twijfel een van de mooiste in deze streek. Het was niet vreemd dat Annie het prettig vond op het eiland, hoewel ze zelf waarschijnlijk na een paar dagen gek zou worden zonder andere mensen om zich heen. Ze moest aan Annies zoontje denken en hoopte dat hij inmiddels beter was. Waarschijnlijk was dat wel het geval, omdat Annie niet om hulp had gevraagd.

Een poosje later zag ze Gråskär aan de horizon. Annie had niet bijster enthousiast geklonken toen Erica belde, maar na enig aandringen had ze toegestemd in een bezoekje. Erica was ervan overtuigd dat Annie het leuk zou vinden om meer over de geschiedenis van het eiland te horen.

'Kun je zelf aanleggen?' riep Annie vanaf de steiger.

'Geen probleem. Als je tenminste niet zuinig bent op de steiger.' Ze glimlachte om te laten zien dat het een grapje was en legde soepel aan. Ze zette de motor uit en gooide het voortouw naar Annie, die de boot zorgvuldig vastmeerde.

'Hoi,' zei ze toen ze uit de boot was geklauterd.

'Hoi.' Annie glimlachte voorzichtig, maar keek haar niet aan.

'Hoe is het met Sam?' Erica tuurde naar het huis.

'Beter,' zei Annie. Ze was dunner geworden sinds de vorige keer en de botten bij haar schouders waren door haar T-shirt heen te zien.

'Zelfgebakken kaneelbolletjes,' zei Erica en ze haalde een zak tevoorschijn. 'Had je trouwens meer boodschappen nodig?' Ze vervloekte zichzelf dat ze dat niet had gevraagd toen ze belde. Annie vond het vast bezwaarlijk om het haar nog een keer te vragen. Zo goed kenden ze elkaar nou ook weer niet.

'Nee hoor. Jullie hadden laatst zoveel meegenomen, en ik kan Gunnar en Signe altijd vragen. Al weet ik niet of ze het wel...'

Erica slikte. Ze was nog niet in staat het te vertellen. Ze moesten eerst gaan zitten.

'Ik heb in het boothuis gedekt. Het is zo'n mooie dag.'

'Ja, het is geen weer om binnen te zitten.' Erica volgde Annie naar het open boothuis. Op een verweerde tafel met aan weerszijden een bank stonden koffiekopjes klaar. Aan de muren hing allerlei visgerei, en ook de mooie blauwe en groene glazen bollen die vroeger als drijvers werden gebruikt ontbraken niet. Annie schonk koffie in uit een thermoskan.

'Hoe lukt het je om zo geïsoleerd te leven?' vroeg Erica.

'Het went,' zei Annie zachtjes en ze keek uit over het water. 'En ik ben natuurlijk niet helemaal alleen.'

Erica schrok even en keek haar vragend aan.

'Sam is er immers ook nog,' voegde Annie eraan toe.

Inwendig moest Erica om zichzelf lachen. Ze had zich zo ingeleefd in de verhalen over Gråskär dat ze erin was gaan geloven.

'De naam Schimmenscheer is dus een verzinsel?'

'Niemand gelooft toch in oude spookverhalen?' zei Annie en ze keek weer uit over het water.

'Maar het geeft het eiland wel een bijzonder karakter.'

Erica had alles wat ze over Gråskär had gevonden in een map gestopt, die ze nu uit haar tas pakte en naar Annie schoof.

'Het mag dan een klein eiland zijn, het heeft wel een kleurrijke geschiedenis. Die af en toe behoorlijk dramatisch is.'

'Ja, daar heb ik het een en ander over gehoord. Mijn ouders wisten er vrij veel van, maar ik luisterde helaas nooit zo goed als ze het erover hadden.' Annie sloeg de map open. Door het lichte briesje begonnen de pagina's te fladderen.

'Ik heb alles in chronologische volgorde gezet,' zei Erica en ze wees. Vervolgens zweeg ze, terwijl Annie langzaam begon te bladeren.

'O, wat veel,' zei Annie. Haar wangen hadden wat kleur gekregen.

'Ik vond het heel leuk om alles op te zoeken. Ik móést gewoon iets anders doen dan huilende baby's verschonen en eten geven.' Ze wees naar een gekopieerd artikel waar Annie net was aanbeland. 'Dat is de meest raadselachtige episode in de geschiedenis van Gråskär. Een heel gezin dat spoorloos van het eiland verdween. Niemand weet wat er is gebeurd of waar ze heen zijn gegaan. Het huis zag eruit alsof ze zomaar waren opgestaan en weggelopen en alles hadden achtergelaten zoals het was.'

Erica hoorde dat ze behoorlijk opgewonden klonk, maar ze vond dit soort dingen nu eenmaal spannend. Mysteries prikkelden haar fantasie, en dit was een mysterie dat rechtstreeks uit de werkelijkheid afkomstig was.

'Moet je hier kijken,' zei ze met iets kalmere stem. 'De vuurtorenwachter Karl Jacobson, zijn vrouw Emelie, hun zoon Gustav en de assistent-vuurtorenwachter Julian Sontag hebben jaren op het eiland gewoond. Op een dag zijn ze zomaar verdwenen, alsof ze in rook waren opgegaan. Hun lichamen zijn nooit gevonden, en ook geen andere sporen. Er was geen reden om aan te nemen dat ze uit vrije wil waren verdwenen. Er was niets. Is dat niet vreemd?'

Annie keek met een wonderlijke uitdrukking op haar gezicht naar het artikel.

'Ja,' zei ze. 'Heel vreemd.'

'Ben jij ze hier niet tegengekomen?' vroeg Erica schertsend, maar Annie reageerde niet en bleef naar het artikel staren. 'Ik vraag me af wat er gebeurd kan zijn. Kan iemand met een boot hebben aangemeerd, het hele gezin hebben vermoord en zich hebben ontdaan van de lichamen? Hun eigen boot lag nog steeds aan de steiger.'

Annie mompelde iets in zichzelf terwijl ze het papier met haar vinger streelde. Iets over een blond jongetje, maar Erica verstond niet goed wat ze zei. Ze keek naar het huis.

'Weet hij wel waar je bent als hij wakker wordt?'

'Sam sliep net toen jij kwam. Hij slaapt altijd lang,' zei Annie afwezig.

Het was even stil, en plotseling schoot de tweede reden van haar bezoek Erica te binnen. Ze haalde diep adem en zei toen: 'Ik moet je iets vertellen, Annie.'

Annie keek op. 'Gaat het over Matte? Weten ze wie...'

'Nee, dat weten ze nog niet, hoewel ze bepaalde verdenkingen koesteren. Maar het heeft in zekere zin wel met Matte te maken.'

'Wat dan? Vertel op,' drong Annie aan. Haar hand rustte op het artikel.

Erica haalde nog een keer diep adem en vertelde toen over Gunnar. Annies gezicht vertrok.

'Nee, dat kan niet waar zijn. Hoe?' Ze leek naar adem te happen.

Met een zwaar hart vertelde Erica over de jongens die de cocaïne hadden gevonden, over Mattes vingerafdrukken op het zakje en wat er na de persconferentie was gebeurd.

Annie schudde heftig haar hoofd. 'Nee, nee, nee. Het klopt niet, het klopt niet.' Ze wendde haar blik af.

'Iedereen zegt hetzelfde, en ik weet dat Patrik ook sceptisch was. Maar alles wijst erop dat het zo is, en dat zou ook kunnen verklaren waarom hij is vermoord.'

'Nee,' zei Annie. 'Matte wilde niets van drugs weten, hij had een afschuw van alles wat met drugs te maken had.' Ze klemde haar kaken op elkaar. 'Arme, arme Signe.'

'Ja, het is hard om binnen twee weken je zoon en je man te verliezen,' zei Erica zachtjes.

'Hoe gaat het met haar?' Annie keek Erica aan en haar ogen stonden vol medelijden en verdriet.

'Ik weet het niet. Ik weet alleen dat ze in het ziekenhuis is opgenomen en er vrij slecht aan toe is.'

'Arme Signe,' zei Annie nog een keer. 'Het zijn veel lotgevallen. Veel tragedies.' Ze keek weer naar het artikel.

'Ja.' Erica wist niet wat ze moest zeggen. 'Zou ik de vuurtoren in mogen?' vroeg ze ten slotte.

Annie schrok even, alsof ze diep in gedachten verzonken was geweest.

'Ja... natuurlijk. Ik zal even de sleutel halen.' Ze haastte zich naar het huis.

Erica stond op en liep naar de vuurtoren. Toen ze bij de voet van het gebouw stond, boog ze haar hoofd naar achteren en keek omhoog. De witte verf schitterde in de zon. Een paar meeuwen cirkelden krijsend rond.

'Hier is hij.' Annie hijgde een beetje toen ze terugkwam. Ze had een grote, verroeste sleutel in haar hand.

Ze kreeg het slot met enige moeite open en opende de zware deur. De scharnieren piepten protesterend. Erica stapte naar binnen en liep de smalle wenteltrap op. Annie kwam vlak achter haar aan. Halverwege begon Erica te puffen, maar eenmaal boven was het de inspanning meer dan waard. Het uitzicht was wonderbaarlijk mooi.

'Wauw,' zei ze.

Annie knikte trots. 'Ja, het is inderdaad fantastisch.'

'Ze brachten uren in deze kleine ruimte door.' Erica keek om zich heen.

Annie kwam naast haar staan, ze was zo dichtbij dat haar schouder bijna die van Erica raakte.

'Eenzaam werk. Alsof je je aan de uiterste rand van de wereld bevindt.' Ze leek ver weg met haar gedachten.

Erica snoof de lucht op. Ze rook iets geks: vreemd maar toch bekend. Ze wist dat ze de geur al eerder had geroken, maar kon hem niet goed thuisbrengen. Annie had een stap naar voren gedaan om door het raam naar buiten te kijken, naar de open zee, en Erica ging vlak achter haar staan.

'Ja, je kunt zeker om minder gek worden.'

Haar hersenen werkten koortsachtig om de geur te identificeren. Opeens wist ze waar ze die eerder had geroken. Er schoten allerlei gedachten door haar hoofd en langzaam vielen de puzzelstukjes op hun plaats.

'Blijf je hier op me wachten als ik even naar de boot ren om mijn camera te halen? Ik wil graag een paar foto's maken.'

'Natuurlijk,' zei Annie onwillig en ze ging op het kleine bed zitten.

'Fijn.' Erica haastte zich naar beneden en rende de kleine heuvel af waar de vuurtoren op stond. Ze holde echter niet naar de steiger, maar naar het huis. Ze zei tegen zichzelf dat dit weer een van haar belachelijke ideeën was. Maar ze móést het gewoon doen.

Na een blik over haar schouder te hebben geworpen, in de richting van de vuurtoren, drukte ze de kruk van de buitendeur naar beneden.

Madeleine had hen de vorige dag vanaf de bovenverdieping gehoord. Ze had pas begrepen dat ze van de politie waren toen Stefan het kwam vertellen. Tussen de klappen door.

Ze sleepte haar bont en blauw geslagen lichaam naar het raam. Moeizaam hees ze zich op en keek naar buiten. De kleine kamer had een schuin dak en het zolderraam was de enige plek waar licht naar binnen kwam. Buiten waren alleen akkers en bossen te zien.

Ze hadden niet de moeite genomen haar te blinddoeken, daarom wist ze dat ze op de boerderij was. Toen ze hier woonde, was dit de kinderkamer geweest. Het enige dat nog aan de aanwezigheid van de kinderen herinnerde, was een vergeten speelgoedauto die ergens in een hoek lag.

Ze drukte haar handpalm tegen de muur en voelde aan de structuur van het behang. Vilda's ledikantje had hier gestaan en Kevins bed tegen de lange muur. Het leek allemaal zo vreselijk lang geleden. Ze kon zich amper herinneren dat ze hier had gewoond. Een leven in angst, maar toch een leven met de kinderen.

Ze vroeg zich af waar ze waren, waar Stefan hen heen had gebracht. Waarschijnlijk waren ze bij een van de gezinnen die niet hier op de boerderij woonden. Een van de andere vrouwen zorgde nu voor haar kinderen. Het gemis was bijna erger dan de fysieke pijn. Ze zag hen voor zich: Vilda die op de binnenplaats in Kopenhagen van de glijbaan gleed, Kevin die trots naar zijn dappere zusje keek, met zijn pony die voortdurend voor zijn ogen viel. Ze vroeg zich af of ze hen ooit weer zou zien.

Huilend zakte ze neer op de vloer. Daar bleef ze in foetushouding liggen. Haar hele lichaam voelde als één grote blauwe plek. Stefan had zijn krachten niet gespaard. Ze had zich vergist, ze had zich zo verschrikkelijk vergist toen ze had gedacht dat het veiliger was om terug te gaan, dat ze om vergeving zou kunnen vragen. Op het moment dat ze hem in de keuken bij haar ouders zag, had ze het begrepen. Er was geen vergeving voor haar, en ze was dom geweest dat ze dat had gedacht.

Arme mama en papa. Ze wist hoe ongerust ze waren, dat ze bespraken of ze het aandurfden om contact op te nemen met de politie. Papa zou het willen. Hij zou zeggen dat dat de enige uitweg was. Maar mama zou protesteren, doodsbang dat dat het einde zou betekenen, dat alle hoop dan verloren zou zijn. Papa had gelijk, maar hij zou zoals altijd mama haar zin geven. Dus niemand zou haar komen redden.

Ze rolde zich nog verder op en probeerde haar lichaam tot een kleine bal te vormen. Maar elke beweging deed pijn en daarom dwong ze haar spieren zich te ontspannen. Ze hoorde een sleutel in het slot. Ze lag doodstil en probeerde hem buiten te sluiten. Een harde hand pakte haar arm beet en trok haar omhoog.

'Staan jij, hoer.'

Ze had het gevoel dat haar arm zou afbreken, dat er iets brak bij haar schouder.

'Waar zijn de kinderen?' vroeg ze smekend. 'Mag ik ze alsjeblieft zien?'

Stefan keek haar vol verachting aan.

'Dat zou je wel willen, hè? Zodat je er weer vandoor kunt gaan met mijn kinderen. Niemand, hoor je, niemand pakt mij mijn kinderen af.' Hij sleurde haar de kamer uit en vervolgens de trap af.

'Het spijt me. Het spijt me zo,' snikte ze. Haar gezicht was strepig van bloed, vuil en tranen.

Beneden stonden Stefans mannen verzameld. De harde kern. Ze kende hen allemaal: Roger, Paul, Lillen, Steven en Joar. Ze keken zwijgend toe toen Stefan haar door de kamer sleepte. Ze had moeite te focussen. Haar ene oog was zo gezwollen dat het bijna helemaal dichtzat en in het andere stroomde bloed van een wond op haar voorhoofd. Maar toch zag ze alles nu helder. Ze zag het in de gezichten van de mannen, in de kilte van sommigen, in het medelijden van anderen. Joar, die altijd het aardigst voor haar was geweest, keek plotseling omlaag. Toen wist ze het. Ze overwoog te gaan slaan, zich te verzetten en weg te rennen. Maar waar moest ze heen? Ze was kansloos, en haar strijd zou het lijden alleen maar verlengen.

In plaats daarvan struikelde ze achter Stefan aan, die haar arm nog steeds in een harde greep hield. Ze renden half over de akker achter het huis, naar de rand van het bos. In gedachten speelde ze de beelden van Kevin en Vilda af. Pasgeboren en nog nat op haar borst. Daarna groot en lachend, spelend op de binnenplaats. De tijd daartussenin, toen hun blikken met de dag leger en berustender waren geworden, wilde ze zich niet herinneren. Daar zouden ze nu naar terugkeren, en daar mocht ze niet aan denken. Ze had gefaald. Ze had hen moeten beschermen, maar ze was gezwicht en zwak geworden. Nu zou ze haar straf krijgen, maar die onderging ze graag, als zij maar werden ontzien.

Ze waren een eind het bos in gekomen. De vogels kwetterden en het licht sijpelde door de kruinen. Ze bleef met haar voet achter een boomwortel haken en viel bijna, maar Stefan rukte haar los en ze liep struikelend verder. Verderop lag een open plek en heel even zag ze Mattes gezicht voor zich. Zijn mooie, vriendelijke gezicht. Hij had zoveel van haar gehouden en ook hij had zijn straf gekregen.

Toen ze de open plek bereikten, zag ze het gat. Een rechthoekig gat, misschien anderhalve meter diep. De schep stond er nog naast, stevig in de grond gestoken.

'Loop naar de rand,' zei Stefan en hij liet haar arm los.

Madeleine gehoorzaamde. Ze had geen eigen wil meer. Ze stond aan de rand van het gat en beefde over haar hele lichaam. Toen ze naar beneden keek, zag ze een heleboel vette aardwormen, die krioelend probeerden weg te kruipen in de donkere, vochtige aarde. Met een laatste krachtsinspanning draaide ze zich langzaam om, zodat ze met haar gezicht naar Stefan stond. Hij zou haar in elk geval in de ogen moeten kijken.

'Ik ben van plan precies tussen je wenkbrauwen te schieten.' Stefan strekte zijn arm en richtte het pistool op haar. Ze wist dat hij de waarheid sprak. Hij was een uitstekende schutter.

Een vlucht vogels vloog verschrikt op uit de bomen toen het schot knalde. Maar even later zaten ze weer op hun takken en vermengde hun gekwetter zich met het gesuis van de wind.

Het was vreselijk saai om alle papieren door te spitten: sectierapporten, verslagen van verhoren met buren, aantekeningen die in de loop van het onderzoek waren gemaakt. Alles bij elkaar was het een flinke stapel geworden en Patrik werd mismoedig toen hij zich realiseerde dat hij na drie uur lezen nog maar halverwege was. Toen Annika haar hoofd om de hoek van de deur stak, was dat een welkome onderbreking.

'De mensen uit Stockholm zijn er. Zal ik ze hierheen sturen of gaan jullie in de keuken zitten?'

'In de keuken,' zei Patrik en hij stond op. Zijn rug kraakte en hij zei tegen zichzelf dat hij zijn lichaam af en toe moest strekken. Spit was wel het laatste dat hij zo kort na zijn ziekteverlof kon gebruiken.

Hij kwam hen al in de gang tegen en stak zijn hand uit. De vrouw, die lang en blond was, drukte zijn hand zo stevig dat hij dacht dat zijn botten zouden breken. De kleine man met de bril had een beduidend zachtere handdruk.

'Petra en Konrad, zeiden jullie? Laten we in de keuken gaan zitten. Hebben jullie een goede reis gehad?'

Ze kletsten wat terwijl ze zich installeerden. Patrik vond hen maar een apart stel. Toch waren ze duidelijk op elkaar ingespeeld en hij vermoedde dat ze er samen al heel wat dienstjaren op hadden zitten.

'We moeten dus met Annie Wester praten,' zei Petra uiteindelijk toen ze kennelijk vond dat ze het lang genoeg over koetjes en kalfjes hadden gehad.

'Ja, ze is hier, zoals jullie weten. Op haar eiland. Ik heb haar een week geleden nog gezien.'

'Maar toen zei ze niets over haar man?' Petra nagelde hem vast met haar blik en Patrik had het gevoel dat hij werd verhoord.

'Nee, helemaal niets. We waren erheen gegaan om over een oud vriendje van haar te praten. Hij is in Fjällbacka vermoord.'

'We hebben over de zaak gelezen,' zei Konrad. Hij lokte Ernst, die de keuken binnen was komen sluipen. 'Is dit de mascotte van het bureau?'

'Ja, dat kun je wel zeggen.'

'Het is allemaal nogal toevallig,' onderbrak Petra hen. 'Wij zitten met een doodgeschoten echtgenoot en jullie hebben een doodgeschoten ex-vriend.'

'Ja, ik heb inderdaad hetzelfde gedacht. Maar in ons geval hebben we een mogelijke verdachte.'

Hij deed in het kort verslag van wat ze over Stefan Ljungberg en de Illegal Eagles hadden ontdekt, en zowel Petra als Konrad schrok even toen hij ook over de cocaïne vertelde die in de afvalbak had gelegen.

'Nog een link,' zei Petra.

'Maar we weten alleen dat Mats Sverin het zakje heeft aangeraakt.'

Petra wuifde Patriks protesten weg. 'We moeten er hoe dan ook naar kijken. Fredrik Wester handelde vooral in cocaïne en zijn werkterrein beperkte zich niet tot Stockholm. Met Annie als gemeenschappelijke schakel hebben de twee mannen misschien contact met elkaar gekregen en zijn ze samen zaken gaan doen.'

Patrik fronste zijn voorhoofd. 'Tja, Mats Sverin was nu niet direct het type dat...'

'Helaas bestaat er geen type,' zei Konrad vriendelijk. 'Wij hebben van alles en nog wat gezien: lummels uit de hogere klasse, moeders van kleine kinderen, zelfs een dominee.'

'O ja, die vent,' lachte Petra. Ze zag er meteen veel minder angstaanjagend uit.

'Ik begrijp het,' zei Patrik en hij voelde zich een plattelandsagentje. Hij wist dat hij in dit gezelschap het broekie was en hij kon er natuurlijk helemaal naast zitten. Waarschijnlijk deed hij dat ook. In deze zaak moest hij maar meer op de ervaring van zijn collega's uit Stockholm vertrouwen dan op zijn eigen intuïtie.

'Zou je kunnen vertellen wat jullie weten? Dan doen wij hetzelfde,' zei Petra.

Patrik knikte. 'Oké. Wie begint er?'

'Brand maar los.' Konrad pakte pen en papier, en Ernst ging teleurgesteld liggen.

Patrik dacht een paar tellen na en probeerde vervolgens uit zijn hoofd een samenvatting te geven van wat ze tijdens het onderzoek hadden ontdekt. Terwijl Konrad aantekeningen maakte, zat Petra met over elkaar geslagen armen geconcentreerd te luisteren.

'Dat was het wel in grote lijnen,' zei hij uiteindelijk. 'Nu zijn jullie aan de beurt.'

Konrad legde zijn pen neer en deed verslag van de zaak. Zij hadden niet evenveel tijd gehad, maar omdat ze Fredrik Wester al langer in de gaten hielden, wisten ze natuurlijk vrij veel over de man en zijn drugsorganisatie. Hij voegde eraan toe dat ze het meeste de vorige dag al hadden verteld, toen ene Martin Molin had gebeld. Dat wist Patrik, maar hij wilde toch alles van henzelf horen.

'Zoals je begrijpt, werken we in dit onderzoek nauw samen met de collega's van de afdeling Narcotica.' Konrad schoof zijn bril omhoog.

'Ja, het klinkt goed,' mompelde Patrik. In zijn hoofd begon een gedachte vorm te krijgen. 'Hebben jullie de kogels al met het register vergeleken?'

Konrad en Petra schudden allebei hun hoofd.

'Ik heb gisteren met het Gerechtelijk Laboratorium gepraat,' zei

Konrad, 'en ze waren er net mee begonnen.'
'Wij hebben ook nog geen verslag ontvangen, maar…'
Petra en Konrad keken hem aandachtig aan. Plotseling verscheen er een glimp in Petra's ogen.
'Maar als we ze zouden vragen de kogels van deze twee zaken met elkaar te vergelijken…'
'Dan zouden we het resultaat waarschijnlijk sneller te horen kunnen krijgen, met een beetje geluk en gevlei,' zei Patrik.
'Ik mag jouw manier van denken wel.' Petra keek Konrad sommerend aan. 'Bel jij? Jij hebt daar toch een speciaal contact? Ze zijn mij een beetje zat sinds…'
Konrad leek precies te weten wat ze bedoelde, want hij onderbrak haar en pakte zijn mobieltje. 'Ik bel ze meteen.'
'Doe dat, dan haal ik de gegevens die je nodig hebt.' Patrik rende naar zijn kamer. Hij kwam bijna meteen terug met een vel papier, dat hij voor Konrad op tafel legde.
Konrad kletste even wat, maar kwam toen ter zake. Hij luisterde, knikte en toen verspreidde zich een glimlach op zijn lippen.
'Je bent geweldig. Ik ben je een grote dienst verschuldigd. Een echt grote dienst. Heel hartelijk bedankt.' Konrad beëindigde het gesprek met een tevreden gezicht. 'Ik heb met iemand gepraat die ik daar ken. Hij gaat nu meteen naar zijn werk om de kogels te vergelijken. Hij belt zodra hij iets weet.'
'Dit is echt ongelooflijk,' zei Patrik geïmponeerd.
Petra zag er onaangedaan uit. Ze was gewend aan Konrads kleine wonderen.

Anna was langzaam van het kerkhof naar huis gelopen. Erica had gezegd dat ze haar wel met de auto kon brengen, maar Anna had dat aanbod afgeslagen. Falkeliden lag maar op een steenworp afstand en ze moest haar gedachten op een rijtje zetten. Thuis zat Dan te wachten. Het had hem gekwetst dat ze het graf met Erica had willen bezoeken en niet met hem. Maar op dit moment kon ze het niet opbrengen om rekening te houden met zijn gevoelens. Ze kon alleen aan die van haarzelf denken.
De inscriptie op de steen zou voor altijd in haar hart gegrift staan.

Kleintje. Misschien hadden ze moeten proberen een echte naam te bedenken. Maar dat had ook verkeerd gevoeld. Ze hadden hem immers de hele tijd dat hij nog in haar buik zat Kleintje genoemd, de hele tijd dat ze van hem hadden gehouden. En hij zou altijd klein blijven. Hij zou nooit opgroeien en groot worden, hij zou nooit meer worden dan het kleine bundeltje dat niet eens in haar armen had mogen rusten.

Ze was veel te lang buiten bewustzijn geweest, en daarna was het te laat geweest. Dan had hem mogen vasthouden; gewikkeld in een dekentje had hij hem in zijn armen mogen houden. Hij had hem kunnen aanraken en afscheid van hem kunnen nemen, en hoewel ze wist dat het niet zijn schuld was, deed het pijn dat hij had meegemaakt wat zij had moeten missen. Diep vanbinnen was ze ook boos op hem dat hij hen niet had beschermd, haar en Kleintje. Ze wist dat het belachelijk was en nergens op sloeg. Het was haar beslissing geweest om in de auto te stappen en Dan was er niet eens bij geweest toen het ongeluk gebeurde. Hij had niets kunnen doen. Maar toch nam haar woede toe omdat zelfs hij haar niet tegen al het kwaad had kunnen beschermen.

Misschien had ze zich laten sussen door een vals gevoel van geborgenheid. Na alles wat ze had meegemaakt, na alle jaren met Lucas, had ze zich ingebeeld dat dat voorbij was. Dat het leven met Dan een lange rechte weg zou zijn, zonder onverwachte kuilen, hobbels en bochten. Ze had geen stoutmoedige plannen gehad, geen grote dromen. Ze had zich alleen een gewoon leven in het rijtjeshuis in Falkeliden gewenst, etentjes met bevriende stellen, hypotheekaflossingen, voetbaltrainingen van de kinderen en de eeuwige stapels schoenen in de gang. Was dat te veel gevraagd?

Op een bepaalde manier had ze Dan als een waarborg voor dat leven beschouwd. Hij gaf haar een veilig gevoel, was stabiel en rustig, en bezat het vermogen om verder te kijken dan de problemen. Ze had tegen hem aan geleund, zonder zelf stevig op haar benen te staan. Maar hij was gevallen en ze wist niet hoe ze hem dat zou kunnen vergeven.

Ze deed de voordeur open en stapte de hal in. Haar hele lijf deed pijn na de wandeling en haar armen waren zwaar toen ze die omhoogbracht om haar sjaal af te doen. Dan kwam uit de keuken en bleef in de deuropening staan. Hij zei niets, keek haar alleen maar smekend aan. Maar ze kon hem niet recht aankijken.

'Ik ga boven op bed liggen,' mompelde ze.

Langzaam pakte hij alles in. Hij had het prettig gevonden in de kleine flat, die als een echt thuis had gevoeld. Dat hadden Vivianne en hij niet vaak ervaren. Ze hadden op veel verschillende plekken gewoond en steeds als ze zich een beetje thuis begonnen te voelen en vrienden hadden gemaakt, was het weer tijd geweest om te verhuizen. Als mensen vragen gingen stellen, als buren en leraren de indruk kregen dat er iets niet helemaal in orde was en de dames van Maatschappelijk Werk uiteindelijk door Olofs charme heen begonnen te kijken, hadden ze hun boeltje weer gepakt.

Toen ze volwassen waren, hadden ze hetzelfde gedaan. Het was alsof Vivianne en hij het gevoel van onveiligheid met zich hadden meegenomen, alsof dat in hun lichaam zat. Ze waren voortdurend verhuisd, waren van plaats naar plaats getrokken, net als met Olof.

Hoewel hij al jaren dood was, leefden ze nog altijd in zijn schaduw. Ze verstopten zich nog steeds, probeerden niet gehoord of gezien te worden. Het patroon herhaalde zich. Het was anders, maar toch hetzelfde.

Anders deed de koffer dicht. Hij had besloten de consequenties te aanvaarden. Vanbinnen voelde hij het gemis al, maar je kon nu eenmaal geen omelet bakken zonder een ei te breken, zoals Vivianne vaak zei. Hoewel ze gelijk had, zouden er voor deze omelet heel veel eieren nodig zijn, en hij wist niet zeker of hij de gevolgen kon overzien. Maar hij zou het vertellen. Hij kon geen nieuw leven beginnen zonder zich te verantwoorden voor wat hij had gedaan. Het had hem vele slapeloze nachten gekost om tot die conclusie te komen, maar nu was het besluit genomen.

Anders liet zijn blik door de flat glijden. Hij voelde zowel opluchting als angst. Er was moed nodig voor de keuze om te blijven en niet weer te vluchten. Tegelijk was het de makkelijkste weg. Hij tilde de koffer van het bed, maar liet hem op de vloer staan. Er was nu geen tijd meer voor gepieker. Het feest moest doorgaan. En hij zou Vivianne helpen er het succes van de eeuw van te maken. Dat was wel het minste dat hij voor haar kon doen.

De tijd was sneller verstreken dan Patrik had gedacht. Terwijl ze zaten te wachten, hadden ze over hun onderzoeken gepraat en Patrik had de adrenaline door zijn lijf voelen gieren. Hoewel Paula en Martin zeer capabele politieagenten waren, merkte hij dat de collega's uit Stockholm een heel andere mentaliteit hadden. Hij was vooral jaloers op de samenwerking tussen Petra en Konrad. Het werd steeds duidelijker dat ze voor elkaar gemaakt waren. Petra was fel en had voortdurend nieuwe ideeën en voorstellen, die ze meteen moest spuien. Konrad was tactvoller, dacht langer na en kwam met verstandige opmerkingen als Petra weer eens uitviel.

Toen de telefoon ging, veerden ze alle drie op. Konrad nam op.

'Ja? (…) Oké (…) Hm (…) O?'

Petra en Patrik staarden hem aan. Zei hij zo weinig alleen om hen te pesten? Uiteindelijk verbrak hij de verbinding en leunde achterover op zijn stoel. Ze bleven naar hem staren tot hij ten slotte zijn mond opendeed.

'Ze komen overeen. De kogels komen overeen.'

Het werd doodstil in de keuken.

'Weten ze het echt zeker?' zei Patrik na een tijdje.

'Ze weten het echt zeker. Er was geen twijfel. Bij beide moorden is hetzelfde wapen gebruikt.'

'Dat is me ook wat.' Petra glimlachte breeduit.

'Nu is het nog belangrijker dat we Westers weduwe te spreken krijgen. Er moet een link tussen de slachtoffers zijn geweest, en ik vermoed dat het om cocaïne gaat. Als ik denk aan het soort mensen dat daarbij betrokken kan zijn, zou ik me niet echt veilig voelen als ik Annie was.'

'Zullen we dan maar gaan?' zei Petra en ze stond op.

Patrik voelde zijn gedachten in zijn hoofd heen en weer vliegen. Hij hoorde nauwelijks wat ze zei, zo erg ging hij op in zijn eigen overpeinzingen. De vage vermoedens begonnen een patroon te vormen.

'Ik moet eerst nog een paar dingen checken. Kunnen jullie een paar uur wachten? Dan gaan we daarna.'

'Jawel, dat kan wel,' zei Petra, maar het was duidelijk te horen hoe ongeduldig ze was.

'Dat is fideel. Jullie kunnen hier blijven of een wandeling in het dorp gaan maken. Als jullie zin hebben om een hapje te eten, kan ik Tanums Gestgifveri aanraden.'

De politieagenten uit Stockholm knikten.

'Ik denk dat we dan maar gaan eten. Vertel ons alleen even hoe we daar moeten komen,' zei Konrad.

Toen Patrik had uitgelegd welke kant ze uit moesten, haalde hij diep adem en liep naar zijn kamer. Nu moest hij niet overhaast te werk gaan. Hij moest een paar telefoontjes plegen en hij begon met Torbjörn. Het was een gok, maar hij had geluk en Torbjörn nam op, hoewel het zaterdag was. Patrik vertelde in het kort wat ze over de kogel hadden ontdekt en vroeg of Torbjörn de niet-geïdentificeerde vingerafdruk op het zakje met cocaïne kon vergelijken met die op de buiten- en binnenkant van Mats Sverins voordeur. Verder waarschuwde hij hem alvast dat er nog een vingerafdruk aankwam, die met de twee andere moest worden vergeleken. Torbjörn wilde van alles vragen, maar Patrik onderbrak hem. Hij zou het later wel uitleggen.

Het volgende punt op zijn lijst was het vinden van het juiste verslag. Hij wist dat het ergens in de stapel lag en begon tussen de papieren te zoeken. Toen hij het eindelijk had gevonden, las hij het beknopte en enigszins opmerkelijke verslag door. Daarna stond hij op en liep naar Martin.

'Ik heb je hulp nodig.' Hij legde het papier op Martins bureau. 'Kun jij je hier meer details van herinneren?'

Martin keek hem verbaasd aan en schudde vervolgens zijn hoofd.

'Nee, helaas niet. Al zal ik die getuige niet gauw vergeten.'

'Kun je erheen gaan om nog wat aanvullende vragen te stellen?'

'Natuurlijk.' Martin zag eruit alsof hij barstte van nieuwsgierigheid.

'Nu,' zei Patrik toen Martin geen aanstalten maakte om van zijn stoel te komen.

'Oké, oké.' Martin stond haastig op. 'Ik bel zodra ik meer weet,' zei hij over zijn schouder. Toen bleef hij staan. 'Zou ik misschien mogen weten waarom…'

'Ga nu maar, dat komt later.'
Nu waren er twee dingen afgehandeld. Er was er nog één over. Hij liep naar een zeekaart die aan de muur in de gang hing. Nadat hij een poosje aan de punaises had getrokken, verloor hij zijn geduld en rukte de kaart van de muur, zodat er een paar hoekjes af scheurden. Hij liep naar Gösta's kamer.

'Heb je de man gesproken die de scherenkust bij Fjällbacka goed kent?'

Gösta knikte. 'Ja, ik heb hem alle informatie gegeven en hij zou ernaar kijken. Het is geen exacte wetenschap, maar misschien levert het een aanwijzing op.'

'Bel hem en geef hem ook deze informatie.' Patrik legde de zeekaart op Gösta's bureau en liet hem zien wat hij bedoelde.

Gösta fronste verbaasd zijn wenkbrauwen.

'Heeft het haast?'

'Ja, bel hem nu meteen en vraag hem om een snelle inschatting. Hij hoeft alleen maar te zeggen of het mogelijk is. Of aannemelijk. Kom daarna meteen naar mijn kamer.'

'Komt voor elkaar.' Gösta reikte naar de telefoon.

Patrik liep terug naar zijn eigen kamer en ging weer achter zijn bureau zitten. Hij was buiten adem, alsof hij had hardgelopen, en hij voelde zijn hart tekeergaan. De gedachten bleven tollen: meer details, meer vraagtekens, meer twijfels. Tegelijk had hij het gevoel dat hij op het juiste spoor zat. Nu kon hij alleen maar wachten. Hij staarde door het raam naar buiten en trommelde met zijn vingers op zijn bureau. Hij schrok van de schelle toon van zijn mobieltje.

Hij nam op en luisterde toen aandachtig.

'Bedankt voor je telefoontje, Ulf. Ik zou het fijn vinden als je me op de hoogte houdt,' zei hij, waarna hij het gesprek beëindigde.

Zijn hart bonsde weer; deze keer van woede. Die klootzak had Madeleine en haar kinderen gevonden. Madeleines vader had moed verzameld, de politie gebeld en gemeld dat de ex-man van zijn dochter zijn woning was binnengedrongen en de kinderen en Madeleine had meegenomen. Sindsdien hadden ze niets meer van hen gehoord. Patrik realiseerde zich dat ze al verdwenen moesten zijn toen hij met Ulf en de anderen op de boerderij was. Waren ze daar geweest, had

Stefan hen opgesloten en hadden ze hulp nodig gehad? Machteloos balde hij zijn vuisten. Ulf had hem verzekerd dat ze alles zouden doen om Madeleine te vinden, maar zijn stem had gelaten geklonken.

Een uur later stapten Konrad en Petra door zijn deur naar binnen.

'Kunnen we nu gaan?' vroeg Petra meteen.

'We moeten eerst nog even iets doornemen.' Patrik wist niet goed hoe hij het moest vertellen. Er was nog steeds veel wat wollig en onduidelijk was.

'Wat dan?' Petra fronste haar wenkbrauwen. Het was evident dat ze nu geen tijd meer wilde verspillen.

'Laten we in de keuken gaan zitten.' Patrik stond op en liep weg om de anderen bij elkaar te roepen. Na enige aarzeling klopte hij ook op Mellbergs deur.

Nadat hij Petra en Konrad had voorgesteld, schraapte hij zijn keel en begon langzaam zijn theorie uiteen te zetten. Hij ging de plekken die nog steeds grote gaten vertoonden niet uit de weg, maar benadrukte die juist. Toen hij klaar was, was het helemaal stil.

'Wat zou het motief zijn?' zei Konrad na een poosje. Hij klonk even hoopvol als sceptisch.

'Dat weet ik niet. Daar moeten we nog achter zien te komen. Maar het is een steekhoudende theorie. Al zijn er nog veel leemtes die moeten worden opgevuld.'

'Hoe gaan we nu verder?' vroeg Paula.

'Ik heb Torbjörn gesproken en hem gezegd dat we zo snel mogelijk een nieuwe vingerafdruk sturen die met de afdruk op de deur en het zakje moet worden vergeleken. Als die overeenkomt, wordt alles veel makkelijker. Dan hebben we een koppeling met de moord.'

'De moorden,' zei Petra. Ze keek twijfelend, maar leek ook enigszins onder de indruk.

'Wie gaan er mee?' Konrad keek naar de anderen. Hij was half opgestaan en leek al onderweg.

'Het is voldoende dat ik met jullie meega,' zei Patrik. 'De anderen werken verder op basis van de nieuwe ontwikkelingen.'

Op hetzelfde moment dat ze de zon in stapten ging Patriks mobieltje. Toen hij zag dat het zijn moeder was, overwoog hij even niet op te nemen, maar uiteindelijk drukte hij op het groene hoorntje. Ongeduldig luisterde hij naar zijn moeders bezorgde woordenvloed. Ze kreeg Erica niet te pakken, ze had verschillende keren geprobeerd haar te bellen, maar er werd niet opgenomen. Toen ze vertelde waar Erica heen was gegaan, bleef hij abrupt staan. Zonder gedag te zeggen verbrak hij de verbinding en draaide zich om naar Petra en Konrad.

'We moeten erheen. Nu meteen.'

De deur ging open en Erica wankelde zowat naar achteren. Ze moest bijna overgeven en besefte dat ze gelijk had gehad. Het was een lijklucht. Een misselijkmakende en intens onaangename stank die je nooit vergat als je hem eenmaal had geroken. Ze stapte naar binnen en hield haar arm voor haar neus en haar mond in een poging een deel van de lucht buiten te sluiten, maar dat was onmogelijk. Die ging toch overal doorheen, en het leek alsof de lucht elke porie binnendrong, net zoals die in Annies kleren was gaan zitten.

Ze keek om zich heen terwijl haar ogen begonnen te tranen van de scherpe stank. Voorzichtig liep ze verder het kleine huisje in. Alles was stil en vredig. Ze hoorde alleen de zee en die klonk ver weg. Ze had de hele tijd braakneigingen, maar ze weerstond de impuls om de frisse lucht in te gaan.

Vanaf de plek waar ze stond kon ze de hele benedenverdieping zien, en daar zag ze alleen maar alledaagse dingen. Een trui die over een keukenstoel hing, een koffiekopje dat op de tafel stond met een opengeslagen boek ernaast. Niets dat de muffe, akelige lucht kon verklaren die overal als een soort deken overheen lag.

Er was een dichte deur. Erica zag ertegen op die te openen, maar nu ze zo ver was gekomen, wist ze dat ze het moest doen. Haar handen trilden en haar benen voelden plotseling als pap. Ze wilde zich omdraaien, door de voordeur naar buiten rennen, de boot in springen en naar haar eigen, veilige huis gaan. Naar de geur van zacht ruikende babyhoofdjes. Toch liep ze verder naar voren. Ze zag haar eigen bevende rechterhand, die naar voren reikte en de deurkruk beetpakte. Ze aarzelde nog steeds om die omlaag te duwen, durfde niet te kijken wat zich daarachter bevond.

Ze draaide zich om toen ze opeens een luchtstroom langs haar benen voelde. Maar het was te laat, en plotseling werd alles zwart.

De eregasten die van verder weg kwamen, stapten druk kletsend uit de bussen die uit Göteborg waren gearriveerd. Tijdens de rit naar Fjällbacka was al mousserende wijn geschonken en dat was te merken. Iedereen was in een stralend humeur.

'Dit wordt een groot succes.' Anders kneep zachtjes in Viviannes schouder toen ze de mensen welkom heetten.

Ze glimlachte vreugdeloos. Dit was het begin, maar ook het einde. En ze was niet in staat in het hier en nu te leven als het juist de toekomst was die telde. Een toekomst die niet even zeker voelde als tevoren.

Ze keek naar het profiel van haar broer, die voor de opengeslagen deuren naar Badis stond. Er was iets met hem aan de hand. Ze had hem altijd als een open boek kunnen lezen, maar nu had hij zich teruggetrokken naar een plek waar ze hem niet kon bereiken.

'Wat een heerlijke dag, lieveling.' Erling kuste haar vol op de mond. Hij zag er uitgerust uit. De vorige dag had ze hem het slaapmiddel al om zeven uur gegeven; hij had dus meer dan dertien uur achter elkaar geslapen. Nu stuiterde hij bijna voort in zijn witte pak, en na haar nog een kus te hebben gegeven verdween hij weer.

De gasten stroomden het gebouw binnen.

'Welkom. Ik hoop dat jullie een prettig verblijf hebben in Badis.' Vivianne schudde handen, glimlachte en herhaalde haar welkomstwoorden keer op keer. In de witte, tot de grond reikende jurk en met haar dikke haar zoals gewoonlijk in een vlecht op haar rug, leek ze net een fee.

Toen bijna iedereen langs was gekomen en ze even alleen waren, maakte haar glimlach plaats voor een ernstig gezicht. Ze draaide zich om naar haar broer.

'We zeggen toch altijd alles tegen elkaar?' vroeg ze zachtjes. Haar hart deed pijn van verlangen dat hij zou antwoorden wat ze wilde horen en dat ze hem zou kunnen geloven. Maar Anders wendde zwijgend zijn blik af.

Vivianne wilde het nog een keer vragen, maar een achterblijver naderde de ingang en ze toverde haar warmste glimlach op haar gezicht. Vanbinnen voelde ze zich echter ijskoud.

'Wat ging je vrouw daar doen?' vroeg Petra.
Patrik reed zo snel hij durfde naar Fjällbacka. Hij legde uit wat voor werk Erica normaal gesproken deed en dat ze voor haar plezier research was gaan doen naar Gråskär.
'Ik denk dat ze Annie wilde laten zien wat ze had gevonden.'
'Er is geen reden om aan te nemen dat ze in gevaar verkeert,' zei Konrad geruststellend vanaf de achterbank.
'Nee, dat is zo,' zei Patrik, maar tegelijkertijd zei zijn gevoel hem dat hij zo snel mogelijk naar Gråskär moest. Hij had gebeld om Peter alvast te waarschuwen. Die had beloofd klaar te staan met de boot.
'Ik vraag me nog steeds af wat het motief kan zijn,' zei Konrad.
'Hopelijk komen we daar gauw achter, als Patrik inderdaad gelijk heeft.' Petra klonk nog steeds niet echt overtuigd.
'Je bedoelt dus dat een getuige heeft gezien dat Mats Sverin toen hij die nacht thuiskwam en werd doodgeschoten een vrouw bij zich had in de auto. Hoe betrouwbaar is die getuige?' Konrad stak zijn hoofd zo ver hij kon tussen de twee voorstoelen naar voren. Buiten kwam het platteland in een halsbrekende snelheid voorbij, maar Petra noch Konrad leek zich daar noemenswaardig druk om te maken.
Patrik dacht even na hoeveel hij zou vertellen. Als hij eerlijk was, moest hij natuurlijk zeggen dat de oude Grip niet de meest geloofwaardige getuige was in een politieonderzoek. Zo beweerde hij bijvoorbeeld dat zijn kat de vrouw had gezien. Dat was het eerste waaraan Patrik had gedacht toen hij hoorde dat de kogels overeenkwamen. In Martins verslag had gestaan dat de kat voor het raam naar de auto had zitten blazen en een paar regels daarboven: 'MARILYN HOUDT NIET VAN VROUWEN. BLAAST ALLEEN MAAR.' Martin had het verband niet gezien en Patrik evenmin toen hij het verslag later had gelezen. Maar samen met de andere dingen die ze hadden ontdekt, was het voldoende geweest om Martin nog een keer naar Grip te sturen. Deze keer had hij meer uit de oude man gekregen, namelijk dat er een vrouw uit de auto was gestapt, die in de nacht van

vrijdag op zaterdag voor het flatgebouw was gestopt. Na enige aarzeling had Grip ook bevestigd dat het Sverins auto was. Helaas bleef Grip volhouden dat het zijn kat was die dit alles had gezien en Patrik besloot dat detail voorlopig voor zich te houden.

'De getuige is geloofwaardig,' zei hij en hij hoopte dat ze daar genoegen mee namen. Nu moesten ze zo snel mogelijk bij Erica komen en met Annie praten; het andere kon wachten. Bovendien hadden ze de boot. Volgens de man met wie Gösta had gesproken, was het niet alleen mogelijk maar zelfs waarschijnlijk dat Sverins boot van Gråskär naar de baai was gedreven waar ze was gestrand.

In Patriks hoofd had zich een mogelijk scenario gevormd. Mats was naar Annie gevaren, en om de een of andere reden was zij daarna met hem in zijn boot meegegaan naar Fjällbacka. Ze waren naar Mats' flat gereden, waar zij hem had doodgeschoten. Omdat hij zich veilig had gevoeld bij Annie, had hij niet geaarzeld haar zijn rug toe te keren. Daarna was Annie teruggegaan naar de haven en met de boot van de familie Sverin naar Gråskär gevaren. Ze had de boot niet vastgemaakt en die was weggedreven en vastgelopen op de plek waar ze later was gevonden. Zo klaar als een klontje. Behalve dat hij nog geen idee had waarom Annie Mats en eventueel ook haar man zou willen doden. En waarom hadden ze Gråskär verlaten en waren ze midden in de nacht naar Fjällbacka gereden? Had dat met de cocaïne te maken? Had Mats zaken gedaan met Annies man? Was de onbekende vingerafdruk op het zakje van haar afkomstig?

Patrik drukte het gaspedaal nog verder in. Nu raceten ze door Fjällbacka en hij ging iets langzamer rijden toen hij bijna een oude man raakte die bij het Ingrid Bergmanstorg de straat overstak.

Hij parkeerde bij de boot van de Reddingsbrigade in de haven en haastte zich de auto uit. Tot zijn opluchting zag hij dat Peter al met draaiende motor stond te wachten. Konrad en Petra holden achter hem aan en sprongen aan boord.

'Maak je maar geen zorgen,' zei Konrad nog een keer. 'Tot dusver zijn het alleen maar vermoedens, en we hebben geen reden om aan te nemen dat je vrouw in gevaar verkeert, zelfs niet als je gelijk hebt.'

Patrik keek hem aan terwijl hij zich vasthield aan de reling van de boot, die met hogere snelheid dan was toegestaan de haven verliet.

'Je kent haar niet. Erica mag graag haar neus in andermans zaken steken, en zelfs mensen die niets te verbergen hebben vinden soms dat ze te veel vragen stelt. Ze is nogal koppig, zou je kunnen zeggen.'

'Dat klinkt als een vrouw naar mijn hart,' zei Petra, die gefascineerd naar de scherenkust keek waar ze doorheen vlogen.

'Ze neemt haar mobiel ook niet op,' voegde Patrik eraan toe.

De rest van de tocht zwegen ze. Ze zagen de vuurtoren al van verre en Patriks maag draaide zich om van bezorgdheid toen ze het eiland naderden. Hij moest er de hele tijd aan denken dat Gråskär ook een andere naam had, dat het in de volksmond Schimmenscheer werd genoemd. En waarom dat zo was.

Peter minderde vaart en legde aan bij de steiger, naast de houten kajuitsloep van Erica en Patrik. Ze zagen niemand op het eiland. Geen levende ziel, en ook geen dode.

Alles zou goed komen. Ze waren samen, Sam en zij. En de doden waakten over hen.

Annie neuriede terwijl ze met Sam in haar armen in het water stond. Een liedje dat ze altijd had gezongen toen hij nog klein was en moest slapen. Hij lag ontspannen in haar armen en voelde heel licht toen het water haar hielp hem te dragen. Er spatten een paar druppels op zijn gezicht, die ze voorzichtig wegveegde. Hij vond het niet prettig als hij water in zijn gezicht kreeg. Maar zodra hij fitter was, zodra hij zich beter voelde, zou ze hem leren zwemmen. Hij was inmiddels oud genoeg om te leren zwemmen en fietsen, en binnenkort zou hij tanden gaan wisselen. Er zou zo'n schattig gat ontstaan dat liet zien dat hij bezig was de kleutertijd achter zich te laten.

Fredrik was altijd ongeduldig geweest en had te veel van hem geëist. Hij vond dat ze Sam in de watten legde en beweerde dat ze hem klein wilde houden. Hij had ongelijk. Ze wilde niets liever dan Sam groot zien worden, maar hij moest zich in zijn eigen tempo kunnen ontwikkelen.

Daarna had hij geprobeerd Sam van haar af te pakken. Met superieure stem had Fredrik gezegd dat het voor Sam beter zou zijn als hij een andere moeder kreeg. De herinnering drong zich op en ze ging luider neuriën om die te laten verdwijnen. Maar de vreselijke woorden waren tot diep in haar ziel doorgedrongen en overstemden het lied. Die ander zou beter zijn, had hij gezegd. Zij zou Sams nieuwe moeder worden en met Fredrik en Sam meegaan naar Italië. Annie zou niet langer Sams moeder mogen zijn. Ze moest verdwijnen.

Hij had zo voldaan gekeken toen hij dat zei dat ze geen moment aan zijn woorden had getwijfeld. Wat had ze hem gehaat. De woede was ergens diep in haar binnenste gaan groeien en had bezit genomen van haar hele lichaam, zonder dat ze het had kunnen tegenhouden. Fredrik had zijn verdiende loon gekregen. Hij kon hun geen kwaad meer doen. Ze had zijn stijve blik gezien, ze had het bloed gezien.

Nu zouden Sam en zij in alle rust hier op het eiland wonen. Ze keek naar zijn gezicht. Zijn ogen waren gesloten. Niemand kon hem van haar afpakken. Niemand.

Patrik vroeg Peter in de boot te blijven wachten en klauterde daarna samen met Konrad en Petra aan land. Op de tafel in het open boothuis stonden koffiekopjes en toen ze erlangs liepen, vlogen een paar zeemeeuwen verschrikt op van een bord kaneelbolletjes.

'Ze zijn vast in het huis.' Petra keek waakzaam om zich heen.

'Kom.' Patrik was ongeduldig, maar Konrad pakte hem losjes bij zijn arm.

'We pakken dit behoedzaam aan.'

Patrik besefte dat zijn collega gelijk had en liep met rustige passen naar het huisje, hoewel hij het liefst had willen rennen. Toen ze voor de deur stonden, klopten ze aan. Toen er niemand opendeed, boog Petra zich naar voren en klopte nog harder.

'Hallo?' riep ze.

Ze hoorden nog steeds niets vanuit het huis. Patrik duwde de kruk naar beneden en de deur gleed makkelijk open. Hij deed een stap naar binnen, maar deinsde terug en viel bijna tegen Konrad en Petra aan toen de lucht hem tegemoet sloeg.

'Gadver,' zei hij en hij hield zijn hand voor zijn neus en mond. Hij slikte een paar keer om niet over te geven.

'Gadver,' echode Konrad achter hem. Hij moest ook tegen de misselijkheid vechten. Alleen Petra leek onaangedaan en Patrik keek haar vragend aan.

'Slechte reukzin,' zei ze.

Patrik vroeg niet verder. In plaats daarvan liep hij het huis in en zijn blik viel meteen op het lichaam op de vloer.

'Erica?' Hij rende naar voren en hurkte neer. Met zijn hart in zijn keel raakte hij haar aan. Ze bewoog en kreunde.

Hij herhaalde haar naam diverse keren en ze draaide langzaam haar gezicht naar hem toe. Toen pas zag hij de wond bij haar slaap. Ze bracht moeizaam haar hand naar haar hoofd en haar ogen werden groot toen ze het bloed aan haar vingers zag.

'Patrik? Annie, ze...' Ze snikte en Patrik streelde haar wang.

'Hoe gaat het met haar?' vroeg Petra.

Patrik gebaarde afwerend met zijn hand, en Konrad en Petra liepen de trap op om te zien wat er boven was.

'Er lijkt niemand te zijn,' zei Petra toen ze weer beneden waren. 'Heb je daarbinnen gekeken?' Ze wees naar de deur waar Erica voor lag.

Patrik schudde zijn hoofd, waarna Petra voorzichtig om hen heen stapte en de deur opende.

'Verdomme. Kom.' Ze gebaarde naar hen, maar Patrik bleef zitten en liet Konrad zijn collega volgen.

'Wat is het?' Hij keek naar de halfopen deur, die zijn zicht op de kamer belemmerde.

'De stank komt hiervandaan.' Konrad hield zijn hand voor zijn mond en neus.

'Een lijk?' Heel even dacht hij dat Annie daar lag, maar toen werd hij getroffen door een gedachte die zijn gezicht deed verbleken. 'De jongen?' fluisterde hij.

Petra kwam ook de kamer uit. 'Ik weet het niet. Er ligt nu niemand. Maar het bed is één grote troep en de stank is verschrikkelijk, dat ruik ik zelfs.'

Konrad knikte.

'Waarschijnlijk is het de jongen. Jullie hebben Annie ongeveer een week geleden gezien en ik vermoed dat dit lijk daar langer heeft gelegen.'

Erica probeerde moeizaam overeind te komen en Patrik sloeg zijn arm om haar schouder om haar meer steun te geven.

'We moeten ze vinden.' Hij keek naar zijn vrouw. 'Wat is er gebeurd?'

'We waren in de vuurtoren. Ik rook de geur van Annies kleren en vroeg me af waar die vandaan kwam. Ik verzon een smoesje om hier te kunnen kijken. Ze moet me een klap op mijn hoofd hebben gegeven…' Haar stem werd ijler.

Patrik keek op naar Konrad en Petra.

'Wat zei ik jullie? Ze moet zich altijd overal mee bemoeien.' Hij glimlachte, maar zijn ogen stonden bezorgd.

'Je hebt de jongen niet gezien?' Petra hurkte naast Erica neer.

Erica schudde haar hoofd en haar gezicht vertrok van de pijn.

'Nee, ik had geen tijd om de deur open te doen. Maar jullie moeten ze vinden,' zei ze, waarmee ze Patriks woorden herhaalde. 'Ik red me wel. Ga Annie en Sam zoeken.'

'We brengen haar naar de boot,' zei Patrik.

Hij negeerde Erica's protesten en met vereende krachten droegen ze haar naar de steiger en tilden haar voorzichtig bij Peter in de boot.

'Weet je zeker dat je je redt?' Patrik had moeite om bij Erica weg te gaan toen hij haar witte gezicht en de bloederige wond bij haar slaap zag.

Ze zwaaide met haar hand. 'Ga nu maar, met mij komt het wel goed, zeg ik toch.'

Tegen zijn zin liet Patrik haar achter.

'Waar kunnen ze heen zijn gegaan?'

'Ze moeten aan de andere kant van het eiland zijn,' zei Petra.

'Ja, de boot ligt er nog,' stelde Konrad vast.

Ze begonnen over de klippen te lopen. Het eiland leek net zo verlaten als toen ze aanmeerden en behalve het geklots van de golven en het gekrijs van de zeemeeuwen hoorden ze geen andere geluiden.

'Ze kunnen natuurlijk ook in de vuurtoren zijn.' Patrik boog zijn hoofd naar achteren en kneep zijn ogen half dicht om naar de vuurtoren te kunnen kijken.

'Misschien wel, maar volgens mij moeten we eerst op het eiland zoeken,' zei Petra. Toch plaatste ze haar hand voor haar ogen om te proberen door de ramen boven in de vuurtoren te kijken. Maar zij zag ook niets bewegen.

'Komen jullie?' zei Konrad.

Het hoogste punt van het eiland lag slechts een klein eindje verderop en tijdens het lopen keken ze telkens van de ene kant naar de andere. Als ze boven waren, zouden ze bijna heel Gråskär kunnen overzien. Maar ze bleven waakzaam. Ze wisten niet in wat voor gemoedstoestand Annie verkeerde, en ze had een pistool. Het was de vraag of ze bereid was het wapen te gebruiken. De kleverige lijklucht zat nog steeds in hun neusgaten. Ze dachten allemaal hetzelfde, maar nog niemand had de gedachte ook uitgesproken.

Ze beklommen de top.

Ze waren per boot gekomen, precies zoals ze had gevreesd. Ze hoorde stemmen op de steiger, stemmen bij het huis. De vluchtweg van het eiland was geblokkeerd en ze had geen mogelijkheid om bij de boot te komen. Sam en zij zaten in de val.

Toen Erica, van wie ze had gedacht dat ze aan hun kant stond, zich in hun wereld had binnengedrongen, had ze het juiste gedaan. Ze had Sam beschermd, precies zoals ze hem had beloofd toen hij in het ziekenhuis in haar armen was gelegd. Ze had beloofd dat hem nooit iets kwaads zou overkomen. Lange tijd was ze laf geweest en had ze zich niet aan haar belofte gehouden. Maar sinds die nacht was ze sterk geweest. Ze had Sam gered.

Langzaam liep ze verder het water in. Haar spijkerbroek plakte zwaar aan haar benen, trok haar verder het water en de diepte in. Sam was heel lief. Hij lag helemaal stil in haar armen.

Iemand liep vlak bij haar, waadde naast haar en volgde haar het water in. Ze wierp een steelse blik opzij. De vrouw hield haar zware rok omhoog, maar liet die na een poosje los, zodat hij om haar heen in het water dreef. Ze bleef naar Annie kijken. Haar mond bewoog, maar Annie wilde niet luisteren. Dan zou ze Sam niet langer kunnen beschermen. Ze deed haar ogen dicht om de vrouw te laten verdwijnen, maar toen ze ze weer opende, kon ze het niet laten opnieuw een steelse blik opzij te werpen. Het was alsof iets haar dwong naar de vrouw te kijken.

Nu droeg de vrouw haar kind in haar armen. Zonet was het daar niet geweest, dat wist Annie zeker, maar nu keek ook hij naar haar, met grote, smekende ogen. Hij praatte met Sam. Annie wilde haar handen tegen haar oren drukken en schreeuwen om de stemmen van de jongen en de vrouw buiten te sluiten. Maar haar handen moesten Sam vasthouden en de schreeuw bleef in haar keel steken. Haar overhemd werd nat en ze hapte even naar adem toen het koude water haar buik raakte. De vrouw liep vlak naast haar. Zij en de jongen praatten door elkaar heen, de vrouw met Annie, de jongen met Sam. En tegen haar wil begon Annie te luisteren naar wat ze zeiden. De stemmen drongen op dezelfde manier bij haar naar binnen als het zoute water door haar kleren drong en haar huid natmaakte.

Ze hadden het einde van de weg bereikt, Sam en zij. Ze konden nu elk moment worden gevonden en dan zouden die lui afmaken wat ze waren begonnen. De herinnering aan het bloed dat op de muur was gespat en Fredriks gezicht had gekleurd, flitste even door haar heen. Annie schudde haar hoofd om de beelden te laten verdwijnen. Waren het dromen, fantasieën of werkelijkheid? Ze wist het niet langer. Kon zich alleen het koude gevoel van haat herinneren, van paniek en van een angst die zo groot was dat die bezit van haar had genomen en alleen het meest primitieve en razende had laten bestaan.

Toen het water tot haar oksels kwam, voelde ze dat Sam nog lichter werd. De vrouw en de jongen waren heel dichtbij. De stemmen spraken vlak bij haar oor en ze hoorde duidelijk wat ze zeiden. Annie sloot haar ogen en eindelijk zwichtte ze. Ze hadden gelijk. Die zekerheid vulde haar hele lichaam en deed alle onrust verdwijnen. Het was volkomen vanzelfsprekend nu ze de vrouw en de jongen duidelijk hoorde. Ze wist dat ze het beste voorhadden met Sam en haar, en terwijl ze daar zo stond, liet ze zich overspoelen door het gevoel van kalmte.

Ver achter zich meende ze andere stemmen te horen. Andere mensen die haar riepen, die iets van haar wilden en probeerden haar te laten luisteren. Ze trok zich er niets van aan; ze waren minder werkelijk dan de stemmen die zo dicht bij haar oor waren en nog steeds spraken.

'Laat hem gaan,' zei de vrouw mild.

'Ik wil met hem spelen,' zei de jongen.

Annie knikte. Ze moest hem loslaten. Dat hadden ze de hele tijd gewild, dat hadden ze geprobeerd uit te leggen. Hij hoorde nu bij hen, hij hoorde bij de anderen.

Langzaam liet ze Sam los. Ze gaf hem aan de zee, liet hem onder het oppervlak verdwijnen en meenemen door de stromingen. Toen deed ze een stap, en nog een. De stemmen spraken nog steeds. Ze hoorde ze van dichtbij en uit de verte, maar opnieuw koos ze ervoor niet te luisteren. Ze wilde Sam volgen en een van hen zijn. Wat moest ze anders doen?

De stem van de vrouw smeekte, maar het water kwam tot boven haar oren, overstemde alle geluiden en verving die door het gebruis van haar bloed dat door haar lichaam stroomde. Ze liep verder, voelde hoe het water zich boven haar hoofd sloot en hoe de lucht in haar longen werd samengedrukt.

Maar iets trok haar omhoog. De vrouw was wonderlijk sterk. Ze trok haar naar het oppervlak, en Annie voelde de woede opkomen. Waarom mocht ze haar zoon niet volgen? Ze verzette zich, maar de vrouw weigerde haar los te laten en trok haar telkens terug naar het leven.

Een tweede paar handen pakte haar lichaam vast en trok haar omhoog. Haar hoofd brak door het oppervlak en haar longen vulden zich met lucht. Annie liet een schreeuw opstijgen naar de hemel. Ze wilde weer onder het water verdwijnen, maar in plaats daarvan voelde ze dat ze naar de wal werd gesleept.

Daarna waren de vrouw en de jongen weg. Net als Sam.

Annie voelde dat ze werd opgetild en weggedragen. Ze gaf het op. Ze hadden haar uiteindelijk gevonden.

Het feest was tot diep in de nacht doorgegaan. De mensen hadden lekker gegeten, de wijn had rijkelijk gevloeid, de eregasten en de plaatselijke bevolking hadden het gezellig gehad met elkaar en op de dansvloer waren nieuwe contacten gelegd. Het was met andere woorden een heel geslaagde avond.

Vivianne liep naar Anders, die leunend tegen de balustrade naar de dansende paren stond te kijken.

'We moeten straks vertrekken.'

Hij knikte, maar iets in de uitdrukking op zijn gezicht versterkte haar eerdere onrustige gevoel.

'Kom.' Ze trok lichtjes aan zijn arm en zonder haar in de ogen te kijken liep hij met haar mee.

Ze had haar koffer in een kamer verstopt die niet voor de feestgangers was gereserveerd en droeg die naar de deur.

'Waar is jouw koffer? We moeten over tien minuten gaan, anders missen we het vliegtuig misschien.'

Hij zei niets, ging op het bed zitten en staarde naar de vloer.

'Anders?' Ze hield het handvat van de koffer in een krampachtige greep.

'Ik hou van je,' fluisterde Anders. De woorden klonken opeens beangstigend.

'We moeten gaan,' zei ze, maar diep vanbinnen wist ze dat hij niet met haar mee zou gaan. In de verte hoorde ze de muziek nog steeds denderen.

'Ik kan het niet.' Hij keek op. Zijn ogen stonden vol tranen.

'Wat heb je gedaan?' Ze wilde het antwoord niet horen, wilde niet dat haar bangste vermoedens bewaarheid zouden worden, maar ze had de vraag niet kunnen tegenhouden.

'Gedaan? Mijn god, dacht je dat ik...'

'Is dat dan niet zo?' Ze ging naast hem op het bed zitten.

Anders schudde zijn hoofd en begon toen te lachen, terwijl hij met zijn hand zijn tranen wegveegde. 'Mijn god, Vivianne. Nee!'

De opluchting was enorm, maar nu begreep ze nog minder waar het allemaal om ging.

'Waarom?' Vivianne sloeg haar arm om haar broers schouders en hij legde zijn hoofd tegen het hare. Het riep veel herinneringen op aan alle keren dat ze zo hadden gezeten, met hun hoofden vlak bij elkaar.

'Ik hou van je, dat weet je.'

'Ja, ik weet het.' En opeens begreep ze het. Ze rechtte haar rug, zodat ze hem goed kon aankijken. Teder pakte ze zijn gezicht tussen haar handen. 'Lieve broer, je bent verliefd geworden.'

'Ik kan niet met je meegaan,' zei hij, en zijn ogen vulden zich weer met tranen. 'Ik weet dat we hebben gezworen altijd bij elkaar te blijven, maar deze reis zul je zonder mij moeten maken.'

'Als jij gelukkig bent, ben ik gelukkig. Zo eenvoudig is het. Ik zal je verschrikkelijk missen, maar ik gun je met heel mijn hart een eigen leven.' Ze glimlachte. 'Maar je moet me natuurlijk wel vertellen wie ze is, anders kan ik niet weggaan.'

Hij noemde de naam en ze zag een vrouw voor zich met wie ze vanwege Project Badis contact hadden gehad. Ze glimlachte opnieuw.

'Je hebt een goede smaak.' Ze zweeg even. 'Je zult heel veel moeten uitleggen en verantwoorden. Moet ik jou daar echt in je eentje voor laten opdraaien? Als je wilt, blijf ik.'

Anders schudde zijn hoofd.

'Ik wil dat je gaat. Jij mag in de zon ook voor mij genieten. Ik zal de komende tijd waarschijnlijk niet veel daglicht te zien krijgen, maar ze weet alles en heeft beloofd te wachten.'

'En het geld?'

'Dat is van jou,' zei hij zonder enige aarzeling. 'Ik heb het niet nodig.'

'Weet je het zeker?' Ze legde haar handen weer om zijn gezicht, alsof ze met dat gebaar alle vertrouwde trekken in haar geheugen wilde prenten.

Hij knikte en haalde haar handen weg.

'Ik weet het zeker, en je moet nu gaan. Het vliegtuig wacht niet op je.'

Hij stond op en pakte haar koffer. Zonder een woord te zeggen droeg hij hem naar de auto en legde hem in de kofferruimte. Niemand zag hen. Het geroezemoes van de gasten vermengde zich met de muziek en iedereen was met andere dingen bezig.

Vivianne ging achter het stuur zitten.

'Dit hebben we goed gedaan, vind je ook niet?' Ze keek naar Badis, dat glansde in het halfduister.

'We hebben het verdomd goed gedaan.'

Ze zwegen. Na een korte aarzeling schoof Vivianne de ring van haar ringvinger en gaf hem aan Anders.

'Alsjeblieft, geef hem aan Erling. Hij is geen slecht mens. Ik hoop dat hij iemand anders vindt aan wie hij hem na verloop van tijd kan geven.'

Anders stopte de ring in zijn broekzak.

'Ik zal ervoor zorgen dat hij hem krijgt.'
Ze keken elkaar zonder iets te zeggen aan. Toen sloeg Vivianne het portier dicht en startte de motor. Anders keek haar lang na toen ze plankgas vertrok. Toen liep hij langzaam de trap naar Badis op. Hij was van plan het feest als laatste te verlaten.

❄

Erling voelde de paniek in zijn lichaam. Vivianne was verdwenen. Sinds het feest op zaterdag had niemand haar gezien en haar auto was ook weg. Er moest iets zijn gebeurd.

Hij nam de hoorn van de haak en belde het politiebureau.

'Hebben jullie nieuws?' vroeg hij zodra hij Mellbergs stem hoorde. Toen hij alweer een ontkennend antwoord kreeg, kon hij zich niet langer beheersen. 'Wat doen jullie eigenlijk om mijn verloofde te vinden? Er moet haar iets zijn overkomen, dat weet ik zeker. Hebben jullie bij de kade gedregd? Ja, ik weet dat de auto ook weg is, maar wie zegt dat die niet over de rand is geduwd, misschien met Vivianne erin?' Zijn stem sloeg over en in gedachten zag hij Vivianne in haar auto zitten, niet in staat eruit te komen, terwijl het water langzaam steeg. 'Ik eis dat jullie alles op alles zetten om haar te vinden.'

Hij smeet de hoorn op de haak. Hij schrok toen er zacht op zijn deur werd geklopt. Gunilla stak haar hoofd door de deuropening en keek hem verschrikt aan.

'Ja?' Hij wou dat ze hem met rust zouden laten. Hij had de hele zondag naar Vivianne gezocht en was vanochtend alleen maar naar zijn werk gegaan omdat hij hoopte dat ze misschien zou proberen hem daar te bereiken.

'De bank heeft gebeld.' Gunilla klonk nog angstiger dan gewoonlijk.

'Daar heb ik nu geen tijd voor,' zei hij en hij staarde naar de telefoon. Ze kon elk moment bellen.

'Er is iets mis met de rekening van Badis. Ze willen dat je terugbelt.'

'Ik heb geen tijd, zeg ik toch!' brieste hij, maar tot zijn verbazing hield Gunilla voet bij stuk.

'Ze willen dat je meteen belt.' Ze liep terug naar haar eigen kamer. Met een zucht pakte Erling de hoorn weer van de haak en belde hun contactpersoon bij de bank. 'Met Erling. Er schijnt een probleem te zijn?'

Hij probeerde efficiënt te klinken. Hij wilde het gesprek zo snel mogelijk beëindigen, zodat de lijn niet bezet zou zijn als zij belde. Verstrooid luisterde hij naar de bankemployé, maar al vrij snel ging hij meer rechtop zitten.

'Hoezo geen geld op de rekening? Dat moeten jullie nog een keer controleren. We hebben een paar miljoen gestort, en deze week komt er nog meer van Vivianne en Anders Berkelin. Ik weet dat er veel leveranciers betaald moeten worden, maar het geld is er.' Toen zweeg hij en luisterde een tijdje. 'Weten jullie echt zeker dat het geen vergissing is?'

Erling trok aan de boord van zijn overhemd. Het kostte hem plotseling moeite om adem te halen. Toen hij het gesprek had beëindigd, schoten er allerlei gedachten door zijn hoofd. Het geld was weg. Vivianne was weg. Hij was niet zo dom dat hij geen logische conclusies kon trekken. Toch wilde hij het niet geloven.

Erling had net de eerste drie cijfers van het telefoonnummer van het politiebureau ingetoetst toen Anders plotseling in de deuropening stond. Erling staarde hem aan. Viviannes broer zag er afgepeigerd en kapot uit. Eerst bleef hij even zwijgend staan; vervolgens liep hij naar Erlings bureau en stak zijn geopende hand uit. Het licht van de ramen reflecteerde in het voorwerp in zijn handpalm en tegen de muur achter Erling werden kleine stralen geworpen. Viviannes verlovingsring.

Op dat moment verdwenen alle twijfels. Als verdoofd toetste hij het telefoonnummer van het politiebureau van Tanumshede in. Anders ging op de stoel tegenover hem zitten en wachtte. De verlovingsring glinsterde op het bureau.

❄

Op woensdagochtend mocht Erica het ziekenhuis weer verlaten. De klap op haar hoofd was niet al te ernstig gebleken, maar vanwege de verwondingen die ze afgelopen winter bij het ongeluk had opgelopen, hadden ze haar wat langer ter observatie willen houden dan strikt noodzakelijk was.

'Laat me nou maar, ik kan zelf wel lopen.' Ze keek nijdig naar Patrik, die haar bij haar arm vasthield toen ze het trapje op liepen. 'Je hebt ze gehoord. Alles ziet er goed uit. Het is geen hersenschudding, ik heb alleen een paar hechtingen.'

Patrik opende de deur met zijn sleutel.

'Ja, ik weet het, maar...' Hij zweeg toen hij Erica's blik zag.

'Wanneer komen de kinderen thuis?' Ze schopte haar schoenen uit.

'Mijn moeder komt tegen tweeën met de tweeling. Het leek me leuk om daarna met z'n allen Maja te gaan halen. Ze heeft je vreselijk gemist.'

'De arme schat,' zei Erica en ze liep naar de keuken. Het voelde vreemd om thuis te zijn terwijl de kinderen er niet waren. Ze kon zich nauwelijks herinneren dat ze ooit een leven zonder kinderen hadden gehad.

'Ga maar zitten, dan zet ik koffie.' Patrik wurmde zich langs haar heen.

Erica wilde net protesteren toen ze zich realiseerde dat ze wellicht van de gelegenheid gebruik moest maken. Ze ging op een keukenstoel zitten en legde met een tevreden zucht haar benen op de stoel ernaast.

'Weet jij wat er nu met Badis gaat gebeuren?' Ze had het gevoel alsof ze in het ziekenhuis in een luchtbel had geleefd en nu wilde ze alles weten wat er was gebeurd. Ze kon nog steeds niet geloven dat de geruchten over Vivianne, die ze ondanks alles had opgevangen, waar waren.

'Het geld en Vivianne zijn weg.' Patrik stond met zijn rug naar haar toe terwijl hij de koffie afmat. 'We hebben haar auto op vliegveld Arlanda gevonden en controleren nu de vluchten die afgelopen weekend zijn vertrokken. Waarschijnlijk heeft ze onder een valse naam gereisd, dus makkelijk is het niet.'

'En het geld? Weten jullie waar dat is gebleven?'

Patrik draaide zich om en schudde zijn hoofd. 'Het ziet er somber uit. We hebben de afdeling Economische Delicten in Göteborg om hulp gevraagd, maar het is kennelijk mogelijk om geld naar het buitenland te sluizen zonder dat het kan worden getraceerd. En ik vermoed dat Vivianne dit allemaal heel grondig heeft gepland.'

'Wat zegt Anders?' Erica stond op en wilde naar de vriezer lopen.

'Blijf jij maar zitten, ik pak het wel.' Patrik pakte een zak kaneelbolletjes en legde die in de magnetron. 'Anders heeft zijn aandeel in de zwendel bekend, maar hij weigert te zeggen waar zijn zus en het geld zijn.'

'Waarom is hij niet met Vivianne meegegaan?' Erica ging weer zitten.

Patrik haalde zijn schouders op, pakte een pak melk uit de koelkast en zette dat op tafel.

'Wie zal het zeggen? Misschien kreeg hij op het laatste moment koudwatervrees en wilde hij de rest van zijn leven niet in het buitenland op de vlucht zijn.'

'Ja, misschien was dat het wel.' Erica dacht even na. 'Maar hoe reageert Erling erop? En wat gaat er met Badis gebeuren?'

'Erling lijkt vooral… gelaten.' Patrik schonk koffie in twee kopjes, pakte de inmiddels warme, ontdooide bolletjes uit de magnetron en ging aan de andere kant van de keukentafel zitten. 'De toekomst van Badis lijkt vooralsnog onzeker. Bijna geen enkele leverancier is betaald, en dat geldt ook voor de aannemers. Het is niet duidelijk wat meer gaat kosten: de tent sluiten of doorgaan. De reserveringen schijnen na het feest van afgelopen zaterdag binnen te stromen, dus misschien gaat de gemeente toch door met het project. Als het even kan willen ze natuurlijk een deel van hun geld terugzien, dus het is niet onmogelijk dat ze ervoor kiezen om door te gaan.'

'Het zou inderdaad jammer zijn als ze moeten sluiten. Het is ongelooflijk mooi geworden.'

'Mm, mm,' stemde Patrik in terwijl hij een grote hap van zijn bolletje nam.

'Hoe heeft Matte ontdekt dat er iets niet klopte? Je zei toch dat Annika's man Lennart niets had gevonden? Ik vind het ook best vreemd dat niemand van de gemeente achterdochtig werd.'

'Volgens Anders wist Mats het ook niet zeker, maar hij was gaan vermoeden dat er iets niet in de haak was. Voordat hij die vrijdag naar Annie ging, heeft hij Anders in Badis gesproken. Hij heeft een heleboel vragen gesteld. Waarom er zoveel onbetaalde rekeningen voor de leveranciers waren en wanneer het geld dat Anders en Vivianne zouden investeren binnen zou komen. En waar dat vandaan kwam. Hij vroeg zelfs om contactgegevens om het een en ander te kunnen controleren. Anders was dus flink geschrokken. Als Mats niet was doodgeschoten, had hij de financiën van Badis waarschijnlijk tot op de bodem uitgeplozen en was het bedrog eerder aan het licht gekomen.'

Erica knikte en kreeg toen een verdrietige blik in haar ogen. 'Hoe is het met Annie?'

'Ze zal een gerechtelijk psychiatrisch onderzoek ondergaan. Ik verwacht niet dat ze naar de gevangenis moet. Waarschijnlijk krijgt ze tbs. Dat zou in elk geval moeten.'

'Was het dom van ons dat we het niet begrepen?' Erica legde haar bolletje neer. Ze had ineens geen trek meer.

'Hoe hadden we het kunnen zien? Niemand wist immers dat Sam dood was.'

'Maar hoe?' Ze slikte. Bij de gedachte dat Annie meer dan twee weken in het huisje had gewoond terwijl het lichaam van haar zoon langzaam lag te ontbinden, draaide haar maag zich om, zowel van walging als uit medelijden.

'We weten het niet goed. En we zullen het waarschijnlijk ook nooit te weten komen. Maar ik heb Konrad gisteren gesproken, en kennelijk hebben ze ontdekt dat een andere vrouw met Annies man en Sam naar Italië zou vliegen. Ze hebben met haar gepraat en het plan was dat zij mee zou gaan en dat Annie uit beeld zou verdwijnen.'

'Hoe dacht Annies man dat voor elkaar te krijgen?'

'Hij was van plan haar cocaïneverslaving als pressiemiddel te gebruiken. Hij dreigde haar het ouderlijk gezag over Sam helemaal te ontnemen als ze niet uit zichzelf verdween.'

'Wat een klootzak.'

'Dat is nog zacht uitgedrukt. Waarschijnlijk confronteerde hij Annie hiermee op de avond voordat ze naar Italië zouden gaan. Toen het bloed van het tweepersoonsbed werd geanalyseerd, ontdekten ze DNA van twee verschillende personen. Waarschijnlijk is Sam stiekem de slaapkamer binnengeslopen en naast zijn vader gaan liggen. En toen Annie het bed en haar man doorzeefde met kogels uit zijn pistool, toen... ja, toen wist ze niet dat haar zoontje daar lag.'

'Wat vreselijk om te ontdekken dat je je eigen zoon hebt doodgeschoten.'

'Ja, je kunt je nauwelijks iets ergers voorstellen. Vermoedelijk veroorzaakte dat zo'n groot trauma bij Annie dat ze haar grip op de realiteit volledig kwijtraakte en weigerde in te zien dat Sam dood was.'

Ze zwegen een poosje.

Toen vroeg Erica onthutst: 'Maar waarom heeft zijn minnares geen alarm geslagen toen hij niet opdook?'

'Fredrik Wester stond niet bepaald bekend als een betrouwbaar man. Toen hij niet opdook, dacht ze dat hij haar had gedumpt. Volgens Konrad had ze een paar behoorlijk nijdige berichten op Fredriks voicemail ingesproken.'

Erica's gedachten waren al ergens anders. 'Matte moet Sam hebben gevonden.'

'Ja, en de cocaïne. Annies vingerafdrukken zaten op het zakje, en ook op Mats' voordeur. Omdat het nog niet mogelijk is om Annie te verhoren, weten we het niet zeker, maar we gaan ervan uit dat Mats in de nacht van vrijdag op zaterdag ontdekte dat Sam dood was en toen ook de cocaïne vond. Vervolgens heeft hij Annie meegelokt naar Fjällbacka om alarm te slaan.'

'En zij moest haar illusie dat Sam leefde in stand houden.'

'Ja. Zelfs ten koste van Mats' leven.' Patrik keek door het raam naar buiten. Hij had ook veel medelijden met Annie, hoewel ze drie mensen had gedood, onder wie haar eigen zoon.

'Weet ze het nu?'

'Ze heeft tegen de artsen gezegd dat Sam bij de doden op Gråskär is. Dat ze naar hen had moeten luisteren en hem naar hen toe heeft laten gaan. Dus ja, ik denk dat ze het nu weet.'

'Hebben ze hem gevonden?' vroeg Erica voorzichtig. Ze wilde er niet aan denken in welke staat het kinderlichaampje had verkeerd. Het was al erg genoeg dat ze de vreselijke stank in het huis had geroken.

'Nee. Hij is in de zee verdwenen.'

'Ik vraag me af hoe ze de lucht kon verdragen.' Erica rook de stank bijna in haar neusgaten en zij was maar heel even binnen geweest. Annie had er meer dan twee weken in gewoond.

'De menselijke psyche is een bijzonder iets. Het gebeurt vaker dat mensen weken, maanden en zelfs jaren met een lijk leven. Ontkenning is een geweldig grote kracht.' Hij nam nog een slok koffie.

'Het arme ventje.' Ze zuchtte en was even stil. 'Denk je dat er iets in de verhalen zit?'

'Wat bedoel je?'

'Over Gråskär, of Schimmenscheer? Dat de doden het eiland nooit verlaten?'

Patrik glimlachte. 'Nee, volgens mij heb je een klap op je hoofd gekregen. Dat zijn broodjeaapverhalen en spookgeschiedenissen. Meer niet.'

'Ja, je zult wel gelijk hebben,' zei Erica, maar ze leek nog niet echt overtuigd. Ze dacht aan het krantenartikel dat ze Annie had laten zien, over de vuurtorenwachtersfamilie die van het eiland verdween zonder dat er ooit een spoor van hen werd teruggevonden. Misschien bevonden ze zich daar nog steeds.

Het was merkwaardig leeg vanbinnen. Ze wist wat ze had gedaan, maar ze voelde niets. Geen verdriet, geen pijn. Alleen maar leegte.

Sam was dood. De artsen hadden het haar voorzichtig geprobeerd te vertellen, maar ze had het al geweten. Op hetzelfde moment dat het water zich boven Sams hoofd sloot, had ze het begrepen. De stemmen hadden haar eindelijk weten te bereiken en haar zover gekregen dat ze hem losliet; ze hadden haar ervan overtuigd dat het het beste was als hij bij hen mocht komen, dat ze goed voor hem zouden zorgen. Ze was blij dat ze had geluisterd.

Toen de boot haar van Gråskär had meegenomen, had ze zich omgedraaid en voor de laatste keer naar het eiland en de vuurtoren gekeken. De doden hadden op de klippen gestaan en haar nagekeken. Sam was bij hen. Hij stond naast de vrouw en aan haar andere kant stond haar zoon. Twee kleine jongens, de een donker, de ander blond. Sam zag er blij uit en met zijn blik verzekerde hij Annie dat het goed met hem ging. Ze had haar hand opgetild om te zwaaien, maar die vervolgens weer laten zakken. Ze was niet in staat afscheid van hem te nemen. Het deed zoveel pijn dat hij niet langer bij haar was, maar bij hen. Op Gråskär.

De kamer waarin ze lag was klein, maar licht. Een bed, een bureau. Ze zat meestal op het bed. Soms mocht ze met iemand praten, een man of een vrouw die met een vriendelijke stem vragen stelde, die ze niet altijd kon beantwoorden. Maar elke dag bracht meer helderheid. Het was alsof ze had geslapen en nu wakker werd en onder ogen moest zien wat droom en wat werkelijkheid was geweest.

Fredriks honende stem was werkelijk geweest. Hij had ervan genoten haar de koffers te laten inpakken voordat hij vertelde dat hij zonder haar zou vertrekken. Dat zij, die ander, mee zou gaan. Als ze protesteerde, zou Fredrik de autoriteiten op de hoogte brengen van haar cocaïneverslaving zodat ze het ouderlijk gezag over Sam zou kwijtraken. In zijn ogen was ze zwak. Overbodig.

Maar Fredrik had haar onderschat. Toen hij naar bed ging, was zij in het donker beneden in de keuken gaan zitten. Hij was tevreden dat hij haar voor de zoveelste keer kapot had gemaakt, dat hij ervoor had gezorgd dat hij kreeg wat hij wilde, maar hij had zich vergist. Vóór Sams komst was ze misschien zwak geweest, en in zekere zin was ze dat nog steeds. Maar haar liefde voor Sam had haar ook sterker gemaakt dan Fredrik ooit zou kunnen begrijpen. Ze had op een van de barkrukken gezeten, met haar hand op het koude marmeren blad, en gewacht tot Fredrik sliep. Toen had ze zijn pistool gepakt en dat met vaste hand zo vaak ze maar kon afgevuurd op het dekbed, recht het bed in. Alles had goed gevoeld. Juist.

Pas toen ze naar Sams kamer ging en zijn lege bed zag, raakte ze in paniek en werd het langzaam mistig. Ze wist toen al waar hij was. Toch was de aanblik van zijn bebloede lichaampje toen ze het dekbed optilde zo'n shock dat ze op de dikke vaste vloerbedekking in elkaar was gezakt. De mist was dichter geworden, en hoewel ze nu wist dat ze in een droom had geleefd, voelde hij nog steeds heel levend.

En Matte. Ze herinnerde zich nu alles. De nacht die ze samen hadden doorgebracht, zijn lichaam tegen het hare, zo vertrouwd en bemind. Ze herinnerde zich hoe veilig ze zich had gevoeld, dat ze had gedacht dat het verleden misschien kon worden gevolgd door een toekomst die alles uitwiste wat daartussenin lag.

Toen de geluiden van beneden. Ze was wakker geworden omdat hij niet meer naast haar lag. Ze voelde de warmte van zijn lichaam nog en begreep dat hij net was opgestaan. Ze had het dekbed om zich heen geslagen, was naar beneden gegaan en had zijn teleurgestelde blik gezien toen hij het zakje voor haar had opgehouden. Dat had in een la gelegen, die ze kennelijk niet goed had dichtgedaan. Ze wilde het uitleggen, maar de woorden kwamen niet over haar lippen. Eigenlijk had ze geen excuus en Matte zou het nooit begrijpen.

Terwijl ze daar zo stond, gehuld in een dekbed en met blote voeten op de koude houten vloer, had ze gezien dat Matte de deur naar Sams kamertje opende. Hij had zich omgedraaid en haar ontzet aangekeken. Daarna had hij haar geholpen zich aan te kleden en gezegd dat ze naar het vasteland moesten om hulp te halen. Alles was heel snel gegaan en ze had zich willoos laten leiden. In de droom, in dat wat geen werkelijkheid was, had haar hele wezen ertegen geprotesteerd dat Sam op het eiland werd achtergelaten. Maar ze waren zonder iets te zeggen met Mattes boot naar Fjällbacka gevaren.

Daar waren ze in zijn auto gestapt. Het was wonderlijk leeg geweest in haar hoofd. Alle gedachten waren op Sam gericht. Hij zou haar opnieuw worden ontnomen. Zonder erbij na te denken had ze haar tas van huis meegenomen en in de auto had ze het gewicht van het pistool gevoeld dat erin lag.

Toen ze naar het flatgebouw liepen, had ze een aanhoudend gegons in haar oren gehoord. Als in een nevel had ze gezien dat Mats het zakje in een afvalbak gooide. In de hal was haar hand haar tas in gegaan en ze had het koude staal tegen haar vingers gevoeld. Hij had zich niet omgedraaid. Als hij dat wel had gedaan en ze hem in de ogen had gekeken, zou het misschien niet zijn gebeurd. Maar hij had met zijn rug naar haar toe door de hal gelopen en haar hand was omhooggegaan en haar vingers hadden zich stevig om de trekker en de kolf geklemd. Een knal, een plof. Toen werd het stil.

Terug naar Sam. Dat was haar enige gedachte geweest. Ze was naar de kade gelopen en met Mattes boot teruggevaren naar het eiland. Daar aangekomen had ze de boot weg laten drijven. Daarna was er niets dat haar verhinderde weer met Sam samen te zijn. De mist vulde haar bewustzijn. De omgeving verdween en het enige dat er nog was waren Sam, Gråskär en de gedachte dat ze moesten overleven. Zonder die bescherming bleef alleen de leegte over.

Annie zat op het bed en staarde recht voor zich uit. Op haar netvlies zag ze Sam, zijn hand in die van de vrouw. Zij zouden nu voor hem zorgen. Dat hadden ze haar beloofd.

Fjällbacka 1875

'Moeder!'

Emelie stopte midden in een beweging. Toen liet ze de pan op de keukenvloer vallen en rende naar buiten, terwijl de angst als een vogeltje in haar borst rondfladderde.

'Gustav, waar ben je?' Haar blik schoot van links naar rechts en weer terug.

'Kom, moeder!'

Nu hoorde ze dat het zwakke geschreeuw van het strand kwam. Ze tilde haar zware wollen rok op en rende over de klippen, die midden op het eiland een kruin vormden. Toen ze erbovenop stond, zag ze hem. Hij zat aan de rand van het water, hield zijn voet vast en huilde. Ze rende naar hem toe en hurkte naast hem neer.

'Het doet pijn,' snikte hij vertwijfeld en hij wees naar zijn voet. Er zat een grote glasscherf in zijn voetzool.

'Stil maar...' Ze probeerde haar zoon te kalmeren terwijl ze nadacht wat haar te doen stond. De scherf zat heel diep. Zou ze hem er meteen uit trekken of moest ze wachten tot ze iets had waarmee ze de voet kon verbinden?

Snel nam ze een besluit.

'We gaan naar vader.' Ze keek naar de vuurtoren. Karl was daar een paar uur geleden heen gegaan om Julian te helpen. Ze vroeg hem vrijwel nooit om advies, maar nu wist ze niet wat ze moest doen.

Ze tilde haar zoon op, die nog steeds zielig zat te snikken. Ze hield hem als een zuigeling in haar armen en paste ervoor op dat ze zijn voet niet aanraakte. Het was niet zo makkelijk meer om hem te dragen, hij was al zo groot.

Toen ze de vuurtoren naderden riep ze Karls naam, maar ze kreeg geen antwoord. De deur stond open, waarschijnlijk om frisse lucht binnen te laten. Anders werd het binnen ondraaglijk warm als de zon erop stond.

'Karl,' riep ze nog een keer. 'Kun je even beneden komen?'

Het was niet ongebruikelijk dat hij haar negeerde en ze besefte dat ze zich de moeite moest getroosten naar boven te klimmen. Omdat ze Gustav niet de steile trap op kon dragen, zette ze hem voorzichtig op de grond en aaide hem zachtjes over zijn wang.

'Ik ben zo terug. Ik ga alleen vader even halen.'

Hij keek haar vol vertrouwen aan en stak zijn duim in zijn mond.

Emelie hijgde van alle inspanning en probeerde rustig te ademen toen ze de trap op liep. Op de bovenste tree bleef ze even staan om op adem te komen; toen keek ze op. Eerst begreep ze niet wat ze zag. Waarom lagen ze in het bed? En waarom hadden ze geen kleren aan? Ze stond als aan de grond genageld en staarde naar de mannen. Ze hadden haar niet aan horen komen. Ze waren op elkaar geconcentreerd, op de verboden plekken van hun lichaam, en Emelie zag met toenemende ontzetting hoe ze elkaar daar streelden.

Ze haalde heftig adem, en nu merkten ze dat ze er was. Karl keek op en heel even ontmoetten hun blikken elkaar.

'Jullie zondigen!' De woorden uit de Bijbel brandden in haar binnenste. Hierover was in de Heilige Schrift geschreven en het was verboden. Karl en Julian zouden hel en verdoemenis over zichzelf afroepen, en ook over Gustav en haar. God zou iedereen op Gråskär verdoemen als ze geen boete deden.

Karl zei nog steeds niets, maar het was alsof hij dwars door haar heen keek en wist wat ze dacht. Zijn ogen werden koud en ze hoorde de doden fluisteren. Ze zeiden tegen haar dat ze moest vluchten, maar haar benen gehoorzaamden haar niet. Ze was niet in staat zich te verroeren en haar blik van de naakte, bezwete lichamen van Karl en Julian af te wenden.

De stemmen namen in sterkte toe en het was alsof iemand haar een zet gaf, zodat ze zich weer kon bewegen. Ze rende de trap af en huilend tilde ze Gustav op. Met onvermoede krachten begon ze met hem in haar armen te rennen, zonder te weten waar ze heen moest. Achter zich hoorde ze Karls en Julians snelle stappen, en ze wist dat ze niet aan hen zou kun-

nen ontkomen. Ze wierp haastige blikken om zich heen. Het huis zou geen veilig toevluchtsoord zijn. Zelfs als ze binnen wist te komen en de gammele deur op slot kreeg, zouden ze die zo kapot kunnen slaan of door een raam naar binnen kunnen klimmen.

'*Emelie! Blijf staan!' schreeuwde Karl achter haar.*

Ten dele was dat precies wat ze het liefst had willen doen: blijven staan en het opgeven. Als ze alleen was geweest, had ze dat waarschijnlijk ook gedaan. Maar Gustav, die angstig in haar armen snikte, deed haar doorlopen. Ze had niet de illusie dat ze hem zouden ontzien. Gustav had nooit iets voor Karl betekend. Gustav was alleen maar geboren om Karls vader milder te stemmen, om hem ervan te overtuigen dat alles was zoals het hoorde te zijn.

Ze had al heel lang niet aan Edith gedacht, die haar vriendin was geweest toen ze op de boerderij werkte. Ze had naar haar waarschuwingen moeten luisteren, maar ze was jong en naïef geweest, en had niet willen begrijpen wat haar nu volkomen duidelijk was. Julian was de reden dat Karl zo halsoverkop van de lichtboot naar huis was gekomen en met de eerste de beste vrouw had moeten trouwen. Zelfs de boerenmeid deugde om de eer van de familie te redden. En het was gegaan zoals ze hadden gewild. Het schandaal over de jongste zoon kwam nooit naar buiten.

Maar Karl had zijn vader misleid. Achter diens rug om had hij Julian meegenomen naar het eiland. Hij was kennelijk bereid zich nog een keer bloot te stellen aan de woede van zijn vader. Heel even had Emelie met hem te doen, maar toen hoorde ze de stappen die dichterbij kwamen en herinnerde ze zich alle harde woorden en klappen en de nacht dat Gustav werd verwekt. Hij had haar niet zo slecht hoeven te behandelen. Voor Julian voelde ze geen medelijden. Zijn hart was zwart en hij had zijn haat al vanaf het eerste begin tegen haar gericht.

Niemand kon haar nu redden, maar Emelies voeten bleven vooruit bewegen. Als alleen Karl achter haar aan was gekomen, had ze hem misschien op andere gedachten kunnen brengen. Ooit was hij een ander mens geweest, maar het leven in een leugen had hem veranderd. Julian zou haar echter nooit laten gaan. Plotseling was het haar volstrekt duidelijk dat ze op het eiland zou doodgaan. Zij en Gustav. Ze zouden er nooit wegkomen.

Achter haar bewoog een hand in de lucht die haar schouder bijna vastpakte. Maar ze bukte precies op het goede moment, alsof ze ogen in haar rug had. De doden hielpen haar. Ze spoorden haar aan naar het strand te rennen, naar het water, dat heel lang haar vijand was geweest, maar nu haar redding zou worden.

Emelie holde met haar zoontje in haar armen de zee in. Het water stroomde rond haar benen en na een paar meter werd het te zwaar om te rennen en waadde ze verder. Gustav had zijn armen stevig om haar hals geslagen en schreeuwde niet meer; hij was helemaal stil, alsof hij het begreep.

Achter zich hoorde ze dat Karl en Julian ook het water in kwamen. Ze had een paar meter voorsprong en liep verder de zee in. Het water kwam tot aan haar borst en ze raakte bijna in paniek. Ze kon niet zwemmen. Maar het was alsof het water haar omarmde, haar verwelkomde en haar veiligheid beloofde.

Iets maakte dat ze zich omdraaide. Karl en Julian stonden een paar meter uit de kust naar haar te staren. Toen ze zagen dat zij stilstond, begonnen ze weer te lopen. Emelie bewoog achteruit. Het water kwam nu bijna tot aan haar schouders en duwde Gustav omhoog. De stemmen praatten tegen haar, stelden haar gerust en zeiden dat alles goed zou komen. Niets kon hun kwaad doen, ze waren welkom en zouden rust krijgen.

Emelie raakte vervuld van kalmte. Ze vertrouwde hen, en zij omsloten Gustav en haar met liefde. Toen spoorden ze haar aan naar opzij te gaan, naar de eindeloze horizon, en blind gehoorzaamde Emelie hen, haar enige vrienden op het eiland. Met Gustav in haar armen waadde ze moeizaam naar de plek waar de stromingen begonnen en de bodem steil naar beneden afliep. Karl en Julian volgden haar naar de horizon en knepen hun ogen half dicht tegen de zon zonder haar met hun blik los te laten.

Vlak voordat het water zich boven Gustav en haar sloot, zag ze nog hoe Karl en Julian door de stroming onder het oppervlak werden getrokken. En misschien door iets anders. Maar zij was veilig, omdat ze zeker wist dat ze hen nooit meer zou zien. Zij zouden niet op Gråskär blijven, zoals Gustav en zij. Voor Karl en Julian zou er alleen plaats zijn in de hel.

Dankwoord

Zoals gewoonlijk heeft mijn uitgever Karin Linge Nordh een gigantische prestatie geleverd, net als mijn redacteur Matilda Lund. Ik kom woorden te kort om jullie te bedanken voor het werk dat jullie ook deze keer weer hebben verricht. Ook de andere medewerkers van uitgeverij Forum hebben mij op talloze manieren gesteund en een niet-aflatend enthousiasme getoond.

In Zweden en de rest van de wereld weet ik mij gesteund door Nordin Agency. Joakim Hansson heeft het estafettestokje overgenomen van Bengt Nordin en is op een fantastische manier verder gerend. Ik ben ook heel blij dat Bengt nog steeds in mijn leven is, nu als vriend in plaats van als agent.

Ik zou mijn boeken nooit hebben kunnen schrijven zonder oppashulp, en zoals altijd wil ik daarom mijn moeder Gunnel Läckberg bedanken, evenals mijn ex-man en tegenwoordig goede vriend Micke Eriksson, bij wie ik altijd kan aankloppen. Mijn ex-schoonmoeder en de oma van de kinderen, Mona Eriksson, draagt met haar ladingen gehaktballetjes, die gelukkig zijn blijven komen, ook bij aan het scheppingsproces.

Ik wil ook Emma en Sunit Mehrotra bedanken omdat we afgelopen winter een week in jullie prachtige huis mochten wonen. Daar heb ik veel pagina's van *Vuurtorenwachter* geschreven, terwijl de zon scheen en de sneeuw buiten knerpte en het vuur in de open haard knetterde. Ook een woord van dank aan mijn schoonouders, Agneta von Bahr en Jan Melin. Jullie zorgzaamheid en steun hebben veel betekend toen ik aan dit boek werkte.

De politieagenten in Tanumshede zijn zoals altijd een bron van inspiratie en enthousiaste supporters. Hetzelfde geldt voor de inwoners van Fjällbacka, die het nog steeds leuk vinden dat ik in de kleine gemeenschap her en der lijken laat opduiken.

Christina Saliba en Hanna Jonasson Drotz van Weber Shandwick hebben nieuwe ideeën en invalshoeken aangedragen, en dat heeft tot een stimulerende samenwerking geleid. Met hun hulp heb ik me kunnen richten op wat voor mij het belangrijkste is: schrijven.

Tijdens het schrijven van een boek zijn research en feitencontrole enorm belangrijk, en veel mensen hebben me daarbij geholpen. Ik wil iedereen hartelijk bedanken, met name Anders Torevi, Karl-Allan Nordblom, Christine Fredriksen, Anna Jeffords en Maria Farm. Niklas Bernstone heeft een belangrijke bijdrage geleverd door in de scherenkust rond te varen om de perfecte foto van een vuurtoren voor het Zweedse omslag te kunnen maken.

En mijn bloglezers. Jullie zijn voor mij een enorme bron van positieve energie!

Dank aan al mijn vrienden – niemand bij naam genoemd, niemand vergeten –, die accepteren dat ik tijdens intensieve schrijfperiodes min of meer van de aardbodem verdwijn. Het is ongelooflijk dat jullie er nog altijd zijn; dat is soms meer dan ik verdien als ik maanden niets van me heb laten horen. En dank aan Denise Rudberg, die altijd tijd heeft om naar me te luisteren en me op te beuren. Dat geldt zowel voor de beproevingen van het schrijven als voor al het andere in het leven dat tijdens onze bijna dagelijkse telefoontjes wordt besproken.

De boeken en alles wat daaromheen gebeurt zouden niets betekenen zonder mijn kinderen: Wille, Meja en Charlie. En mijn geweldige Martin. Je bent niet alleen mijn grote liefde, maar ook mijn beste vriend. Dank dat je er altijd voor me bent.

Camilla Läckberg
Enskede 29 juni 2009